Zum Buch:

Peter Decker und sein Partner, Detective Tyler McAdams, ermitteln weiterhin im Fall des vermissten Bertram Lanz. Es wird immer wahrscheinlicher, dass der Mann sich nach Deutschland abgesetzt haben könnte.

Gleichzeitig sorgt sich Gabe um seine Mutter und seine Geschwister. Die Schuldeneintreiber von Terrys Mann scheinen sie in L. A. ausfindig gemacht zu haben. Terry wird überfallen und Gabes jüngerer Bruder entführt. Mutter und Schwester kommen gerade so davon.

Ein Wettlauf gegen die Zeit beginnt, und Gabe weiß, um seinen Bruder zu retten, braucht er die Hilfe von Rina Lazarus und Peter Decker!

Zur Autorin:

Faye Kellerman hat Mathematik und Zahnmedizin studiert, es dann aber vorgezogen, hauptberuflich zu schreiben. Ihre Krimis, insbesondere um das jüdische Ermittler-Ehepaar Peter Decker und Rina Lazarus, haben sich weltweit über 20 Millionen Mal verkauft. Mit ihren vier Kindern und ihrem Ehemann, dem *New York Times*-Bestsellerautor Jonathan Kellerman, lebt die Autorin in Kalifornien und New Mexico.

Lieferbare Titel:

Am Anfang war dein Ende (Ein Decker/Lazarus-Krimi, Band 23)
Dein Tod komme (Ein Decker/Lazarus-Krimi, Band 24)
Erbsünde (Ein Decker/Lazarus-Krimi, Band 25)
Im Leben wie im Tod (Ein Decker/Lazarus-Krimi, Band 26)

Faye Kellerman

Der Zorn sei dein Ende

Kriminalroman

Aus dem amerikanischen Englisch von
Michaela Link

HarperCollins

Die Originalausgabe erschien 2022 unter dem Titel
The Hunt bei William Morrow, an Imprint of
HarperCollinsPublishers, New York.

1. Auflage 2022

Deutsche Erstausgabe

Umschlaggestaltung von Buerosüd
Umschlaggabbildung von mauritius images / Westend61 / Martin Rügner,
kabby, Anelina, javarman / Shutterstock
Gesetzt aus der Stempel Garamond
von GGP Media GmbH, Pößneck
Druck und Bindung von GGP Media GmbH, Pößneck
Printed in Germany
ISBN 978-3-365-00126-4
www.harpercollins.de

Klimaneutral
Druckprodukt
ClimatePartner.com/15109-2009-1001

FSC
MIX
Papier
FSC® C014496

Meinem Jonathan, der mich im Leben in jeder
Hinsicht unermüdlich unterstützt hat:
Ich liebe dich und danke dir.

Meinen Kindern und Enkelkindern:
Ich liebe euch alle so sehr!

Allen Menschen im Verlagswesen,
die mir im Laufe der Jahre geholfen haben,
eingeschlossen die Agentur Karpfinger und
William Morrow, mein langjähriger Verleger,
und dessen Belegschaft.
Ein besonderes Dankeschön geht an Carrie Ferron,
meine hervorragende Lektorin, gelegentliche Therapeutin
und wundervolle Freundin.

Und schließlich sei dieser letzte Roman
mit Peter Decker und Rina Lazarus
all meinen Fans gewidmet, die meine Bücher und
mich bisher unterstützt haben.
Ohne euch wäre all dies nicht möglich gewesen.
Danke, danke, danke!

PROLOG

Es waren ungefähr fünfzig Anrufe nötig gewesen, aber schließlich hatte sich die Familie für ein Restaurant entschieden, in dem sie zu Abend essen wollte, bevor Decker und Rina vom Kennedy Airport aus nach Israel flogen. Decker ließ den Blick über ihre am Tisch versammelte, bunt durcheinandergewürfelte Familie schweifen: Jacob und Sammy, Rinas erwachsene Söhne; seine eigene erwachsene Tochter, Cindy; ihre gemeinsame kleine Tochter, Hannah, die inzwischen selbst ein Baby hatte; und Gabe, ihren Pflegesohn. Außerdem zugegen waren drei Ehegatten, zwei Verlobte und fünf Enkelkinder. Er und Rina hatten ihre Sache gut gemacht. Selbst wenn er morgen sterben sollte, würde Decker das in der Gewissheit tun, in seinem Leben überreich gesegnet worden zu sein.

Wie immer wurde die Unterhaltung erst lebhaft, dann laut. Die Erwachsenen riefen durcheinander, die Kinder unterbrachen sie, und dazu gab es wie gewohnt umgestoßene Gläser und Trotzanfälle. Kurz bevor die Vorspeisen kamen, brachte die Servicekraft zwei große Flaschen Rosé-Champagner und die dazugehörigen Champagnergläser.

»Wer hat das bestellt?«, fragte Rina. »Nicht, dass ich mich beschweren würde.«

»Wir alle zusammen.« Jacob stand auf und schlug mit einer Gabel an sein Glas. »Jetzt, da alle hier sind, möchte ich auf das glückliche Paar anstoßen. Mögen sie Frieden und Abgeschiedenheit im Heiligen Land finden, und ihre Renovierungspläne problemlos vonstattengehen. *L'chaim.*«

»*L'chaim*«, ertönte es von allen Seiten.

»Eine Sache noch.« Jacob hielt seinem Stiefvater zwei Briefumschläge hin. »Für euch beide. Ein kleines Präsent für all das, was ihr mit dieser Truppe immer über euch ergehen lassen müsst.«

»Das ist doch hoffentlich kein Geld«, sagte Rina.

»Ist es nicht.« Cindy lächelte. »Macht sie auf.«

Decker tat es und zog zwei Business-Class-Tickets nach Israel aus dem Umschlag. Er zeigte sie Rina.

»Was habt ihr da gemacht?«, rief Rina.

»Reist in Frieden und reist mit Stil«, sagte Sammy.

»Die müssen ein Vermögen gekostet haben.«

»Da wir so viele sind, war's nicht so schlimm. Wir haben ja bloß die Tickets, die ihr schon hattet, auf die nächsthöhere Klasse umgebucht.«

»Leider war es schon zu spät, um für den Hinflug noch Plätze nebeneinander zu bekommen«, sagte Hannah, »aber auf dem Rückflug sitzt ihr zusammen.«

»Wahnsinn, danke, Kinder. Das macht unsere Reise sogar noch aufregender.« Decker hob sein Champagnerglas. »Ein Toast auf euch alle.«

Genau in diesem Moment klingelte Gabes Handy. Er sah auf das Display. Eine unterdrückte Nummer. Zweifellos sein Vater. Chris benutzte oft Wegwerfhandys, obwohl er ein normales mit den Funktionen eines Wegwerfhandys hatte, mit dem man auch seine Nummer unterdrücken konnte. Aber so war Chris einfach. Bei ihm war nichts je ohne Widerspruch.

»L'chaim«, sagte Gabe. »Da muss ich drangehen.« Er stand auf und verließ das Restaurant. Der Straßenlärm machte das Ganze nicht viel ruhiger, aber zumindest klingelten ihm nicht die Ohren vom Geschrei kleiner Kinder. »Hi.«

Am anderen Ende konnte er jemanden atmen hören. Gabe hätte fast wieder aufgelegt, nur dass es kein perverses Atmen war. Es war ein krampfhaftes Nach-Luft-Ringen. »Hallo?«

»Du musst … mich holen kommen.«

Eine Frau versuchte verzweifelt, die Worte herauszubringen. Kurz war er verwirrt, dann fiel der Groschen. Gabes Herz fing an zu rasen. *»Mom?«* Keine Antwort. »Geht's dir gut?«

»Nein.«

»Bist du verletzt?«

»Ja.« Sie weinte. »Die haben Sanjay entführt … Juleen … sie sind weg. Ich … sterbe.«

»Mom, wo bist du?«

»L. A.«

»Wo in Los Angeles?«

»Valley.«

»Mom, ruf den Notruf an.«

»Nein!«

»Du musst …«

»Nein!«

»Mom, du musst die Polizei verständigen.«

»Die werden mich festnehmen.« Ein längeres Schweigen. »Du musst mich holen kommen.«

»Mom, ich bin viertausend Kilometer weit weg. Wenn du verletzt bist, musst du in ein Krankenhaus. *Ruf den Notruf an.*« Keine Antwort. »Mom, bist du noch dran?« Sie antwortete nicht, aber Gabe konnte sie atmen hören. »Mom, ich hab dich lieb. Bitte, ruf Hilfe!«

»Warte … o Gott, ich glaube, das ist Juleen!«

»Mom?« Aber sie hatte aufgelegt. Mit zitternden Händen wählte er ihre Nummer, aber sein Anruf ging direkt auf die Mailbox. »Warum *machst* du das mit mir?«

Er rief noch mal an. Und noch mal. Und immer wieder.

Er schrieb ihr eine SMS: *RUF MICH AN!*

Decker war vor die Tür getreten und sah seinen Pflegesohn unruhig auf und ab gehen. »Alles in Ordnung?«

»Nein«, antwortete Gabe. »Meine Mutter hat mich gerade angerufen. Nach dem, was ich mir zusammenreimen konnte, hat irgendjemand meinen Bruder und vielleicht auch meine Schwester entführt. Meine Mom ist verletzt.«

»Wo ist sie?«

»In Los Angeles. Im Valley, glaube ich.«

»Ihre alte Gegend. *Meine* alte Gegend. Wie ist ihre Nummer? Ich versuche mal, ob ich nicht einen Polizeibeamten da rausschicken kann, um nach ihr zu suchen.«

»Sie will nicht, dass die Polizei eingeschaltet wird, Peter. Außerdem hat sie mit einer unterdrückten Nummer angerufen. Meine Anrufe landen direkt auf der Mailbox.« Gabe hielt inne. »Sie hat ihre Kids aus Indien rausgeschmuggelt. Ich vermute, es gab eine gerichtliche Verfügung, dass sie das Land nicht mit ihnen verlassen darf. Du weißt ja, dass sie sich gerade von ihrem Mann scheiden lässt. Wahrscheinlich streiten sie um das Sorgerecht.«

»Sie ist auf der Flucht?«

»Vermutlich.«

»Vielleicht hat ihr Mann die Kinder zurück entführt.«

»Keine Ahnung …« Gabe ging weiter nervös auf und ab. »Ganz ehrlich, momentan mache ich mir weniger Sorgen um die Kids als um sie. Sie klang fürchterlich.«

»Gabe, lass mich auf meinem alten Revier anrufen. Ich kenne immer noch jede Menge Leute. Vielleicht können die anhand ihres Handys ihren Aufenthaltsort ermitteln.«

»Sie hat gesagt, keine Polizei.«

»Wenn sie wirklich verletzt ist, meinst du, du solltest auf sie hören?«

»Nein, du hast recht, aber ich glaube nicht, dass du etwas erreichen wirst, Peter. Ich glaube, sie hat ihr Handy ausgeschaltet.«

»Dann fällt mir auch nichts mehr ein«, sagte Decker. »Du bist viertausend Kilometer weit weg und kannst wahrscheinlich nicht vor morgen dort sein … was möglicherweise zu spät ist.«

Gabes Augen wurden feucht. »Ich hab sie wirklich lieb. Aber meine Mom ist eine Katastrophe! Wir wissen, dass ihr derzeitiger Mann üblen Typen Geld schuldet, es könnte also etwas damit zu tun haben. Ihre Wahl bei Männern ist definitiv fragwürdig. Ich glaube wirklich, Devek ist noch schlimmer als mein Vater.«

Decker hob die Augenbrauen und einen Finger. »Gabe, ruf deinen Dad an.«

»Was?«

»Ruf deinen Dad an. Nevada liegt in derselben Zeitzone, und er hat einen Privatjet. Vermutlich kann er in zwei Stunden vor Ort sein. Außerdem kennt er das Valley genauso gut wie ich. Da haben er und deine Mom sich kennengelernt. Und wenn sie auf der Flucht vor schlimmen Typen ist, kann er sie besser beschützen als irgendjemand sonst. Ruf deinen Dad an.«

»Er wird ihr nicht helfen. Er wartet schon seit Jahren darauf, dass sie eine totale Bruchlandung hinlegt. Ich glaube, das ist es, was ihn all die Jahre am Leben erhalten hat. Rache.«

»Versuch es wenigstens.« Keine Antwort. Decker zuckte die Achseln. »Hast du einen besseren Vorschlag?« Schweigen. »Willst du, dass ich ihn anrufe?«

»Nein, unter gar keinen Umständen!« Gabe schüttelte den Kopf. »Geh zurück zum Abendessen, Peter. Ich bin vierundzwanzig. Ich kann die Sache regeln.«

»Ist keine Schande, um Hilfe zu bitten.«

»Ich brauche keine Hilfe.« *Obwohl er sie natürlich doch brauchte.* »Bitte, geh wieder rein, bevor jeder mitbekommt, dass es ein Problem gibt.«

»Sicher?«

»Ja.«

Gabe sah zu, wie sein Pflegevater ins Restaurant zurückging. Dann versuchte er mit zitternden Händen, die Nummer einzugeben, die er auswendig kannte, aber er vertippte sich immer wieder. Schließlich sah er in seiner Kontaktliste unter *Dad* nach. Das Herz klopfte ihm bis zum Hals.

Häufig schaltete Chris sein Handy aus. Meistens ging er nicht dran, auch wenn das Telefon an war. Christopher Donatti war ein viel beschäftigter Mann. Er konnte Anrufe nicht ausstehen. *Ganz besonders* konnte er Anrufe von seinem Sohn nicht ausstehen, der es immer wieder schaffte, seinen Vater bei wichtigen Geschäften zu stören.

Er sagte dann gerne: *Du kostest mich gerade Geld. Das sollte jetzt besser wichtig sein.*

Das Telefon klingelte, was bedeutete, die aktuelle Nummer war noch gültig. Im nächsten Moment hörte er, wie jemand abnahm.

»Was!«

Danke, lieber Gott. »Dad, du musst mir helfen. Mom hat angerufen. Sie ist in Kalifornien, ich glaube, im Valley, aber genau weiß ich es nicht. Sie ist schlimm verletzt, aber sie will weder den Notruf verständigen noch ins Krankenhaus gehen …«

»Moment. Lass mich irgendwo hingehen, wo ich ungestört bin.« Kurz darauf war Donatti wieder am Apparat. »Deine Mutter ist an der Westküste?«

»Ja.«

»Wo sind ihre Kinder?«

»Die hatte sie bei sich, aber jetzt sind sie weg. Sie steckt mitten in einer unschönen Scheidung. Könnte sein, dass sie sie ohne Erlaubnis aus Indien weggebracht hat.«

»Ah.« Kurzes Schweigen. »Jemand hat sie zurückgeholt.«

»Das denke ich auch, ja.« Gabe holte tief Luft. »Chris, ich weiß, dass sie sie nicht friedlich gehen lassen würde, und ich denke, sie ist in einen üblen Kampf geraten. Sie klang, als ob sie richtig in der Patsche sitzt. Sie will, dass ich komme und sie hole, aber ich bin in New York, außerdem hat sie mich von einem Wegwerfhandy mit einer unterdrückten Nummer angerufen, also kann ich sie nicht zurückrufen. Ich glaube, sie hat ihr normales Handy ausgeschaltet.« Gabe hielt inne, aber sein Vater sagte nichts. »Ich hoffe, sie ruft mich zurück. Sobald sie's tut, werde ich Näheres erfahren. Aber in der Zwischenzeit bist du viel dichter an L. A. als ich. Und du bist gut darin, Leute zu finden.«

Wieder hielt er inne. Sein Dad wartete …

»Hör zu«, sagte Gabe, »ich weiß, ihr habt euch im Streit getrennt …«

»Sie hatte eine Affäre, hat sich von dem Arschloch schwängern lassen, bekam, während sie noch mit mir verheiratet war, seinen Bastard, und hat mich dann, ohne mit der Wimper zu zucken, sitzen lassen. Ja, das würde ich als *im Streit getrennt* bezeichnen.«

»Ich hatte auch meine Probleme mit ihr. Ich habe ihr verziehen.«

»Das ist dein gutes Recht.«

»Sie ist meine *Mutter*, Chris!« Schweigen. »Du weißt, was es bedeutet, seine Mutter zu verlieren.«

»Juckt mich nicht die Bohne. Versuch's mal mit 'ner anderen Taktik.«

»Du hast sie mal geliebt.«

Diesmal hielt das Schweigen länger an. Gabe dachte, er hätte vielleicht aufgelegt. Aber dann sagte Donatti: »Wer sagt, dass ich sie nicht immer noch liebe?«

Gabe atmete tief durch. Diesen Kampf würde er gewinnen. »Hilfst du ihr? Ja oder nein?«

»Ja, ich fliege hin.« Keinerlei Zögern. »Ich habe gerade ein gutes Dutzend Leute draußen in meinem Büro zu Gast. Gib mir eine halbe Stunde, um sie loszuwerden, den Jet vollzutanken und einen Flugplan anzufordern. Falls sie dich anruft, lass dir eine Telefonnummer geben. Und gib ihr meine Nummer.«

»Sobald ich etwas weiß, melde ich mich bei dir.«

»Und eins sag ich dir, Gabe. Sie sollte meine Hilfe besser wirklich wollen. In der Vergangenheit habe ich keine sonderlich guten Erfahrungen mit deiner Mutter gemacht. Wenn ich bis zu meiner Ankunft in Los Angeles nichts von ihr gehört habe, drehe ich wieder um, und dann ist sie dein Problem.«

»Einverstanden. Ich gebe dir mal Moms Nummer.«

»Die habe ich.«

»Da geht immer nur die Mailbox dran.«

»Wenn sie die Kinder ohne gerichtliche Genehmigung mitgenommen hat, will sie wahrscheinlich nicht geortet werden. Ich werde mir was überlegen.«

»Vielen, vielen Da…«

»Ja, schon gut. Lass mich jetzt loslegen.«

Donatti legte auf und steckte sein Handy ein, dann fuhr er sich mit den Fingern durch die schulterlangen weißen Haare und ließ seine widersprüchlichen Gefühle die Sache ausfechten – weil er nicht wusste, was er fühlen sollte, jetzt, da der Moment tatsächlich gekommen war.

Über ein Jahrzehnt hatte er an seinen Racheplänen gefeilt, die ihm süße Genugtuung verschaffen würden … immer ihre gerechte Bestrafung vor Augen. Er hatte diese Rache gesät, gehegt und gepflegt, gewässert, vor Kälte geschützt und vor Hitze bewahrt. Er hatte zugesehen, wie sie gewachsen und zu etwas Furchtbarem und Unaufhaltsamem erblüht war. Es hatte seine Gedanken völlig in Beschlag genommen. Wie er sie *büßen* lassen würde für das, was sie ihm angetan hatte. Und jetzt, da seine Chance auf Vergeltung so nah war – so unglaublich nah –, war alles, was er fühlen konnte, das schnelle Klopfen seines eigenen Herzens – angetrieben nicht von Rachegefühlen, sondern von freudiger Erregung.

Er wollte sie wirklich unbedingt zurückhaben!

Der Gedanke an Sex mit ihr, selbst nach all diesen Jahren, machte ihn so richtig heiß. Er hatte es sich mindestens tausendmal ausgemalt – manchmal harmlos, manchmal düster und grausam –, jedes Mal in Hochauflösung und gestochen scharf vor seinem geistigen Auge. Ihr Gesicht wiederzusehen … ihren Körper zu spüren. Ihre *Stimme* zu hören. Es war ihre Stimme, die ihn am meisten verfolgt hatte. Ihre Stimme, die ihn nachts wachgehalten hatte und ihn tagsüber vor sich hin hatte träumen lassen. Manchmal sprach sie so deutlich zu ihm, dass er sich umdrehte, nur um hinter sich einen leeren Raum vorzufinden.

Nachdem er vor über einem Jahrzehnt zum dritten Mal von ihr verlassen worden war, hatte er Jahre gebraucht, um sich zu erholen. Schließlich, *endlich*, hatte er sein Leben in den Griff bekommen. Er war weg vom Heroin, hatte sich die

Zigaretten abgewöhnt und trank erheblich weniger. Inzwischen trainierte er auch regelmäßig. Er ernährte sich gesund. Er war ein neuer, besserer Mensch geworden, während er sich für sein Unternehmen abgerackert hatte – einen viele Millionen Dollar teuren Spielplatz für reiche Männer jedweder sexueller Vorliebe. Er hatte sein eigenes kleines Königreich errichtet, in dem er der alleinige Herrscher war und niemand es wagte, sich ihm in den Weg zu stellen. Er hatte jede Menge Geld, jede Menge Sex, er hatte *Respekt*. Und was am allerwichtigsten war: Er hatte die Kontrolle über wirklich *alles* in seinem Leben.

Jetzt war genau dieses Alles im Begriff, ihm um die Ohren zu fliegen.

Und obwohl er genau wusste, dass das Ganze böse enden würde – wie es das schon drei Mal getan hatte –, wusste er auch, dass er ohne zu zögern ins kalte Wasser springen würde, Idiot, der er war.

Einmal zum Narren gemacht – du solltest dich schämen.

Zweimal zum Narren gemacht – ich sollte mich schämen.

Zum dritten Mal zum Narren gemacht – irgendwer ist hier ein unverbesserlicher Dummkopf.

Er warf die Haare zurück, dann begab er sich aus seinem Büro in das Getümmel, dessen Gastgeber er war.

Jetzt geht's wieder los.

Verdammt noch mal, jetzt geht die ganze Scheiße wieder von vorne los.

Mit seinen eins dreiundneunzig – na ja, mittlerweile vielleicht eins zweiundneunzig, wenn man die altersbedingte Schrumpfung mit einrechnete – hatte es Decker immer vor dem Fliegen gegraut, da er seinen überdurchschnittlich langen Körper in Sitze quetschen musste, die nicht auf jemanden seiner Größe zugeschnitten waren. Der Flug nach Israel war lang, und nach dem Landen brauchte er immer Stunden, bis er sich wieder ganz aus der verkrampften Haltung gelöst hatte. Diesmal würde es vielleicht anders sein.

Er strahlte, als er an seine Kinder dachte, die alle zusammengelegt hatten, um Rina und ihm Business-Class-Tickets zu kaufen. Was für ein Glückspilz er doch war. Er ließ sich auf seinen Sitz mit Fußstütze gleiten. Er hatte ein größeres Kissen und eine dickere Decke als üblich. Er hatte seinen eigenen Fernseher und Servicepersonal, das ihm noch vor dem Start Saft, Wasser oder Champagner anbot.

Daran konnte er sich definitiv gewöhnen.

Rina kam zu ihm. Sie saß drei Reihen hinter ihm. »Ziemlich luxuriös.«

»Unglaublich«, sagte Decker. »Nette Überraschung.«

»Das haben wir gut gemacht«, entgegnete Rina. »Irgendwelche Neuigkeiten von Gabe?«

»Ich weiß, dass er seinen Vater erreicht hat und Chris sich bereit erklärt hat, zu helfen.«

»Nett von ihm – falls er Terry vorher nicht umbringt«, sagte Rina.

»Das Ganze ist mehr als zehn Jahre her.«

»Wieso habe ich trotzdem das Gefühl, dass Chris eher der nachtragende Typ ist?«

Peters Handy summte.

»Schalt das Ding aus«, sagte Rina. »Wir sind jetzt im Urlaub.«

Decker schaute auf das Display. »Das ist Tyler.«

»Es ist bald Mitternacht. So sehr kann er dich nicht vermissen.«

»Ja, bedeutet sicher nichts Gutes.« Decker nahm den Anruf entgegen. »Was gibt's?«

»Vor ein paar Stunden hat jemand eine Leiche gefunden«, meldete sich sein Partner. »Im Wald, ungefähr drei Meilen von dem Diner entfernt, an dem Bertram Lanz verschwunden ist.«

Decker hatte plötzlich ein mulmiges Gefühl. Er und die gesamte Polizeitruppe von Greenbury hatten wochenlang nach dem kognitiv beeinträchtigten Mann gesucht. Er hatte gehofft, dass Lanz sicher bei seinen Eltern in Deutschland war. Aber vielleicht war es anders gekommen. Dass er den Fall nicht hatte abschließen können, lag als schwere Last auf Deckers Schultern. Er wusste, dass er sich ohne Aufklärung dieses Rätsels nicht hätte freinehmen sollen. »Wo bist du momentan?«

»Ich habe gerade den Tatort verlassen, um dich anzurufen. Da oben gibt's keinen Empfang. Sobald ich aufgelegt habe, gehe ich wieder zurück.«

»Muss ich zurückkommen, McAdams?«

»Peter!«, rief Rina.

»Nein, nein. Wir schaffen das schon, Boss. Der Gerichtsmediziner sollte jeden Augenblick hier sein. Kevin hat den Bereich abgesperrt. Ich werde dich auf dem Laufenden halten. Ich dachte nur, du solltest Bescheid wissen.«

Die Flugbegleiterin machte jetzt die Durchsagen. Rina sagte: »Wenn du so uneinsichtig bist, gehe ich wieder auf meinen Platz.«

Decker hörte sie kaum. Er steckte sich den Finger ins Ohr. »Sicher, dass du das schaffst?«

»Wir haben alles im Griff, Boss. Mach dir keine Sorgen. Genießt eure Zeit im Ausland.«

»Bevor du auflegst: erste Überlegungen hinsichtlich der Leiche?«

»Die Leichenstarre ist bereits vorbei, die Gasbildung ebenfalls.«

»Dann ist der Leichnam schon mehrere Wochen alt?«

»Möglicherweise. Es gibt Anzeichen von Verwesung.«

»Insektenbesiedelung?«, fragte Decker.

»Einige, in den Körperöffnungen – Nasenlöchern, Augen und Mund.«

»Dann lag ein Teil des Gesichts frei, sodass die Fliegen ihre Eier ablegen konnten.«

»Ja, der Leichnam war teils vergraben.«

»Tierfraß könnte einen Einfluss darauf gehabt haben.«

»Davon war nichts zu erkennen«, sagte McAdams. »Aber das ändert sich vielleicht, sobald die Autopsie abgeschlossen ist.«

»Irgendeine Ahnung, ob die Leiche männlich oder weiblich ist?«

»Der Größe nach zu schließen, vermutlich weiblich. Doch das Gesicht ist ziemlich verwüstet, und wir dürfen nichts anfassen, bis der Gerichtsmediziner da war.«

»Ist die Leiche nackt, oder habt ihr auch Kleidung gefunden?«

»Etwas verrottete Kleidung. Sieht aus wie Jeans, Holzfällerhemd, Turnschuhe.«

Eine Flugbegleiterin namens Nurit trat zu ihm. »Alles in Ordnung, Sir?«

Decker sah sie an. »Ja, danke.«

Nurit schluckte. »Die Dame auf der anderen Seite des Gangs hat gehört, wie Sie sich über Leichen unterhalten haben. Ich glaube, das beunruhigt sie.«

»Oh, tut mir leid.«

»Was tut dir leid?«, fragte Tyler.

»Nein, nicht du.«

Decker lächelte die Flugbegleiterin an. »Ich bin Detective bei der Polizei. Ich beende dann das Gespräch.« An McAdams gewandt: »Ich muss Schluss machen.«

»Mach dir keinen Kopf, Boss, ich hab alles unter Kontrolle.«

Decker legte auf. Rina war wieder erschienen. Sie stand vor ihm. »Du fliegst *keinesfalls* zurück.«

»Nein, ich fliege nicht zurück«, versicherte Decker.

»Hoffentlich ruiniert uns das nicht den Urlaub.«

»Wenn wir landen, gebe ich dir meinen Laptop und mein Handy. Beweist das nicht, dass ich's ernst meine?«

»Ich werde dich beim Wort nehmen«, sagte Rina. Weitere Durchsagen folgten. »Ich muss auf meinen Platz.« Sie küsste Peter auf den Kopf. »Und denk daran, deine Schlaftablette zu nehmen, sobald wir in der Luft sind. Das hilft gegen den Jetlag. Wir sehen uns dann im Heiligen Land.«

»Ein neues Abenteuer«, sagte Decker.

»Ein neues Abenteuer.« Rina wuschelte ihm durch die Haare und ging.

Drei Stunden später schlief Rina tief und fest. Decker dagegen hatte sich ausgestreckt und lag mit offenen Augen da, während ihm tausend Gedanken im Kopf herumgingen. Vermutlich würde er jetzt schlafen, wenn er die Tablette genommen hätte, aber er hatte sich dagegen entschieden.

Man kann den Mann von den Ermittlungen abziehen, aber nicht die Ermittlungen von dem Mann.

Er hatte Rina versprochen, alles, was mit der Arbeit zu tun hatte, auszustöpseln, wenn sie landeten. Sie verdiente es. Aber warum sollte er sich stundenlang unruhig hin und her wälzen, wenn die Lösung für seine Schlaflosigkeit in Reichweite lag? Leise stand er auf und nahm den Laptop aus dem Gepäckfach über seinem Sitz. Nachdem er ihn hochgefahren hatte, sah er sich die verschiedenen Buchungsmöglichkeiten für den Internetzugang im Flugzeug an. Zuerst zog er in Erwägung, die Dreißig-Minuten-Option zu wählen. Nur ein paar schnelle Fragen und dann den ganzen störenden Kram ausschalten. Aber eine unerklärliche Macht führte seine Hand und ließ ihn die Zwei-Stunden-Option auswählen. Dann gab er Tylers E-Mail-Adresse ein.

Er schrieb:

Wenn wir landen, schalte ich alle meine elektronischen Geräte aus.

Aber jetzt bin ich wach, ich kann nicht schlafen.

Erzähl mir alles, was bei euch los ist.

KAPITEL 1

So hatte ich es in Erinnerung, als ich blutend, zusammengeschlagen und auf dem Boden liegend das Bewusstsein wiedererlangte:

Ich hatte auf dem Sofa gesessen, war gerade meine juristischen Möglichkeiten durchgegangen für das, was eine langwierige und hässliche Scheidung werden würde, und versuchte herauszufinden, wie ich das ohne Geld hinkriegen sollte, noch dazu in einem Rechtssystem am anderen Ende der Welt. Mein fünfjähriger Sohn spielte neben mir ein Videospiel. Meine elfjährige Tochter befand sich in ihrem Zimmer, die Tür abgeschlossen, und tat, was immer sie in der Abgeschiedenheit ihres eigenen Reiches tat. Juleen war hypererwachsen, und als ich diese Wohnung gemietet hatte, hatte ich dafür gesorgt, dass sie ihr eigenes Zimmer bekam. Die Wohnung verfügte über zwei Schlafzimmer, und Sanjay schlief in dem kleineren der beiden. Juleen hatte das Elternschlafzimmer, und ich schlief im Wohnzimmer auf dem Sofa.

Ich war so in meine Gedanken versunken gewesen, dass ich die Schritte draußen vor der Tür nicht gehört hatte. Bei dem Haus handelte es sich um ein frei stehendes Gebäude, und normalerweise hörte ich, wenn jemand die Treppen hoch oder runter ging. Diesmal nicht. Wäre ich aufmerksamer gewesen, wäre das alles vielleicht nicht passiert.

Erst als die Tür aufgestoßen wurde und ich »Lauf!« schrie, geriet alles in Bewegung. Zwei indische Männer: Einer griff sich sofort Sanjay, und der andere sagte, er würde das Mädchen suchen gehen. Mein Sohn trat um sich und schrie, ich packte seine Beine und zog ihn zu mir, während mein Widersacher in die entgegengesetzte Richtung zog: ein gefährliches

Tauziehen. Der Mann hielt Sanjay den Mund zu, und ich weiß noch, dass ich meinem Sohn gesagt habe, er solle ihm in die Hand beißen. Gleichzeitig zerkratzte ich dem Eindringling den Arm und zerrte wild an Sanjay. Aber der Mann war größer und kräftiger als ich und hielt meinen Sohn weiter fest, obwohl er ihm eine Hand auf Mund und Nase gelegt hatte. Ich ließ nicht locker, bis der zweite Mann wiederkam und mich fragte, wo das Mädchen sei.

Als ich nicht antwortete, schlug er mir ins Gesicht – einmal rechts, einmal links und dann noch einmal rechts. Danach packte er mich an den Haaren, wickelte sie sich um die Hand und riss so heftig daran, dass er mir ein ganzes Büschel ausriss. Schiere Willenskraft hinderte mich daran, die Beine meines Sohnes loszulassen. Dann schlug er mich wieder auf die rechte Wange, diesmal mit der Faust. Ich sah Sterne vor den Augen und taumelte. Während ich zu Boden ging, trat er mir gegen den Kopf, dann zweimal in die Rippen. Ich spürte es knacken. Dann versetzte er mir als Zugabe zwei letzte Tritte – einen in den Magen und einen in den Rücken. Noch immer umklammerte ich die Füße meines Sohnes. Erst als eine Sirene zu hören war, gerieten die Männer in Panik. Sie mutmaßten, dass ein Nachbar wohl den Lärm gehört und die Polizei verständigt hatte. Eine letzte Drehung und dann ein Ruck, der den Schmerz wie einen Stromstoß durch meine Arme schießen ließ, und mein Liebling war verschwunden. In meiner Hand blieb nur einer seiner kleinen gepunkteten Vans zurück. Ich hob ihn ans Gesicht, rollte mich ganz klein zusammen, und dann wurde alles erst still und dann dunkel.

Ich hatte keine Ahnung, wie lange ich bewusstlos gewesen war, als ich aufwachte. Ich wusste nur, dass alles ruhig war und ich unerträgliche Schmerzen hatte. Mein rechter Arm hing schlaff herunter und war zu nichts mehr zu gebrauchen, mein Kiefer pulsierte, mein Kopf hämmerte, und mein Gesicht stand in Flammen. Ich versuchte aufzustehen, aber sobald ich mich bewegte, knickte ich wieder ein, und eine neue Welle aus Schmerz und Übelkeit überflutete mich. Meine Nase fühlte sich verstopft an und lief gleichzeitig, und als ich mit der linken Hand darüberwischte, entdeckte ich Blut.

Die Sirene, die ich gehört hatte, musste von einem Krankenwagen oder einem vorbeifahrenden Streifenwagen gekommen sein, denn niemand war zu meiner Rettung erschienen. Da Sommer war, war es draußen noch immer hell, und Sonnenlicht drang durch die Lücke über den Vorhängen. Ich hielt sie immer geschlossen, aber durch den Spalt oben konnte ich sehen, ob Tag oder Nacht war.

Ich hob den Kopf, und durch meine geschwollenen Lider konnte ich meine Handtasche ausmachen. Ich kroch zu dem Beistelltisch am Sofa und zog sie mit der linken Hand zu mir herunter. Ihr Inhalt kullerte auf den Boden, darunter drei Handys: mein privates Handy und zwei Prepaid-Wegwerfhandys, die ich vor wenigen Tagen bei Walmart gekauft hatte. Mit einem der Wegwerfhandys rief ich meinen Sohn in New York an. Gabe meldete sich beim dritten Klingeln, weil er dachte, es sei sein Vater, aber dann erkannte er meine Stimme und fragte, was passiert sei.

Ich erzählte ihm, dass ich in Schwierigkeiten steckte. Ich sagte ihm, er müsse nach L. A. kommen und mich holen und dass ich schwer verletzt sei. Doch er rief immer nur: »Wähl den Notruf.«

Ich konnte den Notruf nicht wählen. Weder konnte ich zur Polizei noch ins Krankenhaus. Man würde mir Fragen stellen.

Man würde herausfinden, dass ich meine Kinder ohne gerichtliche Genehmigung aus Indien entführt hatte. Ich würde sie verlieren.

Ich befand mich immer noch in dem Irrglauben, dass ich sie nicht bereits verloren hatte.

Mein privates Handy erwachte zum Leben, und auf dem Display tauchte Juleens Name auf. Abrupt beendete ich das Telefonat mit meinem Sohn, um ihren Anruf entgegenzunehmen, sagte aber nicht sofort etwas, weil am anderen Ende ja auch die Schlägertypen sein konnten. Aber dann fragte sie: »Mommy, geht es dir gut?«

Brennende Tränen quollen mir aus den Augen und rannen an meinen aufgeplatzten Wangen hinab. »Juleen, wo bist du?« Meine Worte klangen undeutlich und verwaschen. Ich konnte meinen Kiefer kaum bewegen.

»Mommy?«

Diesmal sprach ich langsamer und so deutlich, wie ich konnte.

»Wo ... bist ... du?«

Wahrscheinlich nicht die schlaueste Frage. Ich hatte keine Ahnung, ob mein Handy abgehört wurde und geortet werden konnte.

»In einem Versteck ...«

»Still!«, unterbrach ich sie. »Weißt du noch, wo wir gestern zu Abend gegessen haben?« Es kostete mich mehrere Versuche, mich verständlich zu machen. Bei jedem Wort schoss der Schmerz durch meinen Kiefer.

Endlich sagte sie: »Ja, weiß ich.«

»Kannst ... du ... allein ... dorthin gehen?«

»Ja.«

Ms. Hypererwachsen.

»Mach … dein … Handy aus. Sieh dich um. Warte in der Nähe … vom Eingang. Ich werde …« Es wurde immer schwerer zu reden und zu atmen. »Da … treffen wir uns.«

Ich legte auf. Immer noch im Liegen sammelte ich den gesamten Inhalt meiner Handtasche wieder ein. Dann gelang es mir, mich aufzusetzen und auf die Füße zu kommen. Sofort fühlte ich mich benommen, und mir wurde übel.

Ich übergab mich.

Gut, dass ich dem Wohnungsverwalter so eine große Kaution für die Endreinigung gegeben hatte.

Ich hielt mich an der Rückenlehne des Sofas fest und sagte mir, dass ich mich langsam bewegen müsse – als ob ich eine Wahl gehabt hätte. Danach hangelte ich mich an den Möbeln und schließlich an der Wand entlang und schaffte es bis in die Küche, wo ich mir zwei Mülltüten holte. Als Nächstes tastete ich mich zu Juleens Zimmer vor, mit den Händen an der Flurwand, um nicht umzukippen. Wir teilten uns einen Kleiderschrank, aber keine von uns beiden besaß viel zum Anziehen. Ich begann, Kleider, Hosen und Shirts in die Plastiktüten zu werfen, außerdem Schuhe, Socken und Unterwäsche: nicht mehr, als ich tragen konnte, aber genug, um drei oder vier Tage lang damit auszukommen.

Was die Sachen meines Sohnes betraf, sparte ich mir die Mühe.

Weitere Tränen.

Nicht jetzt, Terry, nicht jetzt.

Ich hielt alles in der linken Hand, weil mein ganzer rechter Arm vor Schmerz brannte. Bevor ich mich aus Juleens Zimmer schleppte, fiel mein Blick auf ihren Geigenkasten. Ich ging in die Hocke – das war einfacher, als mich zu bücken – und hob ihn auf. Das zusätzliche Gewicht sandte weitere

Schmerzwellen durch mich hindurch, aber ich konnte nicht ohne die Geige weggehen. Obwohl sie nicht annähernd so ein Wunderkind war wie Gabe, liebte sie diese Geige.

Ich wusste, dass ich nicht zur Vordertür rauskonnte. Sie waren vielleicht immer noch da und warteten auf mich. Ich musste mich an den Plan halten, den ich mit Juleen besprochen hatte, sollte es in dieser Wohnung zu einem Überfall kommen, wie wir ihn gerade erlebt hatten.

Verschließ deine Zimmertür, spring aus dem Fenster und lauf, als sei der Teufel hinter dir her.

Und sie hatte sich vorbildlich daran gehalten. Das Fenster nach hinten raus stand immer noch halb offen. Ich konnte es nicht weiter nach oben schieben. Zu schmerzhaft, zu wenig Kraft. Glücklicherweise bin ich nicht besonders groß – nicht so klein wie Juleen, aber ich konnte mich hindurchzwängen. Ich warf die Tüte zusammen mit meiner Handtasche aus dem Fenster. Den Geigenkasten nahm ich in die linke Hand, drückte ihn fest an mich und hoffte das Beste. Als ich auf dem Boden aufschlug, wurde ich von den Schmerzen in meiner rechten Seite fast ohnmächtig. Aber ich rappelte mich hoch, hob die Plastiktüten und meine Handtasche auf und machte mich auf den Weg zu meinem Wagen einen Häuserblock entfernt.

Mir wurde bewusst, dass mein Gesicht wahrscheinlich furchtbar aussah. Ein Auge war zugeschwollen, das andere verquollen, aber zumindest konnte ich damit etwas sehen, wenn ich es etwas zusammenkniff. Wahrscheinlich sah ich für jeden, der sonst noch auf den Straßen unterwegs war, wie eine Obdachlose aus. Aber wir befanden uns in Los Angeles. Niemand ging hier zu Fuß. Und selbst wenn, hätte ein einziger Blick auf mich genügt, und die Person hätte weggeschaut.

Keiner wollte etwas Hässliches sehen. Außerdem scherte sich niemand darum.

Ich stellte das Auto nie vor meiner Wohnung ab, aber Devek hatte mich trotzdem gefunden. Normalerweise war mein Mann sanft und sogar so etwas wie ein Waschlappen. Aber seine Spielsucht in den letzten drei Jahren hatte ihn in Bedrängnis gebracht. Er hatte verzweifelte Maßnahmen ergriffen, um an Geld zu kommen, und bei seinen letzten Unternehmungen war er zu weit gegangen. Deshalb hatte ich gehen müssen.

Ich *musste* gehen.

Ich war in ständiger Alarmbereitschaft, aber das bedeutete nicht, dass ich nicht betete. Gabe war zum Judentum übergetreten, und meine beiden jüngeren Kinder waren Hindus. Ich selbst hatte als Katholikin das Licht der Welt erblickt. Ich war nicht wählerisch, wer sich da oben befand, solange Gott zuhörte. Und sobald es mir gelungen war, den Schlüssel für meinen Wagen hervorzukramen und die Tür aufzuschließen, bedankte ich mich bei ihm. Ich öffnete die Heckklappe und warf meine Sachen hinein. Kaum dass ich hinter dem Lenkrad saß, verriegelte ich die Tür und atmete tief durch.

Sitzen erwies sich als noch schmerzhafter denn stehen, aber ich hatte keine Wahl. Ich drückte mit der linken Hand auf den Startknopf, sah mich mehrmals um, wobei ich bedachte, dass ich kaum etwas sehen konnte, und fuhr los. Mit dem Auto brauchte ich fünf Minuten zum Restaurant. Juleen saß auf der Bank neben der Tür, ihr Telefon und ihren Laptop in der Hand. Ich fuhr vor, und sie stand auf. Ich bemerkte, dass sie humpelte, als sie auf mich zukam. Sie öffnete die Beifahrertür und schlüpfte hinein. Es war kurz vor neunzehn Uhr. Sie sah mein Gesicht und schnappte nach Luft.

»Es geht mir gut.« Das war offensichtlich nicht zutreffend. Ich verließ den Parkplatz und fädelte mich in den Verkehr ein. »Ich bin okay.«

Tränen kullerten ihr aus den Augen. Sie griff nach meinem kaputten rechten Arm, und ich schrie vor Schmerz auf. Sofort ließ sie ihn los.

»Mein Arm ist ein wenig … empfindlich.«

»Mommy, ich rufe den Notruf …«

»Nein!«

»Du musst ins Krankenhaus!«

»Sie werden dich mir wegnehmen … dich nach Indien zurückschicken. Willst du das?«

Ich wusste nicht, wie viel sie bei meiner verwaschenen Aussprache verstand, aber sie musste ungefähr begriffen haben, was ich gesagt hatte, denn sie schüttelte den Kopf.

»Es geht mir gut.« Vor einer roten Ampel musste ich halten. Ich hatte keine Ahnung, wohin ich fuhr oder was ich tun sollte, also parkte ich am Straßenrand. Dann fiel es mir wieder ein. »Ruf Gabe an.« Als sie nach ihrem Handy griff, fügte ich hinzu: »Nimm ein Wegwerfhandy … In meiner Handtasche ist eins.«

»Okay.«

Sie fischte ein Wegwerfhandy heraus und rief ihren Bruder an, dessen Telefonnummer sie auswendig kannte.

Hypererwachsen.

Aus dem Telefon kam die aufgebrachte Stimme meines Sohnes. »Endlich! Wo bist du?!«

Ich bat meine Tochter, ihn auf Lautsprecher zu stellen. Juleen sagte: »Gabe, du musst herkommen. Mommy ist verletzt!«

»Schlimm?«

»Ja, schlimm.«

»Was ist passiert?«

Juleen ging auf die Frage nicht ein. »Du musst uns holen kommen. Ich weiß nicht, was wir tun sollen.«

»Wo ist Sanjay?«

Tränen strömten mir aus den Augen, und ich flüsterte: »Weg.«

»Was ist passiert?« Nach einer Pause: »Mom?«

»Jemand ist in die Wohnung eingedrungen«, berichtete Juleen. »Mehr weiß ich nicht. Mom hat mir gesagt ich soll wegrennen, und das hab ich gemacht.«

»Sie haben Sanjay mitgenommen?«

Ich nickte, dann fiel mir ein, dass er mich nicht sehen konnte. »Ja.«

»Und dich zusammengeschlagen?«

»Ja.«

»Wo seid ihr jetzt?«

»Wir sitzen im Auto«, antwortete Juleen.

»Sie *fährt* selbst?«

»Wir stehen im Moment am Straßenrand. Du bist auf Lautsprecher, Gabe. Sie kann alles hören. Aber sie kann nicht gut reden. Sie haben sie im Gesicht verletzt.«

»O Gott«, murmelte Gabe. »Diese Telefonnummer kenne ich nicht. Telefonierst du mit einem Wegwerfhandy?«

»Ja«, flüsterte ich.

»Kannst du mir die Nummer geben? Sie wird mir als unterdrückt angezeigt. Wenn es wie beim iPhone ist, müsste die Nummer ganz oben in deiner Kontaktliste stehen.«

»Lass mich nachsehen«, sagte Juleen. »Okay … hab sie. Ich geb sie dir durch.«

»Großartig! Danke, Jules.« Eine Pause. »Das ist zumindest ein Anfang. Mom, hör mir genau zu. Ich kann frühestens morgen Nachmittag da sein. Du bist verletzt. Du musst in ein Krankenhaus gehen …«

»Nein!«

»Sie wird nicht ins Krankenhaus gehen«, sagte Juleen. »Sie meint, man würde ihr dort Fragen stellen und mich ihr wegnehmen.«

»Ich dachte mir schon, dass das ein Problem ist.« Eine weitere Pause folgte. »Also, das ist Plan B. Mom, hörst du zu?«

»Ja.«

Ein Seufzen drang durchs Telefon. »Als ich beim ersten Mal mit dir geredet habe, klang es so, als bräuchtest du sofort Hilfe.«

»Das tut sie«, warf Juleen ein.

»Mom, ich habe Chris gebeten, dir zu helfen. Er ist viel näher bei euch, und er kennt sich in L. A. genauso gut aus wie ich. Er hat einen Jet. Er könnte in zwei Stunden dort sein. Tatsächlich kann es sehr gut sein, dass er bereits unterwegs ist. Wenn du Schutz brauchst, und es hört sich so an, als würdest du das, gibt es niemand Besseren, der dir helfen kann.«

Ich schloss mein unversehrtes Auge. Chris. Vom Regen in die Traufe … Mein Leben war eine absolute Katastrophe!

»Mom, bist du noch dran?«

»Ja.«

»Mom, er wird dir nur helfen, wenn du um Hilfe bittest. Ich weiß, das ist ein Pakt mit dem Teufel, aber du musst ihn anrufen. Hier geht es nicht nur um dich, es geht auch um Juleen.«

Ich antwortete nicht, aber ich wusste, dass er recht hatte.

Juleen schaltete sich ein: »Gib mir die Nummer, dann ruf ich ihn an.«

»Er wird dir nicht helfen, Jules«, sagte Gabe. »Nur Mom. *Sie* muss sich mit ihm in Verbindung setzen.«

»Gib mir die Nummer«, murmelte ich.

»Was hat sie gesagt?«

»Sie hat gesagt, du sollst ihr die Nummer geben«, erwiderte Juleen. »Ich werde sie für sie aufschreiben.«

»Jules, ruf mich zurück, sobald Mom mit meinem Dad gesprochen hat, okay?«

»Okay.«

»Jules, mein Dad kann extrem schroff und gemein sein. Also, wenn du ihm begegnest, sei einfach gelassen und superhöflich, ganz egal, was er sagt oder wie er sich benimmt.«

»In Ordnung.«

»Ich gebe dir hier wirklich die Quintessenz meiner Erfahrungen mit auf den Weg. Merk es dir.«

»Okay. Lass mich jetzt auflegen, damit Mom mit ihm sprechen kann.«

Hypererwachsen.

»Ich hab dich lieb, Mom.«

Ich konnte nicht antworten. Es wurde immer schwerer zu sprechen. Ich konnte mich kaum wachhalten. Juleen legte auf und wählte die Nummer meines Ex-Mannes. Es klingelte dreimal, dann meldete sich die Mailbox.

»Mr. Whitman, hier ist Juleen, Teresa McLaughlins Tochter. Mein Bruder Gabe hat mir gesagt, ich soll Sie anrufen. Meine Mutter ist verletzt und kann nicht so gut sprechen, aber sie wird mit Ihnen reden, wenn Sie zurückrufen. Ich gebe Ihnen jetzt die Nummer dieses Telefons durch. Bitte, bitte, rufen Sie zurück. Vielen Dank, Sir.«

Ich sah meine Tochter an und reckte den Daumen hoch.

»Was jetzt?«, fragte sie. Als ich nicht antwortete, sagte Juleen: »Mommy, wir können nicht hierbleiben. Sie kommen vielleicht zurück.«

Ich nickte und fuhr los.

»Wohin fahren wir?«

»Ich ... weiß es nicht.«

»Du kannst nicht einfach nur durch die Gegend fahren.«

Sie hatte recht. Ich dachte einen Moment lang nach. »Wir fahren zu meinem ... Haus.«

»Welches Haus?«

Ich winkte ab.

»Welches Haus?«

»Das, in dem ich aufgewachsen bin.«

»Du bist hier aufgewachsen?«

Ich nickte.

»Kennt Mr. Whitman es?«

»Donatti«, korrigierte ich sie. »Mr. Donatti.«

Das Wegwerfhandy klingelte. Juleen schaltete auf Lautsprecher und nahm den Anruf entgegen. »Hallo?«

Ich hörte die Stimme meines Ex-Mannes. »Terry?«

Es war nicht das erste Mal, dass man Juleen und mich am Telefon verwechselte. Unsere Stimmen klangen sehr ähnlich. »Ich bin ... hier«, flüsterte ich.

»Was ist da los bei euch?«, fragte Chris.

Ich begann zu weinen, und Juleen tat das Gleiche. »Sie haben sie zusammengeschlagen«, murmelte sie.

»Wo seid ihr?«

»Valley«, antwortete ich.

»*Wo* im Valley?«

»Sie fährt zu dem Haus, in dem sie aufgewachsen ist«, erklärte Juleen.

»Sie *fährt*?«

»Wissen Sie, wo ihr altes Haus ist?«

»Ja, weiß ich. Fahrt nicht dorthin …«

Die Verbindung brach ab. Juleen rief ihn zurück, aber der Anruf ging auf die Mailbox.

Die Sonne ging langsam unter, und schon bald würde die Dunkelheit uns Schutz bieten. Wir waren ungefähr eine Meile von der Wohnung entfernt, die wir gemietet hatten, und vier Meilen von unserem alten Haus. Mein funktionierendes Auge fing jetzt ebenfalls an, sich zu schließen. Ich wusste, wenn ich nicht bald dort ankam, würde ich überhaupt nicht mehr fahren können. Mir platzte schier der Kopf vor Schmerz, und ich wurde immer schläfriger. Ich beschloss, in Richtung meiner alten Highschool zu fahren – ein gemeinsamer Orientierungspunkt für Chris und mich. Immer wieder schüttelte ich den Kopf, um wach zu bleiben. Jedes Mal, wenn ich das tat, durchzuckten Blitz- und Donnerschläge mein Gehirn.

Das Wegwerfhandy erwachte jäh zum Leben. Juleen meldete sich. »Wir sind auf Lautsprecher, Mr. Donatti.«

»Terry, bist du da?«

»Hi, Chris.«

»Terry, hör mir zu. Bist du physisch überhaupt in der Lage, Auto zu fahren?«

Ich antwortete nicht.

»Terry?«

»Ja.« *Noch.*

»Fahr nicht zu eurem alten Haus, Babe. Wenn ich nach dir suchen würde, würde ich mich genau dort auf die Lauer legen. Erinnerst du dich, wo ich früher gewohnt habe?«

»Ja.«

»Fahr dorthin. Die Adresse ist Jasper – 8246 … Nein, 8446 …«

»8226«, sagte ich ihm.

»Dein angeschlagenes Hirn funktioniert besser als meins. Schaffst du es da hin?«

»Ja.«

»Okay, gut. Ich stoße dort in zwei Stunden zu euch. Wahrscheinlich geht es sogar noch schneller. Ich werde zweimal die Scheinwerfer aufblenden, dann eine kleine Pause machen und erneut zweimal aufblenden, damit du weißt, dass ich es bin. Blende du dann ebenfalls auf. Steig unter *gar* keinen Umständen aus dem Wagen. Ich werde zu dir kommen.«

»In Ordnung.«

»Juleen, achte darauf, dass sie nicht einschläft, das darf auf keinen Fall passieren. Kann ich mich auf dich verlassen?«

»Ja, Sir.«

»Gut. Dann bis später.«

Nachdem er aufgelegt hatte, fragte Juleen: »Kannst du fahren, Mommy?«

»Ja.« *Jedenfalls irgendwie.* »Mir geht's … gut.«

Wir brauchten ungefähr eine halbe Stunde, um vier Meilen über leere Straßen zu fahren. Ich erreichte die Jasper Street genau in dem Moment, als das restliche bisschen Tageslicht endgültig am Horizont erlosch. Das letzte Mal war ich mit sechzehn in dieser Wohnung gewesen, als ich bis über beide Ohren in den tollsten Typen der Highschool verliebt gewesen war. Ich hatte Chris in seiner Wohnung und auch bei mir zu Hause ungefähr drei Monate lang Nachhilfeunterricht gegeben, bis es zwischen uns komisch wurde und ich nicht mehr wusste, was ich tun sollte. Im Grunde wusste ich, dass er nichts taugte, aber ich kehrte immer wieder zu ihm zurück. Als ich das letzte Mal hier war, verbrachten wir die Nacht zusammen. Es wurde intim, auch wenn wir keinen Sex hatten. Den hatten wir dann in einem Gefängnis irgendwo in der Mojave-Wüste. Als ich endlich beschloss, die Notbremse zu ziehen, war es bereits zu spät. Aber am Ende hatte sich alles gefügt. Eine Welt ohne Gabriel konnte ich mir nicht vorstellen. Ich schloss die Augen und hoffte darauf, nichts mehr zu spüren.

Plötzlich drehte Juleen das Radio voll auf.

»Schalt ... das aus!«

»Er hat mir aufgetragen, dich nicht einschlafen zu lassen.«

»Wer?«

»Mr. Whit... Mr. Donatti. Du weißt schon, Gabes Vater.«

Ich beugte mich vor und schaltete das Radio wieder aus. »Es geht mir gut.« Eine Minute später fielen mir wieder die Augen zu. Juleen rüttelte mich. Ich sagte: »Lass mich in Ruhe.«

»Du darfst nicht einschlafen.«

Ich hörte sie kaum, dämmerte weg. Sie rüttelte mich immer wieder wach. Dann schaltete sie das Radio wieder ein. Ich machte es aus. Als sie erneut zum Knopf langte, schlug ich nach ihrer Hand. Sie ließ sich nicht beirren, sondern fuhr fort, mich zu schütteln, mich anzuschreien und vor meinem Gesicht in die Hände zu klatschen. Irgendwann war ich sogar zu müde, sie anzubrüllen. Dann begann ich ernsthaft zu weinen. Ich weinte, weil ich mein Leben so komplett ruiniert hatte. Ich weinte, weil ich schreckliche Schmerzen hatte. Vor allem weinte ich bei dem Gedanken an meinen verlorenen kleinen Sohn. Es zerriss mir das Herz.

Er musste solche Angst haben!

»Es wird alles wieder gut, Mommy. Es wird alles wieder gut.«

Ich konnte Juleen nicht antworten. Ich konnte kaum atmen, und weinen machte es nur noch schlimmer. Hier saß ich, eine 42-jährige Frau, vollkommen pleite und komplett am Boden. Ich hatte in puncto Männer schreckliche Entscheidungen getroffen. Ich hatte meinen älteren Sohn im Stich gelassen und meinen jüngeren nicht retten können. Ich gab ein fürchterliches Vorbild für Juleen ab. Sie tröstete mich, statt andersherum. Was war los mit mir, dass ich nicht einmal ein Minimum an elterlicher Fürsorge leisten konnte?

Ich trocknete mir mit dem Ärmel die Augen. Meine Lider waren jetzt völlig zugeschwollen. Wenn ich eins mit den Fingern anhob, konnte ich etwas sehen. In meinem Kopf hämmerte es, und mir war schwindlig und übel. Immerhin konnte ich noch denken, mein Gehirn war also intakt. Außerdem hatte ich nach wie vor meine Sehkraft, einen gesunden Arm und zwei funktionierende Beine. Das war doch schon etwas.

Es erschien eine SMS auf dem Wegwerftelefon in Juleens Händen. Sie sagte: »Es ist Gabe. Er will wissen, was mit uns und seinem Dad ist. Was soll ich ihm antworten?«

Mein lichter Moment war schon wieder verflogen. Ich konnte zwar nicht sprechen, aber ich konnte mit einer Hand eine Nachricht schreiben. Ich griff nach dem Telefon und tippte unbeholfen mit dem linken Zeigefinger meine Sätze.

Wir haben Chris kontaktiert. Er ist auf dem
Weg hierher.

Gott sei Dank! Ich werde zu euch kommen.
Wahrscheinlich morgen.

Mach dir keine Sorgen. Es geht mir gut.

Wie fühlst du dich?

Okay. Müde. Wir sprechen später.

Und das war nicht gelogen. Ich war völlig erschöpft. Nachdem ich Juleen das Handy zurückgegeben hatte, schrieb sie ihm eine Nachricht. Ich lehnte den Kopf zurück und schaute zur Decke des Autos, während ich einnickte. Juleen rüttelte mich nach fünfzehn Sekunden glückseliger Leere wach. Kaum war ich wieder bei Bewusstsein, kehrte der Schmerz mit voller Wucht zurück. Das Wegwerfhandy klingelte, und Juleen hielt es mir ans Ohr. Es war Gabe. »Du bist Ärztin. Du müsstest es besser wissen. Bleib wach!«

»Ja … ja.«

Aber sobald er auflegte, nickte ich wieder ein. Juleen schnippte mit den Fingern, klatschte in die Hände und zog mir an den Haaren, was wirklich wehtat. Ich musste daran denken, wie dieser Schlägertyp mir die Haare ausgerissen hatte. Ich betastete meinen Kopf und tatsächlich, da war eine kleine kahle Stelle.

Ich wollte einfach nur schlafen, aber Juleen ließ mich nicht. Keine Ahnung, wie lange das Geklatsche und Fingerschnippsen und Geschüttele anhielt, aber es erschien mir wie eine Ewigkeit. Irgendwann hörte ich den Motor eines Autos. Ich zog ein Augenlid hoch und sah ein zweimaliges Blinken, eine Pause, dann wieder zweimaliges Blinken.

Das ist er, dachte ich. Ich vergaß, sein Signal zu erwidern. Stattdessen öffnete ich die Tür, machte Anstalten aufzustehen und fiel sofort zuerst auf die Knie, dann aufs Gesicht. Die Übelkeit überwältigte mich. Wieder übergab ich mich, heftig und schnell. So heftig, dass ich mich einnässte – etwas Feuchtes und metallisch Riechendes breitete sich vorne an meiner Jeans aus.

Vom Boden aus sah ich, wie dieser sehr große Mann mit den schulterlangen Haaren aus dem Wagen stieg und auf mich zugerannt kam. Mit einer einzigen Bewegung und ohne jede Anstrengung hob er mich hoch. Starke Arme – seine Arme. Sein Geruch. Ich dagegen war von oben bis unten voll mit Kotze und Blut und stank wie eine öffentliche Toilette. Aber er sagte kein Wort, während er mich zu seinem Wagen trug. Ich zog ein Augenlid hoch und schaute über meine Schulter zu meiner Tochter, die zwei Mülltüten, ihren Geigenkasten, ihren Laptop und meine Handtasche trug, und so schnell sie konnte hinterherhumpelte, um mich einzuholen. Chris' Augen folgten meinem Blick.

»Hol mal irgendjemand das Mädchen!«

Sofort lief ein anderer Mann los, um Juleen zu helfen.

Santa war mit seinen Wichteln gekommen.

Chris setzte mich auf der mittleren Rückbank einer Stretchlimousine ab und schob sich auf den Sitz neben mich. Ich hielt noch immer mein Augenlid hoch, als er seine Hand um mein Kinn legte und mein Gesicht untersuchte. »Verdammte Scheiße!« Er schaute auf meine Hose. »Terry, du musst ins Krankenhaus.«

»Nein ...« Ich ließ mein Augenlid los, wodurch mir nur Schmerz und Dunkelheit blieben. Wenn ich nichts sehen konnte, würde das alles vielleicht verschwinden.

»Du pinkelst Blut!« An jemand anderen gewandt fügte Chris hinzu: »Welches ist das nächstgelegene Krankenhaus?«

Er hörte mir offensichtlich nicht zu, was einfach typisch war. Ich brüllte: »Nein!«

Juleens Stimme drang an mein Ohr. »Sie will nicht ins

Krankenhaus. Sie hat Angst, dass man mich ihr wegnehmen wird.«

»Dann wirst du ihr eben weggenommen. Immer noch besser, als sie sterben zu lassen.«

Jemand ließ den Wagen an. Wir fuhren einige Minuten, und von der Bewegung wurde mir wieder übel. Ich würgte einige Male.

»Halt an«, befahl Chris. Ich hörte, wie die Autotür geöffnet wurde, und er hielt mich fest, während ich mich ein drittes Mal übergab und würgte, bis ich das Gefühl hatte, als würde mein Magen mit rauskommen. »Außerdem erbrichst du Blut«, stellte er fest.

Ich wusste, was das bedeutete, aber es war mir egal. Ich würde jedenfalls kämpfend sterben. Ich schlug nach ihm. »Nicht ins ... Krankenhaus!«

Chris zog mein Augenlid hoch. »Hör mir zu, Teresa. Wenn du nicht bald Hilfe bekommst, wirst du *sterben*! Verdammt noch mal, du bist Ärztin. Du weißt es doch besser.«

Fast buchstabengetreu Gabes Worte. Ich schlug erneut nach ihm. »Nein!«

»Hör auf, nach mir zu schlagen wie nach einer nervigen Mücke.« Er hielt immer noch mein Augenlid hoch, und eine strahlend blaue Iris starrte mir entgegen. Dann ließ er mein Lid sinken und die Dunkelheit hüllte mich wieder ein.

»Ich tue das hier wider mein besseres Wissen.« Er hielt inne. »Okay, Terry, ich mache Folgendes. Ich nehme euch zwei mit. Ich bin Miteigentümer einer Notfallambulanz, die rund um die Uhr geöffnet hat. Dort werde ich euch hinbringen. Ich verspreche dir, dass niemand Fragen stellen wird, okay?«

Ich nickte.

»Für eine Situation wie diese sind wir dort nicht ausgerüstet. Meistens verabreichen wir lediglich Antibiotika oder Schmerzmittel, oder wir verbinden eine Zerrung. Im äußersten Fall stabilisieren wir Herzinfarktpatienten und schicken sie dann weiter in ein größeres Krankenhaus in Elko. Aber ich rufe an und erzähle, womit ich es hier zu tun habe. Wenn der Arzt mir sagt, du musst nach Elko, dann fährst du nach Elko. Ende der Diskussion. Okay?«

»Okay.«

»Fahren Sie los«, sagte Chris. »Gnade mir Gott, wenn du stirbst.« Er verfiel ein paar Sekunden in Schweigen. »Was zur Hölle ist mit deinem Arm los?« Als er meine rechte Hand anhob, schrie ich vor Schmerz auf. »Ich vermute, deine Schulter ist ausgekugelt. Halten Sie noch mal an.«

Der Fahrer gehorchte.

»Das kann ich in Ordnung bringen«, sagte Chris. »Wahrscheinlich wird es den Schmerz ein wenig lindern, aber wenn der Arm gebrochen ist, könnte es die Sache auch verschlimmern.«

»Tape …«

»Was hast du gesagt?«

Ich bedeutete Juleen, mir das Handy zu geben. Dann zog ich ein Augenlid hoch und schaffte es, einen Finger über die Buchstaben des Handys zu bewegen. Ich tippte: *Tape den Arm.*

Chris las es. Dann sagte er: »Haben wir irgendwelches Klebeband?«

Jemand auf dem Vordersitz antwortete: »Ich habe Isolierband.«

Serienmörder, dachte ich.

»Gib es mir«, sagte Chris. »Das wird an ihrem Arm kleben bleiben.«

Ich machte eine Bewegung mit meiner linken Hand.

»Ich verstehe nicht«, sagte Chris.

»Dreh's ... um.«

»Umdrehen ... Ah, na klar.« Er nahm meinen rechten Arm und wieder schrie ich vor Schmerz, während er anfing, meinen Unterarm mit der nicht klebenden Seite so fest zu umwickeln, wie er konnte. Es fühlte sich an, als würde er mir den Arm abbinden. Ich schluchzte, weil es so wehtat.

»Halt durch, Baby. Fast fertig.« Schließlich sagte er: »Das wird jetzt noch mal wehtun ...«

»Mach ...«

Er nahm mein Handgelenk, zog meinen Arm mit Kraft nach vorne, direkt von mir weg, sodass die Kugel in die Gelenkpfanne zurückglitt. Ich kreischte vor Schmerz. Anschließend tat es immer noch weh, aber ich konnte die Finger bewegen.

Der Arm ließ sich aber dennoch nicht ohne Schmerzen bewegen. »Besser«, flüsterte ich. Ich zog an dem Klebeband.

»Willst du, dass ich das Band abnehme?«, fragte Chris.

Ich nickte.

»Halt still.« Einen Moment später spürte ich etwas Kühles, das über das Isolierband an meinem Arm glitt. Wahrscheinlich ein Messer. Chris hatte immer Waffen bei sich. Auch jetzt, an seine Brust geschmiegt, konnte ich seine Pistole in ihrem Schulterholster spüren.

»Wag es ja nicht, einzuschlafen«, sagte er. Ich war zu müde, um ihm zu antworten. Er redete trotzdem weiter ... um mich wachzuhalten. »Ich weiß, wir hatten unsere Probleme, aber es gab auch viele gute Zeiten. Weißt du noch, in Vegas zum Beispiel ... Ich hab dich an unserem fünften Hochzeitstag dorthin mitgenommen. Und wir haben uns beide so volllaufen lassen, dass wir zu Boden gefallen sind, kaum dass wir das Hotelzimmer betraten.« Er hielt inne. »Und wir konnten gar nicht wieder aufhören zu lachen. Wir haben uns die ganze Nacht geliebt und …« Eine weitere Pause. »Und dann sind wir zum Frühstück nach unten gegangen … nachdem wir die ganze Nacht oben gewesen waren. Wir sahen schrecklich aus – na ja, ich sah schrecklich aus, du nicht. Du sahst immer gut aus, Terry, egal, was los war.«

Ähm, das sehe ich anders.

»Wie dem auch sei, wir sind runter ins Casino gegangen. Und da stand dieser riesige Spielautomat, der nur 10-Dollar-Jetons genommen hat. Du wolltest spielen, und ich habe gesagt, du könntest das Geld genauso gut die Toilette runterspülen.«

Wie wahr.

»Aber du hast darauf bestanden, also hab ich dir einen Jeton gekauft. Und du hast den Hebel runtergezogen. Genau einmal.« Er stieß ein Lachen aus. »Einmal gezogen, und die Glocke ging los. Du hast ein paar Riesen gewonnen. Nicht der große Jackpot, aber es war eine ziemlich gute Rendite.«

Seine Stimme klang wie aus weiter Ferne, wie schwache Musik von einer Parade.

»Du wolltest es mir geben … das Geld. Aber ich habe gesagt, du sollst es behalten und es für etwas ausgeben, das dir gefällt. Schließlich war es dein Geld.« Ein Herzschlag. »Und du hast mir davon ein Gewehr gekauft – ein antikes belgisches Mauser-Modell von 1893. Ich meine, was zur Hölle sollte ich mit einem antiken Gewehr anfangen? Aber du warst so glücklich, es mir kaufen zu können. Das Lächeln auf deinem Gesicht … reine Glückseligkeit. Weißt du, das Gewehr hab ich noch. Im Lauf der Jahre habe ich jede Menge Waffen gekauft und wieder verkauft, aber dieses Gewehr würde ich nie hergeben.«

Er verstummte für einen Moment.

»Und weißt du noch, dass du mir zu meinem Geburtstag immer diese fantastischen Kuchen gebacken hast? Ich glaube, der erste war … ein Kuchen in der Form eines Cellos.« Er hielt kurz inne. »Und dann war da der Kuchen, der aussah wie eine Malerpalette. Und noch einer, der wie eine Pistole geformt war. Aber der beste … der, an den ich mich als den besten erinnere, den hast du gebacken, als ich mit meinem Onkel wegen organisierter Kriminalität und Beeinflussung der Geschworenen vor Gericht stand. Du hast mir einen ›Du-kommst-aus-dem-Gefängnis-frei-Kuchen‹ gebacken Gott, ich hab mich schlappgelacht. Es war eine so schwierige Zeit, und es hat einfach … ich weiß nicht. Es hat's mir einfach leichter gemacht …« An den Chauffeur gewandt, fragte Chris: »Wie lange noch?«

Der Mann auf dem Fahrersitz antwortete: »Zwei Minuten, Sir. Sie haben gerade das Flugzeug fertig betankt.«

»Lass dir vom privaten Jet-Terminal eine Route zuteilen. Ich will sofort starten, wenn wir ankommen.«

»Ja, Sir.«

Ein paar Minuten später wurde der Wagen langsamer, und ich hörte das Dröhnen eines Motors. Ich öffnete ein Auge und sah, dass die Limousine direkt neben einem Flugzeug angehalten hatte. Chris lehnte sich über Juleen hinweg und öffnete mit seinen langen Armen die Tür. »Steig aus, und dann die Treppe hoch.« Als ich Anstalten machte, mich zu bewegen, sagte er: »Du nicht. Deine Tochter. Du wartest hier.«

Sobald er von mir wegrückte – mir seine Schulter als Stütze nahm –, kippte ich zur Seite, bis ich lag. Wenig später half

Chris mir aus dem Wagen, dann hob er mich hoch, trug mich die Treppe hinauf und ließ mich in einen Sitz hinunter. »Ich brauche einen nassen Waschlappen und ein paar Kühlpads.« Kurz darauf sagte er: »Der ist zu kalt. Legen sie ihn in die Mikrowelle. Und holen Sie mir ein Handtuch. Und wo zur Hölle bleibt das Kühlpad?«

Ich öffnete mein Auge und schaute mich suchend nach meiner Tochter um, aber Chris versperrte mir die Sicht. »Mach das Auge zu. Das könnte ein wenig brennen.«

Ich kooperierte. Er machte sich daran, mein Gesicht zu säubern. Es dauerte ein paar Minuten, und als er fertig war, tupfte er es trocken. Ich stank immer noch. Er legte mir ein Kühlpad in die linke Hand. »Halte das an dein Gesicht. Du solltest es vielleicht eine Minute drauflassen und dann wieder eine Minute wegnehmen.«

»Danke.« Ich hielt inne. »Tut mir leid.«

»Pscht. Davon will ich nichts hören. Ich muss jetzt Copilot des Flugzeugs spielen, Baby. Wenn du was brauchst, sag es deiner Tochter, und sie holt mich.«

Ich nickte. Er stand auf, und ich sah Juleen mir gegenüber auf der anderen Seite des Gangs sitzen. Das Flugzeug war ein Sechssitzer, und vier Plätze waren belegt. Chris hatte vorgesorgt. Die Männer, die dort saßen, waren nicht einfach nur Männer, sie waren auch seine Waffen.

Chris legte mir den Sicherheitsgurt um. »Wir fliegen über Berge. Genau genommen fliegen wir ins Gebirge. Es wird ziemlich holprig werden, vor allem weil Sommer ist und die heiße Luft nach Einbruch der Dunkelheit nach oben steigt. Das ist völlig normal. Du brauchst nicht nervös zu werden.« Er streichelte mir über den Arm. »Es wird alles wieder gut, das verspreche ich dir.« An Juleen gewandt, fügte er hinzu:

»Wenn sie einschläft, leg ihr einfach das Kühlpad aufs Gesicht, okay?«

»Okay.«

Ich streckte die Hand nach meiner Tochter aus, und sie ergriff sie. Binnen einer Minute war ich weg. Und kein noch so lautes Geschrei, kein Rütteln, kein Kühlpad und keine Turbulenz konnten mich aufwecken. Irgendwann glaubten sie, ich wäre gestorben.

Vielleicht war ich das.

KAPITEL 2

Er stank nach Erbrochenem, Blut und seinem eigenen Schweiß. Obwohl er sonst sehr auf Reinlichkeit bedacht war, ertrug er den üblen Geruch notgedrungen. Aber sobald sie in das hinter Doppeltüren versteckte Behandlungszimmer geschoben worden war, würde er sich umziehen müssen. Er hatte in all seinen Büros stets Sachen zum Wechseln. Und er hatte eine *Menge* Büros. Aus Bequemlichkeit trug er jeden Tag das Gleiche: einen schwarzen Anzug und ein schwarzes T-Shirt, je nach Wetter lang- oder kurzärmelig. Nur seine Stiefel ließen Kreativität erkennen. Er hatte Hunderte von Paaren in allen erdenklichen Farben und aus allen erhältlichen Tierhäuten.

An die Wand gelehnt, versuchte er, wieder zu Atem zu kommen. Hier gab es kein Wartezimmer. Die Männer, die an diesen Ort kamen, waren normalerweise ganz bestimmte Typen: Solche, die für ein paar durchzechte Nächte in Freiheit vorsätzlich Heim und Herd verlassen hatten, reiche alleinstehende Männer, die es sich auf eine ganz spezielle Weise besorgen lassen wollten, und autistische Programmierer ohne soziale Kompetenzen und mit Geld wie Heu. Dafür bekamen sie hier gutes Essen, edelste Spirituosen und jede Menge Sex mit so vielen Frauen – oder Männern –, wie ihre Brieftaschen hergaben. Wer zur Hölle würde ihretwegen im Wartezimmer einer Klinik unruhig auf- und abgehen? Keine Ehefrau, keine Freundin, kein Lover, überhaupt niemand.

Also nein. Keine Wartezimmer. Nur ein Gang mit ein paar Stühlen. Auf einem davon saß das Mädchen, den Kopf gesenkt, zwei Mülltüten, eine Handtasche und einen Geigenkasten zu seinen Füßen.

»Ich geh nach oben«, sagte Donatti. »Ich stinke wie eine Müllhalde. Landon, Sie behalten die Tür im Auge. Petry, Sie das Mädchen. Niemand geht durch diese Tür, bis ich zurück bin. Und niemand, und ich meine wirklich niemand, fasst ohne meine Erlaubnis das Mädchen an. Falls irgendjemand diese Anordnung anzweifelt, erst schießen und dann nachfragen. Ich bin in zehn Minuten wieder da.«

Das Mädchen hob die Hand.

»Was?«, fragte Donatti.

»Ich muss auf die Toilette.«

Es war wahrscheinlich acht Stunden her, seit sie das letzte Mal gepinkelt hatte. Er hob Terrys Handtasche vom Boden auf. »Komm mit ... hier lang.« Er führte sie zum Aufzug, und sie fuhren damit in den dritten Stock. Es war dunkel. Donatti schaltete das Licht ein, dann ging er den Flur entlang zu seinem Büro. Plötzlich wurde ihm bewusst, dass das Mädchen zwanzig Schritte hinter ihm war. Er wartete, bis es ihn eingeholt hatte und öffnete die Tür. Er schaltete auch hier das Licht ein und deutete auf eine weitere Tür. »Da drin.«

Es humpelte hinein und schloss die Tür hinter sich. Er sah sich um. Das hier war eins seiner kleineren Büros. Schreibtisch, Stuhl und ein Schrank. Er bewahrte hier nur sehr wenige Akten auf – lediglich über die Männer, die ernste gesundheitliche Probleme hatten. Er überwachte sie, so wie er alles überwachte. Schließlich wollte er nicht, dass einer seiner Klienten in seinem Gebäude starb.

Schlecht fürs Geschäft.

Er legte die Handtasche seiner Ex-Frau auf den Schreibtisch und einen frischen Satz Anziehsachen daneben, während er darauf wartete, dass das Mädchen herauskam, damit er duschen konnte. Er hörte es hinter der Tür weinen.

Das Bastard-Kind.

Gegen seinen Willen tat sie ihm leid.

Das Mädchen sah wie eine in Karamell getauchte Terry aus. Das gleiche ovale Gesicht, die hübschen Wangenknochen und die üppigen Lippen. Ihre Haare waren lang wie das von Terry, aber dunkler, so wie ihre Augen. Außerdem klangen ihre Stimmen sehr ähnlich. Das machte es ihm leichter, sie zu tolerieren. Wenn er seine Fantasie bis zum Äußersten strapazierte, konnte er sich beinahe einbilden, sie wäre seine Tochter, und ihr dunkler Teint käme von einem dunkelhäutigen irischen Kesselflicker als Vorfahren. Natürlich war sie nicht seine Tochter. Sie hatte einen Vater, und er hatte keinerlei Verlangen, ihr diesen zu ersetzen. Obwohl er Gabe mit seinem Leben beschützt hätte, war ein Kind für ihn schon immer eins zu viel gewesen.

Endlich kam sie mit frisch gewaschenem Gesicht wieder heraus. »Vielen Dank.«

»Warte hier.« Donatti nahm seine frischen Sachen und ging ins Bad. Nach einer schnellen Dusche und in einen sauberen Anzug gekleidet, fühlte er sich besser. Er kehrte in sein Büro zurück, setzte sich an den Schreibtisch und durchsuchte Terrys Handtasche. Er entnahm ihr vier Handys – drei Wegwerfhandys, darunter ein Xiaomi-Telefon, was immer das war, und eines von Samsung. Dem Mädchen, das immer noch herumstand, sagte er: »Setz dich. Du machst mich nervös.«

Sie gehorchte. »Tut mir leid.«

Er begann, durch die Wegwerfhandys zu scrollen, und behielt das Telefon, das Terry am häufigsten benutzt hatte. »Ist das dein Handy?« Er zeigte ihr das Xiaomi.

»Ja.«

»Wie lautet deine PIN-Nummer?«

»Mein Geburtsdatum.«

»Das hilft mir nicht weiter.« Es nannte ihm die Zahlen. »Willst du mir erzählen, was passiert ist?«

»Ich weiß nicht genau, was passiert ist.«

»Dann erzähl mir, was du ungenau weißt.«

»Ich hab etwas Lautes im Wohnzimmer gehört. Dann schrie meine Mommy ›Lauf!‹, und ich habe mir mein Handy und meinen Laptop geschnappt und bin aus dem Fenster gesprungen. Dabei habe ich mir den Knöchel verstaucht. Die Wohnung lag im ersten Stock.«

Er holte Terrys privates Handy heraus und schaltete es ein. »Du und deine Mutter hattet nur für den Fall des Falles eine Fluchtroute geplant?«

»Ja, Sir.«

Donatti sah auf. »Du kannst Chris zu mir sagen.«

»Ja, Sir … Chris.«

»Kennst du die PIN-Nummer vom Handy deiner Mutter?«

»Es sind irgendwelche Zahlen. Ich muss nachdenken.«

»Vielleicht ihr Geburtstag?«

»Weder ihr Geburtstag noch meiner oder Sanjays. Es ist eins-eins-null-fünf oder null-sechs …«

Donatti lächelte. »Elf-null-fünf-sieben-sechs.«

»Genau … woher …?«

»Das ist mein Geburtstag.« Sobald das Handy entsperrt war, begann Donatti, die Nummern von Terrys Liste der eingegangenen Anrufe durchzuscrollen. Devek hatte sie in den vergangenen fünf Tagen sechzehn Mal angerufen. Donatti suchte Terrys Mann in der Kontaktliste und notierte sich die Nummer. »Ist +91 die Ländervorwahl für Indien?«

»Ich glaub, ja.«

»Kennst du die Vorwahl für den Bundesstaat?«

»Nein, tut mir leid.«

»Die kriege ich raus.« Donatti schrieb einige Telefonnummern auf und zeigte sie ihr. »Kommt dir eine davon bekannt vor?«

»Nein ... tut mir leid.«

Er steckte die Handys ein, griff sich die Handtasche und stand auf. Dann sammelte er seine schmutzigen Sachen zusammen und nickte dem Mädchens zu. »Komm mit.« Auf dem Weg zum Aufzug warf er seine Kleidung in einen Korb mit gebrauchten Bettlaken.

»Wird sie wieder gesund?«, fragte das Mädchen.

»Das hoffe ich.« Der Aufzug kam. Er schaltete das Licht im Flur aus, und sie stiegen ein. Donatti drückte auf den Knopf fürs Erdgeschoss. »Ich werde jemanden suchen, der sich deinen Knöchel ansieht.«

»Mir geht's gut, das muss nicht sein.«

»Ich habe Augen im Kopf. Dir geht es nicht gut.« Sie antwortete nicht. »Hat Gabe dir erzählt, ich sei ein Ungeheuer?«

»Nein.«

Ihr Gesicht war vollkommen ausdruckslos. Im Gegensatz zu ihrer Mutter ließ sie sich nicht durchschauen. »Ich *bin* ein Ungeheuer.«

»Sie sehen aus wie er ... wie Gabe.«

»Nein, er sieht aus wie ich.«

Ihre Haut nahm einen dunkleren Ton an. »Stimmt, ich hab die Reihenfolge etwas durcheinandergebracht. Er ist groß, aber nicht so groß wie Sie.«

»Das sind nur wenige Leute.«

»Und er hat grüne Augen.«

»Deine Mutter hat goldene Augen. Gelb und Blau ergibt Grün.«

»Die Leute sagen, ich sehe aus wie Mommy.«

»Die Leute haben recht.« Die Aufzugstür öffnete sich. Sie gingen zu den Stühlen im Flur. Das Mädchen setzte sich, er nicht. Donatti redete mit seinen Männern. »Alles ruhig?«

»Keine Menschenseele, Sir.«

Donatti warf einen Blick auf seine Rolex. »Sie beide sind jetzt schon seit über zehn Stunden im Dienst. Fahren Sie zurück und tauschen sie mit Kent und Giraldi. Schreiben Sie Ihre Überstunden auf.«

»Ich kann bleiben, wenn Sie wollen, Mr. Donatti«, sagte Landon.

»Nein, nein, ich komme schon zurecht. Hier gibt es nichts zu tun, als zu warten. Gehen Sie nur.«

Die beiden Männer verabschiedeten sich. Donatti fuhr sich mit den Fingern durch die Haare. Dann sah er das Mädchen an. »Tut mir leid, dass du diesen ganzen Scheiß durchmachst. Es ist schrecklich, wenn die eigenen Eltern Krieg gegeneinander führen.«

»Das Einzige, was mich interessiert, ist Mommy.«

»Stimmt«, sagte Donatti. »Was denkst du, wer hinter dir und deinem Bruder her ist?«

»Ich vermute, dass es mein Vater ist.«

»Ist dein Vater gewalttätig?«

»Nein, überhaupt nicht.«

»Irgendjemand hat deine Mutter zusammengeschlagen.«

»Das war *nicht* mein Vater.« Sie verschränkte die Arme vor der Brust.

»Ich versuche lediglich, mir einen Reim auf die Sache zu machen. Du musst nicht gleich auf die Barrikaden gehen.«

»Ich sag ja nur …«

»Okay. Lass es mich mal so ausdrücken. Wenn dein Vater deinen Bruder entführt hätte, würde er ihm etwas tun?«

»Nein, natürlich nicht. Er betet Sanjay an.«

»Und was ist mit dir?«

Tränen traten ihr in die Augen. »Mein Dad liebt mich.«

»Aber …«

»Nichts. Er liebt mich.« Eine Pause. »Aber Mommy liebt mich noch mehr.«

»Du musst nicht für eine Seite Partei ergreifen.«

»Aber es stimmt. Sie liebt mich mehr als er.«

»Redet deine Mom schlecht über ihn?«

»Nein, sie sagt nie was Gemeines, über niemanden.«

»Auch nicht über mich?«

»Nur dass Gabe sein Talent von Ihnen geerbt hat.«

»Sie hat das gute Aussehen vergessen.«

Juleen betrachtete sein Gesicht: Schöne blaue Augen und volle weiße Haare mit blonden Strähnen, die ihm bis zu den Schultern reichten. Für einen alten Typen sah er ziemlich gut aus. »Mein Dad spielt.«

»Das tun einige.«

»Sie auch?«

»Nein, man verliert immer, und ich verliere nicht gern Geld.«

»Warum tun die Leute es dann, wenn es so dumm ist?«

»Weil Menschen dumme Dinge tun. Hat deine Mom dir je erzählt, dass ich sie verprügelt habe?« Das Mädchen warf ihm einen schockierten Blick zu. »Nicht so schlimm wie heute, aber ich hab ihr blaue Flecken verpasst … ein paar Veilchen. Ich hab sie eingeschüchtert, damit sie mich nicht anzeigt. Ich wollte nicht ins Gefängnis. Es war feige – was ich getan habe und wie ich mich danach benommen habe. Wie gesagt, Menschen tun dumme Dinge. Das war das Dümmste, was ich je getan habe.«

Juleen schwieg.

»Geh nicht so hart mit deinem Vater ins Gericht. Menschen spielen, weil es aufregend ist … Es berauscht sie … wie Drogen.« Er drehte sich zu ihr um. »Nimm keine Drogen. Niemals. Das macht dich kaputt.«

»Ich nehme keine Drogen.« Nach einer kurzen Pause sagte sie: »Nehmen Sie Drogen?«

»Nicht mehr.«

»Aber das haben Sie?«

»Ich war sowohl alkohol- als auch drogenabhängig.«

»Jetzt aber nicht mehr?«

»Meistens bin ich nüchtern. Aber es ist immer ein Kampf. Ich bin ein Suchtmensch. Fang gar nicht erst damit an.«

»Warum haben Sie damit angefangen?«

»Ich war depressiv. Ich brauchte den Kick.«

»Aber jetzt sind Sie nicht mehr depressiv?«

»Du stellst 'ne Menge Fragen.«

»Entschuldigung.«

Er lehnte sich auf seinem Stuhl zurück und sah das Mädchen an. Unruhig rutschte es auf ihrem Platz hin und her. »Was?«

»Nichts.«

»Nein, es ist nicht nichts. Was geht dir durch den Kopf?«

»Ich denke nur darüber nach, was Ihnen einen Kick gibt, wenn Sie als Suchtmensch nicht spielen und nicht trinken und keine Drogen nehmen.«

»Sex.« *Mit deiner Mutter.*

Der Teint des Mädchens wurde um einige Schattierungen

dunkler. Ihre Verlegenheit kümmerte ihn kein bisschen. So war er eben.

Donatti spürte sein Handy in der Jackentasche vibrieren. Er zog es heraus und warf einen Blick auf das Display. »Das ist Gabe.« Er erhob sich und ging ein paar Schritte von ihr weg. »Ich habe Mom. Sie ist in meiner Notfallambulanz und wird dort medizinisch versorgt.«

»Wie geht es ihr?«

»Sie ist zusammengeschlagen worden. Als wir hier angekommen sind, war sie kaum bei Bewusstsein.«

»Ich fliege zu euch.«

»Lass mich zuerst mit den Ärzten sprechen. Wie sieht dein Terminplan aus?«

»Er sieht so aus, wie du ihn haben willst.«

»Was steht in deinem Kalender?«

»Morgen habe ich ein Konzert in Boston – tatsächlich heute, aber ich kann meinen Agenten anrufen. Hier ist es ungefähr fünf Uhr morgens.«

»Ruf noch niemanden an. Was kommt danach?«

»In meinem Terminkalender? Übermorgen hab ich ein Konzert in den Berkshires, danach zehn Tage frei.«

»Dann komm dann. Weißt du, vielleicht könnte ich Rina anrufen und sie bitten, herzukommen … sie kann mit auf das Mädchen aufpassen.«

»Rina und Peter sitzen im Flugzeug nach Israel.«

»Israel?«

»Ja, sie haben sich dort ein Haus gekauft.«

Donatti war verblüfft. *»Warum?«*

»Es ist die Heimat der Juden. Sie sind Juden.«

»Kommen sie wieder zurück?«

»Ja, in ungefähr zwei Wochen sind sie wieder hier.«

»Das ist vielleicht ein ganz gutes Timing. Sie kann herkommen, wenn du wieder weg musst.«

»Äh, du weißt schon, dass Rina gläubig ist. Und du weißt auch, dass du in einem Bordell lebst.«

»Ich will sie ja nicht auf den Strich schicken, Gabriel, ich bitte um Hilfe bei deiner Schwester.«

»Werd nicht sauer, aber ich glaube, wir brauchen jemanden, der bei Mom bleibt, während sie in der Klinik ist.«

»Ach nee, daran habe ich ja noch gar nicht gedacht, Schlaumeier.«

»Ich habe doch gesagt, dass du nicht sauer werden sollst.«

»Ich bleib bei ihr, bis sie aus der Klinik entlassen wird, wann immer das sein wird. Irgendwann muss deine Schwester noch in deinem Zimmer untergebracht werden, aber das sollte nicht länger als ein oder zwei Stunden dauern. Sie ist dann dort allein, bis ich etwas organisieren kann, es wäre also schön, wenn du dich um sie kümmern könntest, solange du hier bist.«

»Sie wird in der Klinik bleiben wollen, Dad.«

»Ich will sie hier nicht haben. Sie redet zu viel.«

»Juleen redet zu viel?«

»Eine richtige Plaudertasche.«

»Wow. Ist mir neu. Sie wird ihre Mutter sehen wollen, Chris.«

»Gabriel, hör auf mit mir zu streiten. Ich will nicht, dass sie hierbleibt und ihre Mutter so fertig erlebt. Du hast sie nicht gesehen. Ich schon. Sie sieht schrecklich aus. Außerdem habe ich keine Ahnung, in welcher Verfassung sie ist. Die Kleine hat schon genug Sorgen. Also, halt einfach die Klappe und lass mich die Situation hier regeln, okay?«

»Tut mir leid.« Das meinte er auch so. »Was immer du für richtig hältst, Dad. Danke, dass du dich um alles kümmerst. Du hast einen gut bei mir.«

»Ich hab mehr als nur einen bei dir gut, Gabriel, aber nicht wegen dieser Sache. Ich ruf dich an, sobald ich mehr weiß.«

»Warte. Kann ich mit Juleen reden?«

»Fass dich kurz. Bleib dran.«

Donatti ging zurück zu dem Mädchen. »Dein Bruder. Mach es kurz.«

»Ja, Sir.«

Er ging, um ihr ein wenig Privatsphäre zu geben. Eine Minute später sah er Giraldi und Kent durch den Flur kommen. Donatti ging zu dem Mädchen zurück und nahm ihr das Telefon aus der Hand. »Ich muss jemanden suchen, der sich deine Schwester ansieht.«

»Was ist mit ihr?«

»Sie humpelt. Vielleicht ein verstauchter Knöchel. Mach's gut.« Er steckte sein Telefon ein und wandte sich an seine Männer. »Behalten Sie das Mädchen im Auge. Lassen Sie niemanden in ihre Nähe.«

»Ja, Sir«, kam die einstimmige Antwort.

»Ich muss jemanden finden, der ihren Knöchel versorgt. Ich bin in ein paar Minuten wieder da.« Donatti ging zu der Flügeltür und tippte den Code ein. Schon bald stieß er auf Della Gratz, eine Krankenschwester. Er kannte jeden einzelnen seiner Angestellten, obwohl in seinen Restaurants, Geschäften, Casinos und Bordellen mehr als hundert von ihnen in wechselnden Schichten arbeiteten. Della machte gerade in einer Behandlungskabine sauber, den Vorhang weit zurückgezogen.

»Wie geht es ihr?«

Sie drehte sich um. »Ich hab Sie gar nicht reinkommen hören, Mr. Donatti. Die Ärzte haben sie in den OP gebracht.«

»Was ist los?«

»Ich bin mir nicht sicher. Sie sollten wahrscheinlich auf einen Arzt warten, Sir.«

»Ich werde Sie nicht drauf festnageln, Della. Bitte.«

Die bedauernswerte Frau rang die Hände. Alle hassten es, mit dem Boss zu reden. »Sie muss zahnärztlich versorgt werden. Man fand, das ließe sich leichter im OP in Ordnung bringen.«

»Ist ihr Kiefer zertrümmert?«

»Er war ausgerenkt, das haben sie behoben, aber mehrere Backenzähne sind locker. Ich glaube, sie verdrahten ihr den Kiefer, Sir.«

»Was sonst noch?«

»Ich glaube, sie wollten sie röntgen, um nachzusehen, ob irgendwelche Knochen gebrochen sind.«

»In Ordnung. Gibt es hier jemanden, der sich den Knöchel ihrer Tochter ansehen kann? Ich vermute, dass er verrenkt oder verstaucht ist. Er müsste wahrscheinlich verbunden werden.«

»Das kann ich machen, Mr. Donatti.« Sie brach ab und machte sich daran, sich die Hände zu waschen.

»Dann ist sie gleich hier. Danke.«

»Gern geschehen.«

Er ging wieder hinaus und rief das Mädchen. Als sie zu ihm gehumpelt kam, sagte er: »Ich habe eine Krankenschwester gefunden, die sich deinen Knöchel ansehen wird.«

»Wie geht es Mommy?«

»Sie ist immer noch bei uns. Los geht's.«

Eine Stunde später war sie verbunden und hatte eine Krücke. Sie machte Anstalten, sich hinzusetzen, aber Donatti schüttelte den Kopf. »Ich bringe dich zu meiner Wohnung. Du kannst Gabes Zimmer haben.«

»Ich will hierbleiben.«

»Du kannst nicht hierbleiben, Juleen.«

Ihre Augen füllten sich mit Tränen. »Ich will Mommy sehen.«

»Zu gegebener Zeit.« An seine Männer gewandt: »Ich brauche die Autoschlüssel.«

»Soll ich Sie fahren, Sir?«

»Nein, geht schon. Behalten Sie einfach die Tür im Auge. Ich bin in ungefähr einer halben Stunde zurück.« Er nahm sich die Mülltüten und Juleens Geigenkasten. »Komm.«

Sie folgte ihm wie ein gescholtener Hund. Als sie hinausgingen, sagte sie: »Warum kann ich nicht bei Mommy in der Klinik bleiben?«

»Weil das nicht geht. Die gute Nachricht ist, dass Gabe in zwei Tagen hier sein wird.« Er hielt den Geigenkasten hoch. »Wie lange spielst du schon?«

»Fünf Jahre.« Eine Pause. »Gabe hat gesagt, Sie spielen Cello.«

»Das stimmt.« Er hielt inne. »So hab ich deine Mutter kennengelernt. Wir waren im selben Orchester. Sie spielte ebenfalls Geige.«

»Sie hat mir erzählt, sie sei schrecklich schlecht gewesen.«

»Das war sie.« Er stieß ein leises Lachen aus. »Aber ihr Gesicht hat ihren Mangel an Talent mehr als wettgemacht.« Er betrachtete das Mädchen. »Du solltest frühzeitig lernen, wie man mit Jungs umgeht. Das sind alles Schweine. Vertrau keinem von ihnen.«

»Ich mag Jungs nicht.«

»Eines Tages wirst du sie mögen.«

»Nein, werd ich nicht. Ich will Ärztin werden, wie meine Mom. Dafür muss man studieren. Ich hab keine Zeit für Dummheit.«

»Genau, Jungs sind sehr dumm. Bleib stehen. Das ist der

Wagen.« Donatti öffnete die Tür, und Juleen ließ sich auf den Beifahrersitz gleiten. Er startete den Motor, und sie fuhren los. »Ich muss wieder zurück, um mich um deine Mutter zu kümmern. Du wirst allein sein, bis Gabe hier eintrifft. Niemand darf zu dir rein, außer Gabe und mir.«

»Und wie komme ich raus?«

»Überhaupt nicht, es sei denn, ich sage es. Ich werde dir deine Mahlzeiten bringen. Es tut mir leid, aber nach dem, was mit deinem jüngeren Bruder passiert ist, bin ich für deinen Schutz verantwortlich, okay?«

Sie nickte. Ihre Lippen zitterten.

»Ich werde dir einige Lehrer besorgen. Hast du abgesehen von Englisch noch Fremdsprachen gelernt?«

»Hindi.«

»Dann lass ich dich mit Spanisch und Französisch anfangen. Außerdem suche ich dir einen Geigenlehrer. Dann bist du wenigstens beschäftigt. Hast du Hunger?« Er schaute auf seine Armbanduhr. Es war drei Uhr morgens. »Soll ich dir einen Hamburger oder eine Pizza besorgen?«

»Ich bin Veganerin.«

»Veganerin?«

»Ich bin Hindu. Ich esse gerne Reis und Gemüsecurry, wenn das okay ist.«

»Mit solchem Scheiß wirst du nicht wachsen«, entgegnete Donatti.

Sie zuckte die Achseln. »Ich wachse, also geht das wohl.«

»Komm mir *nie* frech«, knurrte er. »Das mag ich gar nicht.«

Sie verstummte.

»Ich bin kein netter Mann«, erklärte Donatti. »Aber wenn du respektvoll mit mir umgehst, werden wir miteinander auskommen.«

»Ja, Sir.«

»Ich hab gesagt, du kannst mich Chris nennen.«

Sie antwortete nicht. Plötzlich überkam ihn eine überwältigende Müdigkeit. Normalerweise arbeitete er bis halb fünf morgens, aber Arbeit war kein Stress. Das hier war mehr als stressig. »Was hältst du davon, wenn ich dir das durchgehen lasse, weil du einen harten Tag hattest? Wir hatten beide einen harten Tag.«

Schlagartig wurde ihm bewusst, dass sein Kiefer schmerzte. Er hatte in den letzten zehn Stunden permanent die Zähne zusammengebissen. Die Lichter seines Reichs kamen in Sicht, und er bog scharf nach links und fuhr auf den für ihn reservierten Parkplatz. Er bewohnte den zweiten Stock eines dreistöckigen Gebäudes. Im Erdgeschoss und ersten Stock waren Büros, und sein Sohn schlief über ihm. Nachdem Terry ihn verlassen hatte, war Gabe mehrere Jahre bei den Deckers untergekommen, bis er sein Studium an der Juilliard-School aufgenommen hatte. Aber Donatti hatte dafür gesorgt, dass Gabe in allen Sommerferien einen Monat hier verbrachte, wenn das Wetter schön wurde. Sein Wohnbereich lag, wie Gabes Zimmer, ein ganzes Stück vom Hauptbordell entfernt. Aber Donatti machte sich nie die Mühe zu verbergen, was er tat oder wie er lebte.

Der Ort bot auf über zwanzig Hektar Befriedigung für absolut jede sexuelle Männerfantasie. Neben dem Hauptgebäude, das mit Sexspielzeug und -apparaturen aller Arten gefüllt war, verfügte das Anwesen über ein Boutique-Hotel für die Kunden nach ihren Treffen, zwei Restaurants, eine Sport-Bar, einen Herrenclub, ein Fitnessstudio mitsamt Trainern, zwei Tennisplätze, ein Schwimmbad mit 50-Meter-Becken und sechs Whirlpools, einen zweistöckigen Wellnessbereich und ein Casino. Außerdem hatte er Wohnungen für die Mädchen bauen lassen, eine getrennte Unterkunft für die Jungs, einen großen Speisesaal für Angestellte, einen Aufenthaltsraum für das Personal, ein Fitnessstudio, eine Kantine, einen kleinen Supermarkt und einen Kurzwarenladen. Ein wenig abseits von all dem Trubel lagen ein Pfandhaus und seine Privatbank. Die Landebahn und der Hangar waren ungefähr einen Häuserblock entfernt von der Bank. Eine Annehmlichkeit für seine Kunden: Bezahlt eure Rechnungen und macht, dass ihr nach Hause kommt.

Und dazu gehörten ihm auch noch die Berge, die seinen Erotik-Vergnügungspark umgaben, unberührte Wildnis, in der er Pfade nur für sich selbst hatte anlegen lassen. Er liebte, was er tat, und er vögelte alles mit einem Loch, aber ab und zu musste er einfach weg von allem.

Er öffnete die Autotür. »Hier lang.«

Mit den Krücken war die Kleine sogar noch langsamer. Seine Geduld war bereits stark strapaziert, aber das war nicht ihre Schuld. Er wartete, schloss die Haustür auf und schaltete das Licht an. Sie folgte ihm zum Aufzug. Donatti schob einen Schlüssel ins Schloss und blickte in ein Metallquadrat zur biometrischen Iriserkennung. Die Tür öffnete sich, und sie stiegen ein. Das Mädchen begann zu zittern. »Ich werde gut auf deine Mom aufpassen«, sagte er.

Auf ihren Wangen waren Tränen. »Kann ich mein Handy zurückhaben?«

»Noch nicht. Es könnte mit einem Tracker versehen sein. Und ich will nicht, dass du mit deinem Dad redest, bevor ich weiß, was hier läuft.«

»Ich verspreche, dass ich das nicht tun werde. Kriege ich ein neues, damit ich mit ihr sprechen kann?«

»Vorerst nicht. Um die Wahrheit zu sagen, deine Mom wird für eine ganze Weile nicht viel reden. Und wenn sie aus der Klinik kommt, braucht sie erst mal Ruhe.«

Die Türen öffneten sich, und Donatti durchlief noch einmal die Hightech-Sicherheitskontrolle. Nachdem er das Klicken gehört hatte, zog er einen Schlüssel für das Zimmer seines Sohnes aus der Tasche und schloss die Tür auf. Gabe hatte seinen Bereich als Suite eingerichtet. Der Steinway stand im Wohnzimmer, zusammen mit Donattis Cello, außerdem gab es in dem Raum einen kleinen Sitzbereich mit einem Fernseher. Im Schlafzimmer stand ein großes Doppelbett und sonst nicht viel. Aber die Wohnung verfügte über einen begehbaren Kleiderschrank und ein eigenes Bad.

Donatti ließ die Tüten auf den Boden fallen. »Ich möchte dich hier unterbringen, sodass alles vorbereitet ist, wenn deine Mom aus der Klinik kommt. Morgen, wenn du ausgeruht bist, kannst du deine Sachen und die von deiner Mom auseinandersortieren.«

»Warum? Wird Mommy denn nicht bei mir wohnen?«

»Nein, Kleines«, sagte Donatti. »Mommy wohnt bei mir.«

KAPITEL 3

»Ist irgendetwas vorgefallen?«

»Nein, Sir«, antwortete Giraldi. »Es war alles ruhig.«

»Das ist gut.« Donatti schüttelte den Kopf. »Sie beide können wieder in mein Büro zurück. Einer von Ihnen behält die Tür im Auge, der andere den Aufzug. Wie lange sind Sie schon im Dienst? Seit zehn?«

»Ja, Sir.«

»Dann haben Sie um sechs Feierabend. Haben Sie was dagegen, Überstunden zu machen?«

»Ganz und gar nicht, Sir.«

»Wer übernimmt nach Ihnen?«

»Ich glaube, Bacon und Millard.«

»Sagen Sie ihnen, dass sie um zehn anfangen sollen. Ich denke, Sie werden Zehn-Stunden-Schichten machen müssen, bis ich die Situation geklärt habe.«

»Das geht in Ordnung.«

»Gut. Ich melde mich rechtzeitig bei Ihnen.« Er warf Giraldi die Autoschlüssel zu. »Dann los.«

Die Männer standen auf und gingen, und er war zum ersten Mal seit Beginn dieser Tortur allein. Er setzte sich und legte den Kopf in den Nacken. Zu aufgekratzt, um zu schlafen, aber zu müde, um etwas Nützliches zu tun, saß er nur da und wartete. Fünfzehn Minuten später wurde die Doppeltür geöffnet. Er stand auf und setzte sich sofort wieder. Es war der Sheriff; der Mann arbeitete ebenfalls für ihn. Nur ein besserer Wachmann. Seine Aufgabe bestand vor allem darin, Betrunkene zu beruhigen und Junkies, die eine Überdosis genommen hatten, in die Notaufnahme zu bringen. Bill Saverhall war etwa einen Meter achtzig groß und hatte eine Wampe, dabei aber kräftige

Arme und wurde auch ohne Handschellen mit jedem fertig. Alles wirklich Handgreifliche übernahmen Donatti und seine Männer selbst.

»Hallo, Bill«, grüßte ihn Donatti.

»Chris.«

»Was ist los? Was machen Sie hier?«

»Einer Ihrer Kunden hat es wohl etwas übertrieben. Sie pumpen ihm gerade den Magen aus.«

»Haben Sie einen Namen?«

»Richard Feller.«

»Der war schon mal hier. Er sollte es eigentlich besser wissen. Danke, dass Sie mir Bescheid geben.«

Saverhall senkte den Blick. »Wie ich höre, lassen Sie ein Team an einer Frau arbeiten, die zusammengeschlagen wurde.« Donatti wartete ab. »Eine Verwandte von Ihnen oder …«

»Meine Frau … Ex-Frau.«

»Sie waren verheiratet?«

»Ja.«

»Wohnt sie hier?«

»Nein.«

»Wie ist sie hergekommen?«

»Ich bin mit dem Jet nach Los Angeles geflogen und habe sie abgeholt.« Er ließ einen Augenblick verstreichen. »Worauf soll das hier hinauslaufen?«

»Chris, es tut mir leid. Sie können mich feuern, wenn Sie wollen, aber ich muss mir Ihre Hände ansehen.«

Donatti ließ ein bitteres Lachen hören. »Sie glauben, ich wär das gewesen?«

»Sie fliegen den ganzen Weg bis nach Los Angeles, um Ihre Ex-Frau abzuholen, die fürchterlich zusammengeschlagen wurde? In L. A. gibt es bessere Krankenhäuser. Was würden Sie an meiner Stelle denken?«

»Na schön, bitte sehr.« Donatti streckte die Hände aus. Er hatte erst am vergangenen Morgen eine Maniküre gehabt, seine Fingernägel waren makellos.

»Drehen Sie sie um.« Saverhall nickte. »Danke. Ich müsste dann auch Ihre Arme sehen, Sir.« Als Donatti ihn nur anstarrte, fügte er hinzu: »Sie hatte Hautfetzen unter ihren Fingernägeln.«

Also runter mit dem Jackett. Er entblößte seine Unterarme und seine Knarre in ihrem Schulterholster. Donatti war überrascht. Saverhall hatte jahrelang über alle möglichen illegalen Drogen und Waffen hinweggesehen. Irgendetwas an einer zusammengeschlagenen Frau war ihm anscheinend unter die Haut gegangen. Er zog sein Hemd hoch und ließ auch seinen Bauch rund um sein Holster sehen. »Zufrieden?«

»Noch eine letzte Sache. Ihre Füße.«

»Das wird langsam ziemlich nervig.« Saverhall wartete, während Donatti Stiefel und Socken auszog. Saverhall sah sich seine Zehen und Fußnägel an und nickte endlich.

»Wollen Sie noch meine DNA, wo Sie schon dabei sind?«, fragte Donatti.

»Chris, es tut mir leid, aber ich mache hier nur meinen Job. Ich weiß nicht, wie Sie zu dieser Frau stehen, aber sie ist immerhin Ihre Ex.«

»Sie hat unseren Sohn angerufen. Unser Sohn hat mich angerufen. Sie wollte weg aus L. A. und ich habe sie abgeholt.«

»Nett von Ihnen, das für Ihre Ex-Frau zu tun.«

Donatti lächelte. »Hätten mich nie für einen netten Kerl gehalten, was?«

»Entschuldigen Sie die Unannehmlichkeiten.«

Donatti winkte ab. »Alles bestens. Gehen Sie nach Hause zu Ihrer Frau … Marquetta, richtig?« Genau in dem Moment öffnete sich erneut die Doppeltür, und ein Arzt erschien. Sein Mundschutz hing wie ein Mönchskragen herunter. »Ich muss mich verabschieden.«

Drew Jamison war seit vier Jahren als Arzt in der Notfallambulanz beschäftigt. Ledig und gut aussehend – dunkelhaarig und kräftig gebaut. Er nutzte häufig den Personalrabatt. Die Mädchen und die Jungs bekamen die gleiche Summe, ganz egal, wen sie bedienten. Dafür sorgte Donatti. Es war ein lohnendes Geschäft, und er ging damit Gerichtsprozessen wegen sexueller Nötigung aus dem Weg. Das hatte er allen eingeschärft, die für ihn arbeiteten.

Verschenken Sie niemals Ihre Dienste – nicht einmal an den Boss.

Donatti ging zu ihm. »Sie haben hoffentlich gute Nachrichten für mich.«

»Es gibt einen Haufen guter Neuigkeiten«, sagte Jamison. »Zunächst einmal ist ihr Hirndruck normal. Ihre Pupillenreaktion scheint in Ordnung zu sein. Sie war in der Lage, einfache Anweisungen zu befolgen.«

Er atmete erleichtert auf. »Das ist gut.«

»Ja, stimmt, aber Hirnschwellungen treten manchmal erst später auf. Wir werden sie weiter beobachten müssen, aber im Moment geht es ihr gut. Ihr Kiefer war ausgerenkt, und sie hat einige lockere Backenzähne. Wir haben alles verdrahtet, um ihren Mund zu stabilisieren. Die Drähte können wahrscheinlich in drei bis vier Wochen entfernt werden. Sie isst ohnehin nicht.«

»Sonst noch was?«

»Sie hat zwei gebrochene Knochen in ihrem rechten Unterarm. Der Radius hat einen Haarriss und die Elle weist einen unvollständigen Bruch auf, der drohte, ganz zu brechen. Wir haben ihren Arm bis zum Ellenbogen eingegipst. Außerdem hat sie rechts drei gebrochene Rippen, die getaped werden mussten. Sie hat ein wenig Blut erbrochen, aber das ist nicht so schlimm.« Er seufzte. »Das Hauptproblem sind ihre Nieren. Sie pinkelt Blut, und das ist nicht gut, aber echte Sorgen mache ich mir um etwas, das Rhabdomyolyse genannt wird und lebensbedrohlich sein kann. Das kann eintreten, wenn die Nieren beschädigt werden. Sie muss beobachtet werden.«

»Aber sie wird wieder gesund?«

»Sie muss beobachtet werden, Chris. Wenn ihre Nieren versagen, ist das übel. Dies ist eine kleine Klinik. Das wissen Sie. Sie sollte in eine größere Einrichtung kommen, mit mehr Behandlungsmöglichkeiten. Aber da sie hier ist, schlage ich vor, dass Sie rund um die Uhr unter Beobachtung bleibt. Wir haben viel zu tun, und es wäre schrecklich, wenn etwas übersehen würde.«

»Ich werde sie im Auge behalten.«

»Sie wollen doch nicht hier draußen im Gang campieren. Die Zimmer sind klein, Chris. Man bekommt da kaum einen Stuhl rein.«

»Bringen Sie sie in einem Doppelzimmer mit zwei Betten unter. Ich behalte sie im Auge. Ende der Diskussion, Drew. Wann kann ich sie sehen?«

»In ungefähr einer Stunde. Sie ist immer noch bewusstlos. Wenn sie aufwacht, wird sie Schmerzen haben. Ich muss schauen, was wir ihr geben können, ohne dadurch eine negative Wirkung auf ihre Nieren auszulösen. Das Problem ist, dass sich fast alles auf die Nieren auswirkt. Aber ich werde tun, was ich kann.«

»Danke.«

»Keine Ursache. Man soll es sich schließlich nicht mit dem Boss verderben.« Jamison biss sich auf die Unterlippe. »Es ist schön, dass Sie mit Ihrer Ex so gut befreundet sind.«

»Wir sind nicht befreundet. Hetero-Männer können nicht mit Frauen befreundet sein. Irgendwann wollen wir alle mehr, selbst wenn es so nicht angefangen hat. Wir denken immer: *Ich frage mich, wie sie nackt aussieht.* Und wenn du sie nicht vögeln willst, bist du garantiert nicht mit ihr befreundet.«

Der Doc hob eine Augenbraue. »Ich glaube nicht, dass sie in absehbarer Zeit Interesse an Sex haben wird.«

»Dessen bin ich mir bewusst.«

»Haben Sie bemerkt, wie sie aussieht?«

»Natürlich weiß ich, wie sie aussieht. Ich habe sie hergebracht. Sie ist ein Wrack. Hoffentlich wird sie nicht immer ein Wrack bleiben. Aber so oder so, sie ist immer noch mein Baby. Also, in ungefähr einer Stunde?«

»Ungefähr.«

»Ich gehe hoch in mein Büro. Jemand soll mich anrufen, wenn sie verlegt worden ist.«

»Kein Problem, Sir.«

»Das will ich hören, Drew. Kein Problem.«

Vom ersten Mal, dass ich wach wurde, erinnere ich mich daran, dass Schnipsel vor meinen Augen abgelaufen sind wie Filmtrailer. Ich hörte Geräusche, und nach wenigen Minuten wurde es wieder dunkel.

Als ich zum zweiten Mal aufwachte, hatte ich ein Kitzeln an der Nase, und als ich mich kratzen wollte, schlug mir etwas Hartes gegen das Gesicht. Sofort begann mein Kopf zu pochen. Ich versuchte, die Augen zu öffnen, aber ich sah nur Dunkelheit. Ich versuchte zu sprechen, konnte aber den Mund nicht bewegen. Panik stieg in mir auf, während der Schmerz sich in meinem Körper ausbreitete. Wahrscheinlich gab ich Geräusche von mir, denn eine Männerstimme sprach beruhigend auf mich ein und sagte mir, dass alles in Ordnung sei.

»Du bist in einer Klinik.« Die Stimme hatte ein Echo. »Deine Augen sind zugeschwollen, und dein Kiefer ist verdrahtet. Dein rechter Arm steckt in einem Gips, und deine Rippen wurden getaped. Aber du bist in Sicherheit, und alles wird gut.«

Ich antwortete nicht, sondern schnappte in flachen Atemzügen nach Luft.

»Hast du Schmerzen, mein Engel?«

Die Stimme klang vertraut, aber ich konnte sie nicht recht einordnen.

»Erinnerst du dich, was passiert ist?«, fragte er.

Gabes Stimme, aber auch wieder nicht. Und dann blitzten einzelne Bilder auf, mit denen die Erinnerung zurückkehrte. »Juleen!«

»Sie ist in Sicherheit. Ich habe jemanden, der auf sie aufpasst.«

Okay, jetzt wusste ich, wer das war. Und ja, ich hatte Schmerzen. Jede Menge Schmerzen. Ich begann zu weinen.

»Ich hole den Arzt.«

Ich hörte ihn weggehen. Wieder versuchte ich, die Augen zu öffnen, aber es ging nicht. Ich hob den rechten Arm, und er fühlte sich unnatürlich schwer an. Ach ja, eingegipst. Ich hob den linken Arm und zog ein Augenlid hoch. Licht fiel in meine Pupille, und ich konnte einen Raum mit Gegenständen ausmachen, die anfingen, sich um mich zu drehen. Übelkeit überkam mich. Ich musste erst husten und dann würgen.

»Setz dich auf, setz dich auf.« Chris stützte mich, als ich mich vorbeugte und würgte. Er hielt mir die Haare zurück, während ich mich übergab. »Alles okay, Baby. Der Doc ist hier.«

Ich hörte sie miteinander reden. Eine männliche Stimme sagte: »Nicht viel Blut, das ist gut.« An mich gewandt fuhr er fort: »Terry, können Sie mich hören?«

Ich nickte.

»Wissen Sie, wo Sie sind?«

»Klinik.« Meine Stimme war belegt. Mein Kiefer schmerzte. Ich achtete beim Reden darauf, lediglich die Lippen vor meinen Zähnen und die Zunge hinter meinen Zähnen zu bewegen. Es war ausgesprochen seltsam.

»Haben Sie Schmerzen?«

»Ja.« Es kam als ein Ächzen heraus.

»Ich gebe Ihnen etwas, das Ihnen Linderung verschaffen wird, okay?«

Ich nickte. Wieder juckte meine Nase, und ich machte Anstalten, mich zu kratzen. Schwerer Arm – der mit dem Gips. Mein linker Arm ging zu meiner Nase, doch da war etwas in meinen Nasenlöchern. Als ich versuchte, es herauszuziehen, wurde ich von jemandem daran gehindert. »Das ist eine Sauerstoffsonde, mein Engel. Die muss drinbleiben.«

Okay, das also verursachte den Juckreiz.

Ich hörte ein panisches Piepen. Chris sagte: »Du musst den Arm gerade lassen, Terry. Immer wenn du ihn bewegst, verdreht sich der Infusionsschlauch und der Apparat fängt an zu piepen.«

Ich spürte, wie sich etwas um meine Beine herum abwechselnd zusammenzog und lockerte.

Okay, ich wusste, was das war. Intermittierende pneumatische Kompression.

Gleich darauf spannte sich oberhalb der Armbeuge an meinem linken Arm etwas an, und ein Piepen folgte dem Nachlassen des Drucks.

Blutdruckmanschette – Check.

IPK – Check.

Infusion – Check.

Sauerstoffsonde – Check.

Katheter? Ich spürte etwas dort unten. Noch ein Häkchen.

Ich konnte meinen Herzschlag hören, langsam … stetig.

Herzschlag – Check.

Ich wusste nicht, was der Arzt in meine Infusion getan hatte, aber binnen einer Minute wurde um mich herum alles schwarz.

Als ich das dritte Mal zu mir kam, konnte ich die Augen immer noch nicht öffnen. Aber ich hörte jemanden ein Selbstgespräch führen, bis mir klar wurde, dass es Gabe und Chris waren, die miteinander redeten. Es war das erste Mal seit über einem Jahrzehnt, dass wir drei zusammen in einem Raum waren. Und da heißt es immer, Wunder gäbe es nur im Märchen.

Ich versuchte zu lauschen, konnte die Worte aber nicht ausmachen. Der Dialog lief wie mit Verzögerung ab, jeder Satz hallte nach, was es mir praktisch unmöglich machte, etwas zu verstehen. Ich musste gestöhnt haben, denn ihr Gespräch brach ab.

»Mom?« Ich spürte, dass jemand meine Hand nahm. »Mom, ich bin's, Gabriel. Kannst du mich hören?«

Ich nickte und versuchte mich an einem Lächeln, was mir

nicht ganz gelang. Ich drückte seine Finger. Angesichts seiner Antwort vermutete ich, dass ich nach Juleen gefragt hatte.

»Es geht ihr gut. Chris hat Geigenunterricht und Spanisch-Stunden für sie organisiert.«

Okay, dachte ich. Spanisch ist gut.

»Sie hält sich wacker. Sie fragt nach dir, aber wir halten es beide für keine gute Idee, dass sie dich sieht, bevor du nicht wieder etwas kräftiger bist.«

Je wacher ich wurde, desto mehr Schmerzen spürte ich.

Kann mich bitte irgendjemand k. o. schlagen?

Ich musste gestöhnt haben, denn Chris fragte, ob ich Schmerzen hätte.

Ich nickte.

Eine Minute später kam der Doc herein, die Schmerzen ließen nach, die Lichter gingen aus.

So blieb es eine ganze Weile. Jedes Mal wenn ich aufwachte, hielt ich ein wenig länger durch, bevor alles zu viel wurde und ich schlafen musste. Manchmal hörte ich Leute reden, die nicht mitbekamen, dass ich es hörte. Gesprächsfetzen hier und da, manche davon positiv.

Gute Vitalzeichen.

Gute Blutwerte.

Abklingende Schwellung.

Nierenfunktion auf dem Weg der Besserung.

Nierenfunktion auf dem Weg der Besserung? Was stimmte nicht mit meinen Nieren? Egal, denn was auch immer nicht stimmte, wurde langsam besser.

Ich hatte keine Ahnung, wie lange ich schon in der Klinik war. Es erschien mir wie eine Ewigkeit. Dieses Muster von abwechselndem Wachsein, Übelkeit, Schmerz und Rückkehr in die Dunkelheit. Manchmal war es im Raum fast still, bis auf das Klappern einer Tastatur. Manchmal konnte ich Chris' Anwesenheit spüren. Manchmal fühlte der Raum sich an, als befände sich nichts Lebendiges darin, mich selbst eingeschlossen.

Aber mir ging es langsam besser. Der Wendepunkt war, als es mir beim Aufwachen gelang, meine Augenlider ohne Hilfe meiner Hand zu öffnen. Licht fiel durch den Spalt, und ich konnte tatsächlich etwas erkennen, ohne dass der Raum um mich herum sich drehte. Mit schräg gelegtem Kopf sah ich die Klinikmonitore. Wenn ich den Hals reckte, konnte ich eine Gestalt von den Schultern abwärts ausmachen, einen Mann, der mit einem Laptop auf dem Stuhl saß. Wenn ich dazu noch den Kopf hob, konnte ich ein Gesicht in höchst konzentrierter Miene erkennen, hinter einer Brille mit Drahtgestell Augen, von denen ich wusste, dass sie von einem strahlenden Blau waren, die auf den Bildschirm gerichtet waren, Haare, unter denen hin und wieder hohe Wangenknochen zum Vorschein kamen. Ein breiter Mund, ein vorspringendes Kinn und dichte, helle Brauen. Weiße Haare, die noch immer Strähnchen vom einst vorherrschenden Blond enthielten.

Er war wunderschön, wie schon immer. Wahrscheinlich auch genauso charmant. Wie sonst bringt man Frauen dazu, sich für einen zu prostituieren? Einst hatte ich ihn über alles geliebt, der einzige Junge – na ja, mittlerweile ein Mann –, in den ich je leidenschaftlich verliebt gewesen war. Das Gefühl war verblasst, aber nicht vollkommen verschwunden. Nicht verblasst waren die Erinnerungen daran, warum ich ihn verlassen hatte – gleich zweimal. Mit heutigem Vokabular hätte man ihn wohl als »toxischen Mann« bezeichnet, was wirklich ein nichtssagendes Etikett war. Es erklärte sicherlich nicht das

Ausmaß dessen, wozu Christopher Donatti fähig war. Er war ein gewalttätiger Mann, der als Kind missbraucht worden war und als Erwachsener andere missbrauchte. Ich hatte es lange mit ihm ausgehalten. Dann war ich von einem ruhigen Mann und einer ungeplanten Schwangerschaft dazu bewogen worden, überstürzt den Rückzug anzutreten. Devek war gütig gewesen, vor allem am Anfang. Ein stiller Liebhaber, wenn auch kein besonders guter. Ich dachte, dass ich Ruhe und Frieden wollte, aber manchmal brauchte es ein wenig Wind in den Segeln, damit das Boot vorankam.

Ich war mir nicht sicher, welche Krise Devek wieder dem Glücksspiel in die Arme getrieben hatte. Von seiner Familie war mir versichert worden, dieses Kapitel sei abgeschlossen. Vielleicht hatte es am Druck seines stressigen Berufs als Herzchirurg gelegen. Es konnte der Wunsch gewesen sein, mit seinem älteren Bruder mitzuhalten, der das Vermögen der Familie verwaltete. Oder ihm fehlte ein süchtig machendes Hochgefühl in seinem Leben. Jedenfalls hatte es die Familie schwer belastet. Er verlor alles. Er machte Schulden. Jede Menge Schulden.

Er fing an, nach irrsinnigen Methoden zu suchen, um die Schulden loszuwerden. Einige seiner unausgegorenen Ideen schlossen mich ein, andere schlossen Juleen ein. Natürlich habe ich mich geweigert, irgendetwas in der Richtung zuzustimmen. Und deshalb bin ich mit meinen Kindern abgehauen.

Ich war sicher, dass Devek die beiden Schläger geschickt hatte, um Sanjay und Juleen zurück nach Indien zu bringen. Schwer zu sagen, ob es Teil des Plans gewesen war, mich dabei zusammenzuschlagen. Ich konnte mir nicht vorstellen, dass er mir das antun würde. Aber ich hatte schon immer Schwierigkeiten gehabt, Männer einzuschätzen. Ich habe üble

Fehlentscheidungen getroffen. Das hätte ich auf meinen Vater schieben können – meine Mutter war bei meiner Geburt gestorben –, aber die Wahrheit war, dass ich ein Gehirn hatte. Ich benutzte es nur nicht, wenn ich mit einem Y-Chromosom konfrontiert wurde.

Chris arbeitete noch immer an seinem Laptop und bekam nicht mit, dass ich wach war. Als ich »Hallo« sagte, ruckte sein Kopf hoch.

»Hallo, du.« Er nahm die Brille ab und klappte seinen Laptop zu. »Wie geht's dir?«

Wie ging es mir? Ich war mir nicht sicher.

»Hast du Schmerzen?«

»Ein bisschen.«

»Ich hol den Arzt.«

»Nein.« Ich schüttelte den Kopf. Ich hatte es satt, so neben der Spur zu sein. »Nein.« Ich schloss die Augen. Es war zu mühsam, sie offen zu halten. »Wie lange bin ich schon hier?«

»Seit fünf Tagen. Wow, du hörst dich viel besser an.«

Das stimmte. Ich konnte in ganzen Sätzen reden. »Geht's Juleen gut?«

»Ihr geht's bestens. Sie ist in Sicherheit. Bei Gabe. Erinnerst du dich daran, dass Gabe dich besucht hat?«

»Nein.«

»Er fliegt morgen nach Japan. Sein Agent hat für ihn eine Asien-Tournee organisiert. Ich hab ihm geraten, das zu machen. Er will dich bestimmt sehen.« Er hielt kurz inne. »Es ist Mitternacht.«

»Weck ihn nicht auf.« Ich spürte seine Hand auf meiner Wange. Eine ganz leichte Berührung. »Ich bin müde.«

»Ich bin froh, dich zu sehen, Terry.«

Mit Tränen in den Augen drehte ich den Kopf von ihm weg.

»Ich hole jetzt den Arzt, er soll dich wach sehen, okay?«

»Okay.«

Er nahm die Hand weg, und ich hörte, wie er ging.

In wachem Zustand konnte ich spüren, wie mir der Schmerz in Wellen durch den Leib lief – manchmal sehr heftig, manchmal als stetes Pochen. Es fühlte sich nicht gut an. Aber es war erträglich. Eine Minute später hörte ich zwei Männer hereinkommen. Ich öffnete die Augen. Der Unbekannte stellte sich als Drew Jamison vor.

»Wie geht es Ihnen?«

»Einigermaßen.« Meine Aussprache klang komisch, war aber zumindest verständlich. »Wie sehen meine Vitalzeichen aus?«

»Ihre Vitalzeichen?«

»Sie ist selbst Ärztin in der Notaufnahme«, erklärte Chris.

»Ihre Vitalzeichen sind in Ordnung. Ihre Temperatur ist auch wieder normal.«

Dann hatte ich also eine Infektion. Nicht überraschend, wenn man bedachte, was ich hinter mir hatte.

»Ihre Kreatinin-Werte sind immer noch zu hoch«, sprach er weiter.

»Rhabdo.«

»Ja, aber die Werte gehen langsam runter. Ich hoffe, dass ich den Katheter bald wieder ziehen kann. Sobald Sie imstande sind, allein zu trinken und Wasser zu lassen, so in ein oder zwei Tagen, kann ich Sie nach Hause schicken.«

Nach Hause. Wo genau war jetzt mein Zuhause?

»Sie wissen, dass wir Ihren Kiefer verdrahtet haben.«

»Ja.«

»Sie dürfen mit einem Strohhalm trinken. Sie bekommen ab jetzt Flüssigkeit. Aber Sie müssen literweise Wasser trinken, um das überschüssige Protein in Ihrem Urin loszuwerden.«

»Ich weiß.« Ich seufzte. »Jetzt bin ich müde.«

»Das verstehe ich. Ich werde die Entfernung des Katheters veranlassen. Sobald Sie ihn los sind, sollten Sie versuchen, ein wenig umherzugehen. Ich kann einen Physiothera...«

»Ich werde ihr helfen«, unterbrach Chris ihn. »Das werde ich ohnehin tun müssen, wenn ich sie zu Hause habe.«

Ich schätzte, mein Zuhause war vorläufig bei ihm.

»Es könnte hilfreich sein, einen Physiotherapeuten hinzuzuziehen, nur um Ihnen zu zeigen, wie es gemacht wird, Sir.«

»Meinetwegen.«

Ich erkannte den verärgerten Unterton in seiner Stimme wieder. Chris hatte für Hilfe nicht viel übrig.

»Ich werde das für morgen veranlassen«, bemerkte der Arzt. »Aber ich nehme an, morgen ist heute.«

»Brauchst du sonst noch was, Baby?«, fragte Chris.

»Ich habe Schmerzen«, antwortete ich.

»Wie Sie wahrscheinlich wissen, sind die meisten der gewöhnlichen Schmerzmedikamente schädlich für die Nieren«, sagte der Arzt. »Wie wäre es mit Tramadol?«

»Eine geringe Dosis.«

»Wird Ihnen davon übel?«

»Ein wenig. Danke.«

»Sehr gern. Es freut mich, Sie sprechen zu hören, Doktor. Passen Sie auf sich auf.«

»Na klar.« Ich gab einen tiefen Seufzer von mir. Es tat meinen Rippen weh. Ich öffnete die Augen und bemühte mich, meinen Ex-Mann anzusehen. »Tut mir leid.«

»Sei nicht albern.« Chris griff nach meiner rechten Hand und küsste meine Finger. »Darf ich auf deinem Gips unterschreiben?«

»Du darfst was draufmalen.«

»Das kann ich auch.« Ein Tausend-Watt-Lächeln. »Was hättest du denn gern?«

»Such dir was aus – bitte etwas Jugendfreies.«

»Spielverderberin.« Er zog einen Stift aus der Tasche seines Jacketts. »Wie wär's mit einem Einhorn?«

»Einhorn?«

»Ja, stehen Mädchen nicht auf Einhörner?«

»Ich bin eine erwachsene Frau.«

»Frauen stehen auf Geld. Willst du, dass ich ein Bündel Dollarscheine zeichne?«

Ich spürte, wie sich ein Lächeln auf meinem Gesicht ausbreitete. »Einhorn.«

»Dachte ich mir.« Er streckte behutsam meinen rechten Arm durch und begann zu zeichnen. Da ich ohnehin nicht sehen konnte, was er tat, schloss ich die Augen wieder.

Er sagte nichts. Dann fragte er: »Erinnerst du dich, was passiert ist?«

»Bruchstückhaft.«

»Irgendeine Ahnung, wer das getan hat?«

Es schnürte mir die Kehle zu, als ich an meinen Sohn dachte. »Wahrscheinlich Devek.« Ich hielt inne, um meine Stimme wiederzufinden. »Er war nicht dabei.«

»Woher weißt du das?«

»Ich habe ihn nicht ... bemerkt.«

»Hast du jemanden erkannt?«

»Nein.« Wieder kamen mir die Tränen. »Spielt es eine Rolle? Mein Sohn ist verschwunden.«

Wir hörten auf zu reden. Chris zeichnete weiter. Ich spürte es auf dem Gips kratzen. Nach ungefähr zwei Minuten ließ er meinen Arm los. »Was sagst du?«

Mit Mühe öffnete ich meine feuchten Augen. Es war ein sehr niedliches Einhorn mit einem breiten Lächeln auf dem Gesicht. »Hübsch.«

»Ich habe überlegt, ihm einen süßen kleinen Ständer zu verpassen ...«

»Hör auf damit ...«

»Das ist der Grund, warum er lächelt.«

»Der gute, alte Chris.«

»Ja, ich hab mich nicht verändert.« Er streichelte meinen Oberarm. »Ich bin immer noch zwanghaft, aggressiv, dominant, ein Kontrollfreak und sexsüchtig. Ich hasse es, wenn man mir etwas abschlägt, und aufgrund dessen, was ich mir aufgebaut habe, passiert es mir auch nicht allzu oft.«

»Das freut mich für dich.«

»Ach ja?«

Ich schloss die Augen. »Ja. Wirklich.«

»Ich hab mich nicht verändert«, sagte er, »aber ich bin älter geworden. Mit vierundvierzig versuche ich nachzudenken, bevor ich reagiere. Nüchtern sein hilft.«

»Ich bin stolz auf dich.«

»Danke.« Er schwieg einen Moment. »Was ist mit dir? Hast du dich verändert?«

»Ich weiß es nicht.« Ich war vollkommen demoralisiert. »Ich weiß es wirklich nicht.«

»Du musst dich nicht ändern«, antwortete er mir. »In meinen Augen warst du immer perfekt.«

»Danke, aber wir wissen beide, dass das nicht wahr ist.«

Bitte, mach, dass er aufhört. Ich kann mich damit jetzt nicht befassen.

»Du siehst müde aus, Baby.«

»Ein wenig.«

»Dann schlaf. Ich bin hier, wenn du wieder aufwachst.« Und dann: »Dein schlimmster Albtraum, was?«

»Ganz und gar nicht.« Meinen schlimmsten Albtraum hatte ich bereits hinter mir. Im Vergleich dazu war der Umgang mit Chris ein Spaziergang. Meine Augen füllten sich schon wieder mit Tränen. »Ganz und gar nicht.«

Er tupfte mein verquollenes Gesicht mit einem Taschentuch ab. »Ich werde dich beschützen, mein Engel. Dich und deine Tochter. Versprochen.«

»Danke.«

»Werd gesund und schlaf ein wenig.«

Ich protestierte nicht. Selbst wenn ich es gewollt hätte, wäre es sinnlos gewesen, mit ihm zu streiten. Seine typische Vorgehensweise. Er konnte total betörend sein und dann von einer Sekunde zur anderen aggressiv werden. Und das passierte immer: Es war nur eine Frage des Wann, nicht des Ob. Ich hatte ihn wegen eines anderen Mannes verlassen. In Wahrheit sah es so aus, dass ich ihn nicht wegen eines anderen Mannes, sondern wegen des Babys verlassen hatte, das zufällig von einem anderen Mann gezeugt worden war. Chris mochte über eine Menge hinwegsehen, aber nicht über so etwas.

Nein, nicht über so etwas.

KAPITEL 4

Es war Pendergast, der den Anruf bekam, in die Klinik zu kommen. Er war älter als die meisten anderen Bodyguards und ein begnadeter Schütze; Donatti hatte ihn gleich zu Beginn angeheuert, vor fast zehn Jahren. Während er darauf wartete, dass der Mann auftauchte, zog Donatti die beiden ausländischen Handys heraus, die er Terry und dem Mädchen vor fünf Tagen abgenommen hatte. Er hatte die Ladekabel – er war klug genug gewesen, die mitzunehmen –, aber ihm fehlten die Adapter, um die indischen Stecker mit den amerikanischen Steckdosen zu verbinden. Terry hatte wahrscheinlich einen in ihrer Handtasche, aber die Handtasche befand sich in seinem Zimmer, und er war der Einzige, der Zugang zu seinen persönlichen Räumlichkeiten hatte. Niemand konnte nach Belieben in das Zimmer. Es war gebaut wie ein Tresor. Donatti hatte dort sogar einen stehen. Einen Tresor in einem Tresor. Nur bei Terry machte er eine Ausnahme. Er hatte sie dort untergebracht, weil es sicher war, und er wollte unbedingt, dass sie sicher war, wenn er nicht bei ihr sein konnte. Außerdem war das der eine Ort, an dem er vollkommen allein mit ihr sein konnte.

Die Handys waren die ganze Zeit über ausgeschaltet gewesen. Vielleicht hatte das ein oder andere davon noch Saft. Während er auf Unterstützung wartete, dachte er über einiges nach, und seine widersprüchlichen Gefühle stritten miteinander. Auf der einen Seite war er fast von Sinnen vor Glück, sie wieder in seinem Besitz zu haben. Auf der anderen Seite war er immer noch stinksauer auf sie.

Mit vierundvierzig versuche ich nachzudenken, bevor ich reagiere.

Sein Handy vibrierte. Donatti drückte auf den Annahmeknopf. Eine Stimme erklang: »Ich bin jetzt da, Boss.«

»Ich komme Sie holen.«

Er verließ Terrys Krankenzimmer – es gab insgesamt nur zehn Betten –, ging am Behandlungsraum vorbei und durch die Flügeltür in den Flur. Pendergast war ziemlich genau eins achtzig groß, stämmig gebaut und hatte kräftige Arme. Donatti sah ihn in seiner Freizeit oft in der Personalkantine lesen, wo er seinen Kaffee schlürfte und sich in einen Klassiker vertiefte. Er winkte ihn mit einem gekrümmten Zeigefinger zu sich und führte ihn durch das medizinische Labyrinth, bis sie vor Terrys Zimmer standen.

»Ich bin oben in meinem Büro. Wenn was ist, rufen Sie mich an. Dann bin ich in dreißig Sekunden unten. Bleiben Sie vor ihrem Zimmer. Keiner geht da rein, nicht einmal der Arzt.«

»Verstanden.«

»Wollen Sie einen Stuhl?«

»Hab die ganze Nacht gesessen, Boss. Ich brauche nichts.«

»Guter Mann.«

Donatti drehte sich um und ging nach oben in sein Büro.

Als er an seinem Schreibtisch saß, schaltete er die Handys ein. Sie hatten beide noch ungefähr zwanzig Prozent Ladung, genug für seine Zwecke. Zuerst rief er Terrys Telefon-App auf und machte mehrere Fotos von jedem einzelnen Anruf, der in den letzten fünf Tagen bei ihr eingegangen war. Dasselbe wiederholte er bei den SMS. Anschließend nahm er sich Juleens Handy vor und machte dort das Gleiche. Dann schaltete er beide Geräte aus.

Am ersten Tag zeigte die Liste der Anrufe Gabes Nummer, seine eigene und Juleens. Dann 36 Stunden nichts, bis eine Reihe von Anrufen von einem einzigen Namen kam.

Devek
Devek
Devek
Devek

Es mussten über zwei Dutzend Anrufe gewesen sein.

Die SMS waren gleichermaßen hektisch.

Wo bist du. Ruf mich an! Es ist dringend.

Ruf mich an, Terry. Es ist sehr dringend.

Notfall. Ruf mich an.

Es waren ungefähr zwanzig SMS, und sie alle offenbarten Panik.

Zeit, herauszufinden, was das alles sollte. Der Zeitunterschied zwischen Indien und Nevada betrug dreizehneinhalb Stunden, was bedeutete, dass es dort jetzt ungefähr halb drei am Nachmittag sein musste. Er schaltete Terrys Handy ein, drückte auf die Ruftaste und wartete. Der Anruf wurde beim zweiten Klingeln entgegengenommen. Donatti wartete.

»Terry?« Eine Männerstimme. »Wo *bist* du? Ich versuche seit drei Tagen, dich zu erreichen. Ist Juleen bei dir? Geht es ihr gut? Geht es *dir* gut?«

»Hier ist nicht Terry«, sagte Donatti.

»Um Gottes willen, bitte, tun Sie ihr nichts. Bitte, tun Sie meiner Tochter nichts. Bitte, bitte. Ich besorge das Geld. Es wird ein wenig dauern, aber ich schwöre Ihnen, dass Sie das ganze Geld bekommen werden. Als Zeichen meines guten Willens gebe ich Ihnen hunderttausend US-Dollar, aber bitte, tun Sie …«

»Hier ist Christopher Donatti, Devek. Die beiden sind bei mir. Sie sind in Sicherheit.«

Am anderen Ende der Leitung herrschte für einen Augenblick Schweigen. »Terry ist bei Ihnen?«

»Ja.«

»Und Juleen auch?«

»Juleen schon, aber Sanjay nicht. Er wurde Terry weggenommen, und als Abschiedsgeschenk haben die Täter sie windelweich geprügelt.«

»Oh, lieber Gott! Geht es Terry gut?«

»Nein, es geht ihr nicht gut. Sie ist in der Klinik.«

»Wie schlimm?«

»Schlimm, aber sie wird wohl wieder gesund.«

»Das ist alles meine Schuld.«

»Daran habe ich keinen Zweifel. Beichten mögen gut für die Seele sein, aber in Ihrer Situation werden sie nicht helfen. Wie viel verlangt man für den Jungen? Ich bin mir sicher, dass man sich seinetwegen mit Ihnen in Verbindung gesetzt hat.«

Es folgte ein sekundenlanges Schweigen. »Es ist eine lange Geschichte. Sie müssen verstehen, dass ich einiges an Spielschulden habe ...«

»Ich bin auf dem Laufenden, Devek. Wie viel wollen diese Leute für Ihren Sohn?«

»Sie wollen, was ich ihnen schulde.«

»Und wie viel schulden Sie ihnen?«

»Eine Menge.«

»Wie viel?«

»Mehr als ich habe ...«

»Devek, wollen Sie meine verdammte Hilfe nun oder nicht?«

»Zweieinhalb Millionen.«

Donattis Herz machte einen Satz. Er arbeitete oft mit Frauen – und Männern, die Spielschulden angehäuft hatten. Die Casinos riefen ihn an, und er bezahlte die Schulden mit einem Rabatt, dann arbeiteten die Schuldner das, was sie ihm schuldeten, mit Prostitution ab. Aber selbst als jemand, der das schon eine ganze Weile tat, verschlug es Donatti den Atem: Zweieinhalb Millionen Dollar waren eine gewaltige Summe.

»Die Zinsen sind da mit drin«, fügte Devek hinzu.

»Das ist verdammt viel Geld«, erwiderte Donatti. »Wieso zum Teufel hat Ihnen niemand Einhalt geboten?«

»Es hat niemand darauf geachtet, bis es zu spät war.«

»Hören Sie auf, mir Bullshit aufzutischen, okay? Das mag ich nicht, ich mag Sie nicht, und ich stehe eine Millisekunde davor, aufzulegen. Ich arbeite seit mehr als einem Jahrzehnt mit Casinos zusammen. Ich bin Besitzer eines Casinos. Darauf wird *immer* geachtet. Warum hat man Ihnen so viel Kredit gegeben?«

»Ich komme aus einer wohlhabenden Familie.«

»Sehr wohlhabend, richtig?«

»Ja.«

»Und die ist nicht bereit, Ihnen zu helfen?«

»Mein Vater ist krank. Er hat meinem älteren Bruder die Verfügungsgewalt über unseren gesamten Besitz übertragen. Er hat die Hand auf dem Vermögen, und im Moment ist er wütend auf mich.«

»Wütend genug, um seinen Neffen für Ihre Sünden sterben zu lassen?«

»Er sagt, er würde mir ein wenig geben, um sie hinzuhalten, aber er ist sehr, sehr wütend. Er hat mir schon einmal geholfen, und ich hatte geschworen, mit dem Spielen aufzuhören.

Und das habe ich auch. Aber dann ist alles … außer Kontrolle geraten. Meine Schuld, ja. Das Problem ist jetzt, dass er mir nicht mehr vertraut.«

Aus gutem Grund. Donatti dachte nach. »Warum unterschreiben Sie ihm keinen Schuldschein?«

»Das habe ich angeboten. Er will keinen.«

»Okay. Ich tue das für Terry, nicht für Sie, klar?«

»Ja, klar.«

»Wie wäre es mit Folgendem? Ich rufe ihn an und biete mich als Bürge für den Schuldschein an. Wenn etwas schiefgeht, haben sie zwei Leute am Hals.«

»Er wird sich nicht darauf einlassen.«

»Warum nicht?«

»Weil er zu wütend ist.«

Es musste mehr hinter der Geschichte stecken, als der Mann zugeben wollte. »Was haben Sie getan, um ihn so sauer zu machen?«

»Ich hab's Ihnen doch erzählt. Ich habe mein Versprechen bezüglich des Glücksspiels gebrochen.«

»Was sagte ich über das Auftischen von Bullshit? Was haben Sie getan, dass er derart sauer auf Sie ist?«

»Darüber will ich lieber nicht sprechen.«

»Sie sind nicht in der Position, die Bedingungen zu diktieren. Was haben Sie getan?«

»Ich habe ihm als Gegenleistung für meine Schulden ein Versprechen gegeben.« Eine lange Pause. »Ich konnte es nicht einlösen.«

»Hören Sie auf, auszuweichen. Was haben Sie ihm versprochen?«

»Ich bringe es nicht über die Lippen … Ich schäme mich zu sehr.«

»Ah.« Donatti gab ein leises Lachen von sich. Dieses kranke Arschloch. »Sie haben ihm Ihre Tochter versprochen, nicht wahr?«

»Das wäre kein Problem gewesen.« Eine weitere lange Pause. »Es war nicht Juleen, die er wollte.«

Und dann dämmerte es ihm. »Terry.«

»Er stand schon immer auf sie.«

»Sie haben sich zum Zuhälter Ihrer Frau gemacht.«

»Bitte, sagen Sie das nicht …«

»Hey, ich bin selbst kein Musterknabe. Ich verurteile sie nicht. Aber ich nehme an, Terry hat Sie ordentlich verurteilt. Hat sie Sie deshalb verlassen?«

»Sie hat gesagt, sie brauche Zeit, um darüber nachzudenken. Und dann habe ich nichts mehr von ihr gehört.« Sein schwerer Atem war zu hören. »Sie müssen das verstehen. Man wollte mich umbringen.«

»Hätte man mal. Das wäre für alle ein großer Dienst gewesen.« Es wurde still in der Leitung. Donatti fragte: »Wie viel macht Ihr Bruder locker? Einhunderttausend?«

»Ja, aber ich denke, ich kann mehr bekommen.«

»Wie viel mehr?«

»Vielleicht kann ich eine halbe Million zusammenkratzen. Aber genau weiß ich es nicht. Nicht mal mein Bruder hat so viel Bargeld. Werden Sie mir helfen? Ich zahle Ihnen jeden Cent zurück. Dafür brauche ich vielleicht ein wenig Zeit, aber ich habe einen guten Job. Ich bin Chirurg. Ich schwöre, Sie bekommen jeden Penny zurück.«

»Devek, bei mir können Sie nicht anschreiben lassen.«

»Ich weiß nicht, was Sie mir damit sagen wollen.«

Wenn Donatti ihn durch die Leitung hätte erwürgen können, hätte er es getan. Stattdessen sagte er: »Wie lange hat man Ihnen gegeben, um das Geld für Ihren Sohn aufzutreiben?«

»Zwei Wochen.«

»Ab wann?«

»Vor drei Tagen.« Als Donatti nichts antwortete, sagte Devek: »Hallo?«

»Ich denke nach. Geben Sie mir einen Augenblick Zeit.« Eine Minute verstrich. »Okay, wenn die Entführer Ihres Sohnes Sie das nächste Mal anrufen, geben Sie ihnen meine Nummer. Haben Sie einen Stift?«

»Ja, Moment … Ja, ja. Ich habe Stift und Zettel.«

Donatti gab ihm die Nummer durch. »Lesen Sie sie mir noch einmal vor.« Devek wiederholte die Ziffern. »Gut. Sie sollen mich anrufen. Sagen Sie ihnen, dass Sie das Geld nicht haben, aber ich. Dass ich ein Geschäftsmann bin, genau wie sie, und wenn sie Ihnen nicht glauben, sollen sie meinen Namen online überprüfen. Ich habe eine bewegte Vergangenheit.«

»Das ist mir bewusst.«

»Gut. Sollte es auch.«

»Kann ich mit Terry reden? Ich will ihr sagen, dass ich sie liebe und dass es mir sehr leidtut.«

»Nein, Sie können nicht mit ihr reden, aber ich werde es ihr ausrichten.«

»Kann ich bitte mit meiner Tochter sprechen? Sie haben selbst ein Kind. Sie müssten wissen, wie ich mich fühle.«

»Mir ist egal, wie Sie sich fühlen, Devek. Außerdem ist es hier ein Uhr morgens. Aber selbst wenn es ein Uhr mittags wäre, würde ich Nein sagen. Und ich werde Ihnen noch etwas sagen. Ich bin erheblich netter zu Ihrer Tochter, als Sie es je zu meinem Sohn waren.«

Stille in der Leitung. »Ich möchte mich aufrichtig entschuldigen – bei Ihnen beiden.«

»Tja, das wird nicht reichen und spielt jetzt auch keine Rolle mehr. Geben Sie den Schlägern meine Nummer, dann sehen wir weiter.«

»Chris, ich weiß nicht, wie ich Ihnen danken soll …«

»Für Sie bin ich Mr. Donatti, und machen Sie sich nicht die Mühe, sich bei mir zu bedanken, denn ich tue Ihnen hier keinen Gefallen. Sie schulden mir was, und zwar so richtig.«

»Ich habe Ihnen bereits gesagt, dass ich Ihnen jeden Cent zurückzahle – plus Zinsen.«

»Nein. Ich brauche Ihr Geld nicht. Ich habe jede Menge Geld, auf dem sich bereits der Staub sammelt. Hören Sie gut zu, Sie Arschloch, denn das ist der Deal. Sie haben mir meine Frau weggenommen. Ich will sie zurückhaben.«

Als Chris mich im Rollstuhl aus der Klinik schob, konnte ich die Augen öffnen, obwohl ich immer noch blutgefüllte blaue Ringe darunter hatte und dazu dunkelviolette Lider. Mein Gesicht sah aus wie ein Pollock-Gemälde in gemischten Rot- und Blautönen. Die gute Nachricht war, dass das Grün langsam hervorkam, und so hässlich es aussah, deutete es doch zumindest auf den Heilungsprozess hin. Meinen Rippen ging es besser, das Atmen tat nicht mehr so weh, aber man hatte mir geraten, nichts Schweres zu heben. Das sollte vorerst kein Problem sein. Mein Arm war eingegipst, und ich hatte die Option auf eine Schlinge, falls der Gips sich als zu lästig herausstellen sollte. Ich konnte laufen, wenn auch nur im Schneckentempo. Mein Rücken schmerzte noch immer, und obwohl meine Kreatinin-Werte gesunken waren, war ich noch nicht gänzlich außer Gefahr.

Ich wollte Juleen sehen, aber sie war gerade im Unterricht, und außerdem musste ich Chris und Gabe zustimmen – es war vielleicht wirklich klüger zu warten, bis ich besser aussah und ein wenig kräftiger war. Auf keinen Fall wollte ich mich von ihr bemuttern lassen. Ein paar Tage würden keinen Unterschied machen. Sie wurde versorgt und war in Sicherheit. Das war alles, was zählte.

Chris verfrachtete mich auf die Rückbank einer Stretchlimousine, dann ging er um den Wagen herum und setzte sich hinter den Fahrer. Ich hatte Mühe, mich anzuschnallen. Er beobachtete mich und wusste, dass ich keine Hilfe wollte. Als der Sicherheitsgurt endlich angelegt war, wies er den Chauffeur an loszufahren.

»Alles okay?«, fragte er.

Ich ließ den Blick aus dem Fenster schweifen: Überall war es grün, und ich sah Berge. »Ich bin ein wenig desorientiert.«

»Du wirst dich hier schon bald zurechtfinden.«

»Gehört all das dir?«

»Ja.«

»Viel Fläche.«

»Sehr viel. Ich habe meine eigene Stadt – meine eigene Polizei und Feuerwehr und meine eigene Postleitzahl.«

»Wie heißt die Stadt?«

»Mountain Pass. Nicht sehr originell, aber ich wollte was Neutrales.«

»Machst du deine eigenen Gesetze?«

»Nein. Wir unterliegen den Gesetzen des Staates und natürlich dem Bundesrecht. Marihuana für den Freizeitgebrauch ist hier legal. Ich besitze eine Apotheke, die es ausgibt.« Er hielt inne. »Ich sage, ›besitze‹, aber tatsächlich läuft alles über Briefkastenfirmen auf Gabes Namen. Er will nichts mit Bordellen zu tun haben. Er glaubt, es sei schlecht für sein Image.«

Ich nickte. Eine Minute später kamen Gebäude in Sicht. Das uns am nächsten gelegene war ein dreistöckiger, quadratischer Bau aus Backstein und Glas, der frei auf seinem eigenen Grundstück stand. Die anderen Gebäude schienen ungefähr eine Viertelmeile entfernt zu sein. Wir passierten den Haupteingang, und der Chauffeur fuhr um das Haus herum nach hinten, was wohl im Interesse aller lag. Ich wollte niemanden sehen, und ich war mir sicher, dass Chris nicht wollte, dass jemand mich sah. Sobald der Chauffeur den Motor abgestellt hatte, beeilte er sich, den Rollstuhl aus dem Kofferraum zu holen. Ich sagte: »Ich würde lieber selbst gehen.«

»Ganz wie du willst.« Chris wandte sich an den Chauffeur. »Sie können das Ding zusammenklappen.«

»Natürlich«, antwortete der Chauffeur. »Sonst noch etwas, Sir?«

»Nein, wir haben alles, was wir brauchen.«

Chris tippte Zahlen in eine Rufsäule ein. Die erste Tür führte uns zu einem Seiteneingang. Durch die zweite Tür kam man nur mit zwei Schlüsseln, und das auch nur nach einem Iris- oder Netzhaut-Scan. Ein Klicken ertönte, und Chris öffnete die Tür und ließ mich vorgehen. Wir brauchten nur wenige Schritte zurückzulegen, bis wir vor einem Aufzug standen. Auch dieser erforderte Schlüssel und eine Iriserkennung. Sobald wir in der Kabine waren, fuhren wir in den zweiten Stock, und die Tür öffnete sich erst, als Chris weitere Zahlen eintippte.

Endlich gelangten wir in ein kleines Vorzimmer mit zwei Türen. »Diese Tür hier«, sagte Chris, »führt zu einer Treppe, über die man zu Gabes Zimmer gelangt. Dort ist deine Tochter untergebracht. Ich habe einen Wachmann vor ihrer Tür postiert, und während des Unterrichts ist ein Mann mit im Raum. Es bräuchte schon eine ganze Armee, um zu ihr vorzudringen.«

»Ich bin sehr dankbar, dass du dich um ihre Sicherheit sorgst.«

»Keine Ursache. Diese Tür führt zu meinem Versteck. Hier kommt niemand rein. Na ja, Gabe war vielleicht ein- oder zweimal drin, während wir auf einen Arzt gewartet haben. Aber für die Behandlung bin ich mit ihm nach unten gegangen. Du bist eine Ausnahme.«

»Ich kann auch bei Juleen bleiben, wenn dir das lieber ist.«

»Es ist mir nicht lieber.« Er tippte Ziffern auf ein Tastenfeld und blickte in eine Kamera. »Dein Gott ist ein sehr eifersüchtiger Gott.« Er betrachtete mich mit ausdruckslosen Augen. »Außerdem brauchst du jemanden, der sich um dich kümmert. Es ist nicht die Aufgabe deiner Tochter.«

»Da gebe ich dir recht. Ich fühle mich nur nicht wohl dabei, in deine Privatsphäre einzudringen.«

»Du dringst in gar nichts ein. Ich will dich in meiner Nähe haben.« Weitere Schlüssel, weitere biometrische Scans, weitere Tastenfelder, in die Zahlen eingegeben werden mussten. Sicherheitsmaßnahmen über Sicherheitsmaßnahmen. Dieser Eingang arbeitete mit einem Daumenabdruck- und Iriserkennungssystem. Schließlich öffnete sich eine Tür, die so dick war wie die eines Banktresors. Er schaltete einige Deckenlampen ein, obwohl es im Raum taghell war.

Ich trat über die Schwelle.

Es haute mich um.

Es war irgendetwas zwischen einem NASA-Missionskontrollzentrum und einer mittelalterlichen Folterkammer.

Sämtliche Wände waren kahl. Einige waren schwarz, andere strahlend weiß gestrichen. Der Boden bestand aus tiefschwarzem Marmor ohne die kleinste Äderung. Ganz rechts befand sich ein würfelförmiger Bereich, der aus einem schwarzen Schreibtisch mit einem schwarzen Lederstuhl und schwarzen Aktenschränken bestand. Dem Schreibtisch gegenüber gab es schwarze Regale mit Mikrowelle und Kaffeemaschine. Gleich daneben war ein schwarzer Kühlschrank zu sehen und neben dem Kühlschrank eine halb geöffnete Tür, die anscheinend zu einem Badezimmer führte.

Ich trat vor und blickte direkt auf eine Reihe von Monitoren – ungefähr ein Dutzend übereinander angeordnete Bildschirme und ein Steuerpult mit Reglern, Schaltern und mehreren Tastaturen. Es gab Geräte und Apparate, und alles sah sehr wichtig aus, auch wenn ich nicht die leiseste Ahnung hatte, wozu die einzelnen Dinge dienten. Hinter den Reglern befand sich ein Kapitänsstuhl – natürlich in schwarzem Leder – auf einem Podest. Ohne Zweifel steuerte er von hier aus das ganze System, wozu auch immer es gut sein mochte.

Neben der Kontrollstation stand eine ungefähr drei Meter lange, extra breite schwarze Ledercouch. Ich weiß nicht, warum er sich an einem Ort, an dem ihn nie jemand besuchte, die Mühe mit der Couch machte. Sie machte den Raum mit Sicherheit nicht heimeliger.

Ich blickte nach links und stellte fest, dass der Fußboden mit schwarzen Matten ausgelegt war. Außerdem sah ich Hantelständer mit zahlreichen Hanteln auf beiden Seiten, übereinandergestapelt wie eine Hochzeitstorte. Es gab auch Ablagen mit zahlreichen Kurzhanteln, und auf dem Boden lagen Kettlebell in verschiedensten Größen. Von einer langen, schwarzen Stange, die über den Gewichten angebracht war, hingen Riemen und Ketten und andere Gegenstände herab, die ich nicht benennen konnte. Außerdem verfügte der Raum über einen Heimtrainer, ein Laufband und einen Crosstrainer.

Wie alles bei Chris war das Ganze akribisch geordnet.

»Deine Folterkammer?«

»Der Einzige, der hier gefoltert wird, bin ich selbst.«

»Wofür sind all die Riemen da?«

»Gewichtsgürtel.«

»Die Ketten?«

»Kraftübungen.«

»Wenn du es sagst.« Ich schüttelte den Kopf. »*Fifty Shades of Grey* kennst du, oder? Das hier ist *One Shade of Black*.«

»Ich hab's halt gern schlicht.«

Alles war so trist, besonders nach der Leuchtkraft der Farben in Indien. »Du bist Künstler, Chris. Wo ist die Farbe?«

Er zog ein Hosenbein hoch und zeigte mir einen Stiefel aus Eidechsenleder in Purpur. Ach ja. Er liebte Stiefel, vor allem welche mit Absätzen, die ihn noch größer erscheinen ließen. Jetzt fiel es mir wieder ein.

»Du weißt doch, dass ich vorwiegend mit Bleistift arbeite, außerdem mit Kohlestiften und Tinte.«

Er hatte recht. »Du hast wohl keinen großen Bedarf daran, dass eine Frau dem eine weibliche Note hinzufügt.«

»Es gibt keine Frauen in meinem Leben.«

»Was ist mit deiner Sekretärin? Wie hieß sie noch?«

»Talia. Eine Weile war es mit ihr ganz praktisch. Dann änderten sich die Zeiten, und ich hielt es für das Beste, alles abzuschaffen, was nach sexueller Belästigung riecht. Mittlerweile ist sie lediglich eine Angestellte. Eine gute, aber das ist auch alles.«

»Wie hat sie die Veränderung aufgenommen?«

»Wahrscheinlich hat es ihr nicht gefallen. Mir ist's egal. Die Geschäfte stehen an erster Stelle.«

»Was ist mit deinen Prostituierten?«

»Wir bezeichnen sie als ›Sexarbeiterinnen‹. Ich bezahle für alles.«

»Du bezahlst für deine eigenen Frauen?«

»Jepp. Im Prinzip bezahle ich mich selbst, aber auch die Sexarbeiterinnen kriegen ihren Anteil und ihre Trinkgelder. Hast du Hunger? Ich habe im Kühlschrank jede Menge Proteinshakes.«

»Danke. Im Moment brauche ich nichts.«

»Ich hoffe, du bist keine Veganerin wie deine Tochter.«

»Vegetarierin. Was ist daran auszusetzen, sich vegan zu ernähren?«

»Es nervt. Ich habe endlich jemanden gefunden, der indisch kochen kann.«

»Und wer ist das?«

»Eine meiner Sexarbeiterinnen.«

»Du lässt eine *Prostituierte* für meine Tochter kochen?«

Er kniff die Augen zusammen. »Sei nicht so verdammt voreingenommen. Du warst selbst mal ganz unten. Hab ein bisschen Mitgefühl.«

Ich seufzte. In Wirklichkeit war auch ich früher bloß eine Prostituierte gewesen, mit dem Unterschied, dass ich nur einem einzigen Mann zur Verfügung hatte stehen müssen. Nach dem Abschluss meines Medizinstudiums ließ ich all diese Abhängigkeiten hinter mir – zumindest hatte ich das gedacht. Jetzt fand ich mich erneut in der gleichen Situation wie vor zweiundzwanzig Jahren wieder. »Du hast völlig recht. Ich bin sicher, sie ist eine gute Köchin.«

»Deine Tochter sagt, sie macht fantastische Samosas und Currygerichte.«

»Großartig«, antwortete ich. »Sie kann auch für mich kochen, wenn ich den Mund wieder aufkriege.«

»Du wirst Fleisch brauchen, um dein Gewicht und deine Kräfte zurückzugewinnen.«

»Darüber kann man streiten ... Oder hast du vor, mir einen Fleischshake zu servieren?«

»Lecker.« Er lächelte. »Komm. Du brauchst Ruhe.«

Als er mich durch seine Räumlichkeiten führte, fiel mir eine Stahltür ins Auge, die aussah, als gehöre sie in eine Bank. »Was ist das?«

»Mein Tresor.« Er wartete. »Willst du ihn dir ansehen?«

»Ein andermal.«

»Müde?«

»Ein bisschen. Es ist eiskalt hier drin.«

»Ich arbeite nachts. Die Raumtemperatur hält mich davon ab, einzuschlafen. Na komm, du solltest dich jetzt wirklich etwas ausruhen.«

Sein Schlafzimmer war riesig. Das Gute war, dass durch das Fenster, das die Berge einrahmte, Tageslicht fiel. Ich konnte erkennen, dass das Glas kugelsicher war, denn die Dicke der Scheibe ließ die Außenwelt leicht unscharf erscheinen. Die Wände waren strahlend weiß gestrichen und bis auf eine Zeichnung, die über einer Kommode gegenüber dem Bett hing, völlig nackt. Der heitere Ausdruck auf meinem Gesicht erzählte von glücklicheren Zeiten.

»Wann hast du die gemacht?«, flüsterte ich.

»Unmittelbar nachdem du mich verlassen hast. Beachte bitte, dass es eine Federzeichnung ist.«

»Stimmt. Es überrascht mich, dass du keine Pfeile danach geworfen hast.«

»Warum ein perfektes Bild ruinieren?«

Ich seufzte. »Es ist wunderschön.«

»Wie sein Vorbild.« *Sagt der Fürst der Finsternis.* »Danke. Es ist besser, sich das Bild anzusehen, als in den Spiegel zu schauen.«

Er betrachtete mein Gesicht. »Das wird schon wieder. Aber du wirst es ruhig angehen lassen müssen.«

Das Bett war genauso überlang wie er selbst, mit einer schwarzen Decke, die offensichtlich extra dafür angefertigt worden war, und schwarzen Kissenbezügen. Die Matratze befand sich hoch über dem Boden. Er schlug die Decke zurück und half mir, ins Bett zu schlüpfen. Sobald ich angemessen in den Kissen lehnte, zog er mir die Decke über den Schoß.

»Ich glaube, ich brauche ein Nickerchen«, eröffnete ich ihm.

»Das überrascht mich nicht. Soll ich die Jalousien vor den Fenstern runterziehen?«

»Nein, tatsächlich sehe ich die Berge ganz gern. Sie haben so was Majestätisches. Es gibt mir das Gefühl, selbst ganz klein zu sein, und das ist ... tröstlich.«

»Freut mich, dass es dir gefällt. Ich hab das Fenster absichtlich so ausrichten lassen, dass es die Berge einrahmt. Und übrigens, deine ganze Wäsche wurde gewaschen. Die langen Sachen hängen im Schrank. Alles andere befindet sich in Schubladen. Willst du einen Schlafanzug anziehen?«

Ich trug ein lose sitzendes, langes Kleid. »Der Gummizug tut an den Rippen weh. Ich hab alles, was ich brauche.«

»Das Badezimmer ist da drüben, aber steh nicht auf, wenn ich nicht in der Nähe bin. Die Matratze ist dick und hoch und ich will nicht, dass du hinfällst.«

»Okay.« Ich wartete eine Sekunde, bevor ich weitersprach. »Hast du nicht auch noch ein Badezimmer neben deinem Kühlschrank?«

»Ja.«

»Warum hast du zwei Bäder?«

»Weil ich es mir leisten kann. Bist du nicht froh, dass es so ist, jetzt, wo du hier bist?«

Ich lachte. »Wer hält das alles sauber?«

»Tja, da es keine Heinzelmännchen gibt und ich der Einzige bin, der einen Fuß in diesen Raum setzt, heißt das wohl, dass ich selbst alles sauber halte.«

»Ich werde das für dich tun«, platzte ich heraus. »Schließlich weiß ich, wie du es haben willst.«

Er setzte sich neben mich. »Ich brauche keine Dienstmagd, Teresa. Ich will nur, dass du gesund wirst.« Er berührte meine Wange. »Gott, du bist so hübsch! Selbst in dieser Verfassung ist nicht zu übersehen, wie wunderschön du bist.«

»Ja klar!«

»Du hast es nie wirklich kapiert ... dass die Jungs in der Highschool in deiner Nähe gesabbert haben. Wie die Männer dich angesehen haben, als du älter wurdest ...« Er hob seine weißen Augenbrauen. »Ruh dich aus.« Dann ging er zum Schrank und nahm eine Decke und ein Kissen vom obersten Regalbrett. »Ich werde auf dem Sofa schlafen.«

»Warum lässt du mich nicht drauf schlafen?«

»Weil ich die ganze Nacht arbeite. Manchmal mache ich mir nicht einmal die Mühe, ins Bett zu gehen. Ich habe es sehr bequem auf dem Sofa. Es wurde extra für meine Größe angefertigt.« Er lächelte. »Jetzt, wo ich wieder hier bin, muss ich mich um ein paar Dinge kümmern. Ist es in Ordnung für dich, allein zu sein?«

»Kein Problem.«

»Wenn ich dich für ein paar Stunden allein lasse, entwickle bitte keinen übertriebenen Ehrgeiz. Ich kenne dich. Du lässt dir nicht gern helfen, aber du brauchst Hilfe. Warte einfach, bis ich wieder da bin. Versprochen?«

»Versprochen.« Ich lächelte, so gut ich konnte. »Danke, Christopher, vielen, vielen Dank. Und was das Ganz-unten-Sein angeht. Ohne dich wäre ich verloren ... wieder mal.«

»Hör auf, Unsinn zu reden. Du bist Ärztin. Du hast Möglichkeiten.« Er grinste. »Du kannst jederzeit für mich arbeiten. Ich zahle sehr gut.«

»Ich werde dich vielleicht beim Wort nehmen.«

»Eigentlich wäre das eine furchtbare Idee.«

»Warum? Ich bin eine sehr gute Notärztin.«

»Das weiß ich. Es geht mir nicht um deine Kompetenz. Sobald du meine Angestellte wärest, wärst du tabu.« Er zwinkerte mir zu. »Das können wir nicht zulassen.« Er küsste seine Finger und legte sie mir auf die Lippen. »Träum süß, mein Engel.«

Nachdem er gegangen war, starrte ich auf die Berge und fragte mich, ob es irgendwo in den Tiefen der Erde eine Kreatur gab, die nur darauf wartete, jeden zu verschlingen, der ihr über den Weg lief. Natürlich wusste ich, dass unter der Erde keine solchen Kreaturen existierten, nur welche, die auf der Oberfläche dieses Planeten lebten und mit der gleichen Gier fraßen.

KAPITEL 5

Als das Flugzeug seinen Sinkflug auf den Miami International eingeleitet hatte, schlossen Decker und Rina Wetten ab, wer die meisten E-Mails und wer die meisten SMS haben würde. Bei ihrer Ankunft in Tel Aviv vor fast zwei Wochen hatten sie alle mitgeführten elektronischen Geräte ausgeschaltet und sich für Israel ein einfaches Klapphandy gemietet – ein primitives Kommunikationsmittel, aber es funktionierte.

»Die Wette wirst du gewinnen, und zwar mit Abstand.« Immer noch sitzend, die Füße auf der Ablage, begann Rina, ihre Decke zusammenzufalten. »Bei unserem Abflug haben sie im Wald gerade eine nicht identifizierte Leiche gefunden. Ich wette, das Department hat alle paar Minuten Updates geschickt, auch wenn du nicht darauf geantwortet hast.«

»Der Leichnam ist weiblich.«

»Aha!« Rina drohte ihm spielerisch mit dem Zeigefinger. »Du hast also doch auf dein Handy gesehen, du Verräter.«

»Nur auf dem Hinflug.« Decker hielt inne. »Ich konnte nicht schlafen.«

»Weil du keine Schlaftablette genommen hast. Und zwar deshalb, weil du dich, was den Fall betrifft, auf den neuesten Stand bringen wolltest.«

»Ich habe Tyler lediglich gefragt, ob der Gerichtsmediziner schon sagen kann, wie sie gestorben ist.«

»Und?«

»Na ja, sie wies Stichverletzungen auf. Keine Ahnung, wie viele und ob welche davon tödlich waren.«

»Irgendetwas war tödlich. Sie wurde begraben.«

Gutes Argument. »Wie lang ist der Besuch bei unseren jeweiligen Moms eigentlich angesetzt?«

»Zwei Tage werden wir bei deiner sein und zwei bei meiner. Der Besuch bei deiner Mom steht als Erstes an. Wenn du zurück ins Greenbury PD musst, kann ich meine Mom auch allein besuchen. Solltest du beschäftigt sein, bleibe ich vielleicht sogar ein wenig länger.«

»Wie du willst, Liebling.« Er lächelte. »Trotz der Leiche im Wald glaube ich, dass du den SMS- und E-Mail-Wettbewerb gewinnen wirst. Es gibt immer ein Kind, dass dich alle drei Minuten anruft.«

»Warum sollte eins von den Kindern mich anrufen, wenn jeder weiß, dass ich nicht rangehe?«

»Macht der Gewohnheit. Oder einfach, um sich wegen irgendetwas Luft zu machen. In dem Fall ist es ihnen doch sowieso egal, ob wir rangehen. Eigentlich ziehen sie es sogar vor, wenn wir gar nichts sagen.«

Rina lachte. Das stimmte. »Nein, du wirst gewinnen. Du hast nicht nur den weiblichen Leichnam im Wald, du hast auch Gabe, der dich wahrscheinlich auf den neuesten Stand bringen will, was seine Mutter und alles, was ihr zugestoßen ist, betrifft.«

»Schon, aber Donatti wird die Waagschale zu deinen Gunsten senken.«

»Warum sollte Chris mich anrufen?«

»Weil er dich immer anruft.«

»So oft ruft er mich nun auch wieder nicht an. Außerdem hat er jetzt mit Terry alle Hände voll zu tun. Ich frage mich, was mit ihr passiert ist?«

»Das werden wir bestimmt bald herausfinden. Sind wir bei unseren Moms immer noch im Urlaub?«

»Wie meinst du das?«, fragte Rina.

»Gilt das Ausschalten der elektronischen Geräte auch noch in Florida?«

»Was denkst du denn?«

»Ich bin dafür, dass wir uns wieder einstöpseln.«

»Ich auch, wir sind wieder in Amerika. Also zurück im Hamsterrad. Immerhin ist es ein nettes Hamsterrad.«

»Das ist es. Trotzdem vermisse ich Israel jetzt schon. Ich kann es gar nicht erwarten, mit dem Umbau anzufangen.« Decker lächelte. »Das Haus ist perfekt.«

»Das Haus ist hübscher und größer, als ich es in Erinnerung hatte. Die Bogenfenster sind wunderschön. Und die alten marokkanischen Bodenfliesen im Wohnzimmer, an die konnte ich mich ebenfalls nicht erinnern.«

»Ich auch nicht. Und die Lage. Die Lage ist unschlagbar.«

»Die Lage ist großartig.«

»Ich hab gesehen, wie du den Garten beäugt hast. Schwebt dir etwas bestimmtes vor?«

»Das übliche. Blumen und ein paar hübsche Grünpflanzen. Und Obstbäume. Es wäre schön, frische Orangen und Zitronen zu haben, statt sie im Supermarkt zu kaufen.« Sie lächelte. »Aber vielleicht sollten wir erst mal den Kauf abschließen, bevor wir uns unseren Fantasien hingeben.«

»Es wird passieren«, beruhigte Decker sie. »Außerdem machen Fantasien so viel Spaß.«

»Mehr als die Realität mit all ihren lästigen Details.«

»Ach was.« Decker winkte ab. »Wir haben es nicht eilig. Es wird Spaß machen.«

Das Lämpchen für die Sicherheitsgurte ging an. Die Sitze wurden aufrecht gestellt, Ausklapptische und Fußstützen in Landeposition gebracht, und das Handgepäck kam zurück in die Fächer über den Sitzen.

»Ich habe noch nie im Leben so viel gutes Streetfood gegessen.«

Das Flugzeug durchstieß die Wolkendecke und glitt über den Atlantik, bis die Stadt mit ihren Hochhäusern den grünen Feldern und Wasserstraßen an der Küste wich.

»Und los geht's«, sagte Decker.

»Was machen deine Beine?«

»Etwas verkrampft, aber viiiel besser als Touristenklasse. Dieser Flug wird mich verderben.«

»Vielleicht können wir den Kindern erzählen, wie sehr wir das Geschenk zu schätzen wussten und dass wir uns zum ersten Mal beim Fliegen richtig wohlgefühlt haben. Dass es ein echter Luxus war und wir uns freuen würden, wenn wir das irgendwann wiederholen könnten. Denn schließlich hat man nur eine Mutter.«

»Das nennt man Schuldgefühle erzeugen.«

»Als hätten sie bei mir früher keine Schuldgefühle erzeugt? Weiß du das nicht, Liebling? Schuldgefühle sind keine Einbahnstraße.«

Decker gewann die Wette, was E-Mails und SMS betraf, aber Rina lag nicht sehr weit hinter ihm. Die Fahrt zu Ida Deckers Haus verlief still, bis auf das ständige Klicken, das von den Handys kam, als sie auf die Tastaturen hämmerten. Es war angenehm, von einem Fahrservice kutschiert zu werden, statt einen Wagen zu mieten. Decker konnte sich entspannen und musste sich nicht mit dem Verkehr herumärgern.

»O Gott!« Rina stöhnte.

»Liest du gerade Gabes E-Mails?«

»Ja. Die arme Terry.« Rina schüttelte den Kopf. »Ihre Tochter ist bei ihr, aber ihr Sohn ist verschwunden. Gabe glaubt, dass Devek ihn entführt hat.«

»Warum nur seinen Sohn und nicht auch seine Tochter?«

»Es hört sich so an, als hätte Juleen abhauen können, als die Entführer in ihre Wohnung eingedrungen sind.«

Decker verzog das Gesicht. »Gott. Da hat jemand eine ziemlich üble Nummer mit Terry abgezogen.«

»Schockierend.«

»Ich sehe in ihr noch immer die unschuldige kleine Sechzehnjährige. Sie war damals so hübsch und so intelligent!«

»Als ich sie vor drei Wochen getroffen habe, war sie immer noch wunderschön und intelligent. Nur dumm in puncto Männer.«

»Sieht so aus, als hätte Donatti sie wieder in seine Klauen bekommen. Kannst du Gabe anrufen? Ich muss noch einen Haufen Sachen von Tyler durchgehen.« Dann fügte Decker hinzu: »Es ist Pauline Corbett.«

Rina schaute von ihrem Handy auf. »Bei der Leiche im Wald handelt es sich um Pauline?«

»Ja.«

»Wie hat man sie identifiziert?«

»Ich glaube, eine Schwester von ihr hat sie aufgrund eines Tattoos halbwegs sicher identifizieren können. Ich werde das überprüfen. Tyler hat gesagt, die Gerichtsmedizin hätte ihre DNA ins Labor geschickt, und sie dürften in zwei Wochen die Bestätigung haben. Da die E-Mail vor zehn Tagen losgeschickt worden ist, müssten die Ergebnisse sehr bald vorliegen.«

»Ein Rätsel gelöst«, sagte Rina.

»Das wirft nur noch mehr Fragen auf.« Decker fragte sich, wie die Tote wohl mit seinem ungelösten Vermisstenfall zusammenhing.

Die Ereignisse hatten vor Monaten ihren Anfang genommen, als Bertram Lanz bei einem Ausflug in den Wald verschwunden war. Er war von seinen Mitbewohnern in seiner Pflegeeinrichtung, Loving Care, getrennt worden. Lanz stammte aus einer reichen Familie in Deutschland, und man hatte die Möglichkeit erwogen, dass er entführt worden war, um Lösegeld zu erpressen. Da aber kein Schreiben gekommen war und Bertrams Eltern nie zurückgerufen hatten, erschien das Entführungsszenario immer unwahrscheinlicher.

Dann tauchten Hinweise auf, insbesondere das Verschwinden einer ehemaligen Pflegekraft namens Elsie Schulung, die im Loving Care gearbeitet hatte. Jeder in der Einrichtung bestätigte, dass Elsie und Lanz sich nahestanden. Elsie und Pauline Corbett waren ein Liebespaar gewesen. Jetzt war Corbett tot, Elsie Schulung wurde vermisst, und Lanz hatte man immer noch nicht gefunden. Die allgemeine Vermutung war, dass Schulung und Lanz sich zusammen mit Kathrine, Bertrams Freundin, nach Lanz' Heimatstadt in Deutschland abgesetzt hatten.

Aber angesichts der jüngsten Erkenntnisse, wer wollte das wissen?

»Ich habe auf dem Revier angerufen, aber es hat sich noch niemand auf meine Nachrichten zurückgemeldet«, sagte Decker. »Ich weiß nicht, ob das ein gutes oder ein schlechtes Zeichen ist.«

»Konnten sie mittlerweile den Kontakt zu Lanz' Familie in Deutschland herstellen?«

»Wenn ja, hat mir niemand davon erzählt.« Er seufzte. »Das wäre großartig.«

»Wir sind erst ein paar Stunden wieder im Lande, und du klingst schon frustriert.«

»Ist schon okay. Zumindest fällt das jüngste Opfer in unseren Zuständigkeitsbereich.«

»Und da es sich bei der Toten um Pauline handelt, musst du sicherlich nicht bei null anfangen.«

»Ja, wir haben Verdächtige. Als Erstes brauchen wir den Tatort. Corbett ist nicht dort getötet worden, wo sie begraben wurde.«

»Man hat immerhin Paulines Blut in Elsie Schulungs Haus gefunden.«

»Ja, aber die geringe Menge an Blut stört mich immer noch. Das reicht nicht.«

»Es ist ein Anfang«, wandte Rina ein.

»Hm, ja und nein«, überlegte Decker laut. »Sie und Elsie haben dort zusammengewohnt. Paulines Blut könnte schon älter sein. Sie könnte irgendwann mal einen schlimmen Unfall gehabt haben.«

»Na ja, jemand hat sie begraben.«

Er schüttelte den Kopf. »Vielleicht findet die Spurensicherung etwas.«

»Ihr steht noch ganz am Anfang, Peter. Ich bin mir sicher, dass du dich zu Hause sofort in den Fall stürzen wirst. In der Zwischenzeit müssen wir uns auch noch um unsere Mütter kümmern. Immer einen Schritt nach dem anderen.«

Decker lachte. »Wie recht du hast.«

»In Bezug auf eine Sache hast *du* recht«, sagte Rina. »Chris hat mich tatsächlich angerufen. Dreimal. Das war vor fast zwei Wochen. Ich frage mich, was er wollte.«

»Wir werden Juleen *nicht* zu uns nehmen.«

»Ja, könnte sein, dass es das ist, was er will«, überlegte Rina laut. »Ich werde Gabe anrufen. Vielleicht weiß er, was los ist. Zumindest werde ich dann auf den neuesten Stand gebracht, was Terry betrifft.«

Gabe meldete sich nach dem dritten Klingeln. »Rina?«

»Hallo, Schatz. Wie geht's dir?«

»Gut. Ich wollte mich gerade auf den Weg zur Probe machen. Seid ihr wieder da?«

»Ja, wir sind in Miami. Wie geht es deiner Mom?«

»Gott sei Dank schon viel besser. Sie konnte letzte Woche die Klinik verlassen.«

»Was ist denn passiert?«

»Ein paar Männer sind in ihre Wohnung eingedrungen. Sie haben Sanjay mitgenommen, aber Juleen konnte fliehen. Mom ist ziemlich übel zusammengeschlagen worden – gebrochene Knochen, blaue Augen –, ihr Kiefer musste verdrahtet werden. Sie hat Tritte in die Nieren abgekriegt.«

»Das ist ja schrecklich!«

»Ja, sie hat auch schrecklich ausgesehen. Aber Gott sei Dank heilen ihre Verletzungen allmählich.«

»Und Juleen?«

»Mit ihr ist alles in Ordnung, bis auf einen verstauchten Knöchel. Sie sind beide bei meinem Dad. Ich war einige Tage bei ihnen. Dann hat sich plötzlich eine Tournee ergeben. Chris hat mir geraten, das Angebot anzunehmen. Ich hatte Vorbehalte, weil ich Mom nicht allein lassen wollte, aber Chris scheint sich gut um sie zu kümmern.«

»Weißt du, was mit Sanjay passiert ist?«

»Wir vermuten, dass er bei seinem Vater ist, aber genau wissen wir es nicht. Wir haben nichts von Devek gehört. Oder vielleicht haben meine Eltern etwas gehört, erzählen es mir aber nicht. Bete für ihn.«

»Das tue ich, mein Schatz«, sagte Rina. »Chris hat mich vor ungefähr zwei Wochen angerufen. Hast du eine Ahnung, was er wollte?«

»Ja, hab ich. Ich glaube, er wollte, dass du bei Juleen bleibst, während Mom in der Klinik ist. Aber das hat sich erledigt. Sie ist wieder draußen.«

Rina hielt inne. »Und Chris findet es okay, dass Juleen da ist – mit Terry?«

»Ich glaub, schon. Bei mir hat sich niemand beklagt. Arme Kleine. Sie tut mir so leid. Ich wünschte, ich könnte sie mitnehmen, aber Mom würde es nicht erlauben, und es wäre Yasmine gegenüber nicht fair. Sie bewältigt mit Mühe ihr Medizinstudium.«

»Ihr seid beide viel beschäftigte Leute. Juleen wird schon zurechtkommen, solange sie ihre Mutter bei sich hat.«

»Juleen ist robust. Noch robuster als Mom.« Eine Pause. »Rina, tut mir leid, aber ich muss Schluss machen, ich bin schon spät dran. Kann ich dich zurückrufen?«

»Natürlich. Wo bist du?«

»In Japan. Übrigens, wie war's in Israel?«

»Sagenhaft.«

»Gut. Sowohl Peter als auch du habt euch ein wenig Sagenhaftigkeit verdient.«

Von den ersten vier Tagen habe ich kaum eine Erinnerung zurückbehalten, denn ich schlief die meiste Zeit, wachte ab und zu für einen Proteinshake auf und schlief dann weiter. Es dauerte etwa fünf Tage, bis ich richtig wach wurde und wach blieb. Die Tür zum Schlafzimmer stand einen Spaltbreit offen, und ich hörte keine Lebenszeichen. Was auch immer ich für Chris persönlich empfand, ich verursachte eine Störung im Leben dieses Mannes. Ein Unternehmen dieses Ausmaßes managte sich nicht von selbst, und in den letzten zwei Wochen hatte er sich ganz auf mich konzentriert. Sicherlich war er gerade dabei, alles Liegengebliebene aufzuarbeiten. Ich nahm an, dass ich allein war, gefangen in seinem Schlafzimmertresor wie eine moderne Rapunzel. Die passenden langen Haare hatte ich ja. Die letzten zehn Jahre hatte ich in Mumbai gelebt und es überhaupt nicht schneiden lassen, da viele indische Frauen diese Frisur bevorzugten.

Es machte mir nichts aus, allein zu sein. In Mumbai war Einsamkeit ein Konzept, das man ausschließlich in Ashrams kannte, keinesfalls auf den Straßen, auf denen es zu jeder Tageszeit vor Menschen nur so wimmelte. Bei den seltenen Gelegenheiten, in denen ich mich mal allein zu Hause wiederfand, war mir das Atmen leichtergefallen, ungestört von Kindern oder einem Ehemann, der mich nie aus den Augen ließ. Devek war, was das anging, immer heimlich vorgegangen; Chris dagegen hatte es nie zu verbergen versucht. Wann immer wir uns unter Menschen begeben hatten, war sein Blick stets auf mich gerichtet gewesen, selbst wenn er sich unter das Volk mischte und sich unterhielt. Chris war eifersüchtig, aber da ich nicht zu Flirts neigte, hatte er nie Anlass gehabt, mir irgendetwas vorzuwerfen. Die Affäre hatte ihn völlig überrumpelt. Ich weiß, dass er nach der Sache am Boden zerstört war. Nicht, dass es jemals weit oben auf *seiner* Liste gestanden hätte, treu zu sein, aber ich war sein Besitz, und ein anderer Mann hatte ihn bestohlen. Deshalb war ich auch so überrascht gewesen, dass er sich nicht an meine Fersen geheftet hatte. Ich dachte, ich wäre gerade noch mal davongekommen.

Und jetzt fand ich mich in derselben Situation wie vor über zwei Jahrzehnten wieder.

Es war elf Uhr morgens. Ich hatte fast vierundzwanzig Stunden geschlafen. Eigentlich hätte ich völlig ausgehungert sein müssen. Stattdessen war mir speiübel. Auf meinem

Nachttisch stand eine Wasserflasche. Ich öffnete sie, leerte sie und wartete, dass die Übelkeit nachließ. Ungefähr zehn Minuten später fühlte ich mich besser. Aber ich fühlte mich klebrig und schmutzig, und mein Mund, der von Drähten und Zahnspangen zusammengehalten wurde, war wie zugepappt.

Ich setzte mich auf. Dann schwang ich die Füße über die Bettkante und versuchte aufzustehen. Zittrig, aber nicht mehr so schwach, wie ich befürchtet hatte. Nach einigen Minuten spürte ich, dass ich mein Gewicht tragen konnte, und ging langsam zum Bad. Nachdem ich auf der Toilette gewesen war, bemerkte ich, dass jemand eine neue Zahnbürste, Zahnpasta, einen Waschlappen, Flüssigseife und Bodylotion auf die Kommode gelegt hatte. In einem Regalfach entdeckte ich zwei weiße zusammengefaltete Handtücher. Ich hatte keine Ahnung, ob das alles für ihn oder für mich bereitlag, aber ich hoffte, dass es ihm nichts ausmachte, wenn wir die Sachen teilten. Meine Verbände waren entfernt worden, aber ich war mir nicht ganz sicher, was ich mit dem Gips an meinem Arm machen sollte. Dass er nicht nass werden durfte, wusste ich, also wickelte ich ein Handtuch darum. Chris' Dusche war riesig, einem Mann seiner Größe angemessen. Ich kam von außerhalb der Duschabtrennung kaum an die Armaturen. Das Wasser war auf heiß eingestellt, was für mich okay war, und das Glas beschlug fast augenblicklich. Nachdem ich in die Duschwanne getreten war, gab ich mich dem Wasser hin, das wie ein kräftiger Regen auf mich herunterprasselte, heiße Nadelstiche auf meinem Rücken. Ich verteilte eine Handvoll Flüssigseife in meinen Haaren und schrubbte, bis sich daraus ein Helm aus Schaum gebildet hatte. Gerade wollte ich mich auf die Duschbank setzen, als ich merkte, dass nichts mehr ging. Vor meinen Augen tanzten Lichtpunkte, meine Knie gaben nach, und dann lag ich auch schon auf dem Boden und atmete in schnellen, flachen Zügen. Ich versuchte, den Kopf zu heben, aber davon wurde mir nur noch schwindeliger.

Als ich nach Chris rief, antwortete mir natürlich niemand. Okay, also würde ich einfach hier liegen bleiben, bis ich wieder zu Kräften gekommen war. Wenn nicht gerade der Abfluss verstopfte, würde ich nicht ertrinken. Das Problem war, dass sich jedes Mal, wenn ich den Kopf bewegte, alles um mich herum drehte.

Einen Moment später hörte ich ihn ins Bad kommen. Er öffnete die Tür, und ich lächelte.

»Ich könnte ein wenig Hilfe gebrauchen, bitte.«

»Scheiße, was machst du da! Ich hab dir doch gesagt, dass du so was nicht alleine versuchen sollst.« Er gab einen Seufzer von sich. »Moment.« Er zog sein schwarzes Jackett und sein T-Shirt aus, dann drehte er das Wasser ab. Er kniete sich hin. »Nimm meine Hand.«

»Ich kann mich nicht bewegen.«

»Verdammt.« Er zog auch seine restlichen Sachen aus und kam zu mir in die Dusche, wo ihm das noch in der Düse befindliche Restwasser auf den Kopf tropfte. Er kniete sich hin, legte einen Arm um mich und hob mich hoch wie eine Stoffpuppe. Seife verteilte sich auf seinem Brustkorb. »Komm.«

»Ich muss mir noch die Haare ausspülen.«

»Du bist unmöglich.« Er setzte mich auf die Bank, und ich verschränkte instinktiv die Arme vor der Brust. Als er sah, wie ich mich zu bedecken versuchte, lachte er. »Nichts, was ich nicht schon mal gesehen hätte.« Er schaltete auf die Handbrause um. »Ich hab dir doch eingeschärft, dass du das nicht ohne mich tun sollst.«

»Ja, das sagtest du bereits. Ich fühlte mich aber eklig.«

»Hör auf zu zappeln.« Er versuchte, mir die Haare auszuspülen, aber da ich neben ihm saß, spritzte ihm das Wasser immer wieder ins Gesicht. »Scheiß drauf.« Er hob mich auf seinen Schoß, zog meine Arme von meinen Brüsten weg, sodass wir Oberkörper an Oberkörper dasaßen. »Beug den Kopf nach unten. Halt still.«

Wasser regnete auf meine Kopfhaut herab. Er war stark erregt. Selbst wenn ich ihn nicht unter mir gespürt hätte, was unmöglich war, hätte ich es allein schon an seiner veränderten Atmung erkannt. Ich war schon tausendmal an diesem Punkt gewesen. Er machte sich nicht die Mühe, es zu ignorieren, so zu tun, als passierte das nicht gerade. Ich versuchte, seinem Blick auszuweichen, aber er drückte mein Kinn hoch und warf mir *diesen gewissen* Blick zu.

O Gott! Ich hätte damit rechnen müssen, aber es war trotzdem ein Schock. Man hätte meinen sollen, dass er sich inmitten einer Schar von Schönheiten eine andere Frau suchen würde als eine Zweiundvierzigjährige mit einem violetten Gesicht und zwei Veilchen, einem verdrahteten Kiefer, einem gebrochenen Arm und Blutergüssen.

Ich dachte: *Nichts, was ich nicht schon mal getan hätte.*

Ich nickte ihm zu. Das hatte ihn ganze dreißig Sekunden gekostet.

Sofort stellte er das Wasser ab und hob mich hoch, während ich ihm die Beine um die Taille schlang. Er trug mich zum Bett. »Dreh dich um.«

»Chris ...«

»Dreh dich um.«

»Chris, bitte ...«

»Verdammt, dreh dich um!«

Er warf mich auf den Bauch und drang von hinten in mich ein, so grob er konnte. »Hör auf, du tust mir weh!« Ich stieß auf taube Ohren. »Du tust mir weh!« Doch er drückte meinen Kopf ins Kissen und machte weiter, immer heftiger, bis ich Krämpfe bekam. Meine Augen füllten sich mit Tränen. »Bitte, hör auf ... hör auf.« Dann noch einmal: »Bitte.«

Irgendwann verstummte ich. Ich weiß nicht, wie lange es dauerte, aber es kam mir wie eine Ewigkeit vor, bis er endlich mit einem gewaltigen Stoß zum letzten Mal in mich eindrang. Als er sich zurückzog, rollte ich mich zu einem Ball zusammen und versuchte, die schrecklichen Krämpfe in meinem Innern unter Kontrolle zu bekommen. Nicht einmal das ließ er mich in Frieden tun. Stattdessen drehte er mich auf den Rücken, seine Knie links und rechts neben meinen Hüften. Er drückte meine Arme nach unten. Er starrte mich an, sein Gesicht eine Maske des Zorns. Er war immer noch nackt und von ihm tropfte Wasser und wahrscheinlich Schweiß auf mich herunter.

»Wie lange?«, flüsterte er.

Ich war vollkommen verwirrt. »Wa...«

»*Wie! Lange!*« Eine Pause. »Sechs Monate? Ein Jahr?«

Ah. Die Affäre. Mir schwirrte der Kopf. Außerdem war mir speiübel. »Zwei ...«

»*Zwei Jahre?*«

»Zwei Monate.«

»Zwei *Monate*?«

Ich wehrte mich vergeblich gegen seinen Griff. Als er meine Hände schließlich losließ, stieß ich ihn weg, rollte mich wieder in Embryonalstellung zusammen und versuchte, die Bettdecke über mich zu ziehen. Aber sie rührte sich nicht, weil er darauf kniete. Ich begann zu zittern wie ein nasser, neugeborener Welpe.

»Er hat dich nach nur *zwei* Monaten geschwängert?« Wieder drehte er mich auf den Rücken und starrte mich an. »Wie viele Male hast du ihn gefickt?«

»Ich weiß nicht ...« Mir war so kalt. »Viermal ...«

»Er hat dich nach *vier* Malen geschwängert?«

»Vielleicht war es auch sechsmal.«

»Sechs Mal in *zwei* Monaten?« Ich antwortete nicht. Er fragte: »Habt ihr nicht verhütet?«

»Natürlich haben wir verhütet. Ich bin keine Idiotin.« Ein Krampf packte meine Eingeweide. Ich drehte mich auf die Seite und krümmte mich zusammen. »Das Kondom muss gerissen sein.«

»Wir hatten ständig ungeschützten Sex. Woher wusstest du, dass es sein Kind ist?«

»Ich habe es überhaupt nicht gewusst.« Ich wandte mich ab, um ihn nicht ansehen zu müssen. »Ich habe ihn dazu gebracht, einen Vaterschaftstest zu machen.«

»Warum hast du dir überhaupt die Mühe mit dem Test gemacht, wenn er sich geschützt hat und ich nicht?«

Ich sagte nichts. Meine unausgesprochenen Worte trafen den Kern des Problems.

Chris war als Kind geschlagen worden, einmal so schwer, dass er mit ungefähr neun Jahren einen Hoden verloren hatte. Obwohl er nicht unfruchtbar war – unser Sohn war der Beweis dafür –, war es nie wieder passiert. Er weigerte sich, Tests zu machen, aber wir wussten beide, was los war. Die Tatsache, dass ich nach zwei Monaten mit einem Fremden schwanger geworden war, musste den Schild weggerissen haben, den Chris zum Schutz seines männlichen Stolzes errichtet hatte.

Schließlich fragte er: »Warum hast du nicht *abgetrieben*? Ich dachte, du hättest bereits eine Abtreibung vornehmen lassen. Deswegen hab ich dich windelweich geprügelt. Ich hätte den Unterschied nicht bemerkt.« Als ich nicht antwortete, fügte er hinzu: »Hast du ihn so sehr geliebt?«

»Ich hab ihn überhaupt nicht geliebt. Ich wollte die Sache beenden ...«

»Warum bist du dann mit ihm *weggelaufen*?«

»Ich war *schwanger*!«

»Warum hast du es nicht einfach *wegmachen* lassen?«

»Ich bin Katholikin ...«

»Komm mir nicht mit so einem *Bullshit*, Teresa. Du bist ungefähr so katholisch wie ich. Als du herausgefunden hast, dass das Kind nicht von mir war, warum hast du nichts dagegen *unternommen*?«

Auch darauf bekam er keine Antwort.

Er wartete eine geschlagene Minute, dass ich etwas sagte.

Eine Minute war eine lange Zeit, um zu schweigen.

»Ah.« Er erhob sich vom Bett. »Ich verstehe.« Er riss das Handtuch herunter, das um meinen Gips gewickelt gewesen war, und trocknete sich damit ab, dann warf er es mir an den Kopf. Er fing an, sich anzuziehen. »Du wolltest ein *Baby* mehr, als du *mich wolltest*.«

Als er vollständig bekleidet war, drehte er mich wieder auf den Rücken. Unsere Gesichter waren sich ganz nah, Nase an Nase. In diesen wenigen Sekunden verrieten mir seine Augen, dass er all die Demütigungen, die ich ihm zugefügt hatte, noch einmal durchlebte. Ich konnte immer erkennen, wann er ein Fingerschnippen von dem Punkt entfernt war, an dem er die Beherrschung verlieren würde. Stattdessen stand er auf und ballte die Fäuste. »Du kannst dich glücklich schätzen, dass dich jemand vor mir erwischt hat«, sagte er. »Anderenfalls wäre dir kein einziger Knochen heil geblieben.«

Er drehte sich um und schlug im Gehen die Tür hinter sich zu.

Er hätte sich großartig fühlen sollen.

Stattdessen fühlte er sich miserabel.

Wie immer war es ihr gelungen, den Triumph in Elend zu verwandeln.

Verdammtes Miststück!

Er ging hinunter in das allgemein zugängliche Büro – ein riesiger Raum, der einen Unterhaltungsbereich einschloss. Hier war alles in Braun statt in Schwarz gehalten, mit Ledersofas, Tischen, Fernsehern, einem Videospiele-System und einer eingebauten Bar, an der Getränke verkauft wurden. Die Fenster der einen Wand boten einen Blick auf die Berge. Eine Tür führte in ein privates Geschäftsbüro. Seine Sekretärin arbeitete im offenen Hauptbereich. Talia war Mitte dreißig, hübsch mit blonden Locken, die ihr über den Rücken fielen, braunen Kulleraugen und dazu großen Brüsten und einem prachtvollen Hintern. Sie war als enge Vertraute durchaus zufriedenstellend gewesen, aber seit er beschlossen hatte, die Sache aus geschäftlichen Gründen zu beenden, war es für ihn so, als hätte es nie etwas zwischen ihnen gegeben. Und für sie? Wer wollte das wissen? Wen kümmerte es?

Sie schaute von ihrer Arbeit am Schreibtisch auf und lächelte ihn an.

Er erwiderte das Lächeln nicht. »Kaffee, bitte. Und dann komm in mein Büro, damit wir den Terminplan durchgehen können.«

Talia stand auf. »Unverzüglich.«

Er ließ die Tür einen Spaltbreit offen, setzte sich und stützte den Kopf in die Hände. Terry hatte ihn betrogen. Na und?

Er hatte während ihrer Ehe Dutzende und Aberdutzende Frauen – und Männer – gehabt. Das hätte er ihr verzeihen können. Er war ein beschissener Ehemann gewesen. Sie hatte jedes Recht dazu gehabt.

Aber sich nach zwei Monaten schwängern zu lassen?

Nach sechsmal Sex?

Die Demütigung ließ das Blut in seinen Ohren rauschen. Trotz all seiner Eroberungen konnte er bei seiner eigenen Ehefrau nicht einmal die elementarsten männlichen Funktionen ausführen.

Talia kam herein und stellte den Kaffeebecher auf seinen Schreibtisch. »Ich habe dir Biscotti mitgebracht.«

»Danke.« Er atmete hörbar aus und schüttelte den Kopf. »Ich bin etwas raus. Was steht auf dem Plan?«

»Um drei hast du das Meeting mit den Banken, das weißt du, oder?«

»Nein, ich weiß rein gar nichts. Treffen wir uns hier?«

»Ja.«

»Über wie viele Personen reden wir?«

»Drei – Northwest, Central Nevada und Silver.«

»Okay. Was noch?«

»Pearson und Groger haben angerufen. Sie wollen wissen, ob sie die Anzeigenkampagne fortsetzen sollen.«

»Wie gut sind wir ausgelastet?«

»Zu über neunzig Prozent, glaube ich. Ich werde mit Ann reden und dir die genauen Zahlen für den Monat besorgen.«

»Das wäre hilfreich. Über neunzig Prozent ist ziemlich gut für den Sommer. Ich werde Barry anrufen und feststellen, wo wir preislich bei ihnen liegen. Pearson ist gut, aber teuer.«

»Apropos Barry, er hat angerufen. Er will einen Termin vereinbaren.«

Sein Buchhalter hatte immer einen guten Überblick darüber, was gerade lief. Donatti sagte: »Such mir ein paar mögliche Termine raus. Ist sonst noch was?«

»Der Bezirksglücksspielbeauftragte … Du sagtest, du wolltest einen Termin mit ihm vereinbaren. Wann soll ich das machen?«

»Jederzeit.«

»Du warst in letzter Zeit nicht oft hier. Ist irgendein Termin günstiger als ein anderer?«

»Talia, arrangier einfach was, und ich werde entsprechend planen. Mein Gott!«

Sie sah ihn an. Dann sagte sie: »Sie ist noch keinen Monat in deinem Leben, und du bist bereits unglücklich.«

Donatti riss den Kopf hoch. »*Sie* … geht dich verdammt noch mal nichts an.«

»Ich sag's nur, weil du mir wichtig bist …«

»Du bewegst dich auf sehr dünnem Eis. Ich bin dreißig Sekunden davon entfernt zu explodieren.« Talia sagte nichts. Donatti fragte: »Gibt es sonst noch etwas, was meine unmittelbare Aufmerksamkeit erfordert?«

»Irgendwann sollten wir die Liste der Löhne der Angestellten durchgehen. Das letzte Mal war vor über zwei Wochen.«

»Gib mir ungefähr eine Stunde, dann machen wir das.«

»In Ordnung.« Talia hielt inne und strich sich ihre frisch gekämmten blonden Locken aus den Augen. Dann fragte sie ruhig: »Wirst du mich feuern?«

Donatti starrte sie an. »Was?«

»Wird sie mich ersetzen?«

»Terry ist Ärztin, keine Sekretärin. Nie und nimmer würde sie für mich arbeiten, das ist das Letzte, was sie will. Im Moment mag sie mich nicht einmal.« Wieder stieß er den Atem aus. »Aber sie wird darüber hinwegkommen. Das tut sie immer.« Er schüttelte den Kopf. »Was noch?«

»Das wär's für den Moment«, sagte Talia. »Ich kümmere mich um die Termine.«

Als sie Anstalten machte zu gehen, sagte Donatti: »Talia?« Sie drehte sich um, und er zeigte auf den Stuhl vor seinem Schreibtisch.

Sie nahm Platz.

»Ich habe nicht die Absicht, dich zu feuern«, begann Donatti. »Du bist gut in dem, was du tust, und dieser Job gehört dir, solange du ihn willst, okay?«

»Danke.« Sie ließ ein kleines Lächeln sehen. »Das weiß ich zu schätzen.«

»Aber …« Donatti fuhr sich mit den Fingern durch die Haare. »Sie wird nicht weggehen. Sie ist meine Frau …«

»Ex-Frau …«

»Wir sind katholisch. Wir haben kirchlich geheiratet, und vor den Augen Gottes ist sie immer noch meine angetraute *Ehefrau*. Wichtiger als die Sache mit Gott ist, dass sie in *meinen* Augen immer noch meine *Ehefrau* ist. Sie wird immer meine *Ehefrau* sein. Damit musst du klarkommen.«

Sie nickte langsam. »Kein Problem.«

»Was immer sie will, du erledigst es mit einem Lächeln auf dem Gesicht.«

»Natürlich.« Talia sah ihn an. »Ist sie denn besonders anspruchsvoll?«

»Terry?« Er schüttelte den Kopf. »Ich glaube nicht, dass sie mich je um einen Penny mehr gebeten hat als das, was ich ihr gegeben habe. Sobald sie anfing zu arbeiten, hat sie mein Geld nur noch für Gabe verwendet. Sogar während der Scheidung hat sie nichts anderes verlangt als ihre Freiheit. Sie ist ein braves Mädchen.« Er sah seine Sekretärin an. »Was ich damit sagen will: Es gibt eine Hackordnung, und sie steht ganz oben. Wenn ich dir etwas sage und sie dir etwas anderes sagt, hörst du auf sie, nicht auf mich, und wir klären das später.«

»Verstanden.« Ein gezwungenes Lächeln. »Was immer sie will.«

Donattis Telefon klingelte. Unterdrückte Nummer. »Da muss ich rangehen. Mach die Tür zu auf dem Weg nach draußen.«

»Natürlich.« Sie stand auf und zog die Tür hinter sich zu.

Er wischte das grüne Symbol zur Seite und sagte: »Ich denke, Sie haben etwas, das ich will.«

»Das könnte sein.« Eine schroffe Stimme drang knisternd durch das Rauschen.

»Ich muss wissen, was ich kaufe.«

»Ich muss wissen, was Sie zahlen.«

»Ich mache keine Angebote, ohne die Ware gesehen zu haben.«

»Ich zeige Ihnen gar nichts, bis ich weiß, was Sie zahlen.«

»Hören Sie«, entgegnete Donatti. »Sie sind Geschäftsmann, ich bin Geschäftsmann. Alles beginnt mit einer Verhandlung. Wenn Sie dazu nicht bereit sind, suchen Sie sich Ihr Geld woanders. Ich interessiere mich nicht einmal für das, was ich kaufe. Ich tue einem Freund einen Gefallen.«

»Einem sehr engen Freund«, erwiderte die Stimme. Als Donatti nicht antwortete, fuhr der Mann fort: »Sie können Ihrem Freund ausrichten, dass es sehr teuer wird. Und wenn niemand die Ware kauft, bleibt mir nichts anderes übrig, als nicht beanspruchtes Eigentum zu vernichten.«

»Wenn Sie nicht verhandlungsbereit sind, machen Sie, was Sie wollen. Und schalten Sie den Erzeuger aus, wenn Sie schon dabei sind. Sie würden uns beiden einen großen Gefallen tun.« Nach einer kurzen Pause sprach er weiter. »Wissen Sie, ich habe ständig mit solchen Situationen zu tun: Menschen, die nicht wissen, wie sie aufhören sollen und die am Ende der falschen Sorte von Männern viel Geld schulden. Das ist mein Brotjob. Wenn Sie den vollen Preis verlangen wollen, bin ich draußen. Wie gesagt, ich tue nur jemandem einen Gefallen.«

Keine Antwort.

»Ich zähle bis drei, dann lege ich auf. Eins …«

»Was zahlen Sie?«, unterbrach ihn die Stimme.

»Von diesem Punkt sind wir noch weit entfernt. Ich muss erst die Ware sehen.«

»Ich habe die Ware im Moment nicht bei mir.«

»Dann rufen Sie mich zurück, wenn Sie sie haben.«

»Ich brauche eine Garantie, bevor ich Ihnen irgendwas zeige. Etwas, das mir demonstriert, dass Sie vertrauenswürdig handeln.«

»Okay.« Donatti atmete aus. »Damit kann ich leben. Geben Sie mir die Kontonummer, und morgen ist eine gewisse Summe auf dem Konto.«

»Wie viel?«

»Warum warten Sie es nicht einfach ab?«

»Wissen Sie, wie hoch seine Schulden sind?«

»Jepp. Es wird trotzdem nicht passieren. Ich sage nicht, dass das schon der Endpunkt ist, aber das ist alles, was Sie in diesem Stadium bekommen. Ich gebe Ihnen eine Anzahlung, Sie zeigen mir die Ware, und dann sehen wir weiter. Ja oder Nein?«

»Wie viel?«, fragte er noch einmal.

»Ich habe mich noch nicht entschieden. Was immer es ist, es ist geschenktes Geld. Aber ich erwarte Verhandlungen, sobald Sie etwas von mir angenommen haben. Andernfalls werde ich sauer. Und sie wollen nicht, dass ich sauer werde.«

Die Stimme zögerte. »Woher weiß ich, dass Sie nicht mit der Polizei zusammenarbeiten?«

Donatti lachte. »Wissen Sie denn gar nichts über mich?«

Keine Antwort.

»Ich weiß, dass Sie sich über mich informiert haben. Die Kontonummer? Ja oder Nein?«

»Ich muss darüber nachdenken.«

»Lassen Sie sich Zeit. Ich gehe nirgendwohin.«

Donatti legte auf. Wieder stieß er den Atem aus und schüttelte den Kopf. Sie war definitiv die teuerste Hure, die er je besessen hatte.

KAPITEL 6

»Wann kommst du zurück?« McAdams telefonierte über den Festnetzanschluss des Reviers.

Decker schaute auf seine Armbanduhr. Es war fast sieben Uhr abends, aber draußen war es immer noch hell. Wenigstens befanden er und sein Partner sich in derselben Zeitzone.

»In drei Tagen wahrscheinlich. Ich kann es kaum erwarten, wieder nach Hause zu kommen, aber ich kann den Besuch bei meiner Mutter nicht schwänzen.«

»Wie alt ist sie?«

»Siebenundneunzig.«

»Nein, aus der Nummer kommst du nicht raus. Wir werden die Stellung halten. Es liegt nichts Dringendes an.«

»Ihr müsstet inzwischen den Bericht der Gerichtsmedizin haben.«

»Der ist vor einer Woche gekommen. Die Frau weist drei Stichwunden auf. Kein größeres Blutgefäß wurde getroffen, aber die Stiche waren tief. Sie ist wahrscheinlich verblutet.«

»Irgendwelche Beweisstücke am Fundort der Leiche?«

»Kein Messer, wenn du darauf hinaus willst. Diese Gegend ist voller Flüsse, Wälder und Bäche. Jede Menge Möglichkeiten, um ein Messer zu entsorgen. Morgen fahren wir zum Haus von Corbett. Mal sehen, ob wir etwas Belastendes finden können. Vielleicht einen Beweis für Animositäten zwischen Corbett und Schulung oder einen Streit. Irgendetwas, das uns ein Motiv liefert, warum Elsie Paulines Tod gewollt haben könnte. Außerdem suchen wir wieder nach Aufzeichnungen der Überwachungskameras, auf denen Paulines Wagen zu sehen ist. Gibt es sonst noch etwas, worauf wir achten sollten?«

»Tyler, haben wir *irgendeinen* Beweis dafür, dass Lanz wieder in Deutschland ist?«

»Nein. Wir könnten jemanden hinschicken, um zu schauen, ob wir Sichtkontakt herstellen können.«

»Das werden wir vielleicht tun müssen«, erwiderte Decker. »Es wäre hilfreich, wenn ihr etwas hättet, das die Reise rechtfertigt – wie zum Beispiel die Reservierung bei einer Fluglinie.«

»Wir versuchen, Flugtickets zu finden. Die direkteste Route für sie wäre ein Nonstop-Flug vom JFK nach Frankfurt. Aber wenn man seine Spuren verwischen will, würde man vielleicht zu einem anderen Flughafen in Europa fliegen und mit dem Wagen oder dem Zug nach Hause fahren. Es wird auf jeden Fall eine Weile dauern.«

»Bleibt dran. Danke, dass du das während meiner Abwesenheit übernommen hast.«

»Kein Problem, Boss. Lad mich einfach mal zum Abendessen ein, wenn du wieder da bist. Ich habe seit zwei Wochen keine anständige Mahlzeit zu mir genommen.«

Da Chris mein Handy konfisziert hatte, gab es für mich keine Möglichkeit, mich mit meiner Tochter in Verbindung zu setzen. Er hatte mir meine Handtasche weggenommen und damit alles Geld, was ich angesammelt hatte, aber immerhin hatte er eine Funkuhr auf dem Nachttisch stehen gelassen, sodass ich nicht jedes Gefühl für die Zeit verlor. Es war gegen halb fünf am Nachmittag, draußen war es noch hell, und die starke Gebirgssonne fiel durch das Schlafzimmerfenster. Chris war vor ungefähr fünf Stunden gegangen. In dieser Zeit hatte ich es geschafft, mehrere Handtücher zu finden, um meinen Körper und meine Haare so gut wie möglich abzutrocknen. Ich zog eines der drei oder vier locker sitzenden Kleider an, die ich eingepackt hatte. Sie waren alle kurzärmelig, und mit etwas Mühe bekam ich meinen Gips durch den Ärmel. Danach war ich vollkommen erschöpft. Ich schlief einige Stunden, und als ich aufwachte, hatte ich einen Entschluss gefasst. Ich hatte ein totales Chaos in meinem Leben angerichtet. Anscheinend hatte ich bei jeder sich bietenden Gelegenheit den falschen Weg gewählt und mich am Ende verirrt. Aber solange ich noch atmete, würde ich weitermachen.

Ich holte meine Sachen aus dem Schrank und den Schubladen. Dabei bemühte ich mich, nichts durcheinanderzubringen. Er betrat die Wohnung genau in dem Moment, als ich anfing, meine Kleider zusammenzufalten. Er redete mit irgendjemandem, doch ich konnte nichts verstehen. Sobald er das Schlafzimmer erreichte, verstummte er. Ich drehte mich zu ihm um. Er lehnte am Türrahmen und beobachtete mich.

»Was machst du da?«

Noch ein kurzer Blick zu ihm. Wie erwartet war sein Gesicht zornig. Ich sagte: »Ich lasse mich von niemandem zum Prügelknaben machen.«

»Prügelknabe?« Er kniff die Augen zusammen. »Wovon redest du? Ich hab dich nicht geschlagen. Wir hatten Sex.«

»Du hast mich *vergewaltigt.*«

»Ich habe dich nicht vergewaltigt ...«

»Doch, das hast du.« Ich hielt inne, um Luft zu holen. »Ich hab dir gesagt, dass du aufhören sollst. Du hast mich einfach ignoriert.«

»Ach, ich *bitte* dich!«

»Du hast mir *wehgetan*, Christopher. Als hätte ich nicht schon genug Schmerzen.«

»Mein Gott!« Er kam zu mir herüber und legte mir eine Hand auf die Schulter. »Es tut mir leid, okay?«

»Nein, es ist nicht okay. Ich bin hier raus.« Ich schüttelte seine Hand ab.

Er sagte nichts, aber ich spürte seine körperliche Nähe. Dann begann er mit leiser, bedrohlicher Stimme zu sprechen, in einem Ton, von dem ich wusste, dass er normalerweise einer Gewalttat voranging.

»Du hast eine Affäre, du wirst schwanger von irgendeinem ... Hurensohn, den du erst zwei Monate kanntest und mit dem du abgehauen bist. Dann, gut zehn Jahre später – in denen du nicht mal so viel Anstand hattest, meine Anrufe entgegenzunehmen und wenigstens mit mir zu reden – meldet sich Gabe aus heiterem Himmel bei mir und erzählt, dass du in Schwierigkeiten steckst. Ich lege mein gesamtes Leben auf Eis, um dich zu retten und dich zu pflegen, bis du wieder unter den Lebenden weilst. Und du hast die verdammte Unverschämtheit, mich sitzen zu lassen, nur weil es beim Sex ein wenig ruppig geworden ist?«

»Ich bin nicht dein Boxsack!«

»Es war nur *Sex*, verdammt noch mal!«, brüllte er.

»Hast du einen Koffer?«, fragte ich.

Für einen Moment war er perplex. »Was?«

»Einen Koffer. Irgendwas Kleines. Ich habe nicht viel einzupacken.« Ich faltete weiter meine Kleidung zusammen. »Ich würde ja einen großen Müllsack nehmen, aber ich möchte in der Öffentlichkeit wirklich nicht wie eine Obdachlose rüberkommen.«

»Warum nicht?«, entgegnete er. »Genau das bist du doch.«

Ich ignorierte ihn und fuhr fort, meine Sachen zusammenzufalten.

Er reckte sich zu einem Fach oben in seinem Kleiderschrank, zog einen Reisekoffer heraus und drückte ihn mir grob an die Brust. »Nimm das.«

Als das Gepäckstück gegen meine gebrochenen Rippen stieß, zuckte ich vor Schmerz zusammen. Es war ein wunderschöner Koffer aus poliertem Leder, auf dem in Gold seine Initialen prangten. »Hübscher Koffer. Ich will ihn nicht ruinieren. Hast du nichts Billigeres?«

»Billiges gibt's bei mir nicht ... außer bei Ehefrauen.«

Wieder ignorierte ich ihn. »Ich werde ihn dir zurückschicken, wenn ich da bin, wo ich hinwill. Danke.«

»Und wohin willst du?«, fragte er.

Sarkastischer Tonfall. »Na ja ...« Ich hielt für einen Moment inne. »Ich kann nicht zurück nach L. A. Und ich kann nicht nach New York, weil Devek die Stadt kennt. Ich dachte, ich versuche es mit Chicago, da ich dort mein Studium absolviert habe ...«

»Das ich bezahlt habe.«

»Hast du. Danke.« Ich packte weiter meine Sachen.

»Terry, das ist doch lächerlich«, sagte er. »Komm schon. Ich weiß, die Situation ist ein wenig außer Kontrolle geraten ...«

»Du hast mich *vergewaltigt*, Chris.« Ich sah ihm in die Augen. »Dann hast du damit gedroht, mich zu schlagen.«

»Terry, du weißt doch, wie ich bin, wenn ich sauer werde. Ich hab nur Dampf abgelassen.«

»Und manchmal tust du mehr, als nur Dampf abzulassen.«

»Ich habe dir gesagt, dass es nie wieder vorkommen wird!« Er atmete schwer. »Es geht dir nicht mal gut genug, um allein zu duschen, geschweige denn, dich mit deiner Tochter in einer neuen Stadt niederzulassen.«

»Ich hatte gehofft, dass ich Juleen hierlassen kann.«

»Scheiße, willst du mich auf den *Arm* nehmen?« Er konnte es offensichtlich nicht glauben. »Du lässt dein Kind im Stich? Schon wieder?«

»Ich lasse sie nicht im Stich!«, verteidigte ich mich. »Ich möchte nur für geregelte Verhältnisse sorgen, bevor ich sie zu mir hole.«

»Du lässt deine Bastard-Tochter bei *mir*? In einem *Bordell*?«

»Ich gehe davon aus, dass sie hier bei dir in Sicherheit ist ... Es sei denn, du beschließt, dich als ihr Zuhälter zu betätigen.«

»Daran hatte ich noch gar nicht gedacht, aber jetzt, wo du es erwähnst, würden einige Männer sicher gigantische Summen für diese jungen, üppigen Lippen zahlen.«

Mir drehte sich der Magen um. »Du bist wirklich widerlich.«

»Und du bist nicht besser als eine gewöhnliche Hure, die mich nur wegen meines Geldes benutzt«, blaffte er zurück. »Und da wir gerade davon sprechen, du hast *keinen Penny*.«

»Sofern du nicht vorhast, mich zu bestehlen, besitze ich immer noch ungefähr achthundert Dollar, mit denen ich hier angekommen bin.«

»Oh, damit wirst du sicher weit kommen. Andererseits nehme ich an, dass deine Kosten für Lebensmittel nicht allzu hoch ausfallen werden, da dein verdammter Kiefer *verdrahtet* ist.«

Ich antwortete ihm nicht. Wozu auch?

»Willst du Geld?« Als ich weiter schwieg, wiederholte er: »Scheiße, willst du Geld, Terry?« Er packte meinen linken Arm.

»Lass mich los!«

»Willst du *Geld*?«

Er zerrte mich aus dem Zimmer, und während er meinen linken Arm weiterhin wie ein Schraubstock umklammerte, öffnete er mit einem Passwort und dem Pupillenerkennungssensor seinen Tresorraum.

»Du tust mir weh!«

»Ich werde dir Geld geben!«

Ohne meinen Arm loszulassen, stieß er mich hinein, und ich prallte gegen eine Wand bestehend aus einer Reihe von Stahlschubladen. Er schloss die Tür. Wir wussten beide, dass niemand es mitkriegen würde, wenn ich hier drin starb. Er brauchte nur zu behaupten, ich sei erneut verschwunden, und keiner würde daran zweifeln.

Er spie beinahe Feuer. »Mach sie auf.« Als ich nicht antwortete, brüllte er: *»Mach die Schublade auf!«*

Ich rieb mir den Arm und zog eine Schublade heraus. Sie war gefüllt mit Geldbündeln mit Banderole, Hundert-Dollar-Scheine zuoberst, fein säuberlich, zu einem Block gestapelt, fünf Bündel breit, zwei Reihen. Ich konnte nicht erkennen, wie dick die Päckchen waren oder wie viele da hintereinander lagen, aber man konnte wohl sagen, dass es eine Menge Geld war.

»Öffne eine andere!«

»Chris …«

»Na los.« Er riss eine Schublade auf. »Du willst Geld?« Er warf mir ein Päckchen an den Kopf. »Hier! Nimm mein Geld, du Miststück. Hier.« Ein weiteres Wurfgeschoss flog in meine Richtung. »Hier.« Noch eins. *»Hier.«*

Das letzte Geldbündel flog mir mitten ins Gesicht wie eine Pistolenkugel. Schmerz explodierte in meinem Kopf und ich griff mir an die Wange. Meine Sicht trübte sich, ich fiel auf die Knie und bedeckte das Gesicht mit den Händen.

»Scheiße!« Er keuchte. »Verdammt! Alles okay?«

»Es geht mir gut.« Ich nahm die Hände vom Gesicht und versuchte, ruhig zu atmen. Bemühte mich aufzustehen, aber meine Knie gaben erneut unter mir nach.

»Komm schon.« Er kam zu mir und griff nach meinem unversehrten Arm.

»Lass mich!«, schrie ich und entriss ihm meinen Arm.

»*Gott!* Ich versuche doch nur, dir beim Aufstehen zu helfen.«

»Ich brauche deine Hilfe nicht!«, schoss ich zurück. »Ich brauche deine Hilfe nicht, ich brauche dein Geld nicht, ich brauche dich nicht. Du hast mich *vergewaltigt* ...«

»Terry ...«

»Du hast mich vergewaltigt, Christopher, und das war nicht das erste Mal. Oder das zweite oder dritte oder vierte Mal und so weiter. Aber ich habe nie etwas gesagt. Immer habe ich im Stillen Ausreden für dich gefunden: *Er ist müde, er ist gestresst, er hat Sorgen, er ist betrunken, er ist high, er kann nicht klar denken.* Und weißt du was? Ich hätte auch diesmal nichts gesagt, nur ... *sieh mich an!*« Ich versuchte, die Tränen zu unterdrücken. »Ich habe zwei blaue Augen, ein zerschlagenes Gesicht, einen verdrahteten Kiefer, drei gebrochene Rippen, einen gebrochenen Arm und ich pinkele immer noch Blut. Aber keine meiner Verletzungen – wirklich keine – lässt sich mit dem Schmerz und dem Kummer vergleichen, die mir der Verlust meines kleinen Sohnes bereitet. Ich weiß nicht, wo er ist. Ich nehme an, dass er bei Devek ist, aber ich weiß es nicht. Ich weiß nicht einmal, ob er unversehrt ist!« Meine Stimme drohte mir zu versagen, so sehr schnürte sich mir die Kehle zusammen. »Er ist erst fünf Jahre alt, und Gott allein weiß, was er denkt. Er muss solche Angst haben!«

Jetzt strömten die Tränen über meine geröteten Wangen.

»Ich weiß, du bist wütend auf mich, Chris. Und ich sehe ein, dass deine Wut zum Teil gerechtfertigt ist. Aber *Herrgott noch mal*! Ich bin zweiundvierzig und mittellos, ein Wrack. Ich hatte nichts mehr, bis auf einen Rest Würde, den du mir auch noch entrissen hast. Ich meine, was für ein Monster *tut* so etwas?!«

Ich schnappte nach Luft. Ich versuchte aufzustehen, aber mir wurde schwindelig, und ich fiel wieder hin. Ohne zu fragen, hob er mich hoch, öffnete die Tresortür und brachte mich zurück ins Schlafzimmer, wo er mich auf das Bett legte. Wir bemerkten im selben Moment einen großen roten Fleck hinten an meinem Kleid.

»Scheiße!«, murmelte er. »Ich werde den Arzt verständigen …«

»Ich brauche keinen Arzt!«

»Du pinkelst Blut …«

»Ich habe meine Tage …«

»Lass mich einfach den Arzt anrufen, zur Sicherheit …«

»Chris, ich kenne den Unterschied zwischen meiner Urethra und meiner Vagina. Ich *brauche* keinen Arzt!« Ich war derart fertig, dass ich kaum atmen konnte. Es wollte mir nicht gelingen, mein Kleid auszuziehen. Ich zitterte am ganzen Körper. Normalerweise hätten auch meine Zähne geklappert, aber mein Kiefer war ja verdrahtet. »Kannst du mir bitte helfen?«

Er zog mir das Kleid über den Kopf. Ich knüllte es zusammen und warf es quer durch den Raum. Das Gleiche machte ich mit meinem beschmutzten Slip. »Du hast nicht zufällig irgendetwas dafür da, oder?«

»Was meinst du? So etwas wie Aspirin?«

»Nein, so etwas wie einen Tampon.« Ich wischte mir die Tränen aus den Augen. »Vergiss es. Könntest du mir etwas Toilettenpapier besorgen?«

Er erhob sich von der Bettkante und kehrte mit einem strahlend weißen Waschlappen zurück.

»Den kann ich nicht gebrauchen!«, schnauzte ich. »Ich werde ihn schmutzig machen.«

»Das ist mir egal …«

»Du wirst die Flecken nicht wieder rausbekommen.«

»Terry, verdammt, es ist mir *egal*. Nimm ihn einfach, okay?«

Ich nahm den Lappen und stopfte ihn mir zwischen die Beine. Normalerweise hatte ich leichte Blutungen. Vielleicht würde das gehen, bis er etwas Besseres für mich auftrieb. Ich beugte mich zur Seite, um den Koffer, den er mir gegeben hatte, zu mir heranzuziehen. Ich nahm ein Kleid heraus, hakte von vorne meinen BH auf und warf auch diesen quer durch den Raum. »Hilf mir, das anzuziehen.« Danach legte ich mich hin und zog mir die Bettdecke übers Gesicht.

Er schlug die Decke zur Seite, nahm mein Kinn und betrachtete mein Gesicht. »Du hast einen ordentlichen Striemen da, wo ich dir eins übergezogen habe.«

»Ich werd's überleben.« Ich stieß seine Hand weg, zog mir die Bettdecken bis ans Kinn und wandte mich von ihm ab. Unter der Decke zitterte ich weiter. »Ich habe schon erheblich Schlimmeres überstanden.« Ich keuchte. »Irgendwie kriege ich keine Luft.«

»Du hast eine Panikattacke.«

»Wo haben Sie ihr Medizinstudium absolviert, Doktor Zuhälter?«

Chris stieß den Atem aus. »Ich habe Tabletten …«

»Ich will keine Tabletten!« Ich zitterte am ganzen Leib. Dann dämpfte ich meine Stimme, weil ich es leid war, zornig zu sein. Ich wollte einfach nur, dass er ging. »Bei Nierenproblemen wären sie wahrscheinlich ohnehin kontraindiziert. Gib mir einfach eine von meinen Schlaftabletten. Ich komme schon zurecht.«

Er atmete kraftvoll aus. »Könntest du mich ansehen?«

»Ich kann dich hören. Was?«

Wieder ließ er die Luft entweichen. »Teresa, das hier ist kein Gefängnis, und ich bin kein Wärter. Du kannst jederzeit gehen. Nur warte bitte, bis du gesund genug bist und deine Tochter mitnehmen kannst. Ich werde dir sogar eine Unterkunft besorgen. Ich habe jede Menge Geld ...«

»Das habe ich mitbekommen.«

Er holte tief Luft und ließ sie langsam wieder aus. »Ich werde tun, was immer du willst, um sicherzustellen, dass es dir gut geht ... dass du keine finanziellen Sorgen hast. Es ist nicht so wie damals, als du zwanzig und von mir abhängig warst. Du bist Ärztin. Du kannst dir deinen Lebensunterhalt verdienen. Du kannst für deine Tochter sorgen ...«

»Juleen.«

»Ich weiß, wie sie heißt.«

»Du nennst sie nie bei ihrem Namen. Es heißt immer *deine Tochter*. Hör auf, sie zu depersonalisieren.«

»Teresa, bring mich nicht auf die Palme!« Er biss sich auf die Unterlippe. »Bitte.«

Ich antwortete ihm nicht.

»Ich werde dir in jeder erdenklichen Weise helfen. Du bist die Mutter meines Sohnes und ... ich liebe dich immer noch sehr. Aber wenn du mich verlässt ... wieder verlässt ..., ist diese Tür für immer geschlossen. Ich ertrage die emotionalen Turbulenzen nicht. Es ist mir dann egal, ob du lichterloh brennst und ich einen Wasserschlauch habe, ich werde nicht noch einmal zu deiner Rettung eilen. Wir sind dann durch.«

»Absolut okay für mich«, antwortete ich ihm.

»Toll!« Er stand auf. »Schön zu wissen, dass wir ausnahmsweise auf derselben verdammten Wellenlänge sind!«

Er ging an Talia vorbei und versuchte, seine Miene so undurchschaubar zu halten wie sonst auch. »Ich bin die nächsten fünfundvierzig Minuten am Telefon. Keine Störungen, bis ich Bescheid sage, dass ich fertig bin.«

Sie warf einen Blick in ihren Kalender. »Diesen Termin muss ich übersehen haben«, sagte sie. »Ich habe keine Telefonate für dich auf dem Plan, Chris.«

»Hat sich gerade erst ergeben. Ich drücke mich doch klar aus, oder?«

»Ja.«

»Perfekt. Sorg einfach dafür, dass mich niemand stört.«

»Natürlich.«

Er ging in sein Büro und schloss die Tür, dann ließ er sich auf seinen Sessel fallen und warf den Kopf in den Nacken. Seine Atmung ging in schnellen Zügen, seine Hände zitterten, und Schweiß sammelte sich auf seiner Stirn und an seiner Oberlippe. Er wischte sich über das Gesicht.

Er stieß den Atem aus.

Er holte einen Schlüsselring hervor und sperrte die untere Schublade seines Schreibtischs auf. Dann nahm er sein Besteck heraus.

Sieben Jahre Abstinenz im Eimer.

Er zog den Reißverschluss auf, nahm ein Päckchen heraus, einen Löffel, einen kleinen Gasbrenner und Streichhölzer.

Nachdem er das Pulver in den Löffel gegeben hatte, entzündete er den Brenner und erhitzte die Substanz, bis sie flüssig wurde. Dann kam der gelbe Gummischlauch zum Vorschein, den er zum Abbinden des Arms verwendete und den er sich jetzt oberhalb des Ellenbogens überstreifte. Als die Ader dick war und pulsierte, zog er die Flüssigkeit in einer Spritze auf.

Er brachte seine zitternden Hände unter Kontrolle.

Sein Telefon summte. Gewohnheitsmäßig schaute er auf die Nummer.

Unterdrückt.

Na, da leck mich doch einer am Arsch!

Er legte die Nadel beiseite und griff nach dem Telefon. »Was?«

»Zweihundertfünfzigtausend, und wir zeigen die Ware. Danach sehen wir weiter.«

»Hundert. Kein Aufwand für Sie. Das ist reiner Profit.«

»Ich kann es nicht für weniger als zweihundertfünfzig machen.«

Donatti legte auf. Er nahm die Spritze in die Hand und betrachtete seinen Arm, während er darüber nachdachte, was er gerade tun wollte. Sein Herz klopfte immer noch wie verrückt, und jedes Mal, wenn seine Gedanken zu ihr wanderten, beschleunigte sich das Tempo noch ein wenig.

Er atmete tief durch.

Sein Handy summte erneut. Diesmal war es Devek.

»Was?«, fragte Donatti.

»Haben sie sich mit Ihnen in Verbindung gesetzt?«

»Ja.«

»Und?«

»Und es geht Sie einen Scheißdreck an.« Donatti holte Luft und stieß den Atem wieder aus. »Wenn ich Ihnen etwas zu sagen habe, werde ich Sie anrufen. Aber eins kann ich Ihnen schon jetzt mitteilen. Es wird überhaupt nichts passieren, Devek, bevor Ihr Anwalt meinen Anwalt anruft – der auch Terrys Anwalt ist – und mit ihm über die Scheidung spricht.«

»Ich arbeite dran …«

»Dann arbeiten Sie gefälligst schneller!« Er legte auf und holte tief Luft. Erneut zielte er mit der Spritze auf seine Ader.

Wieder summte sein Handy. Diesmal war es wieder eine unterdrückte Nummer. *Ach, Scheiß drauf!*

Er legte die Spritze beiseite und zog das Gummiband von seinem Arm. Seine Finger waren inzwischen taub. Eine Sekunde lang wackelte er damit, dann wischte er das Anruf-Symbol zur Seite. »Was?«

»Zweihundert.«

»Hundertfünfzig. Schicken Sie Ihre Kontodaten an diese Nummer. Bei uns ist bereits Geschäftsschluss, das Geld wird also erst morgen rausgehen. Gutgeschrieben wird es wahrscheinlich übermorgen. Wenn es auf Ihrem Konto ist, rufen Sie mich zurück und zeigen mir die Ware, und dann sehen wir weiter.«

Wieder legte er auf. Während er auf die SMS wartete, drückte er das Heroin zurück in ein Plastikbeutelchen. Das Wasser würde irgendwann verdunsten, und er würde den größten Teil des Pulvers zurückbehalten. Dann steckte er die Kappe wieder auf die Spritze und legte sie zusammen mit allem anderen zurück in den schwarzen Beutel. Verstaute ihn. Schloss ihn weg.

Der Drang war verflogen.

Schräg.

Fünf Minuten später piepte sein Handy.

Alle Anweisungen lagen klar und deutlich vor ihm.

Wenn es für das Leben doch bloß eine Gebrauchsanweisung gegeben hätte.

Als ich aufwachte, war es dunkel draußen. Die Uhr auf dem Nachttisch verriet mir, dass es 00:03 Uhr war. Mein Kopf tat weh, und meine Kehle war völlig ausgedörrt. Außerdem hatte ich wahrscheinlich Hunger, aber da ich nur Flüssignahrung zu mir nahm, spürte ich keine Hungergefühle. Ich wartete darauf, dass meine Augen sich an die Dunkelheit gewöhnten, und als sie es taten, sah ich, dass die Tür zum Glück geschlossen war. Ich war mir nicht sicher, ob er da draußen war, aber ich war dankbar für die Privatsphäre und knipste die Lampe an.

Meine Kleider hingen wieder im Schrank, meine anderen Sachen waren verschwunden und befanden sich wahrscheinlich wieder in den Schubladen. Auch sein Koffer aus Leder war verschwunden, wie auch das Kleid und die Unterwäsche, die ich durchs Zimmer geworfen hatte. Auf meinem Nachttisch wartete eine Packung mit Monatsbinden neben einer Wasserflasche.

Die Wichtelmännchen waren gekommen und wieder verschwunden, und ich hatte nichts davon mitbekommen. Mit den Binden und einem frischen Slip ging ich ins Bad. Ich blutete nicht mehr, aber ich hatte immer noch Unterleibskrämpfe. Beim Durchsuchen des Medizinschränkchens stieß ich auf eine Packung Ibuprofen und schluckte zwei Tabletten. Ich trank Wasser hinterher.

Ewig würde ich mich nicht verstecken können. Und er hatte recht. Er hatte mich während meiner Abwesenheit mehrfach angerufen. Außerdem hatte er mir E-Mails und SMS geschickt.

Rede einfach mit mir.

Ich hatte eine Mauer des Schweigens errichtet, ihn geghostet, wie man das heute nannte. Sicher, ich hatte Angst gehabt und auf jahrelanger Wut gesessen, aber ich schämte mich auch. Den bösen Buben zu geben, war seine Domäne. Ich war das brave Mädchen und fühlte mich mit der Umkehrung unserer Rollen ausgesprochen unwohl. Er war ein brutaler, grausamer Mann. Aber er war auch der Einzige gewesen, der mir geholfen hatte, als ich diese Hilfe wirklich dringend brauchte. Es war an der Zeit, sich wie ein großes Mädchen zu verhalten. Ich hatte eine Tochter, an die ich denken musste, und sie musste beschützt werden.

So leise ich konnte, öffnete ich die Tür, wagte den Schritt in den Abgrund. In ein langärmliges schwarzes T-Shirt und eine schwarze Jogginghose gekleidet, saß er in seinem Kapitänsstuhl, mit einem Kopfhörer auf dem Kopf, der ihm die schulterlangen weißblonden Haare aus dem Gesicht hielt. Gerade blickte er auf seine zahlreichen Monitore. Ohne die Augen von den Bildern abzuwenden, griff er nach einer Kurzhantel und hob, wie es schien, ein enormes Gewicht, erst mit der linken Hand, dann mit der rechten. Immer mal wieder sprach er in ein vorne an seinem Shirt befestigtes Mikro. Ich beobachtete ihn eine Weile, bis er aufstand, sich reckte und mich endlich bemerkte.

»Hey«, sagte ich.

»Hey.« Er nahm den Kopfhörer ab. »Wie fühlst du dich?«

»Besser, danke.«

»Schön zu hören. Brauchst du irgendwas?«

»Nein … nein, danke. Ich wollte nur etwas Wasser aus dem Kühlschrank.«

»Ich hol es dir.«

»Nein, das mach ich schon. Es tut mir gut, ein bisschen herumzulaufen.«

»Wie du willst.« Er setzte den Kopfhörer wieder auf, bevor er ihn erneut abnahm. »Wenn du irgendetwas brauchst, lass es mich wissen.«

Dann hatte er die Kopfhörer wieder auf den Ohren und machte sich weiter an die Arbeit. Ich ging zum Kühlschrank, nahm zwei Wasserflaschen und eine Flasche Proteinshake mit Erdbeergeschmack heraus. Das zähflüssige, widerlich süße Zeug zu trinken, war ich leid, aber was blieb mir anderes übrig? Ich war immer normalgewichtig gewesen, aber in den letzten Wochen hatte ich genug Pfunde verloren, um als dünn zu gelten. Doch ich sah nicht gesund aus, ich war abgemagert, und das an den falschen Stellen.

Ich ging zurück ins Schlafzimmer, ließ die Tür offen, und trank eine weitere Flasche mit Wasser aus, zusammen mit dem Erdbeershake. So gestärkt tat ich, was ich schon hätte tun sollen, als er mich hergeholt hatte, in seine Domäne, in sein Bett. Ich ging zu ihm, und er nahm seinen Kopfhörer ab. Auf den Monitoren waren zahlreiche Räume zu sehen, in denen Menschen in verschiedenste Handlungen vertieft waren. Er bemerkte meinen Blick und drückte auf einen Knopf. Sofort wurden die Bildschirme schwarz. Seine dunkelblauen Augen starrten mich an – nicht feindselig, aber ausdruckslos. Er schaute buchstäblich auf mich herab.

»Was brauchst du?«

»Nichts.« Ich räusperte mich. »Ich wollte dir nur aufrichtig dafür danken, dass du mich gerettet hast, Chris. Ohne dich wäre ich wahrscheinlich gestorben. Gott allein weiß, was mit Juleen passiert wäre. Ich bin extrem dankbar dafür, mich hier erholen und ausruhen zu können und dass du auf uns aufpasst.« Tränen stiegen mir in die Augen. »Vielen, vielen Dank dafür.«

Er nickte. »Sehr gern geschehen.«

»Außerdem ...« Eine weitere Pause trat ein. »Außerdem möchte ich mich bei dir für die Affäre entschuldigen ... Dafür, dass ich dich sitzen gelassen habe. Ich hatte Angst, aber ...« Frische Tränen stiegen mir in die Augen. »Es war schrecklich, so etwas zu tun ... Dich einfach hängen zu lassen. Es tut mir wirklich leid ...«

»Hör auf, dich zu entschuldigen, Baby. Ich war ein beschissener Freund und ein gleichermaßen beschissener Ehemann.« Er klopfte auf seine Oberschenkel. »Komm her.«

Behutsam hob er mich auf seinen Schoß und schlang die Arme um mich. Ich bettete den Kopf an seine Brust und ließ den Tränen einfach freien Lauf. Er küsste mich auf den Kopf. »Mir geht es gut, wenn's dir gut geht. Geht's dir gut?«

»Ja, tut es.« Ich hob den Blick und lächelte. »Alles okay.« Ich wischte die Tränen weg und erlaubte ihm, mich einfach in den Armen zu halten.

»Gott hat mich hier in diese Welt gesetzt, damit ich mich um dich kümmere«, sagte er und schob die Finger in meine Haare. »Ich rede viel, wenn der Tag lang ist, aber es ist nur heiße Luft. Egal, was du tust, wie oft du mich auch verlässt, ich werde immer für dich da sein. Ich werde dich immer wieder zurückhaben wollen. Vierundzwanzig Stunden am Tag, sieben Tage die Woche.« Er ließ die Finger meinen Rücken hinabwandern. »Dein persönlicher Supermarkt. Ich bin immer offen. Nimm dir alles, was du willst.«

»Danke, Christopher. Ich weiß es zu schätzen, dass du das sagst.«

»Aber es ist die Wahrheit.« Er streichelte mir über den

Rücken. »Du hast keine Ahnung, wie stark meine Gefühle für dich sind.« Er veränderte seine Sitzposition. »Keine Ahnung.«

Eine vage Ahnung hatte ich durchaus. Er war hart unter mir. »Chris, ich …«

»Ist schon gut.« Er lächelte. »Selbst ein Monster kann sich gelegentlich beherrschen.«

»Es tut mir leid, dass ich dich Monster genannt habe.«

»Ich bin ein Monster«, sagte er. »Nur eben nicht die ganze Zeit.«

Er ließ weiter die Finger an meinem Rücken auf und ab wandern und atmete schwer. Ich sah in sein Gesicht, und auf seiner Stirn und seiner Oberlippe hatten sich Schweißperlen gebildet. Er rutschte unter mir unruhig hin und her.

»Alles okay bei dir?«, fragte ich ihn.

»Alles bestens.« Er zog sein Shirt hoch und wischte sich damit übers Gesicht. »Es ist ein bisschen heiß hier drin.«

Nein, war es nicht. Es war eiskalt. Doch ihm lief weiter der Schweiß übers Gesicht. Er bewegte sich unter mir. Irgendwie schien er keine bequeme Position zu finden. Ich versuchte, mich von seinem Schoß gleiten zu lassen, aber er hielt mich fest. Er fing am ganzen Körper an zu zittern.

Und dann kapierte ich es endlich, ich Idiotin. Als hätte ich als Ärztin in der Notaufnahme das nicht bei Hunderten von Süchtigen gesehen. Das Zusammensein mit mir hatte das Lustzentrum in seinem Gehirn angeregt. Bevor er nicht bekommen hatte, was er brauchte, würde es weiter feuern, bis es zum Kurzschluss kam. Er war ein Abhängiger, und Sex war schon immer die Droge seiner Wahl gewesen.

»Es ist okay, Chris«, sagte ich. »Nur zu.«

Er sah mich an. »Bist du dir sicher?«

Aber er schob bereits mein Kleid hoch.

»Ja, ich bin mir sicher. Na los.«

Er stieß in langsamen, rhythmischen Bewegungen in mich hinein. Nach wenigen Minuten war es vorbei. Danach schwitzte er immer noch und hielt mich fest an sich gedrückt. Er roch nach einer Mischung aus Moschus und einer Sport-Umkleide. Irgendwann wischte er sich mit seinem T-Shirt übers Gesicht. Er atmete immer noch schwer. Dann stand er auf, ohne mich loszulassen, und ich schlang die Beine um seine Taille.

In dieser Haltung brachte er mich ins Schlafzimmer, legte mich auf sein Bett und senkte den Kopf zwischen meine Beine.

»Chris, nein …«

»Bitte …«

»Ich bin so müde …«

»Bitte …«

»Ich kann nicht.«

»Lass es mich versuchen.«

»Es würde dich nur enttäuschen.«

»Nein, würde es nicht.« Das würde es wahrscheinlich tatsächlich nicht. Es war die eine Sache, die wir taten, bei der er immer ungewöhnlich viel Geduld an den Tag gelegt hatte. »Bitte. Ich hab dich so vermisst. Ich bitte dich wirklich.«

Ich hasste es, wenn er bettelte. Und ich hasste die Tatsache, dass ich ihn verlassen hatte. Jetzt hatte er ein Druckmittel, das er gegen mich einsetzen konnte.

»Komm schon, Baby. Es ist so lange her. Bitte.«

Ich seufzte und sagte nichts mehr, was er als ein Ja wertete. Druckmittel.

Es war ein komisches Gefühl, keinen Sex zu wollen, aber trotzdem darauf zu reagieren. Es war so lange her, aber das war nicht der Grund. Na ja, vielleicht ein Teil des Grundes. Aber vor allem wusste Chris einfach, wie er auf dem Instrument spielen musste. Ich legte ihm die Fingerspitzen auf den Kopf, und er sah zu mir hoch. »Sag mir, wenn du so weit bist.«

Ich ließ mich ins Kissen fallen und wartete einfach auf den Ausgang der Sache. Als es so weit war, zog ich ihn an mich, damit er uns beide zum Höhepunkt bringen konnte. »Sag mir Bescheid, wenn du fertig bist«, murmelte er.

»Mach weiter.«

Ungefähr eine Minute verging. »Bald?«

»Mach weiter.«

»Ich glaube, das kann ich nicht.«

»Dann komm.«

Er kam mit drei schnellen Stößen zum Höhepunkt. Gleich danach rollte er sich von mir herunter. »Gott … ich habe vergessen, wie lange deine Orgasmen dauern.«

»Ich muss jetzt schlafen«, antwortete ich ihm. »Komm ins Bett.«

Er sah auf seine Armbanduhr. »Ich muss weiterarbeiten.«

»Wie du meinst.« Ich drehte mich um und zog mir die Decke über den Kopf.

Als ich das nächste Mal wach wurde, kroch er gerade zu mir ins Bett. Er legte sich hinter mich und zog mich mit dem Rücken an sich. Wir hatten immer in dieser Position geschlafen, mein Rücken an seine Brust geschmiegt. Es war so seltsam. Ich war seit mehr als zehn Jahren nicht mit ihm zusammen gewesen. Die Wahrheit war, ich war seit über zwei Jahren mit keinem Mann mehr zusammen gewesen. Er roch so männlich, und obwohl ich es nicht wollte, spürte ich, wie die Funken durch mich hindurchschossen.

»Wie spät ist es?«, fragte ich.

»Viertel nach vier.«

»Ich kann mich nicht bewegen. Ich bin fix und fertig.«

»Ich auch.«

Er hielt mich immer noch umfangen.

»Schlaf weiter.«

Ich schloss die Augen. Ich befand mich in diesem benommenen Stadium zwischen Wachen und Schlafen, als er mich auf den Rücken drehte. »Es tut mir leid, Babe, aber ich brauche dich wirklich.«

Das war sein Codewort für Sex. Er wartete nicht erst auf meine Zustimmung, aber ich hielt ihn auch nicht auf, weil es sich tröstlich anfühlte. Es dauerte nicht länger als ein paar Minuten. Als er fertig war, war mir ein wenig übel, aber ich war wach. »Ich muss duschen«, sagte ich. »Hilf mir.«

»Natürlich.«

Ich betrachtete ihn im Licht des Mondes, das durch das Panoramafenster fiel. Seine Lider waren schwer, und er sah erschöpft aus. Die Bartstoppeln auf seinen Wangen verliehen ihm einen dunkleren Teint. Er half mir aufzustehen, und mit der Handbrause wusch ich mir den Schweiß und den Sex eines ganzen Tages ab. Wasser war wirklich ein Wunder. Wir gingen zurück ins Bett und nahmen wieder die gleiche Schlafposition ein, nur dass ich jetzt nicht nur halb wach, sondern hellwach war.

»Es hat dir gefallen, nicht wahr?«, fragte ich.

Er zog mich noch fester an sich. »Was glaubst du?«

»Nein, ich spreche nicht von diesem Mal. Vorher … als du mir wehgetan hast. Das hat dir gefallen.«

Er antwortete nicht sofort. Dann sagte er: »Nein, es hat mir nicht gefallen. Ich habe mich schrecklich gefühlt.«

»Warum hast du dann nicht aufgehört?«

»Warum ich nicht aufgehört habe …?« Er atmete aus. »Ehrlich, ich war so gefangen in meinem eigenen Kopf, dass deine Stimme kaum zu mir durchgedrungen ist.«

Ich sagte nichts.

»Okay.« Er seufzte. »Mal sehen, ob ich es dir erklären kann.« Als ich nichts antwortete, fügte er hinzu: »Bist du noch da?«

»Ich höre.«

»Ich hätte viel länger warten können«, sprach er weiter. »Wie in der Highschool … Ich hab dich erst angefasst, als du zu mir gekommen bist.«

»Das spielt keine Rolle. Warum hast du nicht *aufgehört*?«

Er atmete aus. »Süchtige haben einen Schalter. Sobald wir *angefangen* hatten, war der Schalter umgelegt.« Eine Pause trat ein. »Ich war wirklich erregt. Dann war ich sauer auf mich selbst, dass ich so erregt war, weil du noch immer solche Macht über mich hast und ich eigentlich wütend auf dich war. Ich habe diese Wut sehr lange genährt und mit mir herumgetragen. Das verstehst du, oder?«

»Ich weiß, wer du bist.«

»Stimmt. Je wütender ich wurde, desto größer wurde meine Erregung, denn in vielen männlichen Gehirnen verstärken sich Erregung und Zorn gegenseitig.« Er küsste mich auf den Hals. »Wie bei Psychopathen … zu denen ich nicht gehöre.«

Ich schwieg.

»Ich habe sehr wohl die nötige Kontrolle. Selbst heute Morgen, auf dem Gipfel meines Zorns, habe ich nicht das getan, was ich wirklich tun wollte. Denn wenn ich es getan hätte, hätte es kein Zurück mehr gegeben, das wusste ich.«

Ich setzte mich auf. »Wie meinst du das?«

»Was denkst du denn, wie ich es meine?«

Das Herz klopfte mir bis zum Hals. »Ich weiß es nicht.«

»Rate mal.«

»Du wolltest mich umbringen.«

»Ich hatte dich gerade zurückbekommen.« Er lachte. »Ich liebe dich. Warum sollte ich dich umbringen wollen?«

Die Erleichterung war überwältigend, aber ich war immer noch verwirrt. »Was hast du denn dann gemeint?«

»Wenn du von allein nicht drauf kommst, werde ich es dir nicht verraten.«

»Ich habe keine Ahnung, wovon du redest.«

Wieder lachte er. »Vergiss es. Lass uns schlafen gehen.«

Ich ließ mich wieder ins Kissen sinken und schloss die Augen. Dann riss ich sie wieder auf. Ich setzte mich auf. »Nein!«

Erneut küsste er mich auf den Hals. »Nein, nicht heute Nacht, oder nein, niemals.«

»Einfach nein.«

Er strich mit beiden Händen über meine Brüste. »Ich hätte es tun sollen, als du sechzehn warst und bis über beide Ohren in mich verliebt. Damals hättest du alles getan, was ich von dir verlangt hätte.«

Das stimmte.

»Dann hätte ich es tun sollen, als du zu mir zurückgekommen bist. Wie alt warst du da? Einundzwanzig?«

»Zwanzig.«

»Du warst so verzweifelt, dass du auch da alles für mich gemacht hättest.«

Auch das stimmte. »Warum hast du es dann nicht getan?«

»Weil ich ein Idiot war. Damals dachte ich, es gäbe Dinge, die man mit seiner Ehefrau einfach nicht macht. Und jetzt bist du nicht mehr bis über beide Ohren in mich verliebt und auch nicht verzweifelt. Sobald du wieder gesund bist, bist du eine unabhängige Frau – sehr zu meinem Ärger. Ich weiß, dass du nicht hierbleiben kannst. Du kannst deine Kinder nicht in einem Bordell großziehen.«

»Zum gegenwärtigen Zeitpunkt ist es nur ein Kind – also, ein einzelnes.« Ich nahm all meinen Mut zusammen und holte tief Luft. »Chris, kannst du einfach herausfinden, ob er okay ist?« Ich bekam keine Antwort. »Würdest du das für mich tun?«

Wieder reagierte er nicht. Ich spürte, wie mir die Tränen kamen. Warum sollte er mir auch mit meinen Kindern helfen? Für ihn waren sie nichts weiter als eine schmerzhafte Mahnung.

Schließlich ergriff er das Wort. »Ich werde dir helfen, aber unter einer Bedingung.«

»Alles.« Mein Herz begann zu rasen. »Absolut alles.«

Er lachte. »Das ist eine gute Antwort, denn da fallen mir alle möglichen Dinge ein.«

»Bitte, Christopher«, flehte ich. »Ich will nur sicher sein, dass es ihm gut geht.«

»Ich helfe dir, Teresa, aber du darfst mich nicht noch einmal danach fragen. Wenn ich etwas herausfinde, werde ich es dir erzählen. Davon abgesehen, keine Fragen mehr. Ich würde sie nicht beantworten, und sie würden mich wahnsinnig ärgern.«

Ich versuchte, mich zu beruhigen. »Weißt du denn etwas, von dem du nicht willst, dass ich es erfahre?«

»Das ist eine Frage.«

»Chris ...«

»Ich weiß nichts, okay?«

»Aber du wirst ...«

»Stopp!«

»Okay.« Seine Stimmung hatte sich verändert. Ich durfte es nicht zu weit treiben. Also sagte ich: »Vielen, vielen Dank ...«

»Danke mir noch nicht. Noch habe ich nichts getan.«

»Es tut mir leid, wenn ich dich verärgert habe«, murmelte ich.

»Es war nichts, das du gesagt hast.« Er umarmte mich und küsste mich auf den Kopf. »Ich weiß, dass du hier nicht leben kannst.« Er ließ die Hände über meine Brust wandern. »Aber es wird mich umbringen, wenn du gehst.«

»Nein, ich kann nicht hier leben«, flüsterte ich. »Aber das heißt nicht ...«

»Nein, Terry, wir können *nicht* Freunde bleiben.«

»Ich wollte sagen, dass wir trotzdem eine Art von Beziehung haben können.«

»Eine *sexuelle* Beziehung.«

Ich hielt inne. Dann drehte ich mich zu ihm und sagte: »Wenn wir weiter diesen Weg beschreiten wollen, muss ich dich um ein paar Dinge bitten.«

»Schieß los.«

»Zuallererst muss ich Juleen sehen.«

»Dachte ich mir. Du weißt, dass ich sie nie angerührt habe.« Als ich nicht antwortete, fügte er hinzu: »Frag sie.«

»Oh, das werde ich.«

»Ich bin nicht ihr Vater, ich halte Abstand. Selbst wenn ich mit ihr rede, stehe ich am anderen Ende des Raums. Wenn ich sauer auf dich bin, sage ich dumme Sachen.«

»Wirklich dumme Sachen. Wie sieht ihr Tagesablauf aus?«

»Sie hat bis vier Unterricht.«

»Was ist mit ihren Mahlzeiten?«

»Um ihr Frühstück kümmert sie sich selbst. Ich bringe ihr das Mittag- und das Abendessen. Nach vier helfe ich ihr bei den Hausaufgaben oder beim Üben.«

»Wie macht sie sich?«

»Sie ist ein kluges Mädchen. Was kein Wunder ist. Ich nehme an, ihr Vater ist ein intelligenter Mann.«

»Er ist ein brillanter Herzchirurg.«

»Was ihn nicht daran gehindert hat, sein Leben zu versauen.«

»Mich hat es auch nicht daran gehindert. Welche Fortschritte macht sie an der Geige?«

»Sie macht Fortschritte.«

»Sie ist kein Gabe.«

»Nein, sie ist nicht Gabe, aber sie hat Durchhaltevermögen, und manchmal kommt man damit weiter als mit Talent.«

»Dann treffe ich sie also um vier. Ich werde bei ihr bleiben, bis sie schlafen geht.«

»Das ist so gegen zehn. Es wird dich anstrengen, Terry. Sie ist ein ziemliches Plappermaul.«

Ich stutzte. »Juleen?«

»Ja, Juleen. Das Kind, das du von Devek bekommen hast, während du mit mir verheiratet warst.«

Ich drehte mich auf die Seite, sodass ich ihm den Rücken zukehrte. »Normalerweise ist sie Fremden gegenüber sehr reserviert.«

»Ich hatte schon immer Erfolg bei den Mädels.« Er zog mich an seine Brust. »Was brauchst du sonst noch?«

»Wir brauchen jede ein Handy. Ich will jederzeit mit ihr sprechen können. Ich muss auch Kontakt zu dir aufnehmen können, wenn ich etwas brauche. Ich sitze hier fest.«

»Ich werde dich in das Sicherheitssystem aufnehmen, damit du nach deiner Genesung kommen und gehen kannst, wie es dir beliebt. Aber ich will nicht, dass du oder Juleen ein Telefon bekommt. Ich will nicht, dass du Kontakt zu Devek aufnimmst, und ich will nicht, dass sie ihren Vater kontaktiert. Bei dir ist das kein Problem, aber Devek ist ihr Vater. Es ist nicht so, dass ich sie von ihm fernzuhalten versuche, aber bevor ich weiß, was eigentlich los ist, läuft das nicht.«

»Besorg uns ein Handy, das keine Auslandsanrufe zulässt. Ich muss mit ihr reden können.«

»Das kann ich einrichten. Was noch?«

»Wenn du dich mit dem Zahnarzt in Verbindung setzen und herausfinden könntest, wann der Draht aus meinem Kiefer entfernt werden kann, wäre ich dir sehr dankbar. Es ist nichts gebrochen. Ich bin auch vorsichtig beim Kauen. Ich würde nur gern besser sprechen können. Und mal wieder etwas anderes zu mir nehmen als Proteinshakes.«

»Ich werde den Zahnarzt anrufen. Noch was?«

»Etwas Make-up und ein eigener Föhn wären großartig.«

»Wird erledigt.«

»Solltest du dir das nicht aufschreiben?«

»Nicht nötig. Was noch?«

»Das ist alles.«

»Geld?«

»Im Moment nicht. Wofür auch?«

Er drückte mich an sich. »Kann ich sonst noch irgendwas für dich tun? Ich meine, hier und jetzt?« Er knabberte an meinem Hals. »Ich könnte zum Beispiel aus einem Nein ein Vielleicht machen?«

»Chris, ich tue alles, was du willst, aber ich bin hundemüde.«

Ich spürte, wie er sich zurückzog. »Dann warte ich, bis wir beide etwas wacher sind.«

»Ich halte das für eine gute Idee, auch wenn du sehr sexy bist.«

Er stieß ein leises Lachen aus. »Aber ich bin auch ein Quälgeist.«

»Das ist der Reiz des Neuen. Du wirst dich schon noch beruhigen.«

»Wahrscheinlich nicht. Von dir bekomme ich nie genug.«

»Und darum hast du mich andauernd betrogen?«

»Ja, wenn ich von zu Hause weg war, habe ich meine Huren gevögelt. Es gehörte zum Geschäft.«

»Ja klar.«

»Wenn ich bei dir zu Hause war, mein Engel, bin ich nie fremdgegangen.«

»Chris, das gehört der Vergangenheit an. Es spielt keine Rolle mehr. Es hat keinen Sinn zu lügen.«

»Ich lüge nicht. Wenn ich zu Hause war, hatte ich mit niemandem Sex außer mit dir. Nicht weil ich so tugendhaft wäre – ich kenne nicht einmal die Bedeutung dieses Wortes –, sondern weil ich nichts tun *wollte*, das mich entkräftet hätte. Ich wäre wahrscheinlich netter zu dir gewesen, wenn ich es mit anderen Frauen getrieben hätte – oder auch mit anderen Männern. Ich bin da nicht wählerisch. Doch weil ich, was das anging, von dir abhängig war, wurde ich zu einem sehr frustrierten Kerl.«

»Wir hatten ständig Sex!«

»Ich bin mir sicher, dass es sich für dich so angefühlt hat.«

»Aber genau so war es!«

»Nicht für mich, Süße. Weißt du, es hat Zeiten gegeben, wenn ich nachts lange auf war – ich war schon immer eine Nachteule – und mit meiner Arbeit fertig, da habe ich einfach so lange auf die Uhr gestarrt und gewartet, bis ich dich endlich aufwecken und wieder vögeln konnte. Damals war ich nicht nur jünger, sondern auch unersättlich. Mittlerweile bin ich ein wenig ruhiger geworden, aber in deiner Nähe geht es mir immer noch so. Ich könnte es schon wieder tun. In diesem Moment. Ich habe *sehr* lange auf dich gewartet, Kleines. Seit ich dich in Los Angeles abgeholt habe, habe ich keine andere Frau mehr angerührt.«

Das würde einiges erklären. Trotzdem war ich verblüfft. »Wirklich nicht?«

»Wirklich nicht! Glaubst du etwa, ich bin immer so? Das ist jahrelang aufgestaute *Frustration*, verdammt.« Er legte die Arme um mich. »Aber ... ich weiß, dass du müde bist. Ich kann warten, bis die Sonne aufgeht.«

Ich sah Licht durch den oberen Teil des Schlafzimmerfensters schimmern. »Die Sonne ist bereits aufgegangen«, stellte ich fest. »Bitte, lass uns schlafen. Ich bin so müde. Du musst auch erschöpft sein.«

»Ich geb's zu.« Er zog mich fest an sich. »Das hier ist schön.« Er rieb die Nase an meinem Hals, und ich zog mich zurück. Sein Bart war in den seltenen Zeiten, in denen er sich einen hatte wachsen lassen, immer weich gewesen. Aber die Bartstoppeln auf seinen Wangen fühlten sich an wie Schmirgelpapier. »Das nächste Mal rasiere ich mich, bevor ich zu dir komme«, versprach er. »Lange her, dass ich über so was nachdenken musste.«

Kurz darauf spürte ich, dass er sich entspannte. »Chris?«, fragte ich.

»Nein, ich weiß nichts über deinen Sohn, und nein, ich habe dich wirklich nicht betrogen, wenn ich zu Hause war, und nein, seit du hier bist, habe ich mit niemandem Sex gehabt. Das ist die reine Wahrheit.«

»Woher hast du gewusst, was ich fragen wollte?«

»Weil ich dich genauso gut kenne wie du mich. Jetzt schlaf.«

Ich schloss die Augen.

Aus irgendeinem absurden Grund führten seine Geständnisse dazu, dass ich mich besser fühlte.

Ich war schon immer leicht zufriedenzustellen gewesen.

KAPITEL 7

Decker kniete um acht Uhr morgens und bei Temperaturen, die bereits über fünfundzwanzig Grad Celsius betrugen, in der prallen Sonne auf der Erde und half seiner Mutter im Garten. Ida Decker behauptete immer, sie sei erst vierundneunzig, aber gewisse Dinge – wie ihre Geburtsurkunde – passten nicht ganz zum angegebenen Alter. Er traute sich nicht, sie deswegen zur Rede zu stellen. Wie alt sie auch sein mochte, sie besaß die Stärke und die Vitalität einer wesentlich jüngeren Frau.

Hier gab es nicht nur einige Beete mit ein paar Pflanzen; vielmehr waren hier etliche Reihen von Paprikaschoten, Kürbissen, Melonen, Auberginen, Kartoffeln, Tomaten und Gemüse jeder Form und Variante angebaut worden. Seine Mom hätte ihren eigenen Markt eröffnen können. Decker trug Shorts und ein T-Shirt, und auf dem Kopf hatte er einen Hut als Sonnenschutz, aber er schwitzte trotzdem wie ein Ochse. Rina stand in der Küche und bereitete das heutige Abendessen vor. Sie erwarteten Randy und dessen vierte Ehefrau, und da Decker und Rina koscher lebten, übernahm Rina das Kochen, wenn sie zu Besuch kamen. Deckers Mom war ihnen entgegengekommen, indem sie nicht nur koscheres Fleisch besorgt hatte, sondern auch koschere Töpfe, Pfannen und Geschirr bereithielt, damit sie sich wohlfühlten, wann immer sie sie besuchten. Trotzdem wollte Rina den Herd und den Ofen sauber machen, bevor sie kochte.

Als fromme Baptistin war seine Mom außer sich gewesen, als Decker zum Judentum übergetreten war. Lyle, sein Vater, hatte sich leichter getan, seine Entscheidung zu akzeptieren, aber das war nun mal seine Art gewesen – ein ruhiger, stoischer Mensch –, und Decker vermisste ihn furchtbar. Er hatte seinem Vater immer nähergestanden als seiner Mutter. Aber immerhin musste er anerkennen, dass sich seine Mom im Laufe der Zeit daran gewöhnt hatte. Die Wahrheit war, dass sie Rina viel lieber mochte als ihn. Außerdem teilten sie ähnliche Interessen wie Kochen, Gärtnern, Religion – auch wenn es unterschiedliche Götter waren – und schlicht und einfach gesunden Menschenverstand. Er hielt inne, nahm den Gartenschlauch und füllte einen Plastikbecher mit Wasser, das er gierig austrank. »Willst du etwas Wasser, Mom?«

Ida schaute auf. »Ich brauche nichts, danke.«

»Du musst trinken.«

»Ich kümmere mich schon sehr lange um mich selbst, Peter. Ich glaube, ich komme auch ohne deinen Rat zurecht.« Sie lächelte schwach. »Aber ich weiß deine Sorge zu schätzen.«

»Ernten wir irgendetwas von diesem Gemüse fürs Abendessen?«

»Rina macht aus Zucchini, Auberginen, Tomaten und Zwiebeln ein Ratatouille.«

»Dürfte lecker werden. Um wie viel Uhr kommen Randy und Blossom?«

»Gegen sieben.«

»Nett von ihnen, uns zu besuchen. Das ist eine weite Fahrt.«

»Das stimmt«, sagte Ida. »Er kommt immer zu Besuch, wenn du hier bist. Ist auch so ziemlich das einzige Mal.«

»Mom, du weißt genau, dass das nicht stimmt. Er kommt mindestens einmal im Monat.«

»Dann ist er wohl besser als du«, brummte sie.

»Zumindest konntest du einen Sohn in der Nähe halten.«

»Die Abtrünnigkeit laste ich deiner Frau an.«

»Da ich Rina in Los Angeles kennengelernt habe, musst du wohl Jean meinen.«

»Wen sonst?«

»Sie ist ein netter Mensch, Mom. Das mit uns hat halt einfach nicht funktioniert. Wie dem auch sei, sie hat dir eine wunderbare Enkelin geschenkt.«

»Ja, ich nehme an, um Cindys willen hat sie sich gelohnt.«

Mom liebte Cindy heiß und innig. Hier traf der alte Witz zu: Was macht die Beziehung zwischen Großmüttern und Enkelinnen so besonders? Ein gemeinsamer Feind.

Deckers Handy summte. Nach einem Blick auf die Nummer erhob er sich, streckte sich und nahm den Anruf entgegen. »Hey, Tyler. Was gibt's?«

»Es ist uns nicht gelungen, Flugtickets für Elsie Schulung, Bertram Lanz oder Kathrine Taylor ausfindig zu machen«, antwortete McAdams, »aber sie könnten falsche Namen benutzt haben. Wir gehen jetzt einfach Passagierlisten um den Zeitpunkt ihres Verschwindens herum durch und versuchen, die Namen tatsächlichen Personen zuzuordnen. Es wird eine Ewigkeit dauern, aber ich bleibe dran.«

»Danke, Tyler, dass du für mich einspringst«, erwiderte Decker. »Wo ist Paulines Leichnam?«

»Immer noch im Leichenschauhaus.«

»Was ist mit nächsten Angehörigen? Hast du mir nicht erzählt, Pauline hätte eine Schwester gehabt?«

»Habe ich, ja.«

»Ich würde sie gerne anrufen. Besorg mir ihren Namen und eine Telefonnummer.«

»Sie lebt an der Westküste. Es ist noch etwas früh für einen Anruf. Und ich könnte sie auch anrufen, Boss. Du bist schließlich im Urlaub.«

Decker schaute zu seiner Mutter. »Wie man's nimmt. Wo an der Westküste ist sie?«

»In Ventura. Weißt du, wo das ist?«

»Ja, meine ehemalige Partnerin lebt dort, und da sich Paulines Leichnam in unserem Zuständigkeitsbereich befindet, denke ich, dass ich einen Besuch rechtfertigen kann, um den nächsten Angehörigen ein paar Fragen zu stellen. Bleib mal dran … lass mich nach Flügen von Orlando aus schauen.«

»Dann hast du vor, von Florida aus hinzufliegen, statt erst nach Greenbury zurückzukommen?«

»Ja. Es gibt jede Menge Nonstop-Flüge. Und billige noch dazu.«

»Dann sollten wir uns am LAX treffen. Wir können zusammen nach Ventura fahren. Es sei denn, du willst mit Rina hin.«

»Sie bleibt in Florida. Sie will ihre Mom besuchen. Aber du musst wirklich nicht mitkommen, Tyler. Ich habe Margie da drüben.« Eine kurze Pause trat ein. Decker konnte sich vorstellen, wie der Junge am anderen Ende schmollte. Es war wahrscheinlich nicht das Taktvollste gewesen, was er hätte sagen können. »Andererseits ist das genauso dein Fall wie meiner. Ich denke, wir sollten beide dort sein.«

»Dann komme ich. Ruf mich an, wenn du einen Flug gebucht hast, und ich werde versuchen, zur gleichen Zeit dort zu sein.«

»Das mach ich. Ich muss Schluss machen. Mom wirft mir schon böse Blicke zu.«

»Sag Mom, sie soll dir auch einen für mich zuwerfen.«

»Tyler, Marge ist sehr nett und war eine großartige Partnerin. Aber jetzt bist du mein Partner. Bissige Bemerkungen sind da überflüssig.«

»*Moi?* Bissig?« Der Junge legte auf.

Decker lächelte. Er hatte zwei leibliche Kinder, zwei Stiefkinder und ein Pflegekind. Zusammen mit seiner Mutter und Tyler belief sich die Zahl seiner »Kids« auf sieben. Rina war ein sehr unabhängiger Mensch, aber er betrachtete es trotzdem als seine Pflicht, sie zu beschützen. So war das einfach bei Ehemännern. Alle Menschen in seinem Leben verließen sich auf ihn. Aber es war keine Last. Lieber der Hammer als der Amboss sein.

Gegen neun wachte ich auf und hatte, immer wieder unterbrochen von Diskussionen und Sex, über sechzehn Stunden geschlafen. Vorsichtig löste ich mich aus Chris' Umklammerung. Er schlief wie ein Stein. Auf Zehenspitzen lief ich ins Bad, wickelte mich, nachdem ich mich gewaschen hatte, in einen seiner Morgenmäntel aus schwarzer Jacquardseide, verließ das Zimmer und zog die Tür hinter mir zu. Ich machte mir einen Kaffee und ließ mich dann auf seinem schwarzen Ledersofa nieder, um zu lesen und mich von den Gedanken an Sanjay abzulenken. Wenn ich darüber nachdachte, was passiert war, würde ich in tiefen, schlammigen Gewässern versinken. Ich hatte immer noch eine Tochter, und ich durfte emotional einfach nicht untergehen.

Mein Platz befand sich gegenüber dem Fenster, und ich genoss das Licht und die Aussicht. Normalerweise war Chris bereits weg, wenn ich aufstand, aber wahrscheinlich hatte ihn die Erschöpfung eingeholt. Eine Stunde später machte ich eine frische Kanne Kaffee, goss mir eine weitere Tasse ein und ging auf leisen Sohlen zurück ins Schlafzimmer. Er hatte sich nicht bewegt, sondern lag noch immer in der gleichen Position da wie vor einer Stunde, auf dem Bauch, mit freiem

Oberkörper, aber in einer Jogginghose. Seine weißen Haare verteilten sich wie eine Wolke im Sturm auf dem schwarzen Kopfkissen.

Auf dem Nachttisch lag seine Waffe. Es war eine 9 mm, wahrscheinlich eine Glock. Er mochte Glocks. Vor vielen Jahren hatte er mir mal das Schießen beigebracht, aber ich hatte seit sehr langer Zeit keine Waffe mehr abgefeuert. Ich nahm meine Kaffeetasse in die Linke und griff nach der Pistole. Sie wog ungefähr ein Pfund und lag gut in der Hand. Als ich nachsah, stellte ich fest, dass sie geladen war. Ich umfasste den Griff und legte den Zeigefinger auf den Abzug. Feuerwaffen vermittelten mir ein ungeheures Gefühl von Macht.

»Führt dich das in Versuchung?« Die Stimme war leise und klang fast neckisch. Ich löste den Blick von der Waffe und sah Chris an. Er hatte sich immer noch nicht bewegt. »Schlechte Idee«, fügte er hinzu. »Wie würdest du hier rauskommen?«

»Es gibt Kaffee«, sagte ich.

Endlich drehte er sich um, setzte sich auf und streckte die Hand aus. Ich hielt ihm die Waffe hin, aber er griff stattdessen nach meinem Becher. »Erst Kaffee. Wie spät ist es?«

»Kurz nach zehn.«

»Scheiße!« Er schwang die Beine aus dem Bett und trank einen Schluck. Dann nahm er sich einen von den vielen schwarzen Anzügen und ein schwarzes T-Shirt aus dem Schrank und zog sich an. »Ich hab etwas zu erledigen, das nicht warten kann. Guter Kaffee, Süße. Besser als meiner, so viel steht fest.«

»Weil ich warte, bis die ganze Kanne durchgelaufen ist.«

»Ja, ich bin zu ungeduldig.« Er war rasch fertig angezogen und schnallte sich ein Waffenholster um die Brust. Ich reichte ihm die 9 mm, die ich immer noch in der Hand hielt, und er steckte sie in das Holster. Er stieg in Stiefel aus rotem Eidechsenleder und ging ins Bad. Als er zurückkam, hatte er sich flüchtig die Haare gekämmt. Er nahm eine Aktentasche aus dem Schrank und verließ das Schlafzimmer. Ich hörte, wie er den Tresorraum aufschloss. Als er wieder rauskam, sagte er: »Ich habe mehrere Termine direkt hintereinander. Dann sollte ich mal wieder nach meinen Damen sehen. Nach einer Weile fangen sie immer an zu schmollen, und es ist schon länger her, dass ich bei ihnen war. Außerdem habe ich noch deine To-do-Liste. Die wird ihre Zeit brauchen. Ich hoffe, dass ich gegen zwei oder drei wieder hier bin.«

»Hetz dich nicht. Du hast ein Unternehmen zu führen.«

»Ist genug zu essen für dich da?«

»Dein Kühlschrank ist bis oben hin voll mit Shakes. Ich habe alles, was ich brauche.«

Er küsste mich auf die Stirn. »Geh nicht weg.«

»Würde ich nie tun.«

»Wenn es meine Entscheidung wäre, würde ich dich für immer einschließen.« Er sah mich an, dann schaute er auf seine Armbanduhr – eine goldene Rolex. »Verdammt. Ich muss wirklich los.«

»Und du bringst mich später …«

»… zum Zahnarzt. Jaja.«

»Ich meinte zu Juleen.«

»Das auch. Bis später.«

Dann war er weg.

Chris war schon immer ein Wirbelwind gewesen. Er brauchte nicht viel Schlaf, was bedeutete, dass er ständig in Bewegung war. Er strengte mich an. Es hatte etwas Beruhigendes, den Raum für mich allein zu haben, aber ich war mehr als nur ein bisschen ängstlich. Ich bekam die Bilder nicht aus dem Kopf – die Männer, die hereinstürmten, ich, wie ich Sanjay packte, nur um ihn zu verlieren. Es zerriss mir das Herz, wenn ich daran dachte. Aber die gute Nachricht war, dass sowohl Juleen als auch ich vorerst in Sicherheit waren. Ich war schon immer pragmatisch gewesen und neigte nicht dazu, mich an dem abzuarbeiten, was unerreichbar war. Stattdessen konzentrierte ich mich immer auf das, was ich bekommen konnte.

»Ich fliege morgen gegen elf ab, komme also gegen zwei Uhr nachmittags am LAX an«, sagte Decker zu McAdams. »Wir sollten uns so bald wie möglich auf den Weg nach Norden machen, weil der Verkehr auf dem Freeway sehr schlimm sein wird.«

»Welchen Flug nimmst du?«, fragte McAdams. Nachdem Decker ihm die Flugnummer und seine Ankunftszeit genannt hatte, fügte McAdams hinzu: »Ich fahre heute Abend nach Manhattan. Ich kann bei meiner Großmutter übernachten und den Zehn-Uhr-Flug vom JFK nehmen. Das heißt, ich komme so gegen eins an. Ich organisiere uns einen Mietwagen.«

»Das wird uns Zeit sparen«, erwiderte Decker. »Können wir die Spesen abrechnen?«

»Fünfhundert pro Kopf für alles. Allein mein Flug wird mich das Sechsfache kosten.«

»Fliegst du Erster Klasse?«

»Leider ist es ein Business-/First-Class-Flug und keine echte Erste Klasse. Es war das Beste, was ich so kurzfristig kriegen konnte.«

»Mir kommen die Tränen.«

»Du wirst noch heulen wie ein Schlosshund, wenn du erst eingepfercht in der Holzklasse hockst.«

»Reib's mir ruhig unter die Nase.«

»Tröste dich mit dem Wissen, dass die Reichen Inzucht betreiben«, warf McAdams ein. »Während der Pöbel mit seiner genetischen Mannigfaltigkeit Kreativität und eigenständiges Denken hervorbringt, produziert die wohlhabende Bevölkerung Drogensüchtige, verwöhnte Bälger und komische Vögel mit seltsamen Hüten.«

»Zu welcher Kategorie gehörst du, Tyler?«

»Das Leben ist kein Entweder-oder.«

Decker lachte. »Wir sehen uns morgen.«

»Bis dann«, sagte McAdams. »Falls du einen Typen siehst, der einen Aufstand macht und dabei seine schönste Baskenmütze trägt, bin ich das.«

»Zieh dich an«, instruierte Chris mich. »Ich habe eine Überraschung für dich.«

Es war Viertel vor drei am Nachmittag. »Juleen?«

»Ähm, das wird warten müssen, weil ich einen Zahnarzttermin für dich organisiert habe.«

»Danke.« Ich versuchte, meine Enttäuschung zu verbergen.

»Du siehst sie später, Terry, aber der Doc hat seine restlichen Termine für dich abgesagt. Zieh dich an, damit wir loskönnen.«

»Ich bin angezogen.«

»Hat du irgendwas anderes?«

Ich betrachtete mein Kleid, ein Maxikleid mit einem hübschen Blumendruck. »Was ist an dem hier auszusetzen?«

»Es sieht ein wenig nach … Manson-Girl aus.«

Ich musste lachen. »Nach *Manson-Girl*?«

»Ja, du kennst doch die Filmausschnitte von dieser Lesley Van Sowieso, die singend ins Gefängnis abgeführt wird.« Als ich lächelte, fügte er hinzu: »Ich bring dich mit dem Motorrad hin. Deine Beine sollten bedeckt sein.«

Ich zog eine Kommodenschublade auf und nahm eine Jeans heraus. Sie war mir mittlerweile zwei Nummern zu groß. Chris musterte mich. »Sobald du wieder anfängst zu essen, wird sie dir passen. Nimm einfach einen Gürtel.«

»Ich hab keinen Gürtel. Ich hatte nicht viel Zeit zum Packen.«

»Schon gut. Zieh einfach ein T-Shirt drüber und lass uns fahren.«

Seit er mich vor fast einer Woche hierhergebracht hatte, war ich aus seiner Suite nicht mehr rausgekommen. Kaum dass ich ins Freie trat, hatte ich das Gefühl, wieder atmen zu können. Es war warm. Der Geruch von Sommer lag in der Luft, und der Himmel hüllte mich in sein herrliches Blau ein. Ein Wachmann passte auf sein Motorrad auf. Er reichte Chris zwei Helme. Meiner war zu groß, also stellte Chris den Kinnriemen fester und half mir auf den Sitz.

»Ducati?«, fragte ich.

»Jepp.«

»Du hattest schon immer eine Schwäche für italienische Motorräder. Und Autos. Ich wette, du besitzt einen Ferrari.«

»Ich wette, du hast recht.«

»Ich bin in Mumbai immer mit einem Motorroller gefahren. Das ist die einfachste Methode, um durch die Straßen zu kommen.«

»Das gleiche Prinzip, nur ein größerer Motor. Halt dich fest.« Als ich ihm die Arme um die Taille legte, fügte er hinzu: »Ich hätte nichts dagegen, wenn du deine Hände ein wenig weiter nach unten legen würdest.«

»Hörst du eigentlich nie auf?«

»Nie.« Er ließ den Motor mit dem Gasdrehgriff aufheulen und fuhr los.

Wir fuhren einen unbefestigten Weg entlang, bis wir auf

Asphalt stießen. Die Praxis befand sich in einer Einkaufsstraße neben einem Sandwich-Shop und einem Eisenwarenladen – Kleinstadtatmosphäre pur. Innerhalb weniger Minuten saß ich auch schon in einem Zahnarztstuhl. Chris fragte, wie lange es dauern würde, und der Zahnarzt – ein nett aussehender, dunkelhaariger Mann namens Dr. Kenneth Woodruff, ungefähr in meinem Alter, teilte ihm mit, dass das Ganze über eine Stunde in Anspruch nehmen würde, vielleicht sogar zwei.

»Ich muss ein paar Sachen erledigen«, erklärte Chris. »Es sei denn, du möchtest, dass ich bei dir bleibe.«

»Nein, nein.« Ich winkte ab. »Ich komme schon klar.«

Er verließ den Raum, und etwa zwei Stunden später nahm der Zahnarzt mir das Lätzchen ab. Meine unteren Backenzähne waren immer noch durch Drähte verbunden, aber mein Kiefer war frei, auch wenn es wehtat, als ich versuchte, den Mund zu öffnen. Aber ich konnte mir zum ersten Mal seit Wochen die Lippen mit der Zunge befeuchten. Er hatte meine Zähne gereinigt und poliert, und ich fühlte mich normal, wenn ich nicht in mein Gesicht oder auf meinen eingegipsten Arm schaute. Chris saß im Wartezimmer und tippte auf seinem Handy herum. Neben ihm standen zwei große Taschen. Ich hatte einen Haufen Informationsblätter für die Nachsorge in der Hand.

»Fertig?« Er ließ das Handy in seiner Tasche verschwinden.

»Ja.«

»Wie fühlst du dich?«

»Schon wieder fast wie ein Mensch.«

»Lassen Sie es während des nächsten Monats ruhig angehen«, meldete sich Woodruff zu Wort. »Ihre Backenzähne sind immer noch etwas gelockert. Suppe, weiches Gemüse, Fisch. Kein Steak, okay?«

»Verstanden«, sagte ich.

Chris sah den Zahnarzt an. »Danke, dass Sie sich Zeit für sie genommen haben, Doc.«

»Kein Problem, Mr. Donatti.«

Chris legte einen Arm um mich. »Bist du so weit?«

»Ja.« Ich sah auf die Uhr. Es war fünf Uhr, als wir die Praxis verließen. Auf dem Weg zu seinem Motorrad sagte ich: »Bringst du mich jetzt zu Juleen?«

»In einer Stunde.«

»Warum in einer Stunde?«

Er sah mich eindringlich an. Ich sagte nichts. Eine weitere Stunde würde keinen Unterschied machen. Ich fühlte mich besser, und ich hatte nichts gegen den Kontakt mit ihm einzuwenden. Aber ich hatte das Gefühl, dass er mich hinhielt. Er sagte: »Ich träume die ganze Zeit davon, dich zu küssen.«

»Du bist kein großer Küsser. Du meinst wahrscheinlich was anderes.«

»Vielleicht.« Er gab mir den Helm. »Früher hast du mir gern einen geblasen.« Das stimmte tatsächlich. Es war eine der wenigen Gelegenheiten beim Sex, bei denen er mir die Kontrolle überließ. »Machst du das immer noch gern?«, fragte er.

»Wahrscheinlich schon. Ist ein Weilchen her.«

»Wie lang?«

»Fragst du nach Deveks Größe oder wie lang es her ist?«

Er musste lachen. »Vielleicht beides.«

»Auf beide Fragen antworte ich: Es geht dich nichts an.«

»Im Ernst, wie lange ist es her, seit du mit ihm gevögelt hast?«

»Sehr lange.« Ich hielt inne. »Er hat eine Freundin.«

»Hat er sich die gesucht, bevor du aufgehört hast, mit ihm zu schlafen, oder danach?«

»Warum quälst du mich so?« Er wartete. »Danach.«

»Ich kann ihm keinen Vorwurf machen, wenn er zu Hause nicht rangelassen wurde.«

»Dann bist du jetzt also Deveks Fürsprecher? Du liebst es, mir das Leben schwer zu machen, nicht wahr?«

Er strich mit einem Finger über meine schiefe Nase. Sein Lächeln verwandelte sich in ein Grinsen. »Tut mir leid.«

Ich sah mich um. »Gott, es ist wunderbar, draußen zu sein. Ich fühle mich wie ein aus dem Käfig gelassener Vogel.« Ich wandte mich ihm wieder zu. »Danke für alles, was du für mich getan hast, Donatti. Mir ist durchaus bewusst, in welch schlimmer Lage ich mich befunden habe.«

Er antwortete nicht, lud die Taschen hinten auf das Motorrad und sah mich dann an. »Du willst dich wirklich bei mir bedanken?«

Ich seufzte. »Ich hab doch gesagt, dass ich alles tue, was du willst, wenn du meinen Sohn …« Den Satz ließ ich unvollendet. Ich brauchte ihn nicht an Sanjay zu erinnern. Es würde ihn nur verärgern.

»Ausnahmsweise spreche ich nicht von Sex«, sagte er. Ich wartete ab. »Ich habe heute Abend eine Verabredung mit einigen Klienten und den Frauen, die ich ihnen vermittelt habe. Drinks in der Lounge gegen elf.«

»Welche Lounge?«

»Ich habe eine auf dem Gelände. So etwas wie einen altmodischen Club. Viele Männer kommen dorthin, um zu reden oder zu lesen oder zu rauchen und zu prahlen – und mit den Frauen anzugeben, mit denen sie zusammen sind. Aber es gehen dort auch erstaunlich viele Geschäftsabschlüsse über die Bühne. Ich möchte, dass du mich begleitest.« Er hielt inne. »Dafür sind die Taschen da. Das sind Kleider für dich.«

In einem Manson-Kleid konnte ich als seine Hure wohl nicht hingehen. Aber warum nicht? »Okay.«

»Danke.«

Wir fuhren nach Hause und gingen schweigend nach oben zu seinem Schlafzimmer. Nach einer halben Stunde Spaß und Spiel war es kurz vor sechs. Ich zog mich an, rieb mir meinen schmerzenden Kiefer und fragte: »Darf ich jetzt meine Tochter sehen?«

»In ein paar Minuten. Lass mich dir zuerst die Kleider zeigen.«

Wieder diese Hinhaltetaktik. »Klar.«

Er strich die Bettlaken glatt und holte die Kleider hervor. Drei Cocktailkleider – alle schwarz und alle kurz. Dann kamen drei Schuhkartons zum Vorschein. Ich betrachtete die Kleider. »Welches davon gefällt dir?«

Er dachte gründlich über die Frage nach. »Das da.«

Es hatte einen engen, kurzen Rock und ein ärmelloses, locker fallendes Oberteil mit einem tiefen Dekolleté und einem tiefen Rückenausschnitt. »In Ordnung.«

»Probier es mal für mich an.« Er spielte immer noch auf Zeit. Er sah, dass ich zu der Uhr auf dem Nachttisch schielte. »Ich verspreche dir, dass ich dich gleich zu Juleen bringe. Ich will bloß wissen, wie du aussiehst, okay?«

»Das müssen wichtige Klienten sein.«

»Es sind Risikokapitalgeber. Sie sind darauf spezialisiert, Laster zu finanzieren – jede Menge Online-Glücksspiel und auch ein paar richtige Casinos. Das wäre ihr erster Ausflug auf das Gebiet der Bordelle. Ich hätte gern etwas Geld von ihnen.«

»Du expandierst?«

»Hängt davon ab, wie viel Geld sie zu investieren bereit sind.«

Ich nickte und zog meine zu große Jeans und das ausgeleierte T-Shirt aus. Dann streifte ich mir das Kleid über. Früher wäre es mir zu eng gewesen. Jetzt war es eher zu groß. Ich war mir sicher, dass sich das ändern würde, wenn ich erst wieder anfing zu essen. Über dem Ausschnitt sorgten zwei quer verlaufende Bänder dafür, dass das Oberteil nicht aufging. Er zog den Reißverschluss für mich hoch.

»Okay?«, fragte ich.

»Zieh zu dem Kleid deinen BH aus. Es ist sexy, wenn man ein bisschen Busen von der Seite sieht.«

Nicht dass es davon viel gegeben hätte. Wenn ich abnahm, dann leider überall. »Heute Abend ziehe ich ihn aus.« Ich schaute in die Schuhkartons – die gleichen schwarzen, fersenfreien High Heels in drei Größen: 36,5; 37 und 37,5.

»Ich wusste deine Schuhgröße nicht mehr«, erklärte er mir.

»Ich trage 37.« Ich probierte sie an und wartete auf einen Kommentar. Er ließ den Zeigefinger kreisen, und ich drehte mich um die eigene Achse. »Okay?«

»Du siehst wunderschön aus.«

Er griff in seine Tasche und holte ein kleines Schmuckkästchen hervor, von der Größe her passend für einen Ring oder Ohrringe. »Probier die mal an.«

Die. Das bedeutete Ohrringe. Ich öffnete die Schachtel. Diamantstecker. Ich riss die Augen auf. »Die sind *wunderschön*!« Ich grinste. »Gott, das ist genug Bling-Bling für eine ganze Sportmannschaft!« Ich sah ihn an. »Vielen, vielen Dank.«

»Gern geschehen. Probier sie an.«

»Gott, ich habe noch nie etwas so Funkelndes gesehen.« Ich hatte schon lange keine Ohrringe mehr getragen. Die Löcher waren noch nicht zugewachsen, aber ich musste mich ein wenig anstrengen, um die Stecker in meine Ohrläppchen zu bekommen. Als ich fertig war, strich ich mir die Haare zurück und schaute in den Badezimmerspiegel. »Die sind umwerfend!«, sagte ich zu ihm. »Man wird mich aus einer Meile Entfernung kommen sehen.«

Er war plötzlich hinter mir und legte mir die Hände auf die Schultern. »Freut mich, dass sie dir gefallen.«

Ich drehte mich um und küsste ihn auf die Lippen. »Danke.«

Er sah mich an. »Ich habe dir nie einen Verlobungsring geschenkt, oder?«

»Die hier machen das mehr als wett.« Ich ging zurück ins Schlafzimmer und versuchte, den Reißverschluss meines Rocks herunterzuziehen. »Chris, ich würde jetzt wirklich gerne Juleen sehen.«

»Ich weiß.« Er half mir mit dem Reißverschluss und löste die Bänder auf der Vorderseite. Das Kleid fiel von meinen Schultern auf den Boden. Er legte mir die Arme um die Taille und küsste mich auf den Hals. »Was ist mit Devek? Er hat dir doch bestimmt einen Verlobungsring gekauft, oder?«

»Hat er«, sagte ich. »Er war wunderschön – ein Smaragd, umgeben von Diamanten. Devek hat ihn zusammen mit den anderen Schmuckstücken, die er mir geschenkt hatte, und allem anderen, was wir an Wertgegenständen besessen haben, verkauft, um seine Schulden zu bezahlen. Wir waren fast über den Berg, bis er ein letztes Mal an die Tische ging, woraus dann zweimal und dreimal und viermal wurde, und am Ende hat er uns noch tiefer in die Schulden gestürzt als beim ersten Mal.« Ich löste mich von ihm, hob mein Manson-Kleid vom Boden auf und schlüpfte hinein. »Das Glücksspiel hat dich nie gereizt, oder?«

»Nicht im Geringsten. Dafür mag ich Geld zu sehr.«

»Dein Glück.« Ich zog meine Schuhe aus und schlüpfte in meine Slipper. »Ich bin so weit.«

Er sah mich eindringlich an. »Danke, dass du das für mich tust.«

»Mir macht es nichts aus, deine Hure zu sein.«

»Du bist nicht meine Hure.«

»Hübsches Anhängsel. Was auch immer. Ich helfe gern. Kannst du mir für heute Abend ein wenig Make-up besorgen?«

»Ich werde dich schminken. Und ich werde dich frisieren.«

»Danke.« Ich küsste ihn auf die Nase. »Können wir jetzt gehen?«

Er stand wie angewurzelt da. »Teresa, ich will dich nicht als Hure dabeihaben. Auch nicht als hübsches Anhängsel. Ich will dich als meine *Frau* dabeihaben.« Ich sagte nichts. »Ich weiß, das ist im Moment ein Problem, aber eins, das sich lösen lässt.« Er griff in seine Tasche und warf drei Ringe aufs Bett. »Such dir einen aus.«

Ich blickte ihm direkt in die Augen, dann ging ich zum Bett, um mir die Schmuckstücke genauer anzusehen. Ein runder Diamant-Solitär, ein Diamant im Kissenschliff, umgeben von kleinen Diamanten, und der letzte Ring hatte zwei runde Diamanten – einer mit einem Bogen aus winzigen Diamanten in Pavé-Fassung darüber, der andere mit einem ebensolchen Bogen darunter. »Ist das eine Wiedergutmachung für frühere Versäumnisse?«, fragte ich. »Oder ein Schritt nach vorn?«

»Was glaubst du?« Als ich nicht antwortete, fügte er hinzu: »Ich kenne deinen Geschmack bei Schmuck nicht, weil ich dir nie Geschenke gemacht habe.«

»Das ist nicht ganz wahr.«

»Die Ohrringe, die ich dir geschenkt habe, als du sechzehn warst, zähle ich nicht mit.«

»Ich habe sie immer noch.«

»Das hab ich gesehen, als ich deine Sachen ausgepackt habe.« Er hielt inne. »Warum hast du sie behalten?«

Ich zuckte die Achseln. »Ich bin wahrscheinlich einfach sentimental. Die Ohrringe und das Kreuz deiner Mutter waren die einzigen Dinge, die mir von dir geblieben waren … abgesehen von Gabe.«

»Die Kette mit dem Kreuz habe ich auch gesehen.« Sein Blick ging in die Ferne. »Sie hat mich in die Vergangenheit zurückversetzt.«

»Das kann ich mir vorstellen.« Ich nickte. »Das Kreuz wollte ich eigentlich Gabe schenken – als Erbstück –, aber dann ist er zum Judentum übergetreten. Meine beiden anderen Kinder sind Hindus. Willst du es zurückhaben?«

»Nein, nein. Behalt es.« Chris verstummte kurz. »Meine Gesamtsumme an Geschenken: billige Perlenohrringe und das silberne Kreuz meiner Mutter. Und ein Ehering, den ich nirgendwo sehe.«

Ich schwieg.

»Ich hätte es besser machen können«, setzte er hinzu.

»Du hast mich aus tiefster Armut gerettet. Gabe und ich hätten es ohne deine Unterstützung nicht geschafft.«

»Man bekommt keine Medaille dafür, dass man seine Familie ernährt.« Sein Blick kehrte zu den Ringen auf dem Bett zurück. »Welcher davon gefällt dir?« Er zögerte kurz. »Wenn du willst, kannst du alle drei haben.«

Ich musste etwas unternehmen. Es würde noch genug Gelegenheiten geben, ihm das alles ins Gesicht zu schleudern. Jetzt keine Entscheidung zu treffen, wäre eine schlechte Strategie, denn er war der Einzige, der mir bei Sanjay half. Ich würde alles dafür tun, meinen Sohn zurückzubekommen. Ob

Chris Wort halten würde, wusste ich nicht, aber es war immer besser, Chris auf seiner Seite zu haben. Ich griff nach dem Ring mit den zwei Diamanten. »Der hier.«

Ein strahlendes Lächeln erhellte sein Gesicht. »Das ist auch mein Favorit.« Er streifte ihn mir über den Finger. »Die Ringgröße habe ich richtig hinbekommen.« Er steckte die anderen Ringe in seine Tasche, holte dann einen schlichten, alten Weißgoldring hervor und zeigte ihn mir. »Meinen hab ich immer noch, auch wenn deiner wahrscheinlich auf dem Grund des Atlantiks liegt.«

Er streifte den Ring über den Ringfinger seiner linken Hand. »Die Details regeln wir später.«

»Chris, ich kann nicht mit diesem Ring am Finger zu Juleen kommen. Ich lasse mich gerade von ihrem Vater scheiden. Ich muss ihr erst einiges erklären, okay?« Ich zog den Ring ab. »Bewahr ihn für mich auf. Wenn wir uns mit deinen Klienten treffen, ziehe ich ihn wieder an.«

»Einverstanden.« Er steckte den Ring ein und hob seine dichten, weißblonden Augenbrauen. »Ich weiß, dass es nichts Konventionelles sein wird. Nichts ist bei mir jemals konventionell. Aber ich will zu einer Einigung kommen, die für uns beide funktioniert.« Er stieß den Atem aus. »Ich *will*, dass das hier funktioniert, Terry. Das hier *muss* funktionieren. Ich ertrage es nicht, wenn du mich noch einmal verlässt. Ich werde es nicht überleben.« Dann folgte eine lange Pause. »Also, habe ich deine Zusage?«

»Ja, die hast du.« Ich sagte das, ohne zu zögern. Dr. Pragmatisch. Ich würde das alles später in Ordnung bringen.

Er nickte. »Dann nimm dir so viel Zeit, wie du brauchst, um es deiner Tochter beizubringen.«

»Danke. Können wir …« Ich brach ab.

»Ja, wir können jetzt gehen. Die Ohrringe trägst du übrigens immer noch.«

»Ich weiß. Die werde ich *nie wieder* rausnehmen.«

Er lachte. »Ich hätte nicht gedacht, dass du zu den Frauen gehörst, die auf Klunker stehen.«

»Alle Frauen stehen auf Klunker. Du hast mir bisher nur nie welche angeboten. Aber keine Sorge.« Ich küsste ihn auf den Mund, meine Zunge frisch befreit. »Du hast jede Menge Zeit, das wettzumachen.«

Es gab Brathähnchen mit Soße, Reispilaw, Ratatouille, einen grünen Salat und frisch gebackenes Brot. Die Speisen sowie die Teller und das Besteck befanden sich am Ende einer hölzernen, auf Böcken stehenden Tischplatte, die Platz für zwölf Stühle bot – die Esszimmereinrichtung war ein Relikt aus alten Zeiten, als Familie und Freunde noch zum Sonntagsessen gekommen waren. Nachdem sich alle bedient hatten, gingen sie zum vorderen Teil des Tisches und warteten darauf, dass die Matriarchin als Erste zur Gabel griff und anfing. Ida Decker ließ sich bewusst Zeit. Sie würde sich von niemandem hetzen lassen. Endlich attackierte sie ein Stück weißes Hühnerfleisch.

Randy Decker hatte in der Zeit, die Rina ihn kannte, ein paar Pfund zugenommen. Er hatte einen dunklen Teint und war ungefähr zehn Zentimeter kleiner als Peter. Die beiden sahen sich überhaupt nicht ähnlich. Warum auch? Sowohl Randy als auch Peter waren adoptiert worden. Blossom – Randys vierte Frau – war blond und vollbusig und dick geschminkt. Sie trug Leggings mit Leoparden-Druck, einen Pulli aus goldenem Lamé und goldene Sandalen. »Das sieht köstlich aus, Ida«, sagte sie.

»Nichts davon habe ich gekocht. Wenn Rina hier ist, lässt sie mich nicht einmal in die Nähe der Küche. Als hätte ich Läuse oder so etwas.«

Rina stand auf und küsste Ida auf die Wange, wobei ihr nicht entging, dass die alte Dame sich nur mit äußerster Mühe davon abhalten konnte, ihre Wange abzuwischen. »Du hast keine Läuse, und selbst wenn du welche hättest, bin ich mir sicher, dass es wunderbare Läuse wären. Außerdem solltest du Blossom davon in Kenntnis setzen, dass du die ganzen Kuchen gebacken hast, einschließlich den mit Schokolade und Pekannüssen, Blossoms Lieblingskuchen, wie du mir erzählt hast.«

»Das ist so lieb von dir.« Blossom seufzte entzückt. »Vielen Dank, Ida.«

»Gern geschehen.«

Blossom war Idas bevorzugte Schwiegertochter. Sie war die Einzige in der Familie, die mit ihr in die Kirche ging. Doch ihr Status bedeutete nicht viel, denn Ida war ihr gegenüber genauso streng wie zum Rest der Familie. Jetzt sagte sie zu Rina: »Hattet ihr eine schöne Reise?«

»Es war herrlich, danke.«

»Ich wollte schon immer mal ins Heilige Land«, bemerkte Blossom.

»Seit wann das denn?«, wollte Ida wissen.

»Nun, Rina lässt es so erotisch klingen.«

»Exotisch«, korrigierte Ida sie.

»Ja, natürlich.« Sie wurde rot. »Hoppla.«

Rina lächelte. »Es ist wirklich toll dort. Wenn Peter mit unserem Haus fertig ist, würden wir uns sehr freuen, euch dort als Gäste zu empfangen.«

»Das wäre wunderbar.«

Rina sah Peter an, und Blossom schaute zu Randy. Die Brüder aßen mit großem Appetit, hatten aber noch kein Wort gesagt. Rina verpasste Peter unter dem Tisch einen Tritt. »Klar«, sagte er, »wär toll, wenn ihr kommen würdet.«

»Ich bin zu alt«, stellte Ida fest.

»Interessiert es dich denn?«, fragte Rina sie. »Jerusalem zu besuchen.«

»Wahrscheinlich nicht die Stellen, die du gerne sehen würdest …«

»Mom, das ist nicht nett«, warf Randy ein.

»Schon gut«, sagte Rina zu ihrem Schwager. »Ida, ich war schon mehrmals in Bethlehem und Nazareth. Außerdem bin ich über die Via Dolorosa gelaufen und war in der Grabeskirche. Ich würde schrecklich gern mal mit dir dorthin.«

Ida schwieg für einen Moment. »Ich bin heute wohl etwas gereizt.«

»Bist du das nicht immer?«, fragte Randy. Jetzt war es an Blossom, ihrem Mann unter dem Tisch einen Tritt zu versetzen. »Ist doch wahr«, entgegnete er.

»Vielleicht wäre ich nicht so gereizt, wenn mich ein gewisser jemand öfter besuchen würde.«

»Und ich habe dir schon tausend Mal gesagt, dass ich dich öfter besuchen würde, wenn du nicht so weit weg wohnen würdest«, konterte Randy

»Ich werde auf keinen Fall mein Haus verkaufen und mit einem Haufen alter Leute zusammenleben.«

»Wir könnten eine schöne Eigentumswohnung für dich suchen«, schlug Blossom vor.

»Ich mag mein Haus.«

»Dann beschwer dich nicht, dass wir dich nicht besuchen«, sagte Randy.

»Können wir nicht alle einfach unser wunderbares Essen genießen?«, schaltete Peter sich ein.

»Sagt der Mann, der einmal im Jahr auftaucht«, erwiderte Ida schnippisch.

Peter wollte gerade antworten, aber Rina legte ihm eine Hand aufs Bein. »Ida, Schätzchen, ist alles in Ordnung mit dir?«

»Ja, es geht mir gut.« Ihre Unterlippe zitterte. »Ich bin nur ein wenig reizbar.«

»Was ist los?«, fragte Rina, bekam aber nicht sofort eine Antwort. »Was macht deine Gesundheit, Ida?«

Sie biss sich auf die Lippen und nickte. »Alles bestens.«

Die anderen begannen zu reden, aber Rina hob die Hand. »Bitte, Liebes. Was ist los?«

»Ich will nicht darüber reden«, sagte Ida.

»In Ordnung. Vielleicht später, ja?« Rina lächelte sie an.

Es folgten fünf Minuten, in denen sie schweigend Essen in sich hineinschaufelten. Schließlich ergriff Decker das Wort: »Mom, wenn etwas nicht stimmt, musst du mit uns reden. Wir lieben dich. Was ist los?«

Es trat eine Pause ein. »Der Arzt hat einen Knoten gefunden.«

»Auf deiner Mammografie?« Als Ida nickte, fragte Rina weiter: »Hat man eine Biopsie gemacht?«

»Ich habe am Freitag einen Termin.«

»Okay, es ist also vielleicht gar nichts«, sagte Peter.

»Oder es ist doch was«, entgegnete Ida.

»Was immer es sein wird«, besänftigte Rina die Anwesenden, »erst mal ist es Furcht einflößend. Ich werde dich zu dem Termin begleiten.«

»Ich auch«, erbot sich Blossom.

»Ich kann es nicht brauchen, dass ihr beide mich wie Glucken bemuttert.«

»Ich habe das selbst schon hinter mir, Ida. Ich weiß, welche Fragen man stellen muss. Meine Mutter hatte Brustkrebs, und heute, zehn Jahre später, ist sie immer noch unter uns. Du wirst das überstehen, aber lass dir von denen helfen, die dich lieben«, sagte Rina. Niemand antwortete. »Wie ist das Hühnchen, Ida? Nicht zu trocken.«

»Es ist gut«, verkündete Ida. »Danke, dass du das alles gemacht hast. Es wäre schön gewesen, Töchter zu haben.«

Randy sagte: »Es war deine Entscheidung, Ma. Ich bin sicher, die Agentur hatte auch Mädchen.«

»Du würdest dich wundern.« Aber Ida lächelte. »Wie dem auch sei, ich mag meine Söhne.«

»Ich glaube beinahe, das war ein Kompliment«, bemerkte Peter.

»Gelobt sei der Herr«, pflichtete Randy ihm bei.

Blossom fragte: »Kannst du mich nach dem Termin nach Miami zurückfahren, Rina? Randy muss morgen weg.«

»War ja klar«, brummte Ida.

»Peter auch«, sagte Rina.

»Dito«, kam es von Ida.

»Peter arbeitet an einem wichtigen Fall«, erklärte Rina ihr.

»Er hat immer irgendeinen wichtigen Fall.«

»Was ist denn los, Brüderchen?«, fragte Randy. »Hat es etwas mit der vermissten Krankenschwester und dem kognitiv beeinträchtigten Mann zu tun, nach denen du gesucht hast?«

»Ja. Wir haben eine Leiche gefunden. Die Lebensgefährtin der Krankenschwester.«

»Nicht bei Tisch«, ermahnte Ida ihn.

»Ich erzähl's dir später.« Decker wandte sich an Rina. »Schön, dass ihr zwei entzückenden Ladys anbietet, Mom zum Arzt zu begleiten. Ich bin mir sicher, dass sie das zu schätzen weiß.«

»Ich brauche keine Glucken. Und was die Idee betrifft, Blossom nach Miami zu fahren – das liegt nicht direkt auf deinem Weg, Rina.«

»Meine Mutter wohnt in Miami«, entgegnete Rina. »Ich will sie besuchen, daher liegt es durchaus auf meinem Weg. Ich fahre Blossom gerne nach Hause.«

»Na gut«, sagte Ida. »Sie kann übrigens gern mal kommen. Deine Mom.«

»Sie ist schon ein wenig gebrechlich«, antwortete Rina.

»Wie alt ist sie denn mittlerweile? An die neunzig?«

»Siebenundneunzig.«

»Hat sie noch alle beisammen?«, hakte Ida nach.

»Mom, das ist ziemlich unangebracht«, tadelte Decker seine Mutter.

»Sie hatte einen Schlaganfall«, erklärte Rina. »Das Sprechen fällt ihr schwer. Aber ja, sie hat noch alle beisammen.«

»Tut mir leid zu hören, dass sie einen Schlaganfall hatte«, sagte Ida.

»Wir haben trotzdem noch viel Spaß miteinander. Wir sehen uns zusammen viele Filme an. Die alten Kinofilme. Vielleicht möchtest du sie ja nach deinen Tests mit mir zusammen besuchen. Du bist erheblich kräftiger als sie. Ich denke, du könntest die Autofahrt nach Miami machen.«

Decker sah sie an. *»At meshuga?«*

Bist du verrückt?

Sie hatten ein Haus in Israel gekauft, und schon sprach er Hebräisch. Rina ignorierte ihn. »Fahr mit uns, Ida. Wir machen einen Mädelsausflug daraus.«

»Und wie komme ich wieder zurück?«, fragte Ida.

»Ich könnte dich zurückbringen«, schlug Blossom vor. »Ich habe einen eigenen Wagen. Es ist nur so, dass Randy und ich in einem Auto hergekommen sind. Und du kannst in Miami bei uns wohnen.«

Randy verschluckte sich.

»Unsinn«, sagte Rina. »Die Wohnung meiner Mom verfügt über drei Schlafzimmer. Wir werden uns dort alle sehr wohlfühlen.«

Randy formte ein stummes Dankeschön mit den Lippen.

»Komm doch mit, Ida«, sagte Blossom. »Das wird lustig.«

Ida atmete tief durch. »Vielleicht mache ich das.« Sie erhob sich. »Möchte irgendjemand ein Dessert?«

»Ich denke, wir freuen uns alle auf deinen Kuchen«, antwortete Rina.

»Falls ich den Schoko-Pekannuss-Kuchen nicht allein aufesse«, scherzte Blossom.

»Wie wär's, wenn ihr beiden Detectives ein wenig fachsimpeln geht, während wir den Tisch abräumen?«, schlug Rina den Männern vor. »Und wir rufen euch, wenn das Dessert und der Kaffee fertig sind.«

»Großartige Idee.« Blossom stand auf und begann, das schmutzige Geschirr abzuräumen. »Ich werde den Kaffee kochen. Ich habe eine besondere Mischung mitgebracht. Allerdings mit Koffein.«

»Wer braucht schon Schlaf?« Rina stand auf und stapelte die Teller übereinander. »Das hat Spaß gemacht.«

»Ja, das hat es.« Blossom drehte sich zu Ida um. »Es war spaßig, stimmt's?«

Die alte Frau unterdrückte ein Lächeln. Dann murmelte sie: »Ich hätte auf Mädchen warten sollen.«

KAPITEL 8

»Mommy!« Juleen kam in meine Arme gerannt, und ich beugte mich hinunter, um sie so fest zu umarmen, wie es mir mit meinem eingegipsten Arm möglich war. »Geht's dir gut, Mommy? Wie fühlst du dich?«

Ich versuchte zu verhindern, dass meine Augen feucht wurden. »Es geht mir schon viel besser.«

»Du kannst ja reden!«

»Ja, kann ich.« Ich ließ sie los und stand auf, wobei ich ihre Hand in meiner behielt. Die Suite meines Sohns war in braunem Leder und Wildleder gehalten. Rote Seidenkissen lagen auf dem Sofa, und eine gelbe Decke mit Karomuster war über einem modernen, aber überdimensionierten, bequem aussehenden Sessel ausgebreitet. Zumindest strahlte der Raum eine gewisse Wärme aus. Der deutlichste Hinweis darauf, dass es sich um Gabes Räumlichkeiten handelte, war der Konzertflügel in der Mitte. Ein Steinway. Hier bewahrte Chris auch sein Cello auf. Jemand hatte es aus dem Kasten genommen und auf die Seite neben einen Notenständer gelegt. Juleens Geigenkasten und ihr Stuhl standen davor, etwa einen Meter zwanzig entfernt. »Ziemlich hübsch eingerichtet.«

Sie schlang mir die Arme um die Taille. »Ich bin so froh, dass du hier bist!«

»Ich auch, *Priya*, ich auch.«

Chris stand an einem kleinen Tisch und blätterte einige Papiere durch. »Sind das deine Hausaufgaben für heute?«

»Ja.«

»Warum hast du sie noch nicht gemacht?«

»Ich hab auf Sie gewartet. Sie sind zwei Stunden später dran als sonst.«

»Aber jetzt bin ich hier. Du hattest reichlich Zeit, zumindest schon mal einen Teil davon zu erledigen.«

»Darf ich erst zu Abend essen? Ich habe Hunger.« Juleen blickte sich um. »Wo ist das Abendessen?«

»Ich besorge dir gleich was. Fang mit deinen Hausaufgaben an.«

»Gott behüte, dass ich mich in ihr Lernen einmische«, sagte ich, »aber kann das warten?«

Chris warf mir einen säuerlichen Blick zu. »Verhätschel sie nicht. Ich bin in einer halben Stunde zurück.« Er wandte sich zum Gehen, drehte sich dann aber noch einmal um. »Weiche Speisen kannst du ja jetzt essen, Terry. Was hättest du gern?«

»Ich hätte schrecklich gern eine Portion Porridge.«

»Kein Problem.« Er zeigte auf Juleen. »Fang mit deinen Hausaufgaben an.«

Als er gegangen war, fragte Juleen: »War er zu Gabe auch so streng?«

»Ehrlich gesagt hat er Gabe nicht viel Beachtung geschenkt.«

»Wahrscheinlich, weil er so perfekt war.«

»Gabe war perfekt, und du bist es auch.« Ich setzte mich auf das braune Wildledersofa und klopfte auf den freien Platz neben mir. Sie setzte sich und drückte sich ein Kissen an die Brust.

»Wie geht es dir?«

Meine Augen wurden feucht. »Ganz gut.«

»Du siehst sooooo viel besser aus.«

»Ach ja?«

»Glaub mir, es ist die Wahrheit.« Sie rutschte näher, bis sie sich unter meine Achselhöhle kuscheln konnte. »Deine Augen sind immer noch grün und blau, aber dein Gesicht sieht wieder normal aus.«

»Ich sah wohl ziemlich beängstigend aus.«

»Mommy, es ist mir egal, wie du aussiehst, mir ist nur wichtig, dass du hier bist.«

»Mir auch, *Priya*.« Ich hielt kurz inne. »Vermisst du unser Zuhause?«

Ein breites Lächeln. »Jetzt, wo du hier bist, nicht mehr so sehr wie vorher.«

»Ich hab dich auch vermisst, *Priya*. Wir müssen uns alles erzählen, was in letzter Zeit passiert ist. Was lernst du gerade?«

»Algebra, Englisch, keine Naturwissenschaften. Aber vier Sprachen. Es ist schwer. Ich verwechsel immer alles.«

»Welche Sprachen?«

»Spanisch und Französisch. Und außerdem Russisch und Chinesisch. Warum lerne ich Russisch und Chinesisch?«

Mein spontaner Gedanke war, dass er sie für seine ausländische Kundschaft vorbereitete. Aber vielleicht war das ein zu hartes Urteil. Ich dachte immer das Schlechteste von ihm. »Ich habe keine Ahnung.«

»Oh, und Chris hat mir einen Geigenlehrer besorgt. Hast du gewusst, dass er ebenfalls Geige spielt?«

»Ja, hab ich.«

»Er kann es wirklich gut. Viel besser als ich.«

»Er ist sehr talentiert.« Ich holte tief Luft. »Ist er nett zu dir?«

»Nein, er ist gemein. Sehr streng. Und er sieht mich oft so böse an.«

Das waren alles gute Zeichen. »Ja, Chris mag es, andere Leute böse anzuschauen. So ist er einfach.« Ich verstummte kurz. »Er … er fasst dich nicht an, oder?«

»Mich anfassen?« Sie wirkte verwirrt, dann schnitt sie eine Grimasse. »Igitt, nein! Wenn er mit mir redet, bleibt er immer am anderen Ende des Zimmers stehen. Selbst wenn er mein Geigenspiel korrigiert, berührt er nie meine Hände wie mein alter Lehrer. Er nimmt einfach die Geige und zeigt es mir.«

»Okay.«

»Warum fragst du? Ist er pervers?«

Es gab zu viele mögliche Antworten auf diese Frage. »Nein, aber ich bin deine Mutter. Er ist nicht mit dir verwandt, und du warst viel mit ihm allein. Ich wollte nur sichergehen.«

»Ob jemand mit mir verwandt ist oder nicht, sagt doch nichts darüber, wie ekelig er ist.«

»Was meinst du damit?«

Ein schnelles Zurückrudern. »Gar nichts.«

»Juleen, wie meinst du das? Sag es mir!«

Sie seufzte. »Er ist nicht wie Onkel Pramod.«

Mein Herz begann zu rasen. »Warum? Was hat Onkel Pramod getan?«

»Nichts, Mommy. Aber er ist eklig.«

»Inwiefern?«, beharrte ich.

Sie machte ihn nach. *»Du siehst wunderschön aus, Juleen. Du siehst aus wie deine Mutter, Juleen. Wenn ich jünger wäre, Juleen …«*

»O Gott …«

»Er ist ein alter Lustmolch.«

»Ich bring ihn um«, sagte ich. *Oder besser noch, ich werde Chris bitten, es zu tun.* »Hat er dich angefasst?«

»Nein. Niemals.«

»Warum hast du mir nichts davon erzählt?«

»Und was hättest du dagegen tun können? Er ist das Oberhaupt der Familie. Vater hätte ihm geglaubt statt mir.« Sie runzelte die Stirn. »Warum mag Onkel Pramod Vater nicht?«

»Er mag deinen Vater durchaus, Juleen.«

»Warum gibt er ihm dann kein Geld?«

»Weil dein Vater ihm versprochen hat, nicht mehr zu spielen. Und dann hat er es doch wieder getan.«

»Er bestraft ihn?«

»Ich denke, ja.« *Aus einer Vielzahl von Gründen, die nichts mit Glücksspiel zu tun haben.*

»Warum hilft Daada ihm nicht?«

»Daada ist schon alt. Er tut, was Pramod sagt.«

»Aber Vater ist auch Daadas Sohn.«

»Ja, allerdings ist er der jüngere Sohn.«

»Also ich finde das blöd.«

»Ich auch.«

Sie sah mich mit ihren großen, dunklen Augen an. »Du lässt dich von Vater scheiden, nicht wahr?«

»Ja, das stimmt.« Ich nahm ihre Hand und küsste sie. »Es tut mir so leid.«

Sie zuckte die Achseln. »Ist es wegen Chris?«

»Nein, ganz und gar nicht. Ich hatte mich schon mit einem Anwalt in Verbindung gesetzt, bevor das Ganze passiert ist.«

»Liegt es an Vaters Spielerei?«, hakte sie nach.

»Ja, daran und an anderen Dingen.«

»Was für andere Dinge?«

»Zu viele Fragen, Juleen.«

»Magst du Chris?« Bevor ich über eine Antwort nachdenken konnte, fügte sie hinzu: »Er mag dich.«

»Wie kommst du darauf? Was hat er zu dir gesagt?«

»Nichts Bestimmtes. Ich merk es einfach.« Sie lehnte ihren kleinen Kopf an meine Schulter. »Ich hab dich so vermisst, Mommy.«

Jetzt kamen die Tränen. »Ich hab dich auch vermisst, meine kleine *Kharagosh*. Ich kann jetzt jeden Tag kommen, wenn du mit dem Lernen fertig bist, und bei dir bleiben, bis du ins Bett gehst.«

»Warum kannst du nicht immer bei mir sein?«

Ich seufzte. »Das würde dich nur vom Lernen ablenken.«

»Es liegt an Chris, stimmt's? Er will dich für sich haben.« Sie senkte den Blick. »Ich hab dir doch gesagt, dass er dich mag.«

»Es gibt körperliche Dinge, die ich immer noch nicht wieder machen kann, *Priya*. Er kümmert sich um mich. Und ich finde, in einem Punkt hat Chris recht. Du solltest deine Hausaufgaben machen.«

»Wirst du mir ab jetzt bei meinen Hausaufgaben helfen statt Chris?«

»Ich kann dir bei Mathe, Englisch, Französisch und Spanisch helfen. Bei Russisch und Chinesisch muss ich passen.« Ich ging zum Tisch und griff nach ihrem Matheblatt. »Dafür brauchst du mich nicht. Das ist leicht.«

»Ich weiß.« Juleen setzte sich hin und nahm einen Bleistift. »Kannst du bei mir bleiben?«

»Kann ich und werde ich auch.« Ich nahm Platz, ergriff ihre kleine Hand und küsste sie. »Ich hab dich so lieb, *Priya*. Mir tut das alles sehr leid!«

Sie drückte meine Hand. »Jetzt bist du hier, und ich bin glücklich.«

»Ich auch. Sehr glücklich.« Ich sah mich um. »Kommst du jemals raus aus diesem Zimmer?«

»Ich kann immer noch nicht so richtig gut laufen.«

»Ach, ja. Wie geht es deinem Knöchel?«

»Viel besser.« Sie sah mich an. »Wenn er verheilt ist, können wir dann spazieren gehen?«

»Liebend gern, Juleen.«

Sie senkte den Blick. »Hast du mit Vater gesprochen?«

»Nein, *Priya.*«

»Was ist mit Sanjay?«

»Mit ihm auch nicht. Ich glaube, er ist bei Vater.«

Ich dachte kurz nach. »Möchtest du gern zurück nach Hause zu Vater, wenn es sicher ist?«

»Nein!« Mit Nachdruck. »Ich liebe Vater, aber er versteht mich einfach nicht.«

»Es ist schwer für Väter, Töchter zu verstehen.«

»Er ist so altmodisch.«

»Das stimmt. Es hat Vor- und Nachteile.«

»Ich möchte bei dir bleiben.«

»Und ich möchte auch bei dir sein.«

»Hast du mit Sanjay gesprochen?«

Das fragte sie jetzt schon zum zweiten Mal. »Nein. Wenn es mir besser geht, werde ich vielleicht Vater anrufen.« Ich zeigte auf das Matheblatt. »Kümmern wir uns um das, was wir beeinflussen können, okay?«

Wieder drückte sie meine Hand. »Ich hab dich lieb, Mommy.«

»Ich dich auch.«

Als Chris mit dem Abendessen zurückkam, hatte sie all ihre Aufgaben erledigt, bis auf ihre Chinesisch- und Russisch-Sachen. Ich konnte nicht einmal die Schrift lesen, geschweige denn Juleen helfen. Er stellte die Mitnehm-Behälter auf den Tisch. Ein Curry-Gericht für Juleen und Porridge für mich.

»Riecht gut«, bemerkte ich.

»Möchtest du etwas von meinem Curry, Mommy?«, bot Juleen an. »Es ist ziemlich weich.«

»Vielleicht in ein paar Tagen. Im Moment bin ich sehr zufrieden mit meinem Porridge.« Chris griff nach den Blättern, die Juleen abgearbeitet hatte. »Warum lernt sie Chinesisch und Russisch?«, fragte ich.

»Sie beherrscht Hindi und Englisch. Mit Chinesisch und Russisch kann sie überall auf der Welt kommunizieren.«

»Sprichst du Chinesisch und Russisch?«

»Genug, um zurechtzukommen.« Er sah mich an. »Hast du ihr bei Französisch geholfen?«

»Nein. Mein Französischunterricht liegt Jahre zurück.«

»Früher hast du mir Nachhilfe gegeben.«

»Das ist auch schon viele Jahre her.«

»Ich spreche die Sprache ziemlich gut. Übrigens, ich hab eure Handys. Ich werde sie aufladen und sie euch morgen geben.«

»Ich bin dir so dankbar, Chris.« Ich sah ihn an. »Danke für alles.«

An Juleen gewandt sagte Chris: »Dabei brauchst du keine Hilfe.«

»Ich kenne noch nicht alle Wörter in der Lektion.«

»Deshalb habe ich dir dicke Wörterbücher mitgebracht. Sei nicht faul.«

»Ich bin nicht faul«, protestierte Juleen. »Manchmal ist es einfach schwer, die Wörter zu finden.«

»Ich kann dir helfen, *Priya*«, erbot ich mich. »Ich beherrsche die Sprache zwar nicht, aber ich weiß, wie man ein Wörterbuch benutzt.«

»Du verwöhnst sie.« Als ich ihn anstarrte, fügte er hinzu: »Ich seh schon, wie das hier läuft.« Er stieß den Atem aus und schüttelte den Kopf. »Ich hole dich gegen neun ab.«

»So früh schon!«, rief Juleen. »Warum kann sie nicht länger bleiben?«

»Juleen, ich hab dir gesagt, dass sie kommt, und sie ist jetzt da. Hör auf zu jammern. Und erledige deine Hausaufgaben, denn ich werde sie kontrollieren, wenn ich zurück bin.« Er wandte sich an mich. »Ich bin streng, weil sie es verkraftet. Vergiss das nicht.« Er ging.

»Er ist so gemein!« Juleen war wütend. »Und dabei ist er nicht mal mein Vater!«

»Nein, ist er nicht. Aber er hat uns Handys besorgt.«

Ein breites Lächeln zeichnete sich auf ihrem Gesicht ab. »Endlich!«

»Allerdings wirst du Vater damit nicht anrufen können, *Priya.*«

»Aber wir können zusammen Spiele spielen.«

»Natürlich. Morgen. Aber jetzt musst du deine Hausaufgaben fertig machen.«

»Warum interessiert es ihn, was ich tue?«, fragte Juleen.

Ich hätte gern gesagt: *Weil du für ihn eine Quelle des Schmerzes bist. Und er geht damit um, indem er dich zu seinem Besitz macht. Wenn er dich herumkommandiert, dann tut er es nicht, weil es ihn interessiert, was du machst. Er übt Macht aus. Du bist nicht mehr das Kind des anderen Mannes; du bist jetzt Teil seines Eigentums.*

Stattdessen antwortete ich: »Chris war für uns da, als niemand sonst gekommen ist. Manchmal muss man das Schlechte mit dem Guten nehmen.«

Um neun Uhr abends war das Letzte, was ich tun wollte, mit schmierigen Typen und ihren gemieteten Frauen einen trinken zu gehen. Aber Chris hatte nicht darum gebeten, dass ich in sein Leben platzte, und ich schuldete ihm mehr als nur ein paar Gefälligkeiten. Ich war fest entschlossen, keine Spielverderberin zu sein. Nachdem er mir beim Duschen geholfen hatte, setzte ich mich auf einen Stuhl der kahlen Wand gegenüber, während er mir meine nassen Haare kämmte. Auf seiner Kommode lagen jede Menge Make-up und Dinge für die Haare.

»Woher hast du das alles?«, fragte ich.

»Ich habe einen Kosmetik- und Friseursalon. Die Frauen haben unbegrenzten Zugriff auf Schönheitsprodukte. Und keine Sorge, nichts von den Sachen hier ist schon benutzt worden.«

»Ich habe doch gar nichts gesagt.«

»Aber du hast es gedacht.« Ich antwortete nicht. Er sprach weiter: »Deine Haare sind wirklich lang. Ich würde sie gerne um dreißig bis fünfunddreißig Zentimeter kürzen.«

»Du meinst, du willst es schneiden?«

»Ja, es schneiden. Es ist sehr lang ... Das grenzt schon an Hexenlänge.«

»Es passt zu meinem Manson-Girl-Kleid.«

Er ignorierte mich. »Könnten wir uns auf dreißig Zentimeter über der Taille einigen?«

»Meinetwegen«, antwortete ich schmollend.

Er schnappte sich eine Schere und begann zu schneiden.

»Wo hast du das alles gelernt?«, wollte ich wissen.

»Als ich angefangen habe, Mädchen zu vermitteln und sie für mein junges Erotikmagazin zu fotografieren, konnte ich mir keinen Profi leisten. Ich habe alle meine Frauen frisiert und geschminkt. Das war nicht nur wirtschaftlich sinnvoll, sondern auch eine gute Methode, Intimität zu schaffen. Mach ein Mädchen schön, und es gehört für immer dir.«

»Wann war das? Vor unserer Heirat?«

»Bevor wir zusammengezogen sind ...« Er legte die Schere weg. »Du warst noch mit Gabe in Chicago, und ich war in New York.« Er machte sich wieder ans Schneiden. »Das war direkt nach dem Prozess. Ich wollte aussteigen. Joey ließ mich schließlich ziehen, aber ohne einen einzigen Cent. Was in Ordnung war. Er schuldete mir nichts. Ich habe alles, was ich hatte, für dich und Gabe ausgegeben. Das Geld war schnell weg.«

»Das wusste ich nicht.«

»Natürlich nicht. Ich hab es dir nie erzählt. Ich war kurz davor, auf Händen und Knien zu ihm zu kriechen und ihn anzuflehen, mich zurückzunehmen, als der Hurensohn gestorben ist und mir Geld hinterlassen hat.«

»Wie praktisch«, kommentierte ich.

»Ich hab ihn nicht umgebracht. Niemand war überraschter als ich, als ich davon erfuhr. Ich dachte, er hätte mich abgeschrieben. Und zu deiner Information, er ist an einem Herzinfarkt gestorben. Er hat sich schrecklich schlecht ernährt, hat gequalmt wie ein Schlot und bei einer Größe von eins fünfundsiebzig fast hundertdreißig Kilo gewogen.« Er hörte auf zu schneiden und begutachtete sein Werk. »Perfekt.« Er verteilte etwas Gel in meinen Haaren und fing an, sie zu föhnen.

Warme Luft drang durch meine Locken. Mein Kopf fühlte sich an, als wäre er zehn Pfund leichter.

»Natürlich war das alles Drogengeld und musste gewaschen werden. Ich habe ungefähr ein Drittel in mein Pornoheft gesteckt. Dann kam das Internet, und es ist pleitegegangen. Ein epischer Fehlschlag. Glücklicherweise hatte ich etwas Land in der Nähe von Columbia gekauft. Das habe ich mit Gewinn wieder verkauft. Zudem besaß ich mehrere illegale Bordelle im Umland von New York, die Bargeld einbrachten. Damit verdiente ich genug, um endlich etwas hier kaufen zu können und es legal aufzuziehen. Das war der Punkt, an dem die Dinge begannen, sich zu entwickeln. Aber ohne Joeys Geld hätte ich es nicht geschafft. Ich bin dem alten Hurensohn wirklich dankbar.« Er nahm eine Strähne meiner Haare mit einer Rundbürste auf und begann sie zu glätten. »Ich weiß, du denkst, ich sei hart zu Juleen, aber es ist eine harte Welt da draußen.«

»Sie ist erst elf.«

»Und ich war mit dreizehn bereits Vollwaise.« Dazu sagte ich nichts. »Sie lebt unter meinem Dach. Das sind meine Regeln. Wenn es dir nicht passt, weißt du, wo die Tür ist.«

»Sage ich irgendwas?«

Er nahm die nächste Strähne. »Was brauchst du, damit das hier funktioniert – du und ich?«

»Ein bisschen netter zu sein wäre ein guter Start.«

»Tut mir leid, ich bin etwas angespannt. Was brauchst du? Abgesehen davon, dass du Sanjay zurückhaben willst. Ich weiß, dass das der einzige Grund ist, warum du dich bereit erklärt hast, mich zu heiraten. Und das ist okay für mich. Unsere Beziehung hat immer auf vertraglichen Regelungen beruht. Sag mir, was brauchst du, damit *dieser* Vertrag funktioniert?«

»Was brauchst du denn?«, gab ich zurück.

»Wenn es an mir läge, würde ich Juleen zurück nach Mumbai schicken, damit sie dort bei ihrem Vater lebt, und es gäbe nur uns beide. Aber ich weiß, das ist nicht realistisch.«

»Korrekt. Ich schicke meine Tochter nicht weg.«

»Und mir ist klar, dass sie nicht hierbleiben kann.«

»Ebenfalls korrekt. Sie kann nicht in einem Bordell leben.«

Er schaltete den Föhn aus, obwohl meine Haare immer noch feucht waren. »Ich sag dir, was ich brauche, okay?«

»Ich höre.«

»Du kannst mit deinen Kindern leben, wo du willst, solange ihr im Staat Nevada bleibt.«

Ich lächelte. »Steuervorteile?«

»Steuerliche Vorteile, geschäftliche Vorteile. Wenn ich anfange, Verschiedenes über deinen Namen laufen zu lassen, was aus meiner Perspektive sehr praktisch wäre, will ich, dass du in dem Staat wohnst, in dem sich dein Unternehmen befindet. Nevada ist ein großer Staat. Du hast dort die freie Wahl.«

»Ich bin mir sicher, dass ich etwas finden werde, das für uns beide akzeptabel ist.«

»In Ordnung. Ich weiß, dass die guten Schulen und Krankenhäuser in den größeren Städten zu finden sind. Las Vegas ist in Ordnung, aber es wäre mir lieber, wenn ihr nicht so weit weggehen würdet. Reno ist nur zwei bis drei Autostunden von mir entfernt. Da gibt es ein paar hübsche Viertel und Privatschulen, die sich eignen würden.«

»Wie groß ist die Stadt? Ich meine, an Einwohnern.«

»Reno? Ungefähr eine Viertelmillion. Las Vegas hat doppelt so viele. Wir können uns beide Städte ansehen. Ich bin mit allem einverstanden.«

»In Ordnung«, sagte ich. »Was willst du sonst noch?«

Er griff nach dem Föhn und schaltete ihn wieder ein. »Terry, ich werde dich unterstützen. Bei allem, was du brauchst, um deine Familie zu versorgen. Und ich habe kein Problem damit, wenn du arbeiten willst, selbst wenn das beim letzten Mal zu deiner Affäre geführt hat. Ich verstehe, wie es dazu kam. Ich habe mich dir gegenüber beschissen verhalten. Aber selbst wenn ich zuckersüß gewesen wäre, Affären sind immer aufregend. Es ist aufregend, mit jemand Neuem zu vögeln. Ich käme wahrscheinlich mit einer weiteren Affäre klar, weil ich Verständnis dafür habe. Nicht klar käme ich damit, wenn du dir wieder ein Kind machen lassen würdest.« Er zerrte ein wenig zu grob an meinen Haaren. »Das war absolut demütigend.«

»Es wird nicht wieder passieren, Donatti. So viel kann ich dir versprechen.«

»Und ich glaube dir. Aber damit ich sicher bin – hundert Prozent sicher, dass es nicht passieren wird –, will ich, dass du dich sterilisieren lässt.«

Ich schwieg. Ich war zweiundvierzig und hatte nicht vor, noch mehr Kinder zu bekommen, aber ich wollte auch nicht, dass mir diese Entscheidung entrissen wurde.

Wieder zerrte er an meinen Haaren. »Hat's dir die Sprache verschlagen?«

»Gib mir eine Minute.« Er antwortete nicht. Dann drehte ich mich zu ihm um, meine Haare noch immer in der Bürste verheddert. »Ich will keine Babys mehr, aber das bedeutet nicht, dass es mir leichtfallen wird, mit dem Ganzen abzuschließen.«

»Warum? Wo liegt das Problem?«

Das Problem war, seinen biologischen Zweck im Leben zu verlieren. Aber das wagte ich nicht, ihm zu sagen. Stattdessen antwortete ich: »Ich werde es tun, doch erst wenn wir verheiratet sind. Das ist etwas, das eine Frau für ihren Mann tut, nicht etwas, das eine Verlobte für ihren Verlobten tut.«

Er dachte einen Moment lang darüber nach. »Damit kann ich leben.« Dann drehte er mich mit dem Gesicht zur Wand. »Der letzte Punkt ist folgender: Wenn du in einer Stadt lebst und ich in einer anderen, muss es Zeit für uns geben ohne deine Kinder.«

»Kind.« Ich biss mir auf die Unterlippen, um zu verhindern, dass mir die Tränen kamen. Dann schüttelte ich den Kopf.

»Baby, ich verspreche dir, dass ich alles tue, was ich kann, um deinen Sohn zurückzubekommen. Es gibt keine Garantien. Trotzdem, es wird Zeit erfordern.« *Und Geld.* »Aber ich werde es versuchen.«

Ich hätte ihn am liebsten gefragt, wie … was er vorhatte. Aber ich wusste, dass ihn das nur ärgern würde. Also nickte ich. »Danke, Chris. Ich weiß nicht, was ich ohne dich tun würde.«

»Gern geschehen.« Er hielt inne. »Ich respektiere dein Bedürfnis, eine gute Mutter zu sein, mein Engel. Aber wenn das hier funktionieren soll, musst du auch meine Bedürfnisse respektieren.«

»Was willst du?«

Er legte den Föhn beiseite. »Deine Haare sind wunderschön geworden.«

»Darf ich sie mir ansehen?«

»Wenn ich mit dem Make-up fertig bin.« Er steckte mir eine seitliche Strähne mit einer Klammer fest, damit sie mir nicht ins Gesicht fiel, und musterte mich. »Hm …«

»Ich weiß. Ich sehe schlimm aus.«

»Nein, du siehst aus wie eine wunderschöne Frau mit zwei Veilchen.« Er berührte die Blutergüsse unter meinen Augen. »Lass mich zuerst versuchen, das hier in Ordnung zu bringen.« Er verteilte ein wenig Creme in meinem Gesicht. »Wir lassen das jetzt eine Minute einwirken.« Er schaute auf seine Armbanduhr.

»Wie spät ist es?«

»Nicht mal zehn. Wir liegen gut in der Zeit.«

Wir schwiegen einen Augenblick. Dann fragte ich: »Was ist mit deinen Bedürfnissen?«

»Tja, meine Bedürfnisse.« Er hielt inne. »Meine Hoffnung ist, dass du jedes Wochenende herkommen kannst. Ich würde dich herfliegen lassen, oder wenn du in Reno lebst, würde ich dir den Wagen schicken. Aber mir ist klar, dass du wahrscheinlich nicht jedes Wochenende ohne deine Kinder verbringen wollen wirst.« Er ließ einen Moment verstreichen. »Ich bin bereit, mich auf jedes zweite Wochenende einzulassen. Du kommst Freitagabend her und kannst Sonntagabend wieder zurück. Das sind sechs Tage im Monat. Das ist doch sicherlich nicht zu viel verlangt.«

»Wer kümmert sich um die Kinder, wenn ich weg bin?«

»Du brauchst natürlich eine Nanny. Du suchst sie aus, ich bezahle sie.« Als ich nichts erwiderte, wandelte sich sein Gesichtsausdruck. *»Was?«*

»Kannst du mir eine Minute Zeit geben, darüber nachzudenken, worum du mich bittest?«

»Was gibt es da nachzudenken? Sag einfach Ja, dann sind wir fertig.«

»Ja, klingt vernünftig. Gib mir eine Sekunde.« Ich hielt inne. »Ich nehme an, dass freitag- und samstagabends geschäftlich sehr viel los ist.«

»Eigentlich eher donnerstags und freitags. Am Samstagmorgen packen alle schon wieder, um zu Weib und Heim zurückzukehren.«

»Okay, dann lass mich Samstagabend bis Montagabend hier verbringen. Die gleiche Zeitspanne, aber so kann ich an den meisten Wochenenden zu Hause sein. Und bei dir bin ich dann, wenn du nicht so viel zu tun hast.«

»Das ist sogar noch besser. Ich dachte nur, dass du am Montagmorgen bei deinen Kindern sein willst, um sie in die Schule zu schicken.«

»Für zwei Tage im Monat kann ich etwas organisieren.«

Sein Lächeln war strahlend, als er mir die Creme aus dem Gesicht wischte. »Das war doch ganz einfach, oder? Wir können durchaus kommunizieren, stimmt's?« Sein Lächeln war hungrig geworden. »Ich werde *sehr* aufgeregt sein, dich zu sehen, wenn du kommst. Wir werden jede Menge Spaß haben.« Er begann, Foundation aufzutragen.

»Mit wem treffen wir uns heute Abend?«

»Ja, ich schätze, das sollten wir besprechen. Mike Badger und George Denofrio. Mike ist laut und unausstehlich, aber er hat das Geld. George ist das genaue Gegenteil von ihm. In sich gekehrt, aber sein Verstand ist immer aktiv. Sie sind beide verheiratet, aber diese Sache hier ist nicht Georges Ding. Er ist nur Mike zuliebe hier. George ist der finanzielle Berater und sagt Mike, wie er das Geld ausgeben soll. Sie kommen beide schon seit sechs, sieben Jahren.«

»Und wer sind die Frauen, mit denen sie zusammen sind?«

»Gute Frage.« Er stellte das Make-up weg und griff nach seinem Handy. Ein Anruf, und er hatte die Antwort. »Brie Tenerac und Kirstin Ellison.«

»Wie sehen sie aus?«

»Natürlich umwerfend. Darum kriege ich so viel Geld.« Er griff nach dem Rouge und einem großen Pinsel. Dann trug er hellrosa Puder auf und blies die Überschüsse von den Borsten.

»Wie sehen sie genau aus? Die Frauen.«

»Lange, blonde Haare. Große, blaue Augen. Tolle Titten und feste, runde Hintern. Diese Männer sind bodenständige Typen, und ich gebe ihnen bodenständige Mädchen. Nichts Exotisches. Ich glaube, Brie ist dreiundzwanzig. Kirstin ist etwas älter, vielleicht siebenundzwanzig oder achtundzwanzig.«

»Fabelhaft.« Ich schüttelte den Kopf.

»Beweg dich nicht.«

»Du solltest mich besser als Dr. McLaughlin vorstellen. Ich brauche einen kleinen Wettbewerbsvorteil.«

Er lächelte. »Stimmt, die Frauen sind jung und wunderschön.« Er trug Rouge auf meine Wangenknochen auf. »Aber du wirst diejenige sein, die den Ring trägt.«

»Warum tun wir uns das alles noch einmal an, Chris?«, fragte ich ihn. »Wir können doch einfach zusammen sein … so wie jetzt.«

»Nein, nein, nein.« Er holte eine Tube Wimperntusche hervor. »Ich will, dass es offiziell ist.«

»Aber warum?«

»Wer kann schon Obsessionen erklären?«

»In der Highschool hatte ich nie das Gefühl, dass du von mir besessen warst.«

»Natürlich war ich von dir besessen.« Er hielt in seiner Arbeit inne. »Terry, ich habe vier Jahre bei Joey und Donna gelebt. Ich sprach fließend Italienisch. Glaubst du wirklich, ich brauchte Nachhilfe in Französisch?«

Darüber hatte ich nie nachgedacht. »Was ist mit Mathe?«

»Da brauchte ich wirklich Hilfe. Aber ich hätte jeden anheuern können. Von dem Moment an, als ich dich das erste Mal gesehen habe, war ich total vernarrt in dich. Aber mit achtzehn kann man seine Gefühle nicht zeigen. Das tun nur Schlappschwänze.«

»Du hättest mich fast getäuscht.«

»Lady, ich bin für Sie ins Gefängnis gegangen. Das zeugt von ziemlicher Besessenheit.«

Darauf fiel mir keine schlagfertige Antwort ein.

»Du warst schon immer mein Mädchen«, sagte er. »Und du wirst immer mein Mädchen sein. Schau nach oben.« Er trug Mascara auf meinen unteren Wimpern auf.

»Ich bin kein Mädchen mehr. Ich bin zweiundvierzig.«

»Ich weiß, wie alt du bist.« Er hielt inne. »Verstehst du, das ist der Unterschied zwischen Frauen und Männern. Du siehst in mir einen vierundvierzig Jahre alten Mann. Ich sehe in dir immer noch das sechzehn Jahre alte Mädchen.« Er betrachtete mich eingehend. »Für mich bist du die schönste Frau auf dem Planeten. Aber weißt du, was ich an dir wirklich heiß finde?«

»Abgesehen von allem anderen?«

Er lachte. »Deine Stimme. Sie ist hauchig und sanft, wenn du redest, und kehlig, wenn du lachst.« Er stieß den Atem aus. »Sie ist der Inbegriff von Sex. Dich würde ich niemals zur Hure machen. Aber selbst wenn, würde ich dich nicht aufs Zimmer stecken. Ich würde dich ans Telefon setzen.« Er legte die Mascara-Bürste beiseite. »Deine Augenlider sind lila. Damit werde ich arbeiten, sie einfach etwas weniger auffällig machen.«

Er mischte ein wenig Lidschatten und trug ihn auf meine Augenlider auf. Dann trat er zurück, um sein Werk zu bewundern. »Baby, diese jungen Dinger können dir nicht das Wasser reichen.«

»Darf ich mal sehen?«

»Natürlich.« Er nahm die Haarspangen heraus und wickelte sich ein paar Strähnen um die Finger. Dann half er mir vom Stuhl.

Ich ging ins Bad und schaute in den Spiegel. Starrte auf die wiederhergestellte Frau, die mir entgegenblickte. Meine Augen wurden feucht. Er ergriff hinter mir das Wort. »Tu das nicht. Du ruinierst meine harte Arbeit.«

»Wie hast du das *gemacht*?«

»Ich bin Maler. Du bist eine großartige Leinwand. Unmittelbar bevor wir gehen, werde ich noch mal Hand an dein Make-up legen.«

Ich drehte mich zu ihm um. »Danke.«

Er sah mich mit seinen strahlend blauen Augen an. »Gern geschehen.« Er lächelte. »Also, wann kann ich noch mal Hand an deinen Hintern legen?«

Ich schlug ihm gegen die Schulter, schob mich um ihn herum und ging in den Wohnbereich.

Er folgte mir. »Ich meinte ja nicht jetzt sofort.«

Ich schlug ihn erneut, diesmal mit meinem Gips.

»Autsch. Das ist eine tödliche Waffe.« Dann fügte er hinzu: »Du weißt, dass du es mich tun lässt. Ich kann dich zu allem überreden.«

»Können wir das Thema wechseln?« Ich war verärgert. »Es ist immer so kalt hier drin.«

»Dabei fällt mir etwas ein. Ich habe dir für heute Abend einen Paschmina-Schal gekauft. Willst du ihn dir jetzt schon umlegen?«

»Ich nehme einfach deinen Morgenmantel. Er ist warm.« Als ich zurückkam, saß Chris in seinem Kapitänsstuhl und überwachte auf den Monitoren die einzelnen Räume.

»Mach mir einen Kaffee, Babe«, sagte er.

Als wäre nichts passiert. »Klar. Ich könnte wahrscheinlich selbst einen gebrauchen.«

Er antwortete nicht. Sein Blick klebte auf dem Bildschirm.

Chris war Arbeit und Vergnügen zugleich – und niemals stumpfsinnig.

KAPITEL 9

Das Gebäude, zu dem wir gingen, lag neben dem Hauptbordell, einem dreistöckigen Bau, der wie ein in Holz und Glas gehaltenes Wohnhaus aussah, das gut in die Umgebung passte. Unser Ziel war zweistöckig, wobei der Bereich für die Kunden in der oberen Etage lag, während sich im dunklen Erdgeschoss eine Cafeteria für das Personal befand. Die Lounge war schwach beleuchtet, mit viel Holz verkleidet, und sie erinnerte in ihrer Club-Atmosphäre an eine andere Ära, als Männer noch Könige waren und es akzeptabel war, nach Lust und Laune zu zwicken und zu grapschen und zu zwinkern. Es gab immer noch viele alte Bars und Cocktail-Lounges, die so aussahen, aber sie waren schäbig und heruntergekommen. Das hier entsprach offensichtlich der Modernisierung, die Barbesitzer durchführen lassen würden, wenn sie das Geld dazu hätten.

Vor einer langen verspiegelten Theke standen zwei Männer in weißen Anzügen, bereit, auf Wunsch Drinks auszuschenken. Eine Reihe von Spirituosen, Gläsern und silbernen Cocktailshakern stand auf in die Spiegel eingelassenen Regalböden. Der Raum war möbliert mit Tischen für zwei, vier und sechs Personen, und um Privatsphäre zu bieten, waren sie relativ weit voneinander entfernt. Auf jedem Tisch standen Kerzen und mehrere kleine Vasen mit frischen Blumen. Überraschend züchtig gekleidete Frauen bedienten an den Tischen. Damit meine ich eng anliegende Smokingjacketts über schwarzen Leggings und Pumps mit hohen Absätzen. Die Jacketts hatten einen tiefen V-Ausschnitt, aber es war nicht wirklich etwas zu sehen. Ich hatte schon in jeder Weinbar freizügigere Kleidung gesehen. Das Hübscheste an dem Raum war eine Wand aus Glas, durch die man tagsüber wahrscheinlich wunderbar auf die Berge blicken konnte. Da es dunkel war, wirkte die Panorama-Aussicht im Grunde wie ein schwarzer Fleck mit ein paar Lichtern in der Landschaft darunter. Aber ob dunkel oder hell, ein Fenster vermittelte immer den Eindruck von Freiheit.

Es war kurz nach elf, als Chris mich durch die Tür zu einem Tisch für sechs Personen in einer Ecke neben dem Fenster steuerte. Es war zwar Sommer, aber die Temperaturen in den Bergen fielen abends immer ab, und ich bemerkte eine Heizlampe unter der Decke. Sie war eingeschaltet, und die Frauen, die ärmellose Kleider trugen, schienen sich recht wohlzufühlen. Ein gutes Zeichen. Mir war immer kalt. Als Chris und ich zusammengezogen waren, hatte ich immer die Klimaanlage ausgeschaltet, sobald er gegangen war.

Als wir näher kamen, standen erst die Männer und dann auch die Frauen auf. Kaum am Tisch, knipste Chris seinen Charme an. Er schüttelte den Männern die Hände und gab jeder Frau einen Kuss auf den Mund. Dann machte er uns miteinander bekannt. Die jungen Frauen sahen aus, wie ich es erwartet hatte, aber für die Männer konnte man das nicht sagen. Mike Badger hatte ich mir, nach dem, was Chris mir von ihm erzählt hatte, als Typ Falstaff vorgestellt – beleibt und leutselig und mit einer tiefen Stimme. Stattdessen war Badger klein und schmächtig und mit einer Stimme, als würde er durch ein Schilfrohr reden. Er schien in seinen späten Fünfzigern zu sein, mit ergrauenden Haaren und Tränensäcken unter seinen braunen Augen. George Denofrio war größer und breiter, aber keinesfalls ein großer Mann. Chris war ein großer Mann. Seine Statur dominierte für gewöhnlich. Es wäre interessant gewesen zu sehen, wie er sich benahm, wenn jemand anders zur Abwechslung mal die Karten in der Hand hielt.

Er stellte mich vor. »Das ist meine Verlobte, Terry McLaughlin.« Ich durchbohrte ihn mit Blicken, und er grinste. »Dr. Terry McLaughlin.« Er zog für mich einen Stuhl vom Tisch zurück und half mir, meinen Schal abzulegen. Ich nahm zwischen Chris und George Denofrio Platz.

Die Frauen kreischten und gratulierten uns im Chor. Badger interessierte das weniger. Er fragte mich sofort, ob ich ein Doktor med. sei.

»Wie bitte?«, fragte ich.

»Sind Sie eine richtige Ärztin?«, hakte er nach. »Sie könnten ja auch in etwas anderem ihren Doktor gemacht haben.«

Ich erinnerte mich an Chris' Worte: *laut und unausstehlich.* Seine braunen Augen waren unverblümt auf mein Gesicht gerichtet. »Doch, ich bin Ärztin.«

»Wo haben Sie Medizin studiert?«

Okay. Also dieses Spiel spielen wir. »An der Loyola in Chicago.«

»Anständige Uni. Ich habe die Northwestern besucht.«

Eine renommiertere Universität. Ich nickte. »Tolle Uni.«

»Vor allem die medizinische Fakultät. Was ist Ihr Fachgebiet?«

Ich sah Chris an, der das Gespräch aufmerksam zu verfolgen schien. »Ich habe in der Notaufnahme gearbeitet. Aber in den letzten paar Jahren nicht mehr.«

»Wo haben Sie gearbeitet?«, fragte er weiter.

Ein wirklich aufdringlicher Mann. Chris schwieg immer noch. Ich antwortete: »Für eine Weile habe ich an verschiedenen Krankenhäusern in Manhattan gearbeitet – Weill Cornell und Columbia/Presbyterian. Danach war ich eine Zeit lang in Mumbai.«

»In Mumbai?« Als ich nickte, hakte er nach: »Wie sind Sie nach Indien gekommen?«

Ich sah Chris an, dessen Gesicht nichts verriet. »Viele Flugzeuge fliegen dorthin«, antwortete ich.

Ein irritiertes Lächeln. »Okay, ich werde die Frage anders formulieren. Was hat Sie nach Indien gebracht?«

»Dieselbe Antwort.«

Badger betrachtete Chris. »Sie ist witzig.«

Chris hob die Hände und zuckte mit den Achseln. Ich wusste nicht, ob er mich den Wölfen zum Fraß vorwarf, weil ich Indien erwähnt hatte, oder ob er mir einfach freie Bahn ließ. Sein Gesicht war vollkommen ausdruckslos.

Badger blieb beharrlich. »Wie war es, in Indien zu arbeiten?«

Ich sah Chris an und wandte mich dann wieder Badger zu. »Notaufnahme ist Notaufnahme.«

»Aber es muss doch Unterschiede geben.«

»Natürlich.« Ich dachte kurz nach. »In Amerika hatte ich häufig mit Schusswunden zu tun. In Mumbai sind Stichwunden von Messern und Schwertern verbreiteter, ob Sie's glauben oder nicht. Indien ist also schmutziger, aber weniger tödlich, Amerika sauberer und dafür tödlicher.«

An Chris gewandt bemerkte er: »Wie ich sehe, befinden Sie sich in illustrer Gesellschaft.«

»Sie ist etwas Besonderes«, bestätigte Chris. Er nickte, und eine Kellnerin erschien aus dem Nichts. »WhistlePig pur, Eis extra.« An mich gewandt: »Was möchtest du trinken?«

»Ich hätte gern einen Kaffee, bitte.«

»Bist du dir sicher?«

Ich hob meinen rechten, noch immer in Gips steckenden Arm. »Ich nehme nach wie vor Medikamente.«

»Was ist passiert?«, fragte Badger.

Chris lächelte, aber seine Augen waren kalt. »So etwas kann schon mal passieren, wenn mich jemand ärgert.«

Als niemand etwas sagte, bemerkte ich: »Er macht Witze. Ich hatte einen Autounfall.«

»O mein Gott«, rief Kirstin. »Alles okay mit Ihnen?«

»Offensichtlich nicht«, stellte Badger fest.

Kirstin lief dunkelrot an.

»Es geht mir gut«, stellte ich fest. »Nur ein paar Prellungen.«

»Was darf ich für Sie alle bestellen?«, schaltete sich Chris ein und wechselte damit das Thema.

Nachdem alle etwas geordert hatten, übernahm Chris die Führung des Gesprächs. Die Drinks wurden gebracht, und alle stießen auf einen schönen Abend an. Die Unterhaltung begann harmlos genug, und die Männer übernahmen das Reden. Brie und Kirstin waren wunderschön, aber sie waren nur Zierde. Aus irgendeinem Grund hatte ich nicht mehr das Gefühl, mit ihnen im Wettbewerb zu stehen. Stattdessen verwandelte ich mich in eine beschützende Glucke. Körperlich sahen sie so aus, wie Chris sie beschrieben hatte, aber in ihren Augen lag etwas Gehetztes, Erschöpftes. Ich konnte das nachvollziehen: Das Leben verlief nicht so, wie wir es uns vorgestellt hatten.

Zwanzig Minuten vergingen mit Gesprächen über Aktienanleihen, Investmentfonds und Immobilien. Badger prahlte mit seinen jüngsten Unternehmungen, die die reinsten Gelddruckmaschinen waren. Denofrio saß stoisch da und hielt sich an einer Jalapeño-Margarita fest. Aber er hatte einen Notizblock gezückt. Chris hatte seinen Drink kaum angerührt, was bedeutete, dass er für den Abend nüchtern zu bleiben beabsichtigte.

Ich kann mich beherrschen.

Kirstin suchte meinen Blick und lächelte mich an. »Herzlichen Glückwunsch.«

»Vielen Dank.«

»Wunderschöner Ring.«

Ihre Stimme klang leise und mädchenhaft. Ich sah auf meine Hand. »Danke.«

»Hat Mr. Donatti ihn ausgesucht?«

»Ja.«

»Er hat einen guten Geschmack.«

»Einen exzellenten Geschmack.«

»Wie haben Sie beide sich kennengelernt?«, fragte Brie. »Oder ist das zu persönlich?«

Ich sah Chris an, der tief ins Gespräch versunken zu sein schien. Aber dann sagte er: »Wir sind zusammen auf die Highschool gegangen.«

Das brachte die Unterhaltung der Männer zum Erliegen.

»Highschool?« Badger sah mich an. »Wie alt sind Sie?«

»Nicht viel jünger als er«, gab ich zurück.

»Wie alt? So um die vierzig?«

Endlich griff Chris ein. »Eine Frau fragt man nicht nach ihrem Alter.«

»Es ist kein Geheimnis. Ich bin zweiundvierzig.«

»Sie sind gut konserviert«, bemerkte Badger.

»Wie ein Glas Erdbeermarmelade.« Ich lächelte. »Vielen Dank.«

»Waren Sie schon in der Highschool ein Paar?«, fragte Brie.

»Sozusagen.«

Chris klinkte sich wieder ein: »Tatsächlich ist Terry meine Ex-Frau.«

»Sie waren verheiratet?«, fragte Denofrio.

Der Mann konnte also doch sprechen.

»Er war es und ist masochistisch genug, es noch einmal zu versuchen«, eröffnete ich ihm.

Badger meldete sich zu Wort. »Warum haben Sie sich überhaupt getrennt?«

Chris wollte gerade etwas erwidern, aber ich kam ihm zuvor. In dem Bemühen, höflich zu sein, sagte ich: »Wir waren jung ... Es mangelte uns an Erfahrung. Was wir anscheinend im Laufe der Jahre überwunden haben.«

»Nein, ich will es wirklich wissen.« Badger ließ nicht locker. »Was für eine Frau heiratet einen Mann, der Bordelle betreibt?«

Seine Unhöflichkeit schockierte mich. Chris sagte nichts. Aber natürlich war die Frage an mich gerichtet. Ich antwortete: »Er hat mit achtzehn noch kein Bordell geführt.«

»Aber irgendwann muss Ihnen doch klar geworden sein, dass der Mann, den Sie heiraten wollten ...«

»Dass er unkonventionell war?«, ergänzte ich.

»Ich glaube, das Wort, nach dem er sucht, ist *kriminell*«, warf Chris ein.

»Ich sage nur, dass Sie gewusst haben müssen, was er für ein Mensch ist«, erklärte Badger.

»Natürlich. Aber die erste Liebe bringt einen dazu, impulsive Dinge zu tun.«

»Das ist ja so romantisch«, schwärmte Brie.

Schön, dass du das so siehst.

Badger machte weiter wie eine Dampfwalze. »Dann wussten Sie über Joseph Donatti Bescheid.«

Ich sah Chris an. Ihm schien das Ganze tatsächlich Spaß zu machen. »Ja, irgendwann habe ich das mit seinem Onkel herausgefunden.«

»Was meinen Sie mit ›irgendwann‹? Donatti ist nicht gerade ein verbreiteter Name.«

»In der Highschool hieß er Chris Whitman.«

»Oh.« Es entstand eine kurze Gesprächspause. »Wie haben Sie dann von seiner Vergangenheit erfahren?«

»Mr. Donatti, geborener Whitman, hat mir davon erzählt.«

»Sie wussten es also. Und haben ihn trotzdem geheiratet.«

»Es gibt viele zwingende Gründe zu heiraten.« Ich schenkte ihm ein süßes Lächeln. »Unser Sohn ist jetzt vierundzwanzig. Ich denke, Sie können sich das ausrechnen.«

»Sie sind Gabes Mutter?«, hakte Kirstin nach.

Ich sah sie an. »Sie haben ihn kennengelernt?«

»Er war auf der Labor-Day-Party letztes Jahr.«

Ich drehte mich zu Chris um. »Interessant.« Dann schenkte ich Badger ein Lächeln. »Gewiss haben die Herren dringendere Dinge zu besprechen.«

Aber der Mann wollte einfach nicht lockerlassen. »Mich interessiert Ihre Meinung ihn betreffend.«

»Pardon?«

»Was denken Sie jetzt über Ihren Verlobten? Ich meine, er ist reich und gut aussehend und so weiter. Aber jetzt wissen Sie, wer er ist. Sie heiraten einen Mann, der Bordelle betreibt.«

»Ich heirate einen klugen Geschäftsmann, der sehr weise ist«, konterte ich.

»Ah, ganz die hingebungsvolle Frau.« Er grinste selbstzufrieden. »Das gefällt mir.«

»Mr. Donatti hat viele hingebungsvolle Frauen«, bemerkte ich.

»Man nennt sie Huren.«

Ich konnte sehen, wie Chris' Augen sich verdunkelten, nicht meinetwegen – ich konnte auf mich selbst aufpassen –, sondern wegen der Frauen in ihrer Begleitung. Ich drückte beruhigend sein Bein. »Meinen Sie etwa diese beiden wunderschönen Damen?« Als er nicht antwortete, fügte ich hinzu: »Wenn Sie nicht zu schätzen wissen, mit wem Sie zusammen sind, Mr. Badger, kann Mr. Donatti Ihnen vielleicht helfen, sich einen eigenen Harem zuzulegen.«

»Das könnte mir gefallen.« Er zwinkerte mir zu. »Aber nur, wenn Sie dabei sind.«

»Ganz bestimmt nicht«, sagte ich. Dann beugte ich mich mit einem durchtriebenen Lächeln vor und starrte ihm in seine kampflustig blickenden Augen. »Aber wenn Sie ein braver Junge sind – und ich meine, ein wirklich, wirklich braver Junge –, lasse ich Sie eines Tages … vielleicht *zusehen.*«

Chris brach in haltloses Gelächter aus. Er befeuchtete sich den Zeigefinger und zeichnete ein imaginäres Häkchen in die Luft. »Tausch den Platz mit mir, Teresa.«

»Natürlich.«

Der Rest des Abends verlief ohne Zwischenfälle. Badger ignorierte mich und richtete seine Aufmerksamkeit auf eine Flasche Jack Daniel's. Ich saß bei den Damen und verstand es, die Unterhaltung von allem Persönlichen wegzulenken. Stattdessen plauderte ich mit meinen jungen Freundinnen über Foundation, Lippenstift, Nagellack (wir mochten alle drei den Farbton »Wicked«) und die Vorzüge von Botox schon im Alter von zwanzig und darüber, ob der aktuelle Bachelor unter dem Einfluss von Crack gestanden hatte, als er Amber wegen der bösen Edison den Laufpass gab. Irgendwann kehrte das Gespräch zu Gabe zurück. Sie fanden ihn beide süß und lieb. Alles, worüber er je sprach, waren sein Flügel und seine Verlobte, was so ziemlich die Interessen meines Sohnes zusammenfasste.

Als es Zeit war sich zu verabschieden, schenkte ich George ein süßes Lächeln, und er schüttelte mir die Hand. Anschließend erlaubte ich Mike Badger, mir galant die Hand zu küssen, als sei nichts passiert.

Er zwinkerte mir zu und nuschelte: »Das Angebot steht.«

»Sie könnten sie sich gar nicht leisten«, beschied Chris ihm. »Wir unterhalten uns später?«

Badger nickte und wankte davon, einen Arm um Kirstins Schultern gelegt, weil er sie als Stütze brauchte. Denofrio und Brie folgten Badger und seiner Begleitung wie Geheimdienstagenten. Wenige Minuten später befand ich mich in Chris' Büro im Obergeschoss der Lounge, zog die hohen Schuhe aus und schlüpfte in flache. Der Mann hatte Büros in jedem Gebäude, das ihm gehörte. Dieses war eingerichtet wie sein Hauptbüro unter seiner Suite und in braunem Leder gehalten, mit nur wenig Farbe bei den Accessoires und einigen nichtssagenden gerahmten Bildern an den Wänden. Im Raum gab es auch eine antike mobile Hausbar mit Kristallgläsern, was übertrieben schien, weil es ein Stockwerk tiefer bereits eine große Bar gab. »Hab ich dir das Geschäft ruiniert?«, fragte ich.

»Nimmst du mich auf den *Arm*?« Er grinste. »Du hast ihn gekillt, Baby. Das Arschloch war hin und weg.«

»Hast du bekommen, was du wolltest?«

»So ziemlich.« Er küsste mich auf die Nase. »Danke.«

»Freut mich, dass es geholfen hat.« Ich war fix und fertig. »Ich bin müde.«

»Soll ich das Motorrad holen, damit du nicht zu Fuß gehen musst?«

»Nein, ich komme schon klar.«

Der Spaziergang verlief schweigend. Als wir seine Suite erreichten, ging ich ins Bad und wusch mir das Make-up ab. Ich war blass und dünn und hatte zwei Veilchen. Ich sah aus wie ein Margaret-Keane-Gemälde aus den Sechzigern. Chris half mir, mein Kleid auszuziehen – mit meinem Gips blieb ich ständig überall hängen –, ich schlüpfte in mein Nachthemd und kroch unter die Decke. Es war kurz vor ein Uhr morgens.

Chris hängte seine Kleidung auf, holte seine Jogginghose hervor und ließ sich neben mich fallen. »Ich bin geil.«

»Solange du nicht sauer wirst, wenn ich dabei einschlafe.« Ich wartete darauf, dass er sich auf mich legte.

»Ich bin so was von scharf. Dreh dich um.«

»Keine schrägen Sachen, Chris. Das will ich nicht.«

»Ohne Arsch, versprochen«, sagte er. »Dreh dich um.«

»Bitte, sei nicht so grob.«

»Sag einfach Bescheid, mein Engel«, antwortete er. »Ich höre zu.«

Er schlug die Decke zurück und schob mein Nachthemd hoch. Als er fertig war, küsste er mich sanft auf die Lippen. »Du weißt, dass ich dich liebe.«

Ich berührte sein Gesicht. »Du bist wirklich einzigartig. Danke für alles, Donatti. Ich weiß nicht, wie ich die frühen Jahre ohne dich überlebt hätte. Wie ich schon zu Badger gesagt habe: Ich wusste, worauf ich mich einlasse. Ich habe bewusst die Entscheidung getroffen, zurückzukommen.«

»Du warst völlig mittellos, hattest ein Kind und wohntest in Chicago in einer Bude ohne warmes Wasser. Ich hab dir gedroht, dir Gabe wegzunehmen, dich unter Druck gesetzt. Du hattest keine andere Wahl, als zu tun, was ich wollte.«

Ich streichelte seine Wange und strich ihm seine goldenen, von weißen Strähnen durchzogenen Haare aus dem Gesicht. Irgendwo da drin war der achtzehnjährige Junge, für den ich einst mein Leben gegeben hätte. »Man hat immer eine Wahl«, sagte ich ihm. »Und ich habe Donatti gewählt.« Ich schloss die Augen. »Ich bin wirklich müde.«

»Klar, Baby. Ich werde dich nicht stören.« Er stand auf, um an die Arbeit zu gehen.

Als er an der Tür war, fragte ich: »Chris?«

Er drehte sich um. »Was, mein Engel?«

»Warum hast du Gabe zu einer Party hier eingeladen?«

»Nicht um ihn zu korrumpieren. Er lässt sich nicht korrumpieren.«

»Das weiß ich. Warum hast du ihn zu einer Party mit all diesen Widerlingen eingeladen?«

Er kam zurück und setzte sich aufs Bett. »Viele dieser Männer … sie beneiden mich. Ich bin reich, ich sehe gut aus, ich kann jede Frau haben – jeden Menschen –, den ich haben will, ich führe ein beneidenswertes Leben. Aber viele von ihnen, solche wie Mike, schauen bei allem Neid auf mich herab. Für sie bin ich bloß ein Zuhälter. Und genau das bin ich. Nun gut. Ich akzeptiere es. Aber viele dieser Typen … sie haben auch beschissene Kinder – drogensüchtige Versager. Wahrscheinlich, weil sie beschissene Väter sind. Ich war auch ein beschissener Vater. Aber mein Sohn hatte eine großartige Mutter.«

»Meinst du Rina oder mich?«

»Vielleicht euch beide, aber das ist nicht wichtig. Woran es auch liegt, Gabe ist ein Wunder. Ich bringe ihn mit diesen Hurensöhnen zusammen … stelle ihn vor – meinen gut aussehenden Sohn, den Konzertpianisten, der an der Harvard-Universität angenommen wurde, das Angebot aber ablehnte, um mit sechzehn Jahren an die Juilliard zu gehen. Ich sehe ihnen direkt in die Augen, wenn ich mit ihm angebe. Ich bin vielleicht nur ein Zuhälter. Aber mein Junge kann deinem Jungen an jedem Tag der Woche in den Arsch treten.«

Um Viertel nach zehn am Morgen wurde zum Boarding aufgerufen. Decker legte sein Handy an den Sensor, der sein E-Ticket las. Als er schließlich nach der Sitznummer schaute, sah er, dass er in der Ersten Klasse untergebracht war. Auf dem Ticket stand definitiv sein Name. Er nahm auf dem Sitz in der zweiten Reihe am Gang Platz, ein Grinsen auf dem Gesicht. Seine Kinder hatten Rina und ihm auf ihrem internationalen Flug nach Israel bereits Karten für eine bessere Klasse besorgt, und jetzt sah es so aus, als hätte McAdams für diese Reise von Küste zu Küste für ihn das Gleiche getan.

Während Decker es sich bequem machte und die ungewohnte Beinfreiheit genoss, blieb der Fenstersitz neben ihm frei, obwohl das Flugzeug gerammelt voll war – die Flüge nach Los Angeles waren stets ausgebucht. Er rief McAdams an, als die letzten Nachzügler die Kabine betraten.

»Danke, Tyler, das hättest du nicht zu tun brauchen. Aber ich weiß den Platz sehr zu schätzen.«

»Gern geschehen«, antwortete McAdams.

»Wie läuft's so?«

»Ziemlich gut.« McAdams betrat die Kabine. »Wie läuft es bei dir?«

»Großartig!« Decker hob den Blick, ließ das Telefon sinken und riss die Augen auf.

»So ein Zufall, dich hier zu treffen.« McAdams warf seine Ledertasche auf den Fenstersitz.

»Was machst du in Orlando? Ich dachte, wir würden uns in Los Angeles treffen.«

»Ich war noch nie im Epcot-Freizeitpark«, sagte er. »Etwas altmodisch, aber zu seiner Zeit wahrscheinlich revolutionär.«

»Tyler, ich meine es ernst. Warum bist du hierhergekommen?«

»Impulsivität, schätze ich. Ich schiebe es auf meinen präfrontalen Kortex.« Er schob sich an Decker vorbei und griff nach seiner Tasche. »Ich dachte, wir können auf dem Weg zur Westküste ein bisschen plaudern.«

Decker war perplex und hatte nichts mehr zu sagen. Tyler ging auf die dreißig zu, was seinem Gesicht ein wenig mehr Ernsthaftigkeit verlieh. Aber er war immer noch jung und sah gut aus, mit seinen haselnussbraunen Augen und den dunklen, gelockten Haaren. Er trug Jeans und ein schwarzes T-Shirt unter einer leichten blauen Seersucker-Jacke.

McAdams schaute in seine Tasche. »Ich suche nur schnell meine Notizen heraus. Also, wie war dein Gespräch mit Paulines Schwester?« Er konsultierte die Papiere. »Marion Vanderberg.«

»Sie hat es ziemlich gut aufgenommen.« Decker hielt kurz inne. »Sie schien mir nicht allzu schockiert zu sein. Schließlich hatte sie jahrelang nichts von Pauline gehört.«

»Von wie vielen Jahren sprechen wir?«

»Keine Ahnung. Es könnten zwei sein, oder auch zehn.«

»Du hast sie nicht danach gefragt?«

»Da wir sowieso hinwollen, dachte ich, ich stelle ihr die Frage lieber von Angesicht zu Angesicht.«

»Ach ja, kannst du mich noch mal daran erinnern, *warum* wir hinfliegen – abgesehen davon, dass du auf diese Weise deine alte Partnerin wiedersehen kannst?«

»Marge holt uns vom Flughafen ab, außerdem kennt sie sich in der Gegend sehr gut aus.« Decker musterte seinen Partner. »Was ist los, Junge?«

McAdams schwieg. Dann sagte er: »Wenn sie fährt, muss ich dann hinten sitzen?«

Decker betrachtete den jungen Mann. »Tyler, ich habe nichts dagegen, mich auf der Rückbank auszustrecken. Es ist nur so, dass du dich die halbe Zeit ausklinkst und an deinem Handy spielst, statt was zu sagen. Das verstehe ich. Lange Autofahrten können langweilig sein. Aber du kannst gern vorn bei Marge sitzen, für mich kein Problem.«

»Ich führe mich auf wie ein verwöhntes Balg.« McAdams klang bitter. »Ich hasse es nur, an den Rand gedrängt zu werden. Mein Vater hat das ständig mit mir gemacht.«

»Ich bin nicht dein Dad, ich bin dein Partner. Dein aktueller Partner. Marge ist ein fabelhafter Mensch und eine tolle Frau, um Ideen zu wälzen, aber sie ist nicht mehr meine Partnerin. Es ist typisch für sie anzubieten, uns durch die Gegend zu fahren. Mir ist es völlig egal, wo ich sitze. Also, wie weit sind wir mit der Autopsie?«

»Pauline hatte mehrere Stichwunden, aber keine war für sich genommen tödlich. Sie ist wahrscheinlich verblutet. Die größte Wunde fand sich am Bein. Die Waffe hat nur knapp die Oberschenkelarterie verfehlt.« McAdams dachte kurz nach. »Seltsame Stelle, um jemandem ein Messer in den Körper zu rammen. Man müsste nach unten stoßen oder sogar knien.«

»Wenn man auf die Brust zielt und das Opfer weicht zurück, könnte man die Brust verfehlen und stattdessen das Bein erwischen«, überlegte Decker laut. »Ich weiß wahrscheinlich die Antwort darauf, aber haben wir irgendwelche Spuren, die darauf hindeuten, dass Lanz, Schulung und Kathrine Taylor in Deutschland sind?«

»Nein. Wir haben Informationen an die Polizeidienststellen in Düsseldorf geschickt. Die Lanzes wohnen etwas außerhalb der Stadt. Wohlhabende Gegend, viele Unternehmer.«

»Wie groß ist Düsseldorf?«

»Es ist eine Großstadt.« McAdams tippte auf sein Handy. »Über sechshunderttausend Einwohner. Es handelt sich um die Landeshauptstadt von Nordrhein-Westfalen. Übrigens mit einem großen jüdischen Bevölkerungsanteil. Ich wette, du würdest dort auch ein koscheres Restaurant finden.« Er tippte weiter. »Es gibt einen koscheren Markt. Und eine Chabad-Niederlassung.«

»Wenn Menschen irgendwann auf dem Mars landen, werden sie feststellen, dass Chabad ihnen zuvorgekommen ist.« Decker überlegte kurz. »Ich frage mich, ob wir nicht eher versuchen sollten, die Taylors unter Druck zu setzen, statt in Deutschland herumzustochern. Sie hatten mindestens einmal mit ihrer Tochter Kontakt, und ich gehe jede Wette ein, dass sie wieder von ihr gehört haben.«

»Sie werden nichts tun, was das Leben ihrer Tochter gefährdet.«

»Doch irgendwann werden die Taylors Kathrine sehen wollen«, erwiderte Decker. »Jetzt, wo wir eine Leiche haben, sind sie vielleicht aufgeschlossener. Denn sie werden sich Sorgen um sie machen. Kathrine mag sich sicher fühlen, aber sie erkennt Gefahren vielleicht erst spät. Und angesichts Bertrams Vorgeschichte mit der Anklage wegen Totschlags könnte diese Gefahr vielleicht ein echter Faktor sein.« Vom Flugteam kam die Durchsage, dass große elektronische Geräte jetzt ausgeschaltet werden mussten. Kleinere Geräte könnten im Flugzeugmodus weiter verwendet werden.

»Dann willst du sie anrufen?«, hakte McAdams nach.

»Sobald ich alles herausgefunden habe, was über Corbett bekannt ist, kann ich mit mehr Autorität mit ihnen sprechen.

Es gibt eine gute Chance, über sie Bertram und seine Freunde ausfindig zu machen.«

»Und inwiefern wird ein Besuch bei einer entfremdeten Schwester uns helfen, etwas über Pauline Corbett zu erfahren?«

»Ich habe die Hoffnung, dass sie nicht schon immer entzweit waren. Pauline ist unser Opfer, und ich muss alles über sie wissen, was möglich ist.«

»Wie wird uns das helfen, Schulung zu finden?«

»Vielleicht überhaupt nicht. Und obwohl Elsie Schulung ganz oben auf unserer Liste steht, kann ich mir einen Tunnelblick einfach nicht erlauben. Es ist möglich, dass ein Gespräch mit ihrer Schwester unseren Ermittlungen eine ganz neue Richtung gibt.«

McAdams nickte und steckte sein Handy weg. Er war still geworden.

»Was ist jetzt schon wieder los?«, fragte Decker.

»Ich hasse es, wenn ich mich wie ein kleinliches Arschloch aufführe. Manchmal weiß ich überhaupt nicht, was über mich kommt.«

»Wir haben alle unsere Egos.«

»Ich bin manchmal einfach komisch drauf. Dafür kannst du ebenfalls meinen präfrontalen Kortex verantwortlich machen.«

»Vielleicht bist du aber auch bloß ein Arschloch«, stellte Decker fest.

McAdams lachte. »Pass auf, was du sagst, Old Man, sonst sitzt du auf dem Heimweg in der Touristenklasse.«

Decker grinste. »Da ist ja mein Mädchen!«

»Wer?«, fragte McAdams. »Die winkende Irre am Fuß der Treppe?«

»Das ist sie.«

Marge, schlank und fit, trug Jeans, eine weiße Bluse und an den Füßen Sandalen mit Perlen.

Decker winkte zurück. »Sie sieht toll aus!«

»Da ich keine Vergleichsgrundlage habe, muss ich mich wohl einfach auf dein Wort verlassen.«

»Tyler …«

»Keine Sorge, ich werde charmant sein.« McAdams sah zu, wie Decker und Marge sich stürmisch umarmten, wie man es nur aus Zeiten vor Corona kannte.

»Lass dich anschauen«, sagte Decker. »Mir gefällt deine Frisur.«

»Ach ja?« Marge war sichtlich erfreut.

»Ja, wirklich. Sie wirkt sehr jugendlich.«

»Will findet, es sei zu kurz, aber er mag die Farbe. Einer von zwei Punkten reicht mir.« Marge wandte sich zu McAdams um. »Sie müssen der Junge sein, von dem dieser Typ hier ständig schwärmt.«

»Und Sie müssen die Partnerin sein, mit der ich mich niemals werde messen können.« McAdams streckte die Hand aus. »Freut mich, Sie kennenzulernen.«

»Ganz meinerseits.« Marge legte einen Arm um Decker. »Du hast mir nicht erzählt, dass er so süß ist.«

»Findest du?«, fragte Decker.

Marge versetzte ihm einen leichten Hieb und schaute auf ihre Armbanduhr. Es war vierzehn Uhr dreißig. »Wann fliegt ihr zurück?«

»Wir nehmen den Nachtflug um zehn vom LAX«, antwortete McAdams.

»Wir sollten zwischen halb vier und vier dort sein. Vielleicht eine Stunde für die Befragung.« Sie dachte nach. »Vielleicht können wir noch ein frühes Abendessen dazwischenschieben. Habt ihr Gepäck dabei?«

»Nur Handgepäck«, erklärte Decker. »Und wir sind erster Klasse geflogen.«

»Wow!« Marge stieß einen Pfiff aus. »Wie habt ihr das denn hingekriegt?«

»Nicht er hat es hingekriegt«, warf McAdams ein. »Das war ich.«

»Pete, du hast einen würdigen Partner gefunden.« Sie lächelte. »Marion Vanderberg wohnt in Camarillo, ungefähr zwanzig Minuten südlich von mir, in der Nähe dieser koscheren Weinkellerei. Ich weiß nicht, was wir wegen des Abendessens machen sollen, aber der Weinverkostungsraum wird geöffnet haben. Falls ihr Interesse habt: Sie servieren auch Tapas. Ziemlich gute. Will und ich waren schon mehrmals dort.«

»Tapas klingt super«, sagte Decker. »Ich lade euch ein.«

»Ihr seid hier auf meinem Territorium«, beharrte Marge. »Das geht auf mich.«

»O nein, auf gar keinen Fall«, erwiderte Decker.

»Darüber diskutiere ich nicht«, gab Marge zurück.

McAdams versuchte, seinen Ärger zu verbergen. »Werft einfach eine Münze.«

»Wie wär's, wenn wir uns die Rechnung teilen und den Jungen einladen?«, schlug Decker vor.

Marge lenkte ein. Ihr Auto entpuppte sich als ein weinroter, viertüriger Ford Focus, der schon bessere Tage gesehen hatte. Aber auch wenn der Stoff der Innenauskleidung an einigen Stellen verschlissen war, war der Wagen sauber und roch gut. »Ich will alles über diesen Fall hören«, sagte Marge.

»Was dagegen, wenn der Junge vorne sitzt?«, fragte Decker.

McAdams entgegnete: »Schon in Ordnung …«

»Mir wäre das sogar lieber«, unterbrach Marge ihn. »Nicht, dass du nicht hübsch wärst, Pete, aber es geht doch nichts über die Jugend.« Sie hielt kurz inne. »Ich setze mal meine Brille auf … Ah, Sie sehen immer noch gut aus.«

McAdams spürte, wie sein Gesicht heiß wurde.

Marge grinste, während alle im Wagen Platz nahmen. Sie tätschelte McAdams' Bein. »Jetzt erzählen Sie mir alles über den Fall.«

»Hat das der Boss noch nicht getan?«

»Doch, natürlich hat er das. Aber ich will es von Ihnen hören.«

»Klar.« McAdams holte seine Notizen heraus, aber Marge legte eine Hand auf den Block.

»Sagen Sie mir, was Sie *wissen*. Aus dem Gedächtnis. So werden Sie sich die Informationen besser merken.«

McAdams steckte seine Notizen weg. »Sie sind genauso hart drauf wie er.«

»Stimmt, aber ich sehe sehr viel besser aus.«

Sobald sie unterwegs waren, gab McAdams Marge eine Zusammenfassung. Bei Bertram Lanz hatte es sich zunächst um einen Vermisstenfall gehandelt. Nach einem Besuch in Bertrams Wohnheim hatten er und Decker herausgefunden, dass Lanz sich mit einer Krankenschwester namens Elsie Schulung angefreundet hatte. Sie war aus verschiedenen Gründen entlassen worden, vor allem weil sie zu Alleingängen neigte. Decker war zu Elsie nach Hause gefahren, um mit ihr zu sprechen, hatte dort aber niemanden angetroffen. Da Sommer war, lag die Vermutung nahe, dass sie in den Urlaub gefahren war, aber nachdem sich die Post weiter stapelte, hatten Decker und die Polizei vor Ort sich zu einer Überprüfung entschlossen und Blut im Haus gefunden.

»Es sah nicht wie der Schauplatz eines Mordes aus, aber es war mehr Blut als nur ein bisschen«, sagte Decker. »Dann hat die örtliche Polizei übernommen und Greenbury praktisch ausgebootet. Sie sind mit uns in Verbindung geblieben, wollten die Sache aber offensichtlich selbst regeln.«

»Dummköpfe. Ist Ihnen klar, wen Sie da hatten?«

»Kein Wunder, dass du sie magst«, bemerkte McAdams. »Könnten Sie mein Ego bitte auch ein wenig aufpolieren?«

»Wenn Sie es sich verdient haben, klar.«

»Sie sind *knall*hart«, bemerkte McAdams.

Decker ergriff wieder das Wort: »In Schulungs Haus gab es Fotos von Bertram Lanz und seiner Freundin, Kathrine Taylor. Sie hat in einem Wohnheim gelebt, in dem früher auch Bertram untergebracht gewesen war. Dort haben sie sich kennengelernt. Dann fanden wir heraus, dass Kathrine ebenfalls verschwunden ist.«

»Was ist mit Elsie Schulungs Wagen?«, fragte Marge.

»Der war zunächst nicht aufzufinden«, berichtete McAdams. »Wir haben ihn schließlich hinter Büschen im Wald entdeckt.«

»Wenn Elsie geflohen ist, wie konnte sie dann ohne ihr Auto entkommen?«

»Sie hatte eine Freundin namens Pauline Corbett«, schaltete Decker sich ein. »Wir glauben, dass sie ihren Wagen benutzt hat.«

»Corbett ist die Tote, die ihr gerade entdeckt habt«, sagte Marge.

»Ja«, bestätigte McAdams. »Und das Blut in Elsies Haus stimmt mit Paulines überein. Wir haben ein paar Theorien; eine davon ist natürlich, dass Elsie Pauline getötet hat.«

»Oder dass jemand Pauline in Elsies Haus getötet hat«, überlegte Marge laut.

»Genau«, bekräftigte McAdams. »Da Bertram, Kathrine und Elsie anscheinend ungefähr zur gleichen Zeit verschwunden sind, denken wir, dass da eine Verbindung besteht.«

»Sie hat sie als Geiseln genommen?«

»Möglicherweise.«

»Und wie sind sie, nachdem sie Elsies Wagen stehen gelassen hatten, an ihr Ziel gekommen?«

McAdams sagte: »Die kurze Antwort lautet, wir wissen es nicht. Aber Paulines Auto ist verschwunden.«

»Wenn Elsie Paulines Wagen genommen hat, wer hat ihn dann zu der Stelle gefahren, an der Elsie ihren Wagen hat stehen lassen?«, hakte Marge nach.

»Auch auf diese Frage kennen wir die Antwort nicht«, sagte McAdams.

»Könnte Elsie auch tot sein?«, fragte Marge. »Im Wald vergraben?«

»Ich vermute«, ergriff Decker erneut das Wort, »dass sie bei Bertram und Kathrine ist. Und wir wissen, dass Kathrine vor ungefähr drei Wochen noch lebte, weil ihre Eltern mit ihr gesprochen haben.«

Es wurde still im Wagen. Dann fügte Decker hinzu: »Bertram ist vor ungefähr zehn Jahren wegen Totschlags bei einer Kneipenschlägerei in Deutschland verurteilt worden. Eine dieser Schlägereien, in der jede Menge Fäuste fliegen. Aber Bertrams Fäuste haben einen Mann getötet.«

»Dann hat er keine Angst, sich mit jemandem zu prügeln«, fasste Marge zusammen. »Habt ihr die Vermutung, Bertram könnte Pauline erstochen haben? Warum sollte er das tun?«

»Wir haben verschiedene Möglichkeiten durchgespielt«, sagte McAdams. »Aber wir haben kein richtig starkes Motiv.«

»Irgendwelche Ideen, inwiefern Paulines Tod für euren Vermisstenfall relevant sein könnte?«, fragte Marge.

»Nein«, sagte Decker. »Aber jetzt haben wir zumindest eine Leiche. Deshalb wollen wir mit der Schwester reden ... um mehr über das Opfer zu erfahren.«

»Das kleine Einmaleins der Untersuchung von Tötungsdelikten.« Marge lächelte, dann deutete sie mit dem Daumen in Richtung Rückbank. »Passen Sie gut auf, junger Mann. Von diesem Burschen können Sie viel lernen.«

Die verschlungenen Straßen führten durch kalifornisches Farmland und an Ranchhäusern vorbei. Decker hatte ganz vergessen, wie sehr er die sonnige Westküste mit ihrer vielfältigen Landschaft liebte. Jetzt im August war es heiß und trocken, aber der Himmel war tiefblau, und die Luft sauber und klar. Zurzeit wurden Paprikas, Tafeltrauben, Artischocken und alle möglichen Melonen geerntet, außerdem Unmengen großer, schöner Erdbeeren. Obst- und Gemüsestände säumten die Straßen, übervoll mit den frischen Köstlichkeiten. Außerdem gab es Zitrusfruchtplantagen – mit Zitronen, Limetten und Orangen –, und viele Hektar mit Avocadobäumen, von denen manche als Windschutz für die Zitrusfrüchte dienten. In den Restaurants wurde Guacamole angeboten.

Marion Vanderberg wohnte in einem Bungalow mit türkisfarbener Holzverkleidung. Im Vorgarten standen zwei große Avocadobäume inmitten von Fingerhirse, der Bereich von einem rissigen Betongehweg zur Haustür geteilt. Es war warm, und Decker war froh, dass er sich für ein Polohemd und Jeans entschieden hatte, statt für seinen üblichen braunen Anzug.

Er drückte auf die Klingel. Die Frau, die die Tür öffnete, war barfuß und trug Bermudashorts und ein weißes T-Shirt. Sie war um die fünfzig, groß und knochig – eine kräftige Frau mit kaffeebraunen Haaren voll grauer Strähnen, die sie zu einem Pferdeschwanz gebunden trug. Augen in der Farbe von Pekannüssen, volle Lippen und ein fleckiger Teint in verschiedenen Bronzeschattierungen. Nachdem sie sich vorgestellt hatten, sagte sie den dreien, sie könnten sich hinsetzen, wo immer sie wollten.

Das Haus war gemütlich. Auf den Tischen standen frische Blumen. Die Sitzgarnitur war mit braunem Alcantara überzogen und an einigen Stellen abgewetzt. Die breiten Eichenholzdielen waren mit genoppten Teppichen ausgelegt. An die Wände geschraubte Regale beherbergten Bücher und eine alte Stereoanlage, außerdem Dutzende von gerahmten Fotos. Der Fernseher befand sich an einer leeren Wand, und die Kabel führten zu einem Schrank darunter.

Marion nahm auf dem kleineren Sitzelement der L-förmigen Couchgarnitur Platz, während die drei Besucher sich nebeneinander auf den größeren Teil setzten. Marions Blick ging in die Ferne.

Decker eröffnete das Gespräch: »Danke, dass Sie uns empfangen.« Die Schwester nickte. »Hübsche Bäume vor dem Haus.«

»Wir haben hinten noch ungefähr dreißig weitere«, antwortete Marion.

»Wie viele Hektar haben Sie?«

»Etwa zwei.«

»Alles Avocadobäume?«

»Nein, wir haben auch Zitronen, Orangen, Grapefruit, Aprikosen, Pfirsiche, Pflaumen … verschiedene Pflaumensorten.« Marion blühte sichtlich auf. »Ungefähr zwei Blocks entfernt gibt es einen großen Obst- und Gemüsestand im Freien. Das ist eher so etwas wie eine Tauschbörse für die Gegend. Wir tauschen unsere Sachen gegen Tomaten, Paprikas und Auberginen. Im Winter tauschen wir Zitrusfrüchte gegen Blattsalate und Zwiebeln. Funktioniert gut.«

»Das kann ich mir vorstellen«, sagte Decker. »Ich hatte vor Jahrzehnten eine Ranch im East Valley. Auf dem Gelände befanden sich einige Obstbäume, aber gekauft habe ich es wegen der Sandwege. Ich hatte damals Pferde.«

»Was ist passiert?«, wollte Marion wissen.

»Ich habe geheiratet, dann kamen die Kinder. Ein Leben in einer so abgelegenen Gegend war nicht gut für sie.«

»Ja, deshalb gefällt es mir hier auch so. Man hat seine Ruhe, aber es sind trotzdem Nachbarn in der Nähe.« Sie seufzte. »Entschuldigen Sie die Hitze. Die Klimaanlage ist kaputt.«

»Kein Problem«, Decker wartete schweigend. Dann sagte er: »Mein aufrichtiges Beileid für Ihren Verlust«

»Danke.« Wieder ging der Blick in die Ferne. »Sie war meine kleine Schwester.«

»Wie viele Geschwister waren Sie?«, fragte Marge.

»Fünf«, antwortete Marion. »Drei Mädchen, zwei Jungen, dazu eine erschöpfte Mutter und ein alkoholabhängiger Vater. Er hat im Norden Versicherungen verkauft.«

»Wo im Norden?«

»In der Gegend von San Luis Obispo.«

»Was hat Sie hierher verschlagen?«

»Heirat. Gott sei Dank war es eine gute. Joe verwaltet mehrere große Farmen rund um Santa Paula. Wir haben jahrelang davon geredet, unsere eigene Farm zu haben, aber uns ist die Verantwortung zu groß. Wir sind glücklich hier mit unseren

Bäumen und unseren Hühnern und Ziegen. Wir machen unseren eigenen Käse.«

»Klingt ideal«, warf McAdams ein.

»Wenn man aus meiner Familie kommt, ist das dem Himmel sehr nah, auch ohne den heiligen Petrus persönlich zu sehen.«

»Haben Sie ein enges Verhältnis zu Ihren Geschwistern?«, fragte McAdams.

»Mein Bruder steht mir nahe und meine ältere Schwester. Wir wohnen alle weniger als eine Autostunde voneinander entfernt. Mein Bruder ist Farmer und besitzt ungefähr zwanzig Hektar Land. Meine Schwester ist Anwältin und lebt in Ventura.«

»Ich arbeite bei der Polizei von Ventura. Großartige Gemeinde«, meldete sich Marge zu Wort.

»Ja, sie liebt die Stadt.« Marion hielt inne. »Dann arbeiten Sie nicht mit den Detectives zusammen?«

»Detective Decker war früher Lieutenant Decker vom LAPD. Ich habe jahrelang mit ihm bei der Mordkommission gearbeitet.«

»Und Sie?« Das richtete sich an McAdams.

»Ich arbeite mit Detective Decker im Greenbury PD an der Ostküste zusammen. Es ist ein kleines Department, aber wir tun alles, um Pauline Gerechtigkeit zuteilwerden zu lassen.«

»Dafür danke ich Ihnen«, sagte Marion. »Meine ältere Schwester und ich waren gehorsame Kinder, Pauline dagegen ein aufmüpfiges Kind. Sie und mein Vater haben sich ständig in den Haaren gelegen. Er hat sie einige Male geschlagen. Nicht so schlimm, wie er meine Mutter geschlagen hat, aber er war nicht zurückhaltend mit seinen Händen. Ich konnte ihr nie begreiflich machen, dass sie nur den Mund halten musste, um nichts abzukriegen, wenn er in einer seiner Launen war. Aber sie war wie eine Motte, die sich von einer Flamme angezogen fühlt. Immer wenn er fies wurde, hat sie ihn noch zusätzlich provoziert.« Sie seufzte. »Kein Wunder, dass sie irgendwann anfing, Drogen zu nehmen.«

»Als Jugendliche?«, hakte Decker nach.

»Ja, aber es ging weit über die Phase der Pubertät hinaus.«

»Wie weit?«

»Pauline wäre jetzt ...« Sie tappte mit dem Fuß auf den Boden. »Dreiundvierzig. Wir hatten in den letzten vier Jahren kaum noch Kontakt. Na ja, das stimmt so nicht ganz. Sie hat mir zum Geburtstag immer eine SMS geschickt ... Zu Weihnachten. Ich hab ihr zurückgeschrieben. Ein paarmal hat sie um Geld gebeten.«

»Haben Sie ihr welches gegeben?«, fragte Marge.

»Ich habe ihr fünfzig Dollar geschickt. Zweimal ... vielleicht dreimal.«

»Haben Sie noch die Adresse, an die Sie das Geld geschickt haben?«, hakte Decker nach.

»Ja, aber sie ist nicht mehr aktuell. Meine Schwester ist oft umgezogen.«

McAdams klinkte sich ein. »Zuletzt wohnte Pauline in einer Einzimmerwohnung in Baniff, Pennsylvania. Als wir erfahren haben, dass sie verschwunden ist, sind Polizisten von Greenbury und Baniff in ihre Wohnung gefahren, um Gegenstände für eine DNA-Untersuchung zu holen. Es ist schwer zu glauben, dass sie je dort gelebt hat. Ein paar Kleidungsstücke, eine alte Zahnbürste und eine Haarbürste, ein Bett und ein Stuhl, das war's.«

»Haben Sie Drogen gefunden?«, fragte Marion.

»Nein, und wir haben die Wohnung gründlich durchsucht. Ihr Medizinschrank war leer, bis auf eine Schachtel Ibuprofen.«

»Gras haben Sie keins gefunden?«

»Nein.«

»War das ihre bevorzugte Droge?«, erkundigte sich Decker.

»Neben anderen. Ich weiß, dass sie Crystal Meth genommen hat. Sie hatte das Meth-Mund-Syndrom.«

»Kaputte Zähne?«, sagte McAdams.

»Kaputte Zähne, und fehlende«, bestätigte Marion. »Es überrascht mich nicht, dass ihre Wohnung leer war. Ich denke, sie hat überwiegend bei Elsie gewohnt, die Drogenkonsum nicht hingenommen hätte.«

»Dann wissen Sie also von Elsie«, bemerkte Decker.

»Natürlich. Ich fand das gut. Unter anderem ist Elsie für Paulines neue Zähne aufgekommen.«

»Ist ihnen bekannt, dass Elsie derzeit vermisst wird?«

Eine lange Pause folgte. »Nein, das habe ich nicht gewusst.« Eine weitere Pause. »Glauben Sie, sie hat Pauline ermordet?«

»Das wissen wir nicht. Was glauben Sie?«

»So viel kann ich Ihnen sagen. Vor Elsie hatte Pauline eine üble Beziehung nach der anderen. Sie hat sich gern richtig gemeine Typen als Sparringspartner ausgesucht. Als Elsie auftauchte, war ich zunächst schockiert. Bis dahin hatte ich nie erlebt, dass meine Schwester sich für Frauen interessierte. Damals dachte ich, jetzt hätte sie wenigstens jemanden gefunden, der sie wahrscheinlich nicht zusammenschlagen wird.«

»Haben Sie Elsie je kennengelernt?«

»Nein. Ein paarmal haben wir miteinander telefoniert. Ich hatte das Gefühl, dass sie mich nicht in Paulines Leben haben wollte. Sie war ziemlich eifersüchtig.«

»Wir haben gehört, dass Elsie nie nach einer anderen Pfeife tanzen würde als nach ihrer eigenen«, warf McAdams ein.

»Vielleicht ist da irgendetwas zwischen Elsie und Pauline gelaufen«, sagte Marion, »aber eins kann ich Ihnen versichern: Meine Schwester war nicht lesbisch. Sie liebte Männer. Je gemeiner, desto besser.«

»Warum, glauben Sie, hat sie sich dann mit Elsie eingelassen?«, fragte Marge.

»Ich könnte einfach sagen, es hatte mit Geld zu tun, aber vielleicht hat mehr dahintergesteckt.« Marion hielt inne. »Was immer man von Elsie halten mag, als Heilerin hat sie mich beeindruckt. Auf einer ihrer Weihnachtskarten schrieb Pauline, Elsie habe sie von den Drogen weggebracht. Ich weiß nicht, ob es wirklich so war, aber selbst wenn es nur teilweise stimmt, war es ein Schritt in die richtige Richtung.«

»Das passt auch zu der Art und Weise, wie andere Leute Elsie beschreiben«, sagte McAdams. »Sie hat echten Anteil am Schicksal anderer genommen und wollte ihnen wirklich helfen.«

»Das hört sich so an, als würde Elsie ihr nicht wehtun wollen«, bemerkte Marion.

»Das hoffen wir zumindest«, sagte Decker. »Sie haben einige von Paulines früheren Beziehungen als gewalttätig beschrieben?«

»Ja.«

»Über wie viele gewalttätige Männer reden wir?«, wollte Decker wissen.

»Sie war drei Mal verheiratet. Alle drei Männer haben sie geschlagen. Ich hatte zudem den Verdacht, dass sie viele Freunde hatte, von denen ich nichts wusste.«

»Können Sie mir die Namen ihrer Ehemänner geben?«

»Sicher, aber ich glaube wirklich nicht, dass sie zurückgekommen sind, um sie zu töten. Ihre letzte Ehe ist seit vier Jahren geschieden. Ich an Ihrer Stelle würde mir ansehen, mit wem sie aktuell zusammen war.«

»Glauben Sie, dass sie Beziehungen zu Männern hatte, während sie mit Elsie zusammen war?«, fragte Marge.

»Oh, ganz sicher«, antwortete Marion. »Meine Schwester hat mit Jungs rumgemacht, seit sie dreizehn war. Als sie mit der Highschool fertig war, hatte sie, glaube ich, mit jedem Jungen aus der Football-Mannschaft geschlafen. Meine Meinung? Sobald sie von den Drogen weg war, wurde ihr sexueller Appetit größer, nicht kleiner.«

»Wo hat sie sich ihre Männer gesucht?«, hakte Marge nach. »Es würde uns helfen einzugrenzen, mit wem sie sich getroffen haben könnte.«

Marion überlegte. »Wenn ich raten müsste, würde ich auf Bars tippen.«

»Online vielleicht auch?«, fragte Marge.

»Möglicherweise.« Sie zögerte. »Einmal hatte sie eine Website ... mit Fotos von sich. Auf einigen trug sie Badeanzüge. Auf anderen war sie oben ohne.«

»Wissen Sie zufällig noch die Internetadresse?« McAdams holte sein Handy hervor.

»Nein.«

Nach einem Moment sagte McAdams: »Unter Pauline Corbett finde ich nichts. Vielleicht war es Facebook? Oder ein Account nur für Mitglieder auf Instagram?«

»Nein, sie hatte ihre eigene Website. Aber das ist mindestens drei Jahre her. Seitdem kann viel passiert sein.«

»Darf ich einen Blick auf Ihren Computer werfen?«, fragte McAdams.

»Natürlich.« Marion erhob sich. »Er steht hinten.«

Sobald sie gegangen waren, wandte Marge sich an Decker. »Sie hat gerade deine Liste der Verdächtigen erweitert.«

»Durch Paulines Ex-Männer und -Freunde und eine Menge unbekannter Personen.« Decker schüttelte den Kopf. »Jetzt müssen wir in Erwägung ziehen, dass Pauline und ein gewalttätiger Freund in Elsies Haus in Streit geraten sind. Aber warum sollte Elsie dann einfach so verschwinden? Warum hat sie den Vorfall nicht der Polizei gemeldet?«

»Vielleicht hat unser anonymer Schurke Elsie bedroht, falls sie irgendjemandem erzählen wollte, was passiert ist«, gab Marge zu bedenken. »Elsie hatte nicht nur um sich selbst Angst, sondern vielleicht auch um Bertram.«

»Wer hat Pauline dann begraben?«

»Der anonyme Schurke?«

»Ihre Leiche wurde zu nah an dem Ort begraben, an dem Bertram verschwunden ist«, sagte Decker, »und zu nah an Elsies abgestelltem Wagen, als dass es ein Zufall sein könnte.«

»Da stimme ich dir zu«, antwortete Marge. »Vielleicht hat unser anonymer Schurke den Tatort verlassen, und Elsie und Bertram haben sie begraben.«

»Wir haben Elsies Auto durchsucht«, erklärte Decker. »Wir haben kein Blut gefunden, das auf einen Leichnam hinweisen würde.«

»Wie wäre es mit Folgendem«, überlegte Marge laut. »Unser anonymer Schurke tötet Pauline in Elsies Haus. Er trägt Pauline in *sein* Auto und bringt Elsie dann dazu, ihm dabei zu helfen, sie zu begraben.«

»Warum hat man dann Elsies Wagen im Gebüsch gefunden?«

»Sie sind zusammen im Auto unseres anonymen Schurken zurückgefahren.« Marge verzog das Gesicht. »Als Hypothese nicht doll, aber irgendwo muss man ja anfangen.«

Decker lächelte. »Unsere Vermutung ist, dass Elsie Paulines Wagen genommen hat, als sie verschwand. Ihr eigenes Auto hat sie im Gebüsch stehen gelassen, um die Polizei von ihrer Spur abzulenken.«

»Aber vielleicht hat sie sich ja gar keine Sorgen wegen der Polizei gemacht. Vielleicht hatte sie Angst, dass jemand anderes nach ihr sucht.«

»Womit wir wieder bei unserem anonymen Schurken wären«, entgegnete Decker. »Wir wissen, dass es zwei Fahrer gegeben haben muss, damit Elsie ihren Wagen im Wald stehen lassen konnte.«

»Wer ist dann dein wahrscheinlicher Kandidat für Fahrer Nummer zwei?«

»Da habe ich noch niemanden. Ich bin gerade aus dem Urlaub zurückgekommen.«

Marion und McAdams kehrten zurück. Sie sagte: »Ich bin eine schreckliche Gastgeberin. Möchte jemand einen Kaffee?«

Decker lächelte. »Das wäre wunderbar.«

»Machen Sie zwei draus«, sagte Marge.

»Mit mir wären es dann drei«, warf McAdams ein.

»Ich bin gleich wieder da.«

Nachdem sie gegangen war, bemerkte McAdams: »Ich habe Paulines Website in Marions Browserverlauf gefunden.« Er zeigte Marge und Decker die Webadresse. »Sieht so aus, als hätte Pauline die Website vor sechs Monaten gelöscht, aber vielleicht können wir Unterlagen vom Server anfordern. Herausfinden, wer sie kontaktiert hat.«

»Ich weiß nicht, ob wir dazu befugt sind«, sagte Decker. »Sie ist verstorben, aber die Personen, mit denen sie korrespondiert hat, sind es nicht.«

»Unsere Verdächtigenliste ist gerade explodiert«, gab McAdams zu bedenken.

»Margie und ich haben eben darüber gesprochen, dass es vielleicht einen anonymen Schurken gegeben hat, der den Mord begangen und Elsie bedroht hat, für den Fall, dass sie es jemandem erzählt.«

»Wir sind die Sache mit dem Auto durchgegangen«, erklärte Margie.

»Der Boss und ich nahmen an, dass Elsie ihren Wagen selbst gefahren hat, und Pauline ihr Auto, und schließlich sind sie zusammen in Paulines Wagen wieder weggefahren. Aber jetzt, da Pauline tot ist, ist es eine wichtige unbeantwortete Frage. Es muss einen dritten Fahrer gegeben haben.« McAdams sah Decker an. »Es könnte Bertram gewesen sein.«

»Der hat keinen Führerschein«, gab Decker zu bedenken.

»Das bedeutet nicht, dass er nicht Auto fahren kann«, erwiderte McAdams.

KAPITEL 10

Er hatte gerade seinen Vorstoß in dunkle Tiefen begonnen, als sein Handy auf dem Nachttisch vibrierte. Er hätte das verdammte Ding ausschalten sollen, aber jetzt summte es und lenkte ihn ab. Er schnappte sich das Telefon in der Absicht, es auf stumm zu schalten, aber dann sah er, wer anrief.

»Scheiße.« Sofort wälzte er sich von ihr herunter und schnappte sich mit einer fließenden Bewegung seine Jogginghose. »Da muss ich ran.«

»Warum hast du es nicht ausgeschaltet, als wir angefangen haben?«, fragte Terry.

Ihr Ton ärgerte ihn. »Weil es zwölf Uhr mittags ist und manche von uns sich ihren verdammten Lebensunterhalt verdienen müssen.« Er zog die Hose über und griff nach einem T-Shirt. »Bleib hier!« Er schlug die Tür zu seinem Schlafzimmer zu, heftiger, als er beabsichtigt hatte. Dann sagte er ins Handy: »Donatti.«

»Sie haben nach der Ware gefragt. Ich habe sie.«

»Ich sehe nichts.«

»Das lässt sich ändern.« Einen Moment später erschien ein verängstigter kleiner Jungen auf dem Display seines Handys. Dann wurde der Bildschirm dunkel. »Zufrieden?«

»Nein, keineswegs«, sagte Donatti. »Ich muss das Bild jemandem zeigen.«

»Das war nicht die Abmachung.«

»Sie haben eine Bevölkerung von fast anderthalb Milliarden Menschen, die Hälfte davon wahrscheinlich Kinder.« Donatti schloss die Tür zu seiner Suite ab. »Ich habe keine Ahnung, wen Sie mir da zeigen.«

»Etwas Vertrauen muss schon sein.«

»Vertrauen gibt es …« Donatti lief die Treppe zu Gabes Suite hinauf. »Hundertfünfzigtausend Dollar Vertrauen meinerseits. Von Ihnen hab ich bisher nichts gesehen. Warten sie kurz.«

Er öffnete die Tür und stieß auf Juleen, die sich auf ihren Unterricht vorbereitete und gerade dabei war, ihre Geige hervorzuholen. Die Augen des kleinen Mädchens wurden groß wie Untertassen. Chris kam direkt zur Sache: »Ich werde dir jetzt jemanden zeigen. Ich denke, es ist dein Bruder. Stell ihm eine Frage, auf die nur er die Antwort kennt. Verstanden?«

Das Mädchen nickte.

Donatti sagte: »Okay. Zeigen Sie mir den Jungen noch mal! Los!«

Auf dem Bildschirm seines Handys erschien nun ein kleiner Junge, der auf einem großen Sofa saß und ein Kissen umklammerte. Wie zuvor wirkte er absolut verängstigt. Er zeigte Juleen das Bild. »Ist er das?«

Das Gesicht des Jungen leuchtete auf. »Juleen!«

Juleens Augen füllten sich mit Tränen. »Wie geht es dir, Sanjay?«

»Ich *vermisse* dich.«

»Ich *vermisse* dich auch, *Priya*. Geht es dir gut?«

Donatti tippte ihr auf die Schulter. »Frag ihn, *jetzt*.«

»Sanjay, wie heißt das Videospiel, das du immer mit Gabriel spielst?«

»Du meinst Firefox?«

»Ja, das ist es.«

Das Display wurde dunkel. Donatti verdunkelte seinen Bildschirm ebenfalls. »War er das?«

Unter Tränen nickte sie. »Ja.«

»Geh in dein Schlafzimmer und mach die Tür zu!« Als sie sich nicht von der Stelle rührte, drängte Donatti: *»Sofort!«*

Sein Tonfall spornte sie zum Handeln an.

Als er allein war, sagte er: »Okay. Ich bin dran.«

»Zufrieden?«

»Für den Moment, ja.«

»Alles, was zwischen dem Jungen und seiner Sicherheit steht, ist Geld.«

»Nennen Sie mir eine Zahl.«

»Der Mann hat Schulden von zweieinhalb Millionen. Dazu kommen hunderttausend an Zinsen.«

»Ich kann das Geld beschaffen, aber es wird einige Zeit in Anspruch nehmen.«

»Wie lange?«

»Lange. Vielleicht zwei Monate.«

»Wir können nicht zwei Monate lang die Verantwortung für ein Kind tragen.«

»Wie wäre es damit?« Die Gedanken in Donattis Kopf überschlugen sich. »Ich zahle Ihnen jetzt eine weitere Viertelmillion, wenn Sie ihn in die Obhut seines Vaters geben. Sie wollen den Tod des Kindes nicht auf dem Gewissen haben.«

Ein leises Lachen. »Wenn wir den Jungen freilassen, haben wir nichts in der Hand.« Das war natürlich die Wahrheit. »Wie wäre es, wenn ich seinen Vater zu dem Jungen bringen würde?« Schweigen.

»Es würde den Jungen beruhigen, und Sie haben zwei Geiseln statt einer.«

Das Lachen wurde lauter. »Wie ich sehe, wissen Sie rein gar nichts über Devek.«

»Er ist der Vater des Jungen, er würde es tun.«

»Viel Glück dabei. Schicken Sie die zweihundertfünfzigtausend, dann melden wir uns.«

Der Bastard legte einfach auf. Donatti beendete den Anruf und atmete tief durch. Die Anspannung ließ nach, aber nicht auf eine gute Art und Weise ... Eher so, wie er sich früher gefühlt hatte, wenn er gerade irgendein dummes Arschloch kaltgemacht hatte. Er rief Devek an, der nach zweimaligem Läuten an den Apparat ging. »Hier ist Donatti. Hören Sie, ich habe gerade mit Ihrem Sohn gesprochen. Es geht ihm für den Augenblick gut.«

»Gott sei Dank!« Er klang groggy, was keine Überraschung war, denn in Indien war es weit nach Mitternacht. »Werden sie ihn freilassen?«, fragte Devek.

»Nicht, bevor ich ihnen eine Menge Geld bezahlt habe, und das werde ich jetzt noch nicht tun.«

»Wie viel verlangen sie?«

»So viel, wie Sie ihnen schuldig sind. Plus Zinsen. Haben Sie nicht gesagt, Sie könnten von Ihrem Bruder wahrscheinlich eine halbe Million bekommen?«

Devek zögerte. »Das wird einige Zeit dauern.«

»Devek, was wir nicht haben, ist viel Zeit. Ich zahle in Raten, aber da geht eine Menge Geld raus, und das werde ich nicht ewig machen.«

»Ich werde tun, was ich kann. Das schwöre ich. Vielen, vielen Dank, Chris. Wie geht es Juleen?«

»Gut.«

»Kann ich jetzt mit ihr reden?«

»Nein. Hören Sie zu, Devek, ich glaube, ich habe die Leute so weit, dass sie Ihnen erlauben bei Sanjay zu bleiben, während wir beide an der Geldsituation arbeiten. Sobald ich die Details kenne, werde ich sie an Sie weiterleiten.«

»Was soll das heißen, sie erlauben mir, bei Sanjay zu bleiben?«, fragte Devek.

»Es bedeutet genau das. Sie werden Sie abholen, und dann sind Sie beide zumindest zusammen, während die Verhandlungen weitergehen.«

»Wie meinen Sie das?«

»Verdammt, sind Sie taub?« Seine Stimme wurde eine Spur lauter. »Was gibt es da nicht zu verstehen?« Er hielt inne. »Man wird Sie abholen und an einen unbekannten Ort zu Ihrem Sohn bringen, und Sie werden bei ihm bleiben, bis Ihre Schulden beglichen sind. Damit sind Sie für diese Leute nicht nur ein gutes Pfand, Sie können auch Ihr Kind trösten. Haben Sie's jetzt kapiert?«

»Das kann ich nicht!«, protestierte Devek. »Sie werden mich umbringen!«

Donatti starrte auf sein Handy. »Wollen Sie mich *verarschen*?«

»Sie verstehen das nicht. Ich meine es ernst, wenn ich sage, dass sie mich umbringen werden. Ich kann das nicht tun!«

»Sie werden Sie nicht umbringen, solange Sie Geld wert sind!«

»Das können Sie nicht wissen!«

»Herrgott noch mal, Devek, es geht um Ihren Sohn. Wenn es mein Junge wäre, wäre ich schon gestern da gewesen.«

»Na, dann gehen Sie doch.«

»Sanjay ist nicht *mein* Sohn. Gott, wenn Terry das hören könnte, säße sie im nächsten Flugzeug nach Mumbai.«

»Dann lassen Sie Terry zu ihnen gehen. Sanjay ist auch ihr Sohn.«

»Ich fass es nicht!« Nun war Donatti ernsthaft wütend. »Terry schuldet denen kein Geld, Arschloch, sondern Sie.

Was zum Teufel ist los mit Ihnen, Devek? So feige kann doch niemand sein!«

»Sie wissen nicht, wozu solche Leute fähig sind.«

»Doch, das weiß ich sehr wohl. Ich bin einer von ihnen. Ich habe Dutzende von Männern terrorisiert, also hören Sie auf, sich wie ein Waschlappen aufzuführen, und achten Sie auf meine Worte. Ich rufe Sie wieder an, wenn ich den nächsten Schritt kenne. Bis dahin arbeiten Sie daran, das Geld aufzutreiben und die Scheidungspapiere zu unterschreiben. Sie besorgen mir diese beiden Dinge, und ich werde eine Situation herbeiführen, bei der alle gewinnen. Ich melde mich, sobald ich etwas in Erfahrung gebracht habe!«

»Donatti, Sie wissen nicht, was Sie da von mir verlangen. Das ist ein Todesurteil!«

»Ich verstehe, dass Sie Angst haben, Devek, aber im Augenblick haben Sie keine Wahl. Denn wenn Sie nicht tun, was ich Ihnen sage, komme ich höchstpersönlich nach Goa und jage Ihnen eine Kugel in den Kopf, wie ich es schon vor elf Jahren hätte tun sollen! Was ich vielleicht sowieso tun werde, weil ich dann zumindest das Geld für Terrys Scheidung sparen kann. Jetzt hören Sie auf, sich wie ein verfluchtes Weichei zu benehmen, und seien Sie ein Mann, verdammt noch mal. Denken Sie darüber nach, was ich gesagt habe, und ich melde mich bei Ihnen, sobald man mich anruft.«

Er legte auf.

»Verdammtes Arschloch.« Donatti hob den Blick und sah Juleen, die ihn mit einem entsetzten Gesichtsausdruck anstarrte. »Ich habe dir befohlen, in deinem Schlafzimmer zu bleiben«, sagte er. Da sie nicht antwortete, fügte er hinzu: »Wie viel hast du gehört?«

Sie sprach immer noch nicht.

»*Kein Wort* darüber zu deiner Mutter«, sagte Donatti. »Es würde sie umbringen, wenn sie das wüsste.« Keine Reaktion. »Juleen, du musst mir antworten. Kein verdammtes *Wort*!«

Sie nickte.

»Gut.« Er sah auf seine Uhr. »Dein Lehrer wird gleich hier sein. Üb deine Stücke, und wir reden später.«

Sie bewegte sich nicht. In ihren Augen schimmerten Tränen.

Donatti stieß den Atem aus. »Ich hab dir übrigens ein Handy besorgt. Begrenztes Internet, aber du kannst deine Mutter, Gabe und mich anrufen. Ich bringe es dir, wenn deine Mutter später zu dir kommt.« Er wandte sich zum Gehen.

»Sie haben mit meinem Vater gesprochen, nicht wahr?«, flüsterte Juleen.

Er drehte sich wieder zu ihr um. »Das stimmt.«

»Sie haben gesagt, Sie würden ihn umbringen, wenn er nicht tut, was Sie sagen.« Sie schluckte. »Streiten Sie es nicht ab. Ich habe Sie gehört.«

»Ich werde ihn nicht umbringen. Hör auf, dir Sorgen zu machen.«

»Sie haben ihn als feige bezeichnet, weil er nicht zu Sanjay gehen will.«

»Du solltest nicht lauschen.«

»Ich habe nicht gelauscht. Sie haben gebrüllt.«

Das hatte er. Er atmete durch, dann sagte er: »Dein Vater ist kein Feigling, Juleen.« Er ging auf sie zu und blieb stehen. »Er ist nur ein Mann, der … nicht in seinem Element ist. Er hat Angst! Und die sollte er auch haben. Die Leute, mit denen ich zusammenarbeite, sind nicht besonders nett.«

»Sie würden es tun, wenn es um Gabe ginge, nicht wahr?«

»Ja, das würde ich.«

»Dann ist mein Vater sehr wohl ein Feigling. Er ist ein Feigling und ein Spieler und ich hasse ihn!«

»Erzähl keine Scheiße über deinen Dad«, sagte Donatti.

»Das ist keine Scheiße. Genau so empfinde ich es. Und ich darf fühlen, was ich will!« Sie brach in Tränen aus. »Ich hasse alles! Nur Mommy nicht.«

»Mommy ist es wert, geliebt zu werden.«

Juleen weinte weiter. Donatti schüttelte den Kopf. Gabe war schon eine Nervensäge gewesen, aber das war kein Vergleich zu dem hier.

»Hör auf zu heulen. Davon kriege ich Kopfschmerzen, und ich hab ohnehin schon schlechte Laune.«

Das kleine Mädchen presste sich die Hände auf den Mund, um das Schluchzen zu dämpfen.

»Hör mir zu.« Donatti verdrehte die Augen. »Hörst du zu?«

»Ja.«

»Juleen, dein Vater ist ein guter Mensch. Er ist Arzt. Er hilft Menschen.« Donatti hielt inne. »Ich bin kein guter Mensch. Früher habe ich Menschen erschossen. Und ich wurde auch selbst schon angeschossen – mehrfach. Ich will nicht sterben, aber ich war dem Tod schon sehr nahe, also ist es für mich vielleicht nicht so beängstigend.«

Sie reagierte nicht.

»Wenn ich in einem Operationssaal stehen müsste«, sprach Donatti weiter, »hätte ich Angst. Jeder hat andere Dinge, die ihm Angst machen, okay?«

»Aber Sie halten ihn für einen Feigling. Sie haben ihm gesagt, er soll sich wie ein Mann verhalten.«

»Ich wollte ihn anspornen, das ist alles.«

»Wird Sanjay da heil rauskommen?«

»Das will ich doch schwer hoffen.«

»Die bösen Männer wollen Geld, stimmt's?«

»Das stimmt.«

»Und Sie bezahlen sie, oder?«

»Ja. Aber das darfst du deiner Mutter nicht erzählen.«

»Warum bezahlen Sie sie nicht einfach, und sie lassen Sanjay frei?«

»Das geht dich wirklich nichts an.« Als sie nichts erwiderte, fügte Donatti hinzu: »Juleen, Leute wie diese Männer ... Man tut einfach nicht sofort, was sie sagen. Sie würden einen nicht respektieren. Und wenn sie einen nicht respektieren, hören sie einem auch nicht zu. Ich weiß nicht alles, aber ich weiß, wie böse Menschen ticken.«

»Und was Sie tun, wird Sanjay helfen?«

»Ich hoffe es. Aber nichts ist sicher.« Er ging zu ihr, kniete sich vor sie und legte die Hände auf ihre schmalen, knochigen Schultern. »Du musst jetzt eine sehr gute Schauspielerin sein. Denn Mommy wird dir Fragen stellen. Du musst so tun, als wüsstest du nicht, wovon sie redet. Kannst du das tun?«

Sie nickte.

»Braves Mädchen.« Donatti stand auf.

»Sie haben Mommy lieb, nicht wahr?«

Er zögerte kurz. Es hatte keinen Sinn zu lügen. Sie würde es irgendwann sowieso herausfinden. »Ja.«

»Werden Sie sie heiraten?«

»Sie ist schon mit deinem Vater verheiratet.«

»Die beiden lassen sich scheiden.«

»Ich weiß.«

»Werden Sie sie heiraten, wenn sie und mein Vater geschieden sind?«

»Ja.«

»Warum haben Sie sich überhaupt von Mommy scheiden lassen?«

»Geht dich nichts an.«

Aber sie ließ nicht locker. »Haben Sie sich wegen Vater von Mommy scheiden lassen?«

Donatti betrachtete sie. Sie war intelligent und sie war neugierig. Sowohl gute wie schlechte Eigenschaften, um zu überleben. »Es gab viele Gründe für unsere Scheidung. Dein Vater war nur einer davon.«

»War es, weil Sie sie geschlagen haben?«

»Ich war ein schrecklicher Ehemann, Juleen«, sagte Donatti. »Dass ich sie geschlagen habe, hat das Fass zum Überlaufen gebracht. Aber Schluss jetzt mit den Fragen. Du musst an deinen Nachmittagsunterricht denken. Du musst das vergessen und dich auf deine Lektionen konzentrieren.«

»Kann ich nicht heute den Unterricht ausfallen lassen, Chris?« Ihre Augen füllten sich mit Tränen. »Ich bin ein bisschen traurig.«

»Nein, du darfst ihn nicht ausfallen lassen, Juleen. Wenn du dich wieder normal fühlen willst, musst du etwas Normales machen.«

»Armer Sanjay.« Tränen kullerten ihr über die Wangen.

»Ich weiß, dass du dich seinetwegen schrecklich fühlst«, sagte Donatti. »Aber man kann sich schlecht fühlen und trotzdem gleichzeitig lernen. Geh und hol deine Geige und spiel ein paar Tonleitern, bevor dein Lehrer hier ist, okay?«

Sie nickte.

»Gut.« Diesmal schaffte Donatti es bis zur Tür. Seine Gedanken waren immer noch bei dem Gespräch mit Devek.

Hühner galten als feige, aber die Männchen der Spezies waren das komplette Gegenteil. Hähne waren bösartig.

Er schüttelte den Kopf und ging die Treppe hinunter. Trotz seiner Diplome war Devek ein Schwächling. Wenn er nicht freiwillig zu Sanjay ging … tja, dann blieb Donatti wohl nichts anderes übrig, als ihn zur Vernunft zu bringen.

McAdams nahm einen Schluck des von der Bar empfohlenen Weins, einem sehr trinkbaren Rotwein namens Variations Five mit ansprechendem Bouquet. Er, Decker und Marge Dunn saßen während der Happy Hour in einem großzügig angelegten Weinverkostungsraum, der eine hohe Decke, einen Betonboden und eine U-förmige Theke besaß. Es gab Servicemitarbeiter, die alle für den Verkauf bestimmten Weine ausschenkten sowie hohe Tische und Barhocker. An den Wänden und in Kübeln befanden sich Weinflaschen, und es wurden auch Trinkzubehör und Essbares zum Verkauf angeboten. Langsam füllte sich der Raum mit Menschen, die nach der Arbeit hereindrängten. Decker nahm sich einen Mini-Burger mit Lammfleisch und biss hinein. Allein wegen des koscheren Essens hatte es sich gelohnt, hierherzukommen.

Er wischte sich den Mund ab und sagte: »Pauline macht das Ganze mit ihrer Vergangenheit komplizierter, aber sie liefert uns auch einen Ansatzpunkt.«

»Die Verflossenen«, pflichtete Marge ihm bei.

»Sie sind zumindest eine bekannte Größe.«

»Sobald wir zurück sind«, erbot sich McAdams, »besorge ich uns ihre Kontaktdaten.«

»Gut, denn die wollen wir als Erstes ausschließen«, sagte Decker. »Vor allem, wenn sie gewalttätig waren.«

»Was machen wir mit der Polizei von Baniff?«

»Die verständige ich«, entschied Decker. »Elsie Schulungs Nachbarn wurden bereits befragt. Haben wir je mit Paulines Nachbarn gesprochen?«

»Nein«, antwortete McAdams, »wir haben lediglich die Wohnung durchsucht.«

»Die leer war«, stellte Decker fest.

»Irgendwann, bevor sie Elsie kennengelernt hat«, sagte Marge, »hat sie wahrscheinlich richtig dort gewohnt. Warum geht ihr nicht noch mal zu den Nachbarn? Vielleicht gibt es in der Nähe eine Bar, in der sie manchmal war.«

»Stimmt«, pflichtete McAdams ihr bei. »Wir haben Pauline bereits in den Computer eingegeben. Keine Suchanfragen oder Haftbefehle. Vorstrafen auch nicht.«

»Dann gab es also keine Verurteilungen wegen Drogen.«

»Vielleicht war sie dem Baniff PD näher bekannt«, überlegte Marge.

»Wir haben mit den Leuten aus Baniff über Pauline gesprochen«, berichtete McAdams. »Sie haben sich nicht unbedingt überschlagen vor Hilfsbereitschaft.«

»Sie lassen sich dort ungern in die Karten schauen«, erklärte Decker. »Elsie ist ihr Fall.«

»Der Mord an Pauline dagegen fällt in euren Zuständigkeitsbereich«, wandte Marge ein. »Das sollte sie für einen Informationsaustausch empfänglicher machen.«

Decker sagte: »In einer perfekten Welt sollte es so laufen. Sobald wir wieder in Greenbury sind, werde ich das Baniff PD anrufen.« Er schaute auf ihre Armbanduhr. »Es ist fast sechs.«

»Wir haben noch jede Menge Zeit bis zu eurem Flug«, stellte Marge fest.

»Ja, natürlich«, sagte Decker. »Ich hab mir überlegt, selbst wenn ich in Baniff anrufen wollte, in Pennsylvania wäre es fast neun. Ich werde das morgen erledigen.«

McAdams ergriff wieder das Wort. »Sind Sie sicher, dass Sie uns zurückfahren wollen, Marge? Es ist für Sie ein großer Umweg. Wir könnten einen Uber rufen.«

»Ich übernachte in L. A. bei einer Freundin«, antwortete Marge. »Heute ist Wills Pokerabend, das passt also ganz hervorragend.« Sie schenkte jedem der Männer noch ein halbes Glas nach, bis die Flasche leer war. »Ihr braucht nicht zu fahren, also amüsiert euch.«

»Nur weil Pauline eine problematische Vergangenheit hat«, griff McAdams den Faden ihres Gesprächs wieder auf, »heißt das nicht, dass Elsie und Bertram nicht etwas mit ihrer Ermordung zu tun hatten. Wir haben ihre Leiche in der Nähe des Ortes gefunden, wo Bertram verschwunden ist und wo Elsie ihr Auto stehen gelassen hat. Das ist mehr als nur ein Zufall.«

»Da gebe ich dir recht.« Decker leerte sein Weinglas.

»Seht ihr, wie groß die Tapas hier sind?«, fragte Marge. »Sie sind riesig.«

»Jüdische Tapas«, erklärte Decker. »Ich glaube, ich bestelle mir eine Portion Fisch mit Pommes.«

»Mach zwei draus«, sagte McAdams. »Ich habe größeren Hunger, als ich dachte.«

»Marge?« Decker drehte sich zu seiner alten Freundin.

»Ich werde wohl mal die Rippchen probieren.«

»Das klingt auch nicht schlecht«, sagte Decker. »Lass uns auch zweimal Rippchen bestellen. Warum sich entscheiden?«

»Deine Philosophie gefällt mir.« Marge schenkte ihm ein breites Lächeln. »Ganz wie in alten Zeiten, Rabbi.«

»Jepp.« Decker aß den letzten Bissen von seinem Mini-Burger und leckte sich die Finger ab. »Nur dass das Essen erheblich besser ist.«

Ich spürte, wie jemand die Arme um mich legte, und dann seinen Atem in meinem Nacken, als er mich an sich zog. Ich hatte schon geschlafen, aber ich schlief nie tief. »Wie spät?«, krächzte ich

»Halb fünf. Schlaf weiter.«

»Ich muss ins Bad.«

»Brauchst du Hilfe?«

»Nein, ich komm schon zurecht.« Als ich zurückkehrte, war ich schon viel wacher. Er legte erneut die Arme um mich. »Hast du geschafft, was du schaffen wolltest?«, fragte ich.

»Was?«

»Die Angelegenheit, um die du dich heute Nachmittag kümmern wolltest. Was immer es war, es muss wichtig gewesen sein, dass du mitten beim Sex aufgehört hast.«

»Es war wichtig. Ich will nicht darüber reden. Ich bin müde. Schlaf weiter.«

»Hatte es etwas zu tun mit …«

»Hör auf, Terry.« Sein Seufzer klang verärgert. »Lass mich schlafen.«

»Es geht um meinen Sohn, Chris. Ich will nur wissen, ob er okay ist!«

»Und wenn ich Neuigkeiten habe, sage ich es dir.« Er hielt inne. »Du musst das lassen, Baby. Es macht mich nur sauer!«

Ihn zu verärgern, war kontraproduktiv. Er war ein meisterhafter Manipulator, aber da ich viele Jahre mit ihm zusammen gewesen war, hatte ich das ein oder andere gelernt.

»Willst du mit mir schlafen?« Ich drehte mich um und wandte mich ihm zu. Durch die Jalousien fiel ein Streifen Mondlicht ins Zimmer. Ich konnte sehen, wie er mich anstarrte. »Ja oder nein?«

Er antwortete nicht sofort. Dann sagte er: »Seit über einer Woche belästige ich dich pausenlos. Und jetzt bist du plötzlich geil?«

Ich strich ihm eine Haarsträhne hinters Ohr und streichelte seine Wange. »Du bist ein sehr attraktiver Mann, Donatti.«

Er lächelte. »Findest du?«

»Ja.« Ich küsste ihn. »Du bist mein Silberfuchs.«

»Wohl eher dein weißer Fuchs.«

»Die sind noch rarer.«

Er küsste mich voller Leidenschaft. »Ich weiß, was du tust, und es wird nicht funktionieren.«

»Was tu ich denn?«

»Du wirst meinen Entschluss *nicht* ins Wanken bringen, Kleine.«

»Welchen Entschluss?«

»Terry, wir vögeln, und dann schlafen wir. Geredet wird nicht.«

»Okay.« Ich schob seinen Kopf zwischen meine Beine. Dann schloss ich die Augen und ließ ihn seine Magie wirken.

Einen Moment später hob er den Kopf und sagte: »Weißt du, ich wäre vielleicht redseliger, wenn du mir erlauben würdest, es dir von hinten zu besorgen.«

»Hintern ist tabu. Und hör auf zu reden.«

»Jawohl.«

Als es so weit war, zog ich ihn zu mir nach oben und ließ es ihn für uns beide zu Ende bringen. Anschließend nahm er mich in den Arm, und innerhalb einer Minute war er eingeschlafen. Noch einmal gingen mir seine Worte durch den Kopf.

Du wirst meinen Entschluss nicht ins Wanken bringen.

Das bedeutete, dass er irgendetwas tat. Und das war im Moment alles, was mich interessierte. Ich musste einfach glauben, dass es Sanjay gut ging. Jeder andere Gedanke wäre viel zu beängstigend gewesen. Chris war klug. Er konnte etwas bewirken.

Ich drehte mich auf die andere Seite, und er zog mich fester an sich, sodass ich mich mit dem Rücken an seine Brust schmiegte. Er war immer noch schlank, seine Arme muskulös und stark. Er war verführerisch in seiner toxischen Männlichkeit: hart, brutal und gemein.

Die Männer, die mich zusammengeschlagen und mir meinen Sohn weggenommen hatten, waren ebenfalls hart, brutal und gemein.

Feuer musste man mit Feuer bekämpfen.

KAPITEL 11

Es war wunderbar gewesen, Margie wiederzusehen und sich in eine frühere Zeit zurückversetzen zu lassen, in der Decker in Höchstform gewesen war. Nicht dass es in Greenbury keine Verbrechen gab, aber im Grunde war es doch nur eine verschlafene kleine College-Stadt. Der Mord an Pauline Corbett war eine Ausnahme. Dieser Fall weckte den wahren Detektiv in ihm, hauchte ihm wieder etwas Jugendlichkeit ein und bestärkte ihn in seiner Entschlossenheit herauszufinden, was wirklich passiert war. Seit einer Stunde hockte Decker vor dem Computer und versuchte, die aktuelle Adresse von Blake Baer, Paulines zweitem Ehemann, herauszubekommen.

McAdams saß Decker gegenüber an seinem eigenen Schreibtisch. »Nun, über Jerome Neisman brauchen wir uns keine Gedanken zu machen«, verkündete er.

»Von wem sprichst du?«

»Von Jerome Neisman, auch bekannt als Jerry«, erklärte McAdams. »Paulines erster Ehemann. Er ist tot.«

Decker schaute auf. »Streich ihn von der Liste und kümmere dich um Nummer drei.«

»Cal Bruckner. Sie haben sich vor vier Jahren scheiden lassen.«

»Warum finde ich diesen Burschen nicht?«, murmelte Decker vor sich hin. »Ich lande immer wieder bei einem Fußballspieler und Typen, die ich für zu jung halte.«

»Wie jung ist zu jung?«

»Mitte dreißig.«

»Nicht unbedingt zu jung. Pauline war dreiundvierzig.«

»Ja, du hast recht. Ich werde sie überprüfen.« Deckers Telefon klingelte. Es war Jake Quay vom Baniff PD. »Hallo, danke, dass Sie mich zurückrufen.«

»Was liegt an? Haben Sie Elsie Schulung gefunden?«

»Noch nicht, aber ihre Freundin, Pauline Corbett. Bedauerlicherweise ist sie tot.«

Schweigen. Dann fragte Quay: »Wo haben Sie sie gefunden?«

»Vergraben in der Nähe der Stelle, an der Elsie Schulung ihren Wagen abgestellt hat. Corbetts Leiche fällt in unseren Zuständigkeitsbereich, aber wir wissen, dass Paulines Blut in Elsies Haus gefunden wurde, und das wiederum ist Ihr Zuständigkeitsbereich. Wir müssen in diesem Fall zusammenarbeiten.«

»Ja.« Wieder entstand eine Pause. »Wow, wann ist das passiert?«

»Wir haben die Tote vor ungefähr zwei, vielleicht drei Wochen gefunden.«

»Und da rufen Sie jetzt erst an?«

Decker kämpfte seinen Ärger nieder. Er tat dem Mann nur einen Gefallen. Er brauchte seine Erlaubnis nicht, um in seinem Fall zu ermitteln. »Ich war im Urlaub, und wir haben eine Weile gebraucht, um sie auszugraben und mittels DNA ihre Identität zu bestätigen.«

»Ja. Okay. Klar.« Quay hielt inne. »Was haben Sie als Nächstes vor?«

»Pauline hatte eine Ein-Zimmer-Wohnung, bevor sie bei Elsie Schulung einzog«, antwortete Decker.

»Die haben wir uns angesehen. Nichts.«

»Das weiß ich. Aber jetzt, wo wir eine Leiche haben, würde ich gerne Paulines alte Nachbarschaft befragen. Ich werde hinfahren und ein paar Beamte mitbringen; Sie könnten ebenfalls mit ein paar Beamten kommen – eine Gemeinschaftsaktion.«

»Damit habe ich kein Problem, Pete. Ich hatte nie ein Problem mit einer Zusammenarbeit. Aber alle Aktionen muss ich erst mit meinem Captain absprechen.«

»Unbedingt, Jake, halten Sie sich an Ihr übliches Prozedere«, sagte Decker. »Ich muss hier noch ein paar Sachen abwickeln, dann fahre ich nach Baniff. Bis dahin sollten Sie Ihre Freigabe erhalten haben.«

Nachdem er aufgelegt hatte, wandte Decker sich an Tyler. »Kommst du mit?«

»Das hatte ich vor.« Der jüngere Mann hielt kurz inne. »Okay, das hier ist interessant. Ich glaube, ich könnte Cal Bruckner gefunden haben. Er ist achtundfünfzig. Fernfahrer.«

»Wo wohnt er, wenn er nicht gerade unterwegs ist?«

»In Massachusetts. Direkt hinter der Grenze von New York, gleich östlich von Albany.«

»Ruf ihn an.«

»Zuerst muss ich seine Nummer rausfinden.« McAdams tippte etwas in ein Telefonverzeichnis für eine Rückwärtssuche. »Die Vorwahl ist vier eins drei. Wahrscheinlich ein Mobiltelefon.« Er wählte, nach zweimaligem Klingeln sprang die Mailbox an. Er hinterließ eine Nachricht. »Wie viele Namen hast du für Ehemann Nummer zwei gefunden?«

»Ich bin auf acht Blake Baers gestoßen. Ich denke, den Fußballspieler können wir getrost ausschließen.«

»Gib mir die Nummern, und ich fang an, sie durchzutelefonieren. Wenn das nicht funktioniert, durchforste ich die sozialen Medien.«

Decker schrieb drei Telefonnummern zusammen mit Namen auf einen Zettel:

Blake R. Baer
Blake T. Baer
Blake M. Baer

Er schob den Zettel über den Schreibtisch und machte sich daran, die verbliebenen Blake Baers anzurufen.

Bei zwei davon ging niemand ans Telefon. Decker hinterließ Nachrichten. Die übrigen beiden waren nicht der gesuchte Blake Baer. Als McAdams fertig war, sagte er: »Ich hab zweimal eine Nachricht hinterlassen, und einer war nicht der Richtige.«

Decker betrachtete die Liste der Namen von Paulines Männern. »Ich frage mich, ob Marion Vanderberg den Namen falsch verstanden hat.«

»Warum?«

»Hinter dem Namen *Blake Baer* steht ein Fragezeichen.« Decker dachte kurz nach. »Ich könnte die Heiratsdokumente überprüfen. Darauf sollten die richtigen Namen stehen.«

»Wo hat Pauline denn geheiratet?«

»Gute Frage.« Er sah auf seine Armbanduhr. Es war kurz nach neun Uhr Pacific Daylight Time, also nicht mehr zu früh. Er griff nach seinem Handy und rief Marion an. Als sie sich meldete, sagte er: »Ms. Vanderberg, hier ist Detective Decker vom Greenbury PD. Wie geht es Ihnen?«

»Danke, Detective. Was gibt's?«

»Wir sind gerade dabei, Kontakt zu Paulines Ex-Männern aufzunehmen. Mir ist aufgefallen, dass Sie hinter den Namen von Blake Baer ein Fragezeichen gesetzt haben. Gibt es dafür einen Grund?«

»Ja, ich hätte Sie anrufen sollen«, antwortete Marion. »Ich hatte einen Aussetzer und wusste, dass ich mich bei dem Vornamen geirrt hatte. Der Mann heißt Brook Baer. Daran hätte ich mich erinnern sollen. Woran ich mich aber sehr wohl erinnere, ist, dass er ein richtiger Idiot war.«

»Ein Idiot?«

»Ja, und zwar ein gefährlicher.«

»Ich werde Sie auf Lautsprecher schalten, damit Detective McAdams mithören kann.« Decker drückte auf den Knopf. »Okay, Ms. Vanderberg, wir sind beide da.«

»Hallo, Ms. Vanderberg«, begrüßte McAdams sie.

»Hallo, junger Mann, wie geht es Ihnen?«

»Blendend«, sagte McAdams.

»Wir hören Sie klar und deutlich«, sagte Decker. »Können Sie uns erzählen, inwiefern Brook Baer ein Idiot war, noch dazu ein gefährlicher?«

»Wissen Sie«, begann sie, »nachdem Sie alle gegangen waren, ist es mir nach und nach wieder eingefallen. Paulines Männergeschichten. Sie hat Jerry mit circa siebzehn geheiratet, direkt nach der Highschool. Er war ein netter Junge, aber ein Versager. Konnte keinen Job halten, weil er ständig high war. Die Ehe hielt ungefähr zwei Jahre. Ein Jahr später lernte sie die vermeintliche Liebe ihres Lebens kennen – Brook. Ich habe ihn von Anfang an gehasst.«

»Warum das?«

»Brook musste einfach immer der Star der Show sein. Er hat zu viel geredet und zu laut gelacht. Flirtete mit allem, was einen Rock anhatte, und er trank. Na ja, eins musste man ihm lassen, er war ein attraktiver Mann. Er hatte nie einen Mangel an weiblichen Bewunderern. Aber er war gemein, vor allem wenn er getrunken hatte.«

»Hat er sie geschlagen?«, hakte McAdams nach.

»O ja, aber das hat sie mir erst knapp zwei Jahre nach ihrer Hochzeit erzählt.«

»Da muss Pauline zweiundzwanzig oder dreiundzwanzig gewesen sein?«

»So in etwa. Sie wurde gerade zu einer wirklich gut aussehenden Frau. Ihre Akne war verschwunden, und sie hatte ein wenig abgenommen. Sie wurde von den Männern wahrgenommen, und das hat Brook nicht gefallen. Es gab Streit. Erst hat er sie geohrfeigt, dann ist die Sache eskaliert. Sie verließ ihn, als sie ungefähr fünfundzwanzig war.«

»Was ist dann passiert?«, erkundigte Decker sich.

»Brook war verrückt. Nachdem sie ihn verlassen hatte, hat er sie gestalkt. Er hat sie tausendmal am Tag angerufen. Ist ihr von der Arbeit nach Hause gefolgt und hat sich an den Wochenenden an ihre Fersen geheftet. Es hat mehrere Einbrüche bei ihr gegeben, von denen wir glauben, dass er dahintergesteckt hat. Schließlich hat sie eine einstweilige Verfügung erwirkt, aber Sie wissen ja, was das wert ist.«

»Nicht viel«, sagte McAdams. »Wie lange hat er sie gestalkt?«

»Nach der Scheidung noch ungefähr drei Jahre. Manchmal hörte es für ein paar Monate auf, dann ging es wieder los. Ein Hin und Her. Schließlich wurde sie so nervös, dass sie aus dem Bundesstaat wegzog.«

»Wo hat sie zur Zeit des Stalkings gelebt?«, fragte Decker.

»In Denver, glaube ich. Wie dem auch sei, irgendwann hatte sie die Nase voll. Sie hat ihre Sachen gepackt und ist nach Texas gezogen. Ich habe vergessen, wohin. Sie ist oft umgezogen.«

»Ist das Stalking nach ihrem Umzug weitergegangen?«

»Keine Ahnung. Aber sie hat aufgehört, sich darüber zu beklagen. Einige Jahre später hat sie Cal kennengelernt. Die Ehe hat länger gehalten als gedacht.«

»Soll heißen?«

»Das Gleiche wie immer. Sie haben Drogen genommen oder getrunken und fingen an zu streiten. Aber sie waren eine ganze Weile verheiratet. Vor ungefähr vier Jahren hat sie sich von ihm scheiden lassen.«

»Hat er sie auch gestalkt?«

»Cal? Nein. Er hat wieder geheiratet, kaum dass die Tinte auf den Scheidungspapieren trocken war.«

»Und sie hat nie wieder von Brook gehört?«, versicherte Decker sich.

»Falls doch, hat sie es mir nicht erzählt«, sagte Marion. »Wie gesagt, wir hatten bis auf ein paar oberflächliche SMS den Kontakt verloren.« Sie schwieg kurz. »Ich hoffe, das hat geholfen.«

»Auf jeden Fall«, beteuerte Decker. »Wissen Sie zufällig, wo Brook heute lebt?«

»Ich weiß es nicht, und es interessiert mich auch nicht.«

»Aber sie hat in Denver gewohnt, als sie mit ihm verheiratet war?«

»Irgendwo in der Gegend, ja.«

»Lassen Sie mich noch mal ein paar Punkte wiederholen. Sie hat mit Brook in Denver gelebt. Dann ist sie mit Cal nach Texas gezogen.«

»Nein, zuerst ist sie nach Texas gezogen und hat dort Cal kennengelernt. Sie und Cal sind einige Male umgezogen. Sie haben sich irgendwo im Mittleren Westen niedergelassen – Kansas oder Iowa. Auf irgendeiner Farm. Nach ihrer Scheidung ist sie dann nach Philadelphia umgezogen.«

»Wie hat sie Elsie kennengelernt?«

»Ich bin mir nicht ganz sicher. Pauline hat als Hilfskraft in einem Pflegeheim gearbeitet. Elsie war Krankenschwester dort. Vielleicht haben sie sich bei der Arbeit kennengelernt oder so.«

McAdams schaltete sich ein. »Wissen Sie, wo Pauline gearbeitet hat?«

»Ich weiß nur, dass es irgendwo in Philadelphia war. Mir fällt da kein Name ein.«

»Wir werden Sie vielleicht noch mal anrufen, weil wir etwas wissen möchten«, erklärte Decker. »Wären Sie damit einverstanden?«

»Rufen Sie so oft an, wie Sie wollen, Detective«, antwortete Marion. »Wissen Sie, wann der Leichnam freigegeben wird? Wir würden sie gern beerdigen.«

»Ich gebe Ihnen Bescheid, wenn wir fertig sind. Haben Sie ein bestimmtes Bestattungsinstitut im Sinn?«

»Gott, nein. Ich werde meinen Bruder und meine Schwester anrufen, und wir melden uns wieder bei Ihnen, wenn wir eine Entscheidung getroffen haben.«

»Ich erwarte Ihren Anruf«, sagte Decker.

»Halten Sie mich auf dem Laufenden«, gab Marion zurück. »Sie war meine Schwester, und obwohl wir uns nicht sehr nahestanden, bleibt Familie doch Familie.« Ihre Stimme klang, als würde sie gleich anfangen zu weinen. »Sie können mich jederzeit anrufen.«

»Vielen Dank.« Decker legte auf.

»Ich habe mich bereits auf die Suche nach Brook Baer gemacht«, verkündete McAdams.

Einen Moment später klingelte das Telefon. Es war Cal Bruckner.

»Hallo, Sir, danke, dass Sie zurückrufen.«

Seine Stimme war tief. »Keine Ursache, Detective. Worum geht's denn?«

»Ich stelle Sie auf Lautsprecher, damit mein Partner Detective Decker mithören kann.« Er drückte auf den Knopf.

»Hallo, Mr. Bruckner«, sagte Decker. »Danke, dass Sie mit uns sprechen.«

»Kein Problem.«

»Wir rufen wegen Ihrer Ex-Frau an, Pauline Corbett«, erklärte McAdams.

»Pauline?« Der Mann seufzte. »Was hat sie diesmal angestellt?«

»Es tut mir leid, Ihnen das mitteilen zu müssen, insbesondere am Telefon, aber sie ist verstorben.«

»Verstorben.« Er zögerte kurz. »Sie meinen, tot?«

»Ja, Sir. Wir glauben, dass sie vor ungefähr einem Monat verstorben ist. Sie wurde ermordet.« Bruckner reagierte nicht. Decker fuhr fort: »Wann hatten Sie das letzte Mal Kontakt zu ihr?«

»Das ist Jahre her.«

»Zwei, drei, vier?«

»Das letzte Mal habe ich sie vor vier Jahren vor Gericht gesehen, und das war mir auch recht so. Gehört hab ich nichts mehr von ihr seit – vielleicht seit zwei Jahren ... Sie hat mir eine Weihnachtskarte geschickt. Ich weiß nicht mal, wie sie an meine Adresse gekommen ist. Aber eins kann ich Ihnen sagen: Meine Frau war nicht besonders glücklich darüber, dass meine Ex mir immer noch Weihnachtskarten schickt.«

»Wie lange sind Sie mit Ihrer jetzigen Frau verheiratet?«, erkundigte sich McAdams.

»Ich habe Rayette sofort nach der Scheidung von Pauline geheiratet. Es ist nicht so, wie Sie denken. Ich habe Rayette erst kennengelernt, nachdem die Ehe in die Brüche gegangen war.«

»Das letzte Mal Kontakt zu Ihrer Ex-Frau – abgesehen von einer Weihnachtskarte – hatten Sie also, als Sie vor vier Jahren beide vor Gericht waren«, fasste Decker zusammen.

»So ist es.«

»Was stand auf der Karte?«, fragte Decker.

»Ist das wichtig?«

»Ich weiß es nicht«, gab Decker zurück. »Ist es das?«

»Keine Ahnung«, sagte Cal. »Ich glaube, sie schrieb, dass sie glücklich ist, mich aber vermisst. Das ist der Grund, warum meine Frau so angepisst war.« Es folgte eine Pause. »Ich habe keinen Schimmer, wie sie mich gefunden hat. Ich bin nach Kenenntock umgezogen, damit meine Frau in der Nähe ihrer Familie sein konnte. Das ist eine Kleinstadt. Aber so war Pauline. Sie konnte gut mit Computern umgehen. Das muss ich ihr lassen.«

»Wie haben Sie sich eigentlich kennengelernt?«, fragte McAdams.

»Online«, sagte Bruckner. »Ich bin Fernfahrer von Beruf. Wir schrieben uns viele SMS, damit ließ sich die Zeit gut rumkriegen. Irgendwann haben wir uns dann persönlich getroffen. Sie kam gerade aus einer üblen Beziehung mit ihrem irren Ex. Ich glaube, sie war froh, mich für eine Weile auf Distanz halten zu können.«

»Wie war sie so?«, erkundigte Decker sich.

»Pauline?« Der Mann dachte kurz nach. »Sie war heiß, aber sie hat eine Menge Gras geraucht und war ein Crack-Junkie. Ich will niemanden verurteilen. Als Fernfahrer habe ich auch manchmal Pillen geschluckt. Aber ihr Verhalten wurde immer verrückter. Ich wollte nur noch raus aus der Ehe.«

»Wie lange waren Sie verheiratet?«

»Sieben Jahre, aber zusammen waren wir länger. Ich habe mich wirklich bemüht, aber man kann nicht alles kontrollieren. Warum rufen Sie ausgerechnet mich an? Es muss doch jemanden in ihrem Leben gegeben haben, mit dem sie in jüngerer Zeit zusammen war?«

»Es hat tatsächlich jemanden gegeben«, bestätigte Decker. »Sie wird vermisst.«

»Sie?« Er murmelte etwas Unverständliches. »Pauline war mit einer Frau zusammen?«

»So scheint es zumindest.«

»War das eine Freundschaftssache oder mehr?«

»Das wissen wir nicht.«

»Eine Frau. Das haut mich um. Nicht dass es mich kümmert, aber seltsam ist es trotzdem, wissen Sie.«

»Menschen ändern sich«, sagte McAdams.

»Vielleicht, aber ... wie dem auch sei ... sind wir fertig?«

»Nur, um das noch mal zusammenzufassen«, sagte Decker, »Sie haben sie seit vier Jahren nicht mehr gesehen?«

»So ist es.« Wieder trat eine Pause ein. »Pauline und eine Frau. Meine Güte.«

»Danke, dass Sie sich Zeit für uns genommen haben, Sir.«

»Ja, schön«, antwortete Bruckner. »Ich wünschte, ich hätte das früher gewusst. Die Ehe hätte so oder so nicht gehalten, aber ich hätte nichts dagegen gehabt, mit einer anderen Frau zu experimentieren. Es hätte uns beide vielleicht ein wenig glücklicher gemacht.«

Das Telefon in der Hand und mit einer neuen Vorwahl von Nevada wählte ich die New Yorker Nummer. Es klingelte zweimal, dann wurde die Verbindung hergestellt.

»Dad?«

»Nein, ich bin's, Mom.«

»Mom!« Ein kurzes Zögern. »Wie geht's dir?«

»Viel besser, danke.« Meine Augen fühlten sich feucht an. »Dein Vater hat mir ein neues Handy besorgt. Jetzt kann ich dich ständig nerven.«

»Jederzeit. Ich bin so froh, dass du dich besser anhörst. Wie geht es Juleen?«

»Sie lernt ungefähr vier Sprachen. Chris' Idee, nicht meine.«

»Ja, das klingt nach Chris. Wie behandelt er euch?«

»Sehr gut.«

»Du kannst es mir erzählen, falls er es nicht tut«, sagte er.

»Nein, wirklich.« Ich biss mir auf die Unterlippe. »Er ist … großartig.«

»Hm, okay, dann will ich dir mal glauben. Verläuft dein Heilungsprozess einigermaßen gut?«

»Ja. Der Zahnarzt hat mir den Draht aus dem Kiefer gezogen. Meine Backenzähne sind immer noch verdrahtet, aber ich kann inzwischen auch was anderes zu mir nehmen als immer nur Shakes. Wie geht es dir, Schätzchen?«

»Jetzt, wo ich weiß, dass du auf dem Wege der Besserung bist, sogar noch besser.«

»Das bin ich. Uns allen geht es …«

»Kannst du eine Sekunde dranbleiben?« Gemurmel. »Entschuldige. Ich bin froh, dass es dir gut geht, Mom. Es ist wirklich schön, deine Stimme zu hören. Deine Nummer war unterdrückt. Deshalb dachte ich, es sei Dad.«

»Ich kann sie dir geben.«

»Perfekt. Lass mich nur schnell mein Telefonbuch öffnen. Okay. Ich bin so weit.«

Ich diktierte ihm meine neue Nummer. »Hast du etwas Neues aufgenommen, das ich mir anhören kann?«

»Ja. Ich schick dir meine jüngste CD – warte mal kurz.« Weiteres Gemurmel. »Ich bin wieder da.«

»Schätzchen, das hört sich an, als seist du beschäftigt.«

»Ähm, kann ich dich in etwa einer Stunde zurückrufen?«

»Natürlich. Wann immer es dir passt. Ich hab dich lieb, Gabriel.«

»Ich dich auch, Mom. Ich komme euch bald besuchen. Werd wieder gesund.«

Dann war die Leitung tot.

Für unsere Verhältnisse war das ein gutes Gespräch gewesen. Ich hatte das Gefühl, dass unsere Beziehung, auch wenn mein Verhalten sie beschädigt hatte, sich langsam wieder erholte. Es spielte sicherlich hinein, dass ich ihm leidtat. Aber ich würde alles an Mitgefühl nehmen, was er zu geben bereit war. Nächstenliebe begann zu Hause.

Es war halb zehn. Ich war seit mehr als zwei Stunden auf und konnte eine frische Tasse Kaffee gebrauchen. Ich kochte eine Kanne, schenkte mir einen Becher ein und einen weiteren für Chris. Beide Becher brachte ich ins Schlafzimmer. Er schlief noch. Ich stellte seinen Kaffee auf den Nachttisch, dann setzte ich mich neben ihn. Die Bewegung der Matratze weckte ihn auf. Er brummte eine Frage nach der Uhrzeit.

»Fast zehn.«

Er setzte sich auf und nahm den Becher vom Nachttisch. Dann schaute er auf sein Handy und legte es wieder weg. »Denofrio hat mich gestern angerufen. Ich habe ihn ganz bewusst nicht zurückgerufen. Vor einer Stunde hat er wieder angerufen. Das ist ein sehr gutes Zeichen. Noch mal danke, dass du mich neulich Abend begleitet hast. Badger ist ein Arschloch; ich weiß, dass das nicht lustig für dich war.«

»Eigentlich war es nicht so schlimm. Eher schön, mal rauszukommen.«

»Gut.« Er nahm einen Schluck Kaffee. »Guter Stoff.«

»Ich hab Gabe angerufen«, informierte ich ihn.

»Und?«

»Nichts weiter. Es war schön, seine Stimme zu hören. Er klingt wie du.«

»Das tut er.« Chris griff nach seiner Rolex und schob sie sich übers Handgelenk. »Hast du Hunger?«

»Ich könnte jetzt was essen, ja.«

»Richtig ausgehungert?«

»Nein, das wirklich nicht.«

Er winkte mich mit einem Finger zu sich. Als ich wieder unter die Decke schlüpfte, zog er mich in seine Arme. »Irgendwelche Wünsche?«

»Was immer du willst, außer …«

»Ich weiß, ich weiß.« Er grinste. »Du bist meine Frau, Baby.«

»Noch nicht.«

»Sei nicht so kleinkariert, Süße. Zwischen uns sollte es keine Tabus geben. Meine Geduld hält nicht ewig.«

»Du weißt einfach nicht, wie es ist … eine Frau zu sein.«

»Nein, das weiß ich nicht«, pflichtete er mir bei. »Aber ich weiß, wie es ist, wenn dir jemand hinten einen reinsteckt. Also spiel bei mir nicht die Opferkarte aus, Kleine.«

Ich lehnte den Kopf an seine Brust. »Armer Chris.« Ich meinte es ernst.

Als wir fertig waren, sagte er: »Gib mir fünfzehn Minuten, dann besorge ich uns etwas zum Frühstück.«

»Danke.« Ich schaute auf den Nachttisch, genauer gesagt auf sein Handy. Ich konnte nicht umhin, mich zu fragen, ob es Neuigkeiten von Sanjay gab. Er hatte meinen Blick anscheinend mitbekommen, denn er nahm meine Hand. »Ich helfe dir duschen.«

Als wir beide sauber waren, setzte ich mich in ein Handtuch gewickelt aufs Bett. »Chris, können wir nicht zum Frühstücken irgendwohin gehen? Ich fühle mich ein bisschen eingesperrt.«

Er zog sich seine Hose an. »In der Nähe der Zahnarztpraxis gibt es ein Café. Nichts Besonderes, aber wir können dort hingehen.«

»Wohin gehst du denn mit deinen Klienten, wenn sie frühstücken wollen?«

»Sie bestellen beim Zimmerservice. Die Mahlzeiten werden für gewöhnlich mit anderen Dienstleistungen zusammen serviert, für die sie bezahlen.«

»Verstehe.« Ich legte das Handtuch ab und schlüpfte in eins meiner Manson-Girl-Kleider. Dann nahm ich meine Haare zusammen und steckte sie mit einer Spange hoch. »Was ist mit deinen Angestellten?«

»Fürs Personal gibt es eine Cafeteria.«

»Können wir nicht dahin gehen?« Als er mich anstarrte, fügte ich hinzu: »Oder ist es dem Boss verboten, dort zu essen?«

»Nein, nein, ich gehe ständig dahin.«

Ein langes Schweigen folgte. Er zog ein schwarzes T-Shirt an und legte dann das Schulterholster für seine Waffe um.

»Willst du nicht, dass man mich mit dir sieht?«, hakte ich nach.

»Aber nein, das ist es nicht. Alle wissen, dass wir verlobt sind.« Er steckte seine Glock ins Holster und zog sein Jackett über. »Wenn ich da hingehe, erwartet mein Personal Aufmerksamkeit.«

»Verständlich. Jeder will die Aufmerksamkeit des Chefs.«

»Ich gebe ihnen mehr als nur ein Schulterklopfen. Es gehört eine Menge Flirten dazu. Das gibt ihnen das Gefühl, wichtig zu sein. Sie sind wichtig. Ohne meine Damen und meine Herren würde mein Business nicht laufen.«

»Und das Problem ist?«

»Ich will nicht, dass du dich schlecht fühlst.«

»Warum sollte ich? Das ist rein geschäftlich.« Ich schlüpfte in meine flachen Schuhe. »Kriege ich in der Cafeteria Porridge?«

»Du bekommst dort alles, was du willst.«

»Lass mich nur ein wenig Make-up auflegen, dann können wir gehen.«

»In Ordnung. Denk dran, es war dein Vorschlag.«

Sobald wir draußen waren, füllten sich meine Lungen mit frischer, warmer Vormittagsluft. Das Business war unappetitlich, aber die Lage hätte nicht schöner sein können. Es roch nach Sommer, und die Vögel zwitscherten. Es war ein Spaziergang von etwa fünfzehn Minuten. Die Cafeteria befand sich direkt unter der Lounge, wo wir vor einigen Tagen den Abend verbracht hatten. Sobald Chris die Tür öffnete, verstummten die Unterhaltungen und Stille trat ein. Ich sah mir die Tische und Stühle an. Größtenteils Frauen – ungefähr achtzig Prozent –, aber es waren auch einige jung wirkende, tolle Typen dabei. Ich wusste nicht, ob die hübschen Jungen für Männer oder für Frauen gedacht waren. Vielleicht erfüllten sie beide Pflichten. Der Raum war nicht klimatisiert, und die Frauen trugen Freizeitkleidung: Shorts, T-Shirts, Sandalen. Nichts Glamouröses. Ich passte wunderbar hierher. Chris begleitete mich zu einem Tisch weiter hinten, von dem aus er alles überblicken konnte, und bevor mein Hintern auch nur auf der Sitzfläche landete, war schon eine Bedienung bei uns. Sie hatte eine Schürze umgebunden, aber es war kein sexy Kostüm, das an französische Zimmermädchen erinnerte.

Stattdessen trug sie dazu ein langärmeliges schwarzes Shirt und eine schwarze Hose. Ich schätzte sie auf ungefähr mein Alter, und wie ich hatte sie sich die langen Haare zurückgebunden. Sie hielt eine Kaffeekanne und zwei Becher in Händen und begrüßte uns freundlich. »Guten Morgen, Mr. Donatti. Was kann ich für Sie tun?«

»Ihre neue Haarfarbe gefällt mir, Karena.«

»Ist sie nicht zu dunkel?«

»Sie bringt Ihre Augen zur Geltung.« Er drehte sich zu mir um. »Das ist meine Verlobte, Dr. Teresa McLaughlin. Kümmern Sie sich gut um sie, okay?«

»Natürlich. Herzlichen Glückwunsch, Sir. Ihnen auch, Ma'am.«

»Danke«, sagte Chris. »Sie möchte Porridge. Bringen Sie ihr frische Haferflocken, nicht die vom Buffet. Ich nehme das Übliche.«

»Rührei ohne Eigelb und Puten-Bacon – sechs Scheiben, knusprig gebraten.«

»Perfekt.«

Karena lächelte – eine Einser-Schülerin.

»Rührei klingt gut«, sagte ich, »aber nicht nur Eiweiß, das echte Zeug.«

»Du willst Eier statt Porridge?«, fragte Chris.

»Kann ich beides haben?«

»Verdammt, Terry.« Chris lachte. »Du kannst haben, was du willst.«

»Dann nehme ich beides. Und Orangensaft.«

Wieder lachte er. »Bringen Sie ihr alles, was sie will. Ich bin gleich wieder da.« Er wandte sich an einen Bodyguard. »Passen Sie auf sie auf wie ein Habicht.«

»Ja, Sir.«

Mir war seine Anwesenheit gar nicht aufgefallen, bis Chris das Wort an ihn gerichtet hatte.

Einen Moment später machte er die Runde durch den Raum. Die Verwandlung war unheimlich. Er war wieder der allseits beliebte Junge, den ich in der Highschool gekannt hatte – der Typ mit männlichen Freunden, die ihm nacheiferten und ihn bewunderten und in den die Mädchen verliebt gewesen waren. Ich war da keine Ausnahme gewesen, wenn ich vom Rand aus beobachtet hatte, wie Chris und seine Clique im Mittelpunkt gestanden hatten, seine Freundin auf seinem Schoß, während sie ihm das Gesicht und wahrscheinlich noch andere Stellen streichelte, die ich nicht sehen konnte. Damals hatte er mich geheim gehalten. In der Öffentlichkeit ließen wir uns nie zusammen sehen. Er nahm mich bestenfalls mit einem Nicken zur Kenntnis. Zu der Zeit schliefen wir noch nicht miteinander, aber er malte Aktbilder von mir, und mit sechzehn war das für mich gleichbedeutend mit einer intimen Beziehung gewesen.

Dann hatte man seine Highschool-Freundin tot aufgefunden. Chris wurde verhaftet und für das Verbrechen ins Gefängnis geschickt, bis Detective Decker seine Unschuld bewies und ihn rausholte. Zu dem Zeitpunkt hatte ich einiges über ihn herausgefunden und unsere Beziehung beendet, bis ein Kind und die Armut mich zurückkriechen ließen.

»Noch Kaffee, Ma'am?«

Ich schaute auf. »Ja, sehr gern, danke.«

Sie schenkte mir heißen Kaffee nach. »Wunderschöner Ring.«

»Danke.« Ich sah ihr ins Gesicht. Sie lächelte, wirkte aber traurig. Alle Frauen hier reagierten gleich auf mich. Mit einer unbestimmten Melancholie, die ich hervorzurufen schien.

Verlegenes Schweigen trat ein. Ich fragte: »Haben Sie auch Kaffeesahne anstelle von Milch?«

»Natürlich, tut mir so leid.«

»Nein, ist schon gut. Mir schmeckt Kaffeesahne einfach be…«

Wie der Blitz war sie verschwunden. Ich war allein. Ich lächelte den Bodyguard an, und dann wurde mir bewusst, dass ich wahrscheinlich keine x-beliebigen Männer anlächeln sollte. Sie kam mit der Kaffeesahne und meinem Porridge mit allen Schikanen zurück. Ich bedankte mich noch einmal bei ihr und fragte: »Wie lange arbeiten Sie schon hier?«

»Seit ungefähr fünf Jahren.«

»Das ist eine lange Zeit.«

»Mr. Donatti ist ein toller Chef. Ich habe gehört, dass Sie beide schon auf der Highschool ein Paar waren.« Sie wurde rot. »Oder ist das zu persönlich?«

»Wir kennen uns tatsächlich seit der Highschool.«

»Wow, dafür sehen Sie nicht alt genug aus.« Sie hielt inne. »Ich meine Ihr Alter. Ich sollte aufhören zu reden.«

»Das ist ein Kompliment. Vielen Dank.«

»Noch Kaffee?«

»Ich hab erst mal alles, was ich brauche, danke.«

»Dann lasse ich Sie in Frieden essen. Die Eier bringe ich, wenn Mr. Donatti sich wieder hinsetzt. Ich möchte, dass sie frisch sind.«

»Gute Idee.« Ich goss mir Kaffeesahne in meinen Becher, nahm einen Löffel von meinem Porridge und beobachtete Chris. Was mir besonders auffiel, war, wie glücklich er aussah, wenn er von Tisch zu Tisch ging, seinen Angestellten zuhörte, nickte, lächelte, sich interessiert zeigte. Mir gegenüber benahm er sich nie so. Baggerte er mich an? Ja. War er witzig?

Der Mann hatte einen großartigen Sinn für Humor. War er leicht erregbar? Versteht sich von selbst. War er brutal ehrlich? Check. Zornig? Ständig. Liebte er mich? Er behauptete es, aber manchmal zweifelte ich daran. Er wirkte nie glücklich, wenn wir zusammen waren. Wenn er mit anderen zusammen war, schwebte er. Bei mir schien er an der Erde zu kleben.

Ungefähr zwanzig Minuten später setzte er sich wieder zu mir. Gleich darauf kam sein Frühstück. Er hob den Blick und fragte: »Wo bleiben ihre Eier?«

Karenas Gesicht verdunkelte sich. »Es tut mir so leid. Ich bringe sie sofort.« Dann verschwand sie.

»Schrei sie nicht an«, bat ich.

»Du bist zu nett. Sie hat Mist gebaut.«

»Schrei sie nicht an. Versprich es mir.«

»Meine Versprechen sind nichts wert. Aber ich werde nicht schreien. Wie ist dein Porridge?«

»Perfekt.«

Eine Minute später war sie mit meinen Eiern und einer Kaffeekanne wieder da. »Es tut mir wirklich leid ...«

Ich legte meine Hand auf ihre. »Schon gut. Vielen Dank.« Plötzlich befiel mich große Niedergeschlagenheit. Ich war mir sicher, dass Chris ein sehr guter Boss war, aber trotzdem beutete er Menschen aus. Sie waren für ihn eine Ware. Mitzuerleben, wie er sie zum Objekt machte, traf mich. Ich schob die Eier von mir.

Er bemerkte es. »Keinen Hunger?«

»Porridge ist sehr sättigend«, erklärte ich ihm. »Wie oft kommst du her?«

»Zwei, drei Mal die Woche.«

»Die Angestellten scheinen die Aufmerksamkeit zu mögen, die du ihnen zuteilwerden lässt.«

Chris sah mich an und erkannte in meiner Stimme etwas, das nicht unbedingt Bewunderung ausdrückte. »Mir ist klar, dass das sehr viel auf einmal für dich ist. Deshalb habe ich Geschäftliches und Persönliches immer voneinander getrennt gehalten.« Als ich nickte, zuckte er die Achseln. »Du hast mit mir nicht das bekommen, was du erwartet hast. Was immer ich hätte sein können, du hast es in unserem Sohn bekommen.«

Ich legte meinen Löffel weg und versteckte mein Gesicht hinter meinem Kaffeebecher, während ich meine erste große Liebe über den Tisch hinweg ansah. Chris war ein Überlebenskünstler, der als Kind von seinem gewalttätigen Vater sexuell missbraucht und misshandelt worden war, nur um von einem gleichermaßen brutalen Stiefvater als Heranwachsender adoptiert und wieder missbraucht und misshandelt zu werden. Ich konnte nicht wirklich wissen, wie es für ihn gewesen war, aber ich hatte eine Ahnung. Mein Vater war Alkoholiker. Er hatte Schwierigkeiten, einen Job zu behalten. Es war meine Stiefmutter gewesen, die das Geld rangeschafft hatte. Als ich fünfzehn wurde, unternahm Dad häufig nächtliche Streifzüge über den Flur zu meinem Zimmer und versuchte, das Schloss aufzubrechen, während ich verängstigt und hilflos unter meiner Decke zitterte. Meine Stiefmutter erwischte ihn schließlich dabei, wie er in den frühen Morgenstunden am Türknauf rüttelte. Ich hörte ihre schockierte und zornige Stimme. Ich hatte schreckliche Angst, dass sie ihren Zorn gegen mich richten würde. Jean war eine Zuchtmeisterin – ich kochte, ich putzte, und ich passte auf meine jüngere Schwester auf, während sie arbeiten ging. Aber ich war ihr so dankbar, als sie mir am nächsten Morgen mit ruhiger Stimme sagte, ich solle mir keine Sorgen machen. Die nächtlichen Besuche waren damit vorbei.

Ich spürte, wie meine Augen sich mit Tränen füllten. Ich legte Chris eine Hand auf den Arm. »Ich finde, du hast dein Leben großartig hingekriegt, Donatti.«

Er betrachtete mein Gesicht, dann fuhr er mit dem Zeigefinger unter meinen Augen entlang und wischte meine Tränen weg. Er kitzelte mich an der Nase und lächelte. »Gleichfalls, Doc.«

KAPITEL 12

Es gab mehrere Brooke Baers – allesamt weiblich. Keinen Brook Baer, was nicht bedeutete, dass er nicht existierte, nur dass er kein Fan von sozialen Medien war. »Taucht Brook Baer in irgendwelchen von deinen Datenbänken auf?«

»Nein, aber unsere Datenbänke sind begrenzt.« Decker schaute auf seine Notizen. »Okay, Marion sagte, Pauline habe irgendwo in Denver mit Baer zusammengelebt.«

»Hat sie nicht gesagt, in der Nähe von Denver, statt direkt in der Stadt?«

»Irgendwo muss man ja anfangen. Ich werde dort anrufen.«

Er sah auf die Uhr. Es war vierzehn Uhr. In den Bergen dagegen war es zwölf Uhr mittags, und die meisten Detectives waren wahrscheinlich gerade im Einsatz. Die im Revier Zurückgebliebenen machten höchstwahrscheinlich Mittagspause. Er suchte die Nummer der Polizei von Denver heraus. Die Stadt war in sechs Districts unterteilt. Er begann mit District 1, und nachdem man ihn einige Male weitergeleitet hatte, flog er aus der Leitung.

Vielleicht hatte er ja in District 2 mehr Glück. Nachdem er mehrere Male verbunden worden war, war Decker erleichtert, eine weibliche Stimme am anderen Ende der Leitung zu hören.

»Detectives. Hier spricht Barron.«

»Hallo, ich bin Detective Peter Decker vom Greenbury PD in Upstate New York. Ich arbeite an einem Mordfall, und meinen Informationen nach hat unser Opfer vor etwa fünfzehn Jahren in oder in der Nähe von Denver gelebt. Eigentlich versuche ich gerade, ihren Ex-Mann ausfindig zu machen, damit ich ihn aus meinen Ermittlungen ausschließen kann. Sie haben eine viel größere Datenbank als ich, und vielleicht findet er sich in Ihren Akten. Sein Name ist Brook Baer …«

»Meinen Sie vielleicht Brock Baer?«

Decker stutzte. »Gut möglich.« Ein Stöhnen am anderen Ende der Leitung. »Kennen Sie ihn?«

»Leider ja, ich kenne Brock.«

»Ich schalte Sie auf Lautsprecher, Detective«, sagte Decker, »damit mein Partner mithören kann.« Er drückte auf einen Knopf. »Können Sie mich immer noch verstehen?«

»Laut und deutlich.«

»Erzählen Sie mir von *Brock* Baer«, bat Decker.

»Abschaum«, sagte sie. »Ich habe ihn mehrfach wegen häuslicher Gewalt verhaftet. Ein paarmal ging es um Handgreiflichkeiten, wobei beide Parteien beteiligt waren. Vor circa sechs Jahren hat er seine Freundin zusammengeschlagen und mit einer Waffe auf ihren Kopf gezielt.« Sie lachte. »Detective Decker, rufen Sie zufällig in diesem District an oder …«

»Ich habe bei District 1 angefangen und bin aus der Leitung geworfen worden. Also habe ich es bei Ihnen versucht. Wie viel Glück kann der Mensch haben?«

»Manchmal ist einem das Schicksal hold.«

»In der Tat, und nennen Sie mich Peter«, bat Decker. »Hat Baer gesessen?«

»Vier Jahre, aber nach achtundzwanzig Monaten war er bereits wegen guter Führung wieder draußen«, berichtete sie ihm.

»Wie lange ist das jetzt her?«

»Die Verurteilung war vor vier Jahren. Das bedeutet, seit anderthalb Jahren ist er draußen.«

»Ist er sauber geblieben?«

»Er ist mir zumindest nicht aufgefallen. Ich könnte in unseren Akten nachschauen, ob er seine hässliche Visage irgendwo anders hat sehen lassen.«

»Vielen Dank, das wäre großartig.«

»Wer ist Ihr Opfer?«

»Pauline Corbett.«

Die Polizistin überlegte. »Der Name kommt mir bekannt vor.«

»Sie und Baer haben sich vor ungefähr achtzehn Jahren scheiden lassen, dann ist sie aus der Gegend weggezogen.«

»Damals war ich noch auf Streife unterwegs, aber nicht in diesem District.«

»Corbetts Schwester hat uns erzählt, Baer hätte sie ein paarmal verprügelt. Sie sagte außerdem, dass Baer sie danach noch eine ganze Weile gestalkt hat. Haben Sie eine Abteilung zur Gefahrenabwehr – irgendwen, der sich mit Stalking und Belästigung beschäftigt?«

»Mittlerweile schon, ja. Ich muss nachsehen, ob wir schon vor achtzehn Jahren eine eigene Abteilung dafür hatten. Was wurde aus dem Stalking?«

»Pauline ist nach Texas gezogen, und ich glaube, dann hat es endlich aufgehört. Aber genau weiß ich es nicht. Ich bin noch am Anfang der Ermittlungen.«

»Dann liegt Ihre Ermordung noch nicht lange zurück?«

»Haben Sie Zeit, Detective Barron?«

»Ich heiße Olivia, und ja, klären Sie mich auf.«

Decker fing ganz von vorn an, mit dem Verschwinden von Bertram Lanz und Elsie Schulung. Die Suche hatte ihn zusammen mit der örtlichen Polizei zu guter Letzt zu einer Überprüfung in Elsies Haus veranlasst, wo sie Blut gefunden hatten. Die DNA des Bluts stimmte mit der von Elsies Partnerin überein.

»Und ihre Partnerin war Pauline Corbett«, fasste Olivia zusammen.

»Jepp«, bestätigte Decker. »Dann, vor einigen Wochen, fanden wir Paulines Leiche, begraben ganz in der Nähe der Stelle, an der Bertram Lanz das letzte Mal gesehen wurde. Nun könnte es sein, dass Baer nichts mit Paulines Ermordung zu tun hat. Elsie Schulung hat die Biege gemacht, und das lässt sie verdächtig aussehen.«

»Oder sehr verängstigt«, überlegte Barron laut. »Sie könnte aber auch tot sein.«

»Ganz genau. Ich muss jetzt anfangen, die entsprechenden Personen ausfindig zu machen und sie als Verdächtige auszuschließen. Da Pauline eine ganze Reihe problematischer Beziehungen hatte, muss ich diese Kontakte unter die Lupe nehmen, bevor ich irgendwo anders anfange.«

»Ich werde unsere Datenbanken durchsuchen ... und nachsehen, ob unser Junge in letzter Zeit Unfug getrieben hat.«

»Kennen Sie Baers Bewährungshelfer?«

»Nicht aus dem Stand, aber das kann ich herausfinden. Geben Sie mir Ihre Nummer.«

Decker gab ihr drei Telefonnummern durch. »Die erste Nummer ist meine, unter der zweiten erreichen Sie meinen Partner, Detective Tyler McAdams, und die dritte ist die Hauptleitung des Greenbury PD. Wir sind ein kleines Department. Ihre Nachricht wird uns auf jeden Fall erreichen. Herzlichen Dank, Detective Barron.«

»Olivia«, korrigierte sie ihn. »Ich melde mich, sobald ich Informationen habe.«

»Ich weiß Ihre Hilfe zu schätzen. Passen Sie da draußen auf sich auf.«

»Ja, klar.« Sie lachte. »Erinnern Sie sich an die Zeit, als wir die Einzigen waren, die das zu unseren Beamten im Einsatz gesagt haben?«

»So lange ist das gar nicht her, Olivia«, antwortete Decker. »Seit Covid sich ins Universum geschlichen hat, scheint es, als hätte die ganze Welt sich unseren ersten Zusatzartikel zu eigen gemacht.«

Nach dem Telefongespräch mit Marion Vanderberg legte McAdams auf. »Ja, der Mann heißt Brock, nicht Brook. Die Verwechslung tut ihr sehr leid.«

Deckers Blick war auf den Computerbildschirm gerichtet. »Brock hat ein ellenlanges Vorstrafenregister.«

»Weshalb?«

»Das Übliche: Hauptsächlich häusliche Gewalt, aber auch Körperverletzung, bewaffneter Raubüberfall, illegaler Waffenbesitz. Wie Olivia gesagt hat, ist er vor anderthalb Jahren auf Bewährung entlassen worden. Seine letzte bekannte Adresse war in Philadelphia. Und wir haben den Namen und die Telefonnummer seines Bewährungshelfers.« Decker griff nach dem Telefon. »Mal sehen, ob sich unser Junge an die Regeln gehalten hat.«

»Wen rufst du an?«

»Baers Bewährungshelfer.«

»Findet sich in dem Vorstrafenregister eine Adresse oder eine Telefonnummer?«

»Ja.« Decker las die Nummer vor. »Die ist wahrscheinlich nicht aktuell, aber probier's trotzdem.« Ein Freizeichen, und am anderen Ende meldete sich eine Frau. Er sagte: »Hier ist Detective Peter Decker vom Greenbury Police Department in New York. Ich bin auf der Suche nach Ivan Dublitz.« Er hörte zu. »Er ist im Ruhestand. Okay … wissen Sie, wer seine Fallakten hat?« Er wartete. »Ja, ich bleibe am Apparat. Danke.«

»Die Telefonnummer, die du mir gegeben hast, ist nicht mehr erreichbar«, sagte McAdams.

»Was ist mit den sozialen Medien?«, schlug Decker vor.

»Mein nächster Schritt …«

Einen Moment später war die Frau wieder in der Leitung. »Die Akten sind an drei verschiedene Leute gegangen. Nach wem suchen Sie denn?«

»Brock Baer. Er wurde vor etwa anderthalb Jahren aus dem Gefängnis entlassen.«

»Lassen Sie mich den Namen im Computer suchen … wir haben mehr als eine Liste … Was?«

»Wie bitte?«, fragte Decker.

»Nein, ich habe nicht mit Ihnen gesprochen. Entschuldigung. Wir sind im Moment total überlastet. Kann ich Sie zurückrufen?«

»Gern.« Er gab ihr die drei Telefonnummern durch. »Und mit wem spreche ich?«

»Oh, tut mir leid, Vicki Laslow. Ich rufe Sie in ungefähr zwanzig Minuten zurück.«

»Vielen Dank.« Er legte auf. An McAdams gewandt sagte er: »Sie ruft mich zurück. Wie sieht es mit den sozialen Medien aus?«

»Er hat einen Facebook-Account, aber sein letzter Post ist vier Jahre her.« Er seufzte. »Seit seiner Entlassung aus dem Gefängnis, nichts.«

»Er hat den Account nicht gelöscht.«

»Nein, und Facebook löscht nie alte Accounts, weil sich viele Abonnenten hinsichtlich der Werbeeinnahmen gut machen.« Während McAdams las, verdüsterte sich sein Gesicht. »Junge, das ist ein zorniger Mensch. Sieh dir das mal an.«

Decker las die Posts auf der Facebook-Seite, beginnend mit dem jüngsten. *DAMIT komst du nich durch, TANYA. DU bist eine HURE, und du weißt was mit HUREN passiert!*

TANYA, du verlogenes, schlampiges MISTSTÜCK, du versofene SCHEISSHURE. Du bist erledicht

TANYA, DU BIST ein MIST STÜCK und eine HURE. Ich habe dir kein verdammtes HAAR gekrümmt. VERLOGENES MISTSTÜCK.

»Zumindest«, bemerkte McAdams, hat er die letzten beiden Sätze richtig geschrieben.

»Scroll mal nach unten«, bat Decker. »Schau, ob du Tanyas Nachnamen findest.«

»Hab ihn … okay, los geht's. Tanya Robertson.«

»Hat sie einen Account?«

»Hundertprozentig. Na bitte.« McAdams drehte den Computermonitor zu Decker. »Und ihre Posts sind aktuell. Sieht so aus, als hätte sie es nicht gerade leicht gehabt.«

Decker betrachtete die Fotos. Sie war faltig und sehr, sehr dünn. Ihre Haare hatte sie sich zu einem Knoten gebunden, und sie trug ein ärmelloses Shirt, das ausgemergelte, tätowierte Arme sehen ließ. »Kannst du feststellen, von wo sie schreibt?«

»Du meinst, aus welcher Stadt?«

»Ja.«

»Nein, das kann ich nicht, aber lass mich sehen, ob sie in ihren Posts etwas über ihren Wohnort erzählt.« McAdams scrollte durch ihre Beiträge, während Decker ihm über die Schulter schaute. »Sie hat mehrere Fotos von derselben Gruppe von Frauen.«

»Irgendwelche Bildunterschriften, aus denen Namen hervorgehen?«

»Lass mich weiterscrollen. Okay, da haben wir's: Sam, Karina, Boz und Kelsey. Sie tragen alle Sommerkleider.«

»Ja, stimmt.«

»Ich kann die Adressen aller Personen ermitteln, die ihr geschrieben haben. Dann können wir feststellen, wer zu wem gehört.«

Decker starrte noch immer auf das Foto. »Die Landschaft sieht nach Wüstenklima aus. Schau dir das Foto an, das Haus, vor dem die Frauen stehen.«

Er stand auf. »Das ist ein Lehmziegelhaus.«

»Es gibt wahrscheinlich zigtausend Lehmziegelhäuser im Land.«

»Vor allem im Süden von Arizona und in New Mexico. Versuch es mit New Mexico. Insbesondere Albuquerque. Das scheint ein Ort zu sein, wo Leute hinlaufen, wenn sie sich verstecken wollen.«

»Das wusste ich gar nicht. Wenn Tanya sich versteckt, merkt man es ihren Posts nicht an.«

»Vielleicht hat sie sich früher mal versteckt, fühlt sich mittlerweile aber sicher.«

»Brock ist nicht mehr im Gefängnis. Warum sollte sie sich sicher fühlen?«

Decker zuckte die Achseln. »Vielleicht ist Brock nicht mehr hinter ihr her. Es ging ihm möglicherweise darum, eine ältere Rechnung zu begleichen.«

McAdams wirkte skeptisch. »Tanya scheint diejenige zu sein, die ihn ins Gefängnis gebracht hat.«

»Das ist wahr«, stimmte Decker ihm zu. »Aber sieh dir das Datum all der Posts an. Die sind noch nicht alt. Glaubst du wirklich, sie würde ihr Leben online stellen, wenn sie Angst hätte, dass er sie aufspüren könnte?«

»Wahrscheinlich nicht. Ich werde sehen, ob ich eine Nummer von ihr oder einer ihrer Freundinnen finde.«

»Wunderbar.« Deckers Telefon klingelte. Es war Vicki Laslow. »Danke, dass Sie zurückrufen.«

»Kein Problem«, antwortete Vicki. »Seine derzeitige Bewährungshelferin ist Melody Simpson. Wenn Sie etwas zu schreiben haben, gebe ich Ihnen ihre Nummer durch. Sie ist im Moment nicht da, sonst würde ich Sie mit ihr verbinden.«

»Ich bin so weit, wenn Sie es sind.« Er notierte sich die Nummer, die sie durchgab. »Danke. Das hilft uns weiter.«

»Kein Problem.« Sie legte auf.

»Warum musst du immer recht haben?«, beschwerte sich McAdams.

»Du hast einen Eintrag für sie in Albuquerque gefunden?«

Adams schüttelte den Kopf. »Ich kapituliere vor deiner Überlegenheit, o weiser Mann.«

»Ruf sie an«, sagte Decker.

»Jawohl, Sir!« McAdams wurde mit ihrem Anrufbeantworter verbunden. Er hinterließ eine Nachricht und legte auf. »Was jetzt?«

»Jetzt warten wir ab.«

McAdams schaute auf seine Armbanduhr. »Es ist bald Mittagszeit, hast du Hunger?«

»Warum nicht?« Decker legte seinen Bleistift beiseite. »Wenn alles andere versagt, bleibt einem immer noch Kaffee.«

Ich hatte mich regelmäßig mit Juleen getroffen, das war für mich das Highlight des Tages, weil ich sie liebte und wir uns einer früheren Normalität zumindest annäherten. Wir konnten beinahe so tun, als wäre alles in Ordnung. Morgens meldete ich mich per FaceTime bei ihr, und nach ihrem Unterricht verbrachten wir den Abend zusammen, was das Essen einschloss. Wir sprachen selten über das, was passiert war. Stattdessen sahen wir uns einen Film an, spielten ein Spiel oder redeten über ihre Zukunft in Amerika, insbesondere in Nevada, wo sie ein freieres Leben würde führen können. Sie hatte immer etwas zu erzählen und war viel redseliger, als sie es mit ihrer Familie und ihren Freunden zu Hause gewesen war. Das trockene Klima schien ihr gut zu bekommen. Wahrscheinlich gab es in jeder Umgebung etwas Schönes, das selbst unter schwierigsten Bedingungen zum Vorschein kommen konnte.

Was mich ein wenig beunruhigte, war ihre Beziehung zu Chris. Sie schien nach seiner Zustimmung zu hungern, die er immer nur in kleinen Portionen verteilte. Ich hoffte, dass das kein Hinweis auf ihr zukünftiges Leben war, wo sie die Anerkennung von Männern dadurch zu bekommen versuchte, dass sie gehorsam war. Schließlich wusste ich nur zu genau, wohin so ein Verhalten führte. Ich sehnte mich nach dem Tag, an dem wir in unser eigenes Haus einziehen würden und ich sie von der Macht der Eigenverantwortung überzeugen konnte. Ich träumte von einer Zukunft mit ihr und Sanjay. Wenn meine Gedanken zu meinem kleinen Sohn wanderten, leitete ich sie in eine andere Richtung um. Es war einfach zu schmerzhaft.

Heute gab es nur ein verkürztes Mittagessen mit meiner Kleinen. Chris hatte ihren Stundenplan mit zusätzlichen Unterrichtseinheiten vollgestopft. Hieß ich das gut? Ja und nein. Er hatte die Zügel in der Hand, aber sie schien damit einverstanden zu sein. Es gab keinen Grund, sich einzumischen, es sei denn, es gab ein Problem. Er begleitete mich zurück in seine hermetisch abgeschlossenen Räumlichkeiten, damit Juleen ungestört ihre Studien fortsetzen konnte.

Es war schön gewesen, am Morgen rauszukommen, und sei es auch nur für eine Portion Porridge. Nachdem er die Tür hinter sich zugezogen und abgeschlossen hatte, fragte ich: »Wann wirst du mich in dein Hightech-System aufnehmen, damit ich die Suite verlassen und Juleen auch ohne deine Hilfe besuchen kann?« Als er nicht antwortete, fügte ich hinzu: »Ich würde zumindest gern in der Lage sein, einen Spaziergang zu machen. Nach einer Weile kriegt man hier drin Klaustrophobie. Du hast mir versprochen es zu tun, sobald es mir etwas besser geht.«

»Ich bin für deine Sicherheit verantwortlich, Teresa.«

»Hier wird schon niemand einbrechen. Du hast einen Mann zu meinem Schutz abgestellt, und es wimmelt nur so vor Wachleuten.«

Mit seinen blauen Augen schaute er mich direkt an. »Du bist bereits im System. Ich muss nur noch die Fingerabdruck- und Pupillenerkennung einrichten.«

Ich schwieg. Dann fragte ich: »Wann hast du das gemacht?«

»Direkt nachdem du mich darum gebeten hattest.«

»Warum hast du mir das nicht erzählt?«

»Du hast nicht noch mal danach gefragt, also hab ich nichts gesagt.« Als ich ihn anstarrte, fügte er hinzu: »Die Wahrheit ist, es ist mir lieber, dich einzuschließen. Es ist sicherer.«

»Du kannst mich nicht für immer einsperren.«

»Doch, das könnte ich. Wer würde mich daran hindern?«

Was sollte ich darauf erwidern? Er wartete auf eine Antwort. Schließlich sagte ich: »Niemand, nehme ich an.«

»Denk mal darüber nach.« Er schaute auf seine Armbanduhr. »Ich muss wieder ins Büro. Morgen früh werde ich dich im System anmelden.«

»Warum kannst du es nicht jetzt tun?«

»Weil es etwas Zeit braucht und ich mich noch um einiges kümmern muss.«

»Dann machst du es morgen?«

»Jepp.«

»Versprochen?«

Er lächelte mich an. »Was sind meine Versprechen wert?«

»Gar nichts.«

»Zu fünfzig Prozent kann man sich auf sie verlassen.« Er lachte. »Morgen zeige ich dir, wie du wieder an deine Freiheit kommst.« Er biss sich auf die Unterlippe. »Ich bin mir gar nicht sicher, wie gut ich das finde.«

»Welche Freiheit, Chris? Ich kann nirgendwo hin. Ich bin völlig mittellos. Worüber machst du dir Sorgen?«

Er hob die Augenbrauen. »Heißt das, wenn du die Mittel hättest, würdest du gehen?«

»So hab ich das nicht gemeint.« Ich ging zu ihm und streichelte ihm über die Wange. »Hör mal, ich weiß, dass du mir nicht vertraust …«

»Ich vertraue dir kein bisschen.«

»Und ich vertraue dir auch nicht.« Ich zögerte kurz. »Was für eine tolle Beziehung, die auf gegenseitigem Misstrauen beruht.« Er reagierte nicht. Ich sprach weiter: »Ich werde dich nicht verlassen, okay?«

»Das ist nicht wahr«, widersprach er. »Sobald du deine Kinder wiederhast, wirst du wegziehen.«

»Und wann wird das sein?«, hakte ich nach.

Seine Miene wurde unergründlich. Wenn er etwas wusste,

würde er es mir nicht verraten. Es hatte keinen Sinn, ihn zu löchern.

»Ich werde jedes zweite Wochenende hier sein«, fuhr ich fort. »Ich habe es dir versprochen, und ich halte meine Versprechen.«

»Meistens.«

»Ich werde dich heiraten, Donatti. Ich werde mich sterilisieren lassen und hierherkommen, so wie wir es besprochen haben. Und wenn du siehst, dass ich mich dir voll und ganz verschrieben habe, wirst du mir den Laufpass geben, denn dann stelle ich ja keine Herausforderung mehr dar. Männern wie dir geht es nur um die Jagd. Außerdem kannst du das sexuelle Tempo nicht beibehalten. Das würdest du nicht überleben. Und ich auch nicht.«

Er sah sie erstaunt an. »Es gibt doch die kleinen blauen Pillen.«

Ich drohte ihm spielerisch mit dem Finger. »Die solltest du nicht nehmen, es sei denn, du brauchst sie. Und ganz offensichtlich brauchst du sie nicht.«

Er wurde ernst. »Ich werde nie genug von dir haben. Nie! Ich habe dich immer geliebt, Terry. Aber jetzt, wo du hier bei mir bist, habe ich mich wieder in dich *verliebt*. Dieselben intensiven Gefühle, die ich hatte, als wir zum ersten Mal ein Paar wurden. Nur besser, weil du der einzige Mensch auf dieser Welt bist, dem ich vertraue.«

»Du hast doch gerade erst gesagt, du vertraust mir nicht.«

»Ich vertraue nicht darauf, dass du bei mir bleibst, aber ich vertraue dir mein Leben an. Und damit meine ich, dass ich jede Nacht, wenn ich schlafen gehe, meine Pistole auf meinem Nachttisch liegen lasse. Am Anfang bin ich jedes Mal wach geworden, wenn du dich bewegt hast. Jetzt … wache ich erst Stunden nach dir auf. Ich höre dich nicht aufstehen, höre überhaupt nichts. Und ich bin dir völlig schutzlos ausgeliefert. Du könntest mich kaltmachen, und ich würde nicht einmal ahnen, was kommt.«

»Nein, ich werde dich nicht erschießen«, sagte ich. »Das ist eine ziemlich niedrige Messlatte für Vertrauen, Donatti.«

»Du würdest dich wundern. Du bist manchmal ziemlich sauer auf mich.«

»Hör doch auf.«

»Außerdem«, fuhr er fort, »und das ist wirklich, wirklich bemerkenswert ... Du hast mich nie um Geld gebeten.«

»Du hast mir immer Geld gegeben.«

»Du hast nie um mehr gebeten als um das, was ich dir gegeben habe.« Er schüttelte den Kopf. »Deine weiblichen Gene müssen defekt sein.«

»Hör auf damit.«

»Selbst als wir uns scheiden ließen, musste mein Anwalt dich anflehen, dir ebenfalls einen Anwalt zu nehmen, damit wir den Prozess in Gang bringen konnten. Weißt du, damals hattest du mich vollständig in der Tasche. Es hat eine Weile gedauert, alles Gabe zu überschreiben. Alles, was ich hatte, lief auf deinen Namen. Du hast mir nie auch nur *einen Penny* abgeluchst.«

»Ich weiß.«

»Wusste Devek, was vor sich ging?«

»Ihm war bekannt, dass du Geld hast. Er hat mir sogar gesagt, dass ich Unterhalt bekommen könnte, wenn wir nicht heiraten. Ich habe ihm erklärt, wohin er sich diese Idee stecken könne.«

»Die Idee war gar nicht so schlecht.«

»Es war eine furchtbare Idee«, widersprach ich. »Ich wollte, dass Juleen Eltern hat, die verheiratet sind. Und das Letzte, was ich brauchen konnte, war, dich zum Feind zu haben. Ich hatte *Angst* vor dir, Chris. Ich wusste, wozu du fähig bist. Ich habe ihm gesagt, dass meine Scheidung meine Angelegenheit sei. Dass ich das regeln würde. Und das habe ich getan.«

»Nicht zu deinem Vorteil. Selbst als ich dir schließlich eine Abfindung angeboten habe, was nur etwa ein Zehntel von dem war, was du hättest bekommen können, hast du das alles Gabe gegeben.«

»Es war dein Geld. Ich dachte, du würdest das wollen.«

»Terry, ich habe ihn doch schon unterstützt. Wir waren *verheiratet*. Du hattest *Anspruch* darauf.« Er schüttelte den Kopf. »Ich dachte damals immer: *Gott, diese Frau muss mich wirklich hassen wie die Pest, wenn sie nicht einmal mein Geld annehmen will.*«

»Ich habe dich nicht gehasst. Ich hielt es einfach für das Beste, jede Verbindung zu dir zu kappen.«

»Das hast du dann ja auch.«

Ich erwiderte nichts.

Er sah mich eine gefühlte Ewigkeit lang an. »Wahrscheinlich war es ganz gut. Wenn du das Geld angenommen hättest, hätte Devek es nur verspielt.«

»Das ist wahr.« Ich dachte nach. »Christopher, ich verspreche dir, dass ich nicht noch einmal den Kontakt zu dir abbreche. Ich werde zu dir stehen, das schwöre ich.«

Er fuhr mit der Zunge über die Innenseite seiner Wange. »Ich kann es nicht ertragen, die Kontrolle zu verlieren. Ganz besonders ertrage ich es nicht, die Kontrolle über dich zu verlieren. Und wenn du hier bei mir bist, habe ich immer alles unter Kontrolle.«

»Niemand hat die ganze Zeit alles hundertprozentig unter Kontrolle.«

»Ich würde mich auch mit neunundneunzig Komma neun Prozent zufriedengeben.« Ein weiterer Blick auf seine Armbanduhr. »Eine Sache habe ich über mich selbst gelernt, als du weg warst, nämlich wie durch und durch kaputt ich inzwischen bin. Ich kann nicht in der realen Welt leben, Teresa. Dinge, die normale Menschen einfach nur ärgern, wecken in mir Mordgelüste. Das war der Grund, warum ich Heroin gespritzt habe. Es hat mich genug betäubt, dass ich nicht rumgelaufen bin und Leute ermordet habe, was ich am liebsten ständig getan hätte. Als ich diesen Ort aufgebaut habe – dieses physische Konstrukt, in dem ich der König bin –, brauchte ich keine Drogen mehr. Ich höre nur selten, sehr *selten* das Wort *Nein*. Dass du mich verlassen willst, um deine Kinder ordentlich großzuziehen – selbst zu meinen Bedingungen –, ist ein dickes, fettes *NEIN* direkt in mein Gesicht. Und es gefällt mir nicht.«

Er musterte mich. Es war ein Gesichtsausdruck, den ich vor langer Zeit schon mal gesehen hatte, unmittelbar bevor er mich gefesselt hatte, um mich nackt zu malen. Ach ja, die sorglosen Jahre der Jugend.

»Aber ich liebe dich über alles und will, dass du glücklich bist. Also ... werde ich tief durchatmen und dich gehen lassen, wenn es so weit ist. Und jetzt muss ich mich wirklich um meine Geschäfte kümmern.« Er kam zu mir und küsste mich zärtlich. »Ich weiß, das hier war die Hölle für dich, aber für mich war es großartig. Genau wie in der Highschool. Bis ich dich kennengelernt habe, bin ich in einem Nebel herumgelaufen. Jetzt hat sich genau wie damals der Nebel gelichtet, und ich kann wieder sehen.« Er trat langsam zurück, dann drehte er sich um, zog die Tür hinter sich zu und schloss mich in meiner Gruft ein.

Sie war hermetisch verriegelt. Manchmal machte es mir nichts aus. Nach all dem Lärm in meinem Leben war die Stille angenehm, sogar friedlich. Ich trainierte mit seinen Gewichten und an seinen Sportgeräten; ich hörte Musik. Ich las; ich machte ein Nickerchen. Ich war noch immer sehr müde, und Schlaf war eine willkommene Fluchtmöglichkeit.

Aber manchmal ließ die Stille mich allein mit meinen Gedanken, die sofort zu jenem schwarzen Tag zurückkehrten. Und das war nie gut.

KAPITEL 13

Am nächsten Morgen um zehn Uhr warf Decker einen Blick auf den Anrufbeantworter des Reviers. Ein schlichtes rotes Licht zeigte an, dass niemand angerufen hatte. McAdams saß bereits an seinem Schreibtisch. »Du bist früh dran.«

»Nein, du bist später dran als sonst.«

»Stimmt«, gab Decker zu. »Ohne Rinas Kaffee hielt ich es nicht für lohnend, überhaupt aufzustehen.«

»Du kannst dir auch selbst Kaffee kochen, weißt du?«

»Kann ich, aber mein Kaffee wird einfach nicht so wie ihrer.«

McAdams lächelte. Das Reviertelefon klingelte, und er ging an den Apparat. »McAdams.«

»Hier ist Tanya Robertson. Ich glaube, Sie haben mir eine Nachricht hinterlassen.«

»Das ist richtig. Danke, dass Sie zurückrufen, Ms. Robertson. Ich schalte Sie auf Lautsprecher, damit Detective Decker, mein Partner, mithören kann.« Er drückte auf den Knopf.

»Hallo, Ms. Robertson«, sagte Decker. »Wir sind auf der Suche nach Informationen über Ihren Ex-Freund, Brock Baer …«

Ein lautes Stöhnen drang durch die Leitung. »Dieser Hurensohn. Was hat er jetzt wieder angestellt?«

»Ähm, wir sind uns nicht sicher, ob er überhaupt etwas angestellt hat«, antwortete er. »Wir versuchen, ihn ausfindig zu machen …«

»Fragen Sie nicht mich. Ich weiß nicht, wo dieser Dreckskerl steckt.«

»Ihnen ist aber bekannt, dass er auf Bewährung entlassen wurde?«

»Ja, das weiß ich. Er kam zu mir nach Hause, als sie ihn rausgelassen haben, und wollte meine Hilfe. Kann man sich so eine Frechheit vorstellen?«

»Wann war das?«, hakte Decker nach.

»Gleich nach seiner Entlassung. Vor einem Jahr und ein paar Zerquetschten. Ausgerechnet *mich* hat er um Hilfe gebeten!«

»Ich entnehme Ihren Worten, dass Sie Nein gesagt haben«, stellte McAdams fest.

»Ich habe gesagt, dass ich die Polizei rufen würde, wenn er seinen Hintern nicht von meinem Grundstück bewegt. Daraufhin ist er laut geworden – hat rumgebrüllt und mich beschimpft – das Übliche. Ich hab meine Schrotflinte rausgeholt und damit in die Luft geschossen. Ich habe ihm gesagt, dass die nächste Ladung Schrot seinen Hintern nicht verfehlen würde. Da ist er abgehauen.«

»Und?«

»Das war's.«

»Er ist nicht noch einmal wiedergekommen?«

»Wenn er zurückgekommen wäre, läge er jetzt in einer Holzkiste.«

»Verstehe«, sagte Decker. »Er hat ein paar ziemlich schlimme Dinge über sie gepostet. Darf ich fragen, worum es da ging?«

»Was soll ich sagen? Er hatte sich betrunken, und wir haben uns in die Haare gekriegt. Das war nichts Neues. Er hat mich geohrfeigt. Auch nicht neu. Aber dann hat er mit einer Pistole in meine Wand geschossen, um mir zu zeigen, dass er es ernst meint. Das war neu. Ich habe beruhigend auf ihn eingeredet. Schließlich hat er die Wohnung verlassen. Ich rief die Polizei, und als sie die Kugel aus der Wand holten, hatten sie genug Argumente, um das Arschloch zu verhaften. Ich glaube, er hat vier Jahre bekommen.«

»Und vor einem Jahr ist er dann bei Ihnen zu Hause aufgetaucht?«, vergewisserte McAdams sich.

»Ja, das kommt ungefähr hin.«

»Und Sie haben keine Ahnung, wo er hingegangen sein könnte?«, hakte Decker nach.

»Ich weiß es nicht, und es interessiert mich auch nicht.«

»Hat er mit Ihnen jemals über seine Ex-Frau gesprochen?«

»Von denen hatte er mehr als eine.«

»Pauline Corbett.«

»O ja, er hat ständig von ihr gesprochen. Meistens im negativen Sinne. Immer wenn wir Streit hatten, hieß es: ›Du bist genau wie Pauline. Dieses Miststück kriege ich noch.‹ Bla, bla, bla. Er hat sie gehasst. Aber das hat ihn nicht daran gehindert, pausenlos von ihr zu quatschen. Er war besessen von ihr. Geht es ihr gut?«

»Nein, Ma'am«, sagte Decker. »Es tut mir leid, Ihnen mitteilen zu müssen, dass sie tot ist – ermordet.«

Am anderen Ende der Leitung entstand eine lange Pause. »Dann hat der Bastard es also endlich getan.«

»Sie glauben, Brock hat Pauline ermordet.«

»Er hat ständig davon geredet. Bis er die Waffe auf mich gerichtet hat, dachte ich, das sei alles nur heiße Luft. Wie ist sie gestorben?«

»Erstochen.«

»Nicht erschossen?«

»Nein.«

»Aus nächster Nähe«, murmelte Tanya. »Arme Frau.«

McAdams schaltete sich ein. »Haben Sie Pauline je kennengelernt?«

»Nicht persönlich, nein, aber ich könnte Ihnen beschreiben, wie sie aussah. Er hatte mehrere Schuhkartons mit Fotos von ihr. Einige waren alt, aus der Zeit ihrer Ehe. Andere waren jüngeren Datums. Damit meine ich die Zeit, bevor er ins Gefängnis wanderte. Aber man sah, dass sie heimlich aufgenommen worden waren. Brock hat sie gestalkt und Fotos von ihr gemacht, ohne dass sie es wusste.«

»Himmel«, stieß McAdams aus.

»So ist Brock. Er braucht immer irgendwas oder irgendjemanden, über den er meckern kann. Als ich die Schuhkartons unterm Bett fand, habe ich ihn wegen der vielen Fotos von Pauline zur Rede gestellt. Er hat mir erklärt, es ginge mich verdammt noch mal nichts an, und dann hat er die Kartons irgendwo anders versteckt.«

»Sie haben diese Fotos nicht zufällig noch?«, fragte Decker.

»Doch, die habe ich noch. Ich habe sie gefunden, als ich umgezogen bin. Sie lagen versteckt in einem Fach im Schrank. Ich habe fast alles weggeworfen, was ihm gehört hat, aber die Fotos habe ich behalten. Als er dann auftauchte, wollte ich sie ihm zurückgeben, doch dann wurde er plötzlich laut. Scheiß drauf. Warum sollte ich diesem Bastard noch einen Gefallen tun?«

»Aber Sie haben sie nicht weggeworfen?«

»Nein, sie sind immer noch irgendwo hier. Ich kann sie suchen.«

»Würden Sie das tun?«, fragte Decker. »Und sie mir dann schicken, wenn es geht?«

»Klar.«

»Das wäre großartig«, sagte Decker. »Wie wär's, wenn ich Ihnen eine Fedex- oder UPS-Nummer gebe?«

»Klingt gut.«

Decker gab ihr die Zahlen durch. »Wenn Sie eine Sendungsnummer haben und sie mir per E-Mail schicken könnten, wäre ich Ihnen sehr zu Dank verpflichtet. Ich will nicht, dass etwas verloren geht.«

»Kein Problem«, sagte Tanya. »Gott, dieses Arschloch hat tatsächlich jemanden ermordet?«

»Das wissen wir nicht«, entgegnete Decker. »Wir haben gerade erst mit den Ermittlungen zu Paulines Tod angefangen. Baer ist möglicherweise vollkommen unschuldig.«

»Die Worte *Baer* und *unschuldig* passen nicht zusammen«, erwiderte sie. »Wenn es Ärger gibt, hat Brock etwas damit zu tun.«

»Wir bleiben in Kontakt«, versprach Decker. »Und, Tanya, halten Sie die Augen offen.«

»Ich weiß Ihre Sorge zu schätzen, aber ich habe meine Schrotflinte«, entgegnete sie. »Ich bin auf alles vorbereitet.«

Von dem Schreibtisch in seiner Suite, den Blick auf seinen Computer gerichtet, rief Chris mir zu: »Du musst auf den Bildschirm neben der Codebox gucken.«

Ich stand draußen und versuchte, meinen Netzhautscan mit dem Apparat zu synchronisieren. »Ich *gucke* auf den Bildschirm.«

»Das wird aber nicht registriert.« Er betrachtete meinen verrenkten Hals und lächelte. »Du bist einfach zu klein.« Er stand auf und rollte seinen Schreibtischstuhl zur Tür hinaus. »Kannst du darauf balancieren, ohne dabei auf den Hintern zu fallen?«

»Bleibt abzuwarten.«

»Ich werde dir später etwas besorgen, auf das du dich stellen kannst, aber versuch es in der Zwischenzeit damit.«

»Hast du keine Trittleiter?«

»Wozu zum Henker sollte ich eine Trittleiter haben?« Er half mir auf die Sitzfläche. »Knie dich einfach hin. Dann solltest du auf Augenhöhe mit dem Bildschirm sein.«

Als er mich losließ, begann ich zu schwanken.

»Alles okay?«, fragte er.

»Alles bestens.«

»Schau einfach auf den Bildschirm, und beweg dich nicht, bis ich es dir sage.«

Er ging wieder zu seinem Computer, und ich tat wie mir geheißen, wie immer die brave Schülerin. Es dauerte eine Minute.

»Großartig«, rief er. »Jetzt leg deinen rechten Daumen auf den Bildschirm.«

Ich tat es.

Als er fertig war, half er mir vom Stuhl herunter, und wir gingen wieder ins Zimmer. Er holte drei Schlüssel hervor. »Die Pupillen- und Daumenerkennung werden es dir ermöglichen, die Tür zu entriegeln, sobald sie dir grünes Licht gibt. Dies sind deine Schlüssel. Ich weiß, dass sie funktionieren, weil ich sie ausprobiert habe. Lass uns als Erstes feststellen, ob du allein rausgehen kannst. Dann schauen wir, ob du wieder reinkommst.«

Es funktionierte. Aber es war anstrengend. Die Tür war enorm schwer, sodass es für mich nicht leicht war, sie zu öffnen oder zu schließen. Aber ich schaffte es und schloss ab, ohne dass der Alarm losging. Als alles vorbei war, reichte er mir die Schlüssel. »Deine Freiheit – zumindest teilweise.«

»Warum nur teilweise?«

»Wir müssen noch die Aufzüge am Eingang und im Erdgeschoss programmieren, damit du nach oben kommst. Und dann werden wir dich in das System einprogrammieren müssen, wenn du in Gabes Zimmer ein und aus gehen willst, um deine Tochter zu besuchen.«

»Das wäre wunderbar. Wann können wir das machen?«

»Ein andermal. Aber ich kümmere mich darum. Versprochen.«

»Danke.«

»Keine Ursache.« Er zögerte kurz. »Terry, auf meinem Computer erklingen Signaltöne, wenn jemand durch die Tür im Obergeschoss geht und meinen privaten Aufzug benutzt. Außerdem habe ich überall Kameras. Aber meine Augen und Ohren können nicht überall gleichzeitig sein.«

»Ich sage dir vorher Bescheid, was ich vorhabe.«

»Mach das bitte. Ich bin verantwortlich für deine Sicherheit. Und für die von Juleen. Ich habe genug um die Ohren, auch ohne euch ständig hinterherzulaufen.«

»Das verstehe ich.« Ich sah ihm in die Augen. »Wer hat mir das angetan, Chris? Wer hat mich verletzt und mir meinen Liebling weggenommen? War es Devek?«

»Ich hab dir doch gesagt, keine Fragen.«

»Ich habe ein Recht, es zu erfahren.«

»Und das wirst du auch, wenn die Zeit reif ist.«

»Ist mein Sohn in Sicherheit?« Als er nicht antwortete, füllten sich meine Augen mit Tränen. »Lebt er überhaupt noch …?«

»Er lebt.« Als ich etwas erwidern wollte, legte er mir einen Finger auf die Lippen. Tränen liefen mir über das Gesicht. Er wischte sie mit dem Daumen weg und sagte: »Ich tue mein Bestes. Aber es gibt keine Garantien. Mehr kann ich für den Augenblick nicht sagen. Und jetzt Schluss mit den Fragen, okay?«

Ich nickte. »Ich glaube, ich brauche einen Tapetenwechsel.«

»Wahrscheinlich. Lass uns heute Abend essen gehen. Moment ... ich kann heute Abend nicht. Morgen?«

»Klar.« Mein zweiter Ausflug in weniger als einer Woche. Ich war ein richtiges Partygirl. Ich wischte mir mit meinem Kleid die Tränen weg. »Wohin gehen wir?«

»Mir gehört ein kleines italienisches Restaurant im selben Einkaufszentrum, in dem sich auch die Praxis des Zahnarztes befindet. Es ist zwanglos und sicher kein Gourmet-Tempel, aber es ist ganz passabel. Den Leuten aus der Gegend scheint es zu gefallen. Und meinen Angestellten auch. Ich weiß, dass du immer noch nicht problemlos essen kannst, aber die Minestrone ist köstlich, und sie ist vegetarisch. Klingt das gut?«

»Wunderbar.« Wieder musste ich mir über die Augen wischen.

Er nahm mich in seine Arme. »Es tut mir leid, dass du das durchmachen musst, Süße. Wirklich. Ich hasse es, dich leiden zu sehen. Und ich weiß, dass du leidest.«

Die Tränen kamen zurück. »Danke.«

Schweigend hielt er mich einige Augenblicke lang fest. »Terry, du musst mir einen Gefallen tun.«

»Kann das ein paar Stunden warten? Ich könnte eine kleine Pause gebrauchen.«

»Es geht nicht um Sex.«

»Okay. Was soll ich tun?«

»Jedes Jahr, so um den Labor Day rum, schmeiße ich eine große Fete für alle, die im vergangenen Jahr hier waren: meine Gäste, meine Klienten, meine Sexarbeiter, die Angestellten ... Normalerweise sind es hundert bis hundertfünfzig Personen. Ich habe eine Band und Essen und eine offene Bar – wir veranstalten das Event in der Lounge, dort, wo ich dich Mike Badger vorgestellt habe. Er kommt übrigens jedes Jahr.«

»Soll ich bei der Planung helfen?«

»Nein, Talia wird sich um alles kümmern. Wie jedes Jahr. Sie hat es zu einer Wissenschaft gemacht.« Er hielt inne. »Ich möchte, dass du auch zu der Party kommst, okay?«

»Wenn du mich dabeihaben willst, dann komme ich natürlich.«

»Ich will dich dabeihaben, du bist meine Verlobte. Meine zukünftige Frau. Es würde ein schlechtes Licht auf mich werfen, wenn du nicht auch da wärst.«

Ich löste mich von ihm. »Was versuchst du mir zu sagen, Chris?«

»So wie diese Dinge funktionieren, muss ich für jeden zur Verfügung stehen, der mit mir reden oder tanzen will, und das schließt meine Sexarbeiter ein. Meine Partys sind die Zeit, die ihnen gehört – wo sie sich dem Boss gegenüber mal richtig austoben können. Also, auch wenn ich dich dabeihaben möchte – dich dabeihaben muss –, benötige ich dennoch meinen Freiraum.«

Ich brauchte ein paar Sekunden, bevor ich antworten konnte. »Wie neulich in der Cafeteria?«

»Ja, und das mal hundert.«

»Also, was soll ich tun? Allein in einer Ecke sitzen und lächeln?«

»Mehr oder weniger.«

Ich warf resigniert die Arme hoch. »Das ist in Ordnung, Chris. Tu, was du tun musst. Ich bin hier der Eindringling.«

»Du bist kein Eindringling …«

»Dann eben deine Hure.«

»Du bist auch nicht meine Hure.« Seine Miene verdüsterte sich. »Wenn du auch nur für einen einzigen Tag mit irgendeinem meiner Sexarbeiter tauschen würdest, wüsstest du, was es wirklich bedeutet, eine Hure zu sein. Jeder Einzelne von ihnen würde sich auf die Gelegenheit stürzen, an deiner Stelle zu sein. Du warst meine Ehefrau, du wirst wieder meine Frau sein, und in meiner Vorstellung bist du es immer gewesen, ganz egal, mit wem du gerade zusammen warst. Du tust nur das, was Frauen im Laufe der Jahrhunderte schon immer für ihre Ehemänner getan haben. Also, hör auf, dich als meine Hure zu bezeichnen. Das ist lächerlich.«

»Ja, ja.«

»Und hör auf, mich zu verarschen!«

»*Wag* es nicht, sauer auf mich zu werden.« Ich versuchte, meinen Zorn im Zaum zu halten. »Du hast ein Unternehmen zu führen. Ich werde dir nicht im Weg stehen. Außerdem bin ich es gewohnt, am Rand zu stehen, während du feierst.«

Er kam zu mir und hob mein Kinn an. »Terry, wir sind hier nicht in der Highschool ...«

»Doch, irgendwie schon.« Ich befreite mich von seiner Hand. »Nur sind wir jetzt alle erwachsen, und ich weiß, was ich von dir zu erwarten habe, nämlich, dass ich viel Zeit allein in der Ecke sitze.«

»Das ist nicht fair.«

»Nein?« Ich drehte mich um und begann, auf und ab zu gehen. »Gott, selbst in der Highschool hatte ich einen Freund, der mich übrigens vergöttert hat. Vielleicht sollte ich das auch jetzt tun, Chris. Mir einen Freund suchen. Vielleicht Mike Badger. Er schien mich wirklich zu mögen. Und da du dir Geld von ihm borgen willst, wette ich, dass er in puncto Knete gut dasteht.«

Seine Stimme wurde tief und bedrohlich. »Hör auf damit.«

»Stimmt, er ist ziemlich hässlich. Ich könnte mir jemand Besseren angeln …«

»Hast du es je mit ihm getrieben?«

Verwirrt drehte ich mich zu ihm um. »Nimmst du mich auf den Arm?«

»Ich spreche nicht von Mike«, stellte er klar. »Daniel Reiss. Hast du ihn gevögelt?«

Er war immer noch bei meinem Highschool-Freund. »Wie kannst du so was fragen?«, fauchte ich. »Du weißt, dass ich noch Jungfrau war, als wir zusammengekommen sind.«

»Es hätte ja auch deine Periode sein können.«

»Hätte es, war es aber nicht. Obwohl es vielleicht besser gewesen wäre, wenn ich es mit Daniel getrieben hätte. Die Bedingungen wären sicherlich bessere gewesen.«

»Lass es, Terry.«

»Hier geht es nicht um mich oder irgendwas, das ich getan habe, Donatti, also hör auf, abzulenken, damit du als das Opfer dastehst, okay?«

»Dann hör auf, mich zu provozieren, indem du immer wieder von anderen Männern anfängst. Du weißt, wie eifersüchtig ich bin.« Er biss sich auf die Unterlippe. »Also, kommst du jetzt mit? Ja oder nein?«

»Hab ich eine Wahl?«

»Natürlich hast du eine Wahl. Ich kann auch irgendwelche Ausreden vorschützen. Die Sexarbeiter würden sich wahrscheinlich freier fühlen, wenn du nicht da wärst. Aber es ist nicht das, was *ich* mir wünsche.«

In Momenten wie diesem erinnerte ich mich wieder daran, warum ich eine Affäre angefangen hatte. Etwas, das nur mir gehörte. Die Schwangerschaft war allerdings nicht geplant gewesen – die einzige von zwei Konsequenzen meiner katastrophalen zweiten Ehe, die gut ausgegangen war. Bei Devek war mein Zorn immer ein stetiges Brodeln gewesen. Bei Chris dagegen brannte er schon immer wie eine heiße, blaue Flamme. »Keine Sorge. Ich werde dort sein und lächeln.«

»Du bist sauer.«

Das kannst du laut sagen, dachte ich. Ich hielt die Schlüssel hoch. »Zumindest habe ich meine partielle Freiheit.« Als er nicht reagierte, zuckte ich die Achseln. »Geh dich amüsieren, Chris.«

»Mit Amüsement hat das nichts zu tun, Terry. Es ist Arbeit.«

Das machte mich noch wütender. »Okay, dann widme dich deiner amüsanten Arbeit. Vögele, wen immer du willst. Es ist mir scheißegal, was du tust.«

»Und so ist es immer gewesen«, versetzte er. »Das war Teil des Problems.«

»Das ist absoluter Schwachsinn! Hör auf, dir selber leidzutun, weil ich dich *einmal* in Sachen Vögeln übertroffen habe.«

Er wurde rot im Gesicht. »Okay, du hast deine Rache bekommen. Du hast mich total gedemütigt. Du hast mich total kaputt gemacht. Schön für dich. Ich hab es bestimmt verdient. Ich habe mit Sicherheit deswegen gelitten.«

»Du hast kein Monopol auf Leiden, weißt du.«

»Da hast du recht. Also wird es vielleicht Zeit, dass wir das beide alles hinter uns lassen.«

»Ich *kann* es nicht hinter mir lassen, solange eins meiner Kinder verschwunden ist, Christopher! Hol mir meinen Sohn, dann bin ich *froh*, es hinter mir zu lassen.«

Er sah plötzlich sehr erschöpft aus. Seine Stimme wurde sanft. »Es wird noch eine Weile dauern, Süße. Und wie gesagt, es gibt keine Garantien. Ich versichere dir, dass ich alles tue, was in meiner Macht steht.«

Plötzlich erschien mir eine dumme Party belanglos. Wie aus dem Nichts begannen wieder die Tränen zu laufen. »Leidet er?«

»Nein, das tut er nicht. Er hat wahrscheinlich Angst, aber es geht ihm gut.« Er strich sich die Haare aus den Augen. »Tut mir leid, aber das lässt sich nicht leicht in Ordnung bringen. Hab einfach Geduld und vertrau mir, okay?«

Ich wischte mir Tränen weg und fragte mich, wer meinen Sohn hatte. Und wenn so schreckliche Männer ihn wegen Deveks Schulden entführt hatten, warum lebte er dann noch? Und dann dämmerte es mir, Idiotin, die ich war. »Du bezahlst Deveks Schulden, nicht wahr?« Ich wartete auf eine Antwort. Alles, was ich bekam, war Schweigen. »Wie viel kostet dich das?«

»Geht dich nichts an.«

»Ich werde es dir zurückzahlen, Christopher. Ich werde dir jeden Penny zurückzahlen, ganz gleich, wie lange es dauert.«

Er reagierte darauf, indem er mit den Augen rollte. Dann sagte er: »Ich will nicht weiter darüber reden. Erwähne es einfach nicht mehr. Um unser beider willen, okay?«

»Okay.« Meine Augen waren immer noch feucht. »Ich danke dir für deine Hilfe. Ich werde zu deiner Party kommen und keine Spielverderberin sein. Versprochen.«

»Danke.« Er stieß den Atem aus. »Ich bin gleich wieder da.«

»Wohin gehst du?«

»Zu meinem Personal. Je mehr Kontakt ich zu meinen Angestellten habe, desto härter arbeiten sie. Und wenn ich schon in der Cafeteria bin, bestelle ich gleich das Mittagessen für deine Tochter. Möchtest du auch was?«

»Nein, aber ich komme mit«, sagte ich. »Und übe schon mal, eine brave kleine Ehefrau zu sein …«

»Teresa, meine Geliebte, ich habe keine Energie mehr für dieses Thema.« Er ging auf die Tür zu. »Wir sehen uns später.«

»Chris, ich muss hier *raus*.« Er blieb stehen und drehte sich zu mir um. Ich sagte: »Und ich hätte nichts gegen einen frischen Kaffee.«

»Okay.« Sein Blick wurde sanfter. »Süße, ich will dich bei dieser Party dabeihaben, weil deine Anwesenheit mein Valium ist. Schon in der Highschool, nachdem du dich von mir gelöst hattest und ich so getan habe, als würde ich dich ignorieren, wusste ich doch immer, wo du bist, selbst wenn du nicht bei mir warst.«

»Du hast mich gestalkt?«

»Andauernd.«

»Was ist mit der Zeit, als ich in Mumbai gelebt habe?«

»Ich habe dich im Auge behalten. Nicht ich persönlich, aber ich habe da drüben Leute engagiert, die dich für mich beobachtet haben. So habe ich auch erfahren, dass Devek Schulden hat.« Er hielt inne, dann fügte er hinzu: »Sind wir immer noch zum Dinner verabredet?«

»Natürlich.« Ich lächelte schwach. »Und ich will immer noch Kaffee.«

»Dann lass uns gehen.«

Als ich mich der Tür näherte, hielt er mich am Arm fest. Ich schaute auf und lächelte abermals, aber seine Miene war undeutbar.

»Ich bin eine harte Nuss. Unzugänglich. Und ich werde mich niemals ändern, weil ich mich nicht ändern will. Ich mag meine kranke Psyche. Aber für dich ist es nicht leicht. Danke, dass du es mit mir aushältst. Glaub nicht, das wäre mir nicht bewusst.«

»Bring mir einfach nur …« Ich brach ab.

Er ließ meinen Arm los. Seine Stimme war ruhig. »Ich weiß, Baby, aber jetzt hör auf. Bitte?«

»Tut mir leid.« Meine Stimme brach, aber ich konnte die Tränen zurückhalten. »Danke. Lass mich üben, die Eingangstür zu öffnen.«

»Tu dir keinen Zwang an.«

Ich kniete mich auf seinen Bürostuhl und musste ein wenig um mein Gleichgewicht ringen. »Könntest du mir bitte eine Trittleiter organisieren, Chris? Du brauchst vielleicht keine, aber ich schon, und von jetzt an sind wir zu zweit hier.«

»Ich werde dir eine Trittleiter besorgen.«

»Und wenn du schon dabei bist, würde es dir etwas ausmachen, ein paar bunte Sofakissen und Decken zu beschaffen? Und etwas Hübsches für die Wände. Ich weiß, du magst es schlicht, aber ich finde es ein bisschen deprimierend, tagein, tagaus nur Schwarz und Weiß zu sehen.«

»Geh ins Internet, such dir was aus, und schick es Talia«, antwortete er. »Du kannst hier dekorieren, wie es dir gefällt.«

»Außerdem wäre es schön, wenn ich meinen eigenen Crosstrainer haben könnte, falls das kein Problem ist. Ich habe es satt, jedes Mal deine Maschine neu einzustellen und dann wieder umzustellen, wenn ich fertig bin. Genug Platz hast du ja.«

»Ist so gut wie erledigt.«

»Und eine Sache noch«, sprach ich weiter. »Ich möchte sicherstellen, dass ich vor deiner Party den Gips loswerde. Bis zum Labor Day sind es noch über sechs Wochen, also dürfte das kein Problem sein.«

»Ich vereinbare einen Termin.« Er streichelte sanft meine Wange. »Kann ich sonst noch was für meine schöne, brillante Frau tun?«

Wie vielen Soziopathen mangelte es auch ihm nicht an Charme. Ich hatte diesen Charme zu oft gesehen, um mich täuschen zu lassen, aber selbst wenn ich wusste, was kam, konnte er mich einwickeln, so geschickt war er. Ich seufzte, dann schaute ich auf den Hightech-Bildschirm an der Wand für die Pupillenerkennung. Nachdem meine Pupille akzeptiert worden war, drückte ich meinen Daumen auf den Bildschirm. Ich hörte das Klicken. Dann kletterte ich vom Schreibtischstuhl und löste mithilfe meiner drei Schlüssel die drei Riegel. Zu guter Letzt mühte ich mich ab, die metallverkleidete Tür aufzustemmen.

Er war klug genug, nicht seine Hilfe anzubieten.

»Nein.« Ich bemühte mich um einen unbefangenen Tonfall. »Die schöne, brillante Frau benötigt nichts weiter.«

KAPITEL 14

Decker und McAdams durchforsteten die Computerdaten. Sie führten zahlreiche Telefongespräche. Sie sahen sich auf verschiedenen sozialen Medien um. Es war vergebliche Liebesmüh. Niemand schien zu wissen, wo Brock Baer sich versteckt hielt ... oder ob er überhaupt noch am Leben war.

»Ich sollte es mal mit den Todesanzeigen versuchen«, sagte McAdams. Keine Reaktion. »Hey. Erde an Boss.«

»Ich bin hier, ich bin hier«, antwortete Decker. »Todesanzeigen sind eine gute Idee, obwohl jedes County sein eigenes Sterberegister führt.«

»Ich werde es zuerst in den bevölkerungsreicheren Countys in Pennsylvania versuchen – dort lebte er, als er aus dem Knast kam –, und wenn das nicht funktioniert, gebe ich New Mexico eine Chance, da er Tanya nach Albuquerque gefolgt ist.« Als Decker nicht reagierte, fügte McAdams hinzu: »Was geht dir durch den Kopf, Deck? Willst du mich daran teilhaben lassen?«

»Ich habe keine Ahnung, ob es Alter oder Beruf oder Jetlag oder Hunger ist, aber ich habe gerade an etwas gedacht, das schon vor Tagen hätten offensichtlich sein sollen.«

»Und das wäre?«

»Pauline wies multiple Stichwunden auf«, erklärte Decker.

»Was wir für die Todesursache gehalten haben.«

»Nur dass es viel zu viele Stichwunden sind für die geringe Menge Blut, die wir in Elsie Schulungs Haus gefunden haben. Und als wir Elsies Wagen überprüft haben, fanden wir dort überhaupt kein Blut.«

»Sie ist erstochen worden, und das meiste Blut ist irgendwo anders geflossen«, überlegte McAdams. »Dann hat sie es irgendwie nach Hause geschafft.« Er hielt inne und fügte hinzu: »Uns fehlt ein Tatort.«

»Genau.« Es war fast neunzehn Uhr, und Decker war schlecht gelaunt. Er hatte in den vergangenen zweieinhalb Wochen ständig in irgendwelchen Flugzeugen gesessen. Kombiniert mit stundenlanger Schreibtischarbeit streikte jetzt sein steifer Rücken, und der Schmerz strahlte von dort in den Rest seines Körpers aus. Er stand auf und brauchte einige Sekunden, um sich zu seiner normalen Größe aufzurichten. »Ich brauche etwas zu beißen. Bist du an einem Abendessen interessiert?«

»Theoretisch, ja.« McAdams richtete den Blick wieder auf seinen Computer. »Was schwebt dir denn vor, jetzt wo Rina nicht da ist, um uns zu bekochen?«

»Unsere Wahlmöglichkeiten beschränken sich auf Lieferservices«, entgegnete Decker. »Vegetarisch oder der koschere Deli.«

»Vegetarisch. Sag mir, was du willst, und ich gebe die Bestellung online auf.«

»Ich nehme normalerweise die Asiapfanne mit Nudeln und Tofu-Hühnerflügeln.«

»Das klingt eigentlich ziemlich gut.« McAdams schaute auf den Computerbildschirm. »Nichts zu Brock Baers Tod in Philadelphia zu finden.«

»Das wäre auch zu einfach gewesen. Ich wette, er lebt noch.« Decker drückte sich eine Hand ins Kreuz und streckte die Wirbelsäule durch.

»Alles okay, Boss?«

»Nur etwas verspannt.«

»Deck, wie willst du so eine Knochenarbeit wie die Renovierung einer Wohnung schaffen, noch dazu in einem fremden Land. Sprichst du überhaupt Hebräisch?«

»Nicht so richtig, nein.« Er stieß den Atem aus. »Hat dir schon mal jemand gesagt, dass man einen am Boden liegenden Menschen nicht tritt?«

»Entschuldige. Dann bestelle ich jetzt. Wann möchtest du das Essen geliefert haben?«

»Ich werde es selbst abholen. Ich brauche einen Spaziergang.«

»Wie du willst.« McAdams gab die Bestellung auf. »Okay, erledigt. Bist du so weit?«

»Jepp.«

Die beiden Männer gingen schweigend nebeneinander her. Es war noch hell draußen, aber die sommerliche Hitze und Feuchtigkeit hatten ein wenig nachgelassen. Die Läden waren geschlossen, doch in den Restaurants und Bars herrschte reger Betrieb, obwohl es im Sommer normalerweise etwas ruhiger zuging. Es fanden einige Kurse an der Uni statt, aber die Zahl der Studierenden betrug nur etwa ein Viertel von dem, was sie während der Vorlesungszeit ausmachte. In einigen Wochen würden die Kids mit ihren Eltern herbeiströmen. Ein weiteres Semester, ein weiteres Jahr, und die Zeit tickte und tickte und tickte.

»Ich hab nachgedacht, Deck«, ergriff McAdams das Wort. »Wir kommen mit unserer Suche nach Brock Baer nicht weiter. Selbst wenn wir ihn finden, hat er vielleicht gar nichts mit Paulines Ermordung zu tun.«

»Das kann natürlich sein.«

»Und wenn wir nach einem Tatort suchen, *muss* er sich in der Nähe von Elsie Schulungs Haus befinden. Wie hätte Pauline sonst, trotz tödlicher Stichwunden immer noch lebendig, dorthin kommen sollen?«

»Du hast recht.«

»Aber … wenn Elsie Pauline nicht erstochen hat, warum hat sie nicht sofort einen Krankenwagen für sie gerufen, als sie gesehen hat, in welch elendem Zustand sie war? Warum hat sie nicht die Polizei verständigt? Und wer hat Pauline vergraben?«

»Worauf willst du hinaus?«

»Ich halte es für wahrscheinlich, dass Elsie etwas damit zu tun hatte. Aber es ist noch jemand an der Sache beteiligt. Entweder hat Elsie es für nötig befunden, die zweite Person zu schützen, oder sie hatte Angst vor ihr.«

»Wer ist die zweite Person?«

»Bertram Lanz steht auf der Liste bestimmt ganz oben.«

»Aber angesichts der Brutalität des Verbrechens müssen wir Brock Baer in unsere Überlegungen einbeziehen.«

»Und genau das tun wir«, gab Decker zurück. »Was wir brauchen, ist ein aktueller Verbindungspunkt zwischen Baer und Corbett. Ich weiß, dass Jake Quay das Foto von Pauline Corbett herumgezeigt hat. Aber jetzt ist Corbetts Tod unser Fall. Wenn wir nach Baniff fahren, müssen wir die Fotos von Corbett *und* Brock Baer in der Stadt herumzeigen und herausfinden, ob sich jemand daran erinnert, die beiden zusammen gesehen zu haben.«

»Das ist tatsächlich eine gute Idee. Was meinst du, wie viel Kooperation wir von Quay erwarten dürfen?«

»Er klang engagiert. Hoffentlich bekommt er von seinem Captain die Freigabe. Ich schätze, wir werden es morgen erfahren.«

Sie standen vor dem Restaurant. McAdams schaute auf seine Armbanduhr. »Das Essen ist wahrscheinlich noch nicht fertig. Ich gehe rein und warte.«

»Lass uns noch ein paar Schritte gehen, Harvard. Die Bewegung tut gut.« Mit diesen Worten setzten sie ihren Gang durch die Gegend fort.

McAdams griff ihr Gespräch wieder auf. »Meiner Meinung nach kommt Elsie Schulung immer noch als heiße Kandidatin infrage. Warum ist sie verschwunden?«

»Vielleicht ist sie verschwunden, weil sie tot ist.«

»Wie kommst du darauf?«

»Weil Pauline tot ist.« Decker zuckte die Achseln. »Vielleicht hat jemand sie beide umgebracht, und da auch Bertram verschwunden ist, ist er ebenfalls ein heißer Kandidat.«

»Traust du es ihm zu, zwei Leichen zu vergraben?«

»Keine Ahnung, Tyler, aber aufgrund seiner Polizeiakte in Deutschland wissen wir, dass er keine Angst hat, seine Fäuste einzusetzen.«

»Warum sollte er Elsie töten?«, gab McAdams zu bedenken. »Alle sagen, die beiden seien befreundet gewesen.«

Decker warf die Arme in die Luft. »Vielleicht hat Paulines Tod gar nichts mit Elsies Verschwinden zu tun.«

»Nur dass man Elsies Wagen in der Nähe von Paulines Leiche gefunden hat.«

»Das ist zu nah dran, um Zufall zu sein«, pflichtete Decker ihm bei. »Wenn Elsie tot ist, wo ist der Tatort? Jedenfalls nicht in ihrem Haus. Die Spurensicherung hat es gründlich unter die Lupe genommen.«

McAdams dachte nach. »Und wenn Baer verantwortlich für Paulines Tod und Elsies Verschwinden ist, wie passt dann Bertram Lanz ins Bild? Er verschwand ganz in der Nähe der Stelle, an der wir Elsies Wagen gefunden haben. Auch das ist ein zu großer Zufall.«

»Ja, stimmt.«

»Deck, vor ungefähr einem Monat haben Kathrine Taylors Eltern dir erzählt, Bertram und Kathrine seien in Deutschland. Du hast mir mal gesagt, du glaubst, dass Elsie bei ihnen ist. Warum glaubst du plötzlich, dass Elsie tot ist?«

»Ich weiß es nicht.« Decker atmete aus. »Ich sage nur, dass das Blut in Schulungs Haus *nicht* das Gesamtbild darstellt, was Pauline betrifft. Wir werden mehr erfahren, wenn wir nach Baniff fahren.«

»Lass uns für die Fahrt morgen ein paar Sandwiches aus dem Deli besorgen, während wir auf unser Essen warten«, schlug McAdams vor.

Decker stieß ein leises Lachen aus. »Wir nehmen nichts anderes zu uns als Salz und Fett. Meine Frau wird mir die Leviten lesen, wenn sie nach Hause kommt.«

»Sie ist selber schuld, wenn sie in den Urlaub fährt, während wir mitten in einem Fall stecken.«

»Es ist eigentlich kein Urlaub. Sie besucht ihre Mutter.«

»Eine Frau, die den größten Teil ihres Lebens bereits hinter sich hat, möchte ich hinzufügen.« McAdams deutete mit einem Finger auf sich selbst. »Was ist mit der zukünftigen Generation?«

Decker sagte: »Warte nur, bis du in ihrem Alter bist, Mr. Millennial.«

»Okay, Boomer«, versetzte McAdams. »Und zu deiner Information, *so* alt werde wahrscheinlich nicht einmal ich.«

»Das ist wirklich pessimistisch.« Decker war besorgt. »Warum in aller Welt sagst du das?«

»Weil ich als unverheirateter Mann in die schlimmste Statuskategorie falle.«

»Das lässt sich ändern, McAdams.«

»Such du mir doch eine Frau.«

Decker legte den Arm um den Jungen. »Manche Dinge muss man schon selbst erledigen, mein Sohn.«

Am nächsten Morgen brachen sie um acht Uhr auf. Bei leichtem Verkehr dauerte die Fahrt etwas mehr als drei Stunden. Gegen halb zwölf, die Sonne stand hoch am Himmel, erreichten sie den Stadtrand von Baniff. Die Luft war warm und angenehm. Schon bald würde hier der Herbst einkehren mit kühleren Temperaturen und dem Versprechen auf leuchtende Farben. Die Bäume würden herrlich aussehen. Hoffentlich schloss er den Fall bald ab und konnte sich daheim am Anblick der Blätter erfreuen.

Es war schon einige Monate her, dass Decker und die örtliche Polizei in Elsie Schulungs Haus eingedrungen waren, um nach dem Rechten zu sehen. Im Haus hatten sie eine Blutlache gefunden, nachdem sie den Kühlschrank verrückt hatten. Dann war aus Paulines Vermisstenfall eine Mordermittlung geworden. Dieselben Akteure – Elsie Schulung und Bertram Lanz – galten noch immer als Verdächtige, aber gute Ermittlungsarbeit bedeutete, dass auch andere Möglichkeiten in Betracht gezogen werden mussten. Darum wollte Decker, dass Pauline Corbetts Leben noch einmal gründlich unter die Lupe genommen wurde.

Baniff war eine Kleinstadt, die um einen quadratischen Park herum angelegt worden war. Die große Rasenfläche hatte schon etwas von ihrer smaragdgrünen Färbung verloren, aber hier gab es viele Eichen, die reichlich Schatten spendeten. In der Mitte des Parks befand sich ein großer Springbrunnen, ringsum waren Metallbänke aufgestellt, ideal, um dort zu sitzen, sich zu entspannen und die Zeit totzuschlagen. Städtische Gebäude, Geschäfte, Restaurants, Bars und etliche Firmen lagen unmittelbar um die Grünfläche herum, wurden aber nach ein paar Häuserblocks immer weniger. Dahinter kamen die Wohngebiete: größtenteils kleine Backsteinbungalows, aber es gab auch einige Wohnanlagen. Corbetts ehemaliges Wohnhaus war vierstöckig, davor lag ein vergilbter Grünstreifen mit kleinen Ahornbäumen. Eine Außentreppe bot Zugang zu den einzelnen Wohneinheiten. Die Apartments waren mit Balkons ausgestattet, einige davon mit Möbeln und Topfpflanzen bestückt, andere regelrechte Müllkippen. Pauline hatte im ersten Stock gewohnt. Ihr Balkon war leer, und als sie das letzte Mal nachgesehen hatten, war ihre Wohnung ausgeräumt gewesen. Wenig überraschend, da sie ungefähr sechs Monate vor ihrem Tod zu Elsie gezogen war. Als Decker den Wagen auf einen der Besucherparkplätze lenkte, erblickte er Jake Quay, der in einem schmalen Stück Schatten stand. Er war kein wirklich großer Mann, aber in seiner Uniform mit dazugehörigem Hut und einem überladenen Dienstgürtel strahlte er durchaus Autorität aus. Decker ließ das Fenster herunter und winkte Quay zu. Quay nahm die Geste mit einem Nicken zur Kenntnis. Auf dem Gehweg trafen sie sich.

»Alles geregelt mit ihrem Captain?«, erkundigte Decker sich.

»Jepp. Wir alle wollen dieser Sache auf den Grund gehen, und zwar pronto.« Quay nahm etwas aus seiner Tasche. »Hier ist eine Karte der Gegend – mit allen Geschäften und Restaurants.«

»Danke.«

»Wie wollen Sie das aufteilen?«

»Sie nehmen eine Hälfte, McAdams und ich die andere.« Decker reichte Quay ein Foto von Brock Baer. »Dieser Mann ist Paulines zweiter Ehemann. Er ist ein übler Kerl, und wir finden ihn irgendwie nicht. Das Foto können Sie behalten. Wir haben noch mehr. Zeigen Sie es herum, und vielleicht können wir eine Verbindung zwischen Pauline und ihm herstellen.«

»Halten Sie ihn für den Mörder?«

»Ich bin für alles offen«, antwortete Decker. »Elsie Schulung wird vermisst, auch sie steht also noch auf der Liste, wegen Paulines Blut in ihrer Wohnung. Aber es war nicht viel Blut, und ich glaube, dass Pauline anderswo verletzt wurde.«

»Nicht in ihrer alten Wohnung«, sagte Quay. »Die Gerichtsmedizin hat nichts gefunden.«

»Nein, sie wurde nicht in ihrer Wohnung ermordet. Ich wette, dass sie eher in der Nähe von Elsies Haus ermordet wurde. Wie weit ist es von ihrem Haus bis zum Stadtzentrum?«

»Hm ... Elsies Wohnhaus liegt etwas außerhalb. Nicht ganz einen Kilometer nördlich von hier.«

»Und das ist auf der Karte, die Sie mir gegeben haben, hier eingezeichnet?« Decker zeigte auf die entsprechende Stelle.

»Ja.«

»Dann fangen McAdams und ich dort an. Es wäre hilfreich, wenn Sie in Paulines Nachbarschaft anfangen ... Fragen Sie, ob sich jemand erinnert, sie in Gesellschaft von Brock Baer gesehen zu haben.«

»Geht klar.« Quay tippte mit den Fingerspitzen auf das Foto. »Er sieht auch wie ein übler Kerl aus.«

»Das ist gut«, entgegnete Decker. »Üble Kerle bleiben im Gedächtnis. Es sind die netten Jungs, die am gefährlichsten sind. Das sind die, bei denen die Nachbarn hinterher sagen, sie hätten das nie erwartet.«

KAPITEL 15

Nachdem Donatti die Tür zu seinem Büro im Erdgeschoss hinter sich zugezogen und auf das grüne Symbol auf dem Telefon getippt hatte, meldete er sich: »Ja?«

»Wir haben ihn.« Es war dieselbe Stimme, mit der er während der vergangenen Wochen gesprochen hatte. Sie waren schnell Freunde geworden.

Donatti lächelte. Devek war nicht unbedingt ein Teamplayer. Er hatte sich gegen die Unterzeichnung der Scheidungspapiere gesträubt. Es widerstrebte ihm, zu Sanjay zu gehen. Er brauchte einen Schubs, etwas, das ihm Feuer unterm Hintern machte. Und genau das bekam er nun von Donatti. »Danke.«

»Sie brauchen mir nicht zu danken. Zahlen Sie einfach das zusätzliche Geld, das Sie mir dafür versprochen haben.«

»Das werde ich, wenn ich mir sicher bin, dass er es ist. Ich werde mehrere Bilder benötigen. Und zwei Zeitungen. Die *Times of India* auf Englisch und *Dainik Bhaskar*. Und ich will mindestens sechs Fotos von ihm mit dem Kind und der Zeitung sehen. Schicken Sie sie mir in fünf Minuten.«

»Donatti, er ist es.«

»Ich traue vor allem meinen eigenen Augen, und da ich die Schecks ausstelle, will ich mehr haben als nur Ihr Wort.«

Er legte auf und schnappte sich zwei Blätter Papier. Er war bereits aus der Tür, auf dem Weg zu Gabes Zimmer, und winkte dem Wachposten zu, der vor der Tür des Mädchens stand.

»Wie geht's, Jeff?«

»Gut, Mr. Donatti. Ist alles in Ordnung?«

»Alles bestens.« Er durchlief die gewohnte Routine, um in die privaten Räume seines Sohnes zu gelangen: Pupillenerkennung und dann der Code. Er öffnete die Tür und unterbrach damit Juleens Spanischstunde. Ihre Lehrerin war eine seiner Sexarbeiterinnen. Die Frau war brünett und vollbusig und entsprach in jeder Hinsicht dem gängigen Bild der Latina-Sexbombe, von der Männer träumten. In ihrem Heimatland Venezuela hatte sie eine Ausbildung zur Erzieherin gemacht, aber da Geld und Lebensmittel knapp waren und sie Englisch sprach, hatte ihre Familie sie dafür auserwählt, nach Amerika überzusiedeln und US-Dollar nach Hause zu schicken. Es gab seriösere Wege, Essen auf den Tisch zu bringen, aber keiner war so schnell wie Sexarbeit.

»Die Stunde ist zu Ende«, verkündete Donatti. »Danke, Daniela. Sie sehen Juleen dann morgen wieder.«

Verwirrung zeichnete sich auf ihrem Gesicht ab. Trotzdem sammelte Daniela ihre Unterlagen ein. Sie war es gewohnt, Befehle entgegenzunehmen, ohne Fragen zu stellen. Als sie gegangen war und die Tür geschlossen hatte, klingelte Donattis Handy.

»Ich schicke Ihnen die Fotos jetzt auf WhatsApp«, sagte die Stimme. »Sie werden in dreißig Sekunden von selbst gelöscht.«

»Ich brauche mehr Zeit, mindestens zwei Minuten.«

Die Verbindung wurde unterbrochen. Donatti winkte Juleen mit dem Zeigefinger zu sich. Das Mädchen trug ein ärmelloses gelbes Top und weiße Shorts. Vor Kurzem hatte man ihr den Verband von ihrem verstauchten Knöchel abgenommen, sodass sie jetzt Flip-Flops tragen konnte. Die heutigen waren rosa mit roten Herzchen. Als sie dicht neben ihm stand, zog er sie noch näher und zeigte ihr das Display seines Handys. »Ich werde dir ein paar Bilder zeigen. Wenn du das Gesicht erkennst, will ich, dass du mir sagst, wer das ist, okay?«

Sie nickte ernst. Als Donatti das Bimmeln hörte, rief er die Bilder auf. Er drehte sich zu ihr um. »Wer ist das?«

Juleens Augen wurden feucht. »Das ist mein Vater.«

»Scroll alle Bilder durch.«

Sie wischte über das Handy. Es waren sechs Bilder. »Es ist mein Vater.«

»Bist du dir hundertprozentig sicher?«

»Ja.«

»Denn wenn du dir nicht sicher bist, sag es mir jetzt gleich. Es kostet mich viel Geld.«

»Er ist es. Er hat in seinem Gesicht ein kleines Muttermal an der Seite.« Die Tränen liefen jetzt über ihre glatten, braunen Wangen. »Ich bin mir sicher.«

Donatti zog das Handy weg und betrachtete die Zeitungen, dann sah er sich die gedruckten Ausgaben an, die er selbst in der Hand hielt. Die Ausgabe der *Times of India* passte zu der Zeitung, die Devek vor sich hielt, Schlagzeile für Schlagzeile. Er zeigte Juleen die Kopie, die er von der ersten Seite der *Dainik Bhaskar* gemacht hatte, einer weit verbreiteten indischen Zeitung, die auf Hindi geschrieben war. Dann zeigte er ihr die Zeitung, die Devek in der Hand hielt.

»Sind diese Zeitungen identisch?«

Sie wischte sich über die Augen und betrachtete sie. »Die Schlagzeilen passen zusammen.«

»Lies den Leitartikel. Sag mir, ob sie Wort für Wort übereinstimmen.«

Juleen las ungefähr dreißig Sekunden lang, und ihre Augen sprangen zwischen den beiden Ausgaben hin und her. Dann schaute sie auf. »Das Bild wird immer verpixelter ..., es löst sich auf.«

»Haben sie übereingestimmt?«

»Soweit ich sehen konnte, ja.«

»Okay.« Er wartete ein paar Minuten, während er ungeduldig mit dem Fuß auf den Boden tappte. Das Mädchen saß stumm da, und weitere Tränen liefen ihr über die Wangen. Donattis Handy bimmelte. Neue Bilder tauchten auf. Er zeigte sie dem Mädchen. »Wer ist das?«

Ihre Unterlippe zitterte, als sie durch die Bilder scrollte. »Es sind mein Vater und mein Bruder.«

»Bist du dir sicher?«

»Absolut.« Sie gab ein leises Schluchzen von sich. »Er sieht glücklich aus. Sanjay. Er lächelt.«

»Ich bin mir sicher, dass er sehr glücklich darüber ist, seinen Dad zu sehen. Er ist bestimmt erleichtert. Jetzt geh in dein Zimmer, und komm erst wieder raus, wenn ich es dir sage. Nicht wie beim letzten Mal. Du wirst mein Gespräch nicht belauschen.«

Sie ließ den Kopf hängen. »Ja, Sir.«

Donatti hielt sie am Arm fest. »Juleen, es wird alles wieder gut.«

Sie biss sich auf die Unterlippe und nickte. Er ließ sie los. Kurz darauf klingelte sein Handy. Die Stimme in der Leitung sagte: »Zufrieden?«

»Ich brauche ein Video von den beiden. Ich muss ihre Stimmen hören.«

»Das war nicht Teil der Abmachung.«

»Tja, jetzt schon. Sie ändern ständig die Bedingungen, und ich tue das auch. Folgendes will ich auf dem Video sehen. Ich will, dass die beiden entspannt sind. Ich will, dass sie lächeln. Ich will, dass der Junge sagt: *Wir sehen uns bald, Mommy.* Der Mann soll sagen: *Danke, Chris, für all Ihre Hilfe.* Anschließend will ich dann, dass Sie mit dem Mann weggehen und ihn das Fürchten lehren und ihn dazu bringen, die Papiere zu unterzeichnen, die er unterzeichnen muss. Ich schicke Ihnen einhundert jetzt und vierhundert, wenn ich das Video habe.«

Donatti legte auf und wollte gerade an Juleens Tür klopfen, als sein Handy erneut klingelte. Die Stimme sagte: »Vierhundert jetzt und hundert, nachdem ich Ihnen ein Video geschickt habe. Das wird seine Zeit dauern. Ich muss es erst anfertigen. Dafür muss ich Ihnen etwas extra berechnen.«

»Zu Folgendem bin ich bereit: Zweihundertfünfzig jetzt und zweihundertfünfzig, wenn ich das Video bekommen habe.«

Der Mann am anderen Ende der Leitung dachte kurz nach. »Wir unterhalten uns in vierundzwanzig Stunden noch mal.«

»Soll mir recht sein, aber Sie bekommen keinen Penny mehr als zweihundertfünfzig, bis ich das Video gesehen habe.«

»Jetzt, wo wir den Mann haben, werde ich mehr von Ihnen brauchen. Der Junge befolgt Anweisungen. Der Mann ist ein Risiko.«

»Der Mann ist ein Feigling und scheißt sich vor Angst in die Hosen. Ich bin mir sicher, dass er keine Probleme machen wird.«

»Er kann ziemlich stur sein.«

»Bestimmt sind Sie es gewohnt, mit sturen Menschen umzugehen.«

»Wenn wir es mit sturen Menschen zu tun haben, sorgen wir in der Regel für eine dauerhafte Lösung. Das kostet natürlich mehr.«

»Im Augenblick habe ich kein Interesse an einer dauerhaften Lösung.«

»Jeder Tag, den er weiterlebt, stellt eine Belastung dar. Wenn Sie ihn jetzt ausschalten, braucht er keine Papiere mehr zu unterschreiben. Aber wie gesagt, das wird Sie zusätzliches Geld kosten. Ihn auszuschalten muss sorgfältig geplant werden.«

»Sorgen Sie dafür, dass er gesund bleibt«, sagte Donatti. »Ich schicke Ihnen die Zweihundertfünfzig, und die zweite Rate kommt, nachdem ich das Video von Ihnen erhalten habe. Und es muss genau das sein, was ich verlangt habe. Ich werde es ihr zeigen, und wenn ich kein lächelndes Kind habe, ist es nutzlos für mich.«

Er legte auf.

Sein Herzschlag hatte sich während des Gesprächs verlangsamt. Seine Atemzüge waren gleichmäßig und tief. Nicht einmal ein Hauch von Unruhe. Wenn es ihn nicht so viel Geld gekostet hätte, hätte er die Prozedur sogar genossen. Er ging durch den Raum und klopfte laut an Juleens Tür. »Du kannst jetzt rauskommen.«

Sie öffnete die Tür. Ihre Augen waren rot.

»Hast du etwa gelauscht?«

»Ich habe gar nichts gehört. Ich habe auf meinem Bett gelegen und mir ein Kissen aufs Gesicht gedrückt.«

»Das erscheint mir ein wenig extrem.«

»Ich wollte nicht, dass Sie mich anbrüllen.«

»Nimm mein Gebrüll nicht persönlich.« Donatti schaute auf seine Armbanduhr. »Dein nächster Lehrer wird in fünfundvierzig Minuten hier sein. Bis dahin kannst du Pause machen.« Ihr Blick war auf den Boden gerichtet. »Kein Wort zu deiner Mutter.«

»Ich weiß.« Sie schaute mit Terrys Gesicht, aber ihren eigenen dunklen Augen zu ihm auf. »Mein Vater ist zu Sanjay gegangen?«

Nachdem man ihm eine Pistole an den Hinterkopf gehalten hat. Donatti sagte: »Ja, das hat er getan.«

»Also ist er kein Feigling.«

»Nein, er ist ein mutiger Mann und ein guter Vater.«

Sie nickte, und Tränen stiegen ihr in die Augen. »Wird es ihnen gut gehen?«

»Ich hoffe es, Juleen. Es kostet mich viel Geld, dafür zu sorgen, dass es ihnen gut geht. Spricht deine Mutter manchmal mit dir darüber – darüber, was mit Sanjay passiert ist?«

»Nein.« Juleen schüttelte den Kopf. »Wir reden überhaupt nicht über den Tag.«

»Sie stellt dir keine Fragen wegen Sanjay? Erkundigt sich nicht, was ich tue?«

»Nein. Ich glaube, sie will nicht, dass ich darüber nachdenke.«

»Das ist gut.« Donatti hielt inne. »Was willst du zu Abend essen?«

»Ich hab keinen Hunger.«

»Regel Nummer eins: Achte auf dich. Ich wiederhole, was willst du zu Abend essen?«

»Ich bin froh, dass mein Vater bei Sanjay ist. Dann hat mein Bruder nicht so große Angst.«

Donatti schaute in ihr niedergeschlagenes Gesicht. »Ich weiß, dass du die beiden vermisst. Ich hoffe wirklich, dass wir alles regeln können. Dann kannst du sie wiedersehen.«

»Sie würden mir erlauben, meinen Vater zu sehen?«

»Selbstverständlich. Wenn das alles vorbei ist. Du wirst natürlich nicht bei ihm wohnen. Du und Sanjay, ihr werdet hier bei eurer Mutter leben. Aber du kannst ihn in Mumbai besuchen … oder Goa. Ich glaube, er lebt jetzt in Goa. Und er darf dich besuchen. Dein Vater ist dein Vater und wird immer dein Vater bleiben.«

»Dann werden wir hier wohnen?«

»Nicht hier bei mir, aber ihr werdet mit Mommy in Nevada wohnen.«

»Nevada?« Sie sah ihn verwirrt an. »Ist das eine Stadt oder ein Bundesstaat?«

»Es ist ein Bundestaat.«

»Liegt er am Meer?«

»Nein, er liegt im Landesinneren. Aber es gibt dort Berge und eine Wüste und einen großen, natürlichen See namens Lake Tahoe, an dem viele Filmstars ihre Häuser haben. Auf einer Seite des Ufers befindet sich Nevada, und auf der anderen liegt Kalifornien. Du, Sanjay und Mommy könntet dort wohnen. Aber vielleicht bevorzugt ihr drei ja auch eine größere Stadt namens Reno oder vielleicht eine noch größere namens Las Vegas. Ganz gleich, welchen Ort Mommy auswählt, er wird winzig sein verglichen mit indischen Städten.«

»Von Las Vegas habe ich schon gehört«, antwortete sie ihm. »Mein Vater hat davon gesprochen, dort Urlaub zu machen.«

Darauf möchte ich wetten. Laut sagte Donatti: »Mommy wird mich an einigen Wochenenden besuchen, aber die meiste Zeit werdet ihr zu dritt sein. Möchtest du Spaghetti zum Abendessen?«

Sie nickte. »Spaghetti gehen klar. Mommy isst gern Spaghetti. Kann sie schon Spaghetti essen?«

»Das weiß ich nicht, aber Mommy wird heute Abend mit mir essen. Das ist aber erst gegen acht, halb neun, also kann sie einige Zeit mit dir verbringen.«

»Danke, Chris.« Weitere Tränen.

Donatti betrachtete das Mädchen. »Du musst fröhlich sein, Juleen. Wenn du traurig bist, wird Mommy auch traurig. Und ich mag eine glückliche Mommy statt einer traurigen. Eine traurige Mommy ist eine Nervensäge.«

»Hassen Sie mich?«, platzte sie heraus.

Er betrachtete ihr Gesicht: Sie sah so ernst aus, dass es schon wieder komisch war. »Nein, ich hasse dich nicht. Warum sollte ich dich hassen?«

»Ich bin nicht Ihr Kind.« Sie senkte den Blick. »Ich fühle mich wie eine Belastung.«

»Du bist keine Belastung«, sagte Donatti. »Aber es ist nun mal so, dass ich nicht viel mit dir anfangen kann. Du nimmst mir Mommy weg, und du bringst mir kein Geld ein, daher taugst du von meinem Standpunkt aus zu nicht viel. Aber ich hasse dich nicht.«

»Aber Sanjay mögen Sie?«

»Ich kenne Sanjay gar nicht, wie kann ich sagen, ob ich ihn mag oder nicht mag?«

»Aber Sie zahlen Geld für ihn.«

»Das tue ich für Mommy. Ich will, dass sie glücklich ist.«

»Würden Sie auch für mich Geld zahlen?«

»Natürlich würde ich für dich zahlen. Mommy liebt dich. Sie wäre ohne dich *sehr* unglücklich. Mein Lebensziel ist es, dafür zu sorgen, dass Mommy glücklich ist.«

»Haben Sie Gabe lieb?«

»Das sind viele Fragen, Juleen.«

»Tun Sie es? Lieben Sie Gabe?«

Er verdrehte die Augen. »Gabe ist mein Sohn. Ich würde alles für ihn tun. Wenn das Liebe ist, dann liebe ich ihn wohl.«

»Warum heißt Gabe mit Nachnamen Whitman und Sie Donatti?«

»Geboren wurde ich als Christopher Whitman. Als ich deine Mutter kennenlernte, war ich Christopher Whitman. Doch dann fing ich an, für meinen Onkel zu arbeiten, Joseph Donatti, und der bat mich, seinen Namen anzunehmen.«

»Warum hat Gabe dann nicht auch seinen Namen geändert?«

»Ich habe den Namen nicht in der Geburtsurkunde deines Bruders eingetragen, das war Mommy. Und jetzt Schluss mit den Fragen.«

»Mommy liebt mich, wissen Sie? Auch wenn Sie nichts mit mir anfangen können.«

»Das weiß ich doch.«

Sie reckte trotzig das Kinn vor, während sie sprach. »Aber *mich* liebt sie noch mehr, als sie *Sie* liebt.«

»Das steht definitiv fest. Zum letzten Mal, was willst du zu Abend essen?«

»Ich dachte, wir hätten uns auf Spaghetti geeinigt.«

»Ja, haben wir. Mein Fehler.« Er machte Anstalten zu gehen. Diesmal hielt sie ihn am Arm fest. »Was?«

»Danke, dass Sie Mommy helfen, und danke, dass Sie mir helfen, vor allem, da Sie nichts mit mir anfangen können. Und nein, ich meine das nicht ironisch.«

Er entzog ihr seinen Arm und betrachtete sie. »Du bist ein hübsches Mädchen, Juleen. Eines Tages wirst du eine wunderschöne Frau sein. Mein einziger Rat an dich ist, die Beine zusammenzuhalten. Du willst doch nicht so enden wie deine Mutter mit einem Hund wie mir. Du kannst etwas Besseres haben.«

»Ich mag keine Jungs.«

»Ja, das hast du mir bereits erzählt. Eines Tages wirst du deine Meinung ändern.«

»Nein, werde ich nicht!«

Donatti dachte kurz nach. »Magst du Mädchen?«

»Nein. Eklig! Ich meine, ich liebe Mommy, aber sie zählt da nicht mit.« Sie seufzte. »Es tut mir leid, wenn ich unhöflich zu Ihnen war, Chris.« Tränen traten ihr in die Augen. »Ich … ich werde mich bessern. Es tut mir leid.«

Er kniete sich vor sie, legte ihr die Hände auf die Schultern und sah ihr in die Augen. »Es ist schwer, im Chaos zu leben. Dafür hältst du dich sehr gut.«

»Danke.«

»Aber du darfst nicht vergessen, dass ich hier der Boss bin. Zum Boss ist man nicht frech. Es ist nicht gut, frech zu sein, Punkt. Es macht die Leute sauer.«

»Es tut mir leid.«

»Ich schimpfe nicht mit dir, Juleen. Ich erkläre dir nur, dass es eine schlechte Strategie ist, jemandem respektlos zu begegnen. Und es ist eine sehr schlechte Strategie, mir respektlos zu begegnen.«

»Ich weiß.«

»Andererseits ist es auch nicht gut, einen Fußabtreter aus sich machen zu lassen, erst recht nicht für ein Mädchen. Die Typen werden versuchen, dich herumzuschubsen und zu allem Möglichen zu überreden. Lass dich nicht in ihren Bullshit hineinziehen. Entscheide selbst, was für dich wichtig ist, und nimm es dir. Wenn jemand nicht nett zu dir ist, sagst du es *mir*. Ich bin nicht dein Vater. Ich werde nie dein Vater sein. Das will ich auch gar nicht. Aber du bist Mommys Tochter, und deswegen werde ich bis in alle Ewigkeit auf dich aufpassen.«

»Danke.« Juleen trocknete sich die Augen mit ihrem gelben Top. »Und werden Sie auch auf Sanjay aufpassen?«

»Wenn er erst mal hier ist, werde ich das natürlich tun.«

»Und auch auf Mommy.«

»Ganz besonders auf Mommy.« Wieder flossen ihr Tränen aus den Augen. »Sie braucht Schutz.«

»Ja, das tut sie.« Donatti nickte. »Ich hab das im Griff.«

KAPITEL 16

McAdams drehte den Türknauf von Micky Andersons Bar and Grill hin und her. Als er feststellte, dass abgeschlossen war, klopfte er an die Tür. Da niemand reagierte, spähte er durchs Fenster. Alles schien ruhig zu sein, die Stühle standen verkehrt herum auf den Tischen, das Licht war aus. Er rief Decker an. »Bisher hatte ich kein Glück. Alle netten Restaurants haben bis vier Uhr nachmittags geschlossen. Ich bin in zwei Cafés gewesen, die beide Coffee to go anbieten. Einer der Baristas hat Pauline erkannt, aber nicht Brock Baer. Im anderen Café habe ich bei beiden eine Niete gezogen.«

»Der Mann, der sie erkannt hat … was hat er gesagt?«

»Er hat gesagt, Pauline sei gelegentlich dort gewesen und habe einen Kaffee bestellt – einen Mochaccino, glaube ich. Pauline sei freundlich gewesen, die ganze Angelegenheit habe jedoch immer nur circa dreißig Sekunden in Anspruch genommen. Hast du etwas herausgefunden?«

»Wie du gesagt hast, die besseren Restaurants haben noch geschlossen. Ich war in einer Bäckerei mit angeschlossenem Café. Niemand kann sich an Pauline erinnern. Dann war ich in einem Sandwich-Laden im Supermarkt. Die Person hinter dem Tresen hat Paulines Gesicht erkannt, das war aber auch so ziemlich alles. Im Supermarkt habe ich einen siebzehnjährigen Regalauffüller gefunden, der sich definitiv an sie erinnert. Er sagte, sie habe gern geflirtet.«

»Wow, sie steht auf sehr junge Typen.«

»Es hat ihm nichts ausgemacht«, sagte Decker. »Aber dann hat er mir erzählt, sie sei plötzlich nicht mehr aufgetaucht, was zu den Informationen passt, die mir die Kassiererinnen gegeben haben, mit denen ich gesprochen habe. Einige erinnern sich an sie, aber sie haben sie eine Weile nicht gesehen – eher seit Monaten als seit Wochen. Und das würde dazu passen, dass sie zu der Zeit bei Elsie Schulung eingezogen ist.«

»Gibt es einen Lebensmittelladen, der näher an Elsies Haus liegt?«

»Sicher weiß ich es nicht, aber ich meine, mich an ein kleines Lebensmittelgeschäft ungefähr fünf Minuten entfernt zu erinnern. Ich habe mir nie die Mühe gemacht, mit jemandem dort zu reden, weil es ja nicht unser Fall war und Quay deutlich gemacht hatte, dass wir uns fernhalten sollen.«

»Wie weit ist es von Elsies Haus bis in die Stadt?«, fragte McAdams.

»Zu Fuß erreichbar. Fünfzehn bis zwanzig Minuten.«

»Gibt es dort Restaurants?«

»Soweit ich mich erinnere, nein. Ich glaube, es gibt einen Minimarkt an einer Tankstelle, wo man Kaffee und einen Donut bekommt, aber ohne Sitzplätze.«

»Wenn man also in ein richtiges Restaurant will, müsste man in die Stadt gehen«, fasste McAdams zusammen.

»So sieht's aus.«

»Im Moment hat allerdings alles zu. Wo essen die Leute zu Mittag?«

»Zu Hause. Covid hat einen großen Teil des Mittagsgeschäfts plattgemacht.«

»Ich schaue gerade auf meine Karte, und ungefähr zwei Blocks entfernt gibt es ein Lokal namens Burgers and Dogs. Ich weiß nicht, ob es da nur etwas zum Mitnehmen gibt oder ob man dort auch essen kann, aber da werde ich mein Glück als Nächstes versuchen.«

»Burgers and Dogs«, wiederholte Decker. »Das ist fünf Blocks von mir entfernt. Warte auf mich.«

»Ich habe ziemlichen Hunger. Willst du einen Burg... Moment mal, was rede ich da? Ich nehme an, die haben nichts Vegetarisches.«

»Ist schon gut. Aber ich könnte was zu trinken gebrauchen. Es ist heiß hier draußen.«

»Das ist es«, stimmte McAdams ihm zu. »Lass uns da reingehen und die Einheimischen belästigen.«

Wenige Minuten später standen sie vor einem Diner. Drinnen roch es nach gebratenem Fleisch, Speck und geschmolzenem Käse. Der Raum beherbergte etwa ein Dutzend Tische mit Linoleumplatten, auf denen Platzdeckchen für zwei bis vier Personen lagen. Die Sitzgelegenheiten passten nicht zusammen: Es war ein Durcheinander von Stahl-, Holz- und Rohrstühlen. Die große Theke war gut besucht. Sie fanden einen freien Tisch, und eine Kellnerin brachte ihnen die Speisekarten. Sie war in den Zwanzigern und hatte einen langen, blonden Pferdeschwanz, ein rundes Gesicht, eine markante Stirn und weit auseinanderliegende blaue Augen. Sie trug ein langes Jeanskleid über einem langärmligen schwarzen T-Shirt. Auf ihrem Namensschild stand MARY.

»Als Tagessuppe haben wir heute weiße Bohnen, und an Kuchen kann ich Ihnen einen mit Erdbeeren anbieten.«

»Danke.« Nachdem sie gegangen war, sah Decker McAdams an. »Erinnerst du dich noch an Eli Wolf?«

»Du meinst, sie ist Mennonitin?«, fragte McAdams.

»Könnte sein. Das Kleid und der ganze Look. Wir sind hier am richtigen geografischen Ort. Ich meine nicht speziell Baniff, aber wir sind nicht allzu weit von Lancaster entfernt.«

Er dachte kurz nach. »Hast du je mit ihnen gesprochen? Mit den Wolfs?«

»Nein.« Decker schüttelte den Kopf. »Wenn ich über all die leidenden Menschen nachdenken würde, denen ich begegnet bin …« Er seufzte. »Es ist wirklich schwer, aber man muss einen Fall im Kopf abhaken und sich dem nächsten zuwenden.« Er schaute auf die Speisekarte. »Ich werde mich an Kaffee halten. Ich frage mich, ob sie hier auch Eiskaffee haben.«

»Es gibt einen Veggie-Burger.«

»Der wird auf demselben Grill gebraten wie die Fleischburger. Aber bestell dir, was du willst, Tyler.«

»Ich nehme den Veggie-Burger.«

»Nimm doch einen richtigen.«

»Ich versuche, meinen Verzehr von rotem Fleisch im Auge zu behalten.« McAdams legte die Speisekarte beiseite, und Mary kam an ihren Tisch.

»Was darf ich Ihnen bringen?«

»Haben Sie Eiskaffee?«, fragte Decker.

»Aber sicher doch.«

»Danke.«

»Ist das alles?«

»Ja.«

»Soll eine Kugel Eis dazu?«

»Das klingt eigentlich ziemlich gut.«

»Schlagsahne?«

»Na klar.«

Sie wandte sich an McAdams.

»Einen Veggie-Burger, keine Pommes.«

»Möchten Sie einen Salat als Beilage?«

»Gern.«

»Seit wann arbeiten Sie schon hier, Mary?«, fragte Decker.

Die Kellnerin wirkte für einen Augenblick verwirrt. »Ich?« Decker nickte. »Seit fünf Jahren«, antwortete sie.

»Eine lange Zeit.«

»Ja. Ich bin sehr dankbar, dass ich diesen Job habe.«

»Das kann ich mir vorstellen.« Decker zog ein Foto hervor. »Haben Sie diese Frau schon mal gesehen?«

»Das ist Pauline. Sie ist früher zwei bis drei Mal die Woche hier gewesen.«

»Sie kam früher hierher?«

»Ich habe sie schon seit einer Weile nicht mehr gesehen. Warum fragen Sie?«

Als Decker seine Dienstmarke hervorholte, sagte sie: »Sie sind von der Polizei?«

»Detectives«, bestätigte McAdams.

»Was ist mit Pauline? Wenn Sie hier sind, muss es etwas Schlimmes sein.«

»Das ist es. Sie ist leider verstorben.«

Mary blickte auf den Notizblock in ihrer Hand. »Ich muss diese Bestellungen an die Küche weitergeben.«

»Wenn Sie einen Moment Zeit haben …«, sagte Decker.

»Ich kannte sie kaum.«

»Was immer Sie uns erzählen können.« Decker schaute sich um. »Natürlich nicht jetzt. Es ist viel zu tun. Vielleicht in einer Stunde oder so?«

Mary nickte und verschwand. Als sie McAdams' Essen und die Getränke brachte, nahm Decker eine kühlere Haltung bei ihr wahr.

McAdams fiel das ebenfalls auf. Er griff nach seinem Veggie-Burger und sagte: »Wir lassen ihr besser ein ordentliches Trinkgeld da.«

Decker nahm einen Schluck von seinem Eiskaffee. »Der ist ausgesprochen gut.«

»Das hier ist auch lecker«, sagte McAdams nach dem ersten Bissen. »Wollen wir uns den teilen?«

»Nein, mir reicht das hier. Ich nehme an, wir sollten Quay wissen lassen, was wir vorhaben.«

»Ich glaube, sie wird freier reden, wenn die hiesige Polizei nicht dabei ist«, überlegte McAdams.

»Ein guter Einwand. Ich schicke ihm eine SMS und teile ihm mit, dass wir in unserem Wagen zu Mittag essen. Dann wird er sich nicht zu uns gesellen wollen.« Deckers Finger flogen über sein Handy. Einen Moment später bimmelte es. Er las die Nachricht und sagte. »Quay geht zurück ins Revier. Ich habe ihm gesagt, dass wir ihn in einer Stunde anrufen und uns gegenseitig Bericht erstatten.«

»Hat er etwas gefunden?«

»Keine Ahnung.« Decker leerte seinen Eiskaffee. »Ich könnte ein Glas Wasser gebrauchen.«

»Ich auch.« McAdams gelang es, Marys Aufmerksamkeit auf sich zu lenken. Er formte lautlos mit den Lippen die Worte: »Zwei Gläser Wasser.« Innerhalb einer Minute standen die Gläser auch schon auf dem Tisch. Marys Haltung ihnen gegenüber war jedoch nicht freundlicher geworden.

Als sie die Rechnung mit einer Kreditkarte bezahlten, gaben sie ein riesiges Trinkgeld. Mary entging das nicht. Direkt nachdem sie die Zahlung abgewickelt und ihnen die Plastikkarte zurückgegeben hatte, setzte sie sich an ihren Tisch. »Ich kann fünf Minuten für Sie erübrigen. Aber ehrlich gesagt, so lange werden wir nicht brauchen. Wie ich bereits gesagt habe, ich kannte sie eigentlich gar nicht.«

»Haben Sie diesen Typen schon mal gesehen?« Decker holte den Schnappschuss von Brock Baer heraus und legte ihn auf den Tisch.

Sie betrachtete das Foto. »Nicht zusammen mit Pauline. Sie war immer allein, wenn sie hierherkam. Nachdem sie weggezogen war, war sie noch ein paarmal mit Elsie hier.«

»Sie kannten also Elsie?«

»Nicht richtig. Pauline hat sie mir vorgestellt.« Mary biss sich auf die Unterlippe. »Die beiden lebten zusammen. Ich habe gespürt, dass da mehr zwischen ihnen war als nur Freundschaft.« Sie zuckte die Achseln. »Moderne Welt.«

»In der Tat.« Decker tippte auf das Foto. »Sie kennen diesen Mann also nicht?«

»Das habe ich nicht gesagt. Er war einmal hier. Ich erinnere mich daran, weil ich ihn bedient habe.«

»Wirklich?« Decker spürte einen Anflug von Aufregung. »Hat er mit Ihnen über Pauline gesprochen?«

»Er hat sie erwähnt. Das könnte so vor vier Monaten gewesen sein.« Sie starrte immer noch auf das Foto. »Auf dem Bild sieht er gemein aus. In Fleisch und Blut hat er ein nettes Lächeln. Er ist irgendwie süß.«

»Und er hat mit Ihnen über Pauline gesprochen?«, hakte McAdams nach.

»Er hat nicht so was in der Richtung gesagt wie: ›Kennen Sie Pauline und wissen Sie, wo ich Sie finde?‹«

»Okay«, sagte Decker. »Wie war es dann?«

»Ich glaube, er hat erwähnt, dass er sie von früher kennt. Ich habe ihm gesagt, dass ich sie in letzter Zeit nicht gesehen habe.« Sie atmete tief durch. »Das war's eigentlich schon.«

»Perfekt«, antwortete Decker. »Und Sie glauben, das könnte vor ungefähr vier Monaten gewesen sein?«

»Drei oder vier, ja«, bestätigte Mary. »Nachdem Pauline bei Elsie eingezogen war.«

»Was für ein Mensch war Pauline?«, fragte Decker weiter.

»Sie war freundlich – Sie wissen schon, hat mit Leuten an Tischen am anderen Ende des Raums gesprochen. Sie kam zum Mittagessen her.« Mary schwieg kurz. »Ich glaube nicht, dass sie einen Job hatte.«

»Warum das?«, fragte McAdams.

»Keine Ahnung. Man bekommt einfach ein Gefühl für Menschen. Sie schien es nie eilig zu haben. Und sie hat immer das gleiche Trinkgeld gegeben, ganz egal, was sie gegessen hatte. Drei Dollar und fünfzig Cent. Nicht besonders großzügig, wenn sie sich eine volle Mahlzeit hat servieren lassen, aber sie gab auch drei Dollar fünfzig, wenn sie nur auf eine Cola reingekommen ist. Das hat sich ausgeglichen.« Mary stand auf. »Ich muss wieder an die Arbeit.«

»Danke, dass Sie sich Zeit für uns genommen haben«, sagte Decker.

»Ich danke Ihnen für Ihr Trinkgeld«, erwiderte sie. »Ich nehme an, das war für den Service *und* für die Informationen. Obwohl ich nicht viele Informationen hatte.«

»Es waren tolle Informationen.« Decker hielt inne. »Nur so aus Neugier, wie heißen Sie mit Nachnamen, Mary?«

»Yost. Warum?«

»Ich bin nur neugierig.«

»Wenn Sie es sagen.« Mary ging.

Als sie außer Hörweite war, sagte McAdams: »Bei einer Mennonitin hätte ich eher so etwas wie Yoder erwartet, aber Yost ist ja fast das Gleiche. Wie dem auch sei, wir wissen jetzt, dass Baer hier war.«

»Es beweist eine noch nicht lange zurückliegende Verbindung zwischen ihnen, vor allem, weil er Pauline Mary gegenüber erwähnt hat«, pflichtete Decker ihm bei. »Wenigstens fühlt es sich jetzt nicht mehr nach Zeitverschwendung an.«

»Was denkst du, was er von ihr wollte? Eine alte Beziehung wieder aufleben lassen? Vergeltung? Oder war er einfach nur auf der Durchreise und hat gedacht, er sollte mal Hallo sagen?«

»Letzteres bezweifle ich. Mal sehen, ob wir es herausfinden.«

Decker schaute auf die Uhr. »Es ist kurz nach drei. Wann, glaubst du, öffnen die Bars?«

»Die Happy Hour beginnt normalerweise um vier.«

»Wir könnten uns weiter unauffällig umhören«, schlug McAdams vor. »Mein Motto ist: Je weniger Leute die Sache vermasseln können, desto besser.«

»Was hältst du von einer Übernachtung hier?«, fragte Decker.

»Wie lange werden wir brauchen, was meinst du?«

»Keine Ahnung. Aber ich habe vor, dieses Gebiet gründlich zu erkunden, das heißt, dass ich mit allen Mitarbeitern der Restaurants und Bars reden werde. Außerdem möchte ich noch einmal zu Elsies Haus fahren und mich dort umhören. Wozu die Eile, wenn Rina sowieso nicht zu Hause ist?«

»Ein Argument dagegen ist, dass ich nichts eingepackt habe.«

»Ich weiß, du bist an das gute Leben gewöhnt, aber du wirst auch ohne Wechselsachen überleben.« Decker schaute in seinem Handy nach Unterkünften. »Tut mir leid, Harvard, ich sehe kein Ritz in der Nähe.«

»Ich gebe mich auch mit Relais & Château zufrieden, Old Man.« McAdams lächelte. »Wäre es zu viel verlangt, dich zu bitten, etwas Sauberes auszusuchen?«

Decker schaute auf seine Karte. »Nicht ganz einen Kilometer von hier ist ein MotoInn. Außerdem gibt es etwas, das wie ein Boutique-Hotel aussieht, das Lancaster's Red Rose nur ein paar Blocks entfernt. Sollen wir uns das mal ansehen?«

»In welchem der Häuser ist die Wahrscheinlichkeit am geringsten, dass ich mir Bettwanzen einfange?«

»Das weiß ich nicht, aber in der Unterkunft, die von Leuten aus der Gegend geführt wird, ist die Wahrscheinlichkeit größer, dass wir Informationen bekommen.«

McAdams seufzte. »Dann also auf ins Lancaster's Red Rose.«

Um Viertel vor vier checkten sie in ihre jeweiligen Zimmer ein. Deckers Raum war klein und mit nachgemachten viktorianischen Möbeln ausgestattet. Dazu gehörte eine abgenutzte Kommode mit einem Keramikwaschbecken darauf – überflüssig, denn es waren durchaus sanitäre Anlagen vorhanden. Das Bett war schmal, aber für eine Person ausreichend. Die Matratze war durchgelegen, und die Federn quietschten. Auf dem Nachttisch stand eine kleine Vase mit frischen Blumen. Im Bad gehörten Shampoo, Seife und jede Menge heißes Wasser zu den Annehmlichkeiten. Decker duschte, zog sich wieder an und traf sich eine halbe Stunde später mit McAdams in der Lobby. Sie riefen Jake Quay an, der ein Treffen im Hotel um fünf Uhr vorschlug. In der Zwischenzeit fanden sie eine Drogerie, wo sie Zahnbürsten, Zahnpasta, eine Packung mit Einwegrasierern und zwei Kämme kauften.

Sie gingen zurück ins Hotel, und Decker ließ ihre Einkäufe zur Aufbewahrung an der Rezeption. Die zuständige Angestellte hatte kurze, zitronengelbe Haare, ein blasses Gesicht und braune Augen. Sie schien in den Fünfzigern zu sein. Auf ihrem Namensschild stand BETH. »Soll ich das in Ihre Zimmer bringen lassen?«, fragte sie.

»Wir holen die Sachen ab, wenn wir wiederkommen.« Decker schaute nach rechts. Das Hotel verfügte über eine kleine Bar inklusive Cocktaillounge. Er holte ein Foto von Pauline Corbett heraus. »Kennen Sie diese Frau?«

»Das ist Pauline«, sagte Beth wie aus der Pistole geschossen. Dann kniff sie die Augen zusammen. »Warum fragen Sie?«

Decker zückte seine Dienstmarke. »Wir suchen nach Informationen über sie.«

»Warum? Was hat sie getan?«

»Das versuchen wir rauszufinden.«

Mit Blick auf die Brieftasche sagte Beth: »Die Dienstmarken sehen ja durchaus echt aus. Aber die Dienstmarke des anderen Typen hat auch echt ausgesehen.«

Decker und McAdams wechselten einen Blick. Decker holte ein Foto von Brock Baer hervor. »War der andere dieser Mann hier?«

Beth richtete den Blick auf das Foto. »Würden Sie mich bitte für einen Moment entschuldigen?«

»Wenn Sie jemanden von hier anrufen wollen, versuchen Sie es mit Sergeant Quay«, schlug Decker vor. »Er wird sich für uns verbürgen. Tatsächlich sollte er in etwa fünf Minuten hier auftauchen.« Er tippte mit dem Finger auf den Schnappschuss. »Was wollte dieser Kerl?«

»Er hat mich gefragt, ob ich Pauline Corbett kenne. Ich habe es bestätigt. Als er wissen wollte, wo sie wohnt, habe ich Verdacht geschöpft. Ich habe ihm gesagt, ich wüsste es nicht, obwohl das nicht stimmt. Ich weiß, dass sie vermisst wird … Pauline, meine ich.«

»Bedauerlicherweise ist sie verstorben, und zwar in meinem Zuständigkeitsbereich.«

Die Frau wirkte fassungslos. In diesem Moment spazierte Jake Quay herein. Er trug Zivilkleidung – ein schwarzes Polohemd, Jeans und High-Top-Sneakers. Als er an die Rezeption trat, bemerkte er Beths Gesichtsausdruck. »Ich nehme an, die beiden haben Ihnen erzählt, was los ist«, sagte er.

»Dann ist es also wahr? Pauline ist tot?« Als Quay nickte, fragte Beth: »Ist sie umgebracht worden oder …«

»Es war Mord«, bestätigte Decker.

Beth schnappte nach Luft. »Was ist mit Elsie? Hat man sie schon gefunden?«

»Noch nicht.« Quays Blick fiel auf das Foto von Brock Baer. Er nahm es in die Hand und zeigte es ihr noch einmal. »Haben Sie ihn schon mal gesehen, Beth?«

»Er hat sich nach ihr erkundigt … nach Pauline.«

»Wann war das?«

»Vor einer ganzen Weile, vielleicht vor drei Monaten. Bevor Elsie verschwunden ist.«

»Und?«

»Ich habe nicht lange darüber nachgedacht, denn am nächsten Tag hat sie sich mit ihm in der Bar auf einen Drink getroffen. Ich hatte den Eindruck, sie seien Freunde.«

»Dann haben sich die beiden nicht gestritten oder etwas in der Richtung?«

»Soweit ich es beobachtet habe, nein.«

»Ist er hier abgestiegen?«, hakte Decker nach.

Die Frau zögerte. »Ich weiß, dass er bei *mir* nicht eingecheckt hat. Aber Eddie könnte Dienst gehabt haben. Soll ich für Sie im Anmelderegister nachsehen?«

»Bitte«, sagte Quay.

»Es könnte etwas dauern. Ich erinnere mich nicht an das genaue Datum.«

»Wir können warten.«

»Sie sagten, die beiden hätten in der Lounge etwas getrunken?« Decker kehrte zu ihrem ursprünglichen Gesprächsthema zurück.

»Ich erinnere mich daran, dass sie in die Lounge gegangen sind. Ich nehme an, dass sie etwas getrunken haben.«

»Wissen Sie noch, wer hinter der Theke gestanden hat?«

»Nein, das weiß ich nicht mehr. Tut mir leid.«

»Und bei dieser Gelegenheit haben Sie ihn zum letzten Mal gesehen?«, fragte Decker.

»Ja.« Beth blätterte im Anmeldebuch.

»Während sie in den Unterlagen nachschaut, lassen Sie uns herausfinden, ob der Barkeeper etwas hinzuzufügen hat.« Quay nickte, und die drei Männer gingen in die Lounge.

Der Teppich war in einem dunklen, geblümten Kastanienbraun gehalten, und ein muffiger Geruch ging von ihm aus. Die Möbel waren alt, aber blank gewienert, und das Gleiche galt für die Theken. Um diese Zeit befanden sich hier nur wenige Gäste. Der Mann hinter der Theke hatte eine Glatze, dazu aber ein junges Gesicht. Die Ärmel seines Oberhemdes waren bis zu den Ellenbogen hochgekrempelt, wodurch seine bunt tätowierten Unterarme sichtbar wurden. CHET stand auf seinem Namensschild.

Quay zeigte ihm das Foto von Baer. »Er war vor etwa drei Monaten hier.«

»Kommt mir vage bekannt vor.« Der Mann zuckte die Achseln.

»Er hat sich hier mit Pauline Corbett getroffen«, fügte Quay hinzu.

Etwas funkelte in den Augen des Barkeepers. »Ah, stimmt. Was ist mit ihm?«

»Sagen Sie es mir«, verlangte Decker.

Chet zuckte die Achseln. »Sie haben sich so gegen acht getroffen.«

»Sind sie zusammen reingekommen?«

»Da muss ich nachdenken.« Eine lange Pause folgte. »Ich glaube, er war zuerst hier, dann ist sie dazugekommen und hat sich neben ihn gesetzt.« Er deutete auf das Ende der Theke auf der rechten Seite. »Dort.« Wieder zögerte er kurz. »Meine Meinung? Sie schienen sich aufzuwärmen.«

»Soll heißen?«, hakte Decker nach.

»Nach einer Weile in diesem Job merkt man, ob die Leute sich zu einem freundschaftlichen Wie-geht's hier treffen oder ob sie sich auf eine feucht-fröhliche Nacht vorbereiten.«

»Sie hatten also etwas Langfristiges im Sinn?«

»Kam mir so vor, Jake, aber sicher weiß ich es nicht. Frag mal im Mule nach oder bei Tobacco's Road.«

Jake nickte. »Mach ich.«

»Wie lange waren die beiden hier?«, wollte Decker wissen.

»Etwa eine Stunde.«

»Hatten Sie den Eindruck, dass die beiden freundschaftlich miteinander umgingen?«, fragte McAdams.

»Ich erinnere mich an keinen Streit.« Chet zögerte. »Ich erinnere mich auch nicht daran, dass sie sich ihm an den Hals geworfen hätte oder so. Sie haben ein paar Bier getrunken, sind aufgestanden, haben die Rechnung bezahlt und sind gegangen.«

»Wie viele Biere haben die beiden getrunken?«

»Zwei, drei Flaschen. Ich hatte den Eindruck, dass sie noch problemlos gehen konnten, als sie sich verabschiedet haben. Warum fragen Sie das alles eigentlich?«

»Wir möchten den Mann, mit dem Pauline hier war, im Zusammenhang mit einem Mordfall befragen«, antwortete Decker.

»Ich weiß, dass Pauline und Elsie Schulung vermisst werden.« Er sah Quay an. »Wir haben vor ein paar Monaten darüber gesprochen, nicht wahr?«

Quay bestätigte: »Ja, das haben wir.«

»Sind sie tot?«

»Pauline ist verstorben«, erklärte Decker.

»Wow.« Chet wirkte mitgenommen. »Und Elsie?«

»Wird immer noch vermisst.«

»Was ist mit Pauline passiert?«

»Das ist Gegenstand laufender Ermittlungen«, entgegnete Decker. »Pauline ist in meinem Zuständigkeitsbereich in Greenbury gefunden worden. Deshalb bin ich mit Sergeant Quay hier.«

»Wo ist Greenbury?«

»Ungefähr drei Stunden von hier entfernt.«

»Was hat Pauline dort gemacht?«

»Genau das versuche ich herauszufinden. Wie oft haben Sie Pauline mit dem Mann gesehen?«

»Nur dieses eine Mal … vor ungefähr drei Monaten.« Chet sah Quay an. »Offenbar kurz bevor Pauline und Elsie verschwunden sind. Glauben Sie, er hatte etwas damit zu tun?«

»Wir ermitteln in alle Richtungen«, gab Quay zurück. »Danke, Chet, Sie haben uns sehr geholfen.«

»Keine Ursache.«

Sie gingen zurück zu Beth an die Rezeption. Beth sah Quay an und sagte: »Ich glaube nicht, dass er hier abgestiegen ist, Sergeant. Wahrscheinlich war das Hotel etwas zu gediegen für seinesgleichen. Er war eher der Typ, der in seinem Auto schläft.«

»Sah er abgerissen aus, als Sie mit ihm gesprochen haben?«, hakte Decker nach.

»Daran kann ich mich nicht mehr erinnern. Tut mir leid.«

»Trotzdem vielen Dank, Beth.« Quay drehte sich zu Decker um. »Beide Lokale, von denen Chet gesprochen hat, sollten inzwischen geöffnet haben. Das Mule ist näher. Versuchen wir es dort zuerst.«

KAPITEL 17

Rote Buchstaben bildeten den Schriftzug THE MULE mit einem blau beleuchteten Logo des Lasttiers, das unter dem Gewicht von Satteltaschen dahintrottete. »Wissen Sie«, begann Quay, »ich habe die Leute hier befragt, als Elsie verschwunden ist. Das hier ist eine kleine Stadt, aber ich nehme meine Verantwortung ernst.«

»Das weiß ich, Jake. Ich bin nur hier, weil sich in meiner Gegend neue Dinge ergeben haben. Ich habe noch niemanden in Bezug auf Pauline befragt. Und das bedeutet, dass McAdams und ich noch mal ganz von vorn anfangen müssen.«

»Sie sollen nur wissen, dass ich nicht nur rumgesessen habe.«

Decker legte dem Mann eine Hand auf die Schulter. »McAdams und ich arbeiten ebenfalls in einer Kleinstadt. Wir sind auch sehr engagiert. Ich bin mir sicher, dass es Ihnen da nicht anders geht. Lassen Sie uns die Sache hier gemeinsam angehen.«

»Ja, also …« Quay öffnete die Tür. »Danke.«

Drinnen war es dunkel, wie es sich für eine Bar gehörte. Ein Billardtisch stand, derzeit ungenutzt, in der Mitte, mit rund zehn Tischen darum herum. Die Theke war u-förmig, und die Hocker sahen aus, als wären sie gerade erst frisch gepolstert worden. Drei Männer und zwei Frauen saßen dort und knabberten Minibrezeln aus Schälchen, die auf der Theke standen. Ein Barkeeper in weißer Schürze stand vor Regalen mit einer großen Auswahl an Spirituosen. Außerdem gab es eine Schiefertafel, auf der eine ansehnliche Speisekarte zu lesen war.

Der Barkeeper war rundlich und rotgesichtig – vielleicht Mitte fünfzig. Er sah Quay an und nickte. »Was liegt an, Sarge?«

»Das Übliche, Jim. Wir versuchen, die bösen Jungs dingfest zu machen.« Quay stellte die Männer einander vor.

Als Jim die Namen der Detectives hörte, sagte er: »Dann ist das also ein dienstlicher Besuch?«

»Jepp, aber es ist heiß draußen. Ich nehme ein Bier.« Quay sah Decker und McAdams an, die beide mit einem Kopfschütteln ablehnten. »Sie haben doch nichts dagegen?«

»Ganz und gar nicht«, antwortete Decker. Er zog ein Foto hervor und legte es auf die Theke. Dann richtete er das Wort an Jim. »Haben Sie diesen Mann schon mal gesehen?«

Jim warf einen kurzen Blick darauf, während er am Zapfhahn zog. »Kommt mir bekannt vor. Wer ist der Mann?«

»Haben Sie ihn vielleicht mit dieser Frau gesehen?« Das Foto von Corbett folgte.

»Das ist Pauline.« Er ließ den Schaum über den Rand des Glases laufen, dann reichte er es Quay.

»Haben Sie die beiden je zusammen gesehen?«

»Vielleicht vor einer Weile … etwa vor drei Monaten.«

»Das würde ungefähr passen«, sagte Decker. »Was können Sie mir über die beiden erzählen?«

»Ich muss mich zuerst erinnern.« Er wischte sich die Hände an seiner Schürze ab und schien zu überlegen. »Sie haben am Tresen gesessen. Sie waren vielleicht eine Stunde hier. Und sie waren auf einem Zug durch die Gemeinde.«

»Soll heißen?«, fragte McAdams.

»Sie hatten schon etwas getrunken, bevor sie hier ankamen. Ich hab's gerochen.«

Quay nahm einen Schluck von seinem Bier. »Haben sie sich schlecht benommen?«

»Nichts Ungewöhnliches. Pauline ist ein aufgeschlossenes Mädel. Sie redet mit jedem.« Sein Blick ging in die Ferne, während er sich zu erinnern versuchte. »Er war ruhiger, aber nicht viel. Ich weiß, dass Pauline als vermisst gilt. Der Sergeant und ich haben darüber gesprochen, stimmt's?«

»Stimmt«, bestätigte Quay. »Sie haben erzählt, Elsie und Pauline seien manchmal hier gewesen.«

»Pauline war hier Stammgast, aber nachdem sie sich mit Elsie zusammengetan hatte, wurden die Besuche seltener. Sie kamen nur mal auf einen Sprung herein ... haben eine Stunde oder so Billard gespielt. Limo und kleine Gerichte bestellt. Ich glaube, Elsie hat versucht, dafür zu sorgen, dass Pauline trocken blieb.«

»Pauline konnte einiges vertragen?«, hakte McAdams nach.

»Sie schlug sich wacker.«

Decker tippte auf das Foto. »Was hat Pauline getrunken, als sie mit diesem Mann hier war?«

»Was sie getrunken hat?« Eine Pause trat ein. »Definitiv keine Limo.« Eine weitere Pause. »Nageln Sie mich nicht drauf fest, aber ich meine mich zu erinnern, dass sie Shots und Bier bestellt haben.«

»Wie viele Shots?«

»Vielleicht drei oder vier über eine Stunde verteilt. Nichts Verrücktes.«

»Hey, Jim«, brüllte ein Gast. »Kannst du mal nachschenken?«

»Tut mir leid, Barry, komme sofort.« Er sah die drei an. »Entschuldigen Sie mich bitte.«

Sie warteten, bis er den Mann bedient hatte. Quay trank sein Bier, dann nahm er sich eine Handvoll Brezeln aus dem Schälchen. »Ich hab heute noch nicht viel gegessen.«

Jim kam zurück. »Soll ich noch mal nachfüllen, Sarge?«

»Nein, eins reicht.«

»Okay.« Er zögerte kurz. »Ist Pauline tot?«

»Sie ist verstorben, leider«, bestätigte Decker.

»Und sie glauben, es war der Typ hier auf dem Bild?«

»Wir würden ihn gerne befragen. Elsie Schulung wird immer noch vermisst. Also ist auch sie für uns von Interesse.«

»Ich kann mir nicht vorstellen, dass Elsie Pauline etwas angetan hat. Sie waren ... Sie wissen schon.«

»Ein Paar«, ergänzte McAdams.

»Ja, genau. Das hat mich überrascht. Pauline mochte Männer. Aber sie war dann wohl bi. Wer ist denn dieser Typ eigentlich?«

»Sein Name ist Brock Baer«, antwortete Decker. »Wie oft haben Sie ihn mit Pauline gesehen?«

»Soweit ich mich erinnern kann, nur dieses eine Mal.«

»Falls Sie ihn noch einmal sehen«, schaltete sich Quay ein, »geben Sie mir Bescheid.«

»Geht klar«, sagte Jim.

»Und Sie sagen, die beiden seien ungefähr eine Stunde hier gewesen?«, fragte Decker.

»Ungefähr, ja.«

»Wissen Sie noch, wann sie gegangen sind? Die Uhrzeit?«

Jim dachte kurz nach. »Wahrscheinlich nach zehn. Es war immer noch voll hier.«

»Haben Sie irgendwelche Spannungen zwischen den beiden wahrgenommen, als sie gegangen sind?«

»Ich erinnere mich nicht«, sagte Jim. »Ich hatte viel zu tun. Sie haben sich nicht angebrüllt oder rumgeschrien, wenn es das ist, was Sie wissen wollen.«

Ein weiterer Ruf nach dem Barkeeper ertönte. Weitere Gäste kamen herein. »Ich muss was tun.«

»Vielen Dank. Nur noch eine letzte Frage«, bat Decker. »Irgendeine Ahnung, wohin sie gegangen sein könnten, als sie das Mule verlassen haben?«

»Wahrscheinlich in die nächste Bar«, sagte Jim. »Sie sahen nicht so aus, als hätten sie genug für den Abend. Wissen Sie, wenn die Leute trinken, ist das ein schmaler Grat zwischen einem schönen Abend und einem Gläschen zu viel.«

»Haben die beiden den Eindruck gemacht, als hätten sie ein Gläschen zu viel getrunken?«, fragte McAdams.

»Ich erinnere mich nicht genau, aber ich würde sagen, sie waren an der Grenze«, antwortete Jim. »Was immer passiert ist, es überrascht mich nicht. Mich überrascht überhaupt nichts mehr. Ich bin bloß froh, dass, als es dann Ärger gab, das Ganze nicht hier passiert ist.«

Fünf Minuten später standen Decker, McAdams und Quay vor einem Backsteingebäude mit einem Holzschild, in das der Name TOBACCO'S ROAD eingebrannt war.

»Der Laden hier ist größer als das Mule«, bemerkte Quay. »Um diese Zeit füllt es sich langsam. Ich weiß nicht, wie viel wir aus dem Barkeeper herausholen können.«

Er warf einen Blick auf seine Uhr. Es war halb sieben. »Na, dann los«, sagte Decker.

Wie Quay prophezeit hatte, herrschte in der Bar reges Treiben. Drinnen war es schummrig und verqualmt. Die Bar war gerammelt voll mit Gästen, die dicht an dicht zusammensaßen, tranken, aßen und lachten. Auf einem an der Wand angebrachten Großbildschirmfernseher wurden zahlreiche Bilder von Baseballspielen gezeigt. Tische und Stühle waren um drei Billardtische herum aufgestellt, allesamt besetzt.

Sie arbeiteten sich zur Barkeeperin vor. Sie hatte kurze

blaue Haare, die gut zu ihren blauen Augen passten, und war am ganzen Körper tätowiert. Ihre Ohren waren mit Tunnels geschmückt, und in der Nase trug sie einen Ring. Sie bemerkte Quay als Erstes. »Hey, Sarge. Was kann ich Ihnen geben?«

»Bier ist in Ordnung.« Er hob den Blick zu der mit Kreide beschriebenen Tafel. »Und eine Portion Rippchen.«

»Kommt sofort.« Sie richtete den Blick auf Decker und McAdams, der sagte: »Rippchen klingt gut, die nehme ich auch.«

»Die sind immer schnell weg. Und was möchten Sie trinken?«

»Geben Sie ihm auch ein Bier«, sagte Decker. »Ich nehme eine Cola Light.«

»Ah, das habe ich auch schon hinter mir.« Das hieß, sie hielt ihn für einen trockenen Alkoholiker. »Möchten Sie etwas zu essen?«

»Ich nehme eine Riesenbrezel.«

»Mit scharfem Senf?«

»Lebe wild und gefährlich«, gab er zurück.

Sie lächelte, während sie zwei Bier zapfte. Dann reichte sie Decker seine Cola Light, sammelte zwei leere Biergläser von früheren Gästen ein und wischte die Theke ab. »Ich gebe nur schnell Ihre Bestellung an die Küche weiter.«

»He, Maddy«, rief jemand.

»Bin gleich bei dir.« Sie gab die Bestellung auf und verschwand, um andere zu bedienen. Fünf Minuten später reichte sie ihnen ihr Essen. »Soll ich nachschenken?«

Decker nickte. »Danke.«

Sie sah Quay an, der ebenfalls nickte, und McAdams, der sagte, er sei immer noch bei seinem ersten.

Quay griff nach einem Rippchen. »Maddy, die beiden sind Detectives. Wenn Sie einen Moment Zeit haben, würden sie Ihnen gern ein paar Fragen stellen.«

Maddy räumte sein benutztes Glas ab und gab ihm ein frisches. »Worum geht es?« Decker legte das Foto von Brock Baer auf den Tresen und fragte: »Haben Sie diesen Mann schon mal gesehen?«

Sie drehte das Bild so, dass sie es besser erkennen konnte. »Kommt mir bekannt vor. Was hat er angestellt?«

»Wir sind uns nicht sicher«, antwortete Decker. »Was ist mit dieser Frau?«

»Das ist Pauline.« Maddy hielt inne. »Ach ja, jetzt erinnere ich mich.« Sie verdrehte die Augen. »Die waren zusammen hier.« Ein weiteres Augenrollen.

Quay wirkte perplex. »Haben Sie mir das schon mal erzählt?«

»Nein. Aber unmittelbar nachdem diese beiden Idioten aufeinander losgegangen sind, bin ich auf eine einmonatige Reise nach Thailand gegangen. Sie haben wahrscheinlich mit Aaron gesprochen.«

»Das stimmt«, sagte Quay.

»Was meinen Sie mit ›aufeinander losgegangen‹?«, hakte Decker nach.

»Es war schon ziemlich spät, als sie reinkamen, so gegen elf, aber das ist nicht ungewöhnlich. Wir haben an Wochentagen bis zwölf geöffnet, am Wochenende bis zwei.« Sie überlegte kurz. »Es muss ein Wochentag gewesen sein. Donnerstag, glaube ich, denn am Samstag bin ich abgereist. Am Anfang war noch alles okay – etwas laut, aber das ist nicht weiter bemerkenswert. Etwa fünfzehn Minuten, bevor wir schließen wollten, hab ich die letzte Runde angesagt. Fünf Minuten, bevor ich abgeschlossen habe, wollte der Mann noch ein Glas. Das habe ich abgelehnt. Daraufhin wurde er streitlustig. Sie fing an, ihn anzubrüllen, er solle mich nicht anbrüllen. Dann hat er angefangen, sie anzuschreien. Es folgten einige Beschimpfungen. Glücklicherweise waren noch mehrere Gäste zugegen, unter ihnen Big Eric. Er hat mir geholfen, die beiden nach draußen zu schaffen. Sie waren beide sturzbesoffen.«

»Eric ist ein kräftiger Kerl.« Quay nahm einen Bissen von seinem Rippchen. »Das Zeug ist gut.«

»Wir geben uns Mühe.«

Decker nahm den Faden wieder auf. »Wissen Sie, was mit den beiden passiert ist, nachdem sie gegangen sind?«

»Nein, keine Ahnung«, antwortete Maddy. »Aber ich habe kein Gebrüll mehr gehört. Ich habe sauber gemacht und bin etwa eine Stunde später gegangen. Auf dem Parkplatz war niemand mehr. Ich bin nach Hause gefahren. Der Typ war ein Psychopath.«

»Warum sagen Sie das?«, fragte McAdams nach.

»Die Augen … ausdruckslos, tot, einfach leer. Es könnte aber auch sein, dass er bloß betrunken war. Niemand sieht gut aus, wenn er besoffen ist.« Maddy hörte ihren Namen. »Das ist alles, woran ich mich erinnere. Ich muss wieder an die Arbeit.«

»Haben Sie die beiden nach diesem einen Mal noch mal zusammen gesehen?«

»Nein«, antwortete Maddy. »Aber wie gesagt, ich war einen Monat lang in Urlaub. Ich wünschte, ich wäre jetzt dort.«

»Das glaube ich gern.« Quay wischte sich das Gesicht ab. »Danke für Ihre Hilfe, Maddy.«

»Kein Problem.« Maddy befeuchtete sich die Lippen. »Kennen Sie Ockhams Rasiermesser?«

»Und ob«, sagte McAdams. »Die simpelste Theorie ist immer die beste.«

»Wenn Sie glauben, dass er Pauline etwas angetan hat, dann trifft das wahrscheinlich zu«, lautete Maddys Urteil.

Nach Rippchen und Getränken verließen sie die Bar. Quay ergriff als Erster das Wort. »Ich denke, für heute Abend reicht es. Es gibt keine anderen Bars mehr, die so groß sind wie die beiden, in denen wir gerade waren. Und es hört sich so an, als hätten die zwei ihren Abend hier beendet.«

»Wahrscheinlich haben Sie recht«, sagte Decker.

»Sieht so aus, als hätten sie den Streit in Elsies Haus verlegt«, sagte Quay. »Morgen früh geben wir eine Fahndung nach Baers Auto raus, vielleicht finden wir den Mistkerl.«

»Hat Baer denn ein Auto?«

»Keine Ahnung, aber wenn ja, werde ich es finden«, sagte Quay. »Brechen Sie beide morgen wieder auf?«

»Wenn nichts weiter passiert«, antwortete Decker, »fahren wir nach Hause.«

»Was könnte denn passieren?«

»Erdbeben, Feuer, Überschwemmung, Pandemie«, zählte Decker auf. »Wer zur Hölle weiß das schon?«

Quay lächelte. »In der Zwischenzeit wünsche ich Ihnen eine gute Nacht.«

»Das wünsche ich Ihnen auch.« Decker drehte sich um, um ins Hotel zurückzugehen, und McAdams folgte ihm. Als sie einen Block zurückgelegt hatten und Quay definitiv außer Hörweite war, blieb Decker stehen. »Lass uns zur Bar zurückgehen.«

»Weil …?«, fragte McAdams.

»Wie gesagt, uns fehlt ein Tatort.«

»Du denkst, er hat ihr in der Bar etwas angetan?«

»Nein, nicht in der Bar. Aber vielleicht auf dem Parkplatz.«

McAdams sah sich um. Es war fast acht Uhr abends, aber es war immer noch einigermaßen hell. »In Ordnung.«

Sie machten kehrt und gingen noch einmal zurück zum Tobacco's Road. Auf dem Parkplatz, gute fünf Meter vom Eingang entfernt, blieben sie stehen.

»Okay, sie sind da rausgekommen.« Decker deutete auf die Tür. »Maddy sagte, sie hätte draußen niemanden mehr schreien hören, nachdem sie gegangen sind, aber vielleicht waren sie zu weit weg, als dass sie es mitgekriegt hätte. Schauen wir uns mal um.«

»Gut.«

»Vorsicht, Tyler, hier fahren Autos.«

»Okay, Dad.« Nachdem sie eine halbe Stunde lang das Pflaster abgesucht hatten nach ... irgendetwas, erklärte McAdams: »Ich sehe nichts, das auf ein Verbrechen hinweist.«

»Ich auch nicht.« Decker drehte sich um und schaute zur Straße. Auf der anderen Straßenseite befanden sich kleine, einstöckige Geschäfte. Keine Überwachungskameras in Sicht. Unmittelbar rechts und links von ihm gab es ebenfalls Läden.

»Kein guter Ort, um die Tat zu begehen«, bemerkte McAdams. »Alles ist offen einsehbar. Was, wenn Baer mit dem Auto da war? Er könnte es im Wagen getan haben.«

»Auf jeden Fall eine Möglichkeit.« Decker ordnete seine Gedanken. »Sie haben die Bar sturzbetrunken verlassen, sich im Auto weiter gestritten, und dann hat er sie erstochen, wodurch der Wagen zum Tatort wurde.«

»Wie ersticht man jemanden beim Fahren?«, gab McAdams zu bedenken. »Irgendwann muss man anhalten.«

»Vielleicht hat er sie erstochen, als das Auto noch stand.« Decker dachte kurz nach. »Oder es ist in Paulines Auto passiert. Sie ist gefahren, und er hat sich zu ihr rübergebeugt und sie erstochen.«

»Dann hätte sie die Kontrolle über den Wagen verloren«, wandte McAdams ein. »Es wäre zu einem Unfall gekommen, meinst du nicht?«

»Okay«, räumte Decker ein. »Sagen wir, es gab einen Unfall. Jemand hat die Kontrolle über das Lenkrad verloren. Das bedeutet, dass es irgendwo Reifenspuren geben müsste.«

»Das ist alles zu lange her, Boss. Selbst wenn es Spuren gab, hätte der viele Sommerregen sie wahrscheinlich ausgelöscht.«

»Vielleicht auch nicht.« Decker dachte nach und zuckte die Achseln.

»Wenn es in Paulines Auto passiert ist, dann ist das unser Tatort. Wir haben keine Ahnung, wo ihr Wagen sich befindet. Wenn es in Brock Baers Auto passiert ist, dann ist das der Tatort. Wir wissen nicht, ob er ein Auto besessen oder eins gemietet hat. Wie es auch war, hierzubleiben wird uns nichts bringen.«

»Ich würde trotzdem gern morgen früh noch einmal herkommen und mich umsehen.« Decker ließ den Blick schweifen. »In welcher Richtung liegt Elsies Haus?«

»Lass mich die Karte holen.« McAdams seufzte. »Nordosten, und das wäre …« Er holte sein Handy hervor und öffnete die Kompass-App. »Da lang.«

»Okay. Und in welcher Richtung geht es zu Paulines früherer Wohnung?«

»Einen Moment …« Ein weiterer Blick auf die Papierkarte. »Südost, also in diese Richtung. Warum interessieren wir uns für Paulines Wohnung, wenn das Blut in Elsies Haus gefunden wurde?«

»Elsies Haus ist zu Fuß erreichbar. Was ist, wenn sie zu Fuß unterwegs waren und es passiert ist, als sie auf dem Heimweg waren?« Als McAdams erneut seufzte, fügte Decker hinzu: »Ja, mir ist bewusst, dass das sehr unwahrscheinlich ist. Aber wo wir schon mal hier sind, lass es uns einfach überprüfen, okay?«

»Wann?«, fragte McAdams. »Jetzt?«

»Nein, das kann bis morgen früh warten.«

»Gute Idee, ich bin müde und hungrig, und es ist fast dunkel.«

»Lass uns was zu essen für dich suchen«, schlug Decker vor.

»Was ist mit dir? Ich habe wenigstens ein paar Rippchen gegessen.«

»Ich komme zurecht.«

»Nur mit einer Brezel und Senf als Abendessen kann man nicht klar denken. Lass uns einen Minimarkt suchen. Wir könnten uns Müsli und Milch besorgen.« Und wieder kam die Karte hervor. »Ungefähr drei Blocks vom Hotel entfernt ist eine Tankstelle.«

»Klingt gut, Harvard.« Decker lächelte. »Danke.«

»Rina ist nicht hier.« McAdams schüttelte den Kopf. »Irgendjemand muss dir etwas zu essen geben.«

»Ach, du sorgst dich um mich.«

»Ja, tue ich.« Der jüngere Mann hielt inne. »Außerdem habe ich ein bisschen Angst vor deiner Frau.«

»Kumpel, da wären wir schon zu zweit.«

KAPITEL 18

Ich hatte vierundzwanzig Stunden Zeit, um über Donattis Party und meine neue Rolle als seine Verlobte nachzudenken. Chris war gut darin, etwas oder jemanden zu beschützen, und Juleen und ich brauchten Schutz. Und was noch wichtiger war, er zahlte ein enormes Lösegeld für *meinen* Sohn. »Sein Wunsch ist mir Befehl«, lautete mein neues Lebensmotto, und heute Abend wollte er in einer Ladenzeile zu Abend essen. Ich wäre lieber allein gewesen und hätte gelesen, mich in ein alternatives Universum begeben. Stattdessen klatschte ich mir Make-up ins Gesicht und frisierte mich. Als wir zur Tür hinausgingen, lächelte ich. Er bekam gute Laune davon.

Die Sonne stand tief über den Bergen. Es war kälter, als ich erwartet hatte. Aber so war das im Gebirge. Sobald das Tageslicht schwand, sank die Temperatur. Als Chris die Ducati aus der Garage holte, rieb ich mir über die Arme. Er bemerkte es. »Hast du keine Jacke dabei?«

»Hab ich vergessen. Ich komme klar.«

Er zog seine lederne Bomberjacke aus. »Mir ist warm genug. Es ist nur eine Fahrt von fünf Minuten.« Er reichte mir einen Helm. »Ich habe dir einen kleineren besorgt. Er könnte trotzdem noch zu groß sein. Probier ihn an, und wir werden sehen, ob er passt.«

Ich zog die Jacke an. Sie reichte mir fast bis zu den Knien. Der Helm war nur ein ganz klein wenig zu groß. Chris zog den Riemen stramm. »Los geht's. Hast du Hunger? Ich könnte ein halbes Schwein essen.«

»Ich könnte was vertragen, ja.«

Ich stieg hinter ihm auf, schlang die Arme um seinen Oberkörper und hoffte, dass der Gips nicht allzu unangenehm für ihn war. Er fuhr los, und ich fühlte mich zurückversetzt zu meiner allerersten Fahrt auf einem Motorrad. Ich war sechzehn gewesen. Wir hatten gerade seine Nachhilfestunde beendet, und er lud mich auf einen Hamburger ein, wobei er mir versicherte, dass das kein Date wäre. Wir holten das Essen in einem Fastfood-Restaurant und brachen bei zähem Verkehr auf. Sobald wir den Freeway erreichten, wechselte er auf die linke Spur, und wir flogen nur so dahin. Ich war starr vor Angst, aber es war ein Gefühl von Freiheit, wie ich es noch nie erlebt hatte. Er brachte mich in die Berge, nicht weit von dort, wo wir wohnten, und wir aßen und starrten auf den Horizont, bis die Sonne unterging und es dunkel wurde. Wir redeten nicht viel. Wir saßen dicht nebeneinander, aber er fasste mich nicht an. Ich wusste, dass er es hasste, berührt zu werden, aber trotzdem glaubte ich damals, dass er sich einfach nicht zu mir hingezogen fühlte.

Jetzt senkte sich die Nacht herab, aber einige Minuten nach unserem Aufbruch tauchten die ersten Lichter auf. Das Restaurant befand sich in einem Häuserblock mit kleinen Geschäften. Chris fuhr mit dem Motorrad zum Hintereingang, stellte den Motor aus, und wir stiegen ab. Er hängte die Helme an den Lenker und schob das Motorrad durch eine Hintertür. Dort wurde er von einem Leibwächter in Empfang genommen.

An mich gewandt sagte er: »Ich nehme die Jacke.«

»Natürlich.« Ich gab sie ihm.

Wir gingen durch die Küche und gelangten in das Restaurant. Es war ein typisches italienisches Lokal – an der Decke hingen zwar keine Chianti-Flaschen, aber es gab karierte Tischdecken und Poster von Italien. Das Restaurant war voller Stadtbewohner in Freizeitkleidung: T-Shirts, Jeans oder Khakihosen, dazu Flip-Flops oder Sandalen. An mehreren

Tischen saßen umwerfende Frauen. Chris nickte ihnen zu, und sie grüßten zurück. Er wählte einen Tisch in der Nähe der Küche mit Blick auf die Eingangstür. Er zog mir einen Stuhl vom Tisch und nahm dann selbst Platz. Kurz darauf brachte man uns zwei Gläser Rotwein, zwei Gläser Wasser, einen Korb mit Brot, ein Butterschälchen, einen Salat für ihn und einen Teller Suppe für mich selbst.

»Ich weiß nicht, ob du noch Medikamente nimmst«, sagte er. »Trinkst du Wein?«

»Ein Glas kann ich trinken.«

»Willst du lieber weißen, oder roten?«

»Nein, Rotwein ist in Ordnung, danke.« Er bot mir etwas Brot an, und ich nahm ein Stück. »Danke.«

»Ist Suppe okay? Ich dachte, sie ist vielleicht einfacher zu essen als Salat.«

»Das ist großartig, Chris, danke.«

»Jetzt bedankst du dich schon das dritte Mal bei mir.«

»Ich bin eben gut erzogen.«

Ein paar Augenblicke aßen wir schweigend. Dann sagte er: »Du wirkst ein wenig überwältigt.«

»Ich war noch nicht viel draußen. Es ist verwirrend.«

»Davon bin ich überzeugt.« Nach einer kurzen Pause fragte er: »Kann ich helfen?«

»Nein, ich komme schon zurecht.« Ich legte meinen Suppenlöffel beiseite. »Es ist einfach so viel passiert.«

Er schaute mich an. Das tat er immer, wenn er im Zuhörmodus war. Das war einer der Gründe, warum ich so auf ihn gestanden hatte. Wenn ich redete, hatte ich seine volle Aufmerksamkeit.

»Es ist, als ob … ich ins Bett gegangen wäre. Dann diesen … elf Jahre währenden Traum gehabt hätte, der sich in einen Albtraum verwandelte. Und dann bin ich aufgewacht und war wieder genau da, wo ich angefangen habe … nur dass ich älter bin und mir immer noch ein Sohn fehlt. Wie eine Art Einstein'sche Zeitschleife.«

Er griff nach seinem Wein und nahm einen Schluck. »Nicht leicht für dich.«

»Überhaupt nicht.«

»Hat es dir in Indien gefallen?«

Die Frage brachte mich kurz aus dem Konzept. »Ja. Vor allem am Anfang. Ich war noch nie irgendwo verreist, und Mumbai ist ein sehr exotischer Ort. Nach einer Weile fand ich es anstrengend. Man konnte um keine Ecke biegen, ohne mit jemandem zusammenzustoßen. Vor allem mit Männern. Ich meine, es gab auch Frauen auf der Straße, aber es ist trotzdem etwas unheimlich, allein da draußen herumzulaufen. Ich war für sie sehr fremdartig und habe ständig über die Schulter geschaut.« Er nickte. Ich nahm einen Schluck Wein und sprach weiter. »Vielleicht habe ich nach dir Ausschau gehalten.«

Er lächelte, sagte jedoch nichts. Seine Blicke huschten ständig zwischen mir und der Tür hin und her. Da ich elf Jahre weg gewesen war, hatte ich ganz vergessen, wie es war, mit ihm an einem öffentlichen Ort zu sitzen. Seine Wachsamkeit grenzte an Paranoia, besonders wenn er trank.

Ich bemühte mich, das Schweigen zu überbrücken. »Warst du jemals dort?«

»In Mumbai? Ja.«

Ich war überrascht, behielt es aber für mich. »Wie fandst du es?«

»Ich habe es als Reizüberflutung empfunden.«

»Ja, das stimmt. All die Menschen, all die Farben, der Verkehr, der Lärm, die Gerüche … sehr viele Gerüche. Die guten kommen von den Ständen mit Essen. Die schlechten … na ja, darüber brauchen wir nicht zu reden.« Wieder lächelte er. Undurchschaubar. Ich sprach weiter. »Wann warst du dort?«

»Ungefähr fünf Monate, nachdem du mich verlassen hast.«

Ich verstummte. Glücklicherweise kam in diesem Augenblick ein mit einer weißen Schürze bekleideter Kellner an unseren Tisch, sodass ich meine Verlegenheit kaschieren konnte. Der Mann war jung – sehr jung. So alt wie Gabe. Er schaute auf meinen Finger. »Wie ich höre, sind Glückwünsche angebracht.«

Chris lächelte, aber seinem Lächeln fehlte die Wärme. »Das ist Dr. Terry McLaughlin, meine Verlobte.«

Er sah mich an. »Freut mich, Sie kennenzulernen, Frau Doktor. Ich bin Scott. Was darf ich Ihnen bringen?«

Ich hatte keine Speisekarte. »Ähm, was haben Sie denn?«

»Scott kann dir alles bringen, was du möchtest.«

»Tut mir leid. Mir fällt nichts ein.«

»Wie wäre es mit Ravioli?«, schlug Chris vor. »Die sind so weich, dass du sie wahrscheinlich essen kannst.«

»Perfekt.«

»Bringen Sie ihr Ravioli. Achten Sie darauf, dass das Gericht vegetarisch ist. Ich nehme mein gewohntes langweiliges Abendessen. Und schenken Sie Wein nach.«

»Selbstverständlich, Mr. Donatti.« Er huschte davon.

Ich blieb still, bevor ich fragte: »Was hat dich nach Mumbai geführt?«

»Du. Ich wusste, dass du dort bist. Ich bin auf die Jagd nach dir gegangen.«

Seltsame Wortwahl. Aber vielleicht war es genau das, was er dachte. »Und hast du mich gefunden?«, fragte ich.

»Natürlich.« Es folgte eine lange Pause. »Ich habe eine Weile gebraucht, weil man mir einen falschen Namen gegeben hatte.«

»Welchen Namen?«

»Es ist schon ziemlich lange her. Singh Rajut?«

»Peresh Singh Rajut?«

»Ja, ich glaube, das war er.«

»Das ist Deveks Neffe, obwohl die beiden fast gleichaltrig sind. Sie waren zur selben Zeit in New York.«

»Ja, inzwischen weiß ich das. Aber eine Zeit lang war ich verwirrt. Es hat keine Rolle gespielt. Ich habe dich gefunden.« Er lächelte. »Hübsches Haus, in dem du gelebt hast. Wie groß war es?«

»Groß … Über vierhundertfünfzig Quadratmeter. Wir haben es verkauft.«

»Für wie viel ist es weggegangen?«

»Für dreihundertsechzig Millionen Rupien … ungefähr fünf Millionen Dollar. Aber es gehörte nicht Devek. Es war das Haus seines Vaters.«

»Ah.«

»Damit hat er seine ersten Schulden bezahlt. Danach hatten wir keinerlei Ersparnisse mehr. Ich weiß, dass er seinen Vater um Geld bitten musste – na ja, eigentlich war es sein älterer Bruder. Er hat damals geschworen, dass er nie wieder spielen würde.«

»Vertraue niemals einem Hund. Ich muss das wissen.«

»Da hast du recht.«

»Wohin seid ihr danach gezogen?«

»In eine sehr hübsche Wohnung … die uns nicht gehörte. Sein Bruder war der Besitzer. Ich weiß nicht, ob wir Miete gezahlt haben oder nicht. Devek hat sich um das Finanzielle gekümmert. Ein großer Fehler.«

»Devek hat ein Geldproblem. Es rinnt ihm durch die Finger.«

»Das weiß ich inzwischen auch.« Ich hielt inne. »Also ... du warst bei unserem Haus ... unserem ersten Haus?«

»Ja.«

»Warst du auch drin?«

»Nein, nur auf der Rückseite. Die Gärten waren wunderschön. Jede Menge Grün und viele Möglichkeiten, sich zu verstecken.« Ich antwortete nicht. Er sprach weiter. »Als ich dich das erste Mal gesehen habe, warst du mit Devek zusammen ... Du bist Hand in Hand mit ihm durch den Garten geschlendert. Du sahst glücklich aus. Du warst hochschwanger.«

»Ich sah bestimmte aus wie eine Kuh.«

Seine Stimme wurde leiser. »Du hast absolut umwerfend ausgesehen. Du darfst nicht vergessen, dass ich dich nie schwanger mit Gabe gesehen habe. Ich habe erst nach seiner Geburt davon erfahren.«

»Das war falsch von mir. Ich hätte es dir erzählen sollen.«

»Ich war verheiratet. Ich führte ein ganz anderes Leben. Es war ein Leben voller Gewalt, und ich bin mir sicher, dass ich dir eine Scheißangst eingejagt habe. Ich mach dir keinen Vorwurf daraus, dass du dich von mir ferngehalten hast. Aber in dem Moment wurde mir klar, was ich verloren hatte.«

Meine Augen wurden feucht. »Tut mir leid.«

»Den Garten hast du wohl sehr geliebt«, sagte er. »Jedenfalls hast du dort viel Zeit verbracht.«

Ich starrte ihn an. »Wie lange warst du dort?«

»Lange genug. Du hast oft geweint.«

Ich spürte auch jetzt, dass mir die Tränen kamen. »Ich habe Gabe vermisst. Und ob du es glaubst oder nicht, Chris, ich habe auch dich vermisst. Ich war nicht mehr in meinem Element. Der Garten war der einzige Ort, an dem ich mit meinen Gefühlen allein sein konnte. Wenn ich mit Devek zusammen war, habe ich stets Haltung bewahrt. Er wollte nichts über meine Vergangenheit hören. Er hat sich ausgeklinkt, wenn ich über Gabe gesprochen habe. Er hat von mir erwartet, dass ich meinen eigenen Sohn vergesse.«

»Verständlich.«

»Vielleicht von seinem Standpunkt aus. Aus meiner Sicht war das boshaft und idiotisch.«

Chris dachte einen Augenblick nach. »Wenn ich vor deiner Tür gestanden hätte, wärst du mit mir zurückgekommen?«

»Ich weiß es ehrlich gesagt nicht.« Ich seufzte. »Ich hatte Angst. Es war nicht dein Baby und ich wusste, dass du außer dir warst vor Zorn. Ich habe mitgekriegt, dass du versucht hast, mich zu kontaktieren, aber ich konnte mich nicht dazu durchringen, dir zu antworten. Ich dachte, du würdest mir nie verzeihen.«

»Damals hätte ich das wahrscheinlich auch nicht getan. Das ist jetzt offensichtlich nicht mehr der Fall.«

»Du hast mir wirklich und wahrhaftig verziehen?«

»Voll und ganz.« Er lehnte sich auf seinem Stuhl zurück. »Ich habe mich dir gegenüber abscheulich verhalten.« Er hielt inne. »Ich behaupte nicht, dass ich heute ein anderer Mensch bin. Ich bin immer noch ein widerwärtiger Hurensohn, aber so wahr Gott mein Zeuge ist, ich werde dich nie wieder schlagen. Das tut mir wirklich leid. Ich bin zu weit gegangen – selbst für meine Verhältnisse.«

Ich antwortete nicht.

»Glaubst du mir?«

»Das tue ich, obwohl …« Ich brach ab.

»Du denkst an Sex«, sagte er. »Das ist nicht dasselbe, wie dich zu schlagen. Du bist meine Frau. Sex ist Teil des Vertrages. Ich habe meine Launen. Wenn du dich darauf einlässt, geht es uns beiden gut.«

Ich gab ihm keine Antwort. Es hatte keinen Sinn, einen Streit vom Zaun zu brechen. Stattdessen fragte ich: »Und was ist dann in Indien passiert? Hast du einfach beschlossen wieder abzureisen?«

Er sah mir in die Augen. »Ich war aus einem ganz bestimmten Grund dort, Terry.« Wieder trat eine lange Pause ein. »Du warst natürlich nicht diejenige, auf die ich es abgesehen hatte, denn ich hätte jede Menge Gelegenheiten dazu gehabt.«

Mein Herz begann zu rasen, und ich senkte den Blick.

»Ich habe darauf gewartet, dass er allein herauskommt. Mehrmals seid ihr beide zusammen aus dem Haus gegangen. Ich wollte nicht, dass du dabei bist, wenn es passiert.«

Als er abbrach, sagte ich: »Soweit ich weiß, lebt Devek immer noch.« Ich befeuchtete mir die Lippen. »Du hast dich dafür entschieden, es doch nicht zu tun, oder …«

»Nicht direkt.« Er trank einen Schluck Wasser. »Schließlich bekam ich meine Chance. Devek war im Garten … allein. Ich hatte direkte Sicht auf ihn. Ein supersauberer Schuss. Nur ein Klacks mit der Wichsbürste, wie meine Damen zu sagen pflegen. Was ich sagen *sollte,* wäre, dass ich einen plötzlichen Sinneswandel hatte. Eine Art moralische Offenbarung.«

Ich wartete ab.

Er zuckte die Achseln. »Ich habe danebengeschossen.«

Ich schwieg fassungslos.

»Ich habe genau hierhin gezielt.« Er zeigte auf seinen Hinterkopf. »Ich hätte die Brust anpeilen sollen … größeres Ziel. Aber ich wollte ihn mit einem einzigen Schuss erledigen, und wahrscheinlich war ich ein wenig zu siegessicher. Sobald ich abgedrückt hatte, spürte ich, dass die Waffe einen Linksdrall hatte. Dieses Gewehr war mein Arbeitspferd. Es war eine Spezialanfertigung. Und genau in diesem Moment entschloss es sich, störrisch zu sein. Die Kugel ist direkt an ihm vorbeigeflogen. Er hat den Windzug gespürt und muss den Schuss auch gehört haben. Er hat den Kopf gehoben und sich umgesehen wie ein Präriehund.«

Mir ging ein Licht auf.

»Was?«, fragte er.

»Jetzt erinnere ich mich. Er kam ins Haus gerannt und erzählte mir, jemand habe auf ihn geschossen. Er hat behauptet, du seist es gewesen. Na ja, was er gesagt hat war: ›Dein beschissener irrer Mann hat gerade versucht, mich umzubringen.‹ Ich habe ihm geantwortet, dass er sich das nur einbilden würde, weil er, wenn du seinen Tod gewollt hättest, jetzt tot wäre.«

»Man sollte meinen, mit all meiner Erfahrung wäre das auch so gewesen.« Der Kellner stellte zwei weitere Gläser mit Wein auf unseren Tisch. Chris hob seins an die Lippen. »Er hat sich definitiv nichts eingebildet. Ich habe den Fehlschuss als Zeichen gewertet und bin abgereist.«

Mein Herz hämmerte. »Nachdem er reingekommen ist und mir erzählt hat, was passiert war, bin ich nach draußen gegangen, um nachzuschauen. Ich habe nichts gehört oder gesehen. Kein Rascheln, keinerlei Bewegung.«

»Ich bin ein Profi, Schätzchen, auch wenn ich mich damals bestimmt nicht wie einer gefühlt habe. Ich war so sauer, dass ich, als ich zurückkam, die Waffe auseinandergenommen und die Einzelteile verbrannt habe.« Er machte eine Pause. »Das Ende einer Ära.« Er leerte sein Weinglas, dann schob er es von sich. »Lass mich bloß nicht noch mehr trinken.«

Einen Augenblick später war unser Essen da. Auf seinem Teller lagen vier Hühnerbrüste mit gedünstetem Brokkoli. »Hau rein.«

Mein Gericht war etwas mit Käse und Soße. Bei dem Geruch wurde mir übel. Chris merkte es nicht. Er schnitt eine gegrillte Hühnerbrust in säuberliche Streifen, spießte das Fleisch auf und schob es sich in den Mund. Er war noch nie ein besonderer Feinschmecker gewesen. Seine Mahlzeiten bestanden aus Hamburgern, Hühnchen, Steak, Pommes, Pasta, gelegentlich einem Salat und grünen Bohnen. Der Brokkoli auf seinem Teller war für mich eine Premiere. Ich griff nach meinem Wasserglas und nahm einen Schluck.

»Möchtest du etwas hiervon?« Er zeigte auf seinen Teller.

»Nein danke. Willst du bei mir probieren?«

»Nein, es sieht etwas … weiß aus.«

»Stimmt.« Ich spielte mit den Mozzarella-Fäden.

»Keinen Hunger?«

»Doch, doch.« Ich aß einen Bissen, nur um es ihm zu beweisen. »Lecker.«

»Es gibt keine Strafe, wenn du deinen Teller nicht leer isst.« Er betrachtete mich. Ich sah bestimmt genauso erschüttert aus, wie ich mich fühlte. »Hör auf, dir Sorgen zu machen. Es wird keine Wiederholung geben. Du brauchst daran keinen Gedanken mehr zu verschwenden.«

Ich legte meine Gabel beiseite. »Was immer Devek für ein Mensch ist, er bleibt der Vater meiner Kinder.«

»Das weiß ich nur zu gut.« Er schob mir mein Weinglas hin. »Du bist ganz blass. Nimm einen Schluck.«

Ich tat wie befohlen und sah ihm beim Essen zu. Schließlich fragte ich: »Du warst nie wieder in Indien?«

»Nein. Ich habe Leute angeheuert, die auf dich aufgepasst

haben, um sicherzustellen, dass es dir gut geht. Aber mit diesem Land verbinde ich nichts außer schlechte Erinnerungen.«

»In dem Punkt stimme ich dir zu.« Ich schwieg kurz. »Das ist sicherlich nur ein schwacher Trost für dich.«

Er war mit seiner ersten Hühnerbrust fertig und legte sein Besteck ab. »Als ich nach Hause kam, war ich immer noch stinksauer auf dich. Und ich fühlte mich gedemütigt ... dass ich nicht einmal die eine Sache hingekriegt hatte, in der ich immer gut gewesen war. Aber vor allem war ich wirklich deprimiert. Ich hätte es noch einmal versuchen können. Ich wusste, dass ich es beim zweiten Mal geschafft hätte. Aber ich wusste auch, dass es keine schlaue Idee war. Ich hatte all diese Gefühle in mir und kein Ventil dafür. Also habe ich mich so benommen, wie die meisten zornigen, gedemütigten und deprimierten Männer es tun. Ich habe mir chemische Erleichterung verschafft. Ich trank ohnehin schon zu viel. Das hat mich ein wenig betäubt, aber es war nicht genug.« Er zuckte die Achseln. »Heroin ist eine großartige Droge. Vom Zustand, morgens nicht in der Lage zu sein, aus dem Bett zu steigen, gelangte ich plötzlich zu der Haltung: ›So schlimm ist das Leben gar nicht, ich kann damit umgehen.‹«

Ich leerte mein Weinglas.

»Dieses Land wird die Opioid-Krise niemals in den Griff kriegen. Ich hatte es eigentlich ziemlich gut und erlag trotzdem der Versuchung. Arme Menschen mit einem beschissenen Leben ... Warum sollten sie dem nicht zu entfliehen versuchen?« Er gab mir etwas von seinem Brokkoli. »Du magst Gemüse. Iss was, mein Engel.«

Ich spießte ein Röschen auf und knabberte daran. Er griff wieder nach seinem Besteck und aß eine weitere Hühnerbrust, der er einige Gabeln Brokkoli folgen ließ.

»Es war nicht mein erstes Rodeo mit dem harten Stoff. Ich habe schon in der Highschool mit allem möglichen Scheiß experimentiert. Nachdem du mich das erste Mal verlassen hast, hab ich richtig Gas gegeben. Es ging mir schlecht, weil du mir den Laufpass gegeben hast. Aber das war es nicht allein. Es lag auch daran, dass ich unter Joeys Knute stand. Dass ich mit Maria verheiratet war. Und Menschen erschoss. Ich bin damit einfach nicht fertiggeworden.«

»Das tut mir leid.«

»Es gehört der Vergangenheit an. Ich denke nicht mehr viel darüber nach. Ich will nur sagen, der Scheiß hat mir zweimal über den Berg geholfen. Als ich es das zweite Mal genommen habe, nachdem du mich verlassen hast, war ich gerade dabei, dieses Etablissement zu entwickeln, und die Droge gab mir die notwendige innere Ruhe, um zu arbeiten. Nicht optimal, aber ich konnte mich genug konzentrieren, um mein Unternehmen auf die Beine zu stellen. Talia hat mir bei den Details geholfen. Sie hat mich auf Kurs gehalten. Und sie war auch praktisch.«

Ich sagte nichts.

»Sie war nicht die Einzige, Terry. Bei Weitem nicht. Ich war vierunddreißig, körperlich in guter Verfassung … Na ja, meine Leber war möglicherweise nicht so toll. Aber ich brauchte ein Ventil für meinen Zorn, und ich hatte *Energie.* Ich habe alles gevögelt, was mir vor die Augen kam. Zwei, drei, vier Mal am Tag, an den Wochenenden noch häufiger. Dreier, Vierer, Orgien, jede Fantasie, die ich mir ausdenken konnte. Frauen und Männer, es war mir egal.« Er sah mich an. »Ich liebe Frauen, aber manchmal ist ein toller Blowjob von einem süßen Typen einfach erstklassig. Männer wissen, was sich gut anfühlt.«

Ich starrte ihn an. »Hast du das schon immer so gesehen? Was Männer betrifft?«

Er zuckte die Achseln. »Stört es dich?«

»Ich weiß nicht.« Ich griff nach meiner Gabel und legte sie dann wieder weg. »Es war mir einfach nie … bewusst.«

»Meine ersten Erfahrungen habe ich mit Männern gesammelt.«

Ich nickte.

»Terry, meine Liebste, ich bin nicht homosexuell, ich bin nicht heterosexuell, ich bin nicht bisexuell. Ich bin einfach sexuell. Ich bumse alles. Und damals habe ich das auf jeden Fall auch getan. So viel Sex …« Er nahm einen Bissen von seinem Huhn. »Selbst mit vierunddreißig … braucht man dann Unterstützung. Ich habe einen Haufen kleiner blauer Pillen genommen, dazu noch Heroin gespritzt. Dann, eines Tages, wachte ich total geil auf und merkte, dass ich nicht mehr hart wurde.« Er verzehrte den Rest der dritten Hühnerbrust, dann schob er seinen Teller von sich. »Das war vor ungefähr vier, fünf Jahren. Ich würde sagen, in den späten Dreißigern hatte ich meine Midlife-Crisis, aber mein Leben bestand ja schon immer aus einer Krise nach der anderen. Was es auch war, ich wusste, dass ich mich ändern musste. All die Ausschweifungen forderten ihren Tribut. Ich war drogenabhängig, Alkoholiker und obendrein fett geworden. Ich hatte ungefähr fünfzig Pfund Übergewicht. Es hat etwa sechs Monate gedauert, aber schließlich war ich den ganzen Scheiß los. Ich hörte auf zu rauchen; ich schränkte meinen Alkoholkonsum ein. Ich sagte Talia, dass es mit uns beiden vorbei sei, und zahlte ab sofort für sexuelle Dienste, was mich gebremst hat. Ich habe angefangen, mich richtig zu ernähren und noch etwas anderes zu bewegen als nur meinen Schwanz, und das Gewicht ging runter. Zu der Zeit habe ich mich dann auf die Arbeit konzentriert. Ich hab die Kurve gekriegt.«

Ich brachte ein Lächeln zustande. »Das freut mich für dich.«

»Ich war nicht unbedingt glücklich … eher gelassen.« Womit er mich zitierte. Dann grinste er. »Und Gott hat mich belohnt, indem er dir dein Leben versaut hat.«

Das war der Chris Donatti, den ich kannte. »Mir wurde tatsächlich das Leben versaut.«

»Hey.« Er hob mein Kinn an und sah mir in die Augen, bis auch ich ihn anschaute. »Ich habe alles stehen und liegen gelassen und bin zu dir gekommen, als Gabe angerufen hat.«

»Ja, das stimmt.« Ich beugte mich über den Tisch und strich ihm seine weißen Haare hinters Ohr. »Danke, dass du mir das Leben gerettet hast. Und danke, dass du Juleen das Leben gerettet hast. Ich bin mir sicher, dass sie ein wunder Punkt für dich ist.«

»Ich nehme es ihr nicht übel. Außerdem hilft es, dass sie aussieht wie du.« Er hielt inne. »Ich werde alles in meiner Macht Stehende tun, um dir deinen Sohn zurückzugeben.« Er griff nach meiner linken Hand, spielte mit meinem Verlobungsring und küsste dann meine Finger. »Willst du ein Dessert?«

»Nein, danke.«

»Willst du gehen?«

»Bitte.«

Er musterte mich mit seinen durchdringenden blauen Augen. »Alles okay?«

»Alles bestens.« Ich schenkte ihm ein schwaches Lächeln. »Vielen Dank für das Abendessen.«

»Gern geschehen. Kann ich dich irgendwann wiedersehen?« Ich versuchte es mit einem weiteren Lächeln. Er schüttelte den Kopf, stand auf und zerzauste mir die Haare. »Terry, meine Liebste, schau nicht so ängstlich. Es ist über zehn Jahre her. Ich gehe davon aus, dass Devek noch am Leben ist.« Er zog meinen Stuhl zurück und half mir hoch. »Und sollte das Herz des Mannes nicht mehr schlagen, hatte ich jedenfalls nichts damit zu tun.«

KAPITEL 19

Decker erwachte mit der Sonne, hauptsächlich weil die Vorhänge in seinem Zimmer so fadenscheinig waren. Er duschte und rasierte sich, dann ging er auf eine Tasse Kaffee hinunter in den Aufenthaltsraum. McAdams war bereits da, ein Frühstück bestehend aus Toast, Saft und einem Becher Java-Kaffee vor sich. Er las das *Wall Street Journal.* Als er nicht aufschaute, begrüßte Decker ihn: »Guten Morgen.«

Er legte die Zeitung beiseite. »Du hast einen sehr leichten Schritt.«

»Jahrelange Übung im Anschleichen an Kriminelle.« Decker setzte sich. »Du bist früh auf.«

»Mein Fenster geht nach Osten, und das Hotel stellt keine Schlafmasken bereit.«

»Ja, davon hätte ich heute Morgen auch eine gebrauchen können. Ich habe Hunger.«

»Sie haben zwar keine großartige Küche, aber es gibt Bagels.«

Die Servicekraft kam, eine Frau in den Sechzigern, mit einem grauen Pagenschnitt, der ihr Gesicht einrahmte. »Guten Morgen. Ich bin Sandra. Kaffee und Orangensaft?«

»Das wäre großartig«, antwortete Decker.

»Wir haben Toast, Muffins, Croissants und Bagels.«

»Einen Bagel, bitte.«

»Einfach, Zwiebel oder mit Zimt und Rosinen?«

»Mit Zimt und Rosinen.«

»Getoastet?«

»Gerne.«

»Butter oder Frischkäse oder beides?«

»Frischkäse.«

Als sie weg war, murrte Decker: »Zu viele Entscheidungen am frühen Morgen.«

McAdams lächelte. »Was ist der Plan, Boss?«

»Ich will jetzt, wo es hell ist, noch einmal zur Bar gehen und mich in der Gegend umsehen.«

»Die Geschäfte, die tagsüber geöffnet sind, sind nachts normalerweise nicht geöffnet. Ich bin mir sicher, dass keiner etwas gesehen oder gehört hat. Und wenn doch, wie soll sich jemand an etwas von vor drei Monaten erinnern?«

»Wir könnten nach Überwachungskameras Ausschau halten. Außerdem sollten wir mehrere Routen von der Bar zu Elsies Haus abgehen, um zu schauen, ob wir etwas finden.«

McAdams war überrascht. »Du meinst so etwas wie einen Tatort?«

»Im besten Fall, ja. Schlimmstenfalls suchen wir stundenlang und finden nichts.«

Die Kellnerin kam mit dem Bagel und seinem Saft zurück. Sie goss ihnen Kaffee nach und stellte die Kanne auf den Tisch. »Die lass ich einfach mal hier.«

»Danke.« Decker nahm einen Schluck Kaffee. Als Nächstes strich er Frischkäse auf seinen Bagel und biss hinein. »Das sind meine Überlegungen: Baer hätte Pauline in derart zentraler Lage nichts angetan. Zu viele Menschen in der Nähe. Außerdem sind die Bürgersteige der Stadt sehr gut beleuchtet, und es gibt dort Überwachungskameras. Aber wenn sie zu Fuß zu Elsie zurückgegangen sind, sind sie vielleicht durch Wohnviertel gekommen. Baer hätte den Schutz der Dunkelheit auf seiner Seite gehabt.«

»Anwohner hören oder sehen manchmal einiges. Und auch in den Wohnvierteln finden sich Überwachungskameras.«

»Dann haben sie vielleicht eine Abkürzung durch einen Park genommen oder sind irgendwo über ein leeres Feld gegangen. Außerdem grenzt das Viertel an einen Wald.«

»Wenn Baer Pauline wirklich auf dem Weg zu Elsies Haus getötet hätte, warum ist dann so viel Blut dort?«

»Ich denke genau das Gegenteil. Wenn Baer sie in Elsies Haus erstochen hätte, warum ist da nicht viel mehr Blut?«, konterte Decker. »Vielleicht hat er sie auf dem Rückweg erstochen. Irgendwie hat sie es bis zu Elsie geschafft und ist verblutet.«

»Oder sie haben ihren Streit vielleicht zu Elsie verlagert, und er hat es dort getan. Oder er hatte überhaupt nichts damit zu tun.«

»Du hast vollkommen recht.« Decker aß seinen Bagel mit fünf Bissen. »Das alles könnte passiert sein. Aber wir haben eine Verbindung zwischen Pauline und Baer gefunden. Lass uns einfach noch ein bisschen herumstöbern.«

Sandra kam zurück. »Noch einen Bagel?«

»Ja, das wäre wunderbar.«

»Und für Sie, Sir?« Sie sah McAdams an.

»Für mich nichts mehr, danke.«

Sie ging wieder, und Decker sprach weiter. »Dass das, was auch immer in Elsies Haus passiert ist, ein Unfall gewesen sein soll, hat für mich nie einen Sinn ergeben. Es gab keinerlei Versuche, Pauline in ein Krankenhaus zu bringen.«

»Wenn wir Brock Baer für den Täter halten«, überlegte McAdams laut, »warum sollten wir dann denken, dass Bertram überhaupt etwas damit zu tun hat?«

»Vielleicht war er nicht in den Mord verwickelt. Aber möglicherweise ist Elsie nach Paulines Ermordung in Panik geraten und hat Bertrams Hilfe in Anspruch genommen, um nach Deutschland zu fliehen.«

»Wenn Baer Pauline getötet hat«, sagte McAdams, »warum hat er dann nicht auch Elsie umgebracht?«

»Vielleicht ist sie entkommen, bevor er es tun konnte. Sie ist geflohen, und als sie sich in Sicherheit wähnte, hat sie Bertram angerufen und ihn um Hilfe gebeten.«

»Wie soll das abgelaufen sein?«, hakte McAdams nach. »Baer kommt mit Pauline in Elsies Haus, nachdem er Pauline gerade ein Messer in den Körper gerammt hat. Elsie gerät in Panik und springt in ihr Auto und flieht? Und er fährt nicht hinter ihr her?«

»Vielleicht hatte Baer kein Auto.«

»Warum sollte Baer mit Pauline zu Elsie zurückgehen, wenn er sie gerade erstochen hat?«

Decker dachte nach. »Vielleicht hat er sie draußen liegen lassen, und Elsie hat sie gefunden und ins Haus gebracht. Was, wenn Pauline ein paar Minuten später starb, woraufhin Elsie in Panik geraten ist und die Flucht ergriffen hat?«

»Statt den Notruf zu wählen?« McAdams verzog das Gesicht. »Wenn Elsie nicht den Notruf gewählt hat, dann kann das nur daran gelegen haben, dass sie etwas mit ihrer Ermordung zu tun hatte.«

»Oder Baer hat ihr Angst gemacht. Vielleicht hat er sie entführt und sie gezwungen, ihm dabei zu helfen, sie zu begraben.«

»Wenn Baer Elsie gezwungen hat, ihm zu helfen, Pauline zu begraben, hätten sie ein Auto gebraucht. Elsies Auto ist von der Spurensicherung untersucht worden. Man hat darin kein Blut gefunden.«

»Dann sind wir wieder zurück bei Paulines Auto«, sagte Decker. »Wir wissen von Zeugen, dass sie sich in den Bars gestritten haben. Sie hätten den Streit auf der Rückfahrt zu Elsie weiterführen können.«

»Wer hat den Wagen gefahren?«

»Wenn wir davon ausgehen, dass sie mit Paulines Auto unterwegs waren, lass uns annehmen, dass sie gefahren ist. Der Streit wird hitzig. Sie fährt an den Straßenrand – vielleicht versucht sie, Baer aus dem Auto zu werfen, vielleicht steigt sie wutschnaubend aus, vielleicht tut sie es sogar aus Angst. Er folgt ihr, ersticht sie und legt sie auf die Rückbank des Wagens. Dann bringt er sie zu Elsie.«

»Warum?«, fragte McAdams. »Warum lässt er sie nicht sterbend zurück? Und warum entscheidet er sich dafür, Pauline drei Stunden entfernt zu begraben?«

»Irgendjemand will nicht, dass die Leiche in der Nähe von Baniff gefunden wird.«

»Was dann?«, hakte McAdams nach. »Pauline stirbt, und Baer überredet Elsie, ihm zu helfen, sie drei Stunden entfernt zu begraben? Ich glaube, an Baers Stelle hätte ich Elsie einfach ebenfalls umgebracht.«

»Was ist«, sagte Decker, »wenn Baer Elsie tatsächlich getötet hat?«

»Warum hat man dann Elsies Wagen in der Nähe von Paulines Leiche gefunden? Und was hat das alles mit Bertram Lanz zu tun?«

»Wir haben offensichtlich noch nicht alle Puzzleteile beisammen«, sagte Decker.

»Ich glaube, wir haben noch nicht mal genug Puzzleteile, um sagen zu können, dass Teile fehlen.«

»Aber eins wissen wir. Nach Paulines Ermordung hat Elsie Kathrine Taylor mit ihrem Wagen abgeholt. Warum sollte Elsie das tun, es sei denn, Bertram ist in die Sache verwickelt?«

»Okay, lass uns damit weiterarbeiten«, schlug McAdams vor. »Baer bringt Pauline zu Elsie. Elsie gerät in Panik und flieht.

Ein paar Tage später kommt sie zurück, holt ihr Auto und ruft dann Bertram an, um ihn um Hilfe zu bitten. Sie beschließen, sich in dem Diner zu treffen. Als Belohnung dafür, dass er ihr bei der Flucht hilft, holt Elsie Kathrine Taylor für ihn ab, und die drei verschwinden zusammen nach Deutschland.«

»Das würde erklären, warum Elsie einige Tage gewartet hat, um Bertram aus dem Diner abzuholen.«

»Aber Deck, warum sollte Elsie ihr Auto im Wald stehen lassen? Und wie sollte sie vom Diner dahin kommen, wo immer sie hinwollte? Sie hätte einen anderen Wagen gebraucht, da Bertram nicht Auto fahren kann. Und warum hat der Täter Paulines Leichnam in Greenbury begraben, wenn er sie in Baniff ermordet hat? Und wenn es Baer war, der Pauline ermordet hat, warum sollte Elsie nicht einfach den Notruf wählen … und der Polizei erzählen, was passiert ist?«

»Sehr gute Fragen, Harvard. Ich habe keine Antworten darauf. Lass uns einfach noch ein Weilchen hierbleiben. Wahrscheinlich wird nichts dabei herauskommen, aber wenn wir schon mal hier sind, warum nicht.« Decker wickelte den zweiten Bagel in eine Papierserviette. »Den hebe ich mir für später auf. Je eher wir uns an die Arbeit machen, desto früher können wir abreisen. Bist du bereit?«

»Natürlich.« McAdams legte einen Zwanziger als Trinkgeld auf den Tisch, und sie machten sich auf den Weg.

Sie begannen mit der Suche nach Überwachungskameras. Beim Mule gab es zwei davon: am Vorder- und am Hintereingang. Die Überwachungskamera an der Hintertür war defekt. Die Kamera vorne funktionierte und zeichnete auch auf, aber die Diskette war vor einem Monat gelöscht worden. Also Fehlanzeige.

In der unmittelbaren Umgebung gab es nicht viele Kameras. Die existierenden lieferten keine Ergebnisse. Es war immer das Gleiche: Entweder war das Gerät kaputt, hatte irgendwelche Fehlfunktionen, oder die Bänder oder CDs waren gelöscht oder ausgewechselt worden.

Wenn sie früher gekommen wären …

»Was jetzt?«, fragte McAdams.

Decker gingen sichtlich die Optionen aus. »Ich würde gern die Hauptstraße zwischen der Tobacco's Road und Elsies Haus nach Hinweisen auf einen Kampf absuchen.«

»Einen Kampf, der mehrere Monate zurückliegt.«

»Ich bin mir sicher, dass wir nichts finden werden, Tyler. Es ist wirklich sehr unwahrscheinlich. Aber lass es uns versuchen.«

Sie gingen zu dem Ort zurück, an dem Pauline und Baer zum letzten Mal zusammen gesehen worden waren. Dort konsultierten sie die Karte und begannen zu Fuß an der zweispurigen Straße entlangzugehen, die den direktesten Weg von der Bar zu Elsie Schulungs Haus darstellte. Keine Bürgersteige, dafür viel Grün zu beiden Seiten des Asphalts. Die Vegetation war dicht und bestand aus Büschen und Bäumen, die eine Barriere für die Wohngebiete dahinter darstellten. Die Straße selbst war nicht allzu befahren, aber sie war auch nicht frei von Autos.

McAdams stolperte über eine Baumwurzel, konnte sich aber wieder fangen. Er schaute ständig nach unten, weil die Dinge auf dem Boden – Blätter, Steine und Erde – vieles verbargen. »Wenn ein Bär in den Wald scheißt, stehen die Chancen gut, dass ich da reintrete.« Er dachte kurz nach. »Wonach suchen wir eigentlich?«

»Das kann ich dir erst sagen, wenn ich es sehe.«

»Es wird langsam verdammt heiß.«

»Du wirst es überleben«, bemerkte Decker.

»Da hat aber jemand schlechte Laune.«

»Jemand beklagt sich andauernd über einen Spaziergang von einer Stunde hin und zurück. Betrachte es als dein tägliches Bewegungspensum.« Sein Blick suchte unablässig die Umgebung und den Boden ab. Schließlich holte Decker sein Handy hervor.

»Wen rufst du an?«

»Quay.« Die Verbindung wurde hergestellt, und der Sergeant meldete sich beim dritten Läuten. Decker schaltete das Handy auf Lautsprecher, damit McAdams mithören konnte. »Hey, hier ist Pete Decker.«

»Hey, Pete. Was liegt an?«

»Wir brechen bald auf.«

»Haben Sie irgendwas gefunden?«

»Nein, nichts«, antwortete Decker. »Ist die Fahndung nach Brock Baer heute Morgen rausgegangen?«

»Das habe ich erledigt, sobald ich hier war.«

»Wunderbar. Meinen Unterlagen und Recherchen zufolge scheint Baer kein Auto zu haben. Können Sie das für mich überprüfen?«

»Hab ich heute Morgen schon. Er hat einen Führerschein mit einer alten Adresse im Raum Philadelphia. Ich konnte auf seinen Namen kein zugelassenes Fahrzeug finden. Aber er könnte überall leben und alles Mögliche fahren.«

»Eine von Baers Ex-Freundinnen lebt in Albuquerque. Vielleicht sollten wir die dortige Polizei anrufen und fragen, ob sie seinen Namen im System haben.«

»Klar, das können Sie machen«, sagte Quay. »Geben Sie mir Bescheid, wenn Sie irgendetwas finden.«

Er schob ihm den schwarzen Peter wieder zurück. Oder vielleicht auch nicht. Paulines Leiche fiel in seinen Zuständigkeitsbereich. »Wird gemacht.« Decker legte auf. Dann blieb er stehen. »Was Pauline Corbetts Wagen betrifft … gibt es da etwas Neues?«

»Wenn sich irgendetwas ergeben hätte, wüsstest du davon«, antwortete McAdams. »Als Elsie verschwunden ist, ist eine Fahndung nach Corbetts Auto rausgegangen. Wenn Brock Baer das Auto benutzt, hat niemand es gesehen.«

»Wissen wir das mit Bestimmtheit?«

»Jedenfalls hat uns kein Beamter deswegen angerufen.«

»Wir sind eine Kleinstadt«, sagte Decker. »Wir haben keinen Zugang zu den aktuellen Datenbanken wie die großen Städte.«

»Wovon redest du?«, fragte McAdams. »Glaubst du etwa, die Fahndung ist nicht landesweit rausgegangen?«

»Doch, das ist sie bestimmt, aber es gibt bessere Wege, die Kennzeichen zu erfassen. Die Polizeikräfte der meisten größeren Städte haben automatisierte Lesegeräte für Nummernschilder, ALPR genannt, im Heck ihrer Streifenwagen. Dabei handelt es sich um eine Kamera wie eine Mautstellen- oder Rotlichtkamera, die Tausende von Nummernschildern, die ihr vor das Objektiv geraten, hochlädt. Wenn der Polizei ein Fahrzeug auffällt, das sie für verdächtig hält, und wenn sie mit so einem Lesegerät ausgestattet ist, kann das Nummernschild des verdächtigen Wagens hochgeladen und durch die Datenbank gejagt werden. Das spuckt dann in Sekundenschnelle Informationen über das Fahrzeug aus. Sofern die Kameras eines Streifenwagens zufällig ein Auto scannen, das in der Datenbank ist, macht das System die Beamten darauf aufmerksam. Dann können sie den Informationen entsprechend handeln.«

McAdams musterte Decker. »Und das erzählst du mir *jetzt* erst?«

»Erstens ist es eine neuere Technologie, erst zehn bis fünfzehn Jahre alt. Zweitens handelt es sich bei der Datenbank nicht um ein staatliches System wie COBIS oder AFIS. Die Departments großer Städte beauftragen normalerweise private Firmen, die mit solchen Informationsmengen umgehen können. Wir reden von zigtausend Autos am Tag. Unser Department ist zu klein, um sich etwas Derartiges leisten zu können, vor allem weil wir eine niedrige Kriminalitätsrate haben und so viele Informationen gar nicht brauchen. Ich vermute, für Baniff gilt das Gleiche. Aber Philadelphia ist eine große Stadt. Lass mich Cindy anrufen und rausfinden, ob die Stadt ALPR in ihren Streifenwagen hat. Vielleicht kann ich sie bitten, Paulines Nummernschild in das System einzugeben.«

»Das wäre hilfreich.« McAdams blieb abrupt stehen. »Meinst du nicht, Baer würde die Nummernschilder austauschen, wenn er Paulines Wagen benutzt?«

»Vielleicht, aber Typen wie er sind gewöhnlich faul. Lass uns wenigstens dafür sorgen, dass die Nummernschilder ins System eingegeben werden. Die Firmen, denen die Datenbanken gehören, speichern außerdem Informationen über Mautstellenkameras, und es gibt eine Menge Mautstellen in dieser Gegend. Vielleicht ist Baer mit Paulines Auto durch eine Mautstelle gefahren, bevor er die Nummernschilder ausgewechselt hat.«

»Das ist eine gute Idee.«

»Danke.« Decker atmete tief durch. »Ich werde Cindy anrufen, wenn ich zurück bin. Und du rufst Kev an. Bitte ihn, sich mit den Mautstellen zwischen Baniff und Greenbury in

Verbindung zu setzen, und finde heraus, ob wir einen Blick auf ihre Kameras werfen dürfen. Elsie Schulung hat hier gelebt; sie weiß, wie man die Kameras umgeht. Aber Baer stammt nicht aus der Gegend und ist vielleicht nicht so clever.«

»Okay.« McAdams seufzte.

»Ich weiß. Es ist heiß, und wir finden überhaupt nichts. Aber wir sind schon fast bei Elsies Haus. Lass es uns einfach bis dahin durchziehen.«

»Na klar.«

Als sie bei Elsies Haus ankamen, sagte Decker: »Danke, dass du meine verrückten Ideen erträgst.«

»Wir lassen nichts unversucht. Willst du rübergehen und dir die andere Straßenseite ansehen?«

»Nein, ich möchte auf derselben Seite zurück und noch mal nachsehen. Wenn sie auf dem Weg zu Elsies Haus angehalten haben, dann auf der rechten Seite. Immer schön auf den Boden schauen, Tyler. Deine Augen sind besser als meine.«

McAdams zögerte kurz. »Wonach genau soll ich denn suchen?«

»Nach altem, getrocknetem Blut, das hoffentlich noch nicht weggewaschen wurde.«

»Oder nach einem Messer?«

»Das wäre ein zu großer Glücksfall.«

»Mein Blick klebt auf meinen Füßen.«

Sie liefen schweigend zehn Minuten weiter und schauten nach oben, nach unten und zur Seite. Die Erde gab ihre Geheimnisse nicht gerne preis. Als sie sich unter dem schützenden Blätterdach einer großen Eiche der Ziellinie näherten, spürte McAdams etwas Nasses, Matschiges unter seinen Füßen, worauf sein Absatz nach vorn ausrutschte. »Verdammt, ich glaube, ich bin in Scheiße getreten!« Er blieb stehen und betrachtete die Unterseite seines rechten Schuhs, dessen Sohle mit etwas Braunem bedeckt war. »Mist!«

Decker war ungefähr zwanzig Schritte vor ihm. »Wisch den Schuh einfach auf dem Boden ab.«

Es roch, aber es war nicht der Gestank, den er erwartet hatte. Eher nach etwas Metallischem. McAdams nahm seine Sonnenbrille ab. Die Farbe war eher rötlich braun als kackbraun. »Peter?«

Decker blieb stehen und drehte sich zu ihm um. McAdams nannte ihn selten beim Vornamen. »Was ist? Was hast du gefunden?«

»Ich bin mir nicht sicher, aber ich bin vielleicht gerade in deine Indizien getreten.«

Binnen einer Stunde wimmelte es von Beamten aus Baniff. Noch bevor irgendwelche Streifenwagen vorfuhren, fanden sie Kleidung mit rostroten Flecken, aus denen Flüssigkeit in der gleichen Farbe sickerte. Bei dem weggeworfenen Kleidungsstück handelte es sich offenbar um ein Shirt. Schwer zu erkennen, ob es einem Mann oder einer Frau gehört hatte. Einige Meter entfernt lag ein Jagdmesser, die Klinge verfärbt und voller Flecken und Spritzer. Fortuna war ihnen hold. Leichen hatten sie nicht gefunden, aber die Umgebung wurde immer noch durchsucht.

An McAdams gewandt, sagte Quay: »Ich dachte, Sie wollten abreisen.«

»Wenn der Boss sich eine Idee in den Kopf setzt, kann man ihn nicht aufhalten.« McAdams sah Decker an, der zehn Meter entfernt stand und sorgfältig den Boden absuchte. »Wie sich herausstellt, haben wir tatsächlich etwas gefunden. Wir sind uns nicht sicher, was, aber es ist auf jeden Fall etwas.«

Quay blinzelte ins Sonnenlicht. »Gut möglich, dass es für Ihren Fall gar nicht relevant ist.«

»Stimmt, aber wie viele Verbrechen haben Sie hier?« McAdams war verärgert. »Wir haben hier gesucht, weil Decker sich überlegt hat, dass Baer und Pauline vielleicht zu Fuß zu Elsies Haus zurückgegangen sind. Sie hatten sich zuvor gestritten; vielleicht stritten sie sich zu dem Zeitpunkt immer noch. Vielleicht wurde es hitzig. Vielleicht hat er sie erstochen und das Messer dann weggeworfen.«

»Er zieht die Tote hier aus, begräbt sie aber drei Stunden von hier entfernt?«

»Darauf habe ich keine Antwort parat«, sagte McAdams. »Wir haben ein Shirt, Sergeant. Es könnte seines sein. Es könnte sonst wem gehört haben. Wir müssen wohl auf die Spurensicherung warten, um zu erfahren, was wir gefunden haben.«

»Das wird eine Weile dauern«, erklärte Quay. »Wir haben hier kein Labor.« Er hielt inne. »Haben Sie ein Labor?«

»Nicht im Hause. Wir schicken das Material immer in die nächste Stadt. Es ist ein Referenzzentrum für die kleineren Städte in der Umgebung. Und ja, wir brauchen auch eine Weile für so etwas.«

Decker kam zurück. »Wir brauchen mehr Beweismitteltüten. Wir haben tonnenweise Zeug gefunden: Zigarettenstummel, Limodosen, Bierdosen, Verpackungen, Wasserflaschen …«

»Sie werden das doch nicht alles zur Untersuchung abgeben?«, wollte Quay wissen.

Decker starrte ihn an. »Dies ist ein potenzieller Tatort. Es muss alles eingesammelt werden.« Die Sonne stand schon fast an ihrem höchsten Punkt, und die Temperatur kletterte in die

Nähe von dreißig Grad. »Als Allererstes werden wir das Messer und das Shirt auf DNA untersuchen.«

»Wessen DNA?«, hakte Quay nach. »Paulines, Elsies oder Baers?«

»Wir haben die DNA-Profile für alle drei. Na ja, Baers nicht, aber er ist ein verurteilter Straftäter, also muss er im CODIS sein. Wir brauchen nur einen Treffer.«

»Der Sergeant hat gerade gesagt, dass die Labore, die er nutzt, nicht schneller arbeiten als unsere«, meldete sich McAdams zu Wort.

»Dann warten wir«, gab Decker zurück. »In der Zwischenzeit gibt es für mich genug anderes zu tun.«

»Also wenn das Paulines Blut ist …« Quay trat von einem Fuß auf den anderen. »Dann ist der Mord in unserem Zuständigkeitsgebiet geschehen.«

Decker musterte ihn. »Kommen Sie mir doch jetzt nicht so, Jake.«

»Es liegt nicht an mir, es liegt an meinem Captain, Decker. Ich kenne ihn. Er hasst es, wenn jemand in seine Stadt kommt und ihm sagt, was er zu tun hat.«

Decker fluchte innerlich. »Kommt er hier raus … um sich die Beweise anzusehen? Ich würde ihn gern kennenlernen. Vielleicht kann ich ihm meine Situation erklären.«

»Er ist die nächsten zwei Wochen in Urlaub, aber ich muss ihm berichten, was los ist.«

»Hören Sie, Jake, bevor wir nicht wissen, ob das Paulines Blut ist, fällt ihr Tod in unseren Zuständigkeitsbereich. Der Mord an ihr ist unser Fall. Und selbst wenn sich herausstellen sollte, dass es Paulines Blut auf dem Messer ist, weiß niemand genau, wo und wann sie zu Tode gekommen ist. Es wäre förderlich, die Teams würden kooperieren. Wenn Ihr Captain so darauf bedacht ist, seinen Zuständigkeitsbereich zu schützen, können Sie mir dann einen Gefallen tun und noch etwas warten, bevor Sie ihn verständigen?«

Wieder trat Quay von einem Fuß auf den anderen. »Wie lange?«

»Eine Woche?«

»Wenn er herausfindet, dass ich eine Woche habe verstreichen lassen, ohne ihn von der Sache in Kenntnis zu setzen, kriegt er einen Tobsuchtsanfall.«

»Wie lange können Sie mir geben?«

»Welcher Wochentag ist heute? Mittwoch?«

»Ja.«

»Wie wär's, wenn ich es ihm Montagmorgen sage? Das ist fast eine Woche, aber das Wochenende liegt dazwischen.«

»Das ist in Ordnung«, sagte Decker. »Ich weiß das zu schätzen.«

»Ja, klar …« Quays Handy summte. »Entschuldigen Sie mich.« Er ging weg.

»Ich bin mir bei diesem Burschen nicht sicher«, bemerkte McAdams. »Wenn das Blut auf dem Messer von Pauline stammt, werden wir möglicherweise ausgebootet.«

»Aber die Sache ist die, Harvard, wir haben die Leiche.«

McAdams reckte beide Daumen hoch.

»Verdammt richtig«, stimmte Decker ihm zu. »Diesmal werde ich nicht kampflos aufgeben. Zu diesen albernen Revierkämpfen sage ich: Möge der Bessere gewinnen.«

KAPITEL 20

Egal, was er vorhatte oder wohin er ging, Chris trug stets seinen Ehering. Selbst jetzt, obwohl wir noch nicht verheiratet waren, war er sein ständiger Begleiter. Früher hatte er andauernd damit herumgespielt, hatte ihn um seinen Finger gedreht, so oft, dass ich ihn einmal gefragt habe, ob der Ring zu eng sei. Er verneinte, sagte, es gefalle ihm einfach, ihn zu berühren. Er würde ihn erden. Anderenfalls hätte er das Gefühl, abzudriften. Ich dachte, es sei seine Art mir zu sagen, wie sehr er mich brauchte. Er hatte mich tatsächlich gebraucht, aber nicht auf eine gesunde Art und Weise. Ich war immer seine emotionale Bank für schlechte Zeiten gewesen, etwas, auf das er zurückgreifen konnte, wenn alles aus dem Ruder lief. Es war eine ermüdende, undankbare Rolle. Und ich hatte eine Weile gebraucht, um zu begreifen, dass die Dinge sich nie ändern würden.

Wenn man es nicht selbst erlebt hat, kann man sich nur schwer vorstellen, wie es ist, mit einem gewalttätigen Partner zusammen zu sein. All die guten Ratschläge, die einem die Leute geben, all die Dinge, die man sich selbst rät. Zieh einen Schlussstrich. Verlass ihn. Verlang einfach die Scheidung. Erschieß den Mistkerl. Es war doch etwas komplizierter, vor allem weil Chris' Kontrollsucht sich nicht in den üblichen Verhaltensweisen zeigte. Weder checkte er mein Handy, noch fragte er ständig, wo ich hinging oder mit wem ich zusammen war. Er gab mir gerade eben genug Freiheit, dass ich glauben konnte, ich käme klar. Bis ich es nicht mehr tat.

Als ich Chris das erste Mal verließ, war ich siebzehn und schwanger. Nachdem mein Vater und meine Stiefmutter mich aus dem Haus geworfen hatten, wusste ich, dass ich mittellos sein würde, bis meine Großeltern – die Eltern meiner verstorbenen Mutter – mir anboten, mich aufzunehmen. Ich weiß nicht, was ich ohne sie getan hätte, obwohl ich es bald herausfand. Achtzehn Monate lang genoss ich meinen Höhenflug. Ich hatte kostenloses Babysitting, während ich in der Schule war. Ich hatte etwas zu essen und ein Dach über dem Kopf. Ich hatte es warm im Winter. Als sie beschlossen, in ein Altenheim in Florida zu ziehen, wagte ich es nicht, ihnen im Weg zu stehen. Sie waren schon älter, und der Umgang mit mir und einem Baby hatte ihnen viel abverlangt. Trotzdem fragten sie ständig, ob es mir gut gehen würde. Ich bejahte das.

Doch es war mir nicht gut gegangen. Ich versuchte, auf dem College zu bleiben, aber irgendwann musste ich abgehen und arbeiten, um meinen Sohn und mich selbst durchzubringen. Mit zwanzig hatte ich keinerlei Qualifikationen, und ein Babysitter für Gabe war finanziell nicht drin. Schließlich fand ich einen Job in einem rund um die Uhr geöffneten Diner mit einem sehr netten Chef, der mir erlaubte, nachts zu kellnern und Gabriel mitzunehmen. Neben der Spülmaschine stand sein Kinderbett, und ich glaube, das ständige Rauschen wirkte beruhigend. Gott sei Dank war Gabriel ein guter Schläfer. Die meisten Gäste waren anständig, einige waren schmierig, und ein paar wenige geradezu unheimlich. Die Arbeit war die reinste Schinderei, und meine Schichten waren lang. Ich verbrachte viel Zeit dort. Ich freundete mich mit anderen Kellnerinnen an, von denen mich einige wissen ließen, dass es weniger strapaziöse Arten gab, um schnell an Geld zu kommen.

Vor allem mit einem Gesicht wie deinem.

Ich war nie in Versuchung gekommen.

Als Chris mich fand, lebten Gabe und ich mitten im Winter in Chicago in einer Einzimmerwohnung ohne Warmwasser.

Er brachte uns in seine Suite. Er gab uns etwas zu essen. Dann hatte er im Schlafzimmer harten Sex mit mir, während Gabe sich im Wohnzimmer Zeichentrickfilme ansah. Ich hoffte, dass er damit seine Rache gehabt hatte und der Fall damit erledigt wäre. Niemand war so überrascht wie ich, als er mir am nächsten Tag erklärte, ich solle meine Koffer packen.

Er quartierte uns in einer Wohnung mit zwei Schlafzimmern ein. Sie hatte eine Heizung. Es gab dort heißes Wasser. Sie hatte eine Dusche, die funktionierte. Der Kühlschrank war groß genug, um tatsächlich Nahrungsmittel darin unterzubringen. Es gab echte Möbel. In der Wohnung fand sich sogar ein Klavier für unseren Sohn. Er gab mir Geld für Essen und anständige Kleidung. Er bezahlte meine College-Gebühren. Er bezahlte einen Babysitter. Als Gegenleistung musste ich nur auf Abruf Sex mit ihm haben. Damals lebte er getrennt von seiner Frau. Ein paar Monate später wurde seine Ehe offiziell annulliert, weil seine Frau keine Kinder bekommen konnte. Als sie später erneut heiratete, bekam sie vier Kinder. Aber damals war es Chris, der bereits ein Kind hatte. Also konnte es unmöglich an ihm liegen, dass nie ein Baby gezeugt worden war.

Nach dem College und dem Medizinstudium wollte er mich heiraten. Ich sagte ihm, das sei nicht nötig, aber er bestand darauf. Er wollte es offiziell machen, weil es ihn erden würde, wie er meinte. Wir wurden kirchlich getraut, und ich zog nach New York, um bei ihm zu sein. Es war das erste Mal, dass wir zusammenlebten, und genau da fingen die Probleme an.

Das Zusammenleben mit einem kontrollsüchtigen Mann … Man gewöhnt sich so sehr daran, dass es einem normal erscheint. Und man sucht nach vernünftigen Erklärungen, was nur ein anderes Wort für Selbstbetrug ist. *Ja, er hat Sex mit anderen Frauen – und Männern, wie sich herausgestellt hat –, aber diese Leute bedeuten ihm nicht wirklich etwas. Ja, er ist grausam und herzlos, aber nur wenn er betrunken ist oder high oder zornig oder frustriert oder eifersüchtig … Vielleicht liegt es ja daran, dass die Sonne im falschen Sternzeichen steht. Schau mal, wie viel Gutes er tut. Er unterstützt dich, er gibt dir Geld, er bezahlt deine Ausbildung.* Und dumm, wie man ist, redet man sich ein, es sei okay.

Wenigstens verprügelt er mich nicht.

Bis er es tat.

Der Clou war, dass ich, als ich eine Affäre mit Devek begann, gar nicht so schlecht dran war. Chris war oft unterwegs und arbeitete an einem großen Plan für die Entwicklung eines Superbordells in Nevada, was ich für eine ausgesprochen dumme Idee hielt. Das zeigt, wie wenig ich wusste. Aber ich habe niemals eine Meinung zu seinen Plänen geäußert, und er hat mich nie gefragt, was ich davon hielt. Es waren sein Leben und sein Geld, und zumindest brachte er niemanden um. Außerdem hatte es den Vorteil, ihn über längere Zeit von mir und Gabe fernzuhalten. Wenn er nach Hause kam, wollte er immer noch jede Menge Sex, aber das war in Ordnung für mich. Er war wirklich gut im Bett und erpicht darauf, mich zu befriedigen, wenn er nüchtern war.

Dann tauchte Devek auf. Devek war aufmerksam. Devek war lieb. Devek war klug. Devek war witzig. Devek war Arzt. Ich sagte mir: *Ich verdiene einen Mann wie ihn.* Okay, er war nicht gut im Bett, war nicht besonders aufregend und sah nicht gut aus. Aber man schaue sich an, was mir toll im Bett, aufregend und gut aussehend eingebracht hatte.

Dann entdeckte ich, dass ich schwanger war. Zum Glück hielt Chris die Abtreibungspapiere meiner Halbschwester –

eine Abtreibung, die ich bezahlt hatte – irrtümlicherweise für meine. Er dachte, ich hätte *sein* Baby wegmachen lassen. Ich hatte keine Ahnung, was er getan hätte, wenn er die Wahrheit gewusst hätte. Er schlug mich, weil er dachte, ich wolle sein Kind nicht, schlug mir mit dem Handrücken ins Gesicht, zwei oder drei Mal. Nicht annähernd so schlimm wie das, was ich vor Kurzem erleiden musste, aber ich hatte zwei Veilchen, Schnittwunden auf den Wangen von seinem Ring und ein geschwollenes Gesicht. Er hätte vielleicht mehr getan, aber genau in dem Moment kam Gabe herein. Das ließ Chris jäh innehalten. Er stürmte hinaus. Später tat es ihm schrecklich leid. Er schwor, das nie wieder zu tun. Er flehte mich an, zu ihm zurückzukommen.

Ich sagte ihm, dass ich darüber nachdenken würde. Dann ergriff ich die Flucht.

Zum Glück erfuhr er die Wahrheit erst, als ich mit Devek nach Indien entkommen war. Wir ließen uns scheiden, und ich heiratete ein zweites Mal. Gabe, der zu dem Zeitpunkt fast vierzehn war, hatte ich bei den Deckers zurückgelassen und gedacht, dass ich ihn nach ein oder zwei Jahren zu mir holen könnte, damit er bei mir lebte. Dabei gab es einige Probleme: Devek wollte ihn nicht haben, und Chris hätte ihn niemals gehen lassen. Ich ließ also meinen Sohn im Stich, etwas, was ich mir bis heute nicht verziehen habe. Devek habe ich nie verziehen, dass er Gabe gegenüber bei seinen wenigen Besuchen in Indien so kalt war. Das machte es mir viel leichter, ihn zu verlassen und in die Staaten zurückzukehren.

Als ich beschloss, Devek zu verlassen, liefen die Dinge nicht wie geplant. Das tun sie ja nie. Auf einen schlimmen Sorgerechtsstreit war ich vorbereitet, aber ich hätte nie damit gerechnet, mit gebrochenen Knochen in einer Klinik zu landen, hätte nie damit gerechnet, dass Chris mich nicht nur wieder gesund pflegte, sondern auch Juleen beschützte. Elf Jahre später war ich wieder genau da, wo ich angefangen hatte. Ich erholte mich von brutalen Schlägen und vermisste meinen Sohn. Aber zumindest hatte ich einen Ort für meine Tochter und mich gefunden … und Zeit zum Nachdenken. Solange ich Chris' Wünschen nachkam, war alles gut. In ein paar Monaten würde ich in einem eigenen Haus leben, zusammen mit meinen Kindern, von Devek geschieden und die meiste Zeit von Chris getrennt. Ich würde als Ärztin arbeiten. Ich würde ein ruhiges und normales Leben führen.

Und wenn er wollte, dass ich zu seiner blöden Party ging und seine hübsche, hingebungsvolle Requisite war, während er mit seinem Personal herumturtelte, würde ich es mit einem Lächeln tun. Chris war der Schlüssel, um meinen Sohn zurückzubekommen. Es lag eine bessere Zukunft vor mir.

Wenn ich nur noch ein bisschen durchhalten würde. Wenn …

Um sechs Uhr morgens stieg Decker der Geruch von Kaffee in die Nase. Als er auf Rinas Seite des Bettes griff, war es noch warm, und ihr Duft erfüllte das Schlafzimmer mit allem, was gut war. Er duschte, rasierte sich, zog sich an und trat genau in dem Moment in die Küche, als der Toast fertig war.

»Gott, es ist wunderbar, dass du wieder da bist«, sagte er.

»Es ist wirklich schön, zu Hause zu sein.« Sie gab ihm einen Kuss auf den Mund. »Setz dich, der Kaffee ist fertig.«

»Wie wär's, wenn du Platz nimmst und ich dich bediene?«

»Noch besser.« Rina setzte sich. Sie hatte sich die Haare zu einem Pferdeschwanz gebunden und trug eine leichte cremefarbene Leinenbluse und einen Jeansrock. Bequeme Kleidung.

Es war heiß draußen. An ihren Füßen hatte sie immer noch Hausschuhe. »Ich hab dich vermisst.«

»Ich kann dir garantieren, dass ich dich noch viel mehr vermisst habe.« Er schenkte ihr Kaffee ein und bestrich den Toast mit Butter. »Meine Aussichten sind definitiv rosiger, jetzt, wo du wieder da bist.« Er trug den Toast und den Kaffee zum Tisch und setzte sich ihr gegenüber. »Aber ich bin froh, dass du deine Mom besucht hast. Das hat sie bestimmt sehr glücklich gemacht.«

»Hat es. Ihre Pflegekräfte sind nett, aber sehr geschwätzig.«

»Sind sie dir auf die Nerven gegangen?«

»Weißt du ... sie kümmern sich so gut um sie, dass es mir nichts ausmacht. Und sie scheint sie zu mögen. Kaum zu glauben, dass deine Mom so eigenständig ist.«

»Sie ist zu stur, um Hilfe zu brauchen. Außer wenn sie wirklich welche braucht.« Decker nahm einen Schluck von seinem Kaffee. »Vielen Dank, dass du sie zu ihren Arztterminen begleitet hast. Ich hoffe, es hat dir nicht zu viel Mühe gemacht.«

»Sobald sie die Nachricht erhalten hat, dass alles gutartig ist, war sie auf einmal ein anderer Mensch.«

»Davon bin ich überzeugt.«

Rina lächelte. »Du hättest uns vier sehen sollen – Blossom, meine Mom, deine Mom und mich –, als wir einkaufen gegangen sind. O mein Gott. Die Mütter blieben vor jedem einzelnen Artikel in den Regalen stehen und diskutierten über die Vor- und Nachteile. Ein Routineeinkauf hat uns mehr als eine Stunde gekostet, und da kommt noch die Zeit zum Be- und Entladen hinzu. Und ich meine nicht die Einkäufe, sondern die beiden.«

»Du bist ein geduldiger Mensch.«

»Tatsächlich arbeiten Blossom und ich sehr gut zusammen.« Sie goss Sahne in ihren Kaffee. »Ich weiß, sie sind alt, und das kann manchmal eine echte Herausforderung sein. Aber es ist wirklich ein Geschenk, sie überhaupt noch bei uns zu haben.«

»Ich bin mir sicher, dass sie deine Gesellschaft in vollen Zügen genossen haben.« Decker nahm einen Bissen von seinem Toast. »Ich persönlich bin überglücklich, dass du wieder da bist. Und Tyler ebenfalls. Er hat deine Kochkunst vermisst. Und deine Sandwiches für unterwegs.«

»Schön, wenn man geschätzt wird.« Rina stand auf, wusch sich die Hände und sprach den rituellen Segen über das Brot. Dann biss sie hinein und setzte sich wieder. »Jetzt erzähl mir von Brock Baer.«

»Seit unserer Abfahrt gestern Abend hat sich nichts verändert. Es wird immer noch nach ihm gefahndet, aber das bedeutet nicht, dass wir Elsie Schulung von unserer Liste der Verdächtigen gestrichen haben. Ich muss unbedingt mit ihr reden. Aber zuerst muss ich sie finden ... falls sie noch lebt.«

»Sucht ihr immer noch nach einer Leiche?«

»Bisher kann ich nicht rechtfertigen, dafür Leute abzustellen. Wenn die Ergebnisse der E-Mail-Untersuchung von dem Messer und dem Shirt da sind, haben wir vielleicht mehr, womit wir arbeiten können. Wir hoffen, sie bis nächste Woche zu bekommen, aber ich befürchte, dass es länger dauern wird. Wir testen auf Paulines, auf Elsies und auch auf Baers Blut. Wenn er die Frauen erstochen hat, ist ihm das Messer vielleicht aus der Hand gerutscht, und er hat sich geschnitten.«

»Habt ihr in Elsies Haus Blut von mehr als einer Person gefunden?«

»Das weiß ich nicht. Baniff hat alle Tests durchgeführt. Soweit ich gehört habe, war es nur Paulines Blut.«

»Irgendwelche Theorien?«

Decker zuckte die Achseln. »Baer hat sie erstochen und zu Elsies Haus gebracht. Sie ist dort gestorben, und dann hat Baer Elsie gezwungen, ihm zu helfen, sie zu begraben. Aber das ergibt nicht viel Sinn, denn Pauline ist drei Stunden von Elsies Haus entfernt begraben worden.«

»In der Nähe des Diners.«

»Ja. Ich versuche nur herauszufinden, warum Elsie oder Baer sie so weit entfernt begraben haben sollten.«

»Sie wollten nicht, dass ihre Leiche mit Baniff in Verbindung gebracht wird.«

»Aber man geht ein Risiko ein, wenn man eine Leiche so weit weg bringt.«

»Da stimme ich dir zu. Aber ich halte es für keinen Zufall, dass Bertram so nah bei der Stelle verschwunden ist, an der Pauline begraben wurde.«

»Absolut.« Decker schenkte Rina Kaffee nach. »Die Ermittlungen sind sozusagen auf Eis gelegt, bis wir die DNA-Ergebnisse haben.«

»Aber ihr sucht aktiv nach Baer.«

»Ja. Er und Pauline hatten ungefähr zu der Zeit, als Elsie und Pauline verschwunden sind, einen heftigen Streit. Wenn Baers DNA in dem Blut ist, das wir gefunden haben, dann ist das ein schlagender Beweis gegen ihn.«

»Und ihr glaubt, dass Elsie tot ist?«

»Vielleicht.«

»Ich dachte, ihr geht davon aus, dass Elsie mit Bertram und Kathrine in Deutschland ist.«

»Das ist ebenfalls möglich. Ich habe nicht weniger als fünf Mal beim Sekretär von Bertrams Eltern angerufen. Ich habe zwei oder drei Mal die örtliche Polizei dort angerufen. Es wäre auf jeden Fall hilfreich zu wissen, ob Elsie dort war oder sich dort immer noch aufhält. Dann müsste ich nicht nach einer weiteren Leiche suchen.«

»Seltsam, dass niemand dich zurückruft, insbesondere die dortige Polizei.«

Decker zuckte die Achseln. »Ich werde es weiter versuchen.«

»Wie passt Bertram Lanz in das Bild?«

»Vielleicht hat Elsie ihn angerufen, damit er ihr bei der Flucht hilft. Oder er war Zeuge des Mordes.« Decker nahm einen weiteren Schluck von seinem Kaffee. »In der Zwischenzeit werden McAdams und ich uns weiter damit beschäftigen, umgekippte Briefkästen wieder aufzurichten und verloren gegangene Haustiere zu suchen.«

»Es kann eine sehr bedeutungsvolle Tat sein, einen Hund oder eine Katze seinem Besitzer zurückzubringen.«

»Kein Witz.« Er lächelte. »Tierbesitzer sind meistens die dankbarsten Menschen auf Erden. Sie lieben ihre Haustiere.« Er drückte Rinas Hand. »Schön, dass du wieder zu Hause bist.«

»Grillen wir heute Abend?«

»Sehr gern. Tyler wäre ebenfalls begeistert. Es sei denn, es wäre dir lieber, wenn wir unter uns bleiben.«

»Nein, Tyler kann gerne kommen. Er gehört beim Abendessen zum festen Inventar.« Sie lächelte ihn über den Tisch hinweg an. »Aber wir sind jetzt unter uns, weißt du.«

»Ja, das sind wir in der Tat.« Er stand auf und wischte sich den Mund ab. »Dann wird die verloren gegangene Katze wohl warten müssen.«

KAPITEL 21

Eine Woche vor der Party wurde mir der Gips abgenommen. Es waren sechs Wochen vergangen, und mein Bruch war verheilt. Ich fühlte mich befreit, als sei der Angriff auf mich eine ferne Erinnerung, und als würden die Zeiten vor mir bessere werden. So ist das mit der Hoffnung. Egal wie schlimm es kommt, sie ist immer dabei.

Am Abend des Festes bemerkte ich, dass die Kleider, die Chris mir gekauft hatte, enger saßen. Ich hatte zugenommen, aber auch ein paar Kurven zurückgewonnen, und das war gar nicht so schlecht. Das schwarze Kleid, für das ich mich entschieden hatte, war ein Traum aus Seide und Pailletten mit einem U-Boot-Ausschnitt vorne, einem tiefen Rückenausschnitt und einem sehr kurzen Rock. Ich wiegte mich beim Gehen in den Hüften und reflektierte jedes Licht, an dem ich vorbeikam. Chris war zu beschäftigt, um mich zu frisieren und zu schminken, also machte ich das selbst. Ich sah älter aus – Krähenfüße und Lachfältchen waren immer noch zu sehen –, aber ich wirkte weniger angemalt. Mehr wie ich selbst und weniger wie eins seiner Mädchen. Chris war auch zu beschäftigt, um mich zur Lounge zu begleiten. Mit dieser Aufgabe wurde Jorge betraut, einer seiner Leibwächter – mittelgroß, aber gut bestückt, sowohl mit Muskeln als auch mit Waffen.

Als er die Tür zur Lounge öffnete, sah der Raum dahinter aus wie ein modernerer Highschool Ball. Lichter und Luftschlangen überall, eine Band spielte laute Musik, es gab mehrere Bars und viele Gespräche und Gelächter, während Servicekräfte Unmengen von Getränken und Speisen verteilten. Chris hatte mich gebeten, gegen elf zu kommen, und zu diesem Zeitpunkt schien die Party schon seit Stunden in vollem Gang zu sein.

Mein Herz begann zur rasen.

Nicht dass ich schüchtern war. Ich hatte kein Problem damit, mich mit Leuten zu unterhalten. Als Ärztin in der Notaufnahme tat ich das ständig. Menschen kamen mit unbekannten Störungen, und man musste wissen, wie man ihnen Informationen entlockte. Aber das hier war etwas anderes. Ich war auf mich allein gestellt, aber ich konnte nicht ich selbst sein. Ich musste eine Rolle spielen, war mir jedoch nicht sicher, welche.

Chris befand sich umringt von Frauen auf der Tanzfläche und schwang im Rhythmus dröhnender und basslastiger Klänge mit mehreren Partnerinnen die Hüften. Es war eine ungeheure Ansammlung von Leibern, Körper an Körper, in einem irren Gemeinschafts-Boogie. Ich hatte keinen Zweifel daran, dass Chris mich bemerkte, als ich reinkam – er wandte den Blick nie ganz vom Eingang eines Gebäudes ab –, aber er machte keine Anstalten, mich zu begrüßen. Ersteres war zu erwarten. Dass er mich allein umherstolpern ließ, überraschte mich dagegen. Er wusste ganz genau, dass ich keine Ahnung hatte, wo ich hingehen oder was ich tun sollte. Vermutlich genoss er mein Unbehagen. Ich wusste, dass er mir zwar verziehen hatte, aber dass da immer noch jede Menge Zorn in ihm steckte.

Okay, sagte ich mir. *Deine Knochen sind intakt, und dein Gesicht sieht nicht aus wie Traubengelee. Verlier dein Ziel nicht aus den Augen.* Mit hoch erhobenem Kopf und geradem Rücken hielt ich im Raum Ausschau nach einem Ort, um mich zu setzen. Plötzlich hakte sich jemand bei mir unter. Es war Brie. Sie war offensichtlich beschwipst, aber auch ein vertrautes Gesicht, und das gab mir Halt. Sie hatte ihren prächtigen Körper in ein goldenes Etui-Minikleid gezwängt. Sie stieß mit ihrer Hüfte gegen meine.

»Wollen Sie tanzen?«

»Vielleicht später.« Ich sah mich um. »Wo sitzen Sie?«

»Wo immer ich einen *Schoß* finde.« Sie fing an zu kichern.

»Ähm, das würde für mich nicht funktionieren.«

Sie kicherte wieder. »Warum nicht? Der Boss amüsiert sich doch auch. Sie sollten das Gleiche tun.«

»Mir gefällt Ihre Argumentation, aber vielleicht sollte ich mich erst mal setzen und herausfinden, was der Boss will.«

»Gute Idee. Männer sind manchmal so seltsam.«

»Das ist wahr, Schätzchen.«

Eine Servicekraft kam mit einem Tablett voller Champagnergläser vorbei. Brie nahm zwei und reichte mir eins davon. »Kommen Sie. Was ist eine Party ohne Kribbelwasser?«

»Danke.« Ich nahm einen Schluck. »Tolles Outfit.«

»Finden Sie?«

»Ja. Sie sehen umwerfend darin aus.«

»Oh, zu freundlich, zu freundlich.« Sie drückte meinen Arm noch ein wenig fester. »Ich mag Sie. Sie sind nicht so hochnäsig wie das andere Miststück.«

»Von welchem Miststück reden wir?«

»Von dem da!« Sie deutete mit dem Kopf in Chris' Richtung. Der drehte gerade mit Talia mächtig auf. »Sie hat sich wie ein Miststück verhalten?«, fragte ich.

»Gott, und zwar von der allerschlimmsten Sorte! Alle waren glücklich, als er ihr den Laufpass gegeben hat.« Sie drehte sich um und lächelte mich an. »Und jetzt haben Sie den Ring, also, hahaha.«

Ich lächelte. »Danke.«

»Sind Sie sicher, dass Sie nicht tanzen wollen?«

»Ja, ich möchte wirklich nicht, danke.« Wieder lächelte ich.

Genau in dem Moment fasste mich ein panischer Jorge am Ellbogen. »Entschuldigen Sie, Frau Doktor. Hier entlang.«

Ich prostete Brie mit meinem Glas zu. Sie tat das Gleiche. Jorge und ich schlängelten uns durch das Gedränge, bis er mich an einen Tisch brachte. »Ich bin direkt hinter Ihnen, wenn Sie etwas brauchen, Frau Doktor.«

»Im Moment nichts, danke.« Jorge sah blass aus. »Geht es Ihnen gut?«, fragte ich.

»Ich dachte kurz, ich hätte Sie verloren. Der Boss würde mich umbringen.«

»Das würde ich niemals zulassen.«

Jorge lächelte mich an. Zum allerersten Mal überhaupt. Ich saß da mit meinem Kribbelwasser und beobachtete, wie Chris sein Ding durchzog, und ich fühlte mich erneut in die Highschool zurückversetzt. Als ich das erste Mal mit ihm Schluss gemacht hatte, vor dem ersten Mal, als ich *wirklich* mit ihm Schluss gemacht hatte, war ich noch ein Teenager und in ihn verliebt gewesen, und immer wenn ich versuchte, mich ihm zu nähern, um unser Zerwürfnis wiedergutzumachen, hatte er die Gelegenheit genutzt, um mit seiner Freundin rumzuknutschen.

Nur um mir eins auszuwischen.

Was rückblickend seltsam war, denn Chris stand nicht aufs Küssen. Im Laufe unserer Beziehung wurde mir klar, dass er, wann immer er mich wiederholt küsste oder romantisch wurde, unsicher war.

Ich spürte die Anwesenheit eines anderen Menschen, schaute auf und entdeckte Mike Badger vor meinem Tisch. »Nehmen Sie doch Platz«, sagte ich.

Er setzte sich. »Sie feiern nicht mit?« Er grinste. »Oder bestimmt er, wo es langgeht?«

Ich drehte den Kopf und sah ihm in die Augen. »Wollen Sie in die zweite Runde gehen, Badger, oder werden Sie nett zu mir sein?«

Er senkte den Blick. »Ja, ich bin wirklich eine Arschgeige.«

Ich lächelte.

»Aber ich kann es mir erlauben, weil ich so gut aussehe und eine schillernde Persönlichkeit bin.«

Ich lachte. »Ich bin neugierig, Mike. Warum haben Sie die Medizin aufgegeben?«

»Mit Immobilien verdient man viel mehr Geld.« Er schwieg für einen Moment. »Und Frauen mögen Geld.«

»Vermissen Sie Ihren Beruf? Ich meine, all das Talent und die lange Ausbildung. Ich bin mir sicher, es war schwer, den Wechsel zu vollziehen.«

»Das war es. Und manchmal vermisse ich es tatsächlich.«

»Es ist schön, etwas für die Menschheit zu tun, nicht wahr?«

Er sah mich an. »Mit Ihnen kann man gut reden.«

»Danke.« Ich schaute zu Jorge. »Könnten Sie Mr. Badger ein Glas Champagner holen?«

»Ich soll Ihnen nicht von der Seite weichen, Frau Doktor.«

Badger stand auf. »Ich werde mir selbst eins besorgen. Möchten Sie auch noch etwas ... Wie soll ich Sie nennen?«

»Terry. Und ich hätte nichts gegen ein Mineralwasser einzuwenden.«

»Kommt sofort.«

Ich wandte mich wieder an Jorge. Ich musste schreien, um mich verständlich zu machen. »Hätten Sie gern etwas zu trinken?«

»Nein danke, Ma'am.«

Badger sah mich an. »Sie sind eine wunderschöne Frau. Ich will nicht flirten. Es ist nur eine Feststellung.«

»Danke.« Mein Blick wanderte wieder zur Tanzfläche. Plötzlich waren Chris' Augen stählern. Er durchbohrte mich mit seinen Blicken. Ich schaute weg und dachte: *Wirklich? Mike Badger? Ernsthaft?*

»Ich bin gleich wieder da«, sagte Badger.

»Lassen Sie sich Zeit. Ich gehe nirgendwo hin.«

Als er fort war, beobachtete ich weiter meinen Verlobten. Er tanzte mit zwei Mädchen und einem Mann, und seine langen Gliedmaßen bewegten sich voller Anmut. Sein Gesicht war gerötet, und seine Augen strahlten. Er amüsierte sich blendend.

Wieder näherte sich jemand meinem Tisch. Der Mann war vielleicht zehn Jahre älter als ich. Schlank. Dunkle, grau melierte Haare. Braune Augen. Etwa eins achtzig groß. Er war gut gekleidet. Und er sah nett aus. »Haben Sie etwas dagegen, wenn ich mich setze?«, fragte er.

Ich hätte Nein sagen sollen. Stattdessen hörte ich mich antworten: »Überhaupt nicht.«

»Ich glaube, ich habe Sie noch nie hier gesehen.«

Ich hielt ihm die Hand hin. »Terry McLaughlin. Ich bin Mr. Donattis Verlobte.«

»Bard Fenton.« Er schüttelte mir mit einem schnellen Blick auf meinen Ringfinger die Hand. »Mr. Donatti hat einen guten Geschmack.«

»Der Ring ist wirklich sehr schön.«

»Ich habe nicht von dem Schmuck gesprochen.«

Ich lächelte. »Danke, Bard.« Ich musste über den Lärm hinweg schreien. »Darf ich Sie Bard nennen?«

»Sie dürfen mich nennen, wie immer Sie möchten«, schrie er zurück. »Wie haben Sie Chris kennengelernt?«

»Wir sind zusammen auf die Highschool gegangen.«

»Wirklich? Eine Highschool-Liebe?«

»So was in der Art.«

»Das klingt geheimnisvoll.«

»Manchmal ist weniger mehr.« Gott, war das laut hier drin.

Badger kam zurück. Er stellte mein Mineralwasser auf den Tisch und nahm neben mir Platz. Er sah Bard an. »Wie läuft's so?«

»Es läuft.« Fenton schaute zuerst zu mir, dann zu Mike. »Ms. … wie war noch mal der Nachname?«

»McLaughlin«, half ich ihm auf die Sprünge.

»Ms. McLaughlin ist sehr geheimnisvoll.«

Badger korrigierte ihn. »Eigentlich Dr. McLaughlin.«

»Ich muss mich korrigieren«, sagte Fenton. »Das ist beeindruckend.«

»Ärztin in der Notaufnahme«, fügte Badger hinzu.

»Sie beide sind sich schon mal begegnet?«

»Ja, wir haben zusammen etwas getrunken«, bestätigte Badger. »Natürlich mit Mr. Donatti.«

»Sie wollte mir gerade erzählen, wie sie den illustren Mr. Donatti kennengelernt hat«, bemerkte Fenton.

»In der Highschool«, sagte Mike. »Sie waren schon mal verheiratet … miteinander.«

»Woher wissen Sie das?«

»Sie hat es mir erzählt.«

Fenton sah mich an. »Was ist beim ersten Mal passiert?«

Ich schaute zu Mike hinüber. »Möchten Sie für mich antworten?«

Badger lächelte. Es ließ sein Gesicht weicher aussehen. »Entschuldigung.«

»Nein, es ist durchaus ganz angenehm, nicht alles selbst

erklären zu müssen.« Ich wandte mich Fenton zu. »Chris und ich waren lange zusammen. Wir bekamen ein Baby, haben geheiratet, uns scheiden lassen, und sind dann wieder zusammengekommen. In der Reihenfolge.«

»Was ist aus dem Baby geworden?« Fenton hob schnell die Hand. »Tut mir leid. Geht mich nichts an.«

»Das Baby ist jetzt ein vierundzwanzigjähriger Konzertpianist.«

»Sie meinen Gabriel?«, fragte er. »Sie sind Gabriels Mutter?«

»Ja.«

»Sie sehen nicht alt genug dafür aus.«

Ich schenkte ihm ein strahlendes Lächeln. »Danke.« Mein Kopf platzte langsam.

»Es ist die Wahrheit.«

Wie aufs Stichwort brach die Musik ab, und die Sängerin kündigte an, dass die Band eine kleine Pause machen würde. Die Musik wechselte zu etwas vom Band – ein langsamer Song. Bard stand auf und strecke die Hand aus. »Darf ich bitten?«

»Ich glaube nicht, dass es dem Boss gefallen würde«, sagte ich.

»Der Boss schätzt Stammkunden, die wiederkommen und ihr Geld bei ihm lassen.«

»Das ist wahr, aber ich werde trotzdem passen.«

»Ach, kommen Sie schon. Sie wollen doch nicht, dass ich Ihnen eine Szene mache, oder, Terry?«

Ich drohte ihm spielerisch mit dem Zeigefinger und stand auf. Er legte mir eine Hand auf den Rücken, um mich zur Tanzfläche zu führen. Ich war kaum ein paar Schritte gegangen, da war Chris bereits da.

»Danke, dass Sie sie mir bringen, Bard«, sagte er. »Ich übernehme von hier an.« Er nahm meinen Ellenbogen und schob mich auf die Tanzfläche. Dort legte er meine rechte Hand in seine linke und den anderen Arm in meinen Rücken.

Ein Stück von den Hollies, eher etwas aus der Generation meines Vaters. Der erste Ton – verzerrt und langgezogen –, wurde zu einer wummernden, süffigen, bluesigen Melodie der E-Gitarre. Ich kannte den Song gut. Mit sechzehn hatte ich ihn wieder und wieder gehört und dabei jedes Mal an Chris gedacht. Jemand, der so besessen von der Liebe zu einem anderen Menschen war, dass er nur von Luft leben konnte. Genauso hatte ich damals für Chris empfunden. Für ihn hätte ich Gift geschluckt.

Ich betrachtete ihn jetzt. Seine Augen waren ausdruckslos, aber sein Mund lächelte. Seine Stimme war sehr sanft und leise. »Versuchst du, mich schlecht aussehen zu lassen?«

»Wovon *redest* du?«

»Sprich leiser.« Ich antwortete ihm nicht. Er fügte hinzu: »Du gehörst mir. Du tanzt nicht mit anderen Männern.«

»Er hat darauf *bestanden*«, flüsterte ich. »Ich wollte nicht, dass er eine Szene macht. Ich wollte dich nicht in Verlegenheit bringen.«

»Tja, genau das hast du verdammt noch mal getan.«

Ich hatte genug. »Willst du mich verdammt noch mal *verarschen*? Das sagst du zu mir, nachdem du deine Mädels voll bekleidet auf der Tanzfläche quasi … gevögelt hast?«

»Lächele.« Ich zwang mich zu einem Lächeln. Seine Stimme war eiskalt. »Lächele, als würdest du es auch so meinen. Das hier ist *meine* Party.«

Ich entspannte bewusst meine Gesichtszüge und schenkte ihm ein sanftes Lächeln, während ich versuchte, seinen Tanzschritten zu folgen. Er war ein guter Tänzer. Er war gut in allem.

Ich hasste ihn.

Die Sänger, in vierstimmigen Harmonien – wie Engel vom Himmel – sangen, dass sie seine Nahrung sei, sein einziger Grund zu leben.

Chris nahm meine Hand und verschränkte seine Finger mit meinen. »Eifersüchtig?«

»Nein, ich bin nicht eifersüchtig.« Ich rief mir ins Gedächtnis, dass ich lächeln musste. »Es ist mir egal, wen du vögelst.«

»Dein Ärger ist eine seltsame Reaktion für jemanden, dem das egal ist.«

Ich biss die Zähne aufeinander. »Ich bin nicht eifersüchtig, Chris, ich bin traurig. Ich fühle mich wie in der Highschool. Mr. Beliebt-bei-*allen*-um-ihn-herum, und ich stehe am Rand und darf zuschauen. Es wird langsam langweilig.« Der Text und der elektrische Twang der Gitarre machte mich noch trauriger. »Was mich wirklich ärgert, ist, dass du so aussiehst, als hättest du tatsächlich *Spaß*. Mit mir hast du nie Spaß.«

»Wir haben Spaß.«

»Nein, wir haben Sex. Ich weiß gar nicht, warum ich überhaupt hier bin. Es wäre besser, wenn ich wieder gehen würde.«

Einige Sekunden des Schweigens folgten. Dann sagte er: »Ich will dich hier haben.«

Ich atmete tief durch. »Es tut mir leid, wenn ich dich in Verlegenheit gebracht habe. Ich werde mit niemandem reden. Ich bleibe in meiner Ecke sitzen, bis du mir erlaubst, mich wieder in deine Räumlichkeiten zurückzuziehen.«

Weiteres Schweigen.

Er zog mich eng an sich. Ich spürte, wie er sich entspannte, obwohl ich so angespannt war, ich hätte auch einen Wundstarrkrampf haben können. Seine himmelblauen Augen weiteten sich und wurden weicher, als er versuchte, meinen Blick auf sich zu lenken, aber ich weigerte mich, ihn anzusehen. Er ließ meine Hand los, griff nach meinem Kinn und versuchte es noch einmal. Wieder seufzte ich. Ich legte den Kopf an seine Brust, und er küsste mich auf den Scheitel. Er zog mich noch enger an sich. Obwohl ich es nicht wollte, spürte ich, wie mein Körper sich in seinen Armen langsam entspannte.

»Du weißt, wie eifersüchtig ich bin«, erklärte er mir. »Du bist meine Verlobte.«

»Und du bist mein Verlobter. Was meinst du, wie ich mich fühle?«

»Tanze ich gerade mit jemand anderem?«

»Tu, was du willst«, antwortete ich ihm. »Wie du schon sagtest, es ist deine Party.«

Er schaute mir in die Augen. »Du bist wirklich ... die schönste Frau ... auf der Welt.«

»Du bist ein Idiot!«

»Nein, ich bin kein Idiot, ich bin ein Arschloch.« Süffiges Gitarrenriff. »Komm schon, du weißt, was ich für dich empfinde. Du bist absolut und zweifellos die einzige Frau, die ich je geliebt habe.« Er war gerade im Begriff, mich zu küssen, aber in der Sekunde kam die Band zurück, die Musik vom Band wurde ausgestellt, und die Gruppe stimmte die ersten Töne von »You Wreck Me« an.

Chris ergriff meine Hand. »Komm, meine Hübsche. Lass uns tanzen.«

»Mir ist nicht nach tanzen.«

»Komm schon. Tom Petty magst du doch.«

»Ich will nicht.«

»Du hast gesagt, du willst Spaß haben, also hab Spaß.«

Er zerrte an meinem Arm. »Komm schon.«

Er führte mich in die Mitte der Tanzfläche. Sofort war er umringt von seinen Ladys, die mitmachen wollten, aber diesmal schüttelte er sie ab. Er legte eine Hand um meine Taille und führte mich mit Tanzbewegungen, die ich vergessen hatte, aber er offensichtlich nicht. Leichtfüßig lenkte er mich durch eine Abfolge von Schritten, die ich seit Jahren nicht mehr gemacht hatte.

Ich schwebte – leicht wie eine Feder. Als ich diesmal lächelte, war es echt. Ich amüsierte mich. Als die Band das Gitarrensolo spielte, riss ich mich von ihm los und tanzte für mich allein, wirbelte herum, sodass die Haare um meinen Körper flogen wie die Flügel eines Ventilators. Ich ließ die Hüften im Takt der Musik kreisen, hob die Arme hoch über den Kopf und bewegte mich zu einem inneren Rhythmus, bis ich weit weg von ihm war, auf der anderen Seite des Raums.

Er deutete auf seine Augen, dann auf mich und formte ein Lautloses: *Ich beobachte dich* mit den Lippen. Langsam näherte er sich mir im Takt der Musik.

Ich drehte mich zu ihm um, verschränkte die Arme vor der Brust und klopfte mit dem Fuß auf den Boden.

Er holte mich wieder ein, und wir hatten den Tanzbereich für uns allein, während ein Kreis von Menschen um uns herum im Rhythmus der Musik klatschte und zusah, wie wir die Tanzfläche aufheizten. Zum Schluss neigte er mich mit durchgebogenem Rücken gen Boden, und dann küsste er mich.

Ein letzter Applaus. Ich machte einen Knicks, während er sich verbeugte.

König und Königin des Schulballs.

Mein Lächeln war aufrichtig.

Er dagegen hatte einen seltsamen Ausdruck auf dem Gesicht. Er nahm mich bei der Hand. »Komm.«

»Wohin gehen wir?«

»Du wirst schon sehen.«

»Was?«

»Du wirst sehen.«

Er führte mich aus der Lounge und durch einen Flur, dann öffnete er eine Reihe von verschlossenen Türen mit Schlüsseln von einem Ring, den er aus seiner Anzugjacke gezogen hatte. Es war schummrig, und ich hatte keine Ahnung, wo wir waren. Vor einer letzten Tür blieb er stehen und öffnete sie. Wir traten in einen Raum, und er schaltete das Licht ein. In dem Zimmer stand ein Bett, daneben ein offener Schrank mit Bademänteln, außerdem sah ich ein angrenzendes Badezimmer und eine Terrasse mit einem Whirlpool. Ein Hotelzimmer, aber nicht ganz.

Ich befand mich in einem seiner Bordellzimmer.

Er griff in eine Ecke, wo ich eine Kamera sah. »Keine Sorge, ich schalte sie aus.« Er zeigte auf das Bett. »Rauf da.«

»Chris, ich will das nicht.«

Er antwortete mir nicht. Er holte ein Kondom und etwas Gleitmittel aus dem Schrank. »Rauf da.«

»Bitte, mach das nicht mit mir.«

Er hob mich hoch und warf mich aufs Bett. Drehte mich um, bis sein Unterleib auf einer Höhe mit meinem Hintern war. Dann schob er mein Kleid hoch. Ich spürte die Tränen kommen. »Warum tust du mir das an?«

Er antwortete nicht. Stattdessen begann er, sich einen Weg in meinen Anus zu bahnen.

Ich schrie: »Du tust mir weh!«

»Weil du dich gegen mich wehrst.« Er drang weiter in mich

ein. »Entspann dich einfach.« Er schlug mir auf die Pobacke. »Entspann dich, entspann dich.«

Ich begann zu weinen. »Es tut weh!«

»Das tut es beim ersten Mal meistens. Du kommst schon darüber hinweg.«

»Warum *machst* du das?«

»Weil du *mir* gehörst!« Ein weiterer Stoß. »Wenn du für andere Männer mit dem Arsch wackelst, kannst du auch für mich damit wackeln!« Er drang zum dritten Mal in mich ein.

»Chris, bitte ...«

»Zähl einfach Schäfchen. Es ist bald vorbei.«

»Bitte!«

»Terry, hör auf zu reden und lass mich das hier zu Ende bringen!«

Ich schloss die Augen und versuchte, mich an einen anderen Ort zu denken. Das tat ich immer, wenn er mich vergewaltigte. Der Schmerz war scharf und dumpf zugleich. Es schien ewig zu dauern, während ich mir die Lippe blutig biss und versuchte, mit dem gewalttätigen Übergriff fertigzuwerden. Er bewegte sich schneller und schneller tief in mir, bis er zum Höhepunkt kam. Das dauerte ungefähr fünf Minuten – sehr, sehr lange fünf Minuten, wenn auch nicht die längsten meines Lebens. Das waren die fünf Minuten gewesen, in denen ich Sanjay verloren hatte. Aber es war nah daran. Er zog sich aus mir zurück, warf das Kondom weg und zog den Reißverschluss seiner Hose nach oben, während ich aufs Bett sank und versuchte, meine Tränen einzudämmen.

Er hielt mir mehrere Papiertücher hin. »Hier.«

Ich nahm sie, bewegte mich aber nicht.

»Komm schon.« Er wartete einen Augenblick. »Terry, ich muss wieder zurück.«

»Geh«, flüsterte ich.

»Ich kann dich nicht hierlassen. Wir sind hier in einem abgeschlossenen Flur.«

»Hol mich morgen früh ab. Ich will schlafen.«

»Du kannst hier nicht schlafen.« Als ich nicht antwortete, nahm er die nassen Papiertücher und wischte mir den Hintern ab. »Du blutest ein wenig. Das hört gleich auf.«

Ich antwortete ihm nicht.

Er zog mir den Slip hoch und das Kleid nach unten. Dann hob er mich hoch. »Komm.«

»Ich will nicht zurück. Ich will ins Bett.«

»Kannst du nicht. Reiß dich zusammen. Du schaffst das schon.« Er sah mir prüfend ins Gesicht. »Dein Make-up ist ganz verschmiert.« Er verschwand im Bad. Kurz darauf kam er mit einer Reihe von Kosmetikartikeln zurück und breitete sie auf dem Bett aus. Mit einem Blick auf seine Armbanduhr zog er mich in eine sitzende Position. Dann griff er nach einem Papiertuch und wischte mir das Make-up vom Gesicht. »Halt still, damit ich das schnell erledigen kann.«

Tränen liefen mir über die Wangen.

»Terry, ich kann dich nicht schminken, wenn du weinst.« Seine Stimme war sachlich. Er tupfte meine Tränen ab und machte sich an die Arbeit. Wortlos … schnell. Dann stand er auf, schaltete die Kamera wieder ein und griff nach meiner Hand. »Los, komm.«

Das Gehen fiel mir schwer, aber ich folgte ihm wie ein Zombie. Als wir die Lounge erreichten, entzog ich ihm meine Hand und sagte: »Wenn du willst, dass ich lächele, gib mir ein paar Minuten.«

Er sah mich an, drehte sich um und ging wieder hinein.

An die Wand gelehnt, versuchte ich mich zu beruhigen.

Ich konnte einfach nicht den ganzen Leuten gegenübertreten. Ich spürte, wie etwas Nasses aus meinem Körper lief. Die Damentoilette war gleich am anderen Ende des Flurs. Ich ging hinein – es war voll – und schloss mich rasch in einer Kabine ein, um mir meinen blutigen Hintern abzuwischen. Mir tat alles weh, aber am meisten schmerzte die psychologische Demütigung. Ich stopfte mir etwas Toilettenpapier in den Slip, um aufzufangen, was immer sonst noch austreten würde.

Ich betätigte die Toilettenspülung und setzte eine tapfere Miene auf. Brie war da. Außerdem Kirstin und mehrere andere Frauen, die ich noch nicht kannte. Sie waren alle jung. Sie waren alle hübsch. Ich wusch mir die Hände und sagte: »Ich glaube, hier drin gefällt mir die Stimmung besser als da draußen.«

»Auf jeden Fall«, pflichtete Kirstin mir bei. Sie trug ein rotes, trägerloses Schlauchkleid. »Das sind Bethany, Amanda und Jess.« Bethany war blond, Jess brünett und Amanda war rothaarig.

Drei Engel für Chris.

»Terry.« Ich schüttelte ihnen die Hand, nachdem ich meine abgetrocknet hatte.

Jess hatte achatgrüne Augen. »Jeder weiß, wer Sie sind. Herzlichen Glückwunsch.«

Ich betrachtete meinen Ring. Den hätte ich die Toilette hinunterspülen sollen. »Danke.«

»Sie haben ziemlich gut getanzt«, bemerkte Amanda.

»Wir hatten vor langer Zeit Unterricht«, erklärte ich. »Der Boss ist wahrscheinlich besser im Training als ich.«

»Sie sahen aus wie ein Profi«, sagte Brie. Sie hielt eine offene Champagnerflasche in die Höhe. Dann zog sie ein paar

Papierbecher aus einem Spender, die eigentlich für Mundspülungen gedacht waren. »Möchte jemand?«

»Da bin ich dabei.« Sobald ich den ersten Becher intus hatte, bat ich nach einem weiteren.

»Wie lange kennen Sie den Boss schon?«, erkundigte sich Bethany.

War *viel zu lange* die richtige Antwort? »Wir haben uns in der Highschool kennengelernt.« Vom Kopf bis zu den Füßen tat mir alles weh. »Hat jemand eine Ibuprofen?«

Amanda förderte eine Schachtel zutage. »Bedienen Sie sich.«

»Danke.« Ich spülte zwei Tabletten mit Champagner herunter.

»Wir haben gerade über das Miststück gesprochen«, sagte Brie.

Kirstin versuchte, sie zu bremsen. »Brie …«

»Oh, sie weiß, wie ich über sie denke«, unterbrach Brie sie.

Ich schenkte ihr ein aufrichtiges Lächeln. »Das tue ich.«

»Benimmt Sie sich Ihnen gegenüber auch so?«, fragte Amanda mich.

»Bisher war sie freundlich. Ich hatte kaum etwas mit ihr zu tun.«

»Da haben Sie aber Glück gehabt«, stellte Bethany fest.

»Leben Sie hier mit dem Boss?«, erkundigte sich Amanda.

»Vorübergehend, ja«, bestätigte ich. »Ich habe meine Tochter bei mir, deshalb werde ich mich wahrscheinlich für irgendeinen Vorort entscheiden, sobald wir alles geregelt haben.«

»Wie alt ist Ihre Tochter?«, fragte Amanda.

»Fünfzehn.« Ich holte mein Handy hervor und zeigte ihnen Fotos von Juleen, die ich kürzlich aufgenommen hatte. Es folgten jede Menge Ohs und Ahs.

»Haben Sie auch Fotos von Gabe?«, fragte Kirstin.

»Nicht auf diesem Handy, außer …« Ich holte ein abgegriffenes Foto hinten aus meiner Handyhülle heraus. »Diese Aufnahme hat der Boss gemacht. Da war Gabe fünf. Sehen Sie nur, wie blond er war.«

»Sind Sie das?«, fragte Brie.

»Jepp.« Ich steckte das Bild wieder weg. »Ich war so jung. Es ist deprimierend.«

»Sie haben sich wirklich überhaupt nicht verändert.«

»Kann ich Sie mit nach Hause nehmen?«, fragte ich sie. »Haben Sie Kinder?«

»Noch nicht«, sagte Brie. »Ich habe einen Freund, aber ich will hier aufhören, bevor ich Kinder bekomme.«

»Ja, wollen wir das nicht alle?«, warf Kirstin ein. »Ich habe einen kleinen Jungen.«

»Darf ich mal sehen?«, fragte ich. Die nächsten fünf Minuten verbrachten wir damit, Handyfotos von Freunden und Kindern auszutauschen. Nachdem sie mir ihren Sohn mit dem sommersprossigen Gesicht gezeigt hatte, steckte Kirstin ihr Telefon zurück in ihre Handtasche und sah mich an. »Ich wette, der Boss kauft Ihnen ein großes Haus. Er ist ganz verrückt nach Ihnen.«

Wie wär's, wenn du die beiden letzten Worte weglässt? Laut sagte ich: »Das klären wir noch.«

»Wo hat er Sie untergebracht?«, fragte Bethany.

»Wo er mich untergebracht hat?«

»Sie leben nicht im Wohnheim«, sagte Jess.

»Oh, richtig. Ich wohne in seiner Suite.« Ich lachte. »Gut möglich, dass ich im Wohnheim mehr Spaß hätte.«

Die Mädchen lachten mit mir. »Ja«, sagte Kirstin schließlich, »der Boss kann ziemlich heftig sein.«

Ich lächelte nur, weil ich nicht zu viel preisgeben wollte. Mit Sicherheit hatte er alle Räume hier verwanzt.

Jess schaute in den Spiegel. »Mir gefällt dieser Lippenstift überhaupt nicht. Der ist zu rosa.«

»Das liegt daran, dass du ein echter Herbsttyp bist«, sagte Amanda. »Du brauchst Farben wie Lila oder Weinrot.«

»Ich habe ein dunkles Rot«, sagte Brie. »Ich bin ein Sommertyp. Dunkle Rottöne sehen gut aus im Sommer und im Herbst.«

»Darf ich ihn ausprobieren?«

»Ja, sicher.«

Jess griff nach dem Lippenstift. »Danke.«

Genau in dem Moment klopfte jemand, und die Tür wurde geöffnet.

»Da bist du ja.« Chris wirkte gelassen, aber seine Augen erinnerten an tote Fische. Er packte mich am Handgelenk. »Wenn ihr uns bitte entschuldigen würdet.« Er zerrte mich aus der Damentoilette, drückte mich nicht gerade sanft gegen die Wand und stützte die Hände links und rechts neben mir auf. »Du hast gesagt, ein paar Minuten!«, flüsterte er. »Was zum Teufel versuchst du hier abzuziehen?«

Ich schüttelte mein schmerzendes Handgelenk. »Ich musste mir den Hintern abwischen, weil ich so geblutet habe.« Ich sprach mit leiser, ruhiger Stimme. »Dann bin ich mit deinen Ladys ins Gespräch gekommen.«

Er atmete tief durch. Eine Alkoholwolke wehte mir ins Gesicht. »Ich bin verantwortlich für deine Sicherheit, Teresa«, sagte er. »Jorge konnte dich nicht finden. Ich konnte dich nicht finden. Für den Fall, dass du dich nicht daran erinnerst, dein Sohn wurde ...« Er brach ab.

»Was?« Mein Herz begann zu hämmern. Sofort war ich im Panikmodus. »Ist was passiert ...«

»Nein, nein, nein. Soweit ich weiß, geht es Sanjay gut. Aber man hat ihn dir weggenommen. Ich weiß nicht, wer alles da draußen ist. Ich habe das Schlimmste befürchtet.«

Meine Hände zitterten immer noch. »Lügst du mich an, was Sanjay betrifft?«

»Nein, Terry, das tue ich nicht. Ich schwöre es.«

Ich versuchte, eine Panikattacke abzuwehren. »Geh wieder rein und sag Jorge, dass ich hier bin. Ich muss mich erst ein bisschen beruhigen.«

»Diesmal nicht. Beruhig dich an deinem Tisch.«

Er griff nach meinem Arm, aber ich schüttelte seine Hand ab. »Fass mich bitte nicht an.«

Er hob die Hände, dann öffnete er die Tür für mich und begleitete mich zurück zu meinem Tisch.

Wenn es während meiner Abwesenheit eine Flaute auf der Party gegeben hatte, bemerkte ich es nicht. Binnen Minuten saß Badger wieder an meinem Tisch. Genau wie Fenton. Er brachte einen Kumpel namens Oliver Keaton mit. Die beiden unterhielten sich miteinander und auch mit mir, und jeder versuchte, den anderen im Flirten zu übertreffen. Sie versuchten, mich mit Alkohol geneigter zu machen, aber ich blieb bei Mineralwasser. Ein weiterer Mann zog sich einen Stuhl an unseren Tisch – weiße Haare und wahrscheinlich in den Siebzigern. Er hatte sich gut gehalten. Er besaß Immobilien. Er beglückte mich mit Geschichten darüber, wie wohlhabend er war. Sie alle verschworen sich mit mir, um die gewünschte Reaktion zu erzielen.

Ständig blitzte der Blick stahlharter Augen zu mir herüber.

Ich hätte mich distanziert, ja, sogar frostig verhalten sollen. Stattdessen erwiderte ich jeden seiner Blicke, während ich mit meinen Tischgefährten flirtete. Süßes Lächeln, perlendes

Lachen und eine Berührung hier und da. Je mehr ich mich entspannte, desto angespannter wirkte er. Die Drinks in seiner Hand folgten immer schneller aufeinander. Drei, vier, fünf, sechs, und dann hörte ich auf zu zählen. Er hatte gesagt, er habe seinen Alkoholkonsum eingeschränkt, aber der heutige Abend war eine Ausnahme. Alkohol machte ihn lockerer. Er lachte öfter, redete ein wenig lauter, und seine Bewegungen wurden ausgreifender. Sein Teint war rosig erblüht. Mit jedem Blick, den er mir zuwarf, wurden seine Augen zorniger, aber für die anderen um ihn herum riss er sich zusammen. Die Leute sahen nur einen Mann, der sich gut amüsierte.

Gegen zwei Uhr morgens begann sich die Gästeschar zu lichten, es dauerte eine weitere Stunde, bis die Lounge sich leerte. Schweigend gingen wir zurück zu ihm. Ich war vollkommen erschöpft von der Anstrengung und den Schmerzen. Er schwankte ein wenig, stank nach Alkohol, und in ihm brodelte der Zorn. Kaum dass wir ins Zimmer traten, wirbelte ich zu ihm herum und sagte: »Wenn du mich auch nur mit einer einzigen Fingerspitze berührst, Sanjay hin oder her, werde ich dich für immer verlassen. Und wenn du glaubst, ich bluffe, müsstest du eine Schusswaffe benutzen, um mich davon abzuhalten.«

»Mach dir keine Sorgen, verdammt«, zischte er. »Ich will dich nicht, und es will dich auch sonst niemand.«

»Nun, wir wissen beide, dass das nicht ganz richtig ist.«

Mit einem toten Ausdruck in den Augen stierte er mich an. »Verpiss dich, Schlampe.«

Ich hätte ihm mit der gleichen Wut antworten und ihn meinerseits mit Schimpfworten belegen sollen. Wut machte ihn nicht zornig. Wut verstand er. Stattdessen lachte ich. Kein lautes Lachen. Eher ein kleines, geringschätziges Lachen, das sagte: *Du bist einfach lächerlich.*

Obwohl seine Waffe immer noch in ihrem Holster steckte, hatte er seine linke Hand auf dem Griff. »Mach, dass du wegkommst!« Ich überlegte gerade, wohin ich gehen sollte, als er brüllte: *»Raus!«*

Ich lief ins Schlafzimmer und zog die Tür hinter mir zu. Was nichts nutzte, denn die Tür hatte kein Schloss. Einen Augenblick später kam er herein. Er war bereits am Zittern, schwitzte das Gift aus. Er griff in einen der höheren Schränke und holte eine Bettdecke heraus. Dann schnappte er sich noch ein paar Kissen und ging wieder.

Ich stieß einen Seufzer der Erleichterung aus. Dann schlüpfte ich aus meinem engen Kleid, zog etwas locker Sitzendes an und schlief völlig erschöpft ein.

Ungefähr zwei Stunden später, etwa zu der Zeit, zu der Chris normalerweise ins Bett kam, wachte ich auf. Ich war vollkommen ausgetrocknet und leerte die Wasserflasche, die ich auf dem Nachttisch stehen hatte. Dann schaltete ich das Nachtlicht ein und ging ins Bad, um mir noch mehr Ibuprofen zu holen. Nachdem ich die Tabletten genommen hatte, wollte ich schon ins Bett zurückkehren, doch dann seufzte ich. Langsam öffnete ich die Tür. Die Jalousien waren nicht heruntergezogen, und das Mondlicht fiel durch die Scheibe. Er lag zusammengerollt da, das Gesicht in einem Kissen vergraben, seinen verkrampften Leib gegen die Rückenlehne des Sofas gepresst. Er zitterte am ganzen Körper. Der Raum roch wie eine Mischung aus Fitnessstudio und Schnapsbrennerei.

»Komm schon, Chris«, sagte ich. »Komm ins Bett.« Als er nicht antwortete, ging ich zu ihm und legte eine Hand auf seine bebende Schulter. »Komm …«

»Geh weg.« Das Kissen dämpfte seine Stimme.

»Chris …«

»Geh weg!« Er riss die Schulter zurück, damit ich ihn nicht berührte. Dann drehte er sich um, sein Gesicht war schweißnass. »Ich stinke wie eine Müllkippe.«

»Das haben wir doch früher schon zusammen durchgestanden. Ich mach die Dusche für dich an.«

Er drehte sich wieder um und zog sich ein Kissen über den Kopf. Seine Stimme klang gedämpft. »Verschwinde einfach.«

Ich ging ins Bad und stellte das Wasser an. Als es warm genug war, kam ich mit einem Waschlappen und einem Mülleimer zurück. »Komm schon.«

»Ich kann mich nicht bewegen.«

»Ich helfe dir auf.« Ich zog an seinem Arm, und er kam langsam auf die Füße. Als er zu taumeln begann, setzte er sich wieder. »Mir wird schlecht.«

Ich reichte ihm den Mülleimer und hielt ihm die Haare aus dem Gesicht, während er sich übergab. Anschließend reichte ich ihm das Handtuch. Er wischte sich das Gesicht ab. Er war kreidebleich. »Ich bin durch und durch widerlich.«

»Wenn du erst geduscht hast, fühlst du dich besser. Gib mir den Eimer. Ich wasche ihn im anderen Bad aus.«

»Du musst nicht meine Kotze wegmachen.«

Ich nahm ihm den Eimer ab und stellte ihn auf den Boden. »Komm schon.« Dann griff ich nach seinem Arm. »Waschen wir dich. Kannst du laufen?«

»Ja, ja …« Er schaffte es bis ins Bad, bevor er zu taumeln begann. Vor der Toilette kniete er sich hin und erbrach sich ein zweites Mal. Als er fertig war, ging er unter die Dusche, gebückt wie ein alter Mann. Ich holte den Mülleimer und kippte das Erbrochene in die Toilette, dann spülte ich alles weg. Anschließend wusch ich den Eimer im Waschbecken aus. Als er sauber war, ging ich zurück zum Sofa und holte Chris' Decke und die Kissen. Ich wollte sie schon abziehen, beschloss dann aber, dass alles in die Reinigung musste. Also öffnete ich die Tür und ging mit dem Bettzeug zum Wäscheschacht draußen. »Alles in Ordnung, Doc?«, fragte Jorge.

»Ich mache nur ein wenig Hausarbeit.«

»Evan wird in etwa zwanzig Minuten übernehmen.«

»Das ist schön. Ich wünsche Ihnen eine gute Nacht, Jorge.«

»Danke, Ma'am.«

Als ich zurückkam, lief das Wasser immer noch. Ich holte zwei Wasserflaschen und eine Schachtel Ibuprofen. Fünf Minuten später schwankte Chris aus der Dusche, und ich reichte ihm ein extragroßes Badehandtuch.

Er trocknete sich ab und schlüpfte in frische Jogginghosen. »Geh schlafen. Ich komme jetzt klar.«

Ich gab ihm die Wasserflaschen und die Tabletten. »Ich habe dein Bettzeug in den Schacht geworfen. Es muss in die Reinigung.«

Er öffnete beide Wasserflaschen und leerte sie. Dann warf er sich vier Tabletten in den Mund. »Danke.« Er sah mich an. »Kann ich im Bett schlafen?«

»Es ist deine Wohnung. Du kannst schlafen, wo du willst.«

»Du weißt, was ich meine.«

Ich zuckte die Achseln. »Das Bett ist groß genug für uns beide.«

Ich schlüpfte unter die Decke. Wenn er sich hinlegte, rutschte ich normalerweise vom Rand in die Mitte, weil wir gern Rücken an Brust aneinandergekuschelt schliefen, bis ich mich aus seiner Umarmung befreite, damit wir beide etwas mehr Platz hatten. Heute Nacht blieb ich stocksteif auf meiner Seite liegen und bewegte mich keinen Zentimeter auf ihn zu. Er verstand die Botschaft. Der Mann war alles andere als blöd.

Er ging auf die andere Seite, kroch unter die Bettdecke und rollte sich zusammen. Er begann zu zittern, und das Bett erbebte in regelmäßigen Abständen. Ich fühlte mich wie bei einem Nachtflug mit ständigen Turbulenzen neben einem betrunkenen Passagier. Ich wusste nicht, ob er sprechen konnte, aber Gott sei Dank entschied er sich, es nicht zu tun.

Irgendwann wiegten mich die Bewegungen, die er in seinem Alkoholdelirium machte, in den Schlaf.

KAPITEL 22

Um zehn Uhr war ich bereits auf und fühlte mich elend und verkatert. Chris lag ausgestreckt auf dem Bett und schnarchte, aber er zitterte nicht mehr. Im Zimmer roch es furchtbar, und die Geräusche der vergangenen Nacht dröhnten mir immer noch in den Ohren, was ausreichte, mir starke Kopfschmerzen zu bereiten. Ich duschte rasch und schnappte mir die Ibuprofen-Schachtel. Als ich aus dem Schlafzimmer kam, trank ich ein Glas Wasser, dann schaltete ich die Kaffeemaschine ein und ging zu der Gästetoilette in Chris' Bürobereich. Mein Hintern tat immer noch weh, aber er blutete nicht mehr.

Es gab jede Menge starker Frauen da draußen: echte Führungspersönlichkeiten. Ich gehörte nicht zu ihnen. Ich hatte mich schon immer untergeordnet. Zuerst meiner Stiefmutter gegenüber, dann natürlich Chris, der ein absolutes Raubtier war. Aber selbst dem Schwächling Devek hatte ich alle Entscheidungen überlassen. Es machte mir nichts aus. Ich war stets eine gehorsame Schülerin und konnte hervorragend Befehle ausführen. Gott hat mich so erschaffen, und ich habe mich damit abgefunden. Aber es gab bei *beiden* Männern Situationen, in denen sie wussten, dass sie zu weit gegangen waren. Wenn mein Hass so offensichtlich war, knickten alle beide ein.

Zwei Tassen Kaffee später, und nachdem die Wirkung der Schmerztabletten eingesetzt hatte, rief ich Juleen an.

»Wann kommst du?«

»Sobald er aufgestanden ist. Er schläft noch.«

»Wann ist das?«

»Das weiß ich nicht, *Priya*. Wir sind gestern sehr spät ins Bett gekommen.«

»Hast du dich amüsiert?«

»Ja«, log ich.

»Also, wann ungefähr, Mommy? In einer Stunde? In zwei Stunden?«

»Ich habe keine Ahnung, Juleen. Ich komme, so schnell ich kann.«

»Okay.« Ihre Stimme klang plötzlich munterer. »Kann ich dir ein paar Fotos von den Schuhen schicken, die ich haben will?«

»Natürlich. Wir können online zusammen danach schauen.«

»Ich schick dir die Webseite.«

Eine Stunde später hörte ich die Dusche laufen. Ich rief Juleen an und sagte: »Chris ist aufgestanden. Ich kümmere mich nur noch schnell um ihn, dann komme ich zu dir.«

»Also, wegen der Schuhe. Bist du sicher, dass ich drei Paar bekommen kann?«

»Ja. Nimm die drei Paar. Aber nicht mehr.«

»Vielen, vielen Dank.«

»Gern geschehen. Ich muss Schluss machen. Bis gleich.«

Nachdem wir aufgelegt hatten, schmiss ich zum zweiten Mal die Kaffeemaschine an, nachdem ich frisch gemahlene Bohnen eingefüllt hatte. Als Chris herauskam, reichte ich ihm einen Becher Kaffee und vier Ibuprofen-Tabletten.

»Danke«, murmelte er. Ich schwieg, während er trank. Dann fragte er: »Willst du keinen Kaffee?«

»Ich habe vorhin schon welchen getrunken. Ich würde jetzt gern Juleen sehen.«

»Sie muss lernen.«

»Heute ist Samstag, Chris.«

»Stimmt.« Er nahm noch einen Schluck. »Ich dachte, wir könnten ein wenig Zeit miteinander verbringen.«

»Nein. Ich hab ihr versprochen zu kommen, sobald du mich hinbringen kannst. Sie weiß, dass du auf bist. Sie rechnet mit mir.«

»Kann ich meinen Kaffee austrinken?«

»Aber natürlich.«

Wieder nahm er einen Schluck. »Terry, warum gießt du dir nicht noch einen Kaffee ein, und wir reden ein paar Minuten.«

»Ich will nicht reden, und ich will auch kein Koffein mehr. Ich will meine Tochter sehen.«

»Na schön.« Er stellte seinen Becher mit einem dumpfen Geräusch auf den Tisch. »Dann los.«

»Ich müsste dich nicht belästigen, wenn du mich in das System eingeben würdest.«

»Nicht jetzt.«

»Wann dann?«

»Ich weiß es nicht, Terry, nur nicht jetzt.« Er hielt inne. »Ich fühl mich beschissen.« Ich reagierte nicht. Seine Stimme wurde leiser. »Hab ich mich lächerlich gemacht?«

»Überhaupt nicht.« Ich öffnete die Tür zu seiner Suite. Evan stand draußen. Ich lächelte ihn an und schaute dann wieder zu Chris. »Ich bin so weit.«

Wortlos gingen wir die Treppe hinauf zum Zimmer meiner Tochter – Gabes Zimmer –, und er öffnete die Tür. Juleen schenkte uns ein strahlendes Lächeln. Sie sah so glücklich und unschuldig aus, dass mir Tränen in die Augen stiegen. Sie verzog das Gesicht. »Was ist los?«

»Gar nichts, *Kharagosh*.« Ich umarmte und küsste sie. Drückte sie mit ungewöhnlicher Heftigkeit an mich. »Überhaupt nichts.«

Chris räusperte sich. Wir sahen ihn beide an. »Was wollt ihr zwei reizenden Damen zu Mittag essen?«

»Curry und Reis«, entschied Juleen.

»Du solltest deine Ernährung etwas abwechslungsreicher gestalten«, predigte Chris.

»Was ist an Curry und Reis auszusetzen?«, schaltete ich mich ein.

»Sie bestellt es jeden Tag.«

»Du isst auch jeden Tag das Gleiche. Bring ihr, was sie will.«

Er stieß den Atem aus. »In Ordnung. Was willst du?«

»Nichts.«

»Vielleicht ein wenig Reis?«

»Ich hab jetzt keinen Hunger.«

»Du solltest etwas essen.«

»Und das werde ich auch, wenn ich hungrig bin.«

Chris biss sich auf die Unterlippe, sagte jedoch nichts. Er wandte sich gerade zum Gehen, als Juleen seinen Namen rief. Er drehte sich wieder um, und sie fügte hinzu: »Ich habe das Halvorsen-Stück ganz oft geübt. Ich meine, nur die ersten paar Variationen. Wollen Sie es hören?«

Sie hungerte nach seiner Anerkennung.

Chris schaute auf seine Armbanduhr und sah dann mich an. Ich fragte: »Bist du beschäftigt?«

»Nein, kein Problem.« Er setzte sich auf den Klavierhocker. »Leg los.«

Sie nahm ihre Geige heraus, und er spielte ein eingestrichenes a auf dem Klavier, damit sie ihr Instrument stimmen konnte. Er zeigte ihr bei jeder Saite einen hochgereckten oder einen nach unten gerichteten Daumen, wenn der Ton zu hoch oder zu tief war. Gabe hatte sein absolutes Gehör geerbt. Als die Geige fertig gestimmt war, hob Juleen das Instrument ans Kinn und ließ sie wieder sinken. »Ich bin ein bisschen nervös.«

»Willst du ein Geheimnis wissen? Dein Bruder ist jedes

Mal nervös, wenn er ein Konzert gibt. Er geht immer unruhig in seiner Garderobe auf und ab. Aber sobald er auf der Bühne steht, ist alles in Ordnung. Also, leg einfach los.«

Sie holte tief Luft, stieß den Atem wieder aus und spielte. Es klang nicht wie ein Stück für Anfänger. Es enthielt jede Menge Doppelgriffe und ein paar recht schnelle Passagen, aber Juleen schien der Herausforderung gewachsen zu sein. Als sie endete, nickte Chris. »Ziemlich gut.«

Ihr Lächeln war strahlend. »Wirklich?«

»Es hat immer noch Luft für Verbesserungen, aber ich sehe, dass du geübt hast. Wenn du am Ball bleibst, können wir nächste Woche diese Variationen im Duett spielen.«

»Sie werden mit *mir* spielen?«

»Es sei denn, du kennst noch einen anderen Cellisten hier in der Gegend.« Er stand auf und schaute erneut auf die Uhr. »Ich werde Evan bitten, dir dein Mittagessen zu bringen.«

Er ging, und sie lächelte immer noch. »Es klang ganz okay, oder?«

»Es klang wunderschön.«

»Ich weiß nicht, ob ich *so* weit gehen würde.«

»Chris ist ein strenger Kritiker. Dass er bereit ist, mit dir zu spielen, ist ein großes Lob.« Ich lächelte sie an. »Komm, sehen wir uns die Kleider an, die du ausgesucht hast. Du kannst nicht alle sechs haben.«

Juleen legte ihre Geige zurück in den Kasten. »Geht es dir gut?«

»Natürlich.« Kindern entging nichts. »Warum fragst du?«

»Weiß nicht. Du wirkst …« Sie zuckte die Achseln.

»Ratlos?« Sie nickte. »Meine Verletzungen sind so gut wie verheilt. Ich würde gern hier wegkommen und unser Leben beginnen.«

»Chris will mich hier nicht haben, stimmt's?«

»Juleen, *ich* will dich nicht hier haben. Wir brauchen ein normales Haus in einer normalen Stadt mit einem normalen Garten. Du brauchst eine Schule. Du brauchst Freunde.«

»Was ist mit Sanjay?«

»Ich werde nie aufhören, nach ihm zu suchen, *Priya*, und ich habe die Hoffnung, dass Chris ihn finden und ihn uns zurückbringen wird. Aber was auch geschieht, du musst dein Leben weiterleben. Und ich werde alles tun, um das zu ermöglichen.«

»Wo werden wir wohnen?«

»Irgendwo in Nevada, vielleicht in Reno. Vielleicht am Lake Tahoe.«

»Chris hat von Las Vegas gesprochen.«

Ich sah sie an.

»Du hast mit Chris darüber geredet?«

»Er hat mir nur gesagt, dass wir nicht hierbleiben können.«

»Womit er recht hat.«

»Er will mich nicht hier haben, weißt du. Er hat mir gesagt, dass er nichts mit mir anfangen kann.«

Ich seufzte. »Er ist ein echter Vollidiot.«

»Zumindest behandelt er mich nicht wie ein Baby.«

»Das ist wahr. Er hat auch schreckliche Dinge zu Gabe gesagt. Achte gar nicht auf ihn.«

»Mir ist das egal. Er ist nicht mein Vater.« Sie dachte kurz nach. »Nicht, dass Vater viel besser wäre.«

»Sei nicht respektlos.«

»Er hat unser ganzes Geld verspielt.«

»Ich weiß. Aber er liebt dich, und du darfst trotzdem nicht respektlos sein.« Ich versuchte mich an einem schwachen Lächeln. »Worüber redest du sonst noch mit Chris?«

»Hauptsächlich über meinen Unterricht. Jetzt, wo ich dich wiederhabe, ist er nicht mehr so oft hier.« Sie kuschelte sich eng an mich. »Hin und wieder stelle ich ihm Fragen. Er antwortet mir ehrlich, aber manchmal sind seine Antworten echt gemein. Doch er kann auch sehr tröstlich sein. Und ich weiß noch, was du gesagt hast. Man muss das Gute mit dem Schlechten nehmen.«

Ich küsste sie auf die Stirn. »Solange er nichts tut, was irgendwie eklig ist. Du würdest es mir doch erzählen, wenn er …«

»Er ist nicht eklig, Mommy. Gabe und ich reden viel miteinander. Er gibt mir Tipps, wie ich mit ihm umgehen soll. Das hilft.«

»Gabe muss es wissen.« Sie zögerte kurz. »Hey, ich hab eine Idee. Wollen wir uns online zusammen Häuser ansehen?«

Sie strahlte. »Ja, lass uns das tun.«

Wir verbrachten viel Zeit mit Immobilien und sahen uns alles an, von Hausbooten auf Seen bis hin zu protzigen Villen in Vegas. Dann aßen wir. Wir ließen den Abend mit drei Filmen ausklingen. Es war nach zehn, als wir den Fernseher ausschalteten. Ich konnte es nicht länger hinauszögern. Ich rief Chris an und bat ihn, mich abzuholen. Als wir an seiner Suite ankamen, ging ich direkt ins Badezimmer und stellte die Dusche an. Als ich wieder herauskam, eingehüllt in ein Handtuch, wartete er – voll bekleidet – auf dem Bett auf mich. Das Zimmer war sauber gemacht worden. Es roch nach Putzmitteln und Raumspray.

»Können wir reden?«

»Nein. Ich bin zu müde.«

»Es wird nicht lange dauern.« Er hob die Augenbrauen. »Ich frage wirklich nur ungern, aber du musst mir einen Gefallen tun.«

»Lass mich zuerst etwas anziehen.« Als er sich nicht bewegte, fügte ich hinzu: »Ich hätte gern ein wenig Privatsphäre.«

Er stand auf und verließ den Raum. Ich zog mein Manson-Girl-Kleid an und band meine Haare zu einem Pferdeschwanz zusammen. Als ich herauskam, war er bereits an der Arbeit. »Hey«, rief ich.

Er nahm seine Ohrhörer heraus und stand von seinem Kapitänsstuhl auf. Dann zeigte er auf das Sofa. »Setz dich.«

»Ich stehe lieber. Was willst du?«

»Ich veranstalte eine kleine Feier …«

»Nein.«

»Kannst du mich anhören?«

»Die Antwort wird trotzdem Nein lauten.«

»Okay. Deine Antwort lautet Nein. Lass mich einfach ausreden.«

Ich verschränkte die Arme vor der Brust und wartete.

»Einige meiner besten Kunden werden das ganze Wochenende hier verbringen. Reiche Kunden. Einige saßen gestern Abend an deinem Tisch. Normalerweise richte ich eine kleine Abschiedsfeier für sie aus. Da es das Labor-Day-Wochenende ist, wird die Feier am Montagabend stattfinden. Vielleicht vierzig, vielleicht fünfzig Personen in meinem Büro im Erdgeschoss. Du brauchst dich lediglich kurz sehen lassen und kannst dann wieder nach oben gehen. Das ist alles. Okay?«

»Welchen Sinn hat es, dass ich runterkomme und dann wieder hochgehe?«

Er rieb sich mit beiden Händen übers Gesicht. »Meine Mädels mögen dich. Die, mit denen du in der Damentoilette warst.« Er schaute an die Decke. »Ich hab mich vielleicht nicht völlig zum Idioten gemacht, aber ich hab's vermasselt.«

Ich wartete. »Ich habe dich gestern gepackt und aus der Damentoilette gezerrt.«

»Ja, hast du.«

»Selbst in meinem besoffenen Zustand habe ich gewusst, dass das nicht okay war. Ich konnte es auf den Gesichtern der Mädels sehen. Plötzlich war ich nicht mehr der nette, einfühlsame, verständnisvolle Boss. In dem Moment stand ich stellvertretend für jedes Arschloch von Mann, dem sie je begegnet sind.«

Du bist ein Arschloch. Laut sagte ich: »Ich bin mir sicher, das ist keine große Sache.«

»Doch, ist es, Terry. Ich habe es heute Nachmittag in der Cafeteria gespürt. Sie waren respektvoll, aber ich konnte es spüren. Ich schätze, wenn du zur Feier kommst und sie sehen, dass du nett zu mir bist ... und ich mich dir gegenüber aufmerksam verhalte ... dann werden sie sich denken, dass alles verziehen ist.«

Ich schwieg.

»Terry, das ist mein *Geschäft*. Mein Lebensunterhalt. Meine Angestellten arbeiten hart. Natürlich tun sie es des Geldes wegen, aber sie arbeiten auch so hart, weil sie mich mögen. Es ist ein Unterschied, ob man eine Sache einigermaßen gut oder sehr gut macht. Kirstin, Amanda und Jess sind schon seit einer Weile bei mir. Sie zeigen den Neuen, was zu tun ist. Zu dem Zeitpunkt, wenn du weggehst, erwarte ich viele neue Mädchen hier, und ich brauche die Älteren, damit sie ihnen zeigen, wo es langgeht. Sie haben dich ins Herz geschlossen.«

»Oh, *bitte*!«

»Ich weiß, dass sie dich mögen, weil ich sehe, wie sie mit dir umgehen und wie sie mit Talia umgegangen sind. Talia mochten sie nicht.« Als ich kicherte, fügte er hinzu: »Warum? Was haben sie gesagt?«

»Ach, nichts.«

»Sie hat sich wie eine Diva aufgeführt.« Chris sah mich an. »Benimmt sie sich dir gegenüber okay? Talia?«

»Ich bin ihr noch nicht oft begegnet. Immer wenn ich sie per E-Mail oder SMS um etwas bitte, kommt es pronto.«

»Okay. Sag Bescheid, falls sie dir das Leben schwer macht. Dann feuere ich sie auf der Stelle.«

»Sie ist in Ordnung. Bist du fertig?«

»Wirst du kommen? Zu der Party?«

Ich schloss die Augen und öffnete sie dann wieder. Er war mein Schlüssel zu Sanjay. Was sollte ich tun? »Wie lauten die Regeln?«

»Keine Regeln«, sagte er. »Rede mit jedem, mit dem du reden willst, flirte mit jedem, mit dem du flirten willst, und sei einfach die charmante, süße Terry. Nur benimm dich mir gegenüber … freundlich … als würdest du mich tatsächlich mögen. Schaffst du das?«

»Ich werde kommen.«

»Danke.«

»Ich bin müde. Ich gehe ins Bett. Willst du, dass ich auf dem Sofa schlafe?«

»Du kannst nicht auf dem Sofa schlafen. Ich arbeite heute Nacht.« Er sah mich an. »Warum können wir nicht beide im Bett schlafen … wie gestern Nacht?«

»Solange du auf deiner Seite bleibst, ist das in Ordnung.«

Er sah mich mit Jammermiene an. »Teresa, du weißt, wie sehr ich dich …«

»Ich will es nicht hören.« Ich hielt mir die Ohren zu.

Einen Moment lang schwiegen wir beide. Dann sagte er: »Ich werde dir für Montagabend ein neues Kleid besorgen.«

»Ich habe immer noch ein schwarzes Kleid, das ich noch gar nicht getragen habe.«

»Ich würde dich gerne in Rot sehen.«

»Was immer du willst.«

»Du kannst dir auch ein paar neue Schuhe aussuchen.«

»Ich habe High Heels. Wenn sie dir nicht gefallen, such dir ein anderes Paar aus. Mir ist es egal.«

»Willst du eine Abendtasche?«

»Wozu? Ich werde nichts bei mir haben, außer einem Handy.«

»Du hättest vielleicht gern was Hübsches oder Exotisches, an dem du dich festhalten kannst. Ich könnte bis morgen wahrscheinlich etwas aus Vegas kommen lassen. Ferragamo oder Prada oder vielleicht auch Gucci.«

Mein Schweigen war eisig.

»Ich kann dich nicht mit einer Tasche kaufen, was?«

Als ich nicht antwortete, fügte er hinzu: »Gibt es eine Möglichkeit, wie ich eine Entspannung zwischen uns befördern kann?«

Ich reagierte immer noch nicht. Er sagte: »Du hast deinen Verlobungsring auf deinem Nachttisch liegen lassen.«

»Ich trage ihn nicht, wenn ich Juleen besuche.«

»Sie weiß, dass wir heiraten werden.«

»Aber ich lasse mich von ihrem Vater scheiden. Ich will ihr das nicht noch extra unter die Nase reiben.«

Die Frustration war ihm anzusehen. »Ich *erwarte*, dass du den Ring Montagabend trägst.«

Er versuchte, die Kontrolle über die Situation zu erlangen, und ich ließ das nicht zu. Wahrscheinlich ein Fehler, aber ich war zu wütend. »Ich bin ungefähr«, ich zeigte ihm einen Millimeter zwischen Daumen und Zeigefinger, »so nah dran …

durch diese Tür zu gehen und nie wieder zurückzukommen. Wage es nicht, mir zu drohen!«

Er starrte mich an, seine Augen ausdruckslos und kalt. »Dir ist aber schon bewusst, dass ich nichts mehr zahle, wenn du mich verlässt. Und was auch immer danach passiert, geht dann auf deine Kappe, Babe.«

Ich starrte ihn meinerseits an, aber ich hielt seinem Blick kaum stand. Seine Grausamkeit war unfassbar, aber er hatte recht. Ich war vollkommen abhängig von seiner Großzügigkeit.

Ungefähr eine Minute lang schwiegen wir beide, vielleicht auch länger. Dann gab er nach, atmete aus und schloss die Augen. »Entschuldige.« Er kam auf mich zu und legte mir seine große Hand auf die Schulter. »Entschuldige.« Ich schüttelte ihn ab und blieb stumm.

»Hör zu, Terry. Nächste Woche eröffne ich ein gemeinsames Konto für dich und mich und pack dort genug Geld drauf … Falls mir etwas zustößt, verfügst du über ausreichend Mittel, um diese Bastarde zu bezahlen. Aber lass mich das für den Moment allein regeln, okay? Ich verspreche, dass ich mich um die Situation deines Sohnes nach bestem Vermögen kümmern werde, ganz gleich, was zwischen uns läuft.« Wieder stieß er den Atem aus. »Wenn das vorbei ist, kannst du das Geld auf dem Konto behalten. Es gehört alles dir.«

Ich senkte den Blick und merkte jetzt erst, dass mir die Tränen aus den Augen liefen und auf den Boden fielen. »Nicht nötig. Entweder du hilfst mir weiterhin, oder du lässt es. Ich werde nicht vom Lösegeld für meinen Sohn profitieren.« Ich schaute auf. »Geh wieder an die Arbeit. Ich leg mich ins Bett.«

»Willst du, dass ich auf dem Sofa schlafe?«

»Bitte.«

In Los Angeles nutzte das Verbrechen die Feiertage nach Kräften. Die Menschen kamen zusammen, tranken, gerieten in Schwierigkeiten. In einer Kleinstadt wie Greenbury dagegen gab es an den Feiertagen reichlich träge Morgenstunden, Pfannkuchen-Orgien, einen Festumzug am Nachmittag und Grillpartys am Abend. Der Labor-Day war die offizielle Verabschiedung des Sommers. Die Menschen, die nur zeitweilig in der Stadt lebten, reisten ab, aber Greenburys Bevölkerung wuchs mit der Schar der College-Kids schnell wieder an. Eltern halfen ihren Sprösslingen beim Einzug in ihre Studentenwohnheime, manche mit Bangen, andere mit Erleichterung. Orientierungslose Studenten fanden sich schon ein paar Tage später zurecht, um ihre ersten Erfahrungen mit der höheren Bildung und einem Leben ohne Mom und Dad zu machen.

Am Sonntagmorgen hatte Decker zum ersten Mal seit Jahren richtig ausgeschlafen und war erst um zehn Uhr aufgestanden, weit nach seiner gewohnten Zeit. Rina war bereits wach. Er hörte sie herumwerkeln und dann, wie die Schiebetür zur Terrasse geöffnet und wieder geschlossen wurde. Er putzte sich die Zähne, kämmte sich die Haare und zog seinen Bademantel an. Dann trottete er hinaus in den Garten.

»Hallo, du.«

Sie stand am Grill. »Guten Morgen.«

»Wohl eher Nachmittag.«

»Nein, es gilt immer noch als Morgen, wenn auch nicht mehr lange.«

Er bemerkte, dass alle Gartentische aufgestellt worden waren. »Was ist denn hier los?«

»Na ja …« Sie lächelte. »Angefangen hat es damit, dass nur Jake und Ilana kommen wollten. Ich hab dir doch von ihrem bevorstehenden Besuch erzählt.«

»Das hast du bestimmt.«

»Du erinnerst dich nicht daran. Wie dem auch sei, sie bleiben über Nacht.«

»Wunderbar.« Er schwieg für einen Moment. »Aufgrund all der Tische vermute ich, dass wir mehr als zwei Personen erwarten.«

»Tja … Dann hat Sammy sich gedacht, dass es Spaß machen würde, ein großes Wohnmobil zu mieten, mit den Kindern hochzukommen und im Wohnmobil zu übernachten. Ich glaube, er und Rachel haben das während der Covid-Zeit mal gemacht und festgestellt, dass es ein Riesenspaß ist.«

»Dann werden sie nicht im Haus schlafen.«

»Nein. Aber … als Hannah Wind von der Sache bekam, hat sie gefragt, ob noch Platz für ihre Familie sei. Also hat Sammy ein noch größeres Wohnmobil gemietet, um Hannah und ihre Crew mitzunehmen. Die schlafen tatsächlich im Haus.«

»Wir haben nur zwei Gästezimmer. Wo wollen sie mit dem Baby schlafen?«

»Wahrscheinlich im Büro.«

»Klingt nach einem guten Plan.«

»Wir sind noch nicht fertig«, entgegnete Rina. »Ich habe heute Morgen gegen sieben eine SMS von Cindy bekommen. Sie und Koby haben beide frei, und sie haben gefragt, ob es okay ist, wenn sie hochkommen. Das ist reine Höflichkeit, denn sie sind alle jederzeit willkommen.«

»Bist du dir da sicher?«

Rina lächelte. »Wir haben dann die ganze Bande hier, bis auf Gabe und Yasmine, die in Los Angeles sind, um Yasmines Eltern über die Feiertage zu besuchen.« Rina schaute ihren Mann an. »Du wirkst ein wenig überwältigt.«

»Vielleicht eine Spur. Wo schlafen die Kutiels?«

»Sie werden heute Abend nach dem Grillen wieder fahren, weil sie morgen arbeiten müssen. Sie sind früher aufgebrochen als die anderen und sollten jeden Augenblick hier sein. Die anderen werden ungefähr um die Zeit des Festumzugs eintrudeln. Also …« Rina wischte sich an ihrer Schürze die Hände ab. »Du kannst entweder mit ihnen zu den Festlichkeiten gehen oder hierbleiben und mir bei den Vorbereitungen helfen.«

»Ist das eine ernst gemeinte Frage? Du oder ein Haufen lärmender Eindringlinge?«

»Es sind deine Kinder und Enkelkinder.«

»Das macht sie nicht weniger laut.« Er ging zu ihr und legte ihr die Arme um die Taille. Sie war gerade dabei, Gemüse zu grillen: Spargel, Zwiebeln, Pilze, Kürbis und Tomaten. »Ich bin ein Genie an der Grillzange.«

»Willst du das etwa übernehmen?«

»Kann ich vorher noch duschen?« Er ließ den Blick über seinen Garten schweifen. »Warte das nächste Mal auf mich, wenn du die Tische und Stühle rausbringen willst.«

»Wahrscheinlich eine gute Idee. Ich bin vielleicht nicht mehr ganz so stark wie früher.«

»Ich auch nicht.« Er drehte sich um und gab ihr einen Kuss auf den Mund. »Wir werden zusammen schwach.« Sie versetzte ihm einen sanften Hieb. Dann sagte er: »Haben wir genug zu essen?«

»Was für eine Frage. Wir haben Hamburger und Hotdogs. Du kannst sie gegen drei aus der Tiefkühltruhe holen.«

»Sollten wir auch du weißt schon wen einladen?«

»Schon passiert. Er macht Blondies und Brownies. Vielleicht noch eine Schokoladen-Babka. Er wird alles hier backen, weil ich die notwendigen milchfreien Zutaten dahabe. Er dürfte in ungefähr einer Stunde hier sein.«

»Dann werde ich mich mal sputen. Man soll niemals jemanden im Bademantel begrüßen.«

»Wirklich keine gute Idee.« Sie küsste ihn auf die Wange. »Geh und mach dich fertig. In der Küche steht übrigens Kaffee. Aber ich habe ihn so gegen sieben Uhr heute Morgen gekocht.«

»Dann setze ich eine frische Kanne auf, wenn ich aus dem Bad komme.«

Er hatte sich gerade fertig angezogen, als er ein Klopfen an der Tür hörte. Kaum dass er sie geöffnet hatte, brach der Sturm los. Seine Enkelsöhne waren, was das Alter betraf, mittlerweile zweistellig, und sie waren überdurchschnittlich groß, was nicht verwunderlich war, da Mom und Dad beide groß waren. Sie hatten mokkafarbene Haut – eine Mischung aus Cindys blassem und Kobys schwarzem Teint. Benannt waren sie nach ihren Großvätern, Akiba für Decker und Aaron für Kobys Vater. Obwohl sie eineiige Zwillinge waren, war Akiba etwas größer als Aaron und der Entspanntere von beiden. Aaron war der reinste Wirbelwind. Die Jungen hatten kastanienbraune Locken und große, dunkle Augen mit langen Wimpern. Sie trugen T-Shirts, Shorts und Sneakers. Jeder von ihnen dribbelte seinen eigenen Basketball; Decker hatte vor mehreren Jahren einen Basketballkorb an der Garage angebracht. Sie redeten oft gleichzeitig und fragten wie aus einem Mund, ob Opa mitspielen wolle.

»Fangt ihr zwei schon mal ohne mich an«, sagte Decker. »Ich verspreche, dass ich gleich bei euch sein werde.«

Cindy hielt mehrere Tüten in die Höhe. Er küsste seine Tochter und nahm ihr die Tüten ab.

»Komm mit in die Küche. Ich wollte gerade Kaffee machen. Wie geht es euch? Wir haben uns ja eine ganze Weile nicht gesehen.«

»Wir hatten mehr zu tun, als gut für uns ist.« Koby brachte eine Kühltasche mit. Er stellte sie auf die Küchentheke und begann, das überschüssige Wasser von den selbst gemachten Eispäckchen in die Spüle zu schütten. »Darf ich die für den Heimweg wieder einfrieren?«

»Selbstverständlich.«

Koby stellte die Kühltasche auf den Boden. »Ich sollte ein Auge auf die Jungs haben.«

»Die beiden kommen zurecht«, erwiderte Decker. »Es sei denn, du willst ein paar Körbe werfen.«

»Ich würde mich gern ein wenig bewegen. Die Fahrt war lang.«

»Viel Spaß. Ich komme auch gleich nach draußen.«

Cindy packte die Tüten aus. Decker beobachtete seine Tochter. Sie befand sich jenseits der vierzig. Wo war nur die Zeit geblieben? Sie wirkte muskulös und fit. Ihr Haar war im Großen und Ganzen immer noch flammend rot, obwohl sich einige wenige graue Strähnen hineingeschmuggelt hatten. Sie trug Jeans und ein T-Shirt von den Eagles. »Wir haben ein paar koschere Sachen mitgebracht, die Rina gern isst.« Sie sah sich um. »Wo ist Rina eigentlich?«

»Draußen am Grill.«

»Ich sage ihr gleich mal Hallo. Übrigens, habt ihr den Kerl gefunden, nach dem ihr gesucht habt? Brock Baer?«

»Gutes Gedächtnis. Nein, noch nicht.«

»Ich erinnere mich an seinen Namen, weil ich ihn in unsere Datenbank eingegeben habe. Soweit ich weiß, ist er nicht in Philadelphia«, erzählte Cindy. »Aber ich habe eine Anfrage an das Datenzentrum gestellt, das die automatisierten Lesegeräte für Nummernschilder scannt. Wenn seine Nummer irgendwo auftaucht, werde ich dir Bescheid geben.«

»Danke, Schätzchen. Es würde uns wirklich helfen, wenn du einen Treffer erzielen würdest. Denn im Moment tappen wir ziemlich im Dunkeln.«

»Ist die DNA schon da?«

»Ich dachte, die Ergebnisse würden am Freitag vorliegen, aber ich vermute, durch das Feiertagswochenende verschiebt sich alles um ein paar Tage.« Decker machte sich daran, frischen Kaffee zu kochen. »Ich bin mir nicht einmal sicher, ob wir in die richtige Richtung unterwegs sind.«

Cindy drehte sich zu ihrem Vater um. »Daddy, wenn du denkst, es hat mit deinem Fall zu tun, dann ist es auch so.«

»Ich liebe dein Vertrauen in mich.« Er küsste seine Tochter auf die Wange. »Es ist schön, dich zu sehen, Prinzessin.«

»Schon klar ... Man muss jeden Augenblick wertschätzen, stimmt's?«

»Allerdings. Geht es dir gut?«, fragte Decker.

»Alles bestens.« Aber irgendwas an ihrem Gesichtsausdruck stimmte nicht. »Wie geht's Grandma?«

»Im Augenblick ganz okay, aber sie hat einen ziemlichen Schreck bekommen.«

»Ich weiß. Ich hab mit ihr gesprochen. Sie klang so stoisch wie eh und je. Ich glaube, wenn wir das nächste Mal beide freihaben, besuchen wir sie, gehen mit den Kindern in sämtliche Freizeitparks. Aber dann denke ich, wir sollten uns vielleicht beeilen. Niemand lebt ewig, nicht einmal Grandma.«

»Sie ist quasi unsterblich.«

»Zu Koby sage ich immer, wenn die Welt endet, werden nur die Kakerlaken und Grandma überleben.« Cindys Augen wurden feucht. »Es tut gut, dich zu sehen.«

Decker umarmte sie. »Was ist los, Cindy?«

»Es ist alles gut, Daddy, ehrlich.« Sie stieß den Atem aus. »Ich weiß nicht, warum ich so emotional bin.«

»Rück einfach raus mit der Sprache. Danach fühlst du dich besser.«

»Okay.« Sie lächelte. »Ich habe mich zur Mordkommission versetzen lassen. Gleich nach den Feiertagen fange ich an.«

Decker war verblüfft. »Wirklich?«

»Ja, oder denkst du, du bist der Einzige, der sich zur Elite zählen kann?«

»Herzlichen Glückwunsch.« Er lachte. »Ich dachte, du wärst glücklich im CAPS. Du warst jedenfalls lange genug dabei, was mal wieder zeigt, wie wenig ich weiß.«

»Ich war auch sehr glücklich im CAPS. Der Wechsel war nicht meine Idee.«

»Was ist denn passiert?«

»Ich habe eine Freundin bei der Mordkommission. Sie hat einfach nicht lockergelassen.«

»Hat dich auf die dunkle Seite gezogen, was?«

Cindy lächelte. »CAPS hatte ich im Griff. Ich glaube, die Mordkommission macht mich ein wenig nervös. Ich bin schon etwas zu alt, um irgendwo ganz neu anzufangen. Kannst du mich auf Zack bringen?«

»Das hast du gar nicht nötig, Cyn. Du wirst eine fantastische Ermittlerin bei der Mordkommission sein.«

»Nur, dass ich an lebende Opfer gewöhnt bin.«

»Bei der Mordkommission gibt es viele, viele lebende Opfer. Nur das Tatopfer ist zufällig tot.« Er umarmte sie fest. »Du wirst deine Sache großartig machen.«

»Danke. Hast du einen Rat für mich?«

»Hm …« Decker dachte über ihre Frage nach. »Die Arbeitstage sind lang, Schätzchen. Und es ist zermürbende

Arbeit. Weil unsere Opfer tot sind und nicht sprechen können, fühlen wir uns gezwungen, das für sie zu übernehmen. Es ist eine zwanghafte Beschäftigung.« Er hielt für einige Sekunden inne. »Ich will nur so viel sagen: Denk dran, dass du auch ein Leben neben der Arbeit hast. Du hast einen Mann und Kinder und Freunde. Sich von dem Fall abzulenken, ist genauso wichtig, wie sich darüber Gedanken zu machen.«

»Ich wäre den Schritt nicht gegangen, aber Koby meinte, ich würde es bereuen, wenn ich die Chance nicht nutze.«

»Das sehe ich genauso. Das Department kann sich glücklich schätzen, jemanden zu bekommen, der so begabt ist wie du.« Er lächelte sie an. »Kennst du außer deiner Freundin noch andere Kollegen?«

»Ein paar schon. Naomi Ristra ist diejenige, die mich empfohlen hat. Sie ist Detective Sergeant. Ich werde unter ihr arbeiten.«

»Einen guten Mentor zu haben, ist sehr wichtig.«

»Ich hatte bereits den besten Mentor aller Zeiten.« Sie umarmte ihren Vater. »Wünschst du mir Glück?«

»Das brauchst du nicht, Cyn. Du bist ein Naturtalent.« Er hielt sie im Arm, als wäre sie noch ein Teenager, der zum ersten Mal ans College fuhr. »Ich hab dich lieb, Mäuschen. Was immer du brauchst, ich bin immer nur einen Anruf entfernt.«

Cindy erwiderte seine Umarmung und löste sich dann von ihm. »Danke, Daddy. Ich bin mir sicher, du wirst dieses Angebot bereuen.« Sie lächelte. »Ich sollte Rina begrüßen.«

»Nur zu. Ich werde den Jungs beim Basketballspiel zusehen.«

»Du solltest mitspielen. Mit Koby wärt ihr zwei gegen zwei.«

»Ich habe viele Tugenden, Cindy, aber Schnelligkeit gehört nicht dazu. Obwohl ich immer noch größer bin als die Jungs. Wahrscheinlich könnte ich mich einfach unter den Korb stellen und werfen.«

»Das ist ein Verstoß gegen die Drei-Sekunden-Regel, Daddy.« Sie lachte. »Ich werde Rina helfen. Sag Bescheid, falls du was brauchst.«

»Abgesehen von einer Wiederbelebung?«

»Keine Sorge. Mein Mann ist Arzt und passt auf dich auf.«

KAPITEL 23

Wir waren beide ordentliche Menschen und Pedanten, was Pünktlichkeit betraf. Es war ungewöhnlich für mich herumzutrödeln, aber genau das tat ich.

Chris öffnete die Badezimmertür. »Teresa, ich muss jetzt nach unten. Wie lange noch?«

Ich drehte das Wasser ab und nahm mir ein Handtuch, das über der Duschabtrennung hing. Ich wickelte es mir um den Leib und trat aus der Kabine. »Dann geh doch schon mal.« Ich schlang mir ein anderes Handtuch wie einen Turban um meine nassen Haare. »Ich werde Jorge bitten, mich nach unten zu begleiten.«

»Er heißt Ben.«

»Jorge, Ben, Evan … Wer auch immer.«

»Warum hast du dir die Haare gewaschen?«

»Weil ich eine reinliche Frau bin?«

Er holte einen Föhn hervor. »Komm. Ich mach das. Ich werde dich auch schminken.«

»Chris, geh einfach nach unten, und ich bin in ungefähr einer halben Stunde da.«

»Ich will sehen, wie du in dem Kleid aussiehst.«

Ich stieß einen entnervten Seufzer aus und nahm das Kleid vom Bett. »Kannst du im Nebenzimmer warten?«

»Warum?«

»Weil ich mich in Ruhe anziehen will … Geh.«

Er ließ mich im Schlafzimmer allein, und ich schloss die Tür. Dann nahm ich das Kleid aus der Plastikhülle. Es war ein knallrotes, hautenges Minikleid. Nachdem ich es angezogen hatte, schaute ich in den Spiegel. Es fühlte sich besser an, dass ich nun eine Nummer größer brauchte. Das Kleid war eng, aber ich konnte immerhin atmen. Ich streifte meinen Ring über den Finger, legte meine Ohrringe an und steckte mir meine nassen Haare hoch. Schließlich öffnete ich die Tür und sagte: »Dieser Ausschnitt verwirrt mich. Soll es schulterfrei sein, oder ist nur eine Schulter bedeckt?«

Chris kam rein. »Du kannst es auf beide Arten tragen.« Er zog die Träger herunter. »Mir gefällt es schulterfrei.«

»Na schön.« Ich breitete die Arme aus. »Genehmigt?«

Er musterte mich von Kopf bis Fuß. »Du siehst toll aus.«

»Geh nach unten, ich komme gleich nach.«

Aus einer Schublade der Kommode holte er eine flache Samtschatulle. »Nur um die Lilie zu veredeln ...« Er öffnete sie. Darin lag ein Diamantcollier – eine Rivière-Kette, um genau zu sein –, die hinten mit kleinen runden Diamanten begann und vorne in einem großen zentralen Diamant gipfelte. Das Ganze funkelte wie ein Feuerwerk. Er nahm die Kette aus dem Kästchen. »Darf ich?«

Ich schüttelte den Kopf. »Danke, aber nein.«

Er verzog das Gesicht. »Komm schon. Bitte?«

»Ich will die Kette nicht.«

Seine Augen wurden ausdruckslos. »Terry, mit der Kette wirst du mich gut dastehen lassen, okay?«

»Ja, aber sie wird mich schlecht dastehen lassen ... Als würdest du mich mit Schmuck beschwichtigen.«

»Tu mir einfach den Gefallen und trag das verdammte Ding.«

»Nein, Chris. Ich tue dir bereits einen Gefallen, schon vergessen?« Er antwortete nicht. »Es ist ohnehin schon zu viel Geklunker mit den Ohrringen und dem Ring. Ich weiß, wie Frauen denken. Sie werden denken, ich übertreibe es oder will mich aufspielen. Ich werde das Kreuz deiner Mutter tragen. Das bedeutet mir mehr als das da. Ich will die Kette nicht. Bring sie zurück. Es ist schon spät. Geh.«

Er warf die Kette aufs Bett und verließ den Raum.

Wie versprochen, kam ich eine halbe Stunde später nach unten, prächtig ausstaffiert mit dem silbernen Kreuz seiner Mutter. Die Kette war lang, daher hatte ich einen Knoten hineingemacht, damit sie in mein Dekolleté passte. Es waren ungefähr vierzig Personen anwesend – etwa dreißig Männer und zehn Frauen. Chris hatte zwei Bars eingerichtet und ließ außerdem Platten mit Horsd'œuvre herumreichen. Und Champagner, so viel das Herz begehrte. Talia huschte durch die Gegend und flirtete mit den Männern, sorgte aber vor allem dafür, dass alles lief wie am Schnürchen.

Ich entdeckte Badger und Fenton, die gerade zu den anderen Männern gingen, um mit ihnen Männergespräche zu führen, und begrüßte sie mit einem Kuss auf die Wange. Ich selbst wandte mich den Frauen zu. Kirstin war mit Amanda und Jess da, und mit einer weiteren Frau, die ich nicht kannte und die etwas abseits von der Bar stand und Champagner trank – was auch sonst? Ich ging zu ihnen. »Hallöchen.«

»Sie sehen hübsch aus«, begrüßte mich Kirstin.

»Danke, gleichfalls.« Ich drehte mich zu der Frau um, die ich noch nicht kannte – dunkelbrauner Teint mit einem Schopf kleiner, schwarzer Locken. Sie hatte smaragdgrüne Augen und die obligatorische große Oberweite. Exotisch und schön. »Terry McLaughlin.«

»Ich weiß, wer Sie sind. Jeder weiß das.«

»Ich habe mich noch nie im Leben so beliebt gefühlt.«

Die Frau lächelte. »Elodie Anderson. Ich finde Ihren Ring wunderschön.«

»Danke.«

»Mir gefällt Ihre Kette«, warf Jess ein. »Sie gleicht das ganze Gefunkel aus.«

Ich lächelte, während ich Chris beobachtete. Er hielt einen Drink in der Hand. »Der Boss hat mir die Kette geschenkt, als ich sechzehn war. Sie hat seiner verstorbenen Mutter gehört.«

Ein Seufzen ging durch die Runde.

»Das ist so süß!«, sagte Jess.

»Ja, Sie können sich vorstellen, wie ich mich gefühlt habe«, pflichtete ich ihr bei. »Dieser große, gut aussehende Typ, der mir etwas so Persönliches schenkt. Ich war damals ziemlich schüchtern und unbeholfen.«

»Ich bin mir sicher, dass Sie alles andere als unbeholfen waren«, urteilte Amanda.

»O doch, das war ich.« Mein Blick ruhte auf Chris. Er tauschte gerade sein leeres Gas gegen ein volles ein. »Ich war in der Highschool nicht seine Freundin. Ich war seine Nachhilfelehrerin. Er hatte eine Freundin, mit der er … Sie wissen schon. Wie dem auch sei, es war eigentlich sogar gut. Wir waren befreundet, bevor etwas zwischen uns passiert ist.«

»Wie romantisch«, murmelte Elodie.

»Das war es wirklich«, bestätigte ich. »Ich war vollkommen hingerissen von ihm.«

»Wer wäre das nicht gewesen?«, sagte Amanda. »Mein Highschool-Freund war ein Vollidiot. Alles, was er wollte, war Sex.«

»So sind alle Männer«, entgegnete ich.

»Ja, aber Ihnen hat die Beziehung zumindest ein Kreuz eingebracht. Alles, was ich bekommen habe, waren eine Abtreibung und ein Sträußchen verwelkter Gänseblümchen.«

»Sie hat mehr bekommen als ein Kreuz«, warf Kirstin ein. »Der Boss ist verrückt nach ihr.«

Versuch es mal nur mit verrückt, dachte ich.

»War der Boss ein guter Schüler?«, wollte Amanda wissen.

»Kein richtig schlechter.« Ich hielt inne. »Er hat mir eine Menge Geld bezahlt.« Chris hatte seinen zweiten Drink intus und war jetzt bei dem dritten. »In dieser Hinsicht hat sich nichts geändert.« Ich zwinkerte ihnen zu und sie lachten. »Würden Sie mich wohl für einen Moment entschuldigen?«

Ich ging zu Chris und nahm ihm das Glas ab, das er gerade an die Lippen führen wollte. »Vielen Dank!« Ich nahm einen Schluck. »Wow, ziemlich stark. Aber gutes Zeug.« Ich wandte mich an die drei Männer, mit denen er sich unterhielt. »Mr. Donatti hält sich immer an das gute Zeug.« Ich nahm den Männern die leeren Gläser ab. »Wer hätte gern noch einen Drink?«

Alle nickten. Chris stellte mich vor, und ich fragte ihn: »Willst du noch was, weil ich deinen Scotch geklaut habe? Vielleicht ein Mineralwasser zum Nachspülen?«

»Klingt gut«, stimmte er zu.

Ich lächelte schüchtern. »Bin gleich wieder da, meine Herren.«

Ich gab die Gläser ab, einschließlich seines Scotch-Glases, und wartete an der Theke auf die neuen Bestellungen. Es waren vier Gläser, die ich tragen musste, und ich bat den Barkeeper um ein Tablett. Talia trat hinter mich: »Brauchen Sie Hilfe?«

»Ja, die brauche ich tatsächlich. Danke.«

»Kein Problem«, sagte sie. »Wunderschöner Ring. Ich hab ihm geholfen, ihn auszusuchen. Ich meine … alle drei.«

»Sie haben einen hervorragenden Geschmack. Alle drei sind wunderschön.« Ich griff nach zwei Whisky-Gläsern und sagte: »Das Mineralwasser ist für Chris.«

»Verstanden.«

Wir kehrten zu den Männern zurück. Ich hakte mich bei Chris ein und plauderte ungefähr zehn Minuten lang mit der Gruppe, bis mein Kopf zu hämmern begann. Ich stellte mich auf die Zehenspitzen und flüsterte ihm ins Ohr, dass ich zurück in mein Zimmer wolle. Er nickte und entschuldigte sich. »Ich begleite dich.«

»Du brauchst deine Party nicht zu verlassen. Ben kann das übernehmen.«

»Ich will dich nach oben bringen.«

Sobald wir in seiner Suite waren, drückte er mich gegen die Wand und hielt meine Hände fest. Er sah mir mit Sehnsucht in den Augen ins Gesicht und versuchte, mich zu küssen.

Unsicherer kleiner Mann.

Ich drehte den Kopf zur Seite. Er zog sich zurück, ließ meine Hände aber nicht los. »Wie lange willst du mich noch bestrafen?«

»Keine Ahnung. Wie lange willst du mich noch vergewaltigen?«

Er stieß den Atem aus. »Du weißt, dass ich Launen habe. Wenn du einfach mitmachen würdest …«

»Ich soll mitmachen, wenn du mich vergewaltigst?«

»Wenn du mitmachen würdest, wäre es keine Vergewaltigung, oder?« Er ließ meine Hände fallen und schaute auf seine Uhr. »Ich muss zurück.« Er sah mir in die Augen. »Danke, dass du heute Abend nach unten gekommen bist, und danke, dass du mich daran gehindert hast, es zu übertreiben.« Er führte ein imaginäres Glas an die Lippen.

»Keine Ursache. Ich werde schon schlafen, wenn du nach oben kommst.« Ich lächelte gezwungen. »Ich wünsche dir noch einen schönen Abend.«

Gegen halb fünf hörte ich ihn ins Schlafzimmer kommen. Statt sich auf seine Seite zu legen, gab er mir einen Klaps auf den Hintern. »Komm rüber.« Als ich mich nicht rührte, fügte er hinzu: »Ich werde nichts tun. Komm einfach rüber. Ich bin diesen Zermürbungskrieg leid, okay?«

Widerstrebend rutschte ich in die Mitte des Bettes. Er schlüpfte unter die Decke und zog mich in seine Arme. Er presste seine Lenden an meinen Hintern. Er war hart. Ich sagte: »Wag es nicht.«

»Ich vermisse dich, Baby.«

»Kein Sex.«

»Vermisst du mich?«

»Nein, eigentlich überhaupt nicht. Und das Letzte, was ich von dir will, ist *Sex*.«

Er zog sich zurück und setzte sich auf, dann seufzte er. »Du kapierst es einfach nicht.«

»Was kapiere ich nicht?«

»Männer.«

»Ich verstehe Männer. Ich verstehe, dass sie Sex mögen. Aber die große Mehrheit da draußen vergewaltigt nicht.«

»Das ist es ja gerade. Da draußen vergewaltigen sie nicht. Und ich tue es da auch nicht. Aber wir sind nicht da draußen. Wir sind hier drinnen. Und hier drin mache ich, was ich will.« Er hielt inne. »Ich bin nicht *normal*, okay?«

»Offensichtlich nicht.« Ich drehte mich um und zog mir die Decke über den Kopf. »Was soll's, du wirst niemals aufhören.«

»In diesem Punkt hast du recht«, pflichtete er mir bei. »Ich bin ein gewalttätiger Mann, und ich stamme von einer langen Reihe gewalttätiger Männer ab. Mein Vater hat mich geschlagen und vergewaltigt, wenn er getrunken hatte, und er hat die ganze Zeit getrunken. Auch mein Onkel hat mich geschlagen und sexuell missbraucht. Schlimmer noch, er hat mich zu einer Tötungsmaschine gemacht. Dann habe ich mich *endlich* von ihm gelöst und bin als Zuhälter für minderjährige Mädchen zu illegalen Bordellen gewechselt. Als ich damit genug Geld verdient hatte, habe ich mich mit dieser Firma hochgearbeitet. Jetzt betreibe ich ein legales Unternehmen. Ich bin ein ganz normaler steuerzahlender Bürger. Das entspricht vielleicht nicht deiner Vorstellung von einem respektablen Beruf, aber wenn man sich anschaut, wo ich angefangen habe, bin ich mittlerweile ziemlich weit oben in der Nahrungskette.«

»Und dein Punkt ist …?«

»Mein Punkt ist, dass ich nach wie vor ein Produkt meiner Erziehung bin, und wenn mich diese nicht aufzuhaltenden Triebe befallen, und du einfach abwartest und mir fünf oder zehn Minuten gibst, was ich will, dann bin ich danach Wachs in deinen Händen. Ich tue dann alles, was du willst. Ich verstehe nicht, warum das so schwierig ist.«

»Wie hast du dich gefühlt, wenn dein Vater dich vergewaltigt hat? Hast du ihm seine fünf Minuten gegeben?«

Er drehte mich um, sodass wir uns ins Gesicht sahen. »Ich war acht, als es angefangen hat, und er war anschließend nicht Wachs in meinen Händen. Es hat einen Grund, warum ich als Kind versucht habe, mir das Leben zu nehmen – zweimal.« Er schwieg, dann atmete er aus. »Was kann ich tun, um es wiedergutzumachen?«

»Aufhören, mich zu vergewaltigen.« Schweigen. »Das wird niemals passieren.«

»Ich habe dich gerettet, dich gesund gepflegt, ich sorge für dich und für Juleen. Ich lasse deiner Tochter eine Erziehung angedeihen. Ich habe dir geschworen, dass ich alles tun werde, um dir deinen Sohn zurückzubringen, und du weißt, dass mich das teuer zu stehen kommt. Außerdem bezahle ich deine Scheidung. Ich werde dir ein Haus kaufen, ich werde dir ein Auto kaufen, ich bezahle die Ausbildung deiner Kids, ich werde dir Geld für die laufenden Kosten, für Spielereien und wofür auch immer geben ... Nur, was springt für mich dabei heraus?«

Ich antwortete ihm nicht.

»Ich tue alles, was in meiner irdischen Kraft steht, um dich glücklich zu machen, Teresa. Das Einzige, worum ich bitte, ist ein wenig Verständnis, wenn ich meine Launen habe. Nimm es nicht persönlich.«

»Wie soll ich es dann nehmen, Donatti? Wie eine deiner Sexarbeiterinnen? Es ist nur Sex und ich werde dafür bezahlt, also halte ich die Klappe?«

»Hör auf damit, Teresa. Du bist keine von meinen Sexarbeitern, du bist meine Königin. Ich bin immer noch der König – was immer der König sagt, ist nach wie vor Gesetz –, aber vertrau mir, es gefällt niemandem, wenn die Königin unglücklich ist, am allerwenigsten dem König.

Verstehst du, wenn der König unglücklich ist, gibst du ihm eine Hammelkeule. Wenn das nicht reicht, gibst du ihm ein paar Weiber. Wenn das immer noch nicht genug ist, gibst du ihm einige Feinde, um sie auf der Streckbank zu foltern oder in der eisernen Jungfrau oder mit dem Emaskulator ...«

»Dem Emaskulator?«

»Ja, genau. Tierärzte benutzen die bei großen Tieren. Die schneiden einerseits die Sehnen durch und klemmen gleichzeitig die Blutgefäße ab. Damit erledigt man die Aufgabe mit sehr geringer Blutung.«

»Das ist *abscheulich*!«

»Wieso siehst du mich so an? Ich hab das Ding nicht erfunden. Aber es ist ein raffiniertes Gerät.«

Ich hielt mir die Ohren zu. »Ich will das nicht hören, okay?«

Er nahm mir die Hände vom Kopf. »Was ich zu sagen versuche, ist, dass nicht viel dazu gehört, um den König glücklich zu machen. Bei der Königin dagegen sieht es anders aus. Die Minister des Königs kommen zum König. Sie sagen: ›Die Königin ist unglücklich.‹

›Okay‹, erwidert der König, ›holt die königliche Floristin her.‹

Die Minister sagen: ›Das haben wir schon versucht. Es hat nicht funktioniert.‹

›Okay‹, gibt der König zurück. ›Versucht es bei den königlichen Juwelieren.‹

›Ist schon passiert‹, sagen die Minister. ›Sie will kein neues Diadem. Sie will reden.‹

›Kein Problem‹, erwidert der König. ›Holt die Hofdame her.‹

›Das geht auf gar keinen Fall‹, sagen die Minister. ›Sie will nicht mit der Hofdame reden, sie will mit *Euch* reden.‹ Also …«

Er atmete aus.

»Also … gürtet der König seine Lenden, wappnet sich und geht zu seiner Königin.« Ein Augenblick verstrich. »Und dann … nachdem er sich eine Litanei von Klagen angehört hat, eine Auflistung von allem, was der König falsch gemacht hat, seit Jesus auf Erden wandelte, mit Zeitangabe und Datum – ohne Punkt und Komma –, denn wehe dem, der versucht, sich zu verteidigen, nur um bezichtigt zu werden, sie unterbrochen zu haben, sie nicht ausreden zu lassen und sie zu schikanieren. Nachdem er sich also alles angehört hat – der komplette Lehrstoff aus dem Handbuch über schlechte Ehemänner –, wird sie ihm vielleicht, aber nur *vielleicht*, vergeben.« Es folgte eine Pause. »Und dann wird sie die königliche Floristin und die königlichen Juweliere akzeptieren …«

»Das ist *nicht* fair.«

»Kommt dir das nicht ein ganz *bisschen* bekannt vor?«

»Doch, die Stelle vom Unterbrechen, vom nicht Ausredenlassen und vom Schikanieren.«

Er legte sich hin und schaute an die Decke. »Ich entschuldige mich dafür, dass ich dir wehgetan habe, okay?«

»Aber es tut dir nicht leid, denn du wirst es wieder tun, wann immer du eine deiner *Launen* hast.«

»Das bedeutet nicht, dass es mir nicht leidtut.« Er verzog das Gesicht. »Terry, was willst du von mir? Nicht in einem universellen Sinne, ich meine, jetzt, in diesem Moment. Und sag bloß nicht nichts. Hilf mir ein bisschen.«

»Du vergewaltigst mich. Und wenn ich dann nicht sofort vor deinen Launen kapituliere, drohst du damit, meinen Sohn einem Rudel Hyänen zu überlassen …«

»Dafür habe ich mich entschuldigt.«

»Chris, ich bin nicht in versöhnlicher Stimmung, okay?«

»Wirst du mir verzeihen, wenn ich nach Indien fliege und dir Sanjay zurückbringe?«

Der Name meines kleinen Jungen schnürte mir die Kehle zu. Es war unfair – und nicht das erste Mal, dass er meinen Sohn als Faustpfand benutzte, wahrscheinlich auch nicht das letzte Mal, aber … wir wussten beide, dass er der *Einzige* war, der mir half. Wenn ich Sanjay zurückhaben wollte, brauchte ich Chris auf meiner Seite. Ich gab einen Laut von mir, etwas zwischen einem Seufzen und einem erstickten Schluchzen.

Schließlich sagte ich: »Es wäre schön, wenn du mir einmal alle Jubeljahre die Führung überlassen würdest.«

»Die Führung?« Er stockte. »Du meinst, beim Sex?«

»Ja, beim Sex. Es wäre schön, wenn ich das Gefühl hätte, die Macht zu haben.«

Er hob mich auf seinen Schoß, sodass wir einander zugewandt waren. »Baby, wenn du mir eine Hundeleine um den Hals legen und mich dazu zwingen willst, mich auf alle viere zu begeben, damit du mir in Overknee-Lederschnürstiefeln mit Pfennigabsätzen auf dem Rücken rumtrampeln kannst, bin ich sofort dabei.«

Gegen meinen Willen musste ich lächeln. »Ich hätte dich nie als devot eingeschätzt.«

»Das bin ich auch nicht. Aber für dich würde ich alles tun.« Er griff nach meiner Hand und küsste sie. »Ja, ich war schrecklich. Ich bin ein eifersüchtiger Typ, und ich hasse es, wenn andere Männer dich anstarren, weil ich weiß, was sie denken … was sie in Gedanken mit dir machen.«

»Ich *mache* gar nichts.«

»Vor elf Jahren hast du es getan.«

»Und das war größtenteils deine Schuld«, blaffte ich. »Ich hätte dich nicht betrogen, wenn du nicht so ein …«

»Wenn ich nicht so ein Arschloch gewesen wäre?«

»Ja, das auch. Ich hatte eher an ›schrecklicher Ehemann‹ gedacht.«

»Ich war ein schrecklicher Ehemann. Aber ich liebe dich wirklich.« Er küsste mich heftig. »Können wir offiziell Waffenstillstand schließen? Ich kann deinen Ärger ertragen, aber ich hasse es, wenn du so kalt zu mir bist. Dann fühle ich mich wertlos.«

»Du hast es verdient.«

»Da hast du ziemlich sicher recht. Ich bin ein verkommener Mensch. Aber verzeih mir trotzdem.« Er betastete durch das Nachthemd meine Brüste. »Hui! Ich hab es gerade bis zu deinem Busen geschafft. Kann ich vielleicht doch noch bei dir landen?« Ich schob seine Hände weg, und er seufzte. »Okay. Kapiert. Lass uns schlafen.«

Ich saß noch immer auf seinem Schoß und dachte lange und angestrengt nach. Dann sagte ich: »Hast du hier Kondome?«

»Hier nicht. Warum?« Er hielt kurz inne. »Warum fragst du?«

»Kannst du welche holen?«

»Ich bewahre welche in meinem Büro unten auf. Warum?«

»Hör auf, Fragen zu stellen. Es wird dir gefallen. Geh und hol Kondome und etwas Gleitmittel, okay?«

Er sprang aus dem Bett, nachdem er mich von seinem Schoß gestoßen hatte. »Ich bin gleich wieder da.«

»Darauf wette ich.« Ich stand auf, ging ins Bad und putzte mir die Zähne. Ich legte Make-up und Parfüm auf. Er hatte mir zwar keine sexy Dessous gekauft, aber ich fand ein weißes Tanktop in seiner Schublade und zog es an. Dann kämmte ich mir die Haare und wartete.

Er war im Handumdrehen wieder da und versuchte, sich ein Grinsen zu verkneifen. Er sah mich an. »Gott, wenn du nicht aussiehst wie ein Geschenk des Himmels.« Er machte sich daran, seine Hose auszuziehen, aber ich bremste ihn.

»Noch nicht. Komm her.« Er sprang ins Bett, und ich schob seinen Kopf zwischen meine Beine.

Er fügte sich, ohne zu zögern. Als ich ausreichend erregt war, aber noch nicht am Ziel, schob ich ihn weg. »Jetzt kannst du deine Hose ausziehen und das Gummi überstreifen.«

»Okay.« Er brauchte dafür ganze fünf Sekunden. »Was jetzt?«

Ich präsentierte ihm meinen Hintern. »Langsam, Christopher. Und nimm viel Gleitmittel.«

»Baby, du willst nicht …«

»Ich habe das Sagen, schon vergessen?« Er antwortete nicht. Ich wiederholte: »Langsam.«

Ich spürte, wie er sich seinen Weg in mich hineinbahnte. Der Schmerz folgte auf dem Fuße.

»Du verkrampfst dich. Es tut dir weh.«

Ach nee. »Mach einfach weiter.« Ich spürte, wie er tiefer in mich eindrang, und zuckte zusammen. »Sag mir, wenn du ganz drin bist, okay?«

»In Ordnung.« Seine Stimme war leise. Ein letzter Stoß. »Okay. Ich bin drin.«

»Nicht bewegen.«

»Ich soll mich nicht bewegen?«

»Nicht bewegen!« Ich atmete tief ein und aus und versuchte mich daran zu gewöhnen, etwas an einer Stelle zu haben, wo es nicht hingehörte. Ich schaute mich zu ihm um und griff nach seiner linken Hand. Ich leckte seine Finger ab und schob sie zwischen meine Beine. »Sanft.«

Ich hörte seinen schweren Atem. »So ungefähr?«, murmelte er.

»Etwas höher … sanfter …«

»Gut?«, fragte er.

»Ja.« Wieder bewegte ich seine Hand. »Hier.«

»Sag mir einfach, was du willst, mein Engel.«

»Du bewegst dich. Mach das nicht.«

»Entschuldige, es ist ein Reflex.« Nach einer Minute sagte er: »Darf ich meine andere Hand in deine Muschi stecken?«

»Solange du nicht stößt.«

Er leckte sich die Finger ab und ließ sie in mich hineingleiten. »Ich möchte dich einfach dort massieren, wo ich meinen

Schwanz spüren kann. Für mich fühlt sich das wirklich gut an.« Als ich ihm nicht antwortete, fügte er hinzu: »Ist das okay?«

»Ja, ja ... nicht reden.«

Er schwieg. Er hatte schlanke Finger, und seine Berührung fühlte sich wunderbar an. Nach einigen Minuten spürte ich, wie ich mich dem Höhepunkt näherte. Noch ein paar Minuten, und ich schloss die Augen und nahm wahr, wie mein Körper auf ihn reagierte. Er spürte es ebenfalls, umfasste meine Hüften und stieß einige Male hart zu. Es tat weh wie ein Muskelkrampf, aber es war kein brennender Schmerz, weil ich immer noch kam. Nach einer Minute hörte er auf, und ich löste mich von ihm. Er war immer noch auf den Knien, sein Atem ging schwer, sein Schweiß floss in Strömen. Und er war immer noch hart. Ich gab ihm einen Klaps auf den Hintern und sagte: »So macht man das mit jemandem, den man liebt.«

»Du hast recht«, sagte er atemlos. Er streifte das Kondom ab. »Du hast recht, du hast recht, du hast recht.«

Ich wollte gerade aufstehen, als er mich wieder nach unten zog und sich auf mich legte. Er küsste mich, wieder und wieder, während sein Schweiß auf meine Brust tropfte. »Du bist Gift.« Ein weiterer Kuss. »Einfach pures Gift.« Er presste seinen Mund auf meinen, die Küsse feurig. Er stieß meine Beine mit den Knien auseinander. »Reines Heroin. Schlimmer als Heroin. Heroin kann ich widerstehen. Dir kann ich nicht widerstehen.« Er drängte in mich hinein.

Er kam schnell zum Höhepunkt. »O Gott!« Er keuchte. »Lass mich jetzt sterben.«

Ich schob ihn von mir herunter, aber sein Arm schnellte vor und hielt meinen fest. Langsam legte er meine Hand auf seine harte Erektion. »Bitte?«

»Ich bin wund.«

»Mach es mir mit dem Mund.«

Ich hielt inne. »Hast du was genommen?«

»Ich bin fast fünfundvierzig. Was denkst du denn?«

»Chris!«

»Du kannst einem verhungernden Mann kein Buffet anbieten und von ihm erwarten, dass er nicht zuschlägt.« Ich entzog ihm meine Hand und wollte gerade seinen Wunsch erfüllen, als er aufstand. »Komm her.«

»Was?«

»Komm einfach her.« Ich gehorchte. Er drückte mich mit dem Rücken an die Wand und zwang mich, mich hinzuknien. »Bitte?«

»Hol mir ein Kissen.«

Er drehte sich um und holte mir eins. Ich schob es mir unter die Knie. Er stellte sich vor mich, legte mir eine Hand in den Nacken und zog meinen Kopf näher zu sich.

»Wag es nicht, ihn mir in den Hals zu rammen.« Natürlich tat er genau das. Ich musste würgen, versetzte ihm einen kräftigen Schlag und zog mich zurück. »Das nächste Mal beiße ich zu.«

Er lächelte. Beim zweiten Mal war er ein *bisschen* sanfter. »Darf ich in deinem Mund kommen?«

Ich nickte.

»In dein Gesicht?«

Ich nickte wieder.

»Darf ich auf deinen Titten kommen?«

Ein drittes Nicken.

»Kannst du für den Rest meines Lebens meine Sexsklavin sein?«

Ich schüttelte den Kopf.

»Verdammt!« Er kam in meinem Mund.

Als ich ihn diesmal von mir stieß, hielt er mich nicht zurück. Ich marschierte schnurstracks zur Dusche. Als ich herauskam, zog ich sofort mein Nachthemd an und band mir die Haare zurück. Er saß aufrecht im Bett, Kissen im Rücken, ausgestreckt und mit nacktem Oberkörper, nur bekleidet mit seiner Jogginghose. Er schaute auf sein Handy, sein Gesicht verdeckt von seinen weißblonden Haaren. Durchtrainiert und muskulös, war er ein atemberaubender Mann. Ich verstand, warum ich mit sechzehn mein Herz an ihn verloren hatte. Aber jetzt sollte ich es besser wissen. Das Sonnenlicht strömte unter den Jalousien vor dem Fenster hindurch. Es war wahrscheinlich kurz vor sieben Uhr morgens.

Er schaute auf und sagte: »Komm her.«

»Kein Interesse.«

»Ich hab meine Hose an. Obwohl ich sie innerhalb einer Sekunde ausziehen könnte, wenn du willst.«

»Ich will es nicht.«

»Komm her!« Er hielt kurz inne. »Ich will dir was zeigen.«

Ich ging zum Bett. Er klopfte auf die Matratze neben sich, und ich streckte mich an seiner Seite aus. Er tippte auf seinem Handy herum. »Ich bin hier«, stellte ich fest.

»Warte mal.« Dann zeigte er mir sein Handy und drückte auf den Pfeil zum Abspielen eines Videos.

Ich schnappte nach Luft und hielt mir eine Hand vor den Mund. Biss mir auf die Unterlippe, während ich mir das Video ansah.

Mein kleiner Sanjay saß neben Devek und klammerte sich an seinen Arm. Auf seinem Gesicht lag ein breites Lächeln. »Hi, Mommy. Ich bin jetzt glücklich. Vater ist bei mir. Und der ist auch glücklich. Also sind wir beide glücklich. Wir spielen Videospiele und lesen Bücher ...« Er lächelte Devek an, und

Devek lächelte zurück. »Ich vermisse dich, Mommy. Grüß Juleen von mir. Sie vermisse ich auch. Aber ich habe Vater.«

Dann zeigte die Kamera wieder Devek. Er sah alles andere als glücklich aus. Die Anspannung stand ihm ins Gesicht geschrieben. »Es geht uns gut, Terry. Bedank dich bitte bei Chris und richte ihm aus, dass wir hoffen, alles kommt bald an und die Sache ist vorbei …«

Das Display wurde schwarz.

Tränen liefen mir über die Wangen. »Wann hast du das bekommen?«, flüsterte ich.

»Vor ein paar Tagen.«

»Und du zeigst es mir erst *jetzt*?«

»Vor ein paar Tagen hast du noch nicht mit mir gesprochen.«

Ich sah ihn an. Ich war kaum in der Lage zu sprechen. »Geht es den beiden wirklich gut?«

»Soweit ich weiß, ja.«

»Kannst du mir erzählen, was eigentlich los ist?«

»Das weißt du doch. Sie haben deinen Sohn entführt, weil Devek ihnen Geld schuldet.«

»Und Devek haben sie auch entführt?«

»So ähnlich.« Chris legte sein Handy auf den Nachttisch. »Wann wird es vorbei sein?«, fragte ich.

»Keine Ahnung. Sie warten auf mehr Geld von mir. Ich warte auf ein paar Dinge.«

»Was für Dinge?«

»Dinge, die Zeit brauchen. Ich habe dir ganz zu Anfang erklärt, dass sich das nicht von einer Sekunde auf die andere in Ordnung bringen lässt. So weit, so gut. Ich tue mein Bestes, aber ich kann nichts versprechen.«

»Weißt du, wo sie sind?«

»Außer in Indien? Nein.«

»Könntest du es herausfinden?«

»Könnte ich, aber was dann?« Er legte mir einen Arm um die Schultern und zog mich an sich. »Dein kleiner Sohn steht unter ständiger Bewachung. So viel kann ich dir sagen, Baby, einer Kugel kann er nicht davonlaufen.«

Ich nickte und versuchte verzweifelt, die Tränen zurückzuhalten. »Er sieht glücklich aus.«

»Das stimmt.«

»Kannst du es mir schicken? Das Video?«

»Nein. Es macht dich zu emotional. Es tut dir nicht gut, es tut Juleen nicht gut, und ehrlich gesagt, tut es auch mir nicht gut.«

»Darf ich es mir noch mal ansehen?«

Er warf mir einen Blick zu, griff aber nach seinem Handy und rief das Video noch einmal auf. Dann drückte er auf den Abspielpfeil.

Und dann flossen die Tränen in Strömen. Ich weinte um meinen kleinen Jungen, der mir entrissen worden war, um meinen großen Jungen, den ich im Stich gelassen hatte, als er mich noch gebraucht hatte, um mein süßes Mädchen, das in einem Bordell in einem Zimmer eingesperrt war, um mein Leben, das erheblich besser hätte sein können. Aber es hätte auch schlechter sein können. Was immer es hätte sein können, es war mein Leben, und es war sinnlos, in Reue zu leben. Ich gab ihm das Handy zurück und kuschelte mich enger an ihn. »Danke, mein Schatz. Danke, danke, danke.«

»Gern geschehen.« Er legte sein Handy weg und wischte mir mit den Daumen die Tränen vom Gesicht. »Ich weiß, dass ich schreckliche Dinge tue. Ich sage schreckliche Dinge. Aber ich bete dich an. Und ich will dich glücklich machen.«

Ein Herzschlag verging. »Sollen wir ein wenig schlafen, Süße?«

Es war kurz nach sieben. »Ich bin zu aufgedreht. Schlaf du.«

»Ich hab um elf Uhr einen Geschäftstermin. Der Wecker ist auf halb elf gestellt.« Er streichelte mir über den Arm. »Bleib bis dahin bei mir, mein Engel.«

Wie hätte ich ihm das abschlagen können? Wir schlüpften unter die Decke, und er zog mich fest an sich. Dann legte er mir die Hände um die Taille und drückte die Lippen auf meinen Hals. Ich war erschöpft, aber wach, und ich versuchte, die Übelkeit im Zaum zu halten, die man verspürt, wenn man nicht genug geschlafen hat. Seine Atmung verlangsamte sich. »Noch mal danke«, murmelte ich.

»War mir ein Vergnügen.« Seine Stimme war schläfrig.

Meine Augen waren immer noch weit geöffnet. »Weißt du, was mich aufmuntern würde?«

Er schlang sein Bein um meine und zog mich noch näher an sich. »Was?«

»Ein großer Blumenstrauß.«

Er ließ einen Moment verstreichen. »Rosen?«

»Ja, bitte, aber dazu noch Lilien, Pfingstrosen und Orchideen. Einfach ein riesiger Strauß, den ich auf die Kommode stellen kann. Etwas Schönes und Buntes, das den Raum aufhellt.«

»Kein Problem.« Er küsste mir den Nacken, dann schwieg er. Ich dachte schon, er sei eingeschlafen. Aber nach einer Weile sagte er: »Möchtest du auch die Halskette?«

»Vielen Dank, Eure Majestät, das wäre göttlich.«

KAPITEL 24

Ich hörte nichts mehr, bis der Wecker um 15.30 Uhr losging und mich daran erinnerte, dass es Zeit war, Juleen zu besuchen. Aber ich wusste, dass ich schlecht geträumt hatte, denn mein Herz raste, und ich war schweißgebadet. Ich war desorientiert und panisch, weil ich mich nicht mit meinen Kindern in meiner Wohnung in Los Angeles befand, bis ich ganz, ganz langsam meine Umgebung erkannte. Das Schlafzimmer war leer, die Jalousien noch geschlossen, und nach der letzten Nacht war ich erschöpft, emotional wie körperlich. Ich schleppte mich aus dem Bett und zog eins meiner locker sitzenden Manson-Girl-Kleider an. Als ich in den Wohnbereich der Suite kam, saß Chris auf dem Sofa und tippte etwas in einen Laptop. Er nahm seine Brille ab, schaute auf seine Rolex und sah mich an. »Du hast eine ganze Weile geschlafene«, bemerkte er.

»Ich fühl mich nicht gut.« Ich straffte mich. »Aber das wird schon wieder. Kannst du mich zu Juleen bringen?«

»Vielleicht solltest du den Besuch absagen?«

»Nein, nein. Ich bin nur ein bisschen müde. Lass uns gehen.«

Er warf mir einen skeptischen Blick zu. Dann brachte er mich zu meiner Tochter.

Bis neun hielt ich durch, dann rief ich ihn an, damit er mich abholte. Ich ging direkt ins Schlafzimmer.

»Du hast gar nichts gegessen«, stellte er fest.

»Ich habe keinen Hunger.« Ich zog mir die Decke über den Kopf. Als ich das nächste Mal aufwachte, kam er gerade von der Arbeit herein. Murmelnd fragte ich nach der Uhrzeit. »Viertel nach drei. Wie fühlst du dich?«

»Ganz gut.« Ich sprühte mir etwas Minziges in den Rachen und rollte mich auf den Rücken.

»Bist du dir sicher?«, fragte er.

»Mir geht's gut.« Er beeilte sich, und ich war dankbar dafür. Als ich danach in seinen Armen lag, fragte er: »Kann ich irgendwas für *dich* tun, Baby?«

Es machte mir nichts aus, mit ihm Sex zu haben. Das war die Vereinbarung, die wir geschlossen hatten, als ich drei Jahre nach der Highschool zu ihm zurückgekehrt war – Sex gegen Unterstützung. Ich konnte die Augen schließen und weit, weit weg sein. Aber in diesem Moment ließ mich seine tieftraurige Stimme erschauern. »Ich komme klar, aber danke.«

Ich stand auf, um mich zu waschen. Als ich zurückkam, ging ich auf die andere Seite des Bettes und vergrub mich unter der Decke.

Schließlich ergriff er das Wort. »Du bist immer noch sauer auf mich.«

Und natürlich war ich sauer. Während unserer Ehe war ich so sehr daran gewöhnt gewesen, sexuell missbraucht zu werden, dass es sich fast normal angefühlt hatte. Aber nach elf Jahren mit Devek, elf Jahren Ruhepause, begriff ich, wie extrem missbräuchlich er gewesen war. Ich schäumte innerlich. *Aber*, wenn ich meinen Sohn wiedersehen wollte, hatte ich keine andere Wahl, als diese Demütigung hinunterzuschlucken. Der Anblick Sanjays in dem Video bereitete mir unendlichen Kummer, aber er schenkte mir auch Hoffnung. »Es geht mir gut, Chris. Ich bin einfach nur müde.«

»Und ist das der Grund, warum du auf der anderen Seite des Canyons liegst?«

»Ich bin nicht ich selbst«, antwortete ich. »Ich brauche etwas Freiraum.«

Er schwieg einen Moment. »Brauchst du auch die ganze Bettdecke?«

Ich hob den Kopf. Die Decke fiel auf meiner Seite des Bettes herunter. »Oh, Entschuldigung …« Ich zog die schwere Decke vom Boden und gab ihm seinen Anteil. »Tut mir leid.«

»Schon gut. Ich will nur die Regeln kennen.« Ich antwortete nicht. Einen Moment später fügte er hinzu: »Willst du darüber reden?«

»Da gibt es nichts zu reden. Ich bin nicht sauer. Lass mich einfach schlafen.«

Ein Seufzer kam von der anderen Seite des Bettes. »Okay … ich nehme dich beim Wort.«

Das Nächste, woran ich mich erinnere, war, dass jemand mich schüttelte. Mir schlug das Herz bis zum Hals. Chris' Stimme. »… hast schlecht geträumt.«

Langsam wurde ich richtig wach. »Ein Albtraum.« Meine Augen waren feucht. Ich keuchte. »Hab ich dich geweckt?«

»Du hast mit den Armen gerudert. Und mir ins Gesicht geschlagen.«

»Tut mir leid.«

»Kein Problem. Ist jetzt alles in Ordnung?«

»Ja …« Ich rieb mir die Augen. Tränen liefen mir über die Wangen. »Tut mir leid.«

»Hör auf, dich zu entschuldigen. Erinnerst du dich daran, wovon du geträumt hast?«

»Ich wurde … verprügelt. Ich hab mich verteidigt. Das ist wahrscheinlich der Grund, warum ich um mich geschlagen habe.« Er blieb still. Ich wiederholte: »Tut mir leid.«

»Vergiss es!« Eine Pause trat ein. »War ich es?« Ich dachte nach, dann schüttelte ich den Kopf und begriff anschließend, dass er mich wahrscheinlich nicht sehen konnte. »Nein.« Ich wischte mir über die Augen. »Es war ein Inder, nicht Devek … jemand anders.«

»Mir ist klar, dass ich zurzeit nicht dein Lieblingsmensch bin, aber wenn du ein wenig körperlichen Trost brauchst, ich bin da.«

Ich antwortete ihm nicht. Schließlich fügte er hinzu: »Ich meine keinen Sex, Terry. Einfach nur … Trost.«

Ich biss mir auf die Unterlippe und presste die Augen fest zu, um nicht wieder zu weinen. Ich bewegte mich nicht. Ich konnte mich nicht bewegen.

Er zögerte, dann rückte er an mich heran, bis mein Rücken an seiner Brust lag. Er legte Arme und Beine um mich. Er hatte sich rasiert. Er roch gut. Er küsste meinen Nacken. Es war, als steige man in eine warme Badewanne. »Du bist sicher bei mir, mein Engel. Niemand wird dir wehtun. Nicht, solange ich da bin. Ich werde dich mit allem beschützen, was in meiner Macht steht, auch mit meinem Leben.«

»Danke.« Ich wischte mir über die Wangen. Trotz meiner Antipathie ihm gegenüber war der Trost willkommen. »Juleen auch?«

»Natürlich auch Juleen.«

Für einen Moment schwieg ich, dann fragte ich: »Magst du sie?«

»Was?«

»Juleen … Magst du sie?«

Er überlegte kurz, dann antwortete er: »Ich denke, sie ist ein gutes Kind.«

»Danke.« Aber er hatte die Frage nicht beantwortet. »Magst du sie?«

Er stieß den Atem aus. »Was ich empfinde, ist irrelevant, Süße. Sie ist wichtig für dich, also ist sie wichtig für mich.«

»Du magst sie also nicht?«

»Teresa, ich mag niemanden. Aber ich mag auch niemanden nicht. Für mich sind Menschen einfach … Werkzeuge. Sie helfen mir zu bekommen, was ich will, und wenn sie mir nicht helfen, sind sie nutzlos, und ich werfe sie in meinen mentalen Mülleimer. Wie Mike Badger. Ich weiß, dass er ein Arschloch ist, aber er hat Dinge, die ich haben will, daher bin ich nett zu ihm. Er glaubt, wir seien Freunde.« Er lachte spöttisch. »Wenn ich von ihm bekommen habe, was ich will, ist er Geschichte. Das Gleiche gilt für meine Angestellten. Sie erzählen mir ständig von ihren Problemen. Ich höre zu, wie ein guter Therapeut, denn dann fühlen sie sich besser, und wenn sie sich besser fühlen, arbeiten sie besser. Es ist mir scheißegal, ob ihre Mütter an Krebs sterben oder ihre Kinder krank sind. Wenn sie mit mir reden, nicke ich mitfühlend. Aber im Kopf beschäftigt sich mein Gehirn mit der Frage: ›Was wird mich das kosten?‹«

Ich erwiderte nichts. Dann fragte ich: »Was ist mit den Deckers? Sind sie auch nur Werkzeuge?«

»Natürlich. Wir stehen nur wegen Gabe in ihrer Schuld … Das ist das Gleiche, als würde man jemandem Geld schulden. Wenn Decker anruft und um Hilfe bittet, versuche ich, ihm entgegenzukommen. Sobald ich das Gefühl habe, meine Schuld abbezahlt zu haben, ist es vorbei.«

»Oh, natürlich«, sagte ich. »Und darum hast du auch für Rina eine Kugel abgefangen?«

Er schwieg. Dann sagte er: »Rina ist unheimlich. Sie kann Gedanken lesen. Als hätte sie eine direkte Verbindung nach oben. Ich will mich mit ihr gut stellen. Am Ende, wenn alles vorbei ist, werden wir in verschiedene Richtungen gehen. Aber vielleicht kann sie da oben ein gutes Wort für mich einlegen.«

Ich lächelte, aber er konnte es nicht sehen, was wahrscheinlich ganz gut war, denn er klang ernst. »Was ist mit Gabe?«

»Gabe ist mein Sohn. Ich würde für ihn sterben.« Er überlegte kurz. »Ich bewundere Gabe. Er hat harte Zeiten hinter sich, aber er hat sich wacker geschlagen und steht auf eigenen Füßen. Aber wenn ich ihn nie wiedersehen würde, würde ich ihn nicht sehr vermissen.«

»Was ist mit mir?«

»Ja, du.« Er war kurz still. »Erinnerst du dich an unser Gespräch, als du mir den Laufpass gegeben hast?«

»Ich habe dich um die Zeichnungen gebeten, und du wolltest sie mir nicht überlassen.«

»Nein, ich meine das zweite Mal. Unmittelbar nach unserem Highschool-Abschluss.«

»Du meinst den Tag, an dem du versucht hast, mich zu töten?«

»Ich habe nicht versucht, dich zu *töten*.«

»Du hast auf mich *geschossen*.«

»Ganz genau. Ich habe *auf* dich geschossen. In deine Richtung. Das ist hier das entscheidende Wort. Wenn ich dich hätte töten wollen, wärst du tot.«

»Vielleicht hast du auch einfach nur dein Ziel verfehlt.«

»Nicht auf diese Entfernung … Wir schweifen ab. Erinnerst du dich an unser *Gespräch*?«

Ich seufzte. »Wir haben über die Jobs gesprochen …«

»Danach.«

Ich überlegte einen Augenblick. »Du hast gesagt, dass du mich umbringen würdest, wenn ich mit jemandem über die Jobs reden würde …«

»Vorher.«

»Du hast einen sehr konkreten Zeitrahmen im Kopf.« Ich dachte weiter nach. »Du hast etwas über einen Pitbull gesagt ... Wenn der Pitbull zum Töten abgerichtet wird, ob es dann seine Schuld wäre, wenn er tut, wozu er abgerichtet wurde.«

»Genau.«

Ich wartete.

»Aber ich bin kein Pitbull, ich bin ein Mastino Napoletano. Weißt du, was das ist?«

»Ja, eine Dogge.«

»Keine englische Dogge. Ein Mastino ist anders. Es ist ein verdammt großer Hund mit einem riesigen Kopf und einem stämmigen Körper. Meiner hatte um die hundertsiebzig Pfund pure Muskeln und Knochen – und Sabber.« Er lachte leise. »Duke ist vor etwa sechs Monaten gestorben. Ich habe mit dem Gedanken gespielt, mir einen neuen zu kaufen, aber dann bist du aufgetaucht und ich fand, es war nicht der richtige Zeitpunkt.«

»Du hast deinen Hund Duke genannt?«

»Ducati italiano. Kurz Duke.«

»Oh.« Ich zuckte die Achseln. »Ich mag Hunde. Lass dich von mir nicht abhalten.«

»Mastinos sind keine gewöhnlichen Hunde, Terry. Mastinos begegnen Fremden nicht nur mit großem Argwohn, viele von ihnen binden sich nur an eine einzige Person. Für Duke war ich diese Person. Er war besser als meine Pistole, weil er schneller und instinktgesteuert reagierte. Er hatte mir gegenüber einen grimmigen Beschützerinstinkt und wäre für mich gestorben. Aber alle anderen behandelte er wie ein potenzielles Abendessen.« Er hielt inne. »Ich bin dein Mastino. Ich werde dich mit meinem Leben beschützen, weil ich mich an dich gebunden habe. Aber nur an dich. Es hat immer nur dich gegeben. Mit allen Vor- und Nachteilen.«

»Aber für mich wirst du auch Juleen beschützen, richtig?«

»Auf jeden Fall.«

»Und Sanjay auch?«

»Und Sanjay auch. Ich werde alles tun, was in meiner Macht steht, um deinen Sohn zu holen, und ich werde deine Kids beschützen, weil ich dich über alles liebe. Mir mag da oben einiges fehlen, aber es gibt nicht viele Männer, die Millionen hart verdienter Dollar für die Kinder eines anderen Mannes ausspucken würden, nur um ihre Frau glücklich zu machen – vor allem, wenn es die Kinder des Mannes sind, der ihnen die Ehefrau gestohlen hat.«

Das war die Wahrheit. Was immer er für ein Mensch war, er hatte mich gerettet. »Danke, Chris. Ich meine es ehrlich.«

»Du brauchst mir nicht zu danken, Baby. Hör bitte einfach nur auf, *sauer* auf mich zu sein. Es ist nicht meine Schuld, Terry. Ich bin ein Hund – ein nicht kastrierter Rüde. Mein Gehirn ist im Wesentlichen mit drei Dingen beschäftigt: Fressen, Fighten und Ficken. Manchmal auch mit Finanzen. Davon abgesehen ist mir alles scheißegal. Also, streichele mich und gib mir Leckerlis, und ich werde dein treuer Begleiter fürs Leben sein.« Er umarmte mich. »Können wir jetzt *bitte* Sex haben?«

»Nein.«

»Können wir irgendwas Sexuelles machen?«

»Nein.«

»Kannst du mir zusehen, während ich es mir selbst mache?«

»Igitt. Ekelhaft. Nein!«

»Darf ich zusehen, während du es dir besorgst?«

»Nein.«

»Kann ich dich bezahlen?«

»Du meinst, wie einen deiner Sexarbeiter?«

»Denen gebe ich nur ihren Anteil und das Trinkgeld. Dir würde ich den ganzen Betrag auszahlen.«

»Nein.«

»Darf ich dir etwas kaufen, um dich zu überreden? Wie einen Diamantring?«

Ich hob meine linke Hand.

»Darf ich dir ein Haus kaufen?«

»Das wirst du ohnehin tun.«

»Darf ich betteln wie ein erbärmlicher Hund?«

»Nein.«

»Darf ich dir den Schmutz von den Füßen lecken, während du mir erzählst, was ich in meinem Leben alles falsch gemacht habe?«

»Nein. Das würde zu lange dauern.«

»Du hast gewonnen.« Er seufzte. »Ich bin ein gebrochener Mann.«

»Schlaf jetzt.«

Zehn Minuten vergingen, und in meinem Kopf überschlugen sich noch immer die Gedanken. Einer jagte den nächsten. Eine Minute später fragte ich: »Mit wie vielen Frauen hast du geschlafen, während ich sauer auf dich war?«

»Also, *das* ist es also ...«

»Ich habe viele Gründe, dir böse zu sein, Donatti. Beantworte einfach die Frage.«

»Eifersüchtig?«

Ich drehte mich zu ihm um. »*Beantworte* die Frage.«

»Null.« Schweigen folgte. »Ich habe niemanden angerührt, seit du hier bist. Und ich werde niemanden anrühren, bis du gehst. Das habe ich dir doch gesagt.«

»Dein Wort ist rein gar nichts wert.«

»Terry, wenn ich fremdgegangen wäre, während du hier bist, hätten die Mädels es dir erzählt.«

»Na klar! Den Boss verpfeifen.«

Er hielt inne. »Weißt du, wenn ich etwas mit jemand anderem gehabt hätte, hätten meine Ladys sie in Stücke gerissen. Aber sie wissen, dass du anders bist als sie. Du bist älter …«

»Herzlichen Dank.«

»Für mich bist du die schönste Frau der Welt, aber dein Alter ist eine Tatsache.«

»Schaufel dir nur weiter dein Grab.«

Er ignorierte mich. »Du bist älter, du bist Ärztin, du warst meine Ehefrau. Wir haben einen Sohn und eine über fünfundzwanzigjährige gemeinsame Geschichte. Sie wissen, dass sie damit nicht konkurrieren können. Daher haben sie dich als eine der ihren aufgenommen. Sie passen aufeinander auf, Terry. Das bedeutet, dass sie auch auf dich aufpassen. In ihren Augen wäre es respektlos. Sie wären sauer auf mich gewesen. Du wärest sauer auf mich gewesen. Ich bin ein unmoralischer Typ, aber manche Dinge sind den Ärger nicht wert, nicht einmal Sex.«

Am Mittwochmorgen duschte Decker, rasierte sich und zog sich an. Er war bereit, den Tag zu begrüßen, und kam in der Sekunde in die Küche, als die Kaffeemaschine piepte. Als Dankeschön für ihre Gastfreundschaft hatten die Kinder auf dem Weg zum Haus auf einem Bauernmarkt mehrere frische Marmeladen gekauft. Decker öffnete eins der Gläser und bestrich seinen Toast großzügig. Rina telefonierte gerade mit einem Immobilienmakler aus New York und versuchte, einen

Tiefpreis für eine größere Wohnung für Hannah und Rafi auszuhandeln. Sie war fest entschlossen, für die Kinder einen guten Deal zu machen.

Als sie auflegte, fragte Decker: »Wie läuft's?«

»In New York wird der Markt vom Käufer bestimmt.« Sie schenkte sich einen Becher Java-Kaffee ein. »Das muss ich nur noch den Verkäufern klarmachen.«

»Manche Leute sind sehr halsstarrig.«

»Und ob.« Rina entschied sich für Himbeermarmelade. Nachdem sie den rituellen Segen gesprochen hatte, nahm sie einen Bissen von ihrem Toast und setzte sich. »Das letzte Wochenende war schön.«

»Es hat Spaß gemacht, alle Enkelkinder zu sehen.« Decker stieß den Atem aus. »Unglaublich, wie groß die Zwillinge geworden sind.«

»Was die Höhe betrifft, ja; in der Breite haben sie noch einen weiten Weg vor sich.«

»Ja, sie sind sehr dünn. Aaron will jetzt Gewichte heben.«

»Dafür ist er noch etwas zu jung.«

»Stimmt. Aber er ist sehr angespannt.«

»Das ist er.« Rina nickte. »Ich weiß, dass er sich ernsthaft mit College-Basketball beschäftigt.«

»Ja, das hat Cindy erwähnt. Akiba ist genauso intelligent, aber viel ruhiger. Doch gerade wegen ihrer Unterschiede macht es Spaß mit ihnen.« Decker hielt kurz inne. »Aber warum müssen sie immer gleichzeitig sprechen?«

»Keine Ahnung.« Rina lächelte. »Es war ein lautes Wochenende. Lilly hat ein ganz schönes Organ.« Decker lachte, und Rina lachte mit ihm. »Was steht heute auf deinem Terminplan? Musst du wieder Katzen retten?«

»Das hängt davon ab, ob die DNA-Ergebnisse von der

Kleidung kommen, die wir gefunden haben. Wir warten schon eine Weile. Ich glaube, sie haben beim Personal Einsparungen vorgenommen.«

»Wie alle anderen auch.« Rina warf einen gründlichen Blick auf ihren Mann. Er schien gedanklich weit weg zu sein. »Was geht in dir vor?«

Decker lehnte sich auf seinem Stuhl zurück. »Ich bin so stolz auf Cindy. Ich freue mich einfach für sie.«

»Sie ist schon sehr lange Detective, Peter. Sie kommt nur in eine andere Einheit. Sie schafft das schon. Hör auf, dir Sorgen zu machen.«

»Ich mache mir überhaupt keine Sorgen.« Decker nahm einen Schluck von seinem Kaffee. »Aber wenn sie zur Mordkommission geht ... Es fühlt sich wirklich so an, als würde ich den Stab weitergeben.«

»Fühlst du dich entthront?«

»Eher so, als würde ich mich mit der Zukunft abfinden.«

Rina nickte. »Irgendwelche Zweifel in Bezug auf Israel?«

»Nicht die geringsten.«

»Das Haus ist im Wert gestiegen, seit wir es gekauft haben. Wir könnten es mit Gewinn weiterverkaufen. Bist du dir sicher?«

»Absolut. Das ist ein neues Abenteuer, und ich liebe Abenteuer. Ich freu mich darauf.«

»Dann bin ich auch froh.« Rina lächelte. »Du weißt ja, dass du nur Urlaub nimmst. Du begibst dich nicht in den Ruhestand. Du kannst jederzeit zurückkommen.«

»Aber in Wirklichkeit ist das unwahrscheinlich.«

»Wenn du nicht zurück willst, wirst du dir in Zukunft mit Sicherheit etwas Interessantes ausdenken. Tatsächlich hast du das bereits. Israel war deine Idee.«

»Und du bist einverstanden damit? Ich habe irgendwie das Gefühl, als hätte ich dich zu meiner Vision überredet.«

»Ich komme sehr gut damit klar.« Rina nahm einen letzten Bissen von ihrem Toast und wischte sich den Mund ab. »Das einzige Problem ist der aktuelle Fall. Du wirst deine Auszeit nicht nehmen, bevor du ihn gelöst hast.«

Decker dachte nach. »Mir bleibt noch Zeit vor unserem Aufbruch.«

»Und wenn ein neuer Fall auftaucht?«

»Dann werde ich ihn nicht übernehmen.«

»Na, das werden wir sehen.« Rina tätschelte ihm die Hand. »Was ist mit Tyler?«

»Der Junge hat viele Möglichkeiten. Er kann entweder als Cop bei der Polizei bleiben oder ins Büro des Bezirksstaatsanwalts wechseln.«

»Oder ins Büro des Pflichtverteidigers.«

»Mal den Teufel nicht an die Wand.«

»Jeder hat ein Anrecht darauf, anwaltlich vertreten zu werden.«

»Das ist die amerikanische Gepflogenheit«, sagte Decker. »Tyler wird sich schon noch entscheiden. Er kommt klar.«

Rina betrachtete ihren Mann. »Du kommst mir irgendwie melancholisch vor, Liebling. Es ist in Ordnung, um etwas zu trauern, das schon so lange ein Teil von dir ist.«

»Ich bin zu beschäftigt, um zu trauern. Derzeit konzentriere ich mich ganz darauf, diesen Fall zu lösen. Ich will als Sieger vom Platz gehen.«

»Für mich wirst du immer ein Sieger sein.«

Decker lächelte. »Danke für das wunderbare Leben, das du mir geschenkt hast.«

»Gern geschehen. Glücklicherweise ist es noch nicht vorbei.«

»Stimmt.« Er stand auf. »Wir sehen uns heute Abend. Was gibt es zu essen?«

»Keine Ahnung. Aber egal, wofür wir uns entscheiden, Tyler kann auch kommen.«

McAdams beendete gerade sein Telefonat, als Decker in das Arbeitszimmer der Detectives kam. »Auf der Kleidung findet sich Blut von mehreren Personen. Das meiste ist von Pauline, und sie arbeiten daran, Paulines Blut von dem der zweiten Person zu separieren, um eine DNA-Typisierung vorzunehmen.«

»Wie lange wird das dauern?«

»Sie hoffen, es bis heute Nachmittag oder morgen zu schaffen. Baer ist im CODIS, also wird es entweder ein Ja oder ein Nein geben. Ich bin wirklich beeindruckt, dass du darauf bestanden hast, am Straßenrand zu suchen. Woher hast du das gewusst?«

»Ich bin schon sehr lange bei der Truppe. Detectives machen eine Menge Beinarbeit, und viel davon ist ziemlich eintönig … um nicht zu sagen Drecksarbeit.«

»Ich weiß. Ich habe in meiner Zeit hier genug Mülltonnen durchsucht, Old Man.« McAdams lächelte. »Hey, ich hole mir einen Kaffee von gegenüber. Willst du auch was?«

»Nein, danke. Du bist übrigens zum Abendessen eingeladen.«

»Großartig.« McAdams griff nach seinem Portemonnaie. »Selbst wenn die zweite Blutprobe zu Brock Baer gehört – genügt das, um ihn für etwas anderes dranzukriegen, als mit Pauline zusammen gewesen zu sein, als sie verletzt wurde?«

»Keine Ahnung. Aber man muss sich fragen, wer es sonst gewesen sein könnte, wenn nicht Baer.«

»Baer bräuchte nur zu behaupten, dass sie beide von einer unbekannten dritten Person verletzt worden seien. Und das Blut in Elsies Haus ist dorthin gelangt, weil Baer Pauline zu ihr gebracht hat, als sie blutete.«

»Du denkst bereits wie ein Anwalt. Okay, und warum hat sie dann jemand begraben? Warum nicht einfach die Polizei rufen?«

»Baer war vorbestraft. Er traut der Polizei nicht.«

»Warum sie so weit weg vergraben?« Decker ließ nicht locker.

»Er hatte gerade wegen häuslicher Gewalt gesessen. Er wollte nicht, dass jemand mit dem Finger auf ihn zeigt. Oder ...« McAdams überlegte kurz. »Baer könnte behaupten, er habe mit dem Messer auf sie eingestochen, dann begriffen, was er getan hatte, und gehofft, Elsie könne sie retten. Das würde die Anklage wegen Mordes kippen. Ich an seiner Stelle würde mich an die unbekannte Person halten, obwohl Geschworene so etwas nicht mögen.«

»Du hast deine Berufung im Recht gefunden.« Decker lächelte. »Nur leider für die andere Seite.«

»Ich vertrete hier nicht seinen Fall, Boss, ich sage nur, wie ich seine Verteidigung aufziehen würde ...«

Decker dachte einen Augenblick nach. »Wenn Baer Pauline zu Elsies Haus gebracht hat und sie bereits tot war, würde das erklären, warum wir in der Küche keine Blutspritzer gefunden haben.«

»Aber es würde nicht erklären, warum Baer die Leiche zu Elsies Haus bringt und sie dann so weit entfernt vergräbt. Warum hat er sie nicht einfach da liegen lassen, wo er sie getötet hat?«

Decker schwirrte der Kopf. »Was wäre, wenn Baer Elsie gezwungen hätte, ihm dabei zu helfen, den Leichnam zu vergraben? Ich denke langsam, dass Elsie in irgendeiner Weise eine Komplizin war. Das würde erklären, warum sie nicht zur Polizei gegangen ist.«

»Wenn Elsie eine Komplizin gewesen wäre«, überlegte McAdams laut, »warum sollte sie dann eine Stelle so dicht beim Diner auswählen, um ihren Wagen zurückzulassen und Pauline zu vergraben? Sie muss gewusst haben, dass wir dort suchen würden, sobald man Bertram als vermisst meldet.«

»Es muss Absicht gewesen sein, den Leichnam in der Nähe des Diners zu vergraben. Das hieße, Elsie wusste von dem Ausflug. Was, wenn Bertram dort war, als Baer Pauline in Elsies Haus gebracht hat?«

»Wenn du Elsie wärst und sehen würdest, dass Baer mit einer Leiche vor der Tür steht, und du wüsstest, dass Bertram im Haus ist, was würdest du tun?«, fragte McAdams.

»Ihm sagen, er soll sich verstecken.«

»Genau.«

»Aber angenommen, er sieht, was los ist, und hört alles. Was denkst du, wie sich das auf ihn auswirken würde?«

»Er wäre total traumatisiert«, sagte McAdams. »Das wäre jeder.«

»Wie wäre es also mit Folgendem? Elsie hilft Baer, Pauline in der Nähe des Diners zu vergraben, da sie weiß, dass Bertram einen Ausflug dorthin unternimmt. Sobald sie wieder bei sich zu Hause ist, sagt sie Bertram, er soll ins Loving Care zurückkehren und Stillschweigen über das Geschehene bewahren. Sie sagt Bertram, dass sie sich mit ihm im Diner treffen will und sie zusammen mit Kathrine fliehen werden, sofern er *niemandem* erzählt, was passiert ist. Er stimmt zu. In der Zwischenzeit plant sie alles. Es dauert seine Zeit, Tickets und

Pässe zu beschaffen und alles andere, was man braucht, um das Land zu verlassen.«

»Das erklärt immer noch nicht, warum sie ihren Wagen dort stehen gelassen hat, womit sie quasi mit dem Finger auf sich selbst zeigt.«

Decker fasste seine Gedanken in Worte. »Wenn Bertram aus dem Diner verschwindet, *weiß* Elsie, dass wir die Gegend nach ihm durchkämmen werden.«

»Sie wollte, dass Paulines Leiche gefunden wird?«

»Das würde eine Untersuchung von Paulines Tod sicherstellen.«

»Elsie überredet Baer, den Leichnam weit entfernt zu vergraben – in Greenbury, wohl wissend, dass sie sich im Diner mit Bertram treffen und ihn nach Deutschland zurückbringen würde, weil er von dem, was er gesehen hatte, traumatisiert war und nach Hause zurückwollte.«

Decker nickte. »Das Problem ist, Harvard, dass niemand, mit dem wir in der Einrichtung gesprochen haben, etwas darüber gesagt hat, Bertram sei traumatisiert gewesen.«

»Und wenn er traumatisiert war, sollte man meinen, er hätte sich jemandem im Loving Care anvertraut.«

»Lass uns die Diskussion kurz zurückspulen.« Decker hielt inne. »Wolltest du nicht Kaffee besorgen?«

»Ja, aber das kann warten. Es sei denn, du willst einen.«

»Im Moment nicht, danke. Aber geh du dir ruhig einen holen. Lass mich eine Weile darüber nachdenken, okay?«

»Bin in zehn Minuten wieder da.« Als er zurückkehrte, sagte er: »Ich hab dir trotzdem einen Kaffee mitgebracht.«

»Wenn du ihn bezahlst, werde ich ihn trinken. Danke.« Er nahm einen Schluck. »Wow, viel besser als das Gesöff auf dem Revier.« Ein weiterer Schluck. »Ich habe über das nachgedacht, was wir gesagt haben, Tyler. Wenn Bertram einen solchen Vorfall miterlebt hätte, wäre er traumatisiert gewesen. Und die Personen, mit denen wir gesprochen haben, meinten, er sei offensichtlich nicht traumatisiert gewesen. Er war aufgeregt. Was, wenn Bertram nicht das Geringste mit Pauline und Brock Baer zu tun hatte? Wenn er überhaupt nicht im Haus war? Was, wenn Elsies Plan, Bertram und Kathrine zu entführen, Paulines Tod vorausging?«

McAdams dachte nach. »Die Eltern haben sich nicht wegen einer Lösegeldforderung bei der Polizei gemeldet.«

»Vielleicht ist *Entführung* nicht das richtige Wort. Vielleicht ist *Rettung* das richtige Wort. Ich muss immer wieder an die Fotos von ihnen denken, die Elsie auf ihrem Bücherregal stehen hatte. Vielleicht fand sie einfach, Bertram und Kathrine sollten zusammen sein, und wollte es ihnen ermöglichen.«

»Der Bruder Lawrence für Romeo und Julia.« McAdams zuckte die Achseln. »Wäre möglich.«

»Sagen wir, Elsie hatte alles organisiert – Pässe, Tickets, Geld –, sie hatte das vor dem Schlamassel mit Pauline geplant. Dann taucht Baer auf und zwingt Elsie, ihm dabei zu helfen, Pauline zu vergraben … Elsie weiß, dass sie fliehen wird. Sie will Kathrine holen, was als Entführung gewertet werden könnte, selbst wenn Kathrine bereit war, mitzukommen. Elsie hat nicht die Absicht, zur Polizei zu gehen. Aber sie will, dass Paulines Leichnam gefunden wird. Wenn es seine DNA ist, denke ich, dass wir genug Indizien haben, um ihn zu verhaften.« Decker hielt kurz inne. »Vielleicht nicht genug, um ihn zu verurteilen, aber wir können ihn wahrscheinlich lange genug festhalten, um Elsie zu überzeugen, in die Staaten zurückzukehren und eine Aussage zu machen.«

»Warum sollte sie das tun?«

»Wir könnten ihr einen Deal anbieten ... Dass sie nicht wegen der Entführung Kathrines oder für die Mithilfe von Baers Taten oder wegen sonst irgendwas angeklagt wird, wenn sie uns erzählt, was mit Pauline passiert ist. Dann wird sie vielleicht herkommen und das Richtige tun wollen.«

»Du hast eine Menge Vertrauen in die Menschheit«, bemerkte McAdams.

»Ich sichere mich nach allen Seiten ab. Ich rechne mit dem Schlimmsten und hoffe auf das Beste.«

Als die Blutproben, die sie hatten untersuchen lassen, mit Brock Baers DNA zurückkamen, nahm der Fall Fahrt auf. Der erste Schritt bestand darin, den Mann zu finden – was sehr viel komplizierter war, als lediglich eine Fahndung rauszuschicken und zu warten, bis Informationen eintrudelten. Zehn Tage fruchtlose Suche: Sie hatten unzählige E-Mails verschickt, Telekommunikationsdienste überprüft und viele Anrufe bei vielen Behörden getätigt. Der Mann war ein Phantom. Decker bemühte sich, positiv zu bleiben, aber die Frustration wuchs, und die Uhr tickte. Sechs Monate bis zur Pensionierung klangen nach viel Zeit, aber ungelöste Fälle wurden oft in Jahren gemessen, nicht in Tagen.

McAdams beendete das Telefonat. Es war elf Uhr vormittags. »Tja, das war ein Reinfall. Der Täter hieß Brad Bayer.«

Decker drückte auf sein Handy, um seinerseits das Gespräch zu beenden. »Tut mir leid, ich hab dich nicht verstanden.«

»Nicht wichtig. Hab mir nur Luft gemacht. Was hat sich bei dir ergeben?«

»Willst du mal raten, mit wem ich gerade telefoniert habe?«

»Mit dem Weihnachtsmann?«

»Fast genauso gut. Mit dem Privatsekretär von Mila und Kurt Lanz. Sein Name ist Joseph Jager, und er spricht sehr gut Englisch. Wir konnten uns tatsächlich verständigen.«

»Das ist immer hilfreich. Also, wo sind die Lanzes diesmal? In Nepal? Dschibuti? Kasachstan?«

»Momentan noch nicht erreichbar, *aber* Jager hat gesagt, Bertram Lanz sei bei seinen Eltern, und wir könnten aufhören, nach ihm zu suchen. Ich habe ihn wissen lassen, dass ich gern mit Bertram sprechen würde, bevor ich den Fall als abgeschlossen bezeichnen kann.«

»Und?«

»Er sagte, er würde versuchen, etwas zu arrangieren. Ich habe ihm außerdem mitgeteilt, dass wir auch mit Kathrine Taylor sprechen möchten.«

»Hat er bestätigt, dass Kathrine dort ist?«

»Er hat es weder bejaht noch verneint. Doch er hat mir zugesagt, dass er zu organisieren versucht, worum ich gebeten habe. Sobald ich selbst mit Bertram und Kathrine gesprochen habe – sobald ich mich davon überzeugt habe, dass es ihnen gut geht –, kann ich diesen Fall abschließen. Es geht voran, Harvard, es geht voran.«

»Warum, glaubst du, ist er plötzlich so kooperativ?«

»Vielleicht waren es all die Anrufe bei der dortigen Polizei. Vielleicht ist inzwischen genug Zeit vergangen, dass Bertrams Eltern kein Problem mehr damit haben, Kathrine mitzunehmen. Wer weiß?«

»Wirst du Kathrines Eltern anrufen?«

»Ja, sobald ich mit ihr gesprochen habe. Außerdem werde ich Lionel Lewis und Renee Forrester anrufen. Ich bin mir sicher, dass sie wissen wollen, dass es Bertram und Kathrine gut geht.«

»Und Elsie Schulung?«

»Sie ist das große Fragezeichen«, gab Decker zu. »Als ich nach ihr gefragt habe, sagte Jager mir, sie sei mit Bertram und Kathrine nach Deutschland gekommen, sei aber wieder verschwunden, und er wisse nicht, wohin.«

»Glaubst du, er sagt die Wahrheit?«

»Keine Ahnung. Ich habe ihm eingeschärft, dass es von größter Wichtigkeit ist, dass Elsie uns zurückruft, falls sie sich mit ihnen in Verbindung setzt. Sie wird in einer Mordermittlung gebraucht.«

»Als Zeugin.«

»Als Zeugin, als Täterin, als Komplizin. Ich weiß es noch nicht, denn es liegen noch nicht alle Beweise vor. Solange ich die Details nicht kenne, könnte ich Elsies Hilfe auf jeden Fall gut gebrauchen.«

»Und wie stehen die Chancen, dass Elsie zurückrufen wird?«

»Keine Ahnung. Wenn sie Angst vor Baer hat und wir ihn finden und hinter Gitter bringen, ist sie vielleicht eher geneigt, uns zu helfen. Aber zuerst müssen wir sie finden.« Er schüttelte den Kopf. »Es ist uns ja nicht einmal gelungen, einen hiesigen Straftäter zu finden. Wie sollen wir dann jemanden in einem fremden Land aufspüren?«

McAdams dachte nach. »Wenn Bertram zu Hause in Deutschland ist, könnten wir vielleicht hinfliegen und dort mit ihm sprechen. Möglicherweise kann er ein wenig Licht in diesen Schlamassel bringen. Geld und Arbeitszeit hat er uns auf jeden Fall schon genug gekostet. Zwei Flugtickets nach Europa machen den Kohl nicht mehr fett.«

»Stimmt. Soll ich diesmal den Kaffee holen?«, fragte Decker.

»Wir sollten uns eine Kapsel-Kaffeemaschine zulegen.«

»Sollten wir. Da du die letzte Kapselmaschine gekauft hast, wie wär's, wenn ich eine neue besorge?«

»Kauf aber eine bessere. Meine hat ganze sechs Monate durchgehalten. Aber warum willst du überhaupt etwas kaufen, wenn du bald gehst?«

»Mein Abschiedsgeschenk an Greenbury.«

»Ohne dich wird es nicht dasselbe sein«, sagte McAdams. »Tu irgendwas ganz Abscheuliches, damit ich dich nicht zu sehr vermisse.«

»Ich werde dich auch vermissen, Harvard. Ob du's glaubst oder nicht, ich habe von dir wahrscheinlich genauso viel gelernt wie du von mir.«

Deckers Handy klingelte, und auf dem Display erschien Cindys Name. Sie hatte letzte Woche bei der Mordkommission angefangen, und er hatte bisher noch keinen Pieps von ihr gehört. Keine Nachrichten waren gewöhnlich gute Nachrichten, aber bei den eigenen Kindern gab es da immer ein gewisses Maß an Sorge, dass die nächste Hiobsbotschaft nicht fern war. Vielleicht war es aber auch eher seine eigene Angst wegen seines Umzugs.

Er wischte das Anrufsymbol zur Seite. »Na, du. Lange nichts gehört. Wie geht es dir?«

»Mir geht's gut. Und dir?«

»Kann mich nicht beklagen.« Er hielt kurz inne. »Wie behandelt dich die Mordkommission?«

»Na ja, ein gewisser Detective der Mordkommission hat bald einen schmerzenden Hintern, weil er einen Tritt in selbigen bekommt.«

»Das liegt in der Natur der Sache. Es gibt entweder eine einfache Lösung, oder man hat es mit Spuren zu tun, die nirgendwo hinführen.«

»Das hat man mir hier auch gesagt. Im Moment mache ich eine Menge Computerarbeit für laufende Fälle, wenn die Detectives im Außendienst sind.«

»Computerarbeit ist Teil der Ausbildung.«

»Stimmt, und ich fühle mich wohl vor einem Bildschirm. Meine Zwanghaftigkeit ist hier ein Vorteil. Die Leute wissen jedes Detail eines Tatorts, auf das ich sie hinweise, wirklich zu schätzen.«

»Fabelhaft.«

Sie seufzte. »Ich war zweimal dabei, als wir eine Todesnachricht überbringen mussten. Wird es jemals leichter?«

»Nein.«

»Ich hatte befürchtet, dass du das sagen würdest. Das motiviert uns wohl mehr als alles andere. Der Versuch, Antworten für die Familie zu finden.«

»Wahrheit, Gerechtigkeit und unsere amerikanische Art, die Sachen zu regeln«, sagte Decker. »Fällt dir die Integration leicht?«

»Eigentlich sogar sehr leicht. Meine Kollegen scheinen mit meiner zupackenden Art klarzukommen, auch wenn ich manchmal zur Übertreibung neige. Ich lächele meine Frustration einfach weg, und niemand merkt etwas davon.«

»Das machst du gut.«

»Danke.« Sie zögerte. »Tatsächlich rufe ich nicht meinetwegen an. Erinnerst du dich, dass du mich gebeten hast, in der ALPR-Datenbank nach Brock Baer zu suchen? Ich habe einen Treffer erzielt. Ich glaube, dein Mann ist in Kelbo, Missouri, verhaftet worden.«

»Wirklich?« Decker rief Google auf seinem Computerbildschirm auf und tippte Kelbo, Missouri, ein. »Wie lautete die Anklage?«

»Einbruch.«

»Wo zum Kuckuck ist Kelbo, Missouri?«

»Es liegt in den Ozarks.«

»Okay, hab es.« Decker vergrößerte die Landkarte. »Welches ist die nächstgrößere Stadt?«

»Kelbo liegt ungefähr zwanzig Minuten von Springfield entfernt, was wiederum etwa fünfundvierzig Minuten von Branson entfernt ist – der Stadt der Country-Musik.«

Decker hielt inne. »Erzähl mir nicht, unser Mann spielt in einer Band?«

»Könnte sein, aber er würde eher eine Gitarre stehlen, als eine zu spielen. Ich glaube, dass der Typ zwischen den drei Orten hin und her pendelt. Als er in Kelbo verhaftet wurde, hat man sein Motelzimmer durchsucht und Diebesgut gefunden, das mit Fällen in Branson und Springfield in Verbindung steht. Das Kelbo PD ist sehr klein. Sie haben dort ungefähr zwanzig Uniformierte und zehn Detectives in einer kriminalpolizeilichen Abteilung.«

»Ich werde sie mal anrufen, danke, Prinzessin. Du hast keine Ahnung, wie sehr uns das hilft.«

»Es war das Mindeste, was ich tun konnte, nachdem ich dich und Mom als Teenager so gequält habe. Ich kann dir einen Namen und eine Nummer geben. Hast du einen Stift?«

»Ja.«

»Setz dich mit Sergeant Loretta Stoltz in Verbindung.« Sie buchstabierte den Namen, dann gab sie Decker die Telefonnummer durch. »Stoltz leitet das Einbruchsdezernat, das nicht nur die größte Abteilung der Kriminalpolizei ist, sondern auch die aktivste. Ich habe mir ihre Statistik angesehen. Nicht ungewöhnlich viele Gewaltverbrechen, aber jede Menge Eigentumsdelikte.«

»Und wo befindet sich Brock Baer im Augenblick?«

»Ich vermute, er sitzt hinter Gittern, aber ich bin mir nicht sicher, wo genau. Stoltz weiß das sicher.«

»Ich rufe sie an, sobald wir unser Gespräch beendet haben«, sagte Decker. »Sergeant Kutiel, wenn Sie jemals eine Position in Greenbury anstreben, werde ich Ihnen mit Freuden ein Empfehlungsschreiben ausstellen.«

»Nein, danke. Von meinen Söhnen habe ich die Anweisung, dass es, falls wir jemals umziehen, eine Stadt sein muss, in der alle drei großen Sportmannschaften in der höchsten Liga spielen. Wir haben nicht nur die Eagles, die Phillies und die 76ers, sondern als Sahnehäubchen auch noch die Flyers. Tut mir leid, Charlie. Greenbury kann da einfach nicht mithalten.«

KAPITEL 25

Zwei Wochen nach dem Debakel am Labor Day saß ich auf Chris' Schreibtischstuhl in seinem Büro im Erdgeschoss und las meine Scheidungspapiere. In diesem Raum veranstaltete er häufig seine Partys im kleinen Kreis. In dem Vertrag stand eine Menge juristisches Kauderwelsch, Dinge, die damit zu tun hatten, dass Devek die volle Verantwortung für die während unserer Ehe entstandenen Schulden übernahm. Da ich keine finanzielle Entschädigung verlangte – es war auch nichts zu holen –, ersuchte ich um das volle Sorgerecht für beide Kinder. Die Bürotür war geschlossen, und ich hatte meine Privatsphäre. Aber Chris kam und ging, wie es ihm beliebte, suchte nach Papieren, die er brauchte, oder schaute etwas im Computer nach, oder er erkundigte sich, ob ich Fragen hätte.

Ich hatte jede Menge Fragen. Als er das nächste Mal ins Zimmer kam, sagte ich: »Verstehe ich das hier richtig, dass Devek Sanjay in den Sommerferien bekommt?«

»Das ist zutreffend«, sagte er.

»Für mich inakzeptabel.«

Er setzte sich auf seinen Schreibtisch. »Baby, das war die in Stein gemeißelte Forderung von seinen Anwälten. Ich muss das Verfahren beschleunigen. Je länger Devek und Sanjay bedroht sind, desto wahrscheinlicher wird aus dieser Bedrohung Realität.«

Meine Augen füllten sich mit Tränen. »Wenn Devek Sanjay erst mal hat, werde ich meinen Sohn nie wiedersehen.«

»Terry, er hat die Papiere unterschrieben, und bei einem Verstoß dagegen muss er nach dem Gesetz ins Gefängnis.«

»Man wird ihn niemals vor Gericht stellen. Er wird einfach mit ihm abhauen.«

»Nein, das wird er nicht.«

»Woher weißt du das?« Meine Stimme war lauter geworden. »Ich bin im Moment ein wenig aufgewühlt.«

»Ich weiß.« Chris strahlte unnatürliche Ruhe aus. »Teresa, hör mir zu. Ich weiß, dass es geschiedene Männer gibt, die gute Väter sind. Aber nach *meiner* Erfahrung mit geschiedenen Männern – ich bin, wie ich zugeben muss, etwas voreingenommen – sehe ich es folgendermaßen: Sobald ein Mann eine neue Familie gründet, lässt er die Kids seiner Ex-Frau hinter sich. Männer haben eine Bindung zu ihren Kindern, weil sie sich ihren Ehefrauen verbunden fühlen. Wenn sie mit ihren Frauen fertig sind, verlieren sie das Interesse an den Kids.«

»Du hast nie das Interesse an Gabe verloren«, hielt ich dagegen.

»Weil ich nie das Interesse an dir verloren habe. Das mag hart klingen, aber ich bin mir ziemlich sicher, dass Devek wieder heiraten wird. Und sobald das passiert, werden du und deine Kinder nur noch Andenken für ihn sein.«

»Was weißt du schon über ihn? Du bist ihm nie begegnet.«

»Ich habe mit ihm gesprochen.«

»Wirklich? *Wann?*«

»Meistens habe ich mich über die Anwälte mit ihm verständigt, aber ein paarmal musste ich mit Devek direkt reden. Vor allem als es um Sanjay ging. Und meistens blieben unsere Unterhaltungen höflich.«

»Meistens?«

»Er ist ein nerviger Typ.« Chris lachte. »Devek ist ein bisschen …«

»Schwach?«

»Ich wollte sagen feige, was überraschend ist, denn die meisten Ärzte denken, sie stünden nur eine Stufe unter Gott.

Er ist wahrscheinlich so schwach, weil er unter der Knute seines älteren Bruders steht.« Er sah mich an. »Der etwas für dich übrigzuhaben scheint.«

Ich spürte, wie ich errötete, und senkte den Blick.

»Gut, dass du Nein gesagt hast.«

Tränen rannen mir über die Wangen. »Hat Devek dir erzählt, was er getan hat?«, flüsterte ich.

»Ich musste es ihm aus der Nase ziehen. Bei all meinen Erfahrungen kann ich mich an keinen anderen Mann erinnern, der seine Frau an seinen Bruder verhökern wollte. Wie heißt er noch gleich? Pramod?«

»Dann kennst du jetzt Deveks Charakter. Er wird Sanjay nicht gehen lassen. Und sei es nur aus Boshaftigkeit.«

»Nein, das wird nicht passieren.« Er sah mich an. »Hör mir zu, Terry. Devek ist ein angesehener Arzt, der aus einer reichen und angesehenen Familie kommt. Er ist ein Idiot, aber auf dem Papier ist er ein ziemlich guter Fang. Ich garantiere dir, wenn er eine neue – und zwar eine viel jüngere – Frau hat, wird sie nichts mit Sanjay zu tun haben wollen. Irgendwann wird Devek aufhören, um Besuche zu bitten. Tatsächlich wird er dich bitten, Sanjay über die Sommerferien bei dir zu behalten, denn dann hat er mit Sicherheit andere Pläne mit seiner Familie. Du wirst ihn zurückbekommen. In der Zwischenzeit bringt ihn dieses Entgegenkommen dazu, die Papiere zu unterschreiben.«

Ich wischte mir über die Augen. »Was ist, wenn er ihn nicht zurückgibt … Ich meine, jetzt?«

»Baby, ich werde nach Indien fliegen und Sanjay persönlich abholen. Wenn Devek sein Leben lieb ist, legt er sich nicht mit mir an. Diesmal, das verspreche ich dir, würde ich mein Ziel nicht verfehlen.«

»Wirst du wirklich hinfliegen?«

»Ich habe Sanjays derzeitigen ... Bezugspersonen ... eine letzte große Zahlung versprochen. Die werden sie nicht bekommen, bis ich den Jungen habe.«

»Danke für alles, Christopher. Ich kann dir gar nicht sagen, wie sehr ...« Ich lächelte unter Tränen. »Kann ich mitkommen?«

»Auf keinen Fall!«, blaffte Chris. »Ich habe Kontaktleute dort, aber ich bin trotzdem ein Fremder in einem fremden Land. Wenn diese Männer dich in die Hände bekämen, würden sie mich ausbluten lassen.« Er stand auf. »Die Anwälte werden in einigen Stunden hier sein und dir alles erklären.«

»Ich notiere mir alle Fragen, die ich noch habe.«

»Du kannst dir notieren, was immer du willst, aber du musst *diesen* Vertrag unterschreiben. Ich kann nicht noch einmal von vorn anfangen und alles neu aushandeln. Das würde das Ganze nur hinauszögern und Leute verärgern. Wenn ich Scheiße gebaut habe, wirst du damit leben müssen. Ich habe mein Bestes gegeben.«

»Noch mal, danke.« Ich sprach immer noch sehr leise. »Chris?«

»Was?«

»Warum hast du nie wieder geheiratet?«

Er sah mich an, als käme ich von einem anderen Stern. »Ich habe einen Tresor voller Bargeld, ich habe das beste Business der Welt, Muschis und Ärsche, wann immer ich will und auf welche Weise ich will. Ich habe sämtliches Spielzeug und den ganzen Scheiß. Warum sollte ich irgendeine nörgelnde Schlampe heiraten, die mir mein Geld wegnimmt und mir Kopfschmerzen bereitet?«

»Es gibt eine Menge netter Frauen da draußen.«

»Davon bin ich überzeugt. Aber ich bin nicht an netten Frauen interessiert.« Er hielt kurz inne. »Was keine Beleidigung für dich sein soll. Du bist sehr nett.« Er legte die Stirn in Falten und fügte dann hinzu: »Ich nehme an, du fragst mich, ob ich jemals eine andere Frau lieben könnte. Die Antwort lautet Nein. Eine Liebe meines Lebens ist genug, vielen Dank.« Er sah mich eindringlich an. »Bei dir muss ich mich nicht rechtfertigen, das macht das Leben mit dir leicht.« Eine weitere Pause. »Du bist außerdem ... Ich sollte dir das nicht sagen. Es wird dir zu Kopf steigen. Aber du bist gut im Bett.«

Eine Premiere. Das hatte ich noch nie aus seinem Mund gehört. Nicht, dass er sich je beklagt hätte.

Ein entrückter Ausdruck trat in seine Augen. »Ich war schon mit *vielen* Frauen zusammen.«

Ich hob die Augenbrauen. »Dessen bin ich mir bewusst.«

Sein Blick richtete sich wieder auf mich. »Ich liebe, was ich tue, Terry, aber ob du es glaubst oder nicht, es ist trotzdem nur ein Geschäft. Wenn ich mit einer Neuen zusammen bin – natürlich nachdem ich sie bezahlt habe –, denke ich immer: *Ist sie gut genug, ist sie auch enthusiastisch bei der Sache, ist sie fügsam genug, hat sie genug Elan, was für Gesichtsausdrücke hat sie, welche Laute macht sie?* Das ist der Unterschied zwischen einer Sexarbeiterin und einer guten Sexarbeiterin. Tausend Dinge schießen mir durch den Kopf. Selbst wenn ich eine meiner Arbeiterinnen dafür bezahle, ist mir bewusst, dass ich mit einer Angestellten zusammen bin, und ich will die Ware nicht beschädigen. Ich schalte mein Gehirn nie ganz aus.

Wenn ich mit dir zusammen bin, Süße, fühlt es sich an, als befände ich mich nicht in meinem Körper, eine Erfahrung, die mächtiger ist als jede Droge, die ich je genommen habe, weil ich mich endlich *gehen* lassen kann.« Er sah mir in die Augen. »Ich will dir nicht wehtun. Ich will dir wirklich keinen Schmerz zufügen. Dich zu zwingen, ist eine grauenvolle Taktik, und am Ende muss ich immer dafür büßen. Aber manchmal bin ich so erregt, dass ich einfach nicht anders *kann.*«

Ich sagte nichts. Ihn herauszufordern, würde mir nicht helfen, meinen Sohn zurückzubekommen.

»Deshalb ist es egal, wie sauer du auf mich bist oder wie oft du mich betrügst, ich werde immer wieder zurückkommen. Und ich bin nicht der Einzige, weißt du? Devek ist immer noch wahnsinnig in dich verliebt. Ich weiß, dass er leidet. Er ist ein genauso großer Idiot, wie ich es war. Er würde dich ohne zu zögern zurücknehmen. Aber Pramod würde es niemals erlauben.«

Ich war verwirrt. »Du hast mit Pramod gesprochen?«

Er hielt inne. »Noch einmal, ich weiß nicht, ob ich dir das erzählen sollte, aber meinetwegen. Du wirst mich nicht verurteilen, okay?«

»Okay.«

»Ich arbeite ständig mit Casinos zusammen. Von ihnen beziehe ich einen großen Teil meiner Sexarbeiter. Wenn bestimmte Leute Spielschulden anhäufen, kaufe ich die Schulden mit einem Abschlag für schnelle Bezahlung von den Casinos – in der Regel für sechzig bis siebzig Prozent –, dann kommen die Leute zu mir und arbeiten die volle Summe ihrer Schulden plus zehn Prozent ab. Die Differenz streiche ich ein. Die meisten sind Sexarbeiter, aber ein paar, wie Karen in der Kantine, haben ganz normale Jobs – putzen, servieren, hinterm Tresen stehen. Wie dem auch sei, während sie das Geld abarbeiten, bekommen sie trotzdem ihre Trinkgelder, aber ich behalte ihren Anteil ein, bis wir quitt sind. Das dauert normalerweise zwischen drei und neun Monaten. Danach steht es den Arbeitern frei, weiterzumachen oder zu verschwinden. Etwa dreißig Prozent bleiben.

Die überwiegende Mehrheit der Leute, die Casinos Geld schulden, wird natürlich nicht zu Sexarbeitern. Sie zahlen ihre Schulden ab, indem sie sich Darlehen von ihren Familien geben lassen, Wertgegenstände versetzen, in der Küche arbeiten oder so was in der Art. Und die allermeisten, die glauben, sie könnten Sexarbeit machen, sind ungeeignet. Bei einem ersten Gespräch kann ich innerhalb von fünf Minuten sagen, ob es klappen wird oder nicht. Aber wenn ich dann doch jemanden finde, so hat die Person *nie, niemals* so hohe Schulden angehäuft wie Devek, weil Casinos einem Spieler den Hahn zudrehen, wenn die Verluste sich türmen. Als Devek mir damals erzählt hat, wie hoch seine Verpflichtungen sind, war ich erstaunt. Kein Casino, mit dem ich je zusammengearbeitet habe, lässt es so weit kommen. Es sei denn, der Spieler ist stinkreich – was Devek nicht war –, oder er hat einen Bürgen. Rate mal, wer der Bürge deines Mannes war?«

»Pramod. Er hat den Daumen auf dem Geld der Familie. Aber er hat Devek mitgeteilt, dass er seine Schulden nicht begleichen würde.«

»Anscheinend hat dieser Bastard dem *Management* gesagt, er würde für Deveks Schulden geradestehen, wohl wissend, dass er Devek absaufen lassen würde.«

»Klingt ganz nach ihm«, murmelte ich. »Er ist wirklich ein Bastard.«

»Es war Pramod, der Devek überhaupt erst nach Goa geschickt hat. Ihm gehört das Krankenhaus, in dem Devek arbeitet. Hast du das gewusst?«

»Ja, das wusste ich. Er hasst Devek. Er ist eifersüchtig auf ihn, weil Devek die bessere Ausbildung genossen hat und der Klügere von beiden ist. Pramod ist ein Schleimscheißer.«

»Das ist sicher wahr. Pramod hat viele Firmen in Goa.«

»Er hat überall irgendwelche Firmen. Ich weiß nicht, ob er schon Milliardär ist, aber wenn nicht, ist er nah dran.«

»Er hat mehr Geld als ich, so viel steht fest.«

»Chris, woher *weißt* du das alles?«

Schweigen.

»Hat Pramod dich *angerufen*?«

Chris zuckte die Achseln. »Er war sehr unglücklich darüber, dass du weggezogen bist.«

»Und?«

»Was glaubst du? Er hat mir ein Angebot gemacht. Wenn ich Juleen und dich zu ihm schicke – zurück *nach Hause*, wie er es ausgedrückt hat –, würde er sich um die Schulden seines Bruders kümmern, du würdest deinen Sohn zurückbekommen, und ich würde als noch reicherer Mann aus dem Ganzen hervorgehen.«

Ich stand total unter Schock. »Ich weiß nicht, ob ich dir glauben soll.«

»Spielt keine Rolle für mich, aber in diesem Fall ist es die Wahrheit.« Chris brach ab.

»Was noch?«

»Es gibt doch dieses archaische Gesetz in Goa«, fuhr er fort, »wirklich nur in Goa, weil es eine portugiesische Kolonie war – ich weiß nicht, ob es je umgesetzt wurde, aber es steht in den Büchern. Ein Hindu darf eine zweite Frau heiraten, wenn seine erste Frau keine Söhne gebärt. Pramod hat nur Töchter. Vielleicht wollte er dich als Nummer zwei … um ein paar Söhne von dir zu bekommen.«

»*Das* hat er dir erzählt?« Als Chris nicht antwortete, sagte ich: »Das ist doch lächerlich. Ich bin zweiundvierzig Jahre alt.«

»Du kannst immer noch Kinder bekommen. Wie alt ist Pramod?«

»Zwischen Devek und ihm gibt es noch drei Schwestern. Er ist um die sechzig.«

»Für ihn bist du immer noch eine junge Frau. Das Gesetz ist ein guter Vorwand, um dich in sein Bett zu bekommen.«

»Ich würde niemals mit diesem Ziegenbock schlafen!«

»Doch, würdest du, wenn er dir drohen würde, dir deine Kinder wegzunehmen. Deshalb war Juleen zwingender Teil seines Deals.«

Fassungslos schwieg ich.

»Es spielt keine Rolle, was er mir angeboten hat. Ich würde dich für alles Geld auf der Welt nicht hergeben. Denk daran, wenn du das nächste Mal sauer auf mich bist.« Er streckte sich. »Ich hol mir einen Kaffee. Willst du auch irgendwas?«

Ich konnte immer noch nicht sprechen.

Er tätschelte mir die Schulter. »Du musst dich entspannen. Geh in den Whirlpool oder so.«

Ich antwortete nicht.

»Terry?«

»Ich gehe in keinen Whirlpool mit all den ekligen Männern, die du Klienten nennst. Ehrlich gesagt, wenn ich nie im Leben wieder einen Mann sehen würde, wäre das noch zu früh.«

»Ja, wir sind Hunde.« Chris lächelte. »Ich habe auf meiner Terrasse einen privaten Whirlpool. Geh doch da rein.«

Ich stand auf und zog die Vorhänge zurück. Ich hatte gedacht, sie würden ein Fenster verbergen. Tatsächlich war dahinter eine gläserne Schiebetür zu einer Terrasse, auf der sich wirklich ein Whirlpool befand. Ich war ungefähr ein halbes Dutzend Mal in seinem Büro gewesen und hatte mir nie die Mühe gemacht, mich umzuschauen. »Und das sagst du mir erst jetzt? Ich sehne mich schon die ganze Zeit nach einem Bad.«

»Ich habe das nie vor dir verheimlicht. Du hast nur nie danach gefragt.«

»Wer war denn da schon alles drin?«

»Du sprichst von Menschen? In den letzten sechs Jahren niemand außer mir.« Er hob seine linke Hand und wackelte mit den Fingern. »Nun, manchmal wedele ich mir da drin einen von der Palme.« Als ich nicht antwortete, fügte er hinzu: »So genau wolltest du das gar nicht wissen, oder?«

»Was glaubst du denn?« Ich schüttelte den Kopf. »Es tut mir leid, Christopher. Ich stehe immer noch unter Schock. Ich kann nicht glauben, was du mir gerade über Pramod erzählt hast.«

»Ich bin ein geübter Lügner, aber um mir so was auszudenken, fehlt mir die Fantasie.« Als ich weiter schwieg, klopfte er auf die Papiere. »Das hier ist deine Zukunft, Teresa. *Unsere* Zukunft. Zusammen. Jetzt vergiss, was ich dir erzählt habe. Entspann dich und nimm ein Bad.«

Schließlich sagte ich: »Ich hab keinen Bikini.«

»Warum solltest du einen Bikini brauchen? Außer mir sieht dich sowieso niemand.« Er schaute auf seine Armbanduhr. »Wenn du jetzt reingehst, kann ich mich für ungefähr eine Viertelstunde zu dir gesellen.« Er kam und zog mich auf die Füße. »Komm, lass uns ein schönes, heißes Bad nehmen, okay?«

Er entkleidete sich, ich tat es ihm gleich, und wir stiegen zusammen in den Whirlpool. Er zog mich auf seinen Schoß und drehte mich so, dass mein Rücken an seiner Brust lehnte. Er hatte eine Erektion, aber er versuchte nichts, sondern begann, meine Schultern zu massieren. »Entspann dich, entspann dich. Du bist sehr verkrampft.« Ich erwiderte nichts. »Fühlt sich das gut an?«

»Himmlisch.«

»Gut.« Er fuhr mit den Fingern meine Wirbelsäule hinab und drückte die Daumen in meine Rückenmuskeln.

»Wo hast du das gelernt?«

»Von den Massagen, die ich bekommen habe. Ich lasse mich mindestens dreimal die Woche massieren. Wenn du willst, mache ich einen Termin für dich. Ich dachte nur, du würdest nicht wollen, dass einer meiner Arbeiter dich anfasst.«

»Wenn die Person gut ist, schick sie her.«

»In Ordnung.« Er massierte mich weiter. Das dauerte einige Minuten, dann küsste er meinen Nacken. »Mir bleiben noch ungefähr fünf Minuten, bevor ich raus muss.« Er legte die Hände auf meine Brüste und spielte mit meinen Brustwarzen. »So wie ich mich hier im Augenblick fühle, ist das Zeit genug. Wär das okay?«

Was konnte ich tun, nach dem, was er mir erzählt hatte? Ich schuldete ihm etwas, das ich ihm niemals würde zurückzahlen können. »Ja, ist okay. Danke, dass du fragst.«

»Ich gebe mir Mühe«, erwiderte er. »Ich bin es nicht gewohnt, es gefällt mir nicht, aber ich gebe mir Mühe.«

Fünf Minuten später stieg er aus dem Pool, trocknete sich ab und zog sich an. »Wasser und Getränke findest du in der Bar. Bedien dich, ich werde zurück sein, bevor du dich mit den Anwälten triffst. Dann bringe ich auch etwas mit, womit du die Zeit bis zum Abendessen überbrücken kannst. Bleib so lange in der Wanne, wie du willst, aber pass auf, dass dir nicht schwindelig wird, okay?« Er beugte sich vor und küsste mich auf den Kopf. »Bis später.«

Nachdem er gegangen war, blieb ich in dem heißen, sprudelnden Wasser sitzen, ließ mich verwöhnen und dachte darüber nach, dass ich von einer gescheiterten Ehe in die nächste geriet. Ich wusste nicht, ob Chris log, aber seine Geschichte klang glaubwürdig. Pramod hatte Geliebte – jede Menge. Wofür brauchte er mich? Aber vielleicht wollte er ja auch nur, was sein jüngerer Bruder hatte. Das konnte ich mir vorstellen.

Pramod hatte Devek schon immer dominiert. Der ständige Wettkampf hatte meinen Mann emotional – und sexuell – zermürbt. In New York war Devek noch ein anständiger Liebhaber gewesen, aber sobald wir in Mumbai angekommen waren, wurde der Sex mit ihm lauwarm. Während sich die Jahre hinzogen, lief nicht viel zwischen uns. Als er sich in Goa mit einer anderen Frau einließ, war es mit uns im Grunde vorbei. Mir war das völlig egal gewesen. Vielleicht hatte er sich zurückgezogen, weil er wusste, was Pramod im Schilde führte. Oder er mochte mich einfach nicht mehr so sehr. Was auch immer der Grund war, Sex gab es nicht mehr.

Das mit Chris war eine andere Geschichte. Ganz gleich, was er auf seinen Reisen ohne mich getan hatte, er war immer interessiert gewesen, wenn er zurückgekommen war. Er mochte mich, und er mochte Sex mit mir. Und er mochte Spannung beim Sex. Er stand auf verschiedene Orte und verschiedene Positionen. Er mochte Sex mit Leuten im Haus oder wenn Gabe im Nebenzimmer fernsah. Er machte es gern im Auto und auf dem Motorrad. Nachts machte er es sehr gern im Freien. Manchmal war er mit mir an öffentliche Orte wie Parks und in kleine Straßen gegangen, auch wenn sie in den frühen Morgenstunden menschenleer waren. Er liebte es, mich zu verkleiden für irgendwelche Rollenspiele. Er gab mir gern versaute Namen und mochte es, wenn ich ihm meinerseits bei versauten Namen rief. Er mochte es, Pornos zu schauen, Popcorn zu essen und mir in allen Einzelheiten zu erzählen, was in dem Video passierte, gerne auch Dinge, die ich nicht hören wollte. Wenn etwas neu und andersartig war, war er dabei. Für ihn ging es nur um die Jagd nach Neuem. Für mich ging es beim Sex ausschließlich um Entspannung. Man brauchte nur auf die richtigen Knöpfe zu drücken, und schon konnte ich mich im Geiste in meine Lieblingsszenen an meine Lieblingsorte versetzen. Je entspannter ich bin, umso besser ist der Orgasmus.

Er war zum Höhepunkt gekommen, aber ich nicht.

Ich lehnte mich im warmen Wasser zurück, schob mir die Finger zwischen die Beine und schloss die Augen. Es dauerte ungefähr eine Minute. Chris hätte es für mich getan. Er hätte sich sogar zu seinem Termin verspätet, um mich kommen zu lassen. In dieser einen Hinsicht war er immer selbstlos gewesen. Meine Erregung erregte ihn. Aber manchmal, wenn man wirklich zum Höhepunkt kommen will, ohne dass es viel Zeit kostet, ist es einfach besser, sich zurückzulehnen und es sich selbst zu besorgen.

Ein paar Minuten vor fünf Uhr morgens kam er ins Schlafzimmer. Ich rutschte rüber, und er nahm mich in die Arme. Ich wartete nicht einmal darauf, dass er fragte. Er war schnell fertig, und für einen Mann von seiner Größe fühlte er sich leicht auf mir an, weil seine langen, starken Arme den Großteil seines Gewichtes trugen. Anschließend ging ich mich waschen, und als ich zurückkam, beendete er gerade ein Telefongespräch.

»Alles okay?«, fragte ich.

»Alles bestens.« Wir nahmen unsere ursprüngliche Löffelchenstellung wieder ein. Er drückte die Lippen auf meinen Hals. »Bist du an etwas interessiert, Babe?«

»Ich glaube, das müssen wir verschieben. Es war ein ermüdender Tag. Mir schwirrt noch immer der Kopf von all dem juristischen Kauderwelsch.«

»Ja, Anwälte sprechen ihre eigene Sprache.«

»Und was passiert jetzt, nachdem ich das Dokument unterschrieben habe?«, fragte ich.

»Ich habe gerade mit dem Anwalt in Mumbai telefoniert. Es wird ungefähr eine Woche dauern, bis die Dokumente registriert sind, und dann wirst du deine Abschlusspapiere bekommen.«

»Und dann?«

»Dann heiraten wir.« Eine lange Pause folgte. »Danach fliege ich nach Indien und hole dir deinen Sohn zurück.«

»Bist du nervös?«

»Nicht wegen der Hochzeit, überhaupt nicht. Du?«

»Nein«, log ich. »Was ist mit Indien?«

»Daran denke ich noch nicht. Ich werde nicht nervös oder ängstlich, wenn ich auf einer Mission bin. Ich habe dann eine Art geschärfte Wahrnehmung, diesen Fokus. Es ist tatsächlich aufregend.«

»Sei bitte einfach vorsichtig.«

»Immer.« Er zog mich enger an sich. »Wie willst du heiraten?«

»Du meinst, mit welcher Zeremonie?«

»Ja, ich meine die Zeremonie. Gabe kommt Ende nächster Woche her. Wir können etwas Kleines machen, nur mit ihm und Juleen, wenn du willst.«

Ich dachte kurz nach. »Ich will wirklich nicht, dass Juleen sieht, wie wir heiraten. Ich bin erst seit wenigen Monaten von Devek getrennt.«

»Sie weiß, was los ist. Aber sie ist dein Kind. Tu, womit du dich am wohlsten fühlst.«

»Danke.«

»Wenn du nicht im vertrauten Kreis heiraten willst, wie wäre es dann damit? Du bist seit fast drei Monaten hier. Du wohnst hier, aber selbst wenn das nicht der Fall wäre, würde das keine Rolle spielen. Wie wäre es, wenn Gabe herkommt und auf Juleen aufpasst, während wir, nur du und ich, es in Vegas krachen lassen?«

»Was meinst du mit krachen lassen?«

»Shows, Dinners, Shopping, Massagen, Glücksspiel und jede Menge Sex, den es definitiv geben wird, ganz egal, wo wir sind.«

»Ich spiele nicht.« Ich hielt inne. »Was ist mit dir?«

»Ich auch nicht. Es ist Geldverschwendung, und ich bin ein Suchtmensch. Aber ich gebe dir fünf Riesen, mit denen du dich an den Spielautomaten vergnügen kannst. Scheißdrauf-Geld. Pack ein paar hübsche Klamotten ein und lass uns abrauschen.«

Ich zögerte. »Wirst du dort auch geschäftlich zu tun haben?«

»Ich muss ein bisschen was tun, um meinen Laden zusammenzuhalten, sicher. Es gibt eine Liste von Möglichkeiten, die ich in der Zeit, die ich mit dir zusammen war, habe schleifen lassen. Ich werde lediglich Vorstellungsgespräche führen, Terry. Und selbst wenn du nicht an meinen untadeligen Charakter glaubst – der sehr zweifelhaft ist –, würde ich nichts tun, das mich mit dem Gesetz in Konflikt bringt. Prostitution ist dort illegal. Falls ich mich für jemanden interessiere, werde ich ein Flugzeugticket kaufen und das Vorstellungsgespräch auf meinem Territorium beenden.«

»Wenn ich weg bin?«

»Ja, wenn du weg bist. Nichts, solange du hier bist.« Ich blieb still. Schließlich sprach er weiter: »Terry, wenn du willst, dass ich den Laden verkaufe, werde ich es tun. Badger würde ihn ohne zu zögern übernehmen.«

»Warum solltest du das tun?« Ich war fassungslos. »Du liebst, was du tust, oder nicht?«

»Absolut. Ich habe den besten Job der Welt. Die Frage ist, liebst du, was ich tue?«

Darüber dachte ich lange nach. »Nein, das tue ich nicht, und ja, ich werde eifersüchtig, wenn ich daran denke. Aber ich glaube, wir sind beide über den Punkt hinaus, an dem wir uns neu erfinden können. Lass uns den Status quo fürs Erste beibehalten.«

Ich spürte Tränen in den Augen. In letzter Zeit war ich so emotional. »Danke für das Angebot, mein Hübscher, ich weiß es zu schätzen. Vegas hört sich gut an. Lass es uns tun.«

»Großartig. Ich werde alles arrangieren.«

Ich wartete einen Moment. »Ich habe mir online Häuser in Vegas angesehen – in der Stadt und in der Umgebung.«

»Ich dachte, wir hätten uns für Reno entschieden.«

»Ich weiß, aber Vegas ist internationaler. Meine Kinder sind an Indien gewöhnt – es ist nicht nur überfüllt, das Klima dort ist auch sehr heiß. Ich denke, es würde ihnen in der Wüste gut gehen.« Ich hielt inne. »Außerdem sind sie nicht weiß. Sanjay ist wirklich dunkelhäutig. Wahrscheinlich würden sie sich in einer größeren Stadt wohler fühlen.«

Schweigen. Dann fragte Chris: »Wollen wir uns zusammen Häuser ansehen, während wir dort sind?«

»Ja.«

»Dann denke ich, dass zwei oder drei Tage dort genügen dürften.«

Ich drehte mich um und küsste ihn auf die Lippen. »Danke für alles, Christopher, dass du mich gerettet hast und Juleen, dass du Sanjay zurückholst, dass du mir geholfen hast, gesund zu werden, dass du all die Arbeit für meine Scheidung übernommen hast. Ich danke dir für deine ganze finanzielle Unterstützung, nicht nur diesmal, sondern über all die Jahre. Du bist immer für mich da gewesen. Immer.«

»Das ist wahrer als wahr.«

»Chris, ich will wirklich, dass du glücklich bist. Tu, was immer du willst – solange es legal ist. Du hast meine uneingeschränkte Unterstützung.« Ich küsste ihn noch einmal. »Es wird niemals einen anderen Mann in meinem Leben geben. Das schwöre ich. Ich nehme dich, wie du bist. Noch mal danke.«

»Gern geschehen.« Er zögerte kurz. »Lass uns ein wenig schlafen.«

»Okay.« Ich drehte mich um und schloss die Augen.

Eine Minute verging, dann fragte er: »Als du bei Devek warst, hast du da je an mich gedacht?«

»Andauernd.« Ich seufzte. »Ich hab dich im Bett vermisst. Ich hab deine Erregung vermisst, deine Verrücktheit. Ich habe dich vermisst.«

»Warum hast du dich dann nicht gemeldet? Ich habe es ungefähr hundertmal versucht.«

»Ich weiß. Ich hatte Angst, und ich musste an Juleen denken. Irgendwann hat Gabe erzählt, du hättest eine Freundin. Ich dachte, du hättest das mit uns hinter dir gelassen.«

»Ich habe alles versucht, um dich zu vergessen. Nichts hat funktioniert.« Er küsste mich auf den Hals. »Ich glaube, es ist kein Tag vergangen, an dem ich nicht an dich gedacht habe.« Er überlegte. »Meistens waren es keine guten Gedanken.«

Ich lächelte, obwohl er es nicht sehen konnte. »Davon bin ich überzeugt.«

»Der Zorn hat mich angetrieben. Er hat mich dazu motiviert, mein Leben selbst in die Hand zu nehmen, zu tun, was ich wollte, und auf den Rest zu scheißen. Hier ist mein Platz! Das bin ich!« Eine Pause folgte. »Aber in gewisser Weise warst du der Katalysator für meinem Erfolg.«

»Dann solltest du dich bei mir bedanken.«

»Das eher nicht. Ich sage nur, dass Eifersucht und Elend einen weit bringen können. Sie können einen an einige sehr seltsame Ort führen.«

KAPITEL 26

McAdams schaute immer wieder auf sein Handy, um sich zu vergewissern, dass sie die richtigen Straßen nahmen. Der Wagen fuhr durch ländliches Gebiet – kilometerweit vorbei an Eichen, Kiefern und Ahornbäumen –, während sie sich durch die Ozarks schlängelten. In dieser Hügellandschaft gab es nicht viel Zivilisation. Mal hatten sie Handyempfang, mal nicht. Schließlich gab er es auf und faltete die Papierlandkarte auseinander, die sie am Flughafen von St. Louis erstanden hatten. »Ich glaube, wir sind auf dem richtigen Highway.« Er hielt inne. »Wo zur Hölle ist Kelbo?«

»Folg einfach der Textmarkerlinie, die die Frau vom Mietwagenverleih eingezeichnet hat.«

»Aus der Karte geht nicht hervor, welche Ausfahrt wir nehmen müssen.«

»Deshalb hat sie uns erklärt, dass es nur zwei Ausfahrten gibt: Piedmont Avenue und Main Street. Ich nehme die Main Street. Mit einer Main Street liegt man nie falsch. Wenn wir uns verfahren, rufe ich Loretta Stoltz an.«

»Falls wir je wieder Empfang kriegen. Wir hätten uns ein Auto mit Navi nehmen sollen.«

»Das hier war das, was verfügbar war. Außerdem hast du immer wieder gesagt, du könntest das auf deinem Handy erledigen.«

»Mir war nicht klar, dass wir uns mitten ins Nirgendwo begeben.«

»Harvard, ich war zwar nicht auf einer Eliteuniversität, aber ich kann einer Textmarkerlinie auf einer Landkarte folgen.«

»Ja, ja.« McAdams faltete die Karte zusammen. Er trug ein kurzärmliges weißes Hemd und dazu eine schwarze Leinenhose, die nach der langen Autofahrt dringend hätte gebügelt werden müssen. »Wie lange behalten sie Brock Baer noch hinter Gittern?«

»Morgen ist die Kautionsanhörung. Wir hätten uns keinen besseren Zeitpunkt aussuchen können.« Decker legte einen entspannten Fahrstil an den Tag. Er fühlte sich wohl in seinem blauen Baumwollhemd mit langen Ärmeln, die er sich bis zu den Ellenbogen aufgekrempelt hatte, und seiner dunkelblauen Freizeithose. »Jetzt lass uns herausfinden, ob er redet.«

»Er ist wegen Einbruchs verhaftet worden. Warum sollte er mit uns über einen Mordfall reden?«

»Da hast du recht. Ich an seiner Stelle würde einfach alles leugnen und sofort einen Anwalt verlangen.« Decker dachte kurz nach. »Wir müssen diese Sache mit einer Methode angehen, die auf ihn nicht bedrohlich wirkt.«

»Ihn nach seiner Meinung fragen.«

»Genau, Harvard. Du sagst so was wie: ›Sie waren Paulines Ehemann. Was glauben Sie, was passiert ist?‹«

»Er wurde schon mal verurteilt, vielleicht ist er zu schlau für diese Methode.«

»Jepp. Aber viele Kriminelle sind nicht nur egoistisch, sondern auch dumm. Sie denken die Dinge nicht zu Ende. Darum sind sie kriminell. Es sei denn, man hat es mit einer seltenen Art wie Donatti zu tun – der seine Psychopathologie in ein sehr profitables Unternehmen umgewandelt hat.« Decker schaute auf seine Uhr. Sie waren am Abend vorher nach St. Louis geflogen und hatten das Flughafenmotel um sieben Uhr morgens verlassen. Jetzt war es kurz vor neun. Sie hatten immer noch Zeit, um sich unterwegs eine Strategie zurechtzulegen. »Ich bin offen für alle anderen Ideen, die du vielleicht hast. Dies ist deine Gelegenheit, kreativ zu werden.«

»Ich fühle mich nicht kreativ.«

»Dann hilft nur Improvisation und Beten.«

»Klar, das können wir machen«, pflichtete McAdams ihm bei. »Du improvisierst, und ich übernehme das Beten.«

Sergeant Stoltz war über einen Meter achtzig groß, hatte breite Schultern und lange Arme. Sie führte Brock Baer, einen schlurfenden Mann in einem orangefarbenen Overall mit vor dem Bauch gefesselten Händen in einen Verhörraum. Man hielt ihn im Gefängnis des Reviers fest, bis Kelbo den Papierkram erledigt hatte, um ihn nach Springfield zu überführen. Angeklagt wurde er in mehreren Fällen von Einbruch und Diebstahl. Baer war von durchschnittlicher Größe und Statur, aber trotz seines faltigen Gesichts konnte Decker erkennen, dass hinter seiner Erscheinung ein gut aussehender Mann steckte. Seine Bartstoppeln waren so braun wie seine Haare. Sein Gesicht sah aus wie das eines Mittvierzigers, obwohl seine Körperhaltung auf ein höheres Alter hindeutete. Er schien nicht viel geschlafen zu haben, denn er hatte rot geränderte, trübe Augen zwischen hängenden Lidern und ausgeprägten Tränensäcken.

Der kleine Verhörraum war überaus spartanisch eingerichtet: Ein Tisch mit drei Sitzplätzen stand an der Wand. Der Straftäter saß eingeklemmt zwischen dem Tisch und der Wand, Decker neben ihm und McAdams ihm gegenüber. McAdams hatte einen Notizblock und sein iPad dabei. Auf dem Tisch standen drei Wasserflaschen und ein Tonbandgerät des Reviers. McAdams zeichnete das Verhör außerdem mit seinem iPad auf.

»Haben Sie Hunger, Baer?«, fragte Stoltz. »Ich kann Kartoffelchips und Tortilla-Chips anbieten.«

»Beides.«

»Kein Problem. Diese Männer haben einige Fragen an Sie.«

Baer rieb sich mit beiden Händen die Augen. Er starrte Decker an, dann McAdams. Nach einer Weile fragte er: »Sind Sie beide aus Springfield?«

Stoltz antwortete an ihrer Stelle: »Nein, sie kommen nicht aus Springfield, aber Sie sind auf dem Weg dorthin. Ich bin gleich mit Ihren Chips zurück. Versuchen Sie, kooperativ zu sein. Das bringt Sie weiter, als wenn sie sich wie ein Maultier aufführen.«

Baer sagte nichts, aber in seinen Augen stand blanker Hass.

An Decker und McAdams gewandt, fügte Stoltz hinzu: »Bin gleich wieder da.«

»Wir sind hier«, sagte Decker. Als sie gegangen war, fragte er: »Wie fühlen Sie sich, Baer?«

»Ich?« Er griff nach einer Wasserflasche und schraubte den Deckel auf. Dann trank er gierig. »Das ist gut. Das Leitungswasser hier riecht wie Scheiße. Ich glaube, sie holen es aus der Toilette.«

»Es gab in dem Gebiet Überschwemmungen. Das dringt in die Leitungen ein.«

»Nur weil es einen Grund gibt, schmeckt es nicht besser.« Er leerte die Flasche. »Wenn Sie Ihres nicht trinken, nehme ich die mit.«

»Bedienen Sie sich.« Decker schob ihm die Flasche hin.

Stoltz kam zurück und warf ein halbes Dutzend Chipstüten auf den Tisch. »Machen Sie keine Schweinerei damit, Brock. Ich erledige das Putzen selbst.« Zu Decker und McAdams sagte sie: »Rufen Sie einfach, wenn Sie fertig sind.«

»Machen wir«, antwortete Decker.

Als sie gegangen war, murmelte Baer: »Miststück!« Schweigen. »Behandelt mich wie einen Dreijährigen.« Er ahmte sie nach: »*Machen Sie keine Schweinerei.* Was zum Teufel denkt sie von mir? Dass ich in die Ecke scheiße?« Als Decker seine Worte mit einem kleinen Lächeln beantwortete, fügte Baer hinzu: »Ja, Sie kapieren es.«

Decker warf ihm eine Tüte Chips zu. »Wie ist das Essen hier?«

»Nicht gut, aber auch nicht so beschissen wie im Gefängnis. Waren Sie schon mal im Bau?«

»Ich? Nein. Ich bin ein ehrlicher Cop. Ich halte meine Weste sauber, weil ich weiß, was passieren würde, wenn ich in den Bau müsste.«

»Sie wären Hackfleisch, alter Mann«, prophezeite Baer.

»Vielleicht, aber ich werde es nie herausfinden.«

»Und Sie …« Er sah McAdams an. »Sie sind ein hübscher Junge. Sie wären dort sehr beliebt.«

»Ich bin jetzt schon beliebt«, konterte McAdams. »Und meine Freunde erwarten nicht von mir, dass ich ihnen meinen Hintern hinhalte.«

Baer riss die Chipstüte auf. »Warum sind Sie hier?«

Die Frage, auf die Decker gewartet hatte. »Was glauben Sie, warum wir hier sind?«

»Keine verdammte Ahnung. Deshalb frage ich ja.«

»Detective McAdams und ich kommen aus Greenbury, New York. Schon mal davon gehört?«

»Nein.«

»Da klingelt nichts?«

»Kein bisschen.«

»Es ist eine Kleinstadt und vor allem für seine Colleges bekannt. Die Bevölkerung besteht aus Rentnern und vielen

Besitzern eines zweiten Wohnsitzes. Die Stadt ist hübsch, weil sie von Wald und Bäumen umgeben ist, und es ist ein toller Ort zum Campen und Wandern im Sommer. Die Wälder sind dicht, und man kann dort Dinge vergraben, die jahrelang niemand findet.« Er sah den Mann an. »Klingelt's jetzt?«

Baer aß schweigend weiter seine Chips.

»Unsere Leiche hat einen Namen«, sagte Decker. »Pauline Corbett. Sie beide waren mal verheiratet.«

»Und jetzt sind wir es nicht mehr.«

»Sie legen einen erstaunlichen Mangel an Neugier über das Schicksal Ihrer Ex-Frau an den Tag«, bemerkte McAdams.

»Das liegt daran, dass Sie es mir gleich erzählen werden, warum also sollte ich Fragen stellen?« Er öffnete eine Tüte mit Mais-Chips.

»Wann haben Sie Pauline zum letzten Mal gesehen?«, hakte Decker nach.

»Ich habe Ihnen nichts zu sagen.« Baer kaute zufrieden vor sich hin.

»Es ist eine einfache Frage.«

»Die ich nicht zu beantworten brauche.«

»Ich versuche lediglich, einen zeitlichen Ablauf zu erstellen.«

»Nein, Sie versuchen, mir was anzuhängen.«

»Wir haben schon etwas gegen Sie in der Hand, Brock«, warf McAdams ein.

»Wir versuchen lediglich, Ihnen eine Chance zu geben, die Situation zu erklären.« Decker sah ihn ruhig an.

»Was für eine Situation?«

»Eine DNA-Situation«, erläuterte Decker. »Das soll bedeuten, dass wir Ihre DNA an seltsamen Orten gefunden haben.«

Baer hörte kurz auf zu essen.

»Das erkläre ich später«, sagte Decker ihm. »Lassen Sie uns noch mal zum Anfang zurückkehren, Brock. Wann haben Sie Pauline das letzte Mal gesehen?«

»Wenn es eine DNA-Situation ist, kennen Sie die Antwort wahrscheinlich.« Er zögerte kurz. »Ich muss nicht mit Ihnen reden.«

»Wir wissen, was passiert ist«, sagte Decker. »Wir wissen, wann es passiert ist. Nur die Umstände liegen für uns noch im Dunkeln ... Ob es einen anderen Grund für das gab, was passiert ist, als eine Prügelei unter Betrunkenen. Wenn Sie uns Ihre Erklärung liefern, würden Sie sich selbst einen Gefallen tun.«

Baer schwieg.

»Na schön«, sagte Decker. »Wir haben genug in der Hand, um Sie wegen Mordes zu verhaften, weil wir Ihre DNA zusammen mit Paulines DNA haben. Wir wissen, dass Sie sie erstochen haben ...«

»Nein«, unterbrach Baer ihn. »Sehen Sie? Deshalb sage ich nichts. Sie und der Rest der Schwachköpfe ziehen immer voreilige Schlüsse.«

»Dann klären Sie uns auf«, schlug McAdams vor.

Baer warf die Tüte mit den Maischips auf den Tisch. Er lehnte sich zurück und stieß den nach Chips riechenden Atem aus. »Ich habe niemanden erstochen.«

Für jemanden, der des Mordes beschuldigt wurde, wirkte er bemerkenswert ruhig. Normalerweise verrieten sich die Menschen auf die eine oder andere Weise – es sei denn, man hieß Chris Donatti. »Dann erklären Sie mir, wie Ihre DNA mit der von Paulines vermischt worden ist«, sagte Decker.

»Wozu die Mühe?« Baer sah ihn an. »Sie würden mir ja doch nicht glauben.«

»Stellen Sie mich auf die Probe.«

»Es war Notwehr.«

Er hatte recht, Decker glaubte ihm nicht. »Erzählen Sie mir davon.«

»Sie war eine verdammte Irre. Als ich versucht habe, ihr das Messer wegzunehmen, habe ich mich geschnitten.«

Decker bemühte sich um eine ausdruckslose Miene. »Wollen Sie mir erzählen, dass sie sich auf Sie gestürzt hat? Und Sie haben in Notwehr nach dem Messer gegriffen. Und sich geschnitten.«

»Ganz genau.« Er schüttelte den Kopf. »Sehen Sie, Sie glauben mir nicht.«

»Ich denke nur, dass mehr hinter der Situation steckt, Baer«, antwortete Decker. »Jemand hat etliche Male auf Pauline eingestochen. Wie erklären Sie das?«

Er sah Decker durchdringend an. »Sie hat es getan! Nicht ich!«

»Pauline hat sich selbst erstochen?«

»Nicht Pauline!« Er grinste höhnisch. »Elsie! Sie hat uns zusammen gesehen, als wir zu ihr nach Hause kamen. Pauline wollte sie verlassen und mit mir abhauen. Elsie hat es herausgefunden und ist total durchgedreht! Sie hat draußen nach uns gesucht. Als sie uns entdeckte, hat sie den Wagen abgestellt und sich auf uns gestürzt wie ein verdammter Stier. Sie hat mich beschimpft und verflucht, aber nicht nur mich, sondern auch Pauline. Auf mich ist sie zuerst losgegangen, aber ich bin ihr ausgewichen. Pauline ist zwischen uns geraten, und Elsie hat sie verletzt. Ich glaube, es war ein Unfall, aber als sie einmal angefangen hatte, wollte sie nicht mehr aufhören. Deshalb habe ich nach dem Messer gegriffen.« Er machte eine Handbewegung, als würde er auf jemanden einstechen. »Und dabei habe ich mich geschnitten.«

Decker achtete darauf, seine Stimme ruhig zu halten. »Sie wollen mir erzählen, dass Sie Elsie das Messer weggenommen haben, weil sie auf Pauline eingestochen hat?«

»Ja. Um sie von Pauline wegzubekommen. Dabei habe ich mir an der Klinge die Finger aufgeschnitten.« Er hob die Hand. »Ich habe immer noch die Narben.«

Eine gezackte Linie zog sich zwischen dem ersten und dem zweiten Fingerglied über seine Handinnenseite. »Sie haben das Messer an sich genommen«, meldete McAdams sich zu Wort. »Von Elsie?«

»Ja, das hab ich doch gerade gesagt.«

»Was haben Sie damit gemacht? Mit dem Messer?«

»Es weggeworfen, glaube ich.«

»*Glauben* Sie?«

»Mein Hirn war etwas umnebelt. Ich hatte viel getrunken. Aber ich erinnere mich an genug, um zu wissen, dass ich die Wahrheit sage.«

»Was ist passiert, nachdem Sie das Messer weggeworfen haben?«, fragte Decker.

»Ich muss nachdenken.« Er fing an zu gestikulieren, kleine Bewegungen mit den Händen zu machen. Dann sagte er: »Ich glaube, zu diesem Zeitpunkt hat das Miststück begriffen, was sie getan hat. Sie ist einfach zusammengeklappt. Plötzlich hat sie schwer geatmet und fiel schreiend und weinend zu Boden … verrückte Fotze!«

»Und Pauline?«, kam Deckers nächste Frage.

»Tot.«

»Haben Sie ihren Puls gefühlt? Ihre Atmung überprüft?«

»Ich habe nichts dergleichen getan, denn ich weiß, wie tot aussieht.« Er stieß Luft aus. »Das Miststück war in vollem Panikmodus. Sie hat die ganze Zeit gejammert: ›Was sollen wir jetzt tun? Was machen wir jetzt?‹ Was sollen *wir* jetzt tun, Miststück? Du meinst, was sollst *du* tun!«

»Und was hat sie getan?«

»Sie hat Pauline getötet. Das hab ich Ihnen doch schon gesagt.«

»Okay«, sagte Decker. »Verstanden. Was hat Elsie getan, nachdem sie Pauline getötet hat?«

»Sie hat sie in den Kofferraum des Autos gelegt.« Er schüttelte den Kopf. »Dabei habe ich ihr geholfen. Das gebe ich zu. Elsie ist durchgedreht, und ich konnte Pauline nicht am Straßenrand liegen lassen. Das konnte ich ihr nicht antun. Außerdem wäre der Verdacht sofort auf mich gefallen. Wir hatten uns an dem Abend gestritten.« Er rieb sich wieder die Augen. »Wir haben sie zurück zu Elsie gebracht.«

»Die Spurensicherung hat sich das Auto angesehen, Baer«, bemerkte Decker. »Da war kein Tropfen Blut im Kofferraum.«

»Das liegt daran, dass Elsie Paulines Wagen gefahren hat. Elsies Auto war in der Werkstatt, und sie hat ihn erst am nächsten Tag zurückbekommen. Ich weiß nicht, wo sie das Auto hat reparieren lassen, aber wie viele Autowerkstätten kann es in der Gegend geben? Überprüfen Sie es.«

Deckers Gedanken überschlugen sich. Die Geschichte, so verrückt sie auch sein mochte, klang nach der Wahrheit. »Was haben Sie getan, nachdem Sie Pauline zu Elsie nach Hause gebracht hatten?«

»Sie sauber gemacht. Sie in der Küche liegen lassen, während wir überlegt haben, wo wir sie am besten loswerden können. Elsie hatte die Idee.«

»Ein ziemlich weiter Weg, um eine Leiche loszuwerden«, warf McAdams ein.

»Das wusste ich zu der Zeit noch nicht. Elsie hat nur gesagt, dass sie eine Stelle kennt, die weit genug entfernt ist, um keinen Verdacht auf einen von uns beiden zu lenken. Außerdem war Pauline arbeitslos. Es war nicht so, als hätte sie jemand erwartet.«

»Erzählen Sie weiter«, sagte Decker.

»Wir wollten es beide rasch hinter uns bringen, denn ... Scheiße, seien wir ehrlich. Wer will schon eine Leiche im Haus haben? Am nächsten Abend haben wir Baniff in getrennten Autos verlassen. Ich habe Paulines Leiche und Paulines Auto genommen. Elsie ist mit ihrem eigenen Wagen gefahren. Ich bin ihr gefolgt. Nachdem wir sie vergraben haben, sind wir unserer Wege gegangen. Ich habe nicht zurückgeschaut und das Miststück nie wiedergesehen.«

»Und wann genau haben Sie sie begraben?«

»Keine Ahnung, nach Mitternacht.«

»An welchem Tag?«

»Am Abend nach dem Tag, als Elsie sie erstochen hat.«

»Sie gehen ein Risiko ein, Baer«, sagte Decker. »Sie fahren mit einer Leiche im Kofferraum eines Autos einen sehr, sehr weiten Weg.«

»Zu dem Zeitpunkt wusste ich noch nicht, dass es so weit war. Wie gesagt, ich habe die Stelle nicht ausgesucht.« Baer dachte kurz nach. »Wie lange haben Sie gebraucht, um Pauline zu finden? Also, die Leiche?«

»Warum?«

»Es überrascht mich einfach, dass sie überhaupt jemand gefunden hat. Wir waren mitten im Nirgendwo.«

»Wenn Sie aus Notwehr gehandelt haben, Brock«, sagte McAdams, »warum haben Sie dann nicht die Polizei gerufen?«

Baer verdrehte die Augen und zeigte mit dem Daumen in McAdams' Richtung. »Ist der blöd oder tut er nur so?«

»Halten Sie den Mund«, befahl Decker. »Sie stecken bis zum Hals in der Scheiße. Wenn Sie sich weiter so unverschämt aufführen, wird es für Sie nur noch schwieriger. Also, beantworten Sie einfach die verdammte Frage. Warum haben Sie nicht die Polizei verständigt?«

Wieder verdrehte Baer die Augen. »Ich hatte bisher nicht viel Glück mit Gesetzeshütern.« Er atmete tief durch. »Wie gesagt, wir hatten uns an dem Abend gestritten. Man hat uns gesehen, man hat uns gehört. Ich wusste, dass es nichts zu bedeuten hatte, aber die anderen in der Bar wussten es nicht. Pauline und ich haben uns ständig gestritten. Wir betranken uns, wir stritten uns. Wir haben uns immer wieder vertragen – bis ich sie verprügelt habe. Mein Fehler. Das gebe ich sofort zu. Aber die Wahrheit ist, ich habe sie geliebt, und sie hat mich geliebt, und wenn Elsie sie nicht umgebracht hätte, wären wir jetzt zusammen, würden uns betrinken und streiten und wieder versöhnen.«

Niemand sprach.

Baer fuhr fort: »Wir haben uns gegenseitig in die Scheiße geritten, aber wenn es funktioniert hat, war es toll. Wir sind einfach die Art von Menschen. Wir feiern laut, wir vögeln laut, wir streiten laut.«

Schweigen.

»Elsie war eine verdammte Psychopathin. Sie hat sich mit niemandem verstanden.«

McAdams folgte Deckers Beispiel, und beide blieben stumm. Ließen den Mann sprechen.

»Pauline hat mich *gebeten*, nach Baniff zu kommen, damit wir reden konnten«, fuhr Baer fort. »Sie wollte wieder mit mir zusammen sein. Sie war verrückt nach mir. Auch sonst verrückt, aber das ist eine andere Geschichte.«

Sie sagten immer noch nichts.

»Hören Sie«, sagte Baer, »ich hätte nicht mit Ihnen reden müssen. Ich hätte einen Anwalt nehmen können. Ich kenne das System. Was ich Ihnen gesagt habe, ist die Wahrheit.«

Decker wartete darauf, dass Baer weitersprach. Als er es nicht tat, sagte er: »Wir sind gleich wieder da.« Er öffnete die Tür und rief nach Stoltz.

Als sie kam, fragte sie: »Sind Sie fertig?«

»Haben Sie jemanden, der ihn im Auge behalten kann?«

»Kein Problem.« Eine Minute später erschien sie mit einem uniformierten Beamten. »Was brauchen Sie?«

»Haben Sie ein Büro?«

»Natürlich. Folgen Sie mir.«

An Baer gewandt, sagte Decker: »Eine Minute.«

»Sagen Sie ihr, wie kooperativ ich gewesen bin«, verlangte Baer.

»Klar.« Er schloss die Tür, und sie gingen zu dritt in Stoltz' Büro, nachdem sie den anderen Polizeibeamten bei Baer zurückgelassen hatten.

»Nehmen Sie Platz.« Sie zeigte auf zwei freie Stühle. »Mann, was für ein Mistkerl.«

»Ich habe schon Schlimmere kennengelernt.« Decker setzte sich. Er drehte sich zu McAdams um. »Was denkst du?«

»Einiges davon klang plausibel.« McAdams zuckte die Achseln. »Ich bin wahrscheinlich leicht zu täuschen.«

»Ich denke an die Narben an seinen Fingern. Er könnte abgerutscht sein, während er sie erstochen hat. Aber es sieht aus wie eine Verletzung, die man sich zuzieht, wenn man nach einem Messer greift.«

»Ich würde kein Wort von dem glauben, was aus dem Mund dieses Mannes kommt«, warf Stoltz ein.

»Hat er Ihnen schon einige gute Lügen aufgetischt?«, fragte Decker.

»Die Lügen waren nicht einmal gut. Das Diebesgut gehöre gar nicht ihm. Er bewahre die Sachen für einen Freund auf. Er hätte die Waren von Unbekannten gekauft und nicht gewusst, dass sie gestohlen sind. Nicht sehr originell.«

»Die Geschichte, die er uns erzählt hat, war ziemlich originell«, sagte McAdams. »Er hat zugegeben, Elsie geholfen zu haben, Pauline zu vergraben, nur den Messerangriff hat er nicht gestanden. Aber das könnte natürlich ein Ablenkungsmanöver gewesen sein.«

»Wann sind Anklageverlesung und Kautionsverhandlung?«

»Morgen Nachmittag«, antwortete Stoltz. »Er wird noch eine Weile hier sein.«

»Gut. Das gibt mir etwas Zeit zum Nachdenken.« Decker hielt inne. »Wo ist der Wagen, den er gefahren hat?«

»Er ist beschlagnahmt worden«, sagte Stoltz.

»Wir müssen die Spurensicherung drübergehen lassen. Er dürfte eine Fülle von Informationen enthalten.«

»Wir werden jemanden aus Springfield holen. Die Sache wird erledigt.«

»Danke.« Decker stand auf. »Sobald das erledigt ist, werden wir mehr als genug haben, um ihn wegen Mordes festzuhalten.«

»Sobald wir das abgehakt haben, gehört er ganz ihnen.« Sie erhob sich ebenfalls. »Wie geht es jetzt weiter?«

»Ich bin mir nicht sicher«, sagte Decker. »Die einzige andere mögliche Zeugin ist Elsie Schulung. Das Problem ist, dass wir sie nicht finden können. In der Zwischenzeit ist er erst mal hinter Schloss und Riegel. Ich wünsche Ihnen viel Glück.«

»Danke gleichfalls«, entgegnete Stoltz. »Kann ich Ihnen noch irgendetwas anbieten?«

»Nein, ich denke, wir machen uns lieber auf den Weg«, sagte Decker.

»Wir haben noch eine lange Fahrt vor uns«, warf McAdams ein. »Kann man hier irgendwo einen Kaffee und einen Bagel bekommen?«

»Der Diner ein Stück die Straße hoch hat morgens Bagels. Wie es jetzt aussieht, weiß ich nicht. Kaffee gibt es da auf jeden Fall.«

»Danke für den Tipp«, sagte McAdams. »Das heute war sehr hilfreich, auch wenn es nicht das war, was wir zu hören erwartet haben.«

»Manchmal läuft es eben so«, erwiderte Stoltz. »Wofür auch immer er verurteilt wird und wie lange er auch sitzen mag, zumindest haben wir einen Bösewicht von der Straße geholt.«

KAPITEL 27

Am Nachmittag machten sie sich auf den Heimweg, ausgerüstet mit sechs Bagels, einem Pfund Frischkäse und einer Thermoskanne voller Kaffee. Decker übernahm die erste Schicht hinter dem Lenkrad. Den Blick auf die Straße gerichtet, fragte er: »Jetzt, da du Gelegenheit hattest, dir die Sache durch den Kopf gehen zu lassen, was denkst du?«

»Baers Geschichte erklärt, warum sein Blut dort war, ohne dass er den Mord zugeben muss. Aber warum überhaupt irgendetwas zugeben? Warum sollte er all die Verbrechen gestehen, die nach dem Mord begangen wurden?«

»Vielleicht denkt er, dass sein Blut auch in Elsies Haus sein könnte. Sein Geständnis würde helfen zu erklären, warum es dort ist.«

»Stimmt«, pflichtete McAdams ihm bei. »Zum Teil glaube ich die Geschichte, obwohl sie ein wenig fantastisch klingt.«

»Was glaubst du denn nicht?«

»Dass Elsie gezielt nach ihnen gesucht hat, dass sie sie zufällig auf der anderen Straßenseite gesehen hat. Mir erscheint es logischer, dass Baer und Pauline sich gestritten haben und Pauline Elsie anrief und sie bat, sie abzuholen.«

»Sprich weiter.«

»Vielleicht hat Elsie ein Messer gezogen. Aber es war nicht für Pauline bestimmt, sondern für Baer.«

»So was wie ›Finger weg, Kumpel‹?«, fragte Decker.

»Genau. Aber was ist, wenn Elsie ihn verfehlt und versehentlich Pauline erwischt hat? Oder vielleicht ist Pauline dazwischengegangen, um einen Kampf zu beenden.« Er nahm einen Bissen von seinem Bagel. »Oder vielleicht war es doch

Baer, der Pauline getötet hat. Er hatte auf jeden Fall genug Zeit, sich eine Geschichte zurechtzulegen.«

»Jepp.« Decker stieß den Atem aus. »Kannst du mir einen Bagel geben?«

»Na klar.« McAdams fischte einen aus der Tüte. »Bitte schön.«

»Danke.« Decker biss hinein. »Baer versucht, uns dazu zu bringen, zu hinterfragen, was wir wissen. Aber ich stimme dir zu, dass es ein wenig merkwürdig ist, dass er sich zu all den nach dem Mord begangenen Vergehen bekennt.«

»Was hältst du also von seiner Geschichte?«

»Teile davon klingen wahr.« Decker nahm einen weiteren Bissen. »Ich glaube, dass Elsie Schulung wirklich in irgendeiner Weise beteiligt war. Mord? Da bin ich mir nicht sicher. Aber ich glaube, dass sie etwas getan hat, das schlimm genug war, dass sie es nicht für sicher hielt, die Polizei zu rufen.«

»Wollte sie Bertram beschützen?«, überlegte McAdams laut.

»Ich weiß es nicht, Tyler. Niemand im Heim hat uns einen Grund zu der Annahme geliefert, Bertram sei traumatisiert gewesen. Wenn er geholfen hätte, die Leiche zu vergraben, wäre das sicherlich traumatisch gewesen. Aber ich weiß, was du denkst. Warum wurde Pauline so nah am Diner vergraben?«

»Bertram muss da irgendwo reinpassen, Deck. Er, Kathrine und Elsie sind alle ungefähr zur gleichen Zeit verschwunden.«

»Stimmt.« Er hielt kurz inne. »Ist der Kaffee zu heiß, um ihn zu trinken?«

»Lass mich das überprüfen.« McAdams füllte einen Pappbecher etwa bis zur Hälfte. »Ich denke, er ist okay.«

Decker nahm den Kaffee entgegen, nippte daran und gab ihn Tyler zurück. »Wir müssen Elsie finden. Niemand außer ihr kann die Puzzleteile zusammensetzen.«

»Nach dem, was wir herausgefunden haben, hält sie sich nicht mehr bei Bertrams Familie auf. Sie könnte überall sein.«

»Und sie ist nicht auf der Flucht«, sagte Decker. »Sondern nur jemand, den wir verdächtigen, und das reicht nicht aus, um eine Behörde einzuschalten.«

»Wir haben die Geschichte von Baer.«

»Für die es im Moment keine Beweise gibt.« Er überlegte kurz. »Zurzeit stecken wir fest.«

»Da muss ich dir recht geben.«

»Ich möchte wirklich nicht zu meinem Sabbatjahr in Israel aufbrechen, bis ich weiß, was passiert ist.«

»Leg dein Leben wegen dieser Sache nicht auf Eis, Boss. Das hier ist sicher nicht der einzige ungelöste Fall, den du jemals hattest.«

»Nein, das stimmt. Ich verließ Los Angeles, obwohl noch mehrere offene Akten auf meinem Gewissen lasteten. Aber das hier ist der einzige ungelöste Fall in Greenbury, den ich habe. Es wäre großartig, wenn ich mit einem aufgeräumten Schreibtisch abtreten könnte.«

Vor elf Jahren verließ ich New York als eine verheiratete Frau, die sich scheiden lassen und ein neues Leben in Indien aufbauen wollte. Vor vier Monaten habe ich Indien verlassen, als eine verheiratete Frau, die sich scheiden lassen und ein neues Leben in den Staaten beginnen wollte. Was habe ich an Erkenntnis mitgenommen? So etwas wie ein neues Leben gibt es nicht. Es gibt nur ein Leben.

Chris und ich heirateten auf der Außenterrasse des obersten Stockwerks des Lucky-Seven-Casinos, einem vierstöckigen Gebäude in Downtown Vegas mit Blick auf den Strip, wo funkelnde, bunte Edelsteine die riesigen Hotels beleuchteten. Wir gaben uns vor einem Friedensrichter das Ja-Wort, der von Guy Benedetto gestellt wurde, dem CEO des Konsortiums, dem das Casino gehörte. Guy hatte den Raum mit weißen Rosen, Lilien und Chrysanthemen geschmückt und silbernen Satinstoff um die Geländer drapiert. Er hatte auch den Champagner für den anschließenden Umtrunk spendiert, alles gratis: Sein Hochzeitsgeschenk an die »Bestie«, wie er Chris nannte. Er und Anna, seine Frau, fungierten außerdem als Trauzeugen.

Wie Chris war Guy ein Charmeur – ungefähr sechzig Jahre alt, mittelgroß, von schlanker Statur und mit vollen zinnfarbenen Haaren. Er hatte eine Adlernase, schmale Lippen und scharfe, konzentrierte braune Augen: alles in allem kein schlecht aussehender Mann. Er war nicht nur der CEO des Lucky Seven, sondern leitete auch mehrere andere Casinos in der Gegend sowie zwei in Reno.

Außerdem war er Chris' Ex-Schwager.

Er war das älteste von drei Geschwistern, und wie Chris kam er aus einer Familie von Kriminellen. Aber Guy hatte es geschafft, sauber zu bleiben. Er hatte mehrere Briefkastenfirmen gegründet, die es ihm erlaubten, sich an dem stets wachsamen Auge der Glücksspielkommission vorbeizumogeln.

Vor vielen Jahren war Chris mit Guys Schwester Maria verheiratet gewesen. Sie war das mittlere Kind und eine Frau, die Chris kaum ertragen konnte. Lorenza, das jüngste der drei Geschwister, war früher einmal Chris' Verlobte gewesen.

Obwohl sie attraktiver und klüger war als Maria, hasste Chris sie aus tiefstem Herzen. In unseren Teenagerjahren hatte er sie oft als Mafia-Prinzessin bezeichnet, verwöhnt und anspruchsvoll. Ihre Verbindung hatte mehr mit den Familien zu tun gehabt als mit den einzelnen Personen. Ihre Verlobung wurde aufgelöst, als Chris ins Gefängnis kam. Die Hochzeit mit der wesentlich unattraktiveren Maria war Chris' Strafe dafür, dass er sich in mich verliebt hatte.

Anna, die Frau von Guy, war ungefähr in meinem Alter. Sie war größer als ihr Mann und überragte auch mich. Und sie war hübsch – blonde Haare und blaue Augen, dazu eine tolle Figur mit großen Brüsten und wohlgeformten Beinen. Wie viel davon einem Chirurgen zu verdanken war, konnte man nur raten, aber bei ihr sah es großartig aus. Als Guy und Chris Geschäftliches zu besprechen hatten, gingen wir zwei shoppen. Anna war alles andere als ein Dummchen. Genau wie ich ließ sie sich nicht in die Karten sehen und gab wenig über sich selbst preis und noch weniger über Guy. Stattdessen redeten wir über Designer-Klamotten, Diäten und Modetrends, und beim Mittagessen streiften wir sogar politische Themen. Wir sprachen über alles, nur nicht über die Männer in unserem Leben. Gemeinsam suchten wir ein Chanel-Kostüm aus, das ich bei meiner Hochzeit trug.

Die Reise nach Vegas beinhaltete außerdem ein Geschenk von einem Pfandleiher, das Chris mir machte, und Hausbesichtigungen. Da ich die unterschiedlichen Viertel nicht kannte, schlug ich Chris vor, uns in einem gemieteten Haus unterzubringen, bis ich entscheiden konnte, welche Gegend für meine Familie am besten geeignet war. Er lehnte die Idee ab. Niemand würde Schlüssel zu meinem Haus haben, außer uns beiden und einem bewaffneten Wachmann seiner Wahl. Wir einigten uns auf einen Kompromiss: Ein Haus in einem

Vorort, mit drei Schlafzimmern, einem Pool und einem Preisschild, das kein Loch in seinen Tresor reißen würde. Es war später Nachmittag, als wir in unsere Hotelsuite zurückkehrten. Für den Abend stand ein Dinner in einem Sterne-Restaurant und die neueste Show des Cirque du Soleil auf dem Plan. Den Start des Flugzeugs hatte er gegen Mitternacht angesetzt, weil er vor dem Morgen wieder in Mountain Pass sein wollte. Es schien mir das Beste zu sein, jetzt zu packen, statt es später in Eile tun zu müssen.

Auf dem Bett lagen lauter Sachen. Chris hatte seine Kleidung und den Rest seiner Kleidung bereits ordentlich herausgelegt, während ich von Natur aus weniger durchorganisiert war. Aber während unserer gemeinsamen Jahre hatte ich gelernt, dass Ordnung für ihn sehr wichtig war. Alles, was in die Koffer kam, musste richtig gefaltet werden – selbst die Schmutzwäsche.

Er kam ins Schlafzimmer, schaltete sein Telefon aus und verstaute es in seiner Tasche. »Du bist nicht mein Kammerdiener, Terry. Ich kann meine Sachen selbst packen.«

»Ist schon gut. Ich weiß, wie du es gern hast.«

Er näherte sich mir von hinten, legte mir die Hände um die Taille und drehte mich zu sich um. »Ich kann auf mich selbst aufpassen. Das tue ich schon seit elf Jahren.«

Er sah mir in die Augen. Mir kamen die Tränen. Es war eine so aufwühlende Zeit gewesen, und das hier war einfach das i-Tüpfelchen. Ich schien außerstande zu sein, mein eigenes Leben in den Griff zu kriegen. Offensichtlich las er meine Gedanken.

»Ich weiß, das ist nicht das, was du wolltest …«

»Chris …«

»Was du wolltest, war ein unabhängiges Leben ohne einen Mann, der dich runterzieht. Aber ein Teufel hat dir deinen

Sohn weggenommen, und du hast einen Pakt mit einem anderen Teufel geschlossen, um ihn zurückzubekommen. Und obwohl dieser Teufel wirklich will, dass du glücklich bist, kann er dich nicht loslassen. Das hat er einmal getan, und es hat ihn fast umgebracht. Aber er gibt sich große Mühe, dir eine gewisse Unabhängigkeit zu lassen. Es ist nicht das, was er will, aber er gibt sich Mühe.«

Ich streichelte sein Gesicht. »Wir haben beide so viel durchgemacht, Baby. Lass uns versuchen, diesen zweiten Akt als Neuanfang zu betrachten, okay? Das haben wir uns verdient.« Ich stellte mich auf die Zehenspitzen und küsste ihn auf die Lippen. »Bist du dir sicher, dass ich deine Sachen nicht einpacken soll?«

»Nein, das mache ich. Du hast es sowieso nie so gut gemacht wie ich.«

Ich griff nach einer schwarzen Hose und schlug damit nach ihm.

»Was machen deine Schürfwunden?«

Ich schaute auf die Pflaster an meinen Knien. Ich hatte sie mir aufgeschürft, als ich auf dem Boden des Balkons gekniet hatte, beim … »Alles okay.«

»Gut.« Er küsste mich auf den Scheitel. »Ich werde den Hauskauf in die Wege leiten, und das Geld bei der Bank hinterlegen. Ich weiß, dass du einziehen willst, sobald du Sanjay hast. Ich fliege in zwei Wochen nach Mumbai, daher werdet ihr drei, du und die Kinder, für eine Woche oder so bei mir wohnen müssen, bevor das Geld freigegeben werden kann. Ich gehe davon aus, dass das für dich in Ordnung ist.«

Wieder stiegen mir die Tränen in die Augen. »Tu, was immer du für das Beste hältst.« Er streichelte erneut meine Wange. »Christopher, sei *bitte* vorsichtig.«

»Ich mache mir da keine Sorgen.«

»Ich schon.«

»Für dich steht mehr auf dem Spiel.«

Ich senkte den Blick. »Ich habe schreckliche Angst, dass etwas schiefgeht. Dabei denke ich natürlich an Sanjay, aber auch an dich. Ich will nicht, dass einem von euch etwas zustößt.«

»Das wäre möglich. Und das macht es ja so spannend. Wäre es ein Kinderspiel, würdest du meine Hilfe nicht brauchen.« Er zog mich an sich, drückte mein Kinn hoch und küsste mich leidenschaftlich. »Wie ist es möglich, dass ich ein solches Glück habe? Eine zweite Chance bei der einzigen Frau, die ich je geliebt habe.« Ein weiterer Kuss. »Welcher Engel hat da über mich gewacht?« Noch ein Kuss. »Teresa, ich werde alles in meiner Macht Stehende tun, um dir deinen Sohn zurückzubringen. Diese letzten Monate sind all den Schmerz der letzten elf Jahre wert gewesen.« Er küsste meinen Ehering. »Wenn ich morgen sterben würde, dann als glücklicher Mann.«

Ich begann zu weinen. Wie konnten solche Schönheit und solche Grausamkeit in ein und demselben Körper wohnen? Ich umarmte ihn stürmisch. »Bitte, stirb morgen nicht.«

»Ich werde mein Bestes tun.« Er sah mir in die Augen. »Ich will dich sehr. Willst du mich?«

Ich nickte. Mein Blick flog über das mit Kleidungsstücken bedeckte Bett und dann zu seinen drei Paar Stiefeln aus exotischem Leder auf dem Boden. Die Absätze fügten seiner Körpergröße noch fünf Zentimeter hinzu, obwohl er auch barfuß schon über einen Meter neunzig groß war. Auf meinen Lippen breitete sich ein Lächeln aus.

»Was?«, fragte er.

»Nichts.«

»Sag es mir.«

Ich spürte, wie mein Gesicht heiß wurde. Ich wusste nicht, warum es mir peinlich war. Meine Gefühle waren so unberechenbar geworden. »Nein.«

»Ich kann nicht tun, was du willst, wenn du es mir nicht verrätst.« Er sah mich an. »Warum wirst du rot? Terry, wir sind verheiratet, verdammt noch mal. *Was?*«

Meine Stimme war leise. »Deine Stiefel anziehen und den Stier reiten.«

»*Das* ist deine schmutzige Fantasie?«

»Ziemlich zahm, hm?«

»Was glaubst du?« Er küsste mich auf die Stirn und lachte. Dann schenkte er mir ein strahlendes Lächeln. »Ich bin bereit, wenn du es bist.«

Ich löste mich von ihm und machte mich daran, die Klamotten vom Bett zu räumen.

»Lass es einfach liegen.«

»Wir zerknittern alles.«

Er hob ein paar leuchtend blauer Stiefel aus Straußenleder hoch, nahm meine Hand und führte mich ins Wohnzimmer der Suite. »Baby, dafür hat Gott Sofas erschaffen.«

Angesichts der Tatsache, dass er mit Pauline Corbetts Fall nicht weiterkam und Baer hinter Gittern saß, versuchte Decker, sich auf andere Dinge zu konzentrieren. Die Tage wurden kürzer, und der Herbst lag bereits in der Luft. Die Blätter färbten die Landschaft in einen bunten Flickenteppich aus Gold-, Rot- und Orangetönen, und die Temperaturen gingen zurück. Rosch Haschana – das jüdische Neujahrsfest – war nur noch wenige Tage entfernt, und mit ihm die Chance auf

Erneuerung und Wandel, auf Gesundheit und Glück und auf Gottes Liebe und Barmherzigkeit. Nach Simchat Tora, dem Höhepunkt des einwöchigen Laubhüttenfestes, planten Decker und Rina eine Reise nach Israel, um den Immobilienkauf unter Dach und Fach zu bringen und die Baupläne für die Renovierung ihres kleinen Hauses fertigzustellen. Die Sache konnte schnell gehen, sie konnte sich aber auch länger hinziehen. Alles hing davon ab, wie Decker mit den Ermittlungen in Sachen Corbett weiterkam.

Da sie über die Feiertage Besuch von der Familie erwarteten, hatte Rina wochenlang gebacken: Brote, Pasteten, Kuchen, Brötchen, Muffins und Kekse. Die Küche war zur reinsten Reizüberflutung geworden, und die Gerüche, die durchs Haus wehten, waren teuflisch verlockend. Jedes Mal, wenn Decker hereinkam, konnte er es sich nicht verkneifen, sich einen Keks oder einen Muffin frisch aus dem Ofen zu mopsen.

»Du bringst noch meine Bauchspeicheldrüse um«, prophezeite Decker.

»Männer werden im Gegensatz zu Engeln mit einem freien Willen geboren.«

»Nicht dieser Mann, und nicht, wenn es um deine Rosinenbrötchen geht.«

Rina lächelte. »Es wird sicher schön für alle, über die Feiertage zusammenzukommen, vor allem nach den Covid-Jahren. Man weiß Nähe erst jetzt richtig zu schätzen.«

»Mal sehen, ob du das in einigen Tagen immer noch sagst.« Er nahm sich ein paar Walnüsse aus einer Schale. »Gutes Zeug.«

»Peter, die brauche ich für meine Kekse. Ich habe sie gerade kandiert.«

»Dann mach noch mehr.« Decker nahm sich noch eine Handvoll aus der Schale. »Ein Junge braucht seine Nüsse.« Dann wurde ihm bewusst, was er da gesagt hatte, und sie mussten beide lachen. Er legte die Walnüsse zurück und zog Rina in eine feste Umarmung. »Gott, ich liebe dich.«

»Ich liebe dich auch.« Sie sah ihm in die Augen. Er sah ein wenig verloren aus. »Geht es dir gut?«

»Ja, es geht mir großartig, warum fragst du?«

»Du wirkst ein wenig unruhig.«

»Das stimmt wohl auch. Ich beende eine Phase und trete in eine neue ein. Der Kopf ist immer voll mit Was-wäre-wenn und Unwägbarkeiten. Aber man kann nicht alles vorausplanen. Ich denke, es ist gut, ab und zu mal die Betriebsanleitung wegzuwerfen.«

»Und es ist okay für dich, das Department von Greenbury zu verlassen?«

Er seufzte. »Ich würde mich etwas besser fühlen, wenn ich die beiden Fälle, an denen ich derzeit noch arbeite, abschließen könnte.«

»Ich gehe jede Wette ein, dass du beide Fälle lösen wirst.« Sie schaute auf ihre fast leere Schale. »Iss die Nüsse auf. Ich hab noch eine Tüte in der Speisekammer.«

Er überlegte kurz. »Ich dachte, man würde an Rosch Haschana keine Nüsse essen. Wird das in der Kabbala nicht als *Sünde* oder so ausgelegt?«

»Allerdings, da hast du recht. Die Kekse sind für die Care-Pakete, die ich für die Zeit *nach* den Feiertagen vorbereite. Die Kinder werden etwas für die Heimfahrt brauchen.«

»Immer allem einen Schritt voraus, was?« Das Festnetztelefon klingelte. »Ich geh ran.« Er griff nach dem Hörer. »Hallo.«

Es war Mike Radar. Er sagte: »Rate mal, wer gerade ins Polizeirevier spaziert ist?«

»Gib mir einen Tipp.«

»Elsie Schulung.«

»Das ist mehr als ein Tipp.« Deckers Herz schlug schneller. »Hast du mit ihr gesprochen?«

»Noch nicht. Ich dachte mir, du willst sicher dabei sein. Wann kommst du her?«

»Sobald ich aufgelegt habe.«

»Dann sehen wir uns in zehn Minuten.«

»Tu mir einen Gefallen, Mike. Ruf den Jungen an.«

»Ist bereits erledigt.«

KAPITEL 28

Elsie trug Jeans und ein blau-weiß gestreiftes Shirt. Sie saß im Verhörraum, das Kinn erhoben und den Rücken durchgedrückt. Sie hatte ein längliches, schmales Gesicht mit Falten um ihre himmelblauen Augen und ihren Mund, außerdem kurz geschnittene blonde Haare und einen Teint, der so weiß war wie Puderzucker. Ihre Hände waren lang, mit Spinnenfingern, die sie auf dem Tisch gefaltet hatte. Mike Radar hatte ihr eine Flasche Wasser und eine Tasse Kaffee gebracht. Als Decker hereinkam, stand sie auf. Er schätzte sie auf ungefähr einen Meter fünfundsiebzig oder achtzig. Decker wusste, dass sie in den Vierzigern war, aber sie hätte auch älter sein können. Er reichte ihr die Hand.

»Wir haben nach Ihnen gesucht«, sagte er.

»Ich war außer Landes.« Ihre Stimme war hoch und lebhaft. »Nach dem, was passiert ist, wusste ich, dass ich zurückkommen musste.«

Decker nickte. In diesem Moment betrat McAdams den Raum. Er trug eine braune Freizeithose und ein schwarzes Poloshirt und hatte Vans an den Füßen. Nachdem er sich Elsie vorgestellt hatte, nahmen alle drei Platz. »Ms. Schulung hat mir gerade erzählt, ihr sei klar geworden, dass sie zurückkommen musste. Und ich bin froh, dass Sie es getan haben. Aber eins nach dem anderen. Haben Sie Bertram Lanz und Kathrine Taylor mitgenommen, als Sie das Land verließen?«

»Es war alles freiwillig. Sie wollten weg. Ich habe ihnen lediglich dabei geholfen.«

»Viele Menschen haben sich Sorgen um Bertram gemacht.« Sie schwieg.

»Wir haben eine Menge Polizeistunden darauf verwendet, nach ihm zu suchen. Und auch nach Kathrine.« Als sie immer noch nicht antwortete, fuhr Decker fort: »Ich nehme an, vergangen ist vergangen. Geht es den beiden gut?«

»Sie sind glücklich.« Sie antwortete mit abgehackter Stimme und einem kaum merklichen deutschen Akzent.

»Und Sie waren in Kontakt mit Kathrine Taylors Eltern?«, hakte Decker nach.

»Kathrine hat sie angerufen, um ihnen mitzuteilen, dass sie glücklich ist. Alle akzeptieren die Situation, Kathrines Eltern eingeschlossen.«

»Ich würde trotzdem gern mit Bertram und Kathrine sprechen. Können Sie das arrangieren?«

»Ich rede mit Bertram, aber ich kann nichts versprechen.« Sie warf Decker einen unfreundlichen Blick zu. »Es stand ihnen frei, zu kommen und zu gehen, wie es ihnen gefiel. Sie wollten ins Ausland. Ich war lediglich ihre Begleitung.«

»Ich verstehe, dass die beiden mündige Erwachsene sind. Aber sie haben gewisse Einschränkungen. Es wäre vielleicht hilfreich gewesen, wenn Sie mit ihren Betreuern gesprochen hätten. Wie gesagt, wir haben viel Zeit darauf verwendet, sie zu finden.«

»Das war ihr Wunsch, nicht meiner.«

Es war offensichtlich, dass sie nicht bereit war, die Verantwortung für die verschwendete Zeit zu übernehmen. Decker wandte sich ihrem dringlicheren Fall zu. »Warum sind Sie hier?«

»Ich habe gehört, dass Sie mit Brock Baer gesprochen haben.«

»Das haben wir«, bestätigte Decker.

»Wie haben Sie davon erfahren?«, hakte McAdams nach.

»Brock hat mich aus dem Gefängnis angerufen. Er wollte meine Hilfe.«

»Wann war das?«

»Vor zwei Tagen.«

»Haben Sie ihm geholfen?«, wollte Decker wissen.

»Nein. Warum sollte ich? Er hat mich bedroht.«

»Das ist nicht nett«, bemerkte Decker.

»Überhaupt nicht nett. Ich mag keine Drohungen.«

»Womit hat er Sie bedroht?«, fragte McAdams.

»Ich bin mir sicher, dass er Ihnen eine lächerliche Geschichte aufgetischt hat. Deshalb bin ich hier. Um die Fakten klarzustellen.«

»Wir würden liebend gern hören, was Sie zu sagen haben.«

»Was hat er Ihnen erzählt?«

»Elsie, erzählen Sie uns doch einfach, was passiert ist«, konterte Decker. »Darf ich Sie Elsie nennen?«

»Ist mir egal.«

»Ich nehme an, dass Sie hier sind, um uns Ihre Seite der Geschichte zu erzählen«, sagte Decker.

»Es ist nicht meine Seite. Es ist die einzige Seite. Denn es ist die Wahrheit.« Decker wartete ab. Sie schüttelte den Kopf. »Pauline konnte sehr stur sein. Ich habe sie gebeten, sich nicht mit ihm zu treffen. Ich habe immer gewusst, dass ihr unsere Beziehung nicht so viel bedeutet wie mir. Aber zu ihm zurückkehren?« Sie zuckte die Achseln. »Das war Wahnsinn.«

»Wann war das, Elsie?«

»Wann?«

»Erinnern Sie sich an das Datum?«

»Nein. Da muss ich in meinem Kalender nachsehen.«

»Wie ist es mit dem Wochentag?«

»Donnerstag oder Freitag. Baer hatte Pauline angerufen.

Das hat Pauline jedenfalls gesagt. Gut möglich, dass sie ihn angerufen hat. Pauline war nicht vertrauenswürdig.«

»Wer auch immer wen angerufen hat, sie haben sich getroffen«, erwiderte Decker.

»Richtig. Pauline sagte, es wäre nur ein freundliches Hallo gewesen.« Sie gab einen geringschätzigen Laut von sich. »Ich wusste, dass es gelogen war, was mich nicht überrascht hat. Pauline war drogensüchtig und Alkoholikerin. Die meiste Zeit, wenn sie bei mir war, konnte ich sie unter Kontrolle halten. Aber sie hat es mir oft verübelt. Ich habe ihr gesagt, dass das eine schlechte Idee ist. Ich habe ihr gesagt, dass es nur scheitern kann. Aber sie war eine erwachsene Frau. Was konnte ich dagegen tun, wenn sie dumm sein wollte?«

»Erzählen Sie mir von dem Abend, an dem Pauline gestorben ist.«

»Ich muss nachdenken.« Sie seufzte. »Ich glaube, sie ist so gegen sieben ausgegangen. Es war noch hell. So viel weiß ich. Ich habe ihr angeboten, sie dort abzusetzen, aber sie hat gesagt, sie will lieber zu Fuß gehen.«

»Okay«, fasste Decker zusammen. »Sie hat das Haus um sieben verlassen, um zu Fuß in die Stadt zu gehen?«

»Ja.«

»Wann haben Sie sie das nächste Mal gesehen?«

»Sie überspringen hier einige Teile der Geschichte«, antwortete Elsie. »Es wäre besser, wenn ich Ihnen erzählen würde, was passiert ist.«

»Entschuldigung. Fahren Sie fort.«

»Pauline ist um sieben gegangen oder kurz danach. Ich habe mir Sorgen gemacht. Nach allem, was Pauline erzählt hat, war Brock ein mieser Typ. Ich weiß, dass er ihr gegenüber gewalttätig war. Ich weiß, dass er sie geschlagen hat. Er hat sie wie Dreck behandelt. Warum sollte sie sich mit ihm treffen wollen?«

Für Sex. Doch Decker wartete, dass sie weitersprach. Sie hatte nicht vor, allzu bald zur Sache zu kommen. Er würde einfach Geduld haben müssen. Im Augenblick ging es nur um Elsie Schulung.

Elsie verschränkte die Arme vor der Brust. »Pauline konnte so dickköpfig sein. ›Du hast mir nichts zu sagen.‹ Sie erinnerte mich an einige der Leute, mit denen ich im Heim gearbeitet habe. Aber diese Leute hatten eine Entschuldigung. Sie waren kognitiv beeinträchtigt. Was war Paulines Entschuldigung? Warum wollte sie sich freiwillig mit diesem schrecklichen Mann treffen? Hm?«

»Ich weiß es nicht«, antwortete Decker.

»Ergibt das für Sie einen Sinn?«

»Ich kenne ihre Gemütsverfassung nicht, daher kann ich Ihnen das nicht sagen.«

»Nun, für mich ergibt das keinen Sinn!« Sie schnaubte. »Wie dem auch sei, wenn sie dumm sein wollte, dann wollte sie eben dumm sein. Ich habe meinen Abend so wie immer verbracht. Ich habe gelesen. Ich habe gestrickt und mir dabei eine Dokumentarsendung über den Klimawandel angesehen. Ich hatte nicht die Absicht, wegen ihr wach zu bleiben. Also bin ich ins Bett gegangen.«

»Um wie viel Uhr?«

»So gegen zehn oder elf. Ich habe sie nicht mal angerufen, um zu hören, ob alles in Ordnung ist. Ich bin nicht verantwortlich für ihr Kommen und Gehen, richtig?«

»Sie war eine erwachsene Frau«, pflichtete Decker ihr bei.

»Ganz genau.« Elsie nahm einen Schluck Wasser. Sie blickte an die Decke.

Sie versuchte Zeit zu schinden. Decker ließ nicht locker. »Sie sind gegen elf ins Bett gegangen. Was ist dann passiert?«

»Irgendwann zwischen zehn und elf. Die genaue Zeit weiß ich nicht mehr.«

»Ist schon gut, Elsie. Sie machen das großartig.«

»Was mache ich großartig?«, blaffte sie.

»Sie nennen mir Details, die ich nicht kannte.«

»Oh.« Sie wandte den Blick ab und schaute ihn dann wieder an. »Sie hat mich angerufen … Es war nach zwölf … vielleicht war es auch schon ein Uhr morgens. Tatsächlich hat sie mich zweimal angerufen. Beim ersten Mal habe ich es nicht gehört, weil ich schlief. Ich hatte beschlossen, nicht ans Telefon zu gehen. Wenn sie etwas Dummes tun wollte, dann bitte. Ich wollte mir anschließend nicht ihr Gejammer anhören.«

»Irgendwann müssen Sie dann doch ans Telefon gegangen sein.« McAdams klinkte sich in das Gespräch ein.

»Dazu komme ich gleich. Zuerst brauchen Sie Hintergrundinformationen.«

Sie eierte um die entscheidenden Stellen der Geschichte herum.

»Wann immer Sie so weit sind«, sagte Decker.

Elsie bedankte sich bei ihm. »Wie dem auch sei, sie hat mich ein drittes Mal angerufen. Ich dachte, sie steckt vielleicht in Schwierigkeiten. Sie war mir trotz allem wichtig.«

»Davon bin ich überzeugt«, sagte Decker. »Was ist passiert, nachdem Sie den Anruf entgegengenommen hatten?«

Elsie dachte einen Moment nach. »Sie war schwer zu verstehen. Sie war betrunken. Er ebenfalls. Im Hintergrund konnte ich ihn brüllen hören: ›Leg auf, leg auf.‹ Schließlich brach die Verbindung ab.«

»Haben Sie zurückgerufen?«

»Nein. Ich bin davon ausgegangen, dass Brock ihr das Telefon weggenommen hat. Wenn sie es noch gehabt hätte, hätte Pauline wieder angerufen.«

»Sie müssen Panik gehabt haben«, sagte Decker.

»Ich gerate nicht in Panik.« Sie hielt kurz inne. »Aber ich habe mir Sorgen gemacht.« Sie atmete tief durch. »Ich wusste nicht, wo sie war. Aber ich habe mir überlegt, dass sie ohne Wagen nicht weit weg sein konnte.«

»Sie sind sicher, dass sie kein Auto hatte?«, hakte McAdams nach.

»Ich hatte den Wagen – ihren Wagen. Meiner war in der Werkstatt.«

»Vielleicht hatte Baer ja ein Auto.«

»Unmöglich.« Sie tat die Idee mit einem Achselzucken ab. »Er hatte kein Geld, woher sollte er einen Wagen haben? Würden Sie mich vielleicht weitersprechen lassen?«

»Nur zu«, forderte Decker sie auf.

»Mein Auto war in der Werkstatt, aber ich hatte einen Schlüssel für ihres. Ich habe es genommen und mich auf die Suche nach ihr gemacht. Mein erster Fehler. Ich hätte es ihr überlassen sollen, mit ihren schrecklichen Entscheidungen klarzukommen.«

Sie brach ab, und die Männer warteten.

»Ich habe sie am Straßenrand entdeckt. Der Bastard hat an ihrem Arm gezerrt. Sie hat ihn angeschrien, dass er sie loslassen soll. Ich habe den Wagen abgestellt und bin ausgestiegen. Sie waren beide betrunken. Er wollte sie nicht loslassen. Er wollte einfach nicht loslassen!«

»Hartnäckig«, sagte Decker.

»Typisch für diesen Vollidioten!« Sie schüttelte den Kopf. »Als er versucht hat, nach dem Messer zu greifen, wurde es wirklich unschön.«

»Okay«, schaltete sich Decker wieder ein. »Lassen Sie uns noch mal einen Schritt zurückgehen, Elsie. Von welchem Messer sprechen Sie?«

»Von dem Messer, das ich zu meinem Schutz mitgenommen hatte. Dieser Mann war bösartig. Ich hatte keine Ahnung, was er tun würde. Ich musste mich schützen.«

»Verstehe«, antwortete Decker. »Sie haben ein Messer zu Ihrem Schutz mitgenommen.«

»Das habe ich doch gerade gesagt.«

»Ja, haben Sie. Woher hatten Sie das Messer? In Ihrem Küchenblock hat keins der Messer gefehlt.«

»Es lag in einer Schublade. Es ist ein Messer, das ich zum Filetieren von Fisch benutze. Nicht zu groß, aber sehr scharf.«

»Okay. Sie hatten dieses Messer bei sich. Und Sie haben es Brock Baer gezeigt?«

»Ich habe es ihm nicht wie ein Foto gezeigt. Ich hielt es in die Höhe und habe ihm befohlen, sie loszulassen. Ich habe nicht nur mich selbst verteidigt, sondern auch Pauline.«

»Natürlich«, sagte Decker. »Sie haben das Messer hochgehalten und Brock befohlen … was zu tun?«

»Ich habe gesagt, dass ich ihn abstechen würde, wenn er sie nicht loslässt. Und da hat er versucht, mir das Messer abzunehmen.«

»Und Sie haben auf ihn eingestochen?«

»Ich habe Pauline getroffen … aus Versehen. Sie ist dazwischengegangen – zwischen Brock und mich. Er hat weiter versucht, mir das Messer wegzunehmen, also habe ich ihm die Hand aufgeschlitzt.« Sie machte eine ausholende Bewegung. »Und da hat Pauline dann versucht, das Messer zu fassen zu bekommen.« Eine einzelne Träne lief ihr über die Wange. »Sie hat mich angeschrien. ›Nicht *ihn*! *Mich*!‹ Ich versuche, ihr zu helfen, und sie ist wütend auf mich? Was für eine Undankbarkeit!«

»Es ist schwer, wenn man versucht, das Richtige zu tun, und das dann nach hinten losgeht.«

»Nach hinten losgeht?«

»Sie versuchen zu helfen, und Pauline wird sauer auf Sie statt auf ihn.«

»Ja, genau. Sie war diejenige, die mich angerufen hatte. Ich hab tief und fest geschlafen.«

»Als sie Sie angebrüllt hat, sind Sie wütend auf sie geworden«, stellte McAdams fest.

»Natürlich war ich *wütend* auf sie!«, blaffte sie. »Ich wollte von Anfang an nicht, dass sie sich mit diesem Arschloch trifft.«

»Und dann wurden Sie ihretwegen in dieses Schlamassel verwickelt«, sagte Decker.

»Ich wurde nicht darin verwickelt. Ich habe lediglich versucht, ihn von ihr wegzubekommen. Und dann hat sie den Nerv, mich anzubrüllen, und versucht, mir meine Verteidigungswaffe wegzunehmen?«

»Das würde mich sauer machen«, sagte Decker.

»Ja, ich war sauer.«

»Und das war der Moment, in dem Sie erneut auf sie eingestochen haben?«

Elsie schüttelte den Kopf. »Ich habe nicht auf sie eingestochen. Ich habe mich nur selbst geschützt.«

»Ich verstehe«, antwortete Decker. »Und Pauline hat weiter versucht, an das Messer heranzukommen?«

»Ja. Die dumme Kuh.«

»Elsie, es wurde dreimal auf Pauline eingestochen«, sagte Decker.

»Wenn Sie es sagen.«

»Ja, das tue ich, und der Gerichtsmediziner sieht das genauso.« Decker wartete. Keine Reaktion. Dann fuhr er fort: »Erstochen, Elsie. Nicht nur oberflächliche Kratzer. Sie wurde erstochen.«

»Sie kam mir immer wieder in die Quere. Das war nicht meine Schuld.«

»Hat Pauline noch gelebt, als Sie sie zu sich nach Hause gebracht haben?«

»Ich bin mir nicht sicher.« Eine Pause trat ein. »Vielleicht.«

»Wenn sie noch gelebt hat, warum haben Sie sie dann nicht einfach ins Krankenhaus gebracht?«

Sie schaute zur Decke und seufzte. »Ich wusste, dass man fragen würde, was passiert ist. Mir war klar, dass sie es nicht verstehen würden. Ich hatte keine Zeit, es zu erklären, weil ich andere Pläne hatte.« Wieder wartete Decker ab. Sie fuhr fort: »Ich hatte Bertram versprochen, ihn nach Hause zu bringen, nach Deutschland. Er konnte schließlich nichts dafür, dass sie es vermasselt hat. Aber es wäre ohnehin egal gewesen. Ich wusste, dass sie es nicht schaffen würde.« Wieder zögerte sie kurz. »Und was jetzt?«

»Ich habe noch ein paar Fragen, Elsie.«

Sie sah auf ihre Armbanduhr. »Dann stellen Sie sie.«

»Pauline wurde erstochen …«, begann Decker.

»Es war ihre eigene Schuld.«

»Okay. Es war ihre eigene Schuld. Aber sie ist trotzdem erstochen worden. Verletzt. Oder war sie zu diesem Zeitpunkt bereits tot?«

»Ich sagte doch, das war schwer zu sagen.«

»Stimmt. Sie haben sie in Ihr Auto geschafft.«

»In Paulines Auto«, korrigierte Elsie ihn. »Meins war in der Werkstatt.«

»Ach ja. Sie haben sie in ihr Auto verfrachtet und sind nach Hause gefahren.«

»Ja.«

»Was war mit Brock?«

»Sie war zu schwer für mich, um sie zu tragen, also hat er sie in den Wagen gehoben.«

»Wer ist ›er‹? Brock Baer?«

»Ja, natürlich. Wer denn sonst?«

»Es ist nur so ... na ja, in der einen Minute haben Sie versucht, auf ihn einzustechen, und in der nächsten arbeiten Sie beide zusammen?«

»Als uns der Ernst der Lage klar wurde, hatten wir keine Wahl. Pauline war schwer verletzt, und wir wussten, dass wir ihr helfen mussten.«

Decker nickte.

»Wir haben das Richtige getan.«

»Auf jeden Fall.« Er schwieg eine Sekunde. »Lassen Sie mich sichergehen, dass ich das richtig verstanden habe. Brock Baer und Sie haben beschlossen, den Streit zu beenden und Pauline zu helfen.«

»Ja.«

»Dann half Baer Ihnen, Pauline ins Auto zu heben. In Ihren Wagen, nein, Moment, es war Paulines Wagen. Ihrer war in der Werkstatt.«

»Ja.«

»Nachdem Baer das getan hat, wo ist er dann hingegangen?«

»Er ist natürlich mit zu mir nach Hause gekommen.«

»Natürlich«, echote McAdams.

Sie drehte sich zu ihm um. »Na klar!«

»Und was dann?«

»Er hat sie in die Küche gebracht, damit wir uns die Verletzungen ansehen können.« Sie hielt inne. »Er hat immer noch nach Alkohol gestunken, aber er wirkte vernünftiger.«

»Was ist passiert, nachdem er sie in die Küche gebracht hatte?«

»Pauline war blutüberströmt. Wenn sie nicht tot war, dann hat sie zumindest kaum noch geatmet.«

Decker nickte und wartete darauf, dass sie weitersprach.

»Es war klar, dass sie nicht überleben würde«, sagte Elsie.

»Und Sie haben nicht einmal in Erwägung gezogen, sie ins Krankenhaus zu bringen?«, fragte Decker.

Elsie dachte nach. »Nein.«

Einfach so.

Nein.

»Also gut«, begann Decker von Neuem. »Nachdem Sie in Ihrer Küche gestorben ist, haben Sie das Blut weggewischt?«

»Ja. Mit Bleichmittel.«

»Hat Baer Ihnen dabei geholfen?«

»Ja.« Elsie dachte kurz nach. »Er war ein grässlicher Mensch. Aber er wollte, glaube ich, nicht, dass sie stirbt. Ich jedenfalls wollte es ganz bestimmt nicht. Aber so was passiert eben.«

»In der Tat, so was passiert«, pflichtete Decker ihr bei. »Sie haben die Küche geputzt. Was haben Sie dann getan?«

»Brock und ich haben uns hingesetzt, um nachzudenken. Es war ein verrückter Abend gewesen.«

Die Meisterin der Untertreibung. Laut sagte Decker: »Da bin ich mir sicher.«

McAdams schaltete sich wieder ein. »Wo war Pauline, während Sie alles sauber gemacht haben?«

»Im Kofferraum ihres Wagens, in einer Plastikhülle.«

»Dann *planten* Sie also, sie zu vergraben.«

»Natürlich. Ich konnte ja wohl kaum eine Leiche in meinem Haus verfaulen lassen, während ich Bertram und Kathrine nach Deutschland brachte.«

»Sie haben sie ziemlich weit weg von Ihrem Haus vergraben.«

»Ja.«

»Wer hat die Stelle ausgewählt?«

»Das war ich.« Elsie stieß den Atem aus. »Ich konnte nicht klar denken. Ich hätte sie näher bei mir zu Hause vergraben sollen, aber ich kannte die Stelle, weil ich schon mal dort gewesen war. Dort wollten Bertram und ich uns einige Tage später treffen. Die Stelle lag versteckt im Wald. Nachdem wir die Leiche vergraben hatten, habe ich in meinem Auto übernachtet, bin zu Paulines Grab gegangen und habe ein Gebet gesprochen. Es war nur ein paar Meilen von dem Ort entfernt, wo ich Bertram zu unserer verabredeten Zeit abholen wollte.«

»Nachdem Sie dort ankamen, sind Sie nicht noch einmal weggefahren?«, fragte McAdams.

»Nein.«

»Elsie«, sagte Decker, »wir haben Ihren Wagen im Wald gefunden.«

»Ja, ich hab ihn dort stehen lassen.«

»Wie konnte Ihr Wagen dort stehen – im Wald neben dem Diner –, wenn er doch eigentlich in der Werkstatt war?«

»Weil wir sie erst am nächsten Abend vergraben haben. Zu dem Zeitpunkt hatten wir zwei Autos. Ihres und meins.«

»Was ist mit Baer passiert?«

»Wie meinen Sie das?«

»Ich meine, wenn Sie sie erst am nächsten Tag begraben haben, war Baer dann die ganze Zeit bei Ihnen? Bei Ihnen zu Hause?«

»Ja. Ich brauchte ihn, damit er mir hilft, die Leiche zu vergraben. Das konnte ich nicht allein tun. Er hat die Schaufeln und die Säcke besorgt und so.«

»Er hat einfach beschlossen, dazubleiben und Ihnen zu helfen, Pauline zu vergraben?«, fragte McAdams nach.

»Ich habe ihm gesagt, dass er Paulines Auto haben kann, wenn er mir hilft – und das tat er.« Sie zuckte die Achseln. »Irgendwas musste ich ihm geben. Und vielleicht wollte er ja tatsächlich mithelfen, sie zu begraben. Ich muss sagen, mit vereinten Kräften haben wir es sehr gut hinbekommen, Pauline eine angemessene Ruhestätte zu geben.«

Eine angemessene Ruhestätte. Decker hoffte, dass seine Miene nichts preisgab. »Also sind Baer und Sie am nächsten Tag zu der Stelle in der Nähe des Diners gefahren und haben Pauline begraben.«

»Ja.«

»Sie in Ihrem Auto und Baer in Paulines Auto mit der Leiche.«

»Ja. Wir hatten großes Glück, dass niemand ihn angehalten hat. Es war Sommer. Die Leiche hatte schon angefangen zu verwesen und roch ein wenig. Aber nur ein wenig. Wir hatten Eis draufgelegt. Das war meine Idee.«

»Hört sich so an, als hätten Sie sich für alle Eventualitäten gewappnet.«

»Ich war so gründlich, wie ich nur konnte. Wenn ich klarer hätte denken können, hätte ich es näher am Haus gemacht. Aber …« Sie zuckte die Achseln.

»Was hat Baer gemacht, nachdem Sie beide Pauline begraben hatten?«

»Er ist weggefahren.«

»Mit Paulines Auto.«

»Ja.«

»Hatten Sie beide noch mal Kontakt?«

»Nein – na ja, jedenfalls nicht bis neulich. Aber direkt danach hat es keinen Kontakt gegeben. Dieser ganze Schlamassel hat mich von dem abgelenkt, was ich tun musste.«

»Sie meinen, Bertram und Kathrine nach Deutschland zu bringen?«, fragte Decker nach.

»Ja.«

»Wenn Sie Ihren Wagen im Wald zurückgelassen haben, wie sind Sie dann zum Flughafen gelangt, um die beiden nach Deutschland zu bringen?«

»Ich hatte einen Uber bestellt. Wir nahmen die Nebenstraßen. Ich wollte nicht, dass irgendwelche Kameras uns erwischen. Dann habe ich ein Auto gemietet und Kathrine abgeholt.«

»Der Wagen sah aus wie Ihr Auto.«

»Kann sein, aber es war nicht mein Auto. Es war ein Mietwagen.«

»Es scheint, als hätten Sie eine Menge Energie darauf verwendet, Bertram und Kathrine nach Deutschland zu bringen.«

»Das stimmt.« Sie hielt inne. »Sie mussten zusammen sein. Jeder konnte das erkennen. Ich habe ihnen nur geholfen.«

»Wie viel Geld haben Sie dafür bekommen?«, fragte Decker.

»Ich habe nichts verlangt. Lediglich genug für die Tickets, den Mietwagen, das Hotel und die Unkosten.«

»Abgesehen von Ihren Unkosten haben Sie kein Geld bekommen?«, fragte McAdams.

»Das habe ich nicht gesagt. Ich habe gesagt, ich habe nichts verlangt. Sobald wir alle in Deutschland waren, hat Bertram darauf bestanden, mir etwas für meine Hilfe zu geben.«

»Wie viel hat er Ihnen für Ihre Hilfe bezahlt?«

»Das geht Sie nichts an!«

»Bertram hatte keinen Zugriff auf viel Geld, als er noch in den Staaten lebte«, bemerkte Decker.

»Na ja, vielleicht nicht in den Staaten, aber in Deutschland hat er Zugang zu jeder Menge Geld. Und was er mir als Entschädigung bezahlt hat, ist nicht Ihre Angelegenheit.«

»In der Tat, das ist es nicht«, schaltete sich McAdams ein. »Es sei denn, man klagt Sie wegen Entführung an.«

»Ich habe niemanden entführt. Sie wollten das Land sowieso verlassen. Ich habe ihnen nur dabei geholfen.«

»Im Moment ist Entführung die geringste Ihrer Sorgen, Elsie«, sagte Decker.

»Ich weiß. Ich werde ins Gefängnis wandern. Es war Notwehr, aber ich bin mir sicher, dass Sie es nicht so sehen. Trotzdem musste ich die Sache klären. Ich weigere mich, mich zu verstecken und zu fliehen, denn ich habe nichts Unrechtes getan. Es war ein Unfall, und sie hatte keine Überlebenschance.«

»Woher wissen Sie das?«, fragte Decker. »Sie haben gesagt, Sie hätte gerade noch so geatmet.«

»Ich war dabei. Sie nicht. Jetzt liegt alles in den Händen meines Anwalts und der Geschworenen.« Sie stand auf. »Ich habe nichts mehr zu sagen. Ich bin müde und hungrig und würde mich gern in einer Gefängniszelle ausruhen.«

»Okay«, sagte Decker. »Elsie, ich werde Sie unter anderem wegen Mordes anklagen. Ich werde Ihnen Ihre Rechte vorlesen.« Er drehte sich zu McAdams um. »Hast du die Karte dabei?«

Tyler sprang auf. »Ich werde eine holen.« Er verließ den Raum.

»Was für eine Karte?«

»Es ist eine Karte, die Sie über Ihre Rechte informiert. Sie unterschreiben sie, nachdem ich sie Ihnen laut vorgelesen habe.«

»Okay. Und wie geht es dann weiter?«

»Wir haben eine Arrestzelle hier auf der Wache. Dort werden Sie auf Grundlage der Anklagepunkte …«

»Welche Anklagepunkte außer Mord?«

»Mord, Unterschlagung von Beweismitteln, Verstecken eines Leichnams, Entführung …«

»Ich sagte Ihnen doch, dass ich niemanden entführt habe.«

»Manchmal bleiben nicht alle Anklagen bestehen, okay?«

»Gut.« Sie zuckte die Achseln. »Was passiert, wenn ich im Gefängnis bin?«

»Ich werde Ihnen etwas zum Mittagessen besorgen und mich wegen der Anklagen mit meinem Captain beraten.« McAdams kam mit der Karte zurück. Decker belehrte sie über ihre Rechte, und sobald das geschehen war und sie die Karte unterzeichnet hatte, sagte er: »Man wird Ihnen einen Anwalt stellen, es sei denn, Sie haben einen.«

»Ich habe keinen Anwalt.«

»Okay, wir werden Ihnen einen besorgen. Sie sollten am Nachmittag angeklagt werden. Da Sie einen gültigen Reisepass und Zugang zu einem Ort außerhalb des Landes haben, werden Sie wahrscheinlich nicht auf Kaution freikommen. Der Staatsanwalt wird den Schluss ziehen, dass bei Ihnen Fluchtgefahr besteht. Aber versuchen kann Ihr Anwalt es.«

»Sehr gut.«

Decker sah McAdams an. »Dann los.«

Sie hielt ihm ihre Handgelenke hin. Als Decker nichts unternahm, fragte sie: »Keine Handschellen?«

»Brauche ich welche?«

»Nein. Ich dachte nur, das macht die Polizei so.«

»Wir haben da einen gewissen Ermessensspielraum«, antwortete Decker. »Außerdem sind wir zu zweit, und Sie sind allein.« Die beiden Männer flankierten sie, und das Trio ging durch den Flur. Mit dem Aufzug fuhren sie eine Etage tiefer in die Erfassungsstelle. Dort war niemand.

»Ich hole jemanden«, sagte McAdams. »Moment.«

Decker wartete zusammen mit Elsie, die fragte: »Können Sie das nicht machen?«

»Ich kann Fingerabdrücke und eine DNA-Probe nehmen, aber mit der Kamera komme ich nicht so gut klar.«

Eine Minute später kam Kay Arby, der zuständige Beamte, zurück. »Tut mir leid. Ab hier übernehme ich.«

Während Elsie fotografiert wurde, sagte Decker: »Harvard, bleib du hier, bis sie hinter Schloss und Riegel ist. Sobald das erledigt ist, beschaff ihr etwas zum Mittagessen. Ich rede in der Zwischenzeit mit Radar, und wir rufen den Staatsanwalt an.«

Der junge Mann lächelte. »Kein Problem, Boss. Und wenn du schon beim Telefonieren bist, ruf Rina an und sag ihr, sie soll anfangen zu packen. Ich wünsche euch eine schöne Reise.« Ein weiteres Lächeln, aber diesmal war es traurig. »Ich wünsche dir ein schönes Leben.«

Decker hätte in Hochstimmung sein sollen. Stattdessen war er erschöpft und ziemlich deprimiert. Er schenkte dem jüngeren Mann ein schwaches Lächeln und versuchte, etwas Begeisterung aufzubringen. »Du bist große Klasse, Harvard.« Er wuschelte ihm durch die Haare. »Danke für eine wunderbare Zeit.«

Aufrichtige Worte. Aber trotzdem traurige.

KAPITEL 29

Am Abend vor Chris' Aufbruch nach Indien ging ich früher schlafen als gewöhnlich, nicht vor Müdigkeit, sondern weil ich ein Nervenbündel war und nicht wollte, dass meine Angst auf ihn abfärbte. Ganz versunken in die Bedienung seines Captain-America-Video-Pods, wirkte er vollkommen normal, als ich ins Schlafzimmer ging.

Ich war auf seine Abreise vorbereitet. Chris hatte mich endlich in sein High-Security-System aufgenommen. Ich hatte absolute Freiheit. Ich konnte in sein Zimmer gehen und in das von Juleen, wie es mir beliebte, konnte den privaten Aufzug benutzen. Außerdem hatte er veranlasst, dass ich Zugriff auf einen Fahrer und auf seinen Whirlpool hatte, der an sein Büro im Erdgeschoss angrenzte. Der letzte Akt der Befreiung schloss Zugang zu seinem Tresor ein, ergo zu seinem Geld. Es war ein unglaublicher Vertrauensbeweis, den ich nicht auf die leichte Schulter nahm. Denn er führte mir den schlimmstmöglichen Verlauf seiner Aktion vor Augen.

Vielleicht werde ich es nicht mit deinem Sohn zurückschaffen.

Als er um halb fünf am Morgen zu mir kam, brauchte er mich nicht einmal zu wecken. Ich war fast die ganze Nacht wach gewesen, abgesehen von mehreren kurzen Nickerchen, aus denen ich erschrocken und desorientiert erwachte, schweißgebadet und mit rasendem Herzen.

Normalerweise schlüpfte er immer unter die Decke und zog mich an seine Brust. Stattdessen setzte er sich aufs Bett. Ich sah ihn an.

»Alles in Ordnung?«

Er betrachtete mich. Seine weißen Haare reflektierten das Mondlicht, das durchs Fenster fiel. »Ich bin in einer meiner

Launen, Teresa. Wehr dich nicht dagegen. Es würde kein gutes Ende nehmen.«

Okay, dachte ich. Jetzt wird er fies. Vielleicht brauchte er das, um seine Aufgabe zu bewältigen. Gemein zu werden. Wenn das der Fall war, war es okay für mich. Ich wollte, dass er sich gemein fühlte. Ich wollte, dass er gemein wurde und grausam und unbarmherzig war und das größte Arschloch, das man sich nur vorstellen konnte. Denn wenn man es mit amoralischen, gewissenlosen Wesen zu tun hatte, waren nette Jungs erledigt. Wenn ich die volle Wucht seiner Grausamkeit ertragen musste, damit er die anstehende Aufgabe bewältigte, dann sollte es eben so sein.

Ich drehte mich um, ging auf alle viere und wartete auf den Schmerz. Er schob mein Manson-Girl-Kleid hoch, dann knurrte er: »Ich hasse dieses verdammte Ding.« Er riss es an einer der Nähte entzwei. Sobald ich nackt war, schloss ich die Augen und spürte, wie mein ganzer Körper sich anspannte.

Einen Moment lang tat er gar nichts. Ich hörte ihn atmen. Ich spürte die Nähe seines verschwitzten Körpers. Wie er seine riesige Hand um meinen Nacken legte. Aber dann ließen seine langen, dürren Finger mich los und glitten an meiner Wirbelsäule hinab, Wirbel für Wirbel, während seine Fingerspitzen über jeden Knochen tanzten, als würde er Blindenschrift entziffern.

Doch dann, beim Sex, war er ganz normal … selbstbewusst, aber sanft – so sanft, dass ich erregt war, als es vorbei war.

Anschließend sagte er: »Setz dich hin und lehn dich ans Kopfbrett.«

Ich tat, was er wollte. Er kam zu mir. Ich wartete darauf, dass er etwas unternahm, dass er mir die Hand in den Nacken legte und mich an sich zog. Als er das nicht tat, fragte ich: »Was willst du, Baby?«

»Mach die Augen nicht zu, Terry. Sieh mich an, wenn du es tust, mein Engel. Sieh mich *an.*« Womit er mir sagte: *Ich bin derjenige, mit dem du es tust. Ich bin derjenige, der die Kontrolle hat.*

Was immer er wollte. Als er zum Höhepunkt kam, lehnte er sich schwer atmend und mit geschlossenen Augen an die Wand, den Kopf in den Nacken gelegt. Ich wartete darauf, dass er sich aus mir zurückzog. Einige Sekunden später tat er es, dann nickte er mir zu. Mein Signal, dass ich aufstehen und ins Bad gehen durfte. Ich spülte mir den Mund aus, putzte mir die Zähne und stieg unter eine dampfende Dusche.

Eine Minute später gesellte er sich zu mir, als ich gerade dabei war, mir die Haare zu shampoonieren. Er schüttete sich seinerseits Shampoo auf die Haare, dann nahm er mit beiden Händen mein Gesicht und küsste mich heftig und voller Verzweiflung. Er küsste mich noch einmal. Und dann noch einmal. Ich spürte, wie seine Erektion wuchs, und griff nach unten, aber er schlug meine Hand weg.

»Ignorier es.« Er küsste mich weiter, seine Zunge im Spiel mit meiner.

»Ich will es nicht ignorieren. Ich will dich.«

Er zog sich ein kleines Stück zurück. »Die erotischsten Worte der englischen Sprache.«

Er trug mich aus dem Bad und warf mich aufs Bett. Wir waren beide nass und voller Shampoo. Als er den Kopf zwischen meine Beine senkte, hielt ich ihn auf. »Das brauche ich nicht.« Ich drehte ihn auf den Rücken und stieg auf ihn. Es war kalt im Zimmer. Das Wasser tropfte an mir hinunter, und ich begann zu zittern. Er richtete sich auf, bis wir Brust an

Brust dasaßen, dann zog er meinen Mund zu seinem heran. Wir küssten uns, während wir uns liebten. »Du frierst«, sagte er. Er streichelte mir über den Rücken. Dann drehte er mich um, bis mein Rücken an seiner Brust ruhte. Mit einer Hand zwischen meinen Beinen zog er mit der anderen meinen Kopf an meinen Haaren zurück und küsste mich heftig. Ich legte ihm eine Hand auf die Wange und die andere zwischen seine Beine.

Er seufzte wie ein liebeskranker Teenager. Es führte mich zurück in eine Zeit vor vielen Jahren, und ich fühlte mich wieder wie die hormonell getriebene Sechzehnjährige, die für ihn Gift geschluckt hätte. Zwei dumme, verliebte Teenys. Und sechsundzwanzig Jahre später hatte ich Sex, und es kribbelte wie von kleinen elektrischen Schlägen, als seine Hände über meinen Körper wanderten. Ich erreichte als Erste den Höhepunkt, aber ich war ihm nur Sekunden voraus. Es war ein langer, heftiger Orgasmus, der in rot glühenden Wellen kam.

Nachdem wir beide wieder zu Atem gekommen waren, trug er mich zurück zur Dusche – das Wasser lief immer noch und war immer noch herrlich heiß. Er griff nach der Handbrause, und spülte zuerst mir das Shampoo aus den Haaren und dann sich selbst. Er ging als Erster raus und gab mir einen seiner vielen schwarzen seidenen Morgenmäntel. Dann nahm er ein Handtuch und trocknete mir die Haare.

»Ich föhne sie dir«, verkündete er.

»Das kann ich selbst.«

»Ich weiß, dass du es kannst, aber ich will es machen.«

»Warum?«

»Weil ich sie schneiden will. Sie sind zu lang. Setz dich aufs Bett. Ich bin gleich wieder da.«

Ich setzte mich. Als er zurückkam, sagte ich: »Nicht zu kurz.«

»Mach dir keine Sorgen. Ich mag dich mit langen Haaren. Nur eben nicht so lang.« Er bürstete mir die Haare aus und stellte sich mit der Schere hinter mich. Dann zog er eine Linie von ungefähr zwanzig Zentimetern unterhalb meines Schlüsselbeins. »Genau hier.«

Ich antwortete nicht. Als er mit dem Schneiden fertig war, spürte ich die warme Luft, die durch meine Haare strich, während er sie bürstete und einrollte. Als er fertig war, richtete er den Föhn auf seine eigenen schulterlangen, weißen Locken.

Ich schaute in den Spiegel.

»Wie findest du sie?«, fragte er.

»Du bist ein Mann mit vielen Talenten.« Tatsächlich gefiel mir die Länge. Ich fühlte mich immer noch feminin, aber gleichzeitig erheblich freier. »Es ist wunderschön.«

»Freut mich, dass es dir gefällt, mein Engel.« Er holte sein Handy hervor. »Jetzt zieh den Morgenmantel aus und leg dich aufs Bett.«

»Was tust du da?«

»Wonach sieht es denn aus?« Er hielt das Handy hoch, und ein grelles Licht stach mir in die Augen. »Alte Rechnungen begleichen.«

»Was für alte Rechnungen?«

»Als wir so etwas das letzte Mal gemacht haben, hast du mir eine Abfuhr erteilt.«

»Chris, ich war sechzehn.«

»Die Aussage steht bis heute.«

Ich seufzte. »Nichts Pornografisches.«

»Das ist noch nicht entschieden.« Als ich nichts erwiderte, fügte er hinzu: »Die Fotos sind nur dafür da, ein Gefühl dafür zu bekommen, was ich will …« Er machte eine weitere Aufnahme. »Nämlich dich zu zeichnen.«

»Damit schließt sich der Kreis, was?«

»Genau.«

»Aber fessele mich nicht.« Ich meinte es ernst. »Ich habe es immer gehasst, wenn du das gemacht hast.«

»Ja, damals stand ich total aufs Fesseln. Zieh deinen Morgenmantel aus. Hast du jemals Goyas nackte Maja gesehen?«

»Ja, hab ich.«

»Lass uns eine Variation davon machen, okay?«

»Das ist okay. Was stellst du dir vor?«

»Leg dich auf die Seite und stütz den Kopf auf eine Hand.« Er drapierte meine Haare so, dass meine Brustwarze mit den Locken Verstecken spielte. Dann machte er ein paar Fotos. »Ich muss sagen, das ist eine angenehme Überraschung. Ich hatte mehr Widerstand erwartet.«

»Wenn ich so was mit sechzehn getan habe, verkrafte ich es wohl mit zweiundvierzig ebenfalls, zumal mit meinem Ehemann.«

Er lächelte. »Ja, du bist tatsächlich meine Ehefrau.«

»Bist du glücklich darüber?«

»Ja, das bin ich. Wenn du den Ring je wieder vom Finger nimmst, werde ich ihn dir um den Hals legen.«

»Du sagst die romantischsten Dinge.«

»Schreib das meinem Charme zu.«

»Erinnerst du dich an die erste Pose, die ich für dich eingenommen habe?«

»Ja, natürlich. Ich hab die alten Skizzenblöcke in meinem Tresor.« Er ließ die Kamera sinken. »Wir sollten ein Damals-und-Heute machen.«

»Okay.« Ich setzte mich aufrecht hin. Dann schlug ich die Beine übereinander, beugte mich vor und bettete das Kinn auf meinen Knien. Mit sechzehn war mir das alles furchtbar peinlich gewesen, und diese Pose war die wirksamste Methode, meinen Oberkörper zu verdecken. »Es war etwas in dieser Art, stimmt's?«

»Ja, nur dass du damals einen Slip anhattest.«

»Nicht die ganze Zeit.«

»Nein.« Ein breites Lächeln. »Da hast du recht.« Eine kurze Pause trat ein. »Ich werde meinen Skizzenblock und die Bleistifte holen. Bleib so sitzen.« Er kehrte mit einem Stuhl und seinen Zeichenutensilien zurück und kam zu mir. Dann nahm er einige Korrekturen vor und zog mir die Haare über die Schultern, wobei er meine Beine leicht auseinanderdrückte, um ein wenig Sicht zu haben. Schließlich stand er auf und nickte anerkennend. »Wunderschön. Beweg dich nicht.«

Er setzte sich eine randlose Brille auf und breitete seine Utensilien aus. Ich hörte, wie sein Bleistift in schnellen Bewegungen über das Papier kratzte. Ein Geräusch, das sich vor so langer Zeit in mein Gehirn eingebrannt hatte. Nachdem Gabe geboren worden war und wir wieder zusammenkamen, hatte er mich nur noch selten gezeichnet. Ich hatte das Gefühl gehabt, dass ihm mein Körper nach der Geburt nicht mehr gefiel. Nach ein paar Minuten des Schweigens fragte ich: »Der Sex … heute Abend?« Er wartete ab. Ich fuhr fort: »Das war wunderbar.«

»Ja, das stimmt.«

»Es war nicht das, was ich erwartet hatte.«

»Dann sind wir schon zu zweit.«

»Wie kam es zu dem Sinneswandel?«

Er kratzte sich an der Wange und hörte auf zu zeichnen. »Ich hatte einfach dieses überwältigende Gefühl von Nähe. Ich wollte gar nicht das, was ich zu wollen glaubte.« Er begann wieder zu zeichnen. »Und ich bin pervers. Wenn du Widerstand leistest, kämpfe ich. Wenn du nachgibst, bin ich biegsam.«

Sein Bleistift kratzte wieder über das Papier.

»Ich kann es nicht ertragen, ein Nein zu hören«, sprach er weiter. »Ganz besonders hasse ich es, wenn es von dir kommt. Ich habe das Gefühl, es ist der Auftakt dafür, dass du mich verlässt. Ich traue dir nicht.«

Ich seufzte. »Ich werde keinen Atem darauf verschwenden, mich zu verteidigen.«

»Du hast mich drei mal verlassen.«

»Zwei mal. Das in der Highschool kannst du nicht mitzählen.«

»Doch, kann ich.«

»Da waren wir nicht einmal zusammen. Du hattest eine Freundin. Du hast sie in der Nacht gevögelt, in der wir zusammen abhauen wollten. Oder hast du das etwa vergessen, Donatti?«

»Ich bin noch nicht senil. Ich habe sie nicht nur einmal gevögelt, sondern sogar zweimal. Ich war ein verdammter Idiot. Und es hat mir eine Menge Ärger eingebracht, einschließlich eines halben Jahres in einem Zuchthaus mittlerer Sicherheitsstufe, um dich nicht in meinen Schlamassel mit hineinzuziehen. Es hört sich vielleicht nicht nach viel Zeit an, aber glaub mir, im Gefängnis sitzt man in der ultimativen Scheiße.«

Ich zögerte kurz. »Ich hatte zu dir gestanden.«

»Eine Zeit lang.«

»Christopher, ich stehe immer zu dir. Ich habe dich geheiratet. Du bist mein Mann. Mehr sage ich nicht dazu.«

Er schaute auf. »Verzeih mir, wenn ich ein wenig unsicher bin.«

»Was für ein seltsames Adjektiv.«

»Ich bin nur ein Mensch. Ich habe meine Schwächen.« Er gähnte. »Ich könnte eine Tasse Kaffee gebrauchen. Beweg dich nicht. Ich mach das schon. Ist die Maschine bereit?«

»Ja.«

Er stand auf und kehrte kurz darauf zurück, nahm einen Schluck und begann wieder zu zeichnen.

»Ist das okay für dich, das zu tun?«, erkundigte ich mich.

»Was zu tun? Dich zu zeichnen?«

»Nein, das meine ich nicht.« Ich hielt kurz inne. »Du weißt schon ...«

»Nein, ich weiß es nicht.« Seine Stimme klang schroff. »Wovon redest du?«

»Davon, dass du Sanjay retten willst.«

»Ach, das.« Er streckte sich. »Ja, das ist okay für mich. Beim Erschießen von Leuten habe ich keine Schwächen. Aber ich glaube nicht, dass es dazu kommen wird.« Er wandte sich wieder seinem Zeichenblock zu.

Ich versuchte, ruhig zu bleiben. »Hast du heute Morgen etwas genommen?«

»Was? Sprichst du von Drogen?« Er sah mich an. »Nein, ich habe keine Drogen genommen. Ich brauche in der nächsten Woche einen klaren Verstand.«

»Was ist mit Viagra?«

»Natürlich habe ich Viagra genommen. Ich sehe dich jetzt mindestens eine Woche lang nicht, vielleicht noch länger. Ich wusste, dass ich viel Sex wollte. Dafür braucht man einen harten Schwanz.«

»Es ist nicht gut für dich, Baby.«

»Ich werd's überleben. Heb das Kinn zwei oder drei Zentimeter. Noch ein bisschen höher. Stopp.« Er betrachtete das Bild, das ich ihm bot. »Öffne die Knie ungefähr fünf Zentimeter weit. Stopp. Bleib so.«

Er zeichnete hektisch weiter. Ungefähr zehn Minuten später nahm er seine Brille ab, winkte mich heran und zeigte mir den Block. »Was meinst du?« Ich lächelte. »Ich meine, du lässt mich wie sechzehn aussehen und nicht wie zweiundvierzig.«

»Nein, ich habe auch die Fältchen um die Augen und auf der Stirn gezeichnet.« Er hielt inne. »Vielleicht hab ich sie ein wenig weicher gemalt, aber genau so siehst du aus, Baby. So hinreißend bist du wirklich.«

Ich flüsterte ein Dankeschön.

»Du kannst deinen Morgenmantel wieder anziehen.« Er stand auf und kam fünf Minuten später wieder. »Okay. So sahst du mit sechzehn aus.« Er zeigte mir die Skizzen von vor sechsundzwanzig Jahren. Sie waren in Plastik eingeschweißt, aber an den Rändern dennoch ausgefranst und vom Alter vergilbt. »Kein allzu großer Unterschied zwischen jetzt und damals.«

»Ja, klar!« Ich betrachtete das Bild. »Ich war so jung. Wie hast du mich dazu überredet, da mitzumachen?«

»Du hast mich geliebt.«

»Ich wäre für dich gestorben.« Ich nahm ihm die Skizzen ab und legte sie auf den Boden, dann setzte ich mich auf seinen Schoß. »Bitte, bitte, sei vorsichtig.« Ich küsste ihn. »Bitte.«

Er küsste mich leidenschaftlich, dann gab er mir einen Klaps auf den Hintern. »Ich muss packen.« Er stand auf, öffnete einen Schrank und holte dieselbe Ledertasche heraus, die er mir nur wenige Monate zuvor entgegengeschleudert hatte. Mir kamen die Tränen. Er drehte sich zu mir um. »Lass das.«

»Tut mir leid.« Ich setzte mich aufs Bett und sah ihm dabei zu, wie er seine Sachen einpackte.

»Du hast jetzt völlige Freiheit, Teresa. Du bist im System. Ich habe dir sogar die Codes zu meinem Tresor gegeben für den Fall, dass mir etwas zustößt. Theoretisch kannst du mein ganzes Bargeld stehlen und fliehen, wohin du willst. Also, sei brav, okay?«

»Ich werde nirgendwo hingehen, Baby. Du hast mich jetzt am Hals.«

Sein Lächeln war nicht böse, aber es war auch nicht freundlich. »Ich glaube dir.« Er stieß die Luft aus. »Was ich hier mache, könnte ein tödlicher Fehler sein.«

Alles, was ich sagen konnte, würde er falsch interpretieren. Also schwieg ich.

»Sei ein braves Mädchen und bring mir noch einen Kaffee«, bat er.

»Natürlich.« Ich nahm seinen Becher, füllte ihn wieder auf und schenkte mir selbst ebenfalls einen Kaffee ein. Auf dem Weg zurück ins Schlafzimmer sprach ich mir selbst Mut zu. Er hatte inzwischen noch eine kleine Reisetasche hervorgeholt. Seine Art zu packen war schnell und effizient. Als er gähnte, fragte ich: »Möchtest du dich ein bisschen ausruhen, bevor du aufbrichst?«

»Dafür habe ich keine Zeit. Außerdem kann ich im Flugzeug schlafen.«

»Wie kommst du dorthin? Ich meine, nach Indien?«

»Ich fliege mit meinem Jet nach Chicago. Von Chicago nach London. Von London nach Mumbai, wo die Sache steigen wird.«

»Du fliegst deinen Jet doch nicht selbst, oder?«

»Du meinst, als Copilot? Diesmal nicht.«

»Gut.« Schweigen. »Juleen will sich noch von dir verabschieden.«

»Wirklich? Warum?«

»Vielleicht mag sie dich. Vielleicht will sie sich einfach vor dem Lernen drücken. Schau doch kurz bei ihr vorbei, bevor du verschwindest.«

»Das kann ich machen, und zwar in ungefähr«, er schaute auf seine Rolex, »fünfundvierzig Minuten.«

Panik befiel mich. »Ich werde dich vermissen.«

Er zog den Reißverschluss seiner Reisetasche zu, dann kam er zum Bett und setzte sich neben mich. »Und wie sehr wirst du mich vermissen, mein Engel?«

Ich lächelte. »So sehr, dass du dir alles wünschen darfst.«

Er drückte mich sanft auf den Rücken. Es war ein süßes, so süßes Liebesspiel. Nicht auf die Art, nach der man sich verzehrt, wenn man völlig entflammt ist, sondern die Art, die man will, wenn man traurig ist, erfüllt von Wehmut und Sehnsucht.

Als er fertig war, duschten wir rasch. Wir zogen uns an, dann gingen wir zu meiner Tochter.

Juleen schaute von ihren Studien auf, als wir eintraten. Ihre Lippen zuckten zu einem Lächeln in die Höhe.

Chris erwiderte das Lächeln. »Wir sehen uns dann in etwas mehr als einer Woche. Pass auf deine Mom auf.«

»Ich glaube, es ist eher andersrum«, sagte ich.

»Ich bin mir da nicht so sicher, Terry. Manchmal denke ich, dass sie stärker ist als du.«

Ich lächelte. »Da hast du recht.«

Juleen ging zu ihm, und er kniete sich hin, sodass sie auf Augenhöhe waren. »Ich erwarte von dir, dass du fleißig Geige übst, während ich weg bin.«

»Natürlich.«

»Und arbeite weiter an deinen Aufgaben.«

»Ja.«

»Und sei nett zu deiner Mutter.«

»Bin ich immer.« Sie zögerte einen Moment. »Werden Sie meinen Vater treffen?«

»Ja, ich glaube schon.«

»Grüßen Sie ihn von mir. Sagen Sie ihm, dass ich ihn lieb habe.«

»Das kannst du ihm selbst sagen. Ich werde dafür sorgen, dass er dich anruft.«

»Ich kann wieder mit meinem Vater reden?«

»Wenn das alles vorbei ist, kannst du das natürlich. Ich bin sicher, du vermisst ihn.«

»Das tue ich.« Sie schlang Chris ihre mageren Arme um den Hals. »Danke, dass Sie Mommy und mir helfen. Sie sind nicht mein Vater, aber Sie sind mein Freund. Und ich bin Ihnen sehr dankbar.«

»Das alles tue ich sehr gern, Juleen.«

»Bitte, seien Sie vorsichtig, Chris.«

»Ja, das Gleiche hat mir deine Mutter auch schon gesagt.« Er klopfte ihr auf den Rücken und löste sich von ihr. Dann bedachte er sie mit einem warmen Lächeln. »Falls du etwas brauchst, ruf deinen faulen großen Bruder an.«

Sie nickte, und er stand auf. »Wir sehen uns bald wieder, zusammen mit Sanjay. Genieß deine letzten Minuten als Mommys einziges Kind.«

»Auf Wiedersehen, Chris.«

»Auf Wiedersehen.« Er griff nach seinem Lederkoffer und seiner Reisetasche. Gemeinsam gingen wir hinunter zu seiner wartenden Limousine. Er nahm mich in den Arm, und ich fing an zu weinen: tiefe Schluchzer voller Trauer, Einsamkeit und Sehnsucht.

»Ich sollte öfter mal wegfahren«, bemerkte er.

Ich versuchte zu lächeln, aber es gelang mir nicht ganz. Antworten konnte ich schon gar nicht. Ich war zu aufgewühlt.

»Bist du meine Frau?«

»Für immer und ewig.« Er küsste mich, dann löste er sich aus der Umarmung. »Ich muss los. Sei brav.«

»Sei vorsichtig, Christopher. Was auch immer passiert, ich will nicht, dass du dich in Gefahr bringst.«

»Ich werde mein Bestes versuchen.« Er küsste mich auf den Kopf. An meinen Leibwächter gewandt fügte er hinzu: »Behalten Sie sie immer im Auge.«

»Natürlich, Sir.« Er öffnete die hintere Tür für ihn. Chris stieg ein, und der Leibwächter schloss die Tür. Die Fenster waren verdunkelt, sodass ich ihn nicht sehen konnte, sobald die Tür geschlossen war. Er ließ das Fenster runter und winkte.

Ich winkte zurück und sah zu, wie der Wagen davonfuhr.

Ich atmete tief durch. Die Ungewissheit der nächsten ein oder zwei Wochen war so beängstigend, dass die einzige Möglichkeit, damit fertigzuwerden, für mich darin bestand, jeden Gedanken an den Ausgang in die hinterste Ecke meines Gehirns zu schieben. Ich konnte einfach nicht damit umgehen. Das Sicherste für mich war, das Ganze zu verdrängen, bis ich es direkt vor der Nase hatte. Sanjays Schicksal lag jetzt in Chris' Händen, nicht in meinen. »Sind Sie bereit, wieder reinzugehen, Doc?«

Ich drehte mich zu meinem Beschützer um. Ben hatte Dienst. »Gleich. Holen Sie sich einen Kaffee. Wir treffen uns dann oben.«

»Ich warte auf Sie, Frau Doktor.«

»Ben, ich weiß, dass Sie nur Ihren Job machen. Aber im Augenblick bin ich der Boss. Ich brauche nicht mehr als ein oder zwei Minuten. Holen Sie sich etwas zum Frühstück. Mit vollem Magen arbeitet es sich besser. Ich verspreche, dass ich hier sein werde, wenn Sie zurückkommen.«

Er bewegte sich nicht von der Stelle. Eine Pattsituation.

Ich lächelte zuckersüß und zwinkerte ihm zu. »Unser kleines Geheimnis, okay?«

Er trat von einem Fuß auf den anderen. »Nur dieses eine Mal.«

»Danke.«

Ich schaute ihm nach, als er in Richtung Cafeteria ging. Er war ein leichtes Opfer. Binnen eines Tages würde ich tun können, was immer ich wollte.

Ich fühlte mich wie betäubt.

Ich fühlte mich allein.

Aber merkwürdigerweise fiel mir das Atmen leichter.

Für den Moment war ich frei.

KAPITEL 30

Es bedurfte unzähliger Arbeitsstunden, nach jemandem zu suchen, der nie verschwunden war, aber es gab ein Happy End. Drei Wochen, nachdem Elsie Schulung und Brock Baer verhaftet und wegen des Totschlags von Pauline Corbett angeklagt worden waren, erhielt Decker eine Einladung zur Hochzeit von Bertram Lanz und Kathrine Taylor.

»Du solltest hingehen«, sagte Rina. »Es wäre eine schöne Art, den Fall und deine Zeit hier in Greenbury abzuschließen.«

»Ich glaube, lieber nicht«, antwortete Decker.

»Warum nicht?«

»Zum einen, weil die Hochzeit in Deutschland stattfindet.«

»Aber es gibt auch einen Empfang in den Berkshires«, konterte Rina.

»Wenn ich den Fall abschließe, schließe ich mit ihm ab«, sagte Decker.

Es war fünfzehn Uhr, und das Mittagessen war gerade beendet. Alle Kinder und Enkelkinder befanden sich im Garten und genossen die letzten Sonnenstrahlen, während Decker und Rina darüber sprachen, ob sie den Abwasch in Angriff nehmen wollten oder nicht. Die ganze Familie war für die letzten beiden jüdischen Feiertage – Schemini Azeret/Simchat Tora – hergekommen, mit Ausnahme von Gabe und Yasmine. Yasmine war bei ihren Eltern in Los Angeles, und Gabe befand sich im Ausland. Es war lebhaft zugegangen – ausgelassen und mit viel Gelächter. Alle schliefen irgendwo in ihrem kleinen Haus, Geschwister tauschten Neuigkeiten aus, genau wie Cousins und Cousinen, denn wer wusste schon, wann sie alle wieder zusammenkamen. Es gab keinen freien Quadratzentimeter Boden; alles war übersät mit Spielzeug, Babysachen und Schlafsäcken.

Decker krempelte sich die Ärmel hoch. »Wollen wir?«

»Was du heute kannst besorgen, das verschiebe nicht auf morgen.« Rina tauchte die Hände ins Spülwasser und machte sich an den Abwasch. »Es waren zwei schöne Tage.«

»In der Tat.«

»Werden wir das vermissen, wenn wir nach Israel ziehen?«

»Wahrscheinlich nicht, denn sie werden uns alle über die Feiertage besuchen kommen«, versprach Decker ihr. »Ich lege bereits Geld für Hotelrechnungen zurück.«

Rina lächelte und reichte ihm ein Geschirrtuch. »Meinst du, das wird wirklich so kommen?«

»Ich glaube schon, dass sie uns besuchen werden. Aber wahrscheinlich nicht alle gleichzeitig.« Decker trocknete einen Teller ab. »Aber Kinder hin oder her, ich bin bereit, die Verbindung zu Greenbury zu kappen.«

»Ich bin froh, dass du von allein zu dieser Entscheidung gekommen bist.« Rina stellte einen Stapel nasser Schüsseln auf die Arbeitsfläche.

»Es war ein großartiges Intermezzo zwischen Los Angeles und unserer Zukunft, aber es ist vorbei.«

»Dann sollten wir ernsthaft über das Angebot für das Haus nachdenken.«

»Es ist ein gutes Angebot«, sagte Decker. »Was hältst du davon?«

»Wenn wir das Haus verkaufen, ist es endgültig. Wir brechen wirklich alle Brücken hinter uns ab.«

»Selbst wenn wir uns entscheiden, in die Staaten zurückzukehren, wie wahrscheinlich ist es, dass wir wieder in Greenbury landen?«

»Wenn du definitiv deinen Job aufgibst, werden wir nicht hierher zurückkehren. Und wenn wir uns irgendwas kaufen, dann näher bei den Kindern.«

»Würdest du mit dem Geld vom Haus etwas in Manhattan kaufen wollen?«

»Eigentlich nicht. Was ist mit dir?«

»Deine Entscheidung. Dein Treuhandfonds.«

»Und es war dein Haus, das wir in Los Angeles verkauft haben, um etwas Größeres zu erwerben. Also wälz es nicht auf mich ab.« Decker lächelte. Rina sagte: »Ehrlich gesagt, würde ich lieber allen helfen, größere Wohnungen mit einem Gästezimmer zu kaufen. Sollen sie sich selbst um die Instandhaltung kümmern.«

»Das gefällt mir.« Decker sah Rina an. »Lass uns ein Gegenangebot abgeben und schauen, was passiert.«

»Ich rufe gleich nach Jom Tow den Makler an.« Sie schaute auf ihre Armbanduhr. »In einer Stunde und ein paar Minuten.«

Decker trocknete die letzten für Feiertage reservierten Essteller ab und räumte sie in das obere Regal. »Das letzte Mal, dass wir hier einen Feiertag begehen, was?«

»Ich kann das hier zu Ende machen«, bot Rina an. »Geh nach draußen und verbring ein wenig Zeit mit den Kindern.«

»Ich habe in den letzten beiden Tagen Zeit mit ihnen verbracht. Jetzt hätte ich lieber ein wenig meine Ruhe mit dir.«

»Danke. Das hast du lieb gesagt.«

»Es kommt von Herzen.«

»Ich bin froh, dass du all deine Fälle hier zum Abschluss gebracht hast.«

»Hat ein Weilchen gedauert, aber wie ich immer gesagt habe, Vermisstenfälle haben gewöhnlich ein Happy End.«

Es klopfte laut an der Tür. Sie sahen sich an.

»Da hat sich wohl jemand ausgesperrt.« Decker legte das Geschirrtuch beiseite. »Ich gehe schon.«

Es gelang ihm, sich durch das Labyrinth von Spielsachen, Kinderbettchen, Laufställen, Kinderwagen und Bettzeug hindurchzuschlängeln. Er öffnete die Tür und fand sich Auge in Auge einem Mann gegenüber. Vielleicht musste Decker sogar vier oder fünf Zentimeter nach oben schauen. Was er sah, waren blaue, nervöse Augen, die unruhig von einer Seite zur anderen huschten. Die Mundwinkel des Mannes waren nach unten gezogen, und sein Gesichtsausdruck war panisch. Ganz in Schwarz gekleidet, bis auf rote Stiefel, atmete er schwer und hielt dabei zwei Kinder an den Händen: Es handelte sich um einen Jungen von etwa fünf Jahren und ein ungefähr elfjähriges Mädchen. Decker trat beiseite, um ihn hereinzulassen.

»Was ist passiert, Chris?«

»Ist Gabe hier?«

»Nein, er ist gerade nicht in der Stadt.«

»Das ist wahrscheinlich ganz gut so.« Die Kinder im Schlepptau, trat Donatti über die Schwelle. »Im Moment möchte ich mich lieber nicht mit ihm auseinandersetzen.«

»Was ist passiert?«

Donatti ließ die Hände der Kinder los. »Terry ist verschwunden.« Als Decker nicht antwortete, fügte Donatti hinzu: »Der Junge und ich sind gestern aus Indien zurückgekommen, und meine Frau war nicht mehr da.«

In den Augen des kleinen Mädchens standen Tränen. Sie wimmerte: »Es tut mir leid.«

Donatti schaute auf sie hinab. »Juleen, hör auf, dich zu entschuldigen. Du bist nicht verantwortlich für das Verschwinden deiner Mom.«

Rina tauchte plötzlich auf. »Terry ist weg?«

»Anscheinend«, sagte Decker.

»Ich hatte gerade noch mit ihr gesprochen, kurz bevor ich mit Sanjay aufgebrochen bin.« Chris stieß den Atem aus. »Wir haben uns ungefähr fünfzehn Minuten lang unterhalten. Sie war glücklich, stimmt's?«

»Ja.« Tränen liefen Juleen über das Gesicht. »Sie war wirklich glücklich.«

»Ich kann es einfach nicht glauben!« Chris begann auf und ab zu gehen. »Es lief alles perfekt zwischen uns. Und selbst wenn sie mich verlassen wollte, warum würde sie dann Juleen nicht mitnehmen? Es ergibt keinen Sinn, verdammt! Außer dass es sich um Terry handelt!«

Decker sagte leise: »Warum fängst du nicht am Anfang an?«

»Es gibt keinen Anfang, Decker. Ich hab dir alles gesagt, was ich weiß.«

»Es würde mir vielleicht helfen, etwas über den Hintergrund zu erfahren«, erwiderte Decker.

»Das ist der Hintergrund. Sanjay und ich sind aus Indien zurückgekommen, und sie war weg. Ich habe alle auf meinem Gelände befragt. Niemand scheint irgendetwas zu wissen!« Die Kleine ergriff das Wort: »Ich habe versucht, Mommy anzurufen, aber ihr Telefon hat immer sofort auf die Mailbox geschaltet.«

»Ich weiß nicht, ob sie von sich aus weggegangen ist, oder ob die Hurensöhne, mit denen ich es gerade zu tun hatte, sie entführt haben«, sagte Donatti. »Ich dachte, ich hätte die Sache im Griff. Ich dachte, wir seien uns einig geworden. Aber bei solchen Leuten ist es durchaus möglich, dass man mich reingelegt hat.«

»Fehlt etwas von Terrys Sachen?«, fragte Decker.

»All ihre Kleider befinden sich noch im Schrank, aber ihre Handtasche und ihr Handy sind weg. Wenn sie abgehauen ist, dann nur mit den Klamotten, die sie am Leib hatte.« Er wischte sich mit seinem Shirt den Schweiß vom Gesicht. »Ich habe in meinem Schlafzimmer einen Tresor voller Bargeld. Bevor ich abgereist bin, habe ich ihr alle Codes gegeben für den Fall, dass mir etwas zustoßen sollte.«

»Fehlt etwas von dem Geld?«, wollte Rina wissen.

»Ich habe nur kurz nachgesehen. Es scheint alles da zu sein, aber ich habe nicht jeden einzelnen Stapel durchgezählt. Sie hätte sich ohne Weiteres eine Handvoll Scheine nehmen und gehen können.«

»Chris, gibt es einen Grund, *warum* sie verschwinden sollte?«, fragte Decker.

»Nein! Wir haben uns blendend verstanden.« Donatti ging immer noch auf und ab. »Ja, wir haben uns gestritten. Wir streiten uns immer. Aber sie war nicht sauer auf mich, als ich abgereist bin. Tatsächlich hat sie geweint, sie hat mir immer wieder eingeschärft, ich solle vorsichtig sein.« Er tigerte weiter auf und ab. »Früher habe ich sie immer mühelos durchschaut, aber jetzt kann ich das nicht mehr. Ja, es könnte geschauspielert gewesen sein. Ja, sie könnte das von Anfang an geplant haben. Aber sie hat mich geheiratet. Sie hat mir geschworen, dass sie mit mir zusammenbleibt.«

Niemand sprach ein Wort.

»Ja, ich Idiot weiß, was das wert ist.« Für einen Moment hielt er in seinem Auf und Ab durch den Raum inne. »Wenn sie mich sitzen gelassen hat, werde ich sie finden. Glaubt mir, ich werde sie finden.«

»Irgendeine Ahnung, wie sie an allen auf dem Gelände vorbeikommen konnte, ohne dass jemand etwas bemerkt hat?« Die Frage kam von Rina.

»Nein!« Donatti schaute an die Decke. »Vor meiner Abreise habe ich Wachleute abgestellt, die sie rund um die Uhr im Auge behalten sollten, um zu verhindern, dass ihr etwas zustößt. Offenbar hat sie ihnen immer wieder ein Schnippchen geschlagen. Es hat die Wachleute verrückt gemacht, dass sie ständig einfach abgetaucht ist. Sie haben mich deswegen sogar angerufen. Ich hab ihnen gesagt, sie sollten sich nicht in die Hose machen. Solange sie wiederkam, war es okay. Und sie ist immer zurückgekommen. Sie haben sich an das Muster gewöhnt. Ich wäre normalerweise stinksauer auf meine Leute, dumm nur, dass sie mich angerufen haben, und ich sie selbst zurückgepfiffen habe. Ich bin so ein Blödmann, wenn es um Terry geht. Vielleicht hat sie ein paar Probeläufe versucht und hatte die ganze Zeit vor, mich zu verlassen. Okay. Das könnte ich verstehen. Aber selbst wenn sie das gewollt hätte, wäre sie niemals ohne Juleen weggegangen ...« Eine Erinnerung blitzte in seinem Gedächtnis auf: Wie sie ihre Sachen gepackt hatte, nachdem sie einen handfesten Streit gehabt hatten. Er hatte ihr ein Bündel Geldscheine an den Kopf geworfen. Ihre Worte hallten ihm durch den Kopf, die sie ihm entgegengeschleudert hatte, nachdem sie von ihm beschuldigt worden war, ihr Kind im Stich zu lassen – wieder einmal.

Ich lasse sie nicht im Stich! Ich möchte nur für geregelte Verhältnisse sorgen, bevor ich sie zu mir hole.

»Was?«, hakte Rina nach.

»Nichts.« Donatti holte tief Luft und stieß den Atem wieder aus. »Absolut nichts. Hört zu, ich muss zurück nach Nevada. Sie ist da drüben verschwunden, nicht hier. Ich muss der Sache auf den Grund gehen, und das kann ich nicht tun, während ich den Babysitter für ihre Kinder spiele. Ich kann Gabe nicht erreichen, und ich kann die beiden aus naheliegenden Gründen nicht allein bei mir zu Hause zurücklassen.«

Wieder schaute er nach oben.

»Es tut mir wirklich leid, euch beiden das zuzumuten – schon wieder –, aber könnt ihr auf die zwei aufpassen, bis ich ein paar Antworten habe? Ich kann nicht nach Terry suchen und gleichzeitig die Verantwortung für zwei Kinder tragen.«

Decker und Rina starrten ihn an.

»Ich schwöre, dass ich eure Hilfe nur so lange in Anspruch nehme, bis ich herausfinde, was los ist«, sagte er. »Die beiden haben einen Vater. Devek wird sie holen kommen, aber ich will ihn erst anrufen, wenn ich herausgefunden habe, was mit meiner Frau passiert ist. Es ist nur für ein paar Tage. Höchstens eine Woche. Bitte!«

»Natürlich«, sagte Rina.

»Wie bitte?« Decker starrte sie an.

»Decker, ich schwöre, dass ich sie dir bald wieder abnehme. Gib mir nur eine Woche. Das, was damals mit meinem Sohn gelaufen ist, wird sich hier nicht wiederholen.«

Rina drehte sich zu ihrem Mann um. »Er war da, als wir ihn gebraucht haben.«

»Ja, weil er bis über beide Ohren in unserer Schuld stand.«

»Bitte!«, sagte Donatti. »Ich bin wirklich verzweifelt.«

»Peter, geh mit ihm«, sagte Rina an ihren Mann gewandt. »Es sieht aus, als könnte er etwas Hilfe gebrauchen.«

»Ich brauche keine Hilfe«, widersprach Donatti.

»Doch, das tust du, Chris.«

»Rina«, begann Decker, »ich lasse dich nicht mit Teresas Kindern allein.«

»Nach all den Jahren, in denen ich schon eine Familie versorgt habe, werde ich wohl für ein paar Wochen auf die beiden aufpassen können.«

»Darum geht es nicht«, sagte Decker. »Was ist, wenn Terry tatsächlich entführt wurde und jemand kommt, um auch noch die Kinder zu holen, damit er noch mehr Lösegeld verlangen kann? Auf keinen Fall werde ich dich mit den beiden allein lassen, wenn jemand es auf sie abgesehen hat.«

»Dann bleibt beide hier«, sagte Donatti. »Ich brauche keine Hilfe.«

»Wie wär's, wenn ihr beide mit ihm geht und ich auf die Kinder aufpasse?«

Die drei Erwachsenen drehten sich zu der Stimme um. Cindy zuckte die Achseln. »Ich habe selbst Kinder und jede Menge Platz im Haus.«

»Das ist meine Tochter«, erklärte Decker.

»Das habe ich auf den ersten Blick gesehen«, sagte Donatti.

»Cindy.« Decker richtete das Wort an seine Tochter, »ich werde dich nicht in seine Probleme mit hineinziehen.«

»Du ziehst mich nicht mit rein, Daddy, ich biete mich selbst an.«

Sie sah Donatti an. Sie wusste alles über ihn, hatte ihn sich aber immer älter vorgestellt, obwohl sie wusste, dass er jünger war als sie. Er wirkte älter. Vielleicht lag es an den weißen Haaren. Vielleicht auch an dem panischen Ausdruck auf seinem Gesicht. Ihr Blick wanderte zu den Kindern. Dann ging sie zu ihnen und hockte sich hin. »Ich bin Cindy. Ich bin die Pflegeschwester eures Bruders. Sobald Gabe wieder da ist, rufe ich ihn an, und wir regeln diese Sache gemeinsam, okay?«

Rina schaltete sich ein. »Meinst du nicht, du solltest das erst mit Koby besprechen?«

»Koby wird Ja sagen.« Sie richtete sich wieder auf. »Er weiß, wie es ist, ein Flüchtling zu sein.«

In diesem Moment kamen ihre beiden Zwillingssöhne und ihr Mann ins Wohnzimmer. Sie waren vollkommen verschwitzt. Koby sagte: »Es war ein gutes Spiel, Grandpa. Du hättest ...« Er brach ab und betrachtete die beiden Kinder. Die Haut des Mädchens war eine Schattierung heller als seine eigene, die des Jungen war dunkler, wie seine, und beide hatten sie glatte schwarze Haare. Sie sahen indisch aus. Bei diesem Gedanken wurde ihm klar, dass es sich wahrscheinlich um Gabes Geschwister handelte. »Hallo, ihr zwei.«

Cindy sah ihren Mann an und sagte: »Das sind Gabes Bruder und Schwester. Ihre Mutter ist verschwunden. Ich habe angeboten, auf sie aufzupassen, bis Daddy und Gabes Vater herausgefunden haben, was passiert ist. Ist das in Ordnung?«

»Meinst du mit Daddy mich oder deinen Vater?«

»Meinen Vater.«

»Klar, können wir auf sie aufpassen.« Koby drehte sich zu Decker um. »Kann mir irgendjemand erklären, was eigentlich los ist?«

»Ihre Mutter ist weg ... also, sie ist verschwunden«, antwortete Decker. »Wir versuchen herauszufinden, ob sie freiwillig weggegangen ist oder nicht.« Binnen Sekunden tauchten im Haus Deckers andere Kinder auf: Sammy und Rachel mit ihren beiden Sprösslingen, Hannah und Rafi mit ihrem Baby und Jacob und Ilana. Sie alle blieben wie angewurzelt stehen und starrten die Fremden im Wohnzimmer ihrer Eltern an. Jacob spürte die Anspannung im Raum und fragte: »Was ist hier los?«

Koby übernahm die Erklärung. »Das sind Gabes Geschwister, und das ist Gabes Vater, aber das sieht man ja.«

Donatti stellte sich selbst und die Kinder mit Namen vor. »Die Mutter der beiden ist verschwunden. Ich brauche jemanden, der auf sie aufpasst, bis ich weiß, was mit ihr passiert ist. Gabe ist außer Landes. Außerdem will ich es ihm nicht erzählen, bis ich weiß, wo sie ist.«

Koby wandte sich an Donatti. »Haben die beiden denn keinen Vater?«

»Er ist in Indien«, antwortete Decker.

Donatti ergriff wieder das Wort. »Ich habe den Jungen gerade von dort abgeholt, um ihn zu seiner Mom zu bringen. Ich möchte Devek noch nicht kontaktieren. Und da, wo ich wohne … Es ist nicht passend für die beiden, ohne ihre Mutter dort zu sein.«

»Wir alle wissen über Sie Bescheid«, sagte Cindy.

»Gut«, gab Chris zurück. »Dann muss ich nichts erklären.«

»Koby und Cindy haben angeboten, auf die beiden aufzupassen«, warf Rina ein.

»Wann kommt Gabe denn zurück?«, frage Sammy.

»In einer Woche«, sagte Hannah. »Ich kann auch auf die Kinder aufpassen. Gabe und ich stehen uns sehr nahe und wir wohnen nur wenige Häuserblocks voneinander entfernt.«

»Kommt nicht infrage«, entschied Decker. »Ihr müsst auf euer eigenes Baby aufpassen.«

»Ilana und ich können das übernehmen«, erbot Jacob sich. »Wir haben keine Kinder.«

»Nein, ihr werdet auch nicht auf die beiden aufpassen«, sagte Decker. »Es könnte riskant sein. Möglicherweise hat jemand ihre Mutter entführt.« Er wandte sich an Donatti. »Du hast den Jungen gerade freigekauft, stimmt das?«

»Das stimmt. Ich dachte, wir hätten einen Deal, aber diese Leute sind Kriminelle.«

»Keins meiner Kinder wird auf die beiden aufpassen, Chris. Ich werde sie nicht in Gefahr bringen.«

»Daddy«, meldete Cindy sich zu Wort. »Ich bin genau wie du ein Cop, und nichts für ungut, aber meine Reflexe sind wahrscheinlich besser als deine. Und Koby kennt sich definitiv mit Waffen aus.«

Donatti sah Koby an. »Sie sind auch ein Cop?«

»Ich bin Arzt, aber ich war bei der Armee.«

»Bei der israelischen Armee«, ergänzte Cindy. »Er ist ein genauso guter Schütze wie ich, und das will einiges heißen.«

»Ich weiß, das ist eine große Bitte«, sagte Donatti. »Ich heuere alles an Leibwächtern an, was Sie zu Ihrem Schutz brauchen. So viele Sie wollen.«

»Die Antwort ist trotzdem Nein«, erklärte Decker.

»Daddy«, sagte Cindy, »das hast du nicht zu entscheiden.«

»Ich tue es trotzdem.« Decker gab nicht nach.

»Danke, Abba, ich weiß, wie viel wir dir bedeuten«, warf Koby ein. »Aber Cindy hat recht, es ist unsere Entscheidung. Du und Rina habt schon genug auf dem Zettel. Und glaub mir, aus Erfahrung weiß ich, wie man einem Feind aus dem Weg geht. Ich verspreche, dass wir vorsichtig sind.« Koby wandte sich an die Kinder. »Wir werden uns alle zusammen hinsetzen und einen Plan schmieden, in Ordnung?«

»Ein Wachposten könnte hilfreich sein«, überlegte Cindy laut. »Zwei Augen mehr, die über die Kinder wachen.«

»Was immer Sie brauchen«, sagte Donatti. »Und ich gebe Ihnen auch so viel Geld, wie Sie brauchen.«

»Immer eins nach dem anderen«, sagte Koby. »Lassen Sie uns zuerst einen Plan machen, und dann sehen wir weiter.«

»Seh ich auch so«, bemerkte Cindy. »Wir können Sanjay und Juleen im Gästezimmer unterbringen.« Einer von Cindys Söhnen sah die Kids an und sagte: »Ich bin Aaron, und das ist Akiba. Gabe ist unser Onkel. Und da ihr Gabes Geschwister seid, macht euch das zu unserer Tante und zu unserem Onkel.«

Sanjay schaute verdutzt, aber Juleen lächelte kaum merklich. Die Jungen sahen aus, als seien sie ungefähr in Juleens Alter, auch wenn sie *viel* größer waren als sie.

Akiba wandte sich an seine Mutter. »Aaron und ich können doch in einem Zimmer schlafen, sodass die beiden jeder ihr eigenes bekommen können.«

Aaron hatte nichts dagegen. »Ja genau, wir schlafen sowieso oft im selben Zimmer.«

»Danke, Jungs«, sagte Koby. »Das ist sehr erwachsen von euch.«

Juleen flüsterte ein Dankeschön. Dann stupste sie ihren sprachlosen Bruder an, der daraufhin ebenfalls Danke sagte.

»Vielen Dank, Mrs. ...« Donatti hielt inne. »Ich kenne Ihren Nachnamen nicht.«

»Mein Nachname ist Kutiel, aber Sie können uns gern Cindy und Koby nennen.«

»Vielen Dank für Ihre Hilfe«, wiederholte Donatti. »Danke, danke, danke euch und Ihnen allen. Ich werde es wiedergutmachen.«

»Nicht nötig«, beteuerte Cindy. »Gabe ist unser Bruder.«

»Das sehe ich«, entgegnete Donatti. »Kein Wunder, dass Gabe sich so gut gemacht hat.« Er holte einen Zettel raus und reichte ihn Cindy. »Meine Telefonnummer, außerdem die meines Büros und die meiner Sekretärin. Rufen Sie an, falls es irgendwelche Probleme gibt.« Er wandte sich an Decker. »Vielen Dank. Und jetzt lasse ich euch in Ruhe.«

»Peter, geh mit ihm.«

»Ich brauche keine Hilfe, Rina.« Als sie nicht antwortete, fügte Donatti hinzu: »Aber wenn ihr sie mir schon anbietet:

Ich könnte tatsächlich ein paar neue Perspektiven gebrauchen. Denn mir gehen gerade die Ideen aus.«

»Wir begleiten dich gern«, erklärte Rina, »aber du musst dich noch eine Stunde gedulden, Chris. Der Feiertag ist noch nicht vorbei.«

»Mein Jet wartet. Wenn ich nicht zu einer bestimmten Uhrzeit abfliege, bekomme ich eine Geldstrafe aufgebrummt.«

»Deine Entscheidung«, sagte Rina.

Donatti schüttelte den Kopf. »Natürlich warte ich. Gebt mir etwas Zeit, mich zu sortieren.«

»Dann fangen wir schon mal an zu packen.« Bevor Decker etwas sagen konnte, griff Rina nach seiner Hand, zog ihn ins Schlafzimmer und schloss die Tür hinter sich.

»Das ist eine ganz schlechte Idee«, sagte Decker.

»Wahrscheinlich.« Rina holte einen Rollkoffer vom Schrank.

»Sie hat ihn schon einmal verlassen«, gab Decker zu bedenken. »Und sie hatte kein Problem damit, Gabe zurückzulassen. Wie kommst du darauf, dass diese Situation anders ist?«

»Sie ist vielleicht gar nicht anders. Es könnte sein, dass sie wieder ihre Kinder im Stich lässt, aber *falls* ihr etwas Schlimmes zugestoßen sein sollte, möchte ich Gabe in die Augen sehen und ihm sagen können, dass wir alles getan haben, um seiner Mutter zu helfen.«

»Das ist nicht unsere Aufgabe, Rina. Donatti ist derjenige, der diesen Schlamassel in Ordnung bringen muss.«

»Du bist genauso sehr Gabes Vater wie Chris.«

»Das ist ein Schlag unter die Gürtellinie.«

»Mag sein, aber es ist trotzdem wahr.«

»Scheiße!«, flüsterte Decker vor sich hin. »Wenn ich damit durchkäme, würde ich sie alle beide umbringen.« Wütend holte er einen weiteren Koffer herunter. »Du hättest dich zumindest mit mir beraten können, bevor du eine einseitige Entscheidung triffst.«

»Du hast recht.« Rina nahm einige Kleider aus dem Schrank. »Tut mir leid.«

Decker sammelte mehrere Hosen und Jogginganzüge zusammen und außerdem vier Polohemden. Als Schuhwerk entschied er sich für zwei Paar Tennisschuhe. Das Ganze geschah schweigend. »Es tut mir wirklich leid, Peter. Das war nicht in Ordnung.«

»Cindy hast du gesagt, sie soll sich mit Koby besprechen. Was ist mit mir?«

»Noch einmal, du hast recht. Ich habe mich entschuldigt, und ich werde mich auch noch mal vor den Kindern entschuldigen, wenn du das willst.«

»Ist schon gut.« Decker schüttelte den Kopf. »Du bist einfach ein netterer Mensch als ich.«

»Ich bin mir sicher, dass du die Nase ziemlich voll von den beiden hattest. Du musstest dich mit ihnen auseinandersetzen. Ich war nur die Zuschauerin.«

»Das ist nicht wahr. Chris fühlt sich dir näher als mir. Er ruft immer dich an. Wahrscheinlich ist er deshalb zu uns gekommen. Er weiß, dass du ein weiches Herz hast.«

»Es geht nicht um ihn, es geht um die Kinder.«

»Wie auch immer.«

»Bitte, sei nicht sauer auf mich, selbst wenn du einen Grund dazu hast.«

Decker stieß den Atem aus. »Es war mein Vorschlag, dass Gabe Chris anrufen soll, also ist es in gewisser Weise wohl meine Schuld.«

Rina hielt im Packen inne. Sie kam zu ihm und legte ihm die Arme in den Nacken. »Du hast nichts falsch gemacht, keiner von uns hat etwas falsch gemacht. Sie sind beide verrückt. Das wissen wir. Aber …«

»Die Kinder.«

»Sie wirken so verloren und so verängstigt. Ganz zu schweigen von Chris. Ich habe ihn noch nie so gesehen. Er ist ein Wrack.«

»Er ist verzweifelt«, bestätigte Decker. »Weißt du, woher ich das weiß?«

»Er hat Bitte und Danke gesagt.«

Decker verdrehte die Augen. »Du ruinierst all meine Pointen.«

Rina küsste ihn. »Es tut mir leid, dass ich dich so überrumpelt habe.«

»Ach, vergiss es.« Decker winkte ab. »Ich habe ein Haus gekauft, ohne dich zu fragen.«

»Du hast es nicht ohne mich *gekauft*. Du hast lediglich ein Angebot abgegeben.«

»Wortklauberei.«

»Ich biete dir einen Ausweg.«

»Ja, das tust du.« Decker küsste seine Frau. »Vielen Dank dafür.«

Rina lächelte. »Ich bin noch nie mit einem Privatjet geflogen.«

»Da wären wir schon zu zweit.« Decker sah auf seine Uhr. »Ich hoffe, er hat einen guten Piloten angeheuert. Das wäre eine schlechte Art, das alles zu beenden.«

»Sei nicht so morbide.«

»Ich will noch duschen, bevor wir aufbrechen«, sagte Decker. »Dann habe ich wenigstens saubere Unterwäsche an, falls wir abstürzen.«

Sie schob ihn weg. »Ich habe nicht die Absicht zu sterben, also bist du, sollte das passieren, auf dich allein gestellt.« Sie packten schweigend den Rest ihrer Sachen ein. Rina schaute ebenfalls auf die Uhr. »Uns bleibt immer noch etwas Zeit, bevor das Fest endet. Ich fang dann mal an aufzuräumen.«

»Überlass das doch den Kindern«, sagte Decker. »Es ist ihr Chaos.«

»Sie werden bestimmt mithelfen.«

»Ich will nicht, dass sie dir *helfen*. Ich will, dass sie es für dich *tun*. Sie sind erwachsen. Sie werden sich freuen, ihren Teil beizutragen. Aber du musst sie darum bitten.«

»Du hast recht. Dann sehe ich kurz nach Sanjay und Juleen.«

»Auch das ist nicht nötig. Überlass die beiden Cindy und Koby. Sie werden sowieso bei ihnen sein.«

»Ich sehe schon, du willst nur, dass ich hier herumsitze und dir dabei zusehe, wie du wütend bist.«

»Nein, das ist keineswegs das, was ich will. Während alle anderen aufräumen, will ich, dass du allein mit Chris redest. Wahrscheinlich hat er uns nicht alles erzählt, und du kannst mehr aus ihm herausholen als ich.«

»In Ordnung, dann mache ich das.« Sie zögerte kurz. »Und was tust du in der Zwischenzeit?«

»Ich werde allein hier in meinem Schlafzimmer sitzen und im eigenen Saft schmoren, nachdem ich in ein weiteres Fiasko verwickelt wurde.«

Rina lachte leise. »Hättest du zu deinem Geschmorten gern ein Glas Wein?«

Decker dachte darüber nach. »Ist noch etwas vom Mittagessen übrig?«

»Wir haben noch eine halbe Flasche vom Herzog Special Reserve.«

»Immer her damit«, antwortete Decker. »Und mach dir keine Mühe mit einem Glas. Ich werde ihn einfach aus der Flasche trinken.«

KAPITEL 31

Der Start verzögerte sich wegen Nebels. Da Donatti als Copilot mitflog, hatte Decker keine Gelegenheit, ihn auf dem Flug von Greenbury nach Mountain Pass zu befragen. Der Flug war holprig und die Stimmung angespannt. Sie hatten nicht viel Platz. Decker musste den Kopf einziehen, um zur Toilette zu gehen, die kaum genug Raum für einen Hamster bot. Aber wenn er saß, war alles in Ordnung und er konnte die Beine ausstrecken. Sowohl er als auch Rina hatten genug Kaffee getrunken, um eine Kleinstadt wachzuhalten. Schließlich, um 04.30 Uhr Ortszeit, landete der sechssitzige Privatjet mit seinen erschöpften Passagieren. Nachdem sie von der Landebahn zu Donattis Anwesen chauffiert worden waren, stiegen sie alle aus dem Wagen. Es tat gut, die Glieder zu strecken.

Chris richtete das Wort an seinen Leibwächter. »Fahren Sie nach Hause und ruhen Sie sich ein wenig aus. Ich übernehme ab hier.«

»Sind Sie sicher, Mr. Donatti?«

»Das bin ich. Gute Nacht.« Donatti schaute der Limousine nach, als der Mann davonfuhr. Dann drehte er sich zu dem Gebäude um, das sein Büro, sein Schlafzimmer und das Schlafzimmer seines Sohnes beherbergte. Er öffnete die Tür zu einer Sicherheitsschleuse. Sobald sie im Gebäude waren, öffnete er die Innentür, schaltete das Licht ein und trat beiseite, um Decker und Rina vorangehen zu lassen. »Es tut mir leid, aber ich muss für zwanzig Minuten oder so dic Augen zumachen. Ich bin gerade so müde, dass ich nicht mehr denken kann.«

»Wir kommen zurecht«, sagte Decker. »Geh dich ausruhen.«

»Ich bin dann in meinem Büro. Rechts neben der Bar gibt es ein Schlafzimmer, falls noch jemand etwas Ruhe braucht.«

»Ich bin nicht müde«, stellte Rina fest. »Wir haben gestern tagsüber etwas geschlafen, und ich habe zu viel Kaffee getrunken.« Sie zögerte kurz. »Es ist ein wenig kalt hier drin.«

Donatti drehte den Thermostat hoch. »Es sollte bald wärmer werden. Bedient euch aus dem Kühlschrank und der Bar.« Er ging in sein Büro und schloss die Tür.

Rina rieb sich über die Arme. »Du kannst dich ausruhen, Peter«, sagte sie. »Ich komme klar.«

»Dafür bin ich im Moment zu aufgedreht.« Decker öffnete den Kühlschrank. »Es gibt Orangensaft, falls du Interesse hast.«

»Ja, bitte. Ich hätte sehr gern einen Saft.«

Er nahm den Behälter und zwei Kristallgläser von hinter der Bar. »Nett hat er's hier.«

»Das Areal scheint riesig zu sein.«

»Wie lange lebt er schon in Nevada?«

»Genau weiß ich es nicht. Ungefähr zehn Jahre, glaube ich.«

»Und er ist hergezogen, nachdem Terry ihn verlassen hat?«

»Keine Ahnung.« Rina sah sich im Büro um. »Ich dachte, Bordelle seien immer im Westernranch-Stil gehalten. Das hier sieht eher aus wie ein Urlaubsresort in Vegas. Direkt neben der Landebahn liegen eine Bank und ein Casino.«

»Und ein Pfandleihhaus«, ergänzte Decker. »Kein Wunder, dass der Junge haufenweise Bargeld in einem Tresor hat.«

»Der Junge? Du meinst Chris?«

»Ja«, bestätigte Decker. »Jedes Mal, wenn ich ihn sehe, erwarte ich den achtzehnjährigen Jungen, der mir gegenüber direkt auf Konfrontationskurs gegangen ist. Manchmal fällt es mir schwer, dieses Bild mit dem weißhaarigen Psychopathen in Einklang zu bringen.« Er trank etwas von seinem Saft. »Obwohl er wahrscheinlich schon mit achtzehn ein Psychopath war. Hast du etwas aus ihm herausholen können, als du dich mit ihm allein unterhalten hast?«

»Nicht so richtig.«

»Wonach hast du ihn gefragt?«

»Nach seiner Beziehung zu Terry. Ob er etwas getan hat, das sie dazu gebracht haben könnte, ihn erneut zu verlassen.«

»Und?«

»Er hat zugegeben, ihr gegenüber sexuell aggressiv gewesen zu sein. Manchmal zu aggressiv. Aber er behauptet, sie sei daran gewöhnt. Und er hat gesagt, als er aufgebrochen sei, um ihren Sohn freizukaufen, hätten sie sich einvernehmlich getrennt. Sie habe geweint. Sie habe ihn gebeten, vorsichtig zu sein. Sie schien sich aufrichtige Sorgen zu machen. Und sie hat ihn all die Zeit ertragen, um ihren Sohn zurückzubekommen. Warum sollte sie abhauen, kurz bevor das passiert? Er macht sich wirklich Sorgen, dass die gleichen Leute, die Sanjay entführt und versucht haben, auch Juleen zu entführen, sie gekidnappt haben könnten, während er weg war. Er hält es für möglich, dass diese Männer versuchen werden, noch mehr Geld von ihm zu erpressen. Und insgeheim rechnet er mit einem Anruf wegen einer Lösegeldforderung.«

»Er glaubt also nicht, dass sie freiwillig gegangen ist.«

»Auch das zieht er in Betracht, weil sie es schon einmal getan hat.«

»Was ist mit den Leuten hier?«, fragte Decker. »Was haben die zu sagen?«

»Anscheinend weiß niemand etwas. Terry hatte zu allem vollen Zugang und konnte kommen und gehen, wie es ihr beliebte. Er hat ihr zwar Leibwächter zugeteilt, aber denen ist sie ständig entwischt. Sie haben Chris berichtet, es sei für Terry fast so etwas wie ein Spiel gewesen ... Was sie alles unternommen hat, um sie abzuschütteln. Aber sie kam immer wieder zurück und hat sich dann jedes Mal gleich bei ihnen gemeldet. Chris fragt sich, ob das eine Reihe von Probeläufen gewesen sein könnte, damit seine Männer sich daran gewöhnen, dass sie sich ständig ihrer Kontrolle entzog.«

»Bizarr«, lautete Deckers Kommentar. »Nicht, dass sie ihn verlassen würde, sondern dass sie so lange bei ihm bleibt, um ihren Sohn zurückzubekommen, um dann zu verschwinden, kurz bevor sie ihn wiedersieht. Und es ist auch merkwürdig, dass sie Juleen hier zurückgelassen hat. Ist sie so eine Rabenmutter?«

»Sie hat Gabe im Stich gelassen.«

»Das damals war eine Notlage. Diesmal ist es anders. Ich verstehe sie einfach nicht.«

»Das tut anscheinend niemand.«

»Ich glaube, ich bin doch erschöpfter, als mir bewusst war.« Decker ließ sich gegen die Rückenlehne des Sofas sinken. »Ich mach mal kurz die Augen zu. Ist das in Ordnung?«

»Auf jeden Fall, Liebling.«

»Du solltest dich auch etwas ausruhen, Rina. Wir haben wahrscheinlich einen anstrengenden Tag vor uns.«

»Im Augenblick fühle ich mich ganz gut.« Sie rieb sich erneut die Arme. »Zumindest ist es hier drin nicht so kalt.«

Trotzdem spürte Rina, wie ihr die Augen zufielen. Sie war in einen leichten Schlaf gefallen, als sie hörte, wie die Tür geöffnet wurde. Sofort riss sie die Augen auf und erhob sich.

Eine Frau um die dreißig mit einem Lockenkopf stand dort. Sie trug einen knallroten Jumpsuit und Sneakers. Außerdem hatte sie eine Gürteltasche von Gucci um die Taille. Ihre Augen weiteten sich, und sie sah Rina erschrocken an.

»Tut mir leid, ich wusste nicht, dass jemand hier ist.«

Decker wachte auf. Rina lächelte sie an. »Ich bin Rina Decker. Mein Mann und ich sind mit Mr. Donatti hergeflogen, nachdem er die Kinder bei uns abgesetzt hat.«

»Oh.« Sie wirkte verblüfft. »Okay. Ich bin Talia.«

»Freut mich, Sie kennenzulernen, wenn auch die Umstände nicht schön sind«, sagte Rina.

»Das stimmt.«

Einen Moment später kam Donatti herein. Er streckte sich und gähnte, dann legte er sich auf eines seiner vielen Bürosofas aus Leder. An Talia gewandt sagte er: »Du bist früh dran.«

»Ich wollte noch ein paar Sachen erledigen, bevor du kommst.« Sie stand noch immer in der Tür. »Ich habe dich erst später erwartet.«

Donatti sagte: »Das ist meine Assistentin Talia.« An Talia gewandt: »Das sind Gabes Pflegeeltern.«

»Ist das nicht der Kriminalbeamte, der dich in die Arrestzelle gesteckt hat?«, fragte Talia.

»Ins Gefängnis«, korrigierte Donatti sie. »Gutes Gedächtnis. Aber ich trage ihm das nicht nach.«

Decker verdrehte die Augen. »Du vergisst bequemerweise, dass ich dich auch aus dem Gefängnis herausgeholt habe.«

»Ein selektives Gedächtnis ist nicht das schlechteste«, konterte Donatti.

Talia lächelte, während sie sich vorsichtig auf ihren Schreibtisch zubewegte und dabei eher schlich als ging. Rina betrachtete ihr Gesicht – hübsch und blass. Irgendetwas an ihr kam ihr merkwürdig vor. Und dann erkannte Rina, was es war.

Wer zog sich so für die Arbeit an? Besonders in dieser hypermaskulinen Umgebung. Und dann auch noch als Christopher Donattis rechte Hand. Sie kannte Chris gut genug, um zu wissen, dass er sich gern mit schönen Frauen umgab, die sich kleideten, um Männern zu gefallen.

»Könnten Sie mir wohl eine Tasse Kaffee machen, Talia?«, platzte Rina heraus.

Die Frau drehte sich zu ihr um.

Wenn Blicke töten könnten.

Rina stutzte.

»Ja, gute Idee«, pflichtete Donatti ihr bei. »Mach gleich eine ganze Kanne.«

Talia lächelte, aber ihre Augen waren voller Zorn. »Natürlich.«

»Warum bist du so leger gekleidet?«, fragte Donatti.

»Ich habe nicht damit gerechnet, dass du hier sein würdest.«

»Trotzdem, du weißt es besser.« Er schüttelte den Kopf. »Du siehst lächerlich aus.«

Sie stellte die Packung mit den Kaffeebohnen wieder ab. »Ich gehe mich umziehen.«

»Ja, tu das, aber koch zuerst den Kaffee«, sagte Donatti zu ihr.

»Natürlich.« Sie senkte den Blick wie ein gescholtenes Kind. »Tut mir leid, Sir.«

Donatti winkte ab. »Ich bin schlecht gelaunt.«

»Das verstehe ich.«

Rina sah zu, wie Talia sorgfältig Kaffeebohnen abmaß. Die

Assistentin gab sie in eine Kaffeemühle und sagte: »Während du weg warst, habe ich dir deinen Lieblingskaffee besorgt, Chris. Er hat jetzt Saison.«

Donatti war ganz in seine Gedanken versunken und antwortete nicht. Rina fing den Blick ihres Mannes auf. Sie deutete mit dem Kopf in die Richtung von Talias Schreibtisch.

Decker sah seine Frau an und zuckte die Achseln.

Rina wiederholte die Geste.

Langsam schlenderte Decker zu Talias Schreibtisch hinüber. Er versuchte, die oberste Schublade zu öffnen, die jedoch abgeschlossen war.

Talia drehte sich um. Sie bemerkte Decker an ihrem Schreibtisch und wurde blass. »Was machen Sie da?«

Decker schaute auf. »Haben Sie den Schlüssel für die Schublade?«

»Wie bitte?«, fragte Talia.

Donatti tauchte aus seiner Versunkenheit auf. Seine Blicke flogen zwischen Decker und seiner Assistentin hin und her. »Was ist hier los?«

»Ich möchte nur schnell einen Blick in die Schublade werfen«, sagte Decker, »falls das okay ist, Chris.«

Donatti zögerte kurz. Dann sagte er: »Gib ihm den Schlüssel, Talia.«

Die Frau stellte die Kaffeetüte weg und kramte in ihrer Gürteltasche. Schließlich zog sie einen Schlüsselring heraus und studierte einen Schlüssel nach dem anderen. Sie sah auf und sagte: »Tut mir leid, aber ich muss ihn wohl an einem anderen Bund haben. Hier ist er nicht.«

»Ist schon gut, ich krieg die Schublade auch so auf.« Decker holte ein Taschenmesser hervor. »Aber es ist seltsam, dass Sie ohne den Schlüssel zur Arbeit kommen.«

Donatti war plötzlich hellwach. »Woran denkst du, Decker?«

»Ich bin mir nicht sicher, Donatti. Gib mir eine Sekunde.« Decker schob die Klinge in den Spalt zwischen Schublade und Schreibtischplatte. Schließlich sprang die Schublade auf. Er zog sie heraus: Bleistifte, Blöcke, Zettel, Büroklammern, ein Lippenstift, ein Päckchen Papiertaschentücher, eine Sonnenbrille. Nichts Auffälliges.

Er sah zu seiner Frau hinüber und zuckte die Achseln.

Rina kam zu ihm. Sie schob ihre schlanken Finger bis ganz nach hinten. Sie war sich nicht einmal sicher, was sie zu finden hoffte – vielleicht einen Schlüssel oder so –, aber ihr Bauchgefühl sagte ihr, dass dort etwas war. Sie gab nicht auf, bis sie ganz hinten in der Ecke etwas Kleines, Rundes aus Metall ertastete. Zwei Gegenstände. Sie schob die Finger weiter hinein, bis sie die beiden Objekte zu fassen bekam, dann ließ sie das, was sie in der Hand hielt, auf den Schreibtisch fallen.

Ein Goldring mit zwei runden Diamanten sowie ein goldener Ehering. Donatti stand auf, seine Augen weit aufgerissen und erregt, absolut fassungslos. Sein Blick wanderte von den Ringen zu Talias Gesicht. Sie verschränkte die Arme vor der Brust. »Was gibt ihr das Recht, nach elf Jahren hier hereinzuplatzen ... sich als die kleine Prinzessin aufzuführen, nachdem sie dich betrogen und dir den Laufpass gegeben hatte ... während ich diejenige war, die dich gepflegt und vom Heroin wegbekommen hat, die nächtelang mit dir wach geblieben ist und bei dir war, während du gezittert und geschlottert hast? Ich war diejenige, die deine Kotze und deine Scheiße weggemacht hat und die dich bedingungslos geliebt hat, ohne je eine Gegenleistung zu erwarten! Ich war es doch, die jede einzelne deiner Partys geplant hat und jede Veranstaltung, und im Hintergrund dafür gesorgt hat, dass alles glattlief. Und ich war diejenige, die dich an die Geburtstagsgeschenke und die Weihnachtsgeschenke für deine Klienten und für deinen eigenen Sohn erinnert hat, und ich war es auch, die ihm ein Klavier gekauft hat, nachdem seine Mutter ihn im Stich gelassen hatte. Wer gibt diesem Miststück das verdammte Recht, zurückzukommen und Ehefrau und Mutter zu spielen, obwohl sie das alles weggeworfen hat, ohne eine Sekunde an irgendjemanden außer sich selbst zu denken!«

Decker ging zu Donatti. »Gib mir deine Waffe, Chris.«

Donatti rührte sich nicht von der Stelle.

»Gib mir deine Waffe.«

»Mir geht's gut«, flüsterte er.

»Das weiß ich, aber gib sie mir trotzdem.«

Donatti sah ihn an, dann zog er seine Waffe aus dem Holster. Er ging zu Rina, die die Tür blockierte, und gab sie ihr. Dann trat er auf Talia zu, die immer noch an der Kaffeemaschine stand. Er legte ihr die Hände auf die Schultern und flüsterte: »Wo ist sie, Talia?«

»Sie lebt«, sagte Talia.

Donatti schloss die Augen und öffnete sie wieder. »Das ist gut, Schätzchen. Wo ist sie?«

»Ich würde ihr niemals wirklich wehtun.« Talia verzog gequält das Gesicht. »Das würde ich dir nie antun.«

»Das weiß ich doch.«

»Ich wollte nur, dass sie spürt, wie es ist.« Tränen liefen ihr über die Wangen. »Isoliert zu sein und übergangen zu werden und das Gefühl zu haben, dass man ein Nichts ist, nachdem man sein Herz und seine Seele in eine Beziehung hat fließen lassen. Das ist nicht fair, Chris.«

»Ich verstehe, was du meinst«, sagte Donatti. »Ich habe dich tief verletzt. Und das tut mir leid. Ich weiß, dass es nicht fair war.«

»Genau.«

»Wo ist sie, Talia?«

Die Frau wischte sich über die Augen. »Sie lebt. Ich schwöre, sie lebt.«

»Das ist großartig«, antwortete Donatti. »Dann ist ja nichts Schlimmes passiert.«

»Du bist sauer auf mich.«

»Bin ich nicht, Liebling.« Er hob ihr Kinn an und sah ihr in die Augen. »Ich bin nicht sauer. Du erkennst es, wenn ich sauer bin, stimmt's?«

»Ja, stimmt.«

»Nein, ich bin nicht sauer. Aber ich muss wissen, wo sie ist. Sag es mir.«

»Allein wirst du sie nie finden«, entgegnete Talia. »Ich werde dich hinbringen müssen.«

»Okay.« Donatti befeuchtete sich die Lippen. »Wo ist sie?«

»In den Bergen. Wir könnten zu Fuß hin, aber wir wären schneller, wenn wir zum Anfang des Wanderwegs mit dem Auto fahren und von dort aus losgehen.« Sie zögerte kurz. »Wir sollten wahrscheinlich warten, bis es hell wird, Chris. Im Moment ist es schwer, etwas zu sehen.«

»Wozu haben die Handys heute Taschenlampen, Schätzchen?«, antwortete Donatti. »Außerdem kenne ich mich ziemlich gut aus in der Gegend.«

»O-kay. Aber es ist ziemlich zugewachsen.«

»Lass uns zum Ausgangspunkt des Wanderwegs fahren und dann entscheiden.«

Sie lächelte. »Gute Idee, Boss.«

Donatti holte tief Luft und stieß den Atem langsam wieder aus. Er griff nach seinem Handy und bestellte einen Wagen. Ein weiteres Lächeln. »Los geht's.« Er nickte Decker und Rina zu.

»Die kommen mit?« Talia war entrüstet. *»Warum?«*

»Sie haben mit mir die ganze weite Reise von New York hierher gemacht.« Donatti brachte ein Grinsen zustande. »Da können sie sich genauso gut nützlich machen. Die Taschenlampen ihrer Handys können dabei behilflich sein, den Weg zu beleuchten. Komm, wir gehen.«

Er nahm sie am Arm, und während sie das Büro verließen, steckte Donatti die Ringe ein. Sobald die Limousine vorfuhr, öffnete er die Tür zur Rückbank. Talia machte Anstalten einzusteigen, aber Donatti hielt sie zurück. »Er zuerst.« Damit war Decker gemeint.

Donatti platzierte seine Assistentin zwischen Decker und sich selbst. Rina nahm vorn auf dem Beifahrersitz Platz. Als Talia sich an Chris drückte, sah Decker, wie der Mann sich versteifte.

An den Fahrer gewandt, sagte Donatti: »Fahren Sie bitte zum Anfang des Wanderwegs.«

»Ja, Sir.«

Für den Rest der dreiminütigen Fahrt sagte niemand auch nur ein Wort. Der Wagen hielt, und alle stiegen aus. Es war noch dunkel, aber nicht mehr pechschwarz. Ein blasser Streifen erschien am Horizont.

»Von hier aus geht es ungefähr eine Meile nach oben«, erklärte Talia. Sie sah auf Rinas flache Schuhe. »Ich glaube nicht, dass Sie es in den Schuhen schaffen.«

»Ich komme schon zurecht, danke.«

Talia zuckte die Achseln. »Sagen Sie nicht, ich hätte Sie nicht gewarnt.« Sie wandte sich an Donatti. »Bist du dir sicher, dass du nicht warten willst, Boss?«

»Es wird bald hell. Wir kommen schon klar, wenn wir auf dem Weg bleiben.« Donatti griff nach ihrem Arm. »Lass uns gehen.«

Decker und Rina folgten den beiden in einem Abstand von etwa zehn Schritten. »Woher hast du das gewusst?«, flüsterte er.

Sie schüttelte den Kopf und zuckte die Achseln. Dann gab sie Decker die Waffe. »Die nimmst wohl besser du an dich.«

Sie kamen nur langsam voran, weil die Sonne noch nicht aufgegangen war. Aber als sich das Grau in Orange verwandelte, wurde es einfacher, etwas zu sehen. Etwa zwanzig Minuten folgten sie dem Pfad, dann bog Talia nach links ab. Innerhalb von Sekunden fanden sie sich zwischen kahlen Bäumen und wild wuchernden Sträuchern wieder, wo alles grau war und dunkel und vollkommen gleich aussah.

Rina blickte auf ihr Handy. Kein Empfang. Decker nahm einen Kompass aus der Tasche und zeigte ihn ihr. »Zahlt sich aus, Pfadfinder gewesen zu sein.«

Sie nickte anerkennend.

Talia gab einen Zickzack-Kurs vor, aber sie bewegte sich zielstrebig voran. Es dauerte weitere zehn Minuten, bis sie stehen blieb. Sie streckte den Zeigefinger aus und deutete auf einen großen Schatten hinter einer Baumgruppe.

Decker versuchte zu erkennen, was dort stand: Es war ein baufälliges Nebengebäude, vielleicht ein alter Minenschuppen. Nevada war weithin bekannt für die Comstock Lode, ein Gebiet, das reich an Silbererzen war. Bis heute war der Abbau ein wichtiger Wirtschaftszweig in der Region. In den Bergen um Elko gab es zahlreiche verlassene Schuppen, die einst von Erzsuchern genutzt worden waren.

Dieser Schuppen war mit einem Vorhängeschloss gesichert. Donatti ließ Talias Arm los, lief auf das Gebäude zu und begann gegen die verrotteten Bretter zu treten, und während er mit den Füßen das Holz attackierte, rief er Terrys Namen.

Decker ging zu Talia. »Kann ich bitte den Schlüssel haben?«

Ein seltsames Lächeln breitete sich auf ihrem Gesicht aus. »Ach du liebe Güte, den hab ich wohl vergessen.«

Decker gab Rina die Waffe. »Pass auf sie auf.« Dann lief er zu Chris, um ihm zu helfen. Und nun traten beide Männer gegen die quergenagelten Bretter.

Bumm! Bumm! Bumm! Bumm!

Binnen einer Minute war das Holz so weit zersplittert, dass eine kleine Lücke entstand. Mit bloßen Händen rissen Decker und Donatti die Bretter weg, bis eine etwas größere Öffnung entstanden war. Aber die Männer waren immer noch zu groß, um hindurchzupassen. Rina packte Talia am Arm und ging mit ihr zu den Männern. Sie gab Decker die Waffe und sagte: »Jetzt bist du an der Reihe, auf sie aufzupassen.«

Da sie kleiner war, gelang es ihr, sich durch das gezackte Loch zu zwängen, wobei sie sich an den schartigen Rändern Kratzer zuzog. Sie spürte den Schmerz kaum, obwohl sie wusste, dass sie blutete. Drinnen war es fast stockdunkel. Mit der Lampe ihres Handys sah sie sich im Raum um. Er war ungefähr neunzig Quadratmeter groß. Es gab Spuren von Tieren und jede Menge Exkremente. Außerdem Spinnweben und Wespennester und massenhaft eklige Krabbeltiere. Sie sah einen alten, verrosteten Herd und Töpfe, die auf dem Boden verteilt waren. Außerdem befand sich im Raum ein Feldbett, aus dem die blanken Federn hervorstanden, und eine zerfetzte Matratze. Dann entdeckte Rina in der Ecke einen undefinierbaren Haufen. Durchaus möglich, dass es ein totes Tier war, denn es roch eindeutig nach Exkrementen. Ihr Herz pochte so heftig, dass sie kaum Luft bekam. Sie richtete die Handylampe auf den Haufen, und ein Augenpaar blinzelte ihr entgegen.

Sie lief hinüber und wiederholte immer wieder: »Du bist in Sicherheit, du bist in Sicherheit, du bist in Sicherheit.« Sie rief den Männern zu: »Sie ist hier drin. Sie lebt.«

Terrys Gesicht war blau, ihre Haut eisig, der Blick leer. Sie reagierte nicht. Ihre Hände und Füße waren mit Kabelbindern aus Kunststoff gefesselt. Rina zog ihre Jacke aus und breitete sie über Terry aus. In diesem Moment brach Chris endlich durch die Lücke in der Wand. Sie sagte: »Ich brauche dein Jackett. Sie ist völlig unterkühlt.«

Er zog sein Jackett aus und hob Terry hoch, um sie auf den Armen zu tragen. »Baby, sag was.«

Keine Antwort.

Draußen angekommen, begann Donatti zu zittern, sein Gesicht schweißgebadet, während er seine Frau weiter trug. Er drehte sich zu Talia um. »Wie kommen wir hier weg? Und wag es nicht, mich zu verarschen!«

»Ich hab dir doch gesagt, sie lebt.«

»Wo … müssen … wir … lang?«

Als sie nicht antwortete, ging Donatti auf sie zu und tastete nach seinem leeren Holster. Decker holte sein Taschenmesser hervor und schnitt Terrys Fesseln durch. Er sagte: »Ich kann uns zurückbringen. Ich habe einen Kompass.« Er bewegte sich langsam, aber nach zehn Minuten waren sie wieder auf dem Wanderweg. Donatti rannte, mit Terry auf den Armen, so schnell er konnte, ohne auszurutschen, während Decker

Talia nach unten führte. Rina bildete mit der Waffe die Nachhut. Sobald sie unten ankamen, sagte Donatti: »Sie antwortet mir nicht.«

»Und wir haben hier keinen Empfang«, erwiderte Decker. »Chris, geh mit Rina zum Auto zurück und bring Terry ins Krankenhaus. Ruf die Polizei, wenn du wieder Balken auf dem Display hast. Ich werde mit Talia hier warten.«

Rina gab ihrem Mann die Waffe. »Sei vorsichtig.«

»Bin ich immer.«

Chris legte Terry sanft in der Limousine ab, dann stieg er selbst ein. Rina stieg auf der anderen Seite ein, und schon schoss der Wagen davon.

Talia zuckte die Achseln und sah Decker an. »Was jetzt?«

»Jetzt warten wir auf die Polizei.«

»Mir ist kalt.«

»Nicht so kalt wie Terry.«

Talia zuckte wieder mit den Achseln.

»Wie haben Sie es gemacht?«, wollte Decker wissen.

»Was gemacht?«

»Sie dazu gekriegt, mitzukommen.«

»Es war nicht geplant. Ich habe sie allein durch die Gegend laufen sehen, und da kam mir die Idee. Von meinen eigenen Wanderungen wusste ich von dem Minenschuppen. Am nächsten Tag habe ich ein Vorhängeschloss gekauft und abgewartet. Es hat einige Tage gedauert, aber schließlich ist es mir gelungen, ihr aufzulauern. Ich habe ihr eine Waffe an den Kopf gehalten, und das war's.«

»Sie war gefesselt, Talia«, sagte Decker. »Mit Kabelbindern. Das wirkt ziemlich gut geplant.«

»Na ja, sobald ich beschlossen hatte, sie einzusperren, musste ich es richtig machen. Ich wollte nicht, dass sie abhaut und es Chris erzählt, bevor ich Gelegenheit hatte, alles zu erklären.«

»Was zu erklären?«

Sie drehte sich um und sah ihn an. »Warum ich es getan habe, natürlich.«

Darauf wusste Decker nichts zu erwidern.

»Sie hatte echt Klasse«, fuhr Talia fort. »Das muss ich ihr lassen. Als sie den entschlossenen Ausdruck in meinen Augen erkannte, hat sie nicht um ihr Leben oder ihre Freiheit gebettelt oder so was. Ich denke, sie wusste, dass ich den Kindern nie etwas tun würde. Keine Ahnung. Vielleicht hatte sie einfach genug vom Leben. Sie sah erschöpft aus. Ich denke, das ist der Grund, warum ich sie am Leben gelassen habe, statt sie sofort zu erschießen. Ich habe gemerkt, dass ich es einfach nicht konnte.«

»Aber es war okay, sie zu fesseln und erfrieren zu lassen?«

»Ja, sie hatte Glück. Noch ein Tag hier draußen in der Kälte, und sie hätte es nicht geschafft. Ich weiß nicht, wie Ihre Frau darauf gekommen ist.« Sie sah Decker an. »Vielleicht war es so ein Frauending.«

Gut möglich, denn Decker zumindest hatte nicht den leisesten Verdacht gehabt, dass Talia die Schuldige war. »Sie sind in Ihr Büro gegangen, um die Ringe zu holen?«

Talia nickte. »Ich hatte sie selbst ausgesucht. Sie hätten von Anfang an mir gehören sollen.«

Decker sagte nichts.

»Ich wollte diesen Ort für immer verlassen. Ob Terry hier war oder nicht, ich wusste, dass Chris niemals zu mir zurückkommen würde. Und ich konnte es nicht ertragen, ihn ihretwegen leiden zu sehen.« Sie begann zu weinen. »Ich liebe ihn wirklich, wirklich sehr.«

»Davon bin ich überzeugt.«

»Sie wissen nicht, wie weh es tut, zu sehen, dass er eine andere in dieser Intensität liebt. Er hat mich angesehen, als ob … als ob ich ein Pappkarton wäre.« Sie wischte sich über die Augen. »Lieber wäre ich tot, als so weiterzuleben.« Decker nickte. Sie betrachtete die Waffe in seiner Hand. »Die werden sie nicht brauchen. Ich gehe nicht weg.«

»Verzeihen Sie mir meinen Zynismus, aber mit dieser geladenen Glock in der Hand und zudem als hervorragender Schütze *weiß* ich, dass Sie nicht weggehen.«

KAPITEL 32

Während die Heizung auf Hochtouren lief und Rina ihr die Füße massierte, begann Terry sich zu regen. Ihr Blick wanderte nach oben, zu Donattis Gesicht. Sie bewegte die Lippen.

»Nicht sprechen, mein Engel.« Donatti umarmte seine Frau fest und rieb ihre kalten Arme. Sie fühlte sich immer noch eisig an. »Es wird alles wieder gut, Baby.«

»Sanj…«

»Sanjay geht es gut. Und Juleen auch. Sie sind bei Deckers Tochter. Sie ist ein Cop, also sind sie bei ihr in Sicherheit.« Donatti schwitzte immer noch. Er atmete schwer. »Ich hab ihren Namen vergessen.«

»Cindy.« Rina öffnete eine Flasche mit Wasser, die sie in der Limousine gefunden hatte, goss etwas davon in die Verschlusskappe und hielt sie Terry an die Lippen. Als sie nicht trank, befeuchtete Rina ihr die rissigen Lippen.

»Gabe?«, fragte Terry.

»Er ist nicht in der Stadt«, antwortete Donatti. »Er weiß nichts von der ganzen Sache. Ich glaube nicht, dass ich es ihm erzählen werde, bevor es dir wieder besser geht.«

Terry flüsterte: »Sag ihnen … dass ich sie lieb habe.«

»Das brauche ich ihnen nicht zu sagen«, gab Donatti zurück. »Du kannst es ihnen selbst sagen.«

Eine Pfütze quoll aus Terry heraus, durchnässte Donattis Hose und tropfte auf den Boden. Er sah nach unten und berührte die Flüssigkeit mit den Fingern. Als er die Hand hob, waren seine Finger klebrig und rot. »Hat Sie auf dich geschossen?«, fragte er. Er begann, sie zu untersuchen.

»Ich glaube, es ist ihre Periode«, ließ sich Rina hören.

»Oh.« Donatti schnappte nach Luft. »Okay. Das klingt plausibel.«

Aber tief im Innern wusste Rina, dass es nicht ihre Periode war. Sie wusste es, weil sie selbst schon in derselben Situation gewesen war. Sie löste ihren Sicherheitsgurt und beugte sich zum Fahrer vor. Dann flüsterte sie: »Können Sie schneller fahren?«

»Wir sind in etwa fünf Minuten da, Ma'am.«

Rina nickte und schnallte sich wieder an.

»Was ist los?«, fragte Donatti.

»Ich wollte nur wissen, wie lange es noch dauert.«

Die Antwort stellte ihn zufrieden. Er richtete den Blick wieder auf seine Frau.

Einige Sekunden später sah Terry Chris an und sagte: »Danke ...«

»Kein Dank nötig. Ich würde es sofort wieder tun. Ich liebe dich so sehr, Baby.«

Ein weiterer Schwall Blut. Sie fuhren vor dem Eingang zum Krankenhaus vor, wo man bereits mit einer Trage auf sie wartete. Nachdem sie Terry daraufgebettet hatten, gelang es ihr, nach Donattis Hand zu greifen. Er lief neben ihr her, während man sie durch den Flur in die Notaufnahme schob. Als sich die Doppeltüren öffneten, sagte sie: »Ich liebe dich, Christopher.«

»Ich liebe ...« Plötzlich wurde ihm ihre Hand entrissen, und die Türen schlossen sich vor ihm. »Ich liebe dich auch, Teresa ...«

Er drehte sich um. Rina war da. Er sagte: »Sie wird wieder gesund, nicht wahr?«

»Sie ist in der Obhut von Menschen, die wissen, was sie tun«, antwortete Rina.

»Das beantwortet die Frage nicht.«

»Chris, ich weiß genauso viel wie du.«

Er setzte sich auf eine Bank und bedeckte sein Gesicht mir den Händen. Dann schaute er zu Rina auf, die stehen geblieben war. »Sie war bei Bewusstsein, als sie sie in die Notaufnahme geschoben haben. Das ist ein gutes Zeichen.«

»Ja.«

»Sie hat gesprochen. Sie hat mir gesagt, dass sie mich liebt.« Er hielt inne. »Oder vielleicht habe ich es mir auch nur eingebildet.«

»Nein, du hast dir nichts eingebildet. Ich habe es auch gehört.«

»Sie hat es gesagt, oder?«

»Hat sie.«

Er stand auf und begann, den Flur in voller Länge abzulaufen. Hin und her, hin und her, mehrere Male. Schließlich blieb er stehen. »Woher hast du es gewusst? Das mit Talia?«

Rina zuckte die Achseln. »Ein Bauchgefühl, wie Peter sagen würde.«

»Die verdammte Fotze hat mich zum Narren gehalten.« Er setzte sich, dann stand er wieder auf. »Ich hätte sie sofort feuern sollen, als Terry zurückkam. Ich hätte es wissen müssen! Keines der Mädchen konnte sie leiden.«

Rina schwieg.

»Ich war ein Idiot. Ich war nachlässig. Es war einfacher, sie zu behalten. Sie war von Anfang an bei mir.«

»Chris, es ist nicht deine Schuld.«

Er winkte ab und begann wieder, auf und ab zu gehen. »Es ist meine Schuld. Ganz allein meine Schuld. Warum zum Teufel dauert das so lange?«

Rina schaute auf ihre Armbanduhr. Es waren erst ungefähr zehn Minuten vergangen.

»Scheiße«, murmelte er, »ich hab vergessen, die Polizei anzurufen.«

»Das habe ich schon getan.«

»Ach ja?«

»Ja, ich habe den Notruf gewählt.«

»Wenigstens hat irgendjemand mitgedacht. Hast du ihnen den Weg beschrieben?«

»Ich habe nur gesagt, dass sie am Anfang des Wanderwegs in den Bergen sind. Soll ich noch mal anrufen?« In diesem Moment erwachte ihr Handy zum Leben. »Es ist Peter. Einen Moment.«

»Schalte auf Lautsprecher«, sagte Donatti.

Rina tat ihm den Gefallen. Dann sagte sie: »Du bist auf Lautsprecher. Wir sind im Krankenhaus.«

»Ist sie okay?«, fragte Decker.

»Wir wissen noch nichts. Wo bist du?«

»Auf dem Polizeirevier. Es gibt dort zwei Arrestzellen, aber sie haben keine Möglichkeit, sie ordnungsgemäß zu verhaften oder sie hierzubehalten. Ein Typ namens Saverhall hat die Polizei des Bundesstaates Nevada eingeschaltet. Ich warte hier, bis ich weiß, dass sie in den richtigen Händen ist.«

Donatti nahm Rina das Telefon ab. »Saverhall ist ein guter Mann.«

»Ja, das ist er«, pflichtete Decker ihm bei. »Aber er scheint ein wenig überfordert zu sein.«

»Wir haben es hier normalerweise nicht mit Morden zu tun.« Donatti ging weiter auf und ab, während er telefonierte. »Oder mit Mordversuchen. Du hättest Talia da draußen erfrieren lassen sollen. Damit sie am eigenen Leib spürt, wie das verdammt noch mal ist. Warte einfach mit ihr, bis das Miststück weggebracht wird.«

»Genau das tue ich, Chris.« Er schwieg kurz. »Der Empfang ist nicht besonders gut.«

Donatti gab Rina das Telefon zurück. Sie schaltete den Lautsprecher aus und sagte: »Wann kommst du her?«

»Wenn die zuständigen Behörden hier sind. Bin ich immer noch auf Lautsprecher?«

»Nein.«

»Ich muss alles erklären«, berichtete Decker. »Sie ist eine genauso große Psychopathin wie er, und ich will nicht, dass sie sie dazu beschwatzt, sie auf Kaution rauszulassen.«

»Brauchst du irgendwas?«, fragte Rina.

»Nein, ich habe alles. Sogar frischen Kaffee. Was ist mit dir?«

»Wir warten einfach nur.«

»Es kommt mir so vor, als würdest du etwas vor mir verheimlichen. Ist das wahr?«

»Vielleicht.« Sie sah Donatti an. »Ich ruf dich an, wenn ich etwas weiß.«

»Ich liebe dich, Rina.«

»Ich dich auch.« Sie legte auf.

Donatti ging immer noch auf und ab. »Was denkst du?«

»Wovon sprichst du?«, fragte Rina.

»Was tun die da drin?«

»Ich bin keine Ärztin, Chris.«

»Ja, aber du hast in Israel mal als Sanitäter oder so was gearbeitet. Das hast du mir selbst erzählt, als du meine Schusswunde versorgt hast. Weißt du noch?«

Er hatte ein gutes Gedächtnis, aber eine Schusswunde würde sich wohl jedem für immer einprägen. Sie waren durch die Straßen von New York gelaufen, als es zu der Schießerei gekommen war. Er hatte sich eine Kugel in der Brust eingefangen, um sie zu beschützen.

»Das ist lange her«, sagte Rina.

»Ich werde dich schon nicht darauf festnageln. Was *denkst* du?«

Rina seufzte. Auf keinen Fall würde sie ihm erzählen, was sie *wirklich* dachte. »Sie war dehydriert und unterkühlt. Wahrscheinlich bringen sie ihre Körpertemperatur mithilfe warmer Flüssigkeit wieder nach oben.«

Er blieb stehen und drehte sich zu ihr um. »Das ist keine große Sache, oder?«

»Ich nehme an, sie hatte einen Schock.«

»Sie hat mich erkannt.«

»Nicht Schock im Sinne von Überraschung«, erklärte Rina. »Es ist der medizinische Ausdruck dafür, wenn der Körper eine Menge Flüssigkeit verliert. Das bringt alles durcheinander.«

»Zum Beispiel die Nieren?«

Rina seufzte erneut. »Ja … Vor allem muss man sich wegen niedrigem Blutdruck sorgen.«

»Also, wenn man ihr Flüssigkeiten gibt, sollte sie wieder gesund werden, nicht wahr?«

»Manchmal. Aber manchmal ist es nicht so einfach.«

»Gott!« Er setzte sich und schlug die Hände vors Gesicht. »Wann werden sie wissen, ob es ihr gut geht?«

»Die Frage kann ich dir nicht beantworten, weil ich es selbst nicht weiß.« Sie schaute auf ihre Uhr. Inzwischen waren fünfundzwanzig Minuten vergangen. »Kann ich dir irgendwas bringen?«

»Wie wär's, wenn du mich aus dieser Hölle rausbringen würdest?«

»Es tut mir so leid, Chris.«

»Wenn das hier ein schlechtes Ende nimmt … Gott, ich will gar nicht darüber nachdenken.«

Sie nickte.

»Es ist wahrscheinlich besser, positiv zu denken«, sagte er.

Sie nickte erneut. Aber ihre Zweifel blieben, auch wenn sie versuchte, sie zu verdrängen. Wieder klingelte ihr Handy, und Rina sagte: »Es ist Cindy. Was soll ich ihr sagen?«

Donatti winkte ab.

Rina drückte auf die Taste. »Hi, Schätzchen.«

»Was ist los?«, fragte Cindy.

»Terry ist im Krankenhaus.«

»Im Krankenhaus?«, rief Cindy. »Geht es ihr gut?«

»Wir warten auf Informationen.«

»Was ist passiert?« Sie zögerte kurz. »Oder kannst du im Moment nicht reden?«

»Genau. Ich ruf dich an, wenn es etwas Neues gibt. Sag den Kids noch nichts, bis wir genau wissen, wie der Stand ist.«

»Natürlich.«

»Wie geht es ihnen?«

»Sie reden nicht viel … wie zu erwarten.«

»Haben sie geschlafen?«

»Sie haben behauptet, ja. Sie haben gefrühstückt. Und jetzt sehen sie fern. Jedenfalls Sanjay. Juleen ist im Zimmer und hat die Tür zugemacht. Als ich nach ihr gesehen habe, lag sie auf dem Bett und las. Ich dachte, ich lass die beiden erst mal ein bisschen in Ruhe.«

»Da stimme ich dir zu.« Rina hielt inne. »Danke, Schätzchen. Ich ruf dich später wieder an.«

»Wo ist Daddy? Er geht nicht an sein Handy.«

»Er ist bei der Polizei. Ich erklär dir das alles später.«

»O mein Gott. Hat jemand sie verletzt?«

»Ja.«

»Ist es ernst?«

»Ja. Ich ruf dich später an.«

Als sie aufgelegt hatte, fragte Chris: »Kommen die Kinder zurecht?«

»Sie sind wahrscheinlich etwas durcheinander, aber körperlich geht es ihnen gut.«

Ungefähr zehn Minuten später klingelte Donattis Handy. »Scheiße, das ist Gabe. Kannst du mit ihm sprechen?«

Sie griff nach seinem Telefon. »Hey, Schätzchen.«

»Juleen hat mich angerufen. Sie hat gesagt, Mom sei verschwunden. Sie hat gesagt, sie und Sanjay seien bei Cindy zu Hause. Was zur *Hölle* ist los?«

Rina wartete einen Moment ab, um zu Atem zu kommen. »Deine Mom liegt im Krankenhaus, Gabe. Bitte, sag Juleen und Sanjay noch nichts.«

»Wo ist mein Vater? Hat *er* sie verletzt?«

»Nein, nichts dergleichen. Dein Dad ist hier mit mir auf dem Korridor, und wir warten darauf, etwas von den Ärzten zu erfahren.«

»Kann ich mit ihm sprechen?«

»Er ist eigentlich nicht in der Verfassung dafür.«

Donatti streckte die Hand aus, und Rina reichte ihm das Telefon. »Was?«

»Sag du es mir, Dad.«

»Ich kann dir gar nichts sagen, verdammt noch mal, weil ich einfach nichts weiß.«

»Ist es ernst?«

»Ich habe gerade gesagt, dass ich es nicht weiß.« Er ließ eine Sekunde verstreichen. »Wo bist du?«

»In Budapest. Ich hab sofort ein Ticket gebucht, um zurückzukommen, als ich es gehört habe.«

»Wie hast du davon erfahren?«

»Juleen hat mich angerufen. Sie hat gesagt, Mom sei verschwunden.«

Donatti stieß hörbar die Luft aus. »Komm noch nicht nach Hause. Warte, bis ich mehr weiß, okay? Kannst du das für mich tun?«

»Dad, ich kann mit solcher Angst im Bauch nicht auftreten.«

»Warte einfach, okay? Ich ruf dich an, wenn ich etwas weiß. Oder Rina meldet sich bei dir. Sag nur Juleen nichts, bis ich etwas Konkretes weiß.«

»Natürlich nicht.« Er hielt inne. »Wenn du Mom siehst, sag ihr, dass ich sie lieb habe.«

»Ja, mach ich. Das beruht auf Gegenseitigkeit. Bevor man sie in die Notaufnahme gebracht hat, hat sie mich gebeten, dir zu sagen, dass sie dich lieb hat.«

»Sie war bei Bewusstsein?«

»Ja. Ich lege jetzt auf. Das Gespräch mit dir macht mich noch nervöser.«

»Ich hab dich lieb, Dad.«

»Dito.« Donatti beendete das Gespräch und steckte sein Handy weg. Dann schaute er auf die Uhr. »Warum dauert das so verdammt lange?«

Rina antwortete nicht. Es dauerte jetzt schon weit über eine Stunde, und das war normalerweise kein gutes Zeichen. Eine Minute später kam Decker durch den Korridor auf sie zu. Sie lief ihm entgegen. Dann hielt sie ihn einen Moment lang dort fest – weit weg von Chris.

»Gibt es etwas Neues?«, raunte er.

»Nein«, flüsterte Rina zurück.

»Sie sah aus, als hätte sie einen Hypovolämischen Schock.«

»Kann sein.« Rina holte tief Luft. »Ich glaube, sie ist schwa…«

In diesem Moment sah sie zwei Ärzte auftauchen. Sie wusste sofort Bescheid.

Sie sagte: *»Baruch ata Adonaj elohejnu melech ha-olam Dayan ha-emet.«*

Gesegnet seist du, unser Gott, König des Universums, der wahre Richter.

Sie griff nach Deckers Hand, und gemeinsam gingen sie zu Donatti. Er sah sie an, und sie erwiderte seinen Blick.

Einer der Ärzte sagte: »Es tut mir sehr leid, Mr. Donatti. Es tut mir sehr leid.«

Donatti starrte den Mann nur an. Nichts drang zu ihm durch.

Der Arzt senkte den Kopf. Auf seinem Namensschild stand: DR. DREW JAMISON. »Sie war von Anfang an in sehr schlechter Verfassung. Und wir konnten die Blutung einfach nicht stoppen …«

»Blutung?«, wiederholte Donatti. »Von einer Schusswunde?«

»Nein, Sir, wegen einer Fehlgeburt hat sie so viel Blut verloren.«

Sein Gesicht wurde fahl. »Sie war *schwanger*?«

Jamison kratzte sich am Kinn. »Das wussten Sie nicht?«

»Nein, ich habe es nicht *gewusst*!«, fuhr Donatti den Arzt an. »In welchem *Monat*?«

»Ungefähr in der achten bis zehnten Woche«, antwortete Jamison.

»Könnte es länger gewesen sein?«

»Vielleicht.«

»Ich verlange einen Vaterschaftstest.«

Der Arzt schaute Donatti überrascht an. »Das könnten wir wahrscheinlich tun …«

»Gut, denn das will ich.«

»Chris«, schaltete Decker sich ein, »was macht das jetzt noch für einen Unterschied?«

»Ich will einen Vaterschaftstest«, befahl Donatti.

»Lassen Sie mich noch einmal reingehen und schauen …«, sagte Jamison. »Warten Sie einen Moment, und ich werde sehen, was ich ausrichten kann.«

»Ja, tun Sie das!«, blaffte Donatti. »Scheiße!«, sagte er. »Scheiße, scheiße, *scheiße*! Wenn sie schwanger zu mir gekommen ist und mir nichts davon erzählt hat … Wenn sie mich verarscht hat …«

»Ich bin mir sicher, dass sie das nicht getan hat«, unterbrach Rina ihn.

»Das kannst du verdammt noch mal nicht wissen, oder?«

»Trotzdem, Chris, Peter hat recht, was für einen Unterschied macht es?«

Er drehte sich mit wilden Augen zu ihr um. »Was für einen Unterschied es macht? Welchen *Unterschied*? Den Unterschied, ob ich meiner Frau ein anständiges Begräbnis gebe oder das Miststück verbrenne!«

KAPITEL 33

»Es gibt keinen Grund, warum du hierbleiben solltest«, sagte Decker. Es war acht Uhr abends, und er und Rina saßen in Chris' Außenbüro. Wo Donatti war, konnte man bestenfalls ahnen. »Du hast bei der Polizei deine Aussage gemacht. Wenn die sonst noch was brauchen, können sie dich anrufen.«

»Das Gleiche könnte man von dir sagen«, gab Rina zurück.

»Ich bin ein Cop. Das ist etwas anderes. Ich kenne mich aus mit solchen Psychopathen … weiß, wie sie andere manipulieren. Ich will nur sicherstellen, dass das nicht passiert.«

»Aber Talia hat doch bereits gestanden.«

»Nicht ganz«, erklärte Decker. »Sie hat es mir gegenüber gestanden, aber nicht den Cops gegenüber. Es war niemand in der Nähe. Ich hatte eine Waffe. Sie könnte sagen, ich hätte das Geständnis erpresst. Natürlich wird das nicht passieren, aber ich will sicherstellen, dass es nicht passiert. Ich werde bis nach der Beerdigung warten.«

»Ich lasse dich nicht mit Chris allein«, stellte Rina klar. »Er ist im Moment einfach zu labil.«

»Er wird schon nicht auf mich schießen.« Decker lächelte. »Außerdem habe ich seine Waffe.«

»Darüber mache ich mir auch keine Sorgen. Ich mache mir Sorgen, dass er einen Weg finden wird, sie zu erschießen.«

»Glaub nicht, daran hätte ich nicht auch schon gedacht.«

»Wie genau lautet die Anklage gegen sie?«

»Zweifacher Mord. Was den Fötus betrifft, werden sie die Anklage vielleicht herabstufen.«

»Das wäre ein Jammer«, antwortete Rina. »Auch ich werde nicht vor der Beerdigung abreisen, Peter. Weder Chris noch

Gabe sind in der Verfassung, das zu organisieren. Jemand muss die Zügel in die Hand nehmen.«

»Falls er das Miststück nicht verbrennt«, sagte Decker.

»Natürlich war das Baby von ihm.«

»Er scheint nicht überzeugt zu sein.«

»Er hat ja auch nicht geglaubt, dass Gabe von ihm ist. Ehrlich gesagt, glaube ich, er sucht nach einer Ausrede, um wütend auf Terry zu sein, weil Wut leichter zu ertragen ist als tiefe Verzweiflung. Der Mann hat auf einen Schlag seine Frau und sein Kind verloren. Ich kann mir gar nicht vorstellen, wie sich das anfühlt.«

Decker legte sich aufs Sofa. »Es war ein furchtbarer Tag, und die nächsten Tage werden nicht viel besser.«

»Aber die Sonne wird im Osten auf- und im Westen untergehen«, sagte Rina. »Das ist das Verrückte am Tod. Dein Leben verändert sich für immer, aber die Welt dreht sich weiter.« Sie streckte sich auf ihrer Couch aus. »Lass uns morgen früh noch mal darüber sprechen. Keiner von uns hat in den letzten vierundzwanzig Stunden auch nur eine Minute Schlaf bekommen. Wenn man erschöpft ist, sieht rein gar nichts hoffnungsvoll aus.«

Decker drehte sich um und versuchte, eine bequeme Liegeposition zu finden. Das Ledersofa war mit Knöpfen bestückt. Es war hart. Er hatte kein Kissen und auch keine Decke. Aber Rina beklagte sich nicht, warum sollte er es dann tun? Eine halbe Stunde später kam Donatti in sein Büro zurück und schaltete das Licht ein. Decker rieb sich die Augen und richtete sich auf.

Donatti sah ihn und Rina an. »Ich werde euch ein paar Kissen und Decken aus dem Schlafzimmer holen.«

»Wir kommen schon klar«, versicherte Decker ihm. »Wo bist du gewesen?«

»Spazieren.« Seine Stimme war vollkommen ausdruckslos.

»Zehn Stunden lang?«

Donatti antwortete nicht. Sein Telefon klingelte. »Das ist Gabe – schon wieder.«

»Hast du schon mit ihm gesprochen?«

»Nicht, seit ich es ihm erzählt habe«, antwortete Donatti. »Ich will nicht mit ihm reden. Ich will mit niemandem reden. Und ich will schon gar nicht, dass jemand herkommt und mich tröstet.« Er warf Decker das Handy zu. »Richte ihm das bitte von mir aus.«

Er verschwand in sein Privatbüro.

Decker nahm den Anruf entgegen und sagte: »Hi, ich bin's.«

Gabes Stimme zitterte. »Er will nicht mit mir reden.«

»Er ist nicht in der Verfassung, mir jemandem zu reden.«

»Deshalb sollte ich da sein, auch wenn er mich nicht bei sich haben will.«

»Gabe, gib ihm einen Tag. Bis dahin werden wir die Beerdigung organisiert haben.«

»Wer organisiert die Beerdigung? Er anscheinend nicht.«

»Rina wird sich darum kümmern. Chris sagt, dass er sich nicht mit deiner Mom befassen will, bis die Ergebnisse vom Vaterschaftstest da sind. Aber sowohl Rina als auch ich haben das Gefühl, dass er nur Dampf ablässt. Je eher wir uns um deine Mom kümmern, desto besser.«

»Er ist ein Idiot. Natürlich ist es sein Baby. Ich habe meine Mom gesehen, als sie dort ankam – bei ihm. Sie war im Krankenhaus. Sie war spindeldürr.«

»Wie gesagt, er ist nicht in der Verfassung, vernünftig zu handeln. Wo bist du gerade?«

»In London Heathrow. Ich müsste morgen früh um sechs in New York sein. Dann werde ich überlegen, wie ich zu ihm komme. Früher hat er immer ein Privatflugzeug geschickt, aber darum kann ich ihn jetzt nicht bitten.«

»Gabe, wenn du wirklich etwas Gutes tun willst, flieg nach Philadelphia zu deinem Bruder und deiner Schwester. Sie brauchen dich dringender als Chris. Er ist in einem sehr labilen Zustand. Ich will nicht, dass er dich anschreit.«

»Daran bin ich gewöhnt.« Gabe seufzte. »Du hast wahrscheinlich recht. Wir würden uns nur streiten, und das tut keinem von uns gut. Ich werde zu meinen Geschwistern fliegen. Ich bin sicher, dass er ihnen nicht viel zu sagen hat.«

»Er hat überhaupt nicht mit ihnen gesprochen, sondern lediglich Cindy angerufen. Juleen ruft ihn immer wieder an, aber er geht nicht dran.«

»Typisch. Ich werde nach Philadelphia fliegen. Sag meinem Dad, ich bin bereit, wenn er mit mir reden will.«

»Mach ich.«

»Danke, Peter.«

»Gabe, es tut mir sehr leid. Was kann ich tun?«

»Das, was ihr beide, du und Rina, immer für mich getan habt. Ihr seid meine Stütze. Meine Schulter, an der ich mich ausweinen kann.« Gabe legte auf.

Decker seufzte. Er knipste das Licht aus. In der Dunkelheit fragte Rina: »Wie geht es ihm?«

»Gabe? Er klang wie gerädert, und zwar jenseits der üblichen Erschöpfung, die man hat, wenn man stundenlang unterwegs war. Ich nehme an, er hat das Ganze noch gar nicht begriffen.« Decker atmete durch. »Ich geh kurz Donatti das Handy zurückgeben.«

»Wo ist er denn?«

»In seinem Büro. Warte. Lass mich sehen, ob ich im Dunkeln rumlaufen kann, ohne mich umzubringen.«

»Mach doch das Licht an.«

»Nein, ich bin …« Decker erreichte die Tür und klopfte an. »Ich bin's. Willst du dein Handy zurückhaben?«

Von der anderen Seite der Tür kam Donattis: »Nein.«

»Was ist mit deiner Waffe?«

Ein Moment verstrich, dann wurde die Tür geöffnet. Chris starrte ihn an, die geöffnete Hand ausgestreckt. Decker reichte Chris die Pistole zusammen mit seinem Handy. Donatti schob die Waffe in sein Holster und sagte: »Ich organisiere euch Bettzeug.«

»Das ist nicht nötig …«

Aber Donatti war schon zur Tür hinaus.

»Geht es dir gut?«, fragte Rina.

»Mir tun die Kinder und Gabe leid, aber ansonsten geht's mir ganz gut.« Er sah sie an. »Wie organisieren wir eine Beerdigung?«

»Das kann ich übernehmen. Ich hab schon genug davon miterlebt.«

»Das waren alles jüdische Beerdigungen.«

»Ich glaube nicht, dass da ein großer Unterschied besteht.«

»Sie war katholisch. Da ist der Sarg normalerweise geöffnet. Und dann gibt es eine Trauerfeier.«

»Das mit der Trauerfeier wird schon gehen«, sagte Rina. »Aber ich werde versuchen, ihm den offenen Sarg auszureden. Es wäre schrecklich für die Kinder. Ihre Mutter so zu sehen …«

»Es sei denn, er verbrennt das Miststück.«

»Das hat er nur in seiner Raserei gesagt, weil die Alternative für ihn zu düster ist, um sich ihr zu stellen. Was immer er tut, es wird würdevoll sein.«

Etwas später kam Donatti mit dem Bettzeug zurück und schaltete das Licht an. »Wann fliegt ihr nach Hause?«

»Peter will sichergehen, dass Talia ordnungsgemäß angeklagt wird.« Kein Kommentar von ihm. Rina setzte sich auf und rieb sich die Augen. »Ich denke, wir bleiben bis nach der Beerdigung.«

Donatti warf das Bettzeug auf das Sofa. »Wie ihr wollt.« Er ging in Richtung seines Büros. Dann blieb er noch einmal stehen und drehte sich zu Rina um. »Wirst du das für mich machen?«

»Natürlich werde ich das, Chris.«

»Kannst du dich auch um Devek kümmern? Er will kommen. Ich nehme an, er will sich verabschieden, aber er muss auch die Kinder abholen.«

»Ich kann ihn anrufen. Hast du seine Nummer?«

»Ja, die hab ich.« Chris seufzte. »Er fragte nach einer Einäscherung. Das ist Teil seiner Kultur. Ich habe ihm gesagt, ich überleg's mir. Terry ist katholisch. Ich bin katholisch. Ich weiß nicht, ob das ihrem Wunsch entsprochen hätte.«

»Was willst denn du?«, fragte Rina.

»Ich will einschlafen und nie wieder aufwachen.«

»Vielleicht solltest du mir die Waffe doch wieder zurückgeben«, sagte Decker.

»Ich besitze mehr als dreißig Pistolen, halbautomatische Waffen, Gewehre und Flinten. Sie befinden sich alle in einem Safe in meinem Schlafzimmer. Eine einzige Glock wird keinen Unterschied machen, wenn ich mir das Gehirn aus dem Kopf pusten will.« Er schaute Decker an. »Wir sehen uns morgen früh. Soll ich das Licht ausschalten?«

»Ja, bitte«, sagte Rina. Sobald er gegangen war und Dunkelheit sie einhüllte, fügte sie hinzu: »Ich mache mich morgen wohl besser ans Werk. Ich werde verschiedene Bestattungsunternehmen anrufen.«

»Was kann ich tun?«, fragte Decker.

»Das kriege ich allein hin. Ich kümmere mich um die Vorbereitungen, bestelle die Blumen und rufe alle an, auch Devek, dann suche ich eine Grabstelle auf dem Friedhof aus und organisiere die Feier. Was du tun kannst, ist, dich um Chris zu kümmern, das würde schon reichen. Sorg dafür, dass er keine Dummheiten macht – zumindest nicht vor der Beerdigung.«

»Ich glaube, da habe ich den schwereren Part erwischt«, stellte Decker fest.

»Ich beneide dich auch nicht darum«, sagte Rina.

Nach der Beerdigung, den Reden, den Tränen und dem Pomp versammelten sich alle für die Trauerfeier, die in der Lounge stattfand, weil so viele gekommen waren. Neben all den Frauen und Männern, die für ihren Boss erschienen waren, war auch der Decker-Clan angereist, um Gabe beizustehen. Devek kam, um sich von Terry zu verabschieden und seine Kinder abzuholen. Melissa, Terrys Halbschwester, war ebenfalls da und genauso betäubt und verwirrt wie der Rest der Gäste. Sie war jetzt fünfunddreißig, und es war das erste Mal, dass sie ihrer Nichte Juleen und ihrem Neffen Sanjay begegnete.

Trauerfeiern hatten nichts mit den ernsten Shivas in Rinas Religion zu tun. Es waren Feste, die das Leben der Verstorbenen feierten. Und Rina sorgte dafür, dass diese Feier eine große wurde. Sie hatte ungezählte Platten mit Speisen aus allen Kulturen bestellt, die Bars mit den besten Spirituosen gefüllt und die Lounge mit Fotos von Terry aus allen Lebensabschnitten dekoriert, angefangen von ihrer Kindheit bis zu ihrer noch nicht lange zurückliegenden Hochzeit mit Donatti. Dazu gehörten nicht nur Dutzende von Schnappschüssen von Chris und ihr, sondern auch Fotos von ihr und den Kindern und sogar einige von ihr und Devek, worum Chris gebeten hatte. Er wollte, dass alle, die in ihrem Leben eine Rolle gespielt hatten, vertreten waren.

Als Rina den Blick über die Menge schweifen ließ, sah sie, dass Chris ganz in seinem Element war. Der beliebte Junge, der redete, lächelte, aß und trank, wahrscheinlich mehr trank, als gut für ihn war. Seine Angestellten scharten sich um ihn und ließen ihn keine Minute allein. Es waren bezahlte Bewunderer, aber sie schienen sich aufrichtig Sorgen um ihren Boss zu machen. Ein paar von den Frauen weinten sogar. Ab und zu ging Chris zu Gabe, zog ihn an sich und legte seinem Sohn den Arm um die Schultern, um ihn an sich zu ziehen. Und dann ließ er den Arm genauso schnell wieder fallen, ein Zeichen für Gabe, zu verschwinden und sich in den Schutz seiner Verlobten und seiner Pflegefamilie zurückzuziehen.

Rina hatte auf alles ein wachsames Auge und sorgte dafür, dass alles reibungslos verlief. Gabe kam zu ihr und stellte ihr seine Tante Melissa vor. Die Frau mit den kurzen blonden Haaren war spindeldürr. Devek kam zu Rina, seine Kinder im Schlepptau, und stellte sich ihr als Dr. Sharma vor. Er war etwa einen Meter fünfundsiebzig groß und hatte dunkle Haut, dunkelbraune Augen, glatte schwarze Haare und eine stämmige Statur. Terry war mit zwei Männern verheiratet gewesen, deren Äußeres nicht gegensätzlicher hätte sein können. Die Kinder wirkten benommen. Der Junge umklammerte die Hand seines Vaters und schaute zu Boden und dann zu den vielen Menschen. Juleen schien weit weg zu sein – ganz in ihrer eigenen Welt und ohne ihre Umgebung so recht wahrzunehmen. Beide hatten trockene Augen.

Im Laufe der Zeit kamen immer mehr Frauen zu Rina und dankten ihr für die Trauerfeier. Sie hatten Tränen in den Augen. Sie hätten Terry gekannt. Sie sei großartig gewesen – witzig, freundlich und überhaupt nicht versnobt. Das Wichtigste jedoch sei gewesen, dass sie einen guten Einfluss auf den Boss gehabt hätte. Sie hätte ihn beruhigt.

Die Stunden schleppten sich dahin und vergingen gleichzeitig wie im Flug. So war das bei Beerdigungen. Alles war glasklar, aber zugleich auch verschwommen. Die Trauerfeier nahm einfach kein Ende. Das einzig Gute an dem Abend war, dass Rina eine Gelegenheit bekam, die Kinder zu sehen, bevor sie und Decker für sechs Monate nach Israel aufbrachen. Cindy und Koby waren da, aber ohne die Jungs. Sammy und Hannah waren ebenfalls ohne ihre jeweiligen Angehörigen angereist. Jacob war zusammen mit Ilana erschienen, die den größten Teil ihrer Zeit damit verbrachte, mit Yasmine zu reden, um herauszufinden, was sie jetzt, da Gabes Mutter tot war, wegen der bevorstehenden Hochzeit unternehmen sollte.

Gegen fünf wurde es schließlich ruhiger, und um sechs Uhr abends hatten sich die engsten Familienangehörigen in Chris' Büro zurückgezogen. Donatti hatte mehrere Flugzeuge gechartert, um alle zurückzubringen: einen größeren Jet für die New Yorker und einen kleineren, mit dem Cindy und Koby nach Philadelphia zurückkehren würden.

Als die Zeit für den Abschied kam, brach Juleen zusammen. Sie begann zu schluchzen und sah Chris flehentlich an. »Warum kann ich nicht hierbleiben?«

Devek war entrüstet. »Juleen, mach dich nicht lächerlich. Du kannst nicht an einem Ort wie diesem bleiben. Außerdem bist du meine Tochter, nicht seine.«

»Ich will nicht zurück nach Mumbai. Es gefällt mir dort nicht.«

»Tja, du hast keine Wahl.«

Sie sah Gabe an. »Warum kann ich nicht bei dir bleiben?«

»Weil du es nicht kannst!«, sagte Devek.

»Sie kann bei mir wohnen«, beteuerte Gabe. »Ich bin ihr Bruder.«

»Aber ich bin ihr Vater!« Devek wurde langsam wütend. »Du kommst mit nach Hause, Juleen. Und jetzt Schluss mit dem Unsinn.«

»Warum kann ich nicht bei Chris bleiben?« Juleen ließ nicht locker. »Er ist mein Stiefvater.«

»Er will dich nicht hier haben!«

»Sagen Sie ihr das nicht!«, zischte Donatti.

»Dann sagen Sie es ihr!«, verlangte Devek.

»Wagen Sie es nicht, mir gegenüber unverschämt zu werden«, schoss Donatti zurück. »Nicht nach allem, was ich für Sie getan habe. Sie stehen in meiner Schuld.«

»Sie haben es für Terry getan.«

»Natürlich habe ich es für Terry getan. Aber Sie und Sanjay haben davon profitiert. Wenn sie sich nicht benehmen, werden Sanjay und ich eines Tages ein langes Gespräch darüber führen, was sein Vater für ihn getan und nicht getan hat, als er entführt wurde.«

Devek verstummte. Dann sagte er: »Verzeihen Sie, Chris.«

»Es war ein langer Tag, ist schon gut.« Donatti ging zu Juleen und ließ sich auf ein Knie nieder, sodass sie auf Augenhöhe waren. »Dein Vater hat recht, du kannst nicht hierbleiben, Juleen. Das weißt du.«

»Sie sind mein Stiefvater.«

»Das bin ich«, pflichtete Chris ihr bei. »Aber er ist dein Vater. Und du tust, was er sagt. Du arbeitest fleißig, du lernst fleißig, du übst fleißig, dann kannst du alles werden, was du willst. Sorg dafür, dass deine Mom stolz auf dich sein kann, okay?«

»Ich will nicht nach Mumbai.« Jetzt weinte sie. »Ich hasse es dort, Vater. Du bist nie zu Hause. Ich mag Onkel Pramod nicht. Ich habe nicht einmal mehr Mommy, die sich um mich kümmert. Ich will keine Ayah und keine Kinderfrau. Ich will hier in den Vereinigten Staaten bleiben. Das hätte Mommy auch gewollt.«

»Nun, Mommy ist nicht hier«, schnauzte Devek das Kind an. »Was stimmt nicht mit Pramod?«

»Er ist eklig!«

»Sprich nicht so!« Devek sah sie streng an. »Pramod war sehr gut zu uns.«

»Ich hasse ihn. Ich will nicht zurück! Ich will hierbleiben.«

Devek verlor endgültig die Geduld. »Juleen, niemand hier wird sich um dich kümmern.«

»Ich habe gerade gesagt, dass sie bei mir wohnen kann«, meldete Gabe sich erneut zu Wort.

Devek drehte sich zu ihm um. »Und deine Freundin ist damit einverstanden? Dass sie sich um eine Elfjährige kümmert, während du auf Tournee durch die ganze Welt reist?«

»Klar kann ich das machen«, meldete Yasmine sich zu Wort. »Das ist kein Problem.«

»Devek hat recht«, sagte Donatti. »Gabriel, du bist nie zu Hause, und Yasmine studiert Medizin. Wie wollt ihr euch um sie kümmern?«

»Sie kann bei mir wohnen«, erbot Melissa sich. »Ich bin ihre Tante.«

Gabe sagte: »Ich hab dich lieb, Melissa, aber dein Lebensstil lässt sich nicht mit einem Kind vereinbaren.«

Melissa begann zu weinen. »Ich kann mich ändern.«

Gabe legte die Arme um seine Tante. »Mom hätte nicht gewollt, dass du dich änderst. Sie hat dich genau so geliebt, wie du bist.«

»Ich werde sie nehmen«, sagte Cindy. Dann sah sie Devek an. »Ich versuche nicht, ihre Autorität zu unterminieren, Herr Doktor, aber ich bin selbst mit einem Arzt verheiratet. Ihr Jungs leistet großartige Arbeit – und ich bin mir sicher, dass Sie Ihr Bestes geben –, aber Ärzte sind vielbeschäftigte Leute.«

Sie drehte sich zu Koby um. »Stimmt's?«

»Du hast auch ziemlich viel zu tun«, antwortete Koby. »Aber du bist öfter zu Hause als ich.«

Cindy ließ sich etwas Zeit mit ihrer Antwort. »Wir sind zu zweit, Devek. Sie sind allein.«

»Das ist doch lächerlich«, murmelte Devek. »Sie ist meine Tochter, und Sie sind nicht ihre Mutter.«

»Das stimmt«, entgegnete Cindy. »Ich bin nicht ihre Mutter, und ich werde niemals ihre Mutter sein, aber ich bin eine Frau, die mit beiden Beinen auf dem Boden steht und die schon Kinder im selben Alter hat. Und Gabe ist Teil meiner Familie, also gehört Juleen ebenfalls zur Familie. Auch wenn es nur für ein paar Monate ist, bis Juleen die Ungeheuerlichkeit der Ereignisse verarbeitet hat, helfe ich gern. Sie müssen sich zuerst wieder in Ihr eigenes Leben einfinden, Devek. Sie brauchen Zeit zum Nachdenken. Warum lassen Sie Juleen nicht bei Koby und mir wohnen … Sagen wir für vielleicht sechs Monate, und dann sehen wir weiter?«

»Ich würde dir helfen«, sagte Gabe.

»Das weiß ich, aber es nimmt dir die Verantwortung von den Schultern.« Cindy wandte sich an Juleen. »Aber wir sollten wohl erst mal fragen, was du willst.«

»Ich würde sehr gern bei Ihnen bleiben, Cindy, wenn es keine Umstände macht.«

»Umstände?« Cindy lachte. »Du und Sanjay seid die ruhigsten Kinder, die mir je begegnet sind. Ihr habt die ganze Zeit nur gelesen, was toll ist. Könntest du dafür sorgen, dass etwas von deinem Fleiß auf meine Söhne abfärbt? Und vielleicht kann ihr stürmisches Wesen ja auch ein wenig auf dich abfärben.«

Mit tränenüberströmten Wangen brachte Juleen ein kleines Lächeln zustande.

»Ich will mit Vater nach Hause«, meldete Sanjay sich zu Wort.

»Ich weiß, Sanjay«, sagte Juleen. »Und er will auch, dass du mit ihm nach Hause fliegst, aber ich will hierbleiben.«

Devek war fuchsteufelswild. »Du weißt doch gar nicht, wie es ist, hier zu leben.«

»Vielleicht weiß ich das wirklich nicht, Vater, aber lass es mich ausprobieren. Ich bin klüger, als du denkst.«

»Es geht hier nicht um Klugheit.« Er schüttelte den Kopf. »Wer soll für deinen Unterhalt bezahlen, Juleen?«

Donatti schaltete sich ein. »Das kann ich übernehmen.« Er wandte sich an Cindy. »Was immer sie braucht.«

»Vielen Dank«, sagte Cindy.

»Ich habe noch nicht zugestimmt«, protestierte Devek.

»Ja, aber das werden Sie«, gab Donatti zurück. »Ich bin kein guter Vater, Dev, aber Sie auch nicht. Wir sind sehr unterschiedlich. Aber wir sind Männer, und in einer einzigen Hinsicht ähneln wir uns. Wenn ich ein besserer Ehemann gewesen wäre, hätte Terry mich nie verlassen. Und das Gleiche gilt für Sie. Wenn Juleen hier in den Vereinigten Staaten bleiben will, lassen Sie sie gewähren. Kämpfen Sie nicht gegen sie. Sie würde es Ihnen für den Rest Ihres Lebens übel nehmen.«

»Als ob Sie so viel über die menschliche Natur wüssten«, murmelte Devek.

Donatti seufzte. »Offensichtlich nicht, sonst wäre Terry noch am Leben.«

Devek schwieg.

Juleen ging zu ihrem Vater und nahm seine Hände in ihre. Unter Tränen begann sie zu sprechen. »Bitte, Vater, ich werde jeden Tag schreiben. Ich werde dich jeden Tag anrufen. Ich werde hart arbeiten und dafür sorgen, dass du stolz auf mich bist. Bitte, darf ich für eine Weile hierbleiben? Ich verspreche auch, brav zu sein.«

»Du brauchst mir nicht zu versprechen, brav zu sein.« Deveks Augen füllten sich mit Tränen. »Du bist brav. Tatsächlich bist du *zu brav*.« Er wischte sich über die Augen. »Hierbleiben. Ist es das, was du wirklich, wirklich willst?«

»Ja, das ist es, Vater.« Tränen kullerten ihr aus den Augen. »Bitte.«

Devek warf die Hände in die Luft, dann scheuchte er Juleen mit einer knappen Handbewegung von sich und wandte den Blick ab. Das Mädchen ging zu Cindy und Koby. »Ich verspreche, dass ich Ihnen keine Mühe machen werde.«

Cindy wuschelte ihr durch die Haare. »Das hatten wir doch schon.«

»Die Autos sind gerade angekommen, um Sie alle zum Flughafen zu bringen.« Donatti ließ den Blick über jeden von ihnen schweifen. »Ich gehe jetzt in mein Büro und möchte nicht gestört werden. Also, bitte, geht. Alle.«

»Ich bleibe, Dad«, sagte Gabe.

Donatti ging zu seinem Sohn und legte ihm die Hände auf die Schultern. »Flieg mit Yasmine nach Hause. Du gehörst zu deiner Verlobten. Das ist es, was ich will.«

»Ich lasse dich nicht allein«, sagte Gabe.

»Er wird nicht allein sein«, beschwichtigte Decker seinen Pflegesohn. »Ich werde mindestens noch einen Tag hierbleiben. Die Polizei braucht weitere Aussagen, und ich will sichergehen, dass alles korrekt abläuft.«

»Da hast du es«, sagte Donatti. »Der alte Mann wird bei mir sein. Er sitzt mir schon seit sechsundzwanzig Jahren im Nacken. Warum sollte er jetzt damit aufhören?«

Gabes Augen füllten sich mit Tränen. »Ich hätte netter zu ihr sein sollen, weißt du.«

»Du hast ihr verziehen, lange bevor ich es getan habe. Sie hat dich sehr geliebt.«

»Ich will dich nicht allein lassen, Dad.«

Donatti umarmte ihn. »Ich hab deine Mutter geliebt, aber ich habe elf Jahre ohne sie gelebt. Ich bin damals zurechtgekommen. Ich werde jetzt zurechtkommen. Flieg nach Hause. Wir brauchen im Augenblick beide ein wenig Ruhe. Wir sprechen uns in ein paar Tagen, okay?«

Widerstrebend nickte Gabe. »Okay.«

Donatti klopfte seinem Sohn auf die Wange. Dann drehte er sich zu Yasmine um. »Passen Sie gut auf ihn auf. Ohne euch Frauen würden wir Männer uns irgendwann gegenseitig auffressen.«

»Ich pass auf ihn auf«, versprach sie. »Gott weiß, dass er auf mich aufgepasst hat.« Sie küsste Donatti auf die Wange. »Vielen Dank, Chris.«

Donatti öffnete die Tür zum Büro und der Sicherheitsschleuse. Es folgten ungefähr zehn Minuten tränenreicher Abschiede, aber endlich gelang es ihm, alle in die Autos zu verfrachten, die sie zum Flughafen bringen sollten. Nachdem die Limousinen abgefahren waren, ging er mit Decker zurück in sein Büro. Er lehnte sich an die Wand und schaute zur Decke auf. »Ich fühl mich wie ein Zombie.«

»Geh schlafen«, schlug Decker ihm vor. »Ich komme allein klar.«

»Ich hab ganz vergessen, mich bei Rina zu bedanken«, sagte Donatti. »Sie hat das alles großartig gemacht. Wenn sie je einen Job als meine Assistentin haben möchte …«

»Nur über meine Leiche«, unterbrach Decker ihn.

»Das ist vielleicht früher, als du glaubst.«

»Ich werde mich vorsehen«, gelobte Decker.

Donatti stieß den Atem aus. Er fühlte sich wie ein alter Mann, als er sagte: »Warte kurz.« Er verschwand in seinem Büro.

»Wohin sollte ich auch gehen?«, fragte Decker laut.

Keine Antwort. Einen Moment später tauchte Donatti mit einem Umschlag wieder auf. »Das ist heute angekommen … vor der Beerdigung. Ich hab's nicht über mich gebracht.« Er reichte Decker den Umschlag. »Lass mich wissen, was drin steht.«

Decker betrachtete den Umschlag. Der Brief war von einem DNA-Labor.

Es war drei Tage her, dass Terry gestorben war. Genug Zeit, um selbst bei einem Fötus einen aussagekräftigen Vaterschaftstest durchzuführen. Er schlitzte den Umschlag mit dem Zeigefinger auf. Dann überflog er den Inhalt und gab das Blatt an Donatti zurück.

Chris nahm den Brief mit zitternden Händen entgegen. Er las das Dokument. Falls er Zweifel gehabt hatte, so waren sie jetzt ausgeräumt. Es sorgte dafür, dass er sich noch schlechter fühlte. Zorn war leichter zu verkraften als Kummer. Der Fötus war neun Wochen alt gewesen. Er dachte zurück. Ziemlich genau die Zeit, als sie das erste Mal Sex gehabt hatten. War es bei dem Quickie in der Dusche passiert? Als er sie vergewaltigt hatte? Vielleicht war es auch erst später geschehen, als sie in der Nacht zu ihm gekommen war, während er noch gearbeitet hatte, um sich bei ihm für seine Hilfe zu bedanken, und sie sich wirklich geliebt hatten. Süße, süße Liebe. Er beschloss, dass es bei der Gelegenheit passiert sein musste. Als sie sich in völliger Harmonie und Glückseligkeit vereint hatten. Er las das Schreiben noch einmal. »Es war ein Mädchen.« Er hielt inne. »Warum ist das nicht schon vor Jahren passiert? *Warum jetzt?*« Er schüttelte den Kopf. »Gott ist ein kranker Bastard.«

Decker legte Chris eine Hand auf die Schulter. »Es tut mir sehr leid.«

Donatti reagierte nicht. Er steckte den Brief in die Tasche. Dann holte er ein Tablettenröhrchen hervor. »Schlaftabletten. Willst du auch eine?«

»Nein, danke.« Decker hielt inne, dann fügte er hinzu: »Du solltest keine Medikamente nehmen, Donatti. Du hast viel getrunken.«

»Das war doch gar nichts. Im Moment würde es ein Beruhigungsmittel für Elefanten brauchen, um mich umzuhauen.« Donatti klopfte zwei Tabletten aus dem Röhrchen und schluckte sie ohne Wasser hinunter. »Die sollten innerhalb von ein paar Stunden wirken. Ich gehe nach oben und leg mich hin … in Gabes Zimmer. Ich kann einfach nicht … Es ist immer noch zu viel von ihr in meinem Schlafzimmer.«

»Du könntest das Schlafzimmer hier unten benutzen«, schlug Decker vor.

»Nein. Gabes Zimmer ist sehr komfortabel. Ich komme schon zurecht.« Er zeigte auf das an das Büro angrenzende

Schlafzimmer. »Du solltest da schlafen. Es ist es viel bequemer als auf dem Sofa.«

»Vielleicht nehme ich dich beim Wort.«

»Hier drin findest du Kaffee und Saft. Hast du damit alles, was du brauchst, bis ich aufwache?«

»Solange ich um zwei auf dem Polizeirevier sein kann.«

»Bis dahin bin ich wieder wach.« Donatti sah ihn an. »Wie geht es ihr? Talia.«

»Sie sitzt hinter Gittern. Und ich will, dass das so bleibt.«

Donatti atmete aus. »Weißt du, es tut mir weh, das zu sagen … aber … wenn ich in Talias Situation gewesen wäre, hätte ich genau das Gleiche getan.«

»Sie ist eine üble Type«, sagte Decker.

»Sie hat von einem Meister gelernt«, gab Donatti zurück.

KAPITEL 34

Sie landeten um vierzehn Uhr auf dem Ben Gurion Flugplatz. Um halb fünf hatten sie vier Koffer und zwei Reisetaschen drei Treppen nach oben geschleppt. Die Sonne stand tief am Himmel, und sie waren fix und fertig. Das Letzte, wonach ihnen der Sinn stand, war auspacken, aber da diese Wohnung für die nächsten Monate in Israel ihr Zuhause sein würde, kamen sie zu dem Schluss, dass sie sich einrichten sollten. Decker hatte für die kommende Woche einen Haufen Termine mit Handwerkern und Baufirmen, und er konnte es kaum erwarten, mit den Umbauarbeiten zu beginnen. Die Temperaturen waren gefallen und die Tage kürzer geworden. Das Fortschreiten der Jahreszeiten war unaufhaltsam.

Er schob den Schlüssel in das Schloss und drehte ihn. Dann schaltete er das Licht ein.

Die Wohnung befand sich in einem Gebäude aus Stein und war wunderschön. Zwei Stockwerke mit hohen Decken und Marmorböden. Sie war offen gestaltet und hatte eine Terrasse nach vorne raus, die sich über die ganze Länge des Wohnbereichs erstreckte. Da sich die Einheit im dritten Stock befand, bot sich ihnen eine Aussicht auf wunderschöne alte Steingebäude im Norden und einen Hauch vom Stadtzentrum. Die Lichter begannen zu funkeln, als die Sonne hinter dem Horizont verschwand. Das Ganze hatte etwas Magisches.

»Nicht schlecht, was?«, sagte Rina.

»Wie hast du das hier *gefunden*?«

»Ich hab dir doch erzählt, dass die Wohnung Rosie, einer meiner besten Freundinnen, und ihrem Mann Ben gehört. Er war mit Yitzchak an der Yeshiva. Wir haben uns seit Jahrzehnten nicht mehr gesehen, sind aber immer in Verbindung geblieben. Rosie war entzückt, dass wir in Jerusalem ein Haus gekauft haben. Ganz reizende Leute. Sie werden vor Pessach nicht hier sein, daher haben wir ungefähr fünf Monate, bis wir die Wohnung wieder hergeben müssen.«

»Ich weiß nicht, Rina.« Decker sah sich um. Die Einrichtung war elegant, die edlen Teppiche hatten leuchtende Farben, und die Kunstwerke waren umwerfend. »Hausbesetzerrechte.«

Sie lächelte. »Ich könnte mich hier dran gewöhnen.«

Decker schleppte die Koffer ins Schlafzimmer, bei dem es sich eigentlich um eine Suite handelte. »Meine Güte. Wir haben jeder unser eigenes Badezimmer und einen Wandschrank!«

Rina gesellte sich zu ihm. Das Schlafzimmer hatte einen Dielenboden, ein riesiges Doppelbett und einen großen Schreibtisch unter einem gemauerten Rundbogenfenster. Alle Fenster im Schlafzimmer waren Rundbogenfenster. »Das ist ein Palast.«

»Was kostet diese Wohnung noch mal?«, erkundigte Decker sich.

»Sie überlassen sie uns zum Selbstkostenpreis – Nebenkosten und Instandhaltung. Ich werde für einmal die Woche einen Reinigungsdienst engagieren, denn ich möchte ihnen die Wohnung in makellosem Zustand übergeben.«

»Das sehe ich genauso. Was macht der Mann beruflich, dass er sich so etwas leisten kann?«

»Hedgefonds.«

»Ah.« Er ging zurück in den Wohnbereich und öffnete die Doppeltür zur Terrasse. Dann trat er nach draußen und zog sein Jackett fester um sich. Er schaute nach Osten. »Großer Gott. Von hier aus hat man einen Blick auf die Altstadt!«

Rina gesellte sich zu ihm. Sie hatte ihren Mantel ausgezogen und zitterte. Decker nahm sie in die Arme, und gemeinsam betrachteten sie die Zinnen der alten Stadtmauer. Innerhalb der steinernen Begrenzung lag der Berg, auf dem einst der heilige Tempel gestanden hatte. Die Steinwände wurden von unten beleuchtet und warfen gelbe und goldene Schatten. »Wow, das ist wunderschön.« Ihre Augen füllten sich mit Tränen.

Decker zog sein Jackett aus und legte es ihr über die Schultern. »Da wären wir also.«

»Und ich könnte nicht glücklicher sein«, sagte Rina. »Nach allem, was passiert ist, brauchen wir eine kleine Atempause.«

»Das möchte ich meinen.«

»Glaubst du, er kommt darüber hinweg? Unser Junge?«

»Gabe?«, fragte Decker. »Es wird nicht leicht werden, aber er hat die Unterstützung unserer Familie, und Yasmines große Familie gibt es auch noch. Ich denke, sie werden beide sehr beschäftigt sein, die Hochzeit im kommenden Sommer zu planen.«

»Das wird schwer für ihn«, prophezeite Rina.

»Das wird es. Er hatte in den letzten elf Jahren nicht viel Kontakt zu Terry, aber sie war immer noch seine Mutter. Es wird schmerzhaft sein. Aber zu Gabes Glück hat er ja noch eine wunderbare Mutter in seinem Leben.«

»Das ist nicht dasselbe.« Rina seufzte. »Aber ich gebe mein Bestes.« Sie hielt inne. »Was ist mit Chris?«

»Er ist ein Überlebenskünstler«, antwortete Decker. »Er wird darüber hinwegkommen.«

»Er hat sie wirklich geliebt.«

»Das hat er … Was immer das für jemanden wie Donatti bedeutet.«

»Glaubst du, er ist fähig zu lieben?«

»Im Rahmen seiner Möglichkeiten, ja. Aber ich glaube, sein Selbsterhaltungstrieb ist viel stärker.«

»Ich hoffe, dass du recht hast.« Rina sah sich um und atmete die frische, klare Luft Jerusalems ein. Dann lächelte sie. »Wollen wir auspacken?«

»Es ist so herrlich hier draußen. Lass uns noch einen Augenblick warten.«

»Du hast recht«, pflichtete Rina ihm bei. »Wir werden unser neues Abenteuer beginnen, indem wir im Augenblick leben.«

»Liebling, das ist alles, was wir haben.«

Das alljährliche Halloween-Spektakel wurde in diesem Jahr ebenso abgesagt wie seine Geburtstagsfeier. Als Thanksgiving kam, gab es nicht viel, wofür er dankbar sein konnte. Aber als der November dem Dezember wich und die Feiertage anbrachen, fühlte Donatti sich … nun, er fühlte sich okay. Er fand einen neuen Assistenten namens James, der seit zwei Jahren für ihn arbeitete. James war bisexuell, was ihn nützlich machte, aber wie sich herausstellte, war er hinter dem Schreibtisch noch besser aufgehoben als auf den Zimmern. James war tüchtig, ein echtes Organisationstalent und kam sowohl mit Männern als auch mit Frauen gut aus. Er machte alles, vom Kaffeekochen bis hin zur Gehaltsabrechnung. Donatti fragte sich, warum er so lange gebraucht hatte, sich jemanden zu suchen, der angenehm, freundlich und dabei professionell war.

Gabe flog zu seiner alljährlichen Weihnachtsfeier ein, was sie beide von dem Unausgesprochenen, das im Raum stand, ablenkte. Da sein Sohn sein einziger lebender Verwandter war, gab Donatti ihn endlich ins System ein und überreichte ihm die Schlüssel zu sämtlichen Schlössern und die Codenummern für seinen Tresor. Gabe schien das alles unangenehm zu sein, aber Donatti bestand darauf. Als sein Sohn abgereist war, blieb Donatti nicht viel Zeit, um Trübsal zu blasen, denn der die ganze Nacht andauernde Silvester-Rave wollte geplant werden. Außerdem mussten haufenweise neue Mädchen eingestellt werden.

Da Donatti in den vergangenen fünf Monaten mit keiner anderen Frau außer seiner verstorbenen Ehefrau zusammen gewesen war, hatte er vergessen, wie aufregend es war, Sex mit verschiedenen Leuten zu haben. Einige waren gut, einige nicht so gut, aber der Reiz des Neuen war belebend und brachte ihn wieder in eine gewisse Routine. Er war nicht länger ein »Ich/Wir/Du« oder auch nur ein »Ich/Wir«. Er war einfach nur ein »Ich«, und er genoss es, sein Königreich zurückzubekommen. Der alleinige Herrscher. Niemand sonst, den er zufriedenstellen oder auf den er Rücksicht nehmen musste, nur er und das, was er wollte.

Der Januar kam und ging, für gewöhnlich eine ruhige Zeit in seinem Etablissement, da alle sich von den Festlichkeiten des Dezembers erholten. Der Februar war kalt und grausam, aber die Geschäfte zogen wieder an, als sich seine Nach-Valentinstagparty ankündigte. War der eigentliche Valentinstag für die Ehefrauen und Freundinnen reserviert, so war der nachträgliche Termin für den richtigen Spaß vorgesehen. Danach kam das extravagante gastronomische Event am St. Patrick's Day, und dann war es bis nach Ostern eher ruhig.

Er hatte seit ihrem Tod nicht mehr in seinem Bett geschlafen. Aber er war bereit, sich sein Zimmer zurückzuerobern, sich der letzten schmerzhaften Erinnerungsstücke zu entledigen und das alles hinter sich zu lassen.

Als Erstes stand auf seiner Liste, die Sportgeräte loszuwerden, die er für sie angeschafft hatte. Er trug sie in den Flur und wies die Möbelschlepper an, sie in den von seinen Mitarbeitern genutzten Fitnessraum zu bringen. Dann nahm er einen großen, leeren Karton und füllte ihn mit den dekorativen Kissen und Decken, die sie gekauft hatte, um den Raum ein wenig gemütlicher zu machen. Nachdem er damit fertig war, ging er in den Tresorraum und holte all seine Zeichnungen und Gemälde von ihr heraus. Mit trockenen Augen ging er sie eins nach dem anderen durch. Die Bilder, für die sie mit sechzehn posiert hatte, angezogen und nackt, vornübergebeugt, um sich zu schützen. Die, die er gemacht hatte, als er sie an sein Bett gefesselt hatte. Und während er sie noch betrachtete, griff er bereits nach den jüngeren Skizzen, die er vor etwa sechs Monaten angefertigt hatte. Mit dem Finger zeichnete er zuerst die Konturen ihres Körpers, dann die ihres Gesichtes nach.

Schließlich stieß er den Atem aus und warf sie in den Karton zu den Kissen und Decken. Er würde sie für einen späteren Zeitpunkt aufbewahren, wenn er sich ohne so viel Schmerz erinnern konnte. Weiter zu der letzten und schwersten Aufgabe. Aus dem obersten Fach seines Kleiderschranks holte er eine große Reisetasche. Als Erstes nahm er das gerahmte Porträt, das er von ihr gemalt hatte, von der Wand und legte es in die Tasche. Dann warf er ihre Kleider aufs Bett und schickte sich an, sie ordentlich zusammenzulegen.

Hier war das schwarze Kleid, das er ihr geschenkt hatte, als sie in die Lounge gegangen waren, um sich mit Mike Badger und Co. zu treffen. Sie hatte darin wirklich heiß ausgesehen, aber ihr Gesicht war noch immer voller blauer Flecken gewesen. Er hatte sie geschminkt, um die Folgen der Schläge zu kaschieren, die sie kassiert hatte. Sie hatte Freudentränen geweint, als sie sah, wie schön sie aussah, und sie hatte ihn geküsst, als hätte sie es ernst gemeint.

Hier war das schwarze Kleid, das sie zu seiner Party am Labor-Day getragen hatte, als er sie in einem der Bordellzimmer vergewaltigt und Analverkehr mit ihr gehabt hatte. Natürlich war das idiotisch gewesen, aber er hatte sich nicht zurückhalten können. Sie war so hinreißend gewesen – ein Magnet für die Männer auf dem Fest –, und er hatte damals vor Lust und Eifersucht gebrodelt. Als sie anschließend ins Schlafzimmer gegangen waren, war er betrunken gewesen und hatte schreckliche Dinge zu ihr gesagt. Trotzdem half sie ihm danach durch sein Alkoholdelirium, wenn auch nicht ohne verächtliche Blicke. Er tat ihr leid, aber gleichzeitig verachtete sie ihn. Es hatte ihn fast umgebracht, fast so schlimm wie damals, als sie seine Annäherungsversuche abgewiesen hatte. Alles, was er gewollt hatte, war, sich mit ihr zu versöhnen, aber er hatte nicht vorgehabt, sich zu entschuldigen. Nicht, dass sie ihm sofort verziehen hätte. Etwas derart Sadistisches war nicht sofort zu verzeihen.

Hier war das rote Kleid, das er ihr für die Party in seinem Büro zum Ende des Sommers gekauft hatte. Es hatte eine Weile gedauert, aber irgendwann hatte sie ihm dann doch verziehen. Der Versöhnungssex war der reine Wahnsinn gewesen. Er war so angeturnt und in sie verliebt gewesen, dass sein Körper von Hormonen und Pheromonen überschwemmt worden war. Er hätte sie am liebsten *verschlungen*.

Hier war das cremefarbene Chanel-Kostüm, das sie zu ihrer Hochzeitszeremonie getragen hatte. Sie hatte das Outfit zusammen mit Guys Frau gekauft, während er und sein Ex-Schwager den ganzen Nachmittag mit irgendwelchen Geschäften beschäftigt gewesen waren. Dann waren sie zu viert zum Abendessen gegangen und hatten sich eine Show angesehen. Als Terry und er wieder in der Hotelsuite angekommen waren, war es nach elf gewesen. Sie war müde, aber er war noch so aufgedreht gewesen. Sie hatte nur einen einzigen Blick auf sein Gesicht geworfen und gefragt, was er wolle.

Er hatte sie draußen auf dem Balkon genommen. Und als sie Einwände erhoben hatte, weil das Terrassenlicht brannte und es keinen Schalter gab, um es auszuknipsen, hatte er seine Pistole gezogen und die Lampe damit zerschossen. Die Glassplitter waren überall herumgeflogen. In der Dunkelheit hatte er sie genötigt, vor ihm auf die Knie zu gehen. Er hatte dagestanden, das Geländer des Balkons umklammert und auf die Lichter des Strips gestarrt, während sie ihn zum Höhepunkt gebracht hatte. Dabei hatte sie sich die Knie aufgeschürft – nicht schlimm, aber doch genug, um einige Pflaster zu brauchen. Es hatte ihm nicht gefallen, wenn sie ernsthafte Schmerzen hatte, aber die Kratzer, die sie für ihn in Kauf genommen hatte, waren irgendwie sexy.

Anschließend hatte er gesagt, sie sei an der Reihe. Was immer sie wolle.

»Warum muss es so sein, dass immer erst du kommst und anschließend ich?« Sie hatte ein Pflaster auf die Wunde an ihrem Knie geklebt. Ihre Stimme war nicht feindselig gewesen, eher neugierig. »Warum kann es kein Wir sein? Warum können wir keinen Kompromiss schließen?«

»Das tun wir doch manchmal«, hatte er geantwortet. »Manchmal ist es ein Wir. Aber ich finde es besser, wenn es ein Ich ist und dann ein Du, denn dann bekommt jeder von uns genau das, was er will.« Er sah sie an. »Ein paar Blocks entfernt ist ein rund um die Uhr geöffnetes Pfandleihhaus. Es ist riesig, und es gibt hübsche Sachen dort. Lass uns ein paar Klunker für dich für die Zeremonie morgen kaufen.«

Obwohl sie müde war, stimmte sie seinem Vorschlag zu. Das Geschäft war hell erleuchtet, und selbst um Mitternacht überraschend gut besucht. Die Schmuckabteilung war riesig. Es gab Dutzende und Aberdutzende von Diamantketten, Armbändern, Ohrringen – nicht die Kronjuwelen, aber von guter Qualität. Sie schaute in die Vitrinen, und jedes Mal, wenn er ein Stück vorschlug, schüttelte sie den Kopf. Schließlich verkündete sie, dass sie keinen Schmuck wolle. Stattdessen zeigte sie auf sein Handgelenk und sagte: »Aber ich nehme so was wie das da.«

Womit sie seine Rolex meinte.

Er hob die Augenbrauen. Dann lachte er. Am Ende kaufte er ihr eine gebrauchte Tourneau Rolex Lady-Datejust in Gelbgold mit Diamantziffern. Es kostete ihn um die zwanzig Riesen, was billig war im Vergleich zu seiner Sky-Dweller aus achtzehnkarätigem Gold mit schwarzem Zifferblatt, aber es war trotzdem der teuerste Blowjob, den er je bekommen hatte.

Hinein in die Reisetasche mit dem Chanel-Kostüm, zusammen mit ihren High Heels, ihren anderen Schuhen, Alltagskleidern, Zahnbürste, Haarbürste, Föhn, Make-up, Parfüm und allem möglichen anderen Krimskrams. Er arbeitete, bis wirklich alle ihre Habseligkeiten aus dem Schrank, der Kommode und dem Badezimmerschränkchen verschwunden waren. Dann ging es auf die Zielgerade.

Ihr Nachttisch. Obenauf lagen ungefähr zwei Dutzend Taschenbücher, in denen sie zum Zeitvertreib gelesen hatte, wenn sie allein gewesen war. Sie kamen in den Müll. Darunter befanden sich zwei Schubladen. In der obersten hatte sie ihre Slips und BHs aufbewahrt. Er überlegte, ein Set zu behalten, kam aber zu dem Schluss, dass das ein wenig seltsam gewesen wäre. Nicht, dass er ein Problem damit gehabt hätte, pervers zu sein, aber es war besser, einen sauberen Schnitt zu machen. Er begann, die Unterwäsche zusammenzufalten, beschloss dann aber, alles in den Müll zu werfen. Unter all dem Baumwollstoff und der Spitze befanden sich mehrere Schmuckschatullen, einschließlich der mit der Diamantkette, die er ihr geschenkt hatte. Sie hatte sie nie getragen. Trotzdem hatte sie sie als Entschädigung für ihre Vergewaltigung und den erzwungenen Analverkehr akzeptiert.

Donatti fischte sie aus der Schublade und klappte den Deckel auf. Talia hatte die Kette ausgesucht. Die Frau hatte einen guten Geschmack. Dann griff er in seine Tasche und holte Terrys Verlobungsring heraus – ebenfalls von seiner ehemaligen Assistentin ausgewählt. Er hatte Terry mit ihrem Ehering begraben, aber aus irgendeinem Grund hatte er den Diamantring behalten wollen. Schluss damit. Er legte den Ring in die Schatulle zu der Kette, klappte den Deckel zu und warf das Ganze in die Reisetasche.

Der Uhrenkasten enthielt ihre Rolex, ihre Diamantohrstecker, die sie so geliebt hatte, die Perlenohrringe, die er ihr gekauft hatte, als sie sechzehn gewesen war, und das Kreuz seiner Mutter. Jedes Schmuckstück war ein Teil seines Lebens. Aber statt über die Vergangenheit nachzugrübeln, verscheuchte er die Erinnerungen aus seinem Kopf. Er starrte auf das Kreuz, nahm es heraus und legte es sich um den Hals. Ein paar von den Mädchen hatten es Terry auf der Party zum Sommerende tragen sehen. Es gefiel ihnen bestimmt, wenn er es zu ihrem Andenken behalten und tragen würde, so wie er auch seinen

Ehering weiterhin trug. Es machte ihn sympathisch. Und wenn er den Ladys leidtat, arbeiteten sie umso härter. Er klappte den Uhrenkasten mit der Rolex und den beiden Ohrring-Paaren zu und warf ihn in die Reisetasche. Er war fast fertig. Nur die untere Nachttischschublade blieb noch.

Er öffnete sie.

Die Schublade war leer, bis auf einen einzigen Gegenstand, den jemand hineingestopft hatte: ein zusammengeknülltes Stück Stoff.

Es war ihr Manson-Girl-Kleid.

Ihm wurde plötzlich schwindelig. Keuchend setzte er sich auf sein Bett, und als er endlich wieder zu Atem gekommen war, faltete er es auseinander. Es war jetzt nur noch ein Stofffetzen, da er es von oben bis unten an der Naht aufgerissen hatte. Er hatte es an dem Morgen zerfetzt, bevor er nach Indien aufgebrochen war. Er war so zornig gewesen wie eine Hornisse und hatte sie auf eine ungesunde Weise begehrt. Ihretwegen hatte er sich auf ein gefährliches Unternehmen eingelassen. Ihretwegen hatte er Millionen Dollar ausgespuckt, um zwei Menschen zu helfen, die ihm scheißegal waren. Und was war der Dank? Sie hatte sich dafür entschieden, lieber in Las Vegas zu leben statt in Reno. Sie hatte die Bedürfnisse ihrer Kinder über seine Wünsche gestellt. Mann, war er sauer gewesen. Er hatte ihr auf jede erdenkliche Weise wehtun wollen.

Sie hatte sich gefügt und sich, ohne zu jammern, auf alle viere niedergelassen, als er ihr das Kleid vom Leib riss. Aber als er sie so vornübergebeugt vor sich hatte knien sehen, die Wirbel, die sich durch die dünne Haut an ihrem Rücken drückten, und er erkannte, was sie in ihrem Leben durchgemacht hatte, in dem Wissen, dass er einen großen Anteil an ihrem Elend hatte, war es ihm unmöglich gewesen, weiterzumachen.

Er nahm das Kleid, hielt es sich an die Nase und atmete tief ein. Sie hatte es nicht gewaschen. Es roch noch immer nach ihr. Es roch nach ihrem Parfüm, ihrem Schweiß und nach Sex. Es rief tausend Bilder wach und eine Sehnsucht, die so tief und verzehrend war, dass er sich fühlte, als hätte man ihm die Eingeweide herausgerissen – wie ein ausgenommener Fisch.

Das hier war kein Zwischenspiel.

Sie würde nie wieder zurückkommen.

Er hielt sich das Kleid an die Wange und ließ sich rücklings auf das frisch gewaschene Bettzeug fallen, dann starrte er zur Decke empor, die Augen groß und feucht, während sein Herz raste und brach. Eine ganze Weile bewegte er sich überhaupt nicht. Dann schluckte er den Kloß in seiner Kehle hinunter und stand auf. Er warf die Reisetasche zurück in seinen Wandschrank, nahm das Kleid aber mit nach unten in sein Büro, faltete es säuberlich zusammen und legte es in die Schublade mit seinem Heroinbesteck.

Dinge, die man liebte, die man aber nicht haben kann.

Doch während die Zeit weiterkroch, wurde der Riss in seinem Herzen immer größer und größer, bis er sich in ein klaffendes Loch verwandelte. Und das war der Moment, an dem er einsah, dass er Hilfe brauchte. Jeden Tag holte er das Kleid hervor und roch daran. Und wenn er das tat, nahm er sein Besteck heraus. Eine kleine Injektion in die Ader, und er konnte sich zurücklehnen, ihr Kleid an sich drücken und ihre Wärme durch sich hindurchströmen lassen.

Er sah in ihr Gesicht.

Spürte ihre Berührung.

Er hörte ihre sexy, kehlige Stimme.

Ihr Atem auf seinem Nacken … Sie redete mit ihm.

Es würde dir hier nicht gefallen, Baby. Hier gibt es nur körperlose Seelen. Und keinen Sex.

Er lächelte sie dann an und antwortete: *Da, wo ich hingehe, gibt es jede Menge Arschficks von kleinen roten Männern mit Hörnern. Deine ultimative Rache, mein Engel.*

Dann hörte er sie lachen. Und er lachte ebenfalls.

Ihre letzten Worte gingen ihm wieder und wieder durch den Kopf.

Ich liebe dich, Christopher.

Er flüsterte zurück: *Ich liebe dich auch, Teresa. Für immer und ewig, Süße. Für alle Ewigkeit.*

Und dann nichts mehr.

Die Zeit verging, und die Tage wurden länger und wärmer. Ihm wurde bewusst, dass ihr Duft aus dem Gewebe verschwand, bis er eines Tages nichts anderes mehr wahrnahm als den schwachen Geruch von altem Stoff. Und an diesem Tag wusste er, dass nichts mehr übrig war.

Er setzte sich an den Schreibtisch in seinem Büro, nahm sein Besteck heraus und erhitzte die übliche Dosis Pulver mit einigen zusätzlichen Dosen zur Sicherheit. Er nahm den Gummischlauch und band sich damit den Arm ab. Er zog er mit der Spritze die Flüssigkeit auf.

Er hielt inne.

Er löste den Gummischlauch wieder und nahm ein Blatt Papier und einen Stift aus seiner Schreibtischschublade.

Er schrieb:

Ruf Mike Badger an.

Er notierte säuberlich die Telefonnummer, dann zwei hohe, achtstellige Zahlen.

Der ganze Laden ist den oberen Betrag wert. Wenn du den unteren Betrag von ihm bekommst, hat er einen guten Deal gemacht. Alles darunter wäre Halsabschneiderei.

Er hielt inne. Dann schrieb er:

In meinem Schlafzimmerschrank ist eine Reisetasche mit Moms Sachen. Darunter befinden sich ihre persönlichen Dinge und einige wertvolle Schmuckstücke. Gib sie bitte Juleen zu ihrem achtzehnten Geburtstag. Ich erwarte, dass du sie in jeder Weise unterstützt, die sie braucht. Sie ist ein gutes Kind. Pass außerdem auf Peter und Rina auf. Sie sind eingesprungen, als deine Mom und ich dich im Stich ließen. Sie sind zu den Eltern geworden, die du von Anfang an hättest haben sollen.

Er legte den Stift beiseite.
Eine weitere Pause.
Dann nahm er den Stift wieder in die Hand.
Er schrieb:

Mom hat dich mit jeder Faser ihres Wesens geliebt. Sie war so stolz auf dich. Und das war ich auch, obwohl ich dir das nie persönlich gesagt habe. Geh raus und sei der Mann, der ich nie sein konnte.

Lebe, denn das ist es, was Mom gewollt hätte.
Lebe, denn ich habe nicht mehr den Mut dazu.
Lebe dein bestes Leben, Gabriel.
Lebe.

Er legte den Stift weg, griff nach dem Schlauch und legte ihn sich um seinen rechten Arm. Dann der Einstich der Nadel, die Flüssigkeit in seiner Vene, der warme Fluss, der seinen Körper durchströmte. Nur noch ein paar Minuten, und dann würde er dort sein.

Der Vorhang fiel.

Das Licht im Saal wurde gedimmt.

Abblende auf Schwarz.